온에어24

온에어24 3권

초판 인쇄 | 2018년 06월 19일
초판 발행 | 2018년 06월 28일

지 은 이 | 박하민
펴 낸 이 | 박성면
펴 낸 곳 | 도서출판 로담

등록번호 | 제 396-2011-000014호
등록일자 | 2011년 1월 19일
주   소 | 경기도 파주시 문발로 115, 세종출판벤처타운 201-A호
전   화 | (031) 8071−5201
팩   스 | (031) 8071−5204
E - mail | bear6370@hanmail.net

ISBN 979−11−5641−109−3 (3권)
        979−11−5641−106−2 [04810]

값 11,800원

ⓒ 박하민, 2018

RODAMROMANCESTORY

YBS시사보도국 특집기획

온에어24

On air 24

제 3 권

기획총괄 박하민
제 작 로담

책임프로듀서 강재희
연 출 서정인, 김윤
구 성 송민혜

방송국 근처의 카페 2층은 식사 시간이 지난 뒤라서인지 조용했다. 노트북을 펼쳐 놓은 윤은 맞은편에 앉아 초조한 표정으로 커피를 마시는 정언을 흘끔 보았다. 이종규 팀장의 연락이 온 뒤부터 정언은 내내 저런 상태였다.

계단을 뛰어 올라오는 발소리에 고개를 돌리자, 한 손에 커피를 든 재희가 고개를 내밀었다가 두 사람을 발견하고는 윤의 곁에 앉았다.

"뭐래요?"

자리에 앉기 무섭게 정언이 재희를 다그치자, 커피를 마시며 잠시 숨을 돌린 재희가 대답했다.

"허 사장 지난주에 이감 신청해서 옮겼다는데."

"어디로요?"

"아니, 그게 좀 이상해. 원주교도소로 이감됐대. 그런데 여주교도소가 시설도 그렇고 환경도 그렇고 교정시설 중에 제일 괜찮은 편이라 굳이 이감 신청을 할 이유가 없거든. 수도권에서 가깝기도 하고. 그리고 이렇게 빨리 이감되는 경우 드물어. 신청하자마자 옮긴 모양인데 위에서 누가 손쓴 거 같아. 허 사장 취재하고 싶다고 공문 넣었더니 나 만나는 거 거부했다고 바로 연락 오더라고."

윤은 눈썹을 좁혔다. 주경은 <비하인드 24>와 차세진 의원실로 억울하다는 편지를 수십 통씩 써서 보냈던 사람이었다. 그런 사람이 자기 누명이 벗겨질 기회를 코앞에 두고 만남을 거부한다는 건 이해가 가지 않았다.

"허주경 사장이 안 만날 이유 없지 않습니까?"

윤의 물음에 재희가 고개를 까딱였다.

"안 만나는 게 아니라 못 만나는 거지. 협박당하고 있을 수도 있고, 아니면 아예 취재 요청 전달 다 막아 버렸을 수도 있고."

"그러면 이제 어떻게 하죠?"

재희는 팔짱을 끼며 소파에 등을 묻었다.

"내가 일단 계속 컨택해 보고, 신변상 문제 있는지도 체크하려고. 가족들한테 연락했더니 이감된 것도 아직 모르고 있더라고. 박기율 변호사님이 도와주겠다고 해서 우선 그쪽하고 연결해 줬어. 변호사님이 바로 조치 취하겠다고는 하시던데."

"담당 변호사가 공윤승이었는데 문제 생기지 않을까요?"

"나오기 전에 송 작가하고 얘기했는데, 평진에서 아까 답이 오긴 왔대. 그런데 의뢰인의 민감한 개인 정보가 포함된 사항이라 자기들은 우리가 보낸 질의서에 대해 답변할 수 있는 게 아무것도 없다고 했다네."

그 말에 저도 모르게 기가 차 웃는 소리가 났다. 재희도 바람 빠지는 소리를 내며 어깨를 으쓱해 보였다.

"그러니까 처음부터 허주경 죽이려고 검찰하고 짜고 친 고스

톱이라고 인정하는 거지. 평진 정도 되는 로펌에서 공윤승 급 변호사가 의뢰인 저렇게 방치했다는 거 알려지면 타격 장난 아 닐 텐데, 그거 감수하고라도 이 일에 대해 함구하겠다 이거잖아. 무조건 입을 다무는 게 능사가 아닌데, 자기들도 지금 이거 어떻게 막아야 될지를 모르는 거라고. 아, 서 피디, 도로교통부에 당시 CCTV 기종 확인해 본다고 한 거 어떻게 됐어?"

재희가 정언에게 시선을 돌렸다. 정언은 앞에 놓아 둔 자기 노트북 화면에 눈을 둔 채 대답했다.

"도로교통부에서 회신 왔는데, 당시에 용인휴게소 인근 CCTV 전수 교체된 상태 맞아요. 몇 년 전에 용인휴게소 인근 CCTV 대부분이 심각한 저화질이라고 기사 난 적 있는데 그 뒤에 교체했대요. 검찰에 제출된 CCTV 고유번호 확인하니까 이미 교체된 위치고. 스펙 검색해 봤는데 야간에 얼굴 인식 가능한 고화질 기종이더라고요. 일부러 영상에 손댄 거 확실하지."

재희가 그 말을 듣고 혀를 찼다.

"이거 봐. 이거 진짜 기본적인 사항이고 전화 한 통 걸면 바로 알 수 있는 건데 확인도 안 해? 이현교인가, 그 검찰 출석한 영상 분석 전문가 누구인지도 알아봐야겠네."

미간을 찌푸린 정언이 펜 끝으로 이마 부근을 긁적였다.

"그나저나 하청에서 공무원들 받아먹은 거 증거 없애는 중이라는데 괜찮겠어요?"

재희가 걱정 말라는 얼굴로 커피를 한 모금 더 마시고는 손을 휘적거렸다.

"그쪽은 벌써 <뉴스라이트> TF가 싹 쓸었어. 하청에서 계좌로 돈 입금한 내역 제보 다 받아서 확인 끝났대. 접대 들어간 데 인근 CCTV까지 걷어서 자료 화면도 상당수 확보했고. 원진솔 기자 얘기 들어 보니까 서온 간부들 성 접대 나간 룸 아가씨 인터뷰도 땄다고 하던데. 이종규 팀장이 보낸 자료는 뭐야?"

"사내 메일로 윗선에서 감리 조작 지시한 거하고 감리 확인서 이중으로 작성한 거. 자기 핸드폰 화면 메시지 캡처한 것도 있는데 주로 공무원들하고 뇌물 주고받은 거 얘기하는 내용이에요. 이종규 팀장이 윗선 지시 받아서 시청 공무원들한테 하청 어디서 얼마 줄 거다 통보하는 게 많은데, 이건 전 부장님한테 다 공유해 드렸어요. 녹취 파일은 아직 다 못 들어 봤고."

"조작 지시한 윗선이 어딘데?"

"메일 보낸 사람 이름 확인했더니 사외이사예요. 윤양한이라는데 DB 검색해 보니까 서온건설 상무 출신이더라고요."

윤양한, 하고 입 안으로 그 이름을 중얼거린 재희가 한심하다는 투로 내뱉었다.

"사외이사는 경영진도 아닌데 왜 감리에 간섭을 해. 하여튼 다들 이렇게 얄팍하다니까. 아, 민주영 의원실에서 모레 시간 되면 찾아오라고 하던데, 시간 괜찮으면 김 피디랑 둘이 좀 가 봐. 그리고 김 피디 서온 본사에 아는 사람 있다고 했지? 본사 분위기 한 번 알아봐 줄 수 있나?"

재희가 시선을 돌리며 물은 말에 윤은 얼른 고개를 끄덕였다.

"네, 알겠습니다."

재희는 손목에 찬 시계를 확인하고 남은 커피를 서둘러 마셨다. 그새 얼음만 남은 빈 컵을 흔들어 본 재희는 몸을 일으켰다.

"오케이. 나 지금 종편실 들어가야 되니까 갔다 와서 다시 얘기하자."

"아, CP실에서 뭐라고 했는지는 왜 얘기 안 해요? 무슨 소리 했길래?"

정언이 생각났다는 듯 묻자 재희가 웃는 얼굴을 했다.

"그건 내가 생각 좀 해 봐야 될 부분이 있어서. 일단 기다려 줘. 수고하고."

곁에 앉은 윤의 어깨를 두어 번 두드린 재희가 서둘러 자리를 떴다. 계단을 내려가는 발소리가 사라지며, 아래층에서 문에 달린 풍경이 흔들리는 소리가 났다.

정언이 창가에 턱을 괸 채 바깥으로 눈을 주었다. 윤은 무심결에 그 시선을 따라 고개를 돌렸다. 창 너머에서 재희가 빠른 걸음으로 걸어가는 뒷모습이 비쳤다. 정언이 무슨 생각을 하는지 한숨을 쉬었다. 윤은 핏기 없는 정언의 얼굴에 잠시 눈을 두었다가 물었다.

"이게 지금 우리 쪽에 안 좋게 돌아가는 거예요?"

정언은 고개를 조금 숙인 채 손끝으로 눈썹 위를 만지작거리며 대답했다.

"글쎄, 유리한 건 모르겠지만 불리하지도 않아. 일단 제보하는 사람들 계속 나온다는 건 긍정적이거든. 지진 나기 전에 쥐들이 제일 먼저 안다고 하잖아. 사람들도 똑같아. 아래 있는 사람들이 상황 나빠지면 제일 먼저 튀어나온다고. 하청업체도 그렇고, 이종규 팀장 같은 사람들 움직이는 것도 그렇고. 서온건설이나 엄대진 쪽에서는 이 사람들 우습게 보고 신경 안 쓴 거겠지만 중요한 제보는 다 이런 데서 들어오니까."

아까의 초조해 보이던 표정은 많이 걷힌 것이 그나마 다행이었다. 평소처럼 침착한 목소리에 조금 안심이 되었다. 시선을 든 정언이 윤을 빤히 보더니 피식 웃었다.

"왜, 걱정돼?"

"조금요. 방송 못 하게 되면 어떡하나 싶어서……."

속을 들킨 기분에 움찔하며 대답하자 정언이 뒤로 몸을 기댔다. 눈을 조금 가늘게 뜨며 윤을 마주 보던 정언이 말했다.

"김 피디가 걱정할 건 방송 하는지 못 하는지가 아니고 본인 신변이야. 그게 최우선이니까 다른 데 신경 쓰지 마."

그리 다정한 말투는 아니었으나 걱정하고 있다는 건 분명했다. 윤 역시 다음 차례는 자신일 수도 있다고 짐작하는 중이었다. 김 피디만 남은 거냐고 묻던 재희의 말이 아니었더라도 그건 논리적인 추론이기는 했다.

언제, 어디서, 어떤 방식으로 닥쳐올지 모르는 위험에 대비한다는 건 상상 이상의 스트레스였다. 처음부터 늘 그렇기는 했지만, 팀원들이 도대체 어떻게 이런 걸 몇 년이나 견디면서 일하고 있는지 놀라울 뿐이었다.

"그건 선배도 마찬가지시잖아요."

윤의 말에 정언이 코끝으로 웃는 소리를 냈다.

"송 작가님이 퓰리처상도 죽어서 받으면 소용없다고 하긴 하더라. 아, 이훈주 과장 건으로 김정환 교수님하고 연락해 보라고 한 건 어떻게 됐어?"

말이 길어지는 걸 막기 위해 부러 화제를 돌리는 게 빠했다. 그러나 굳이 말꼬리를 붙잡고 늘어질 마음은 없었기에, 윤은 순순히 그 물음에 대답했다.

"조금 전에 메일 받았어요. 교수님이 경문대 병원에 요청해서 보관중인 당시 구급일지 사본 확인해 보셨다는데, 이송할 때는 사망 상태 아니었대요. 전신 골절 심각하긴 했는데 사망확인서 보면 도착 직후에 조석문이 거의 바로 사망 판정 내린 거라, 교수님이 당시 상황 어땠는지 그쪽 인맥 통해서 더 확실히 알아봐 주신다고 얘기하시더라고요."

"알았어. 메일 나랑 송 작가님한테 포워딩 좀 해 줘."

네, 하고 대답한 윤은 메일함을 열었다. 턱을 괸 채 반대편 손가락을 탁자 위에 톡톡 두드리고 있던 정언은 갑자기 울리는 진동 소리에 멈칫하며 주머니에서 핸드폰을 꺼내 들었다. 액정에 뜬 이름을 확인한 정언이 즉시 전화를 받았다.

"네, <비하인드 24> 서정언입니다. 네, 아, 네. 네, 맞습니다. 아, 그래요? 네?"

정언의 목소리가 조금 높아졌다. 메일을 보내던 윤은 눈을 들어 정언을 보았다. 약간 놀란 표정을 하던 정언이 말을 이었다.

"네, 맞습니다. 이원욱이요. 마포서 관할인 걸로 아는데…… 신원 어떻게 확인하셨죠? 아, 네. 지문으로, 그러면 확실한 거겠네요. CCTV 상에 얼굴이 찍혔으면…… 알겠습니다. 연락 주셔서 감사합니다."

이원욱이라는 이름에 순간 가슴이 덜컥 내려앉았다. 이원욱이라면 정언의 집을 털었던 경일용역 조직원을 말하는 게 틀림없었다. 윤은 정언이 전화를 끊기 무섭게 물었다.

"이원욱 잡혔대요? 마포서예요?"

정언이 고개를 가로저었다.

"아니. 서대문경찰서 여성청소년계 정경수 경위님 있잖아. 수아 어린이집 담당 형사."

"그런데요?"

"발신지 추적해서 근처 공중전화에서 발신된 거 알아냈는데, CCTV 돌리고 지문 감식했더니 어린이집에 전화 걸었던 남자가 이원욱이라네. 마포서랑 서대문서 붙어 있잖아. 정경수 경위님이 내 사건 담당인 박동찬 형사님하고 잘 아는 사이래. 그래서 마포서에서 지금 이원욱 빈집털이 혐의로 추적 중인 거 알고 있다고 하더라고."

손을 깍지 끼어 입가에 댄 윤은 미간을 좁혔다. 어린이집에 전화를 걸어 수아와 리아를 데려가려 했던 게 정말 이원욱이라면, 그들은 조창식이 찍었던 영상 속 경일의 말처럼 단순한 위협 이상의 무언가를 생각했던 게 분명했다.

"그럼 진짜 애들 납치하려고 그랬던 거 아니에요? 만약에 어린이집에서 애들 보여 줬으면 그대로 데려갈 수도 있었던 거잖아요."

"그렇지. 그래서 처음에는 이분도 지금 단순한 장난전화일 거다 생각하고 시작했는데, 이원욱이 전과자고 마포서에 걸린 것도 있으니까 문제 심각하다고 본 거 같아. 어린이집 주변에 단속 강화했다는데 이원욱이 벌써 어디로 튀어도 튀었겠지."

"김성학하고 장영관 사건 제보 달라고 내보내기로 했고요?"

"응. 내가 아직 확인 못 해봤는데 어제부터 홈페이지하고 SNS에 올리고 예고 영상 자막으로 나간다고 했어. 이원욱이 제 발로 걸어 들어와야 되는데…… 지금은 걔가 살아서 무슨 짓 할지 걱정되는 게 아니라 죽을까 봐 걱정이다. 미치겠네, 정말."

정언이 흘러내리는 머리칼을 신경질적으로 쓸어 올리며 혼잣말처럼 중얼거렸다. 손끝으로 핏기 없는 입술 위를 만지며 무언가를 생각하던 정언이 노트북을 덮어 가방에 쑤셔 넣었다.

"사무실 들어가서 녹취 파일 남은 거 마저 들어 보고 정리해야겠어. 민주영 의원실 방문 스케줄 잡고, 송 작가님 슬슬 구성안 아우트라인 딸 모양이던데 그거 얘기도 좀 하고."

머리가 아프다는 얼굴로 몸을 일으킨 정언이 카페를 나섰다. 윤은 곁에서 나란히 걸으며 머릿속을 정리했다.

정언의 말대로 지금은 이원욱이 무슨 짓을 저지를지가 문제가 아니라, 죽어서 발견되는 게 아닐까가 더 문제였다. 관련된 사람들이 모조리 이런 식으로 죽어 나가기 전에 막아야만 했다. 그러나 어떻게 해야 할지 생각나는 것이 없었다. 정언이 답답해하는 것도 당연했다.

사무실로 돌아온 정언이 가방을 내려놓자, 때마침 탕비실에서 나오던 성옥이 어, 하더니 정언을 불렀다. 자리에 앉으려던 정언이 돌아보자 성옥이 손가락으로 정언의 책상 위를 가리켰다.

"계속 전화 들어와서 번호 남겨 놨는데 연락 좀 해 보세요. 피디님 꼭 만나야겠다고 난리예요."

"누가? 날?"

정언이 의아한 표정으로 묻자 성옥이 눈을 굴리다 대답했다.

"서온건설 뭐, 뭐라더라? 사원, 무슨 팀에서 나왔다는데요?"

"뭐?"

정언의 목소리가 올라갔다. 자리를 정리하던 윤 역시 저도 모르게 움직임을 멈추며 성옥을 돌아보았다. 두 사람이 일시에 자신을 보는 시선에 성옥이 당황한 표정으로 눈을 깜빡였다. 자기가 뭘 잘못했나 싶었는지 눈치를 살핀 성옥이 말을 이었다.

"로비에서 기다린다고, 피디님하고 꼭 만나고 싶대요. 회의 중이시라 자리에 안 계신다고 이따 다시 하시라고 몇 번을 애기했는데 5분에 한 번씩 사무실로 전화가 와요. 일을 못 하게 계속 그러니까 미치겠어요. 핸드폰 번호 막 알려 드릴 수도 없고."

정언이 즉시 책상 위를 뒤지더니 성옥이 붙여 놓은 메모지를 찾아내 전화를 걸었다. 곧 상대와 연결됐는지, 정언은 한쪽 어깨에 수화기를 끼운 채 인트라넷에 접속했다.

"서정언입니다. 저한테 연락 주셨다고요. 서온건설에서 오신 거 맞습니까? 네. 잠시만요."

인트라넷에서 미팅룸 사용 현황을 검색해 본 정언이 수화기를 고쳐 쥐며 말했다.

"지하 1층으로 내려가시면 2번 미팅룸 공실이니까 거기서 잠시만 기다려 주시겠습니까? 알겠습니다."

수화기를 내려놓은 정언이 두 손으로 책상을 짚으며 몸을 숙였다. 도무지 모르겠다는 얼굴로 잠시 책상 위를 뚫어지게 보고 있던 정언이 고개를 돌려 윤을 쳐다보았다.

"이거 뭐지? 사원행복문화팀에서 왔다는데, 나 만나고 싶대."

이해할 수 없는 건 윤도 마찬가지였다. 차일피일 답변도 미루고 절대 인터뷰 따위 응하지 않을 것처럼 굴더니, 여기 와서 기다리고 있다는 건 무슨 수작인지 짐작조차 할 수 없었다.

"그쪽에 연락한 사람 전데 왜 선배하고 만나겠대요?"

"내가 메인이고 이름 올라가 있으니까 그랬을 수도 있지. 일단 내려갔다 올게."

정언이 가방에서 다이어리를 꺼내 들고는 책상의 펜 홀더에 넣어 둔 보이스리코더를 재킷 포켓에 꽂았다. 윤은 사무실을 나가려는 정언의 팔을 잡았다.

"같이 가요."

"김 피디는 여기 있어."

"그럼 차라리 제가 갈게요."

윤의 말에 정언이 얼굴을 찌푸렸다.

"나랑 만나고 싶다잖아. 내가 갔다 올 거니까 여기 있으라고. 회사 안에서 무슨 일 생기겠어?"

"회사 안이고 뭐고 그놈들하고 선배만 만나는 거 자체가 위험한 거 아니냐고요."

최대한 목소리를 낮춰 얘기했으나 뭔가 분위기가 심상치 않다고 생각했는지, 성옥이 이쪽을 흘끔거리는 것이 눈에 들어왔다. 정언이 뭐라고 하려다 말고 이마를 짚으며 바깥을 가리켰다.

"나가서 얘기해."

정언은 윤을 거의 끌고 나오다시피 해서 사무실을 나섰다. 비상구 계단 안으로 윤을 밀어 넣고 문을 닫은 정언은 딱딱한 표정으로 내뱉었다.

"왜 이렇게 말을 안 들어? 거기서 나 보고 싶다고 한 거 아냐."

"그러는 의도가 뭐냐고요. 저 거기 연락할 때 소속하고 이름 다 정확히 밝혔어요. 그런데 왜 굳이 저 아니고 선배 딱 찍어서 만나야겠다는 건데요. 그거 저만 이상해요?"

정언은 바로 대답하지 못했다. 누가 봐도 이상한 상황이기는 했다. 한숨을 쉰 윤은 눈가를 문질렀다.

"제가 내려갈 테니까 여기 계세요."

"또 고집이지?"

"선배는 아닌 것처럼 말씀하지 마시고요."

평소와 달리 윤이 순순히 물러날 것 같지가 않았는지 정언이 팔짱을 끼며 윤을 빤히 쳐다보았다. 할 말이 많은 얼굴이었다.

한동안 침묵하던 정언이 툭 내뱉었다.

"그쪽에서 만약에 이걸로 김 피디 인식하게 되면 어쩔 건데."

흘러내린 머리칼을 습관적으로 쓸어 올리는 손길이 초조했다. 걱정하는 거다.

굳이 말로 하지 않아도 선명하게 드러나는 그 감정에, 윤은 조금 생경한 기분을 느꼈다. 정언이 이렇게까지 확실히 속을 보이는 일이 드문 까닭이었다. 문득 심장 뛰는 소리가 조금 빨라졌다. 닫힌 문 쪽을 슬쩍 넘겨다본 윤은 낮아진 목소리로 말했다.

"어차피 그쪽에서 저하고 통화도 했고 제 이름도 알아요. 얼굴 보든 안 보든 마찬가지예요. 걔들이 얼굴 몰라서 저 내버려 두는 거 아니잖아요. 거기서 저한테 무슨 짓 하든 상관없고, 전 선배가 이 사람들 혼자 만나러 가시는 거 싫어요."

"김 피디."

"전 여기서 밤새도 상관없는데 그럼 계속 이러고 있죠, 뭐."

논리적으로 행동하기보다는 차라리 막무가내로 나가는 게 정언에게 더 효과적이라는 걸 윤은 이미 경험상 잘 알고 있었다. 아니나 다를까, 말문이 막힌 표정으로 윤을 마주 보던 정언이 결국 포기한 듯 두 손을 들어 보였다.

"진짜 말 안 들어, 하여튼."

"제가 누구 부사수인데 남 말을 들어요."

"한마디도 안 지지?"

내뱉은 정언이 기가 찬다는 투로 웃었다. 내 죄다, 내 죄야, 하고 중얼거린 정언은 고개를 흔들며 비상구를 나섰다.

엘리베이터를 타고 지하 1층으로 내려가는 동안 윤은 마르는 입술을 슬쩍 말아 깨물었다. 아무리 괜찮은 척했어도 막상 직접 서온건설 사람들을 눈앞에서 만난다고 생각하자 긴장이 되는 건 어쩔 수 없었다.

엘리베이터에서 내린 정언은 복도를 걸어가 2번 미팅룸의 문을 열었다. 노크도 없이 열린 문에 놀란 듯, 안에 앉아 있던 남자 두 사람이 문 쪽으로 시선을 돌렸다.

한 사람은 삼십 대 중후반쯤 되었을까, 호남형이라고 할 법한 인상이었으나 어딘지 모르게 눈빛이 뱀 같은 구석이 있었다. 혹시 이 남자가 천승욱인가 하는 생각이 뇌리를 스쳤다.

다른 사람은 그보다는 젊어 보였고, 일반 회사원 같은 느낌은 아니었다. 좋게 말하자면 경호원, 솔직히 말하자면 동네 깡패 같은 느낌이라 윤은 눈을 가늘게 떴다.

희경이 천승욱을 만났다며 들려 준 이야기가 떠올랐다. 회사원 같지 않은 남자 여럿을 달고 나왔다고 했던가. 그 역시 경일용역 조직원일 가능성이 높다는 생각이 퍼뜩 스쳤다.

그들의 맞은편에 앉은 정언이 고개를 까딱였다.

"서정언입니다. 이쪽은 저희 팀 김윤 피디고요. 서온건설에서 나오셨다고요?"

"사원행복문화팀 팀장 천승욱입니다."

호남형의 남자가 깍듯하게 인사를 건넸다. 그러나 슬며시 정언을 훑어보는 시선이 그다지 유쾌하지는 않았다. 천승욱이 아닐까 짐작하기는 했지만, 그가 여기까지 직접 올 거라고는 생각하지 못해 내심 약간 놀란 건 사실이었다. 정언 역시 마찬가지일 것 같았으나 그 서늘한 얼굴은 언제나처럼 감정을 드러내지 않은 채였다.

승욱이 넌지시 떠보듯 말했다.

"서정언 피디님 말씀은 많이 들었습니다."

"취재 요청 계속 불응하셨는데 회사로 직접 찾아와 연락 주셔서 굉장히 놀랐습니다."

정언은 아예 인사치레 따위는 할 생각조차 없는 듯했다. 승욱의 입매가 미묘하게 비틀렸다. 윤은 그가 애써 침착하려 노력하고 있다는 것을 쉽게 알아차렸다.

"얼굴 뵙고 말씀드리는 편이 좋을 것 같았습니다. 약속을 잡고 왔어야 하는데 제가 곧 출장이 있어서요. 실례인 줄 알면서 무작정 찾아와서 죄송합니다."

"본론으로 들어가실까요?"

정언의 딱딱한 말투에 승욱이 숨을 들이쉬었다. 시작한 지 5분도 되지 않아 평정심을 잃는 걸 보면 인내심이 강한 타입은 아닌 듯했다. 승욱이 잠시 사이를 두었다가 웃는 얼굴을 했다.

"박규형 과장 부인 되는 분이 <비하인드 24>에 저희 얘기 제보한 거 알고 있습니다. 그런데 피디님, 이게 그렇게 간단한 문제가 아닙니다. 현장에서 사람 다치고 죽는 거, 당연히 일어나서는 안 되는 일이지만 사실 흔하잖아요. 사람 하나 죽은 거 가지고 일을 굉장히 크게 만드시니까, 저희 입장에서 곤란해지는 부분이 있다는 건 좀 알아 주셨으면 하거든요."

사람 한둘 죽는 게 너희랑 무슨 상관이냐 하는 태도가 노골적으로 깔린 말이었다. 말투는 부드럽고 유들유들한 축이었으나, 정언은 그런 것에 절대 속지 않는 사람이었다. 물론 승욱이 그 사실을 알고 있을지는 별개의 문제였다.

그 말을 듣고 있던 정언이 팔짱을 끼었다.

"사측에서 곤란하신 부분이 뭔지 말씀해 주실 수 있습니까?"

"진송신도시 분양 아직 안 끝났는데, 부동산 커뮤니티에 <비하인드 24>에서 진송신도시 서온 스타일하우스 분양 건에 문제가 있어 취재 중이라는 찌라시가 돌고 있습니다. 아시다시피 파급력 굉장한 프로그램 아닙니까. 이것 때문에 지금 기분양자들이 분양 취소가 가능하냐고 계속 연락이 오고 있어서 저희가 TF 구성까지 고려하는 상황입니다. 업무가 돌아가지를 않아요."

"저희 때문에 분양이 정상적으로 이루어지지 않는다 그 말씀이신 건가요?"

"뭐 굳이 따지자면 그렇다고 할 수도 있겠죠."

승욱은 빠져나갈 구멍을 만드는 화법에 익숙해 보였다. 윤은 그를 마주 보며 입을 열었다.

"사측에서는 아무 문제가 없다는 입장이신 겁니까?"

승욱이 윤에게 시선을 돌렸다. 흰자가 많이 드러나는 눈이었다. 뱀 같은 인상이 느껴지는 건 삼백안인 탓도 있는 듯했다. 작은 편인 눈동자가 속을 알 수 없이 짧게 번뜩이며 윤을 훑어보았다. 승욱은 곧 웃는 얼굴로 대답했다.

"사원 개개인의 인간관계까지 회사가 케어해야 한다, 그렇게 생각하신다면 저희가 드릴 말씀은 없습니다. 그런데 사실상 그게 불가능한 거 아시잖아요. 저희가 사내에 직원 상담센터까지 설치해서 상시 운영 중입니다. 한 달에 한 번 의무적으로 전 직원이 상담 받도록 하고 있고요. 전문가 도움이 필요한 경우라고 판단되면 상부에 보고하고 케어 돕고 있습니다. 저희가 어떻게 더 해야 될지 좀 알려 주시겠어요?"

"실제로 그 시스템이 정상적으로 운영되고 있는지 판단 가능한 자료 제공해 주실 수 있습니까?"

윤의 물음에 승욱의 눈에서 웃음기가 걷혔다. 윤은 몸을 조금 앞으로 내밀며 그를 빤히 마주 보았다.

"천승욱 팀장님이 사내 성폭력으로 고발당한 것만 네 건이라고 들었습니다. 사내 성폭력 처리하는 고충처리센터가 현재 사원행복문화팀 관할이고요. 저희 입장에서도 가해자가 고충처리센터 관할하는 회사를 신뢰하기가 어려운데요."

말투만 존대일 뿐 다짜고짜 스트레이트 날리는 소리인 걸 당사자인 승욱이 모를 리 없었다. 표정이 굳어진 승욱이 잠시 뚫어지게 윤을 바라보았다.

탁자 밑으로 정언이 윤의 허벅지 위를 툭 쳤다. 지나치게 자극하지 말라는 뜻이었다. 승욱이 어색한 웃음소리를 내더니 손수건을 꺼내 땀 한 방울 나지 않은 이마 위를 몇 번 눌렀다.

"그런 얘기를 어디서 들으셨는지…… 증거도 없고 이미 끝난 얘기를 이런 식으로 하시니까 당황스럽네요. 어쨌든 오늘 제가 여기 온 건 제안을 드리고 싶은 부분이 있어서 그런 겁니다."

승욱이 서둘러 화제를 전환했다. 그에게 사내 성폭력 가해자라는 이야기가 아킬레스건이라는 건 뻔했다. 이 이야기를 길게 해 봐야 자기 입장에 유리할 게 하나도 없다고 판단한 듯했다.

"요즘 건설업 경기 안 좋은 거 잘 아시죠? 주택난도 심각하고요. 저희가 이런 문제 때문에 무리해서 세대 수 늘리고 분양가도 다른 회사에 비해 평당 가격 낮춰서 잡은 겁니다. 이건 비교해 보시면 금방 아실 겁니다. 저희가 프리미엄 라인인데도 다른 회사 보급형 라인보다 저렴한 편이에요."

그 프리미엄 라인이 실제 프리미엄이라면 몰라도, 하고 윤은 속으로 생각했다. 승욱이 두어 번 헛기침을 하고 말을 이었다.

"언론에서 저희 공격하면 역풍 맞을 가능성 높습니다. 그건 <비하인드 24> 입장에서도 상당히 부담이 되실 거고요. 방송 내용 따라서 저희가 법적 대응 할 수도 있다는 것도 미리 말씀을 드리겠습니다."

"협박하시는 겁니까?"

정언이 한쪽 눈썹을 찌푸리며 묻자 승욱이 고개를 저었다.

"아이, 무슨 말씀을 그렇게 하세요. 저 그러려고 온 거 아닙니다. <비하인드 24> 하면 한국 사람 다 아는 방송 아닙니까. 저도 아주 즐겨 보고 있는데요. 좋은 프로그램에 저희가 딴지 걸고 그럴 마음 없습니다. 본론부터 얘기하죠. 최근에 제작비 지원받는 거 힘들다고 들었습니다."

정언의 얼굴이 굳어졌다. 이사진이 바뀌면서 시사보도국 프로그램 전체에 대한 제작비를 줄이는 바람에 전체적으로 형편이 좋지 않은 건 분명했다.

시사보도국 간판인 <비하인드 24>조차 인원 충원이 제대로 되지 않는 상황이라, 강제 전보당한 자신도 감지덕지하며 받아들였다는 건 나중에 안 사실이기도 했다. 그런데 어떻게 승욱이 그런 내부 사정을 빤히 알고 있는지 이해가 가지 않았다.

"저희가 협찬하는 걸로 해서 회당 이 정도 제시하면 어떻겠습니까? 로고 노출, 이런 조건 없이 드리는 겁니다. 호의라고 생각하시면 좋을 것 같은데요."

승욱이 곁에 앉아 있던 남자에게 손가락을 까딱였다. 남자가 자기 포켓에 꽂고 있던 만년필을 뽑아 건넸다. 승욱은 앞에 놓인 종이에 숫자를 적어 정언 앞으로 밀어 놓았다.

30,000,000…… 윤은 동그라미의 개수를 눈으로 세어 보았다.

회당 삼천이라면 결코 적은 돈은 아니었다. 정언이 멈칫하며 그를 마주 보았다. 정언과 눈을 맞춘 승욱이 씩 웃는 얼굴을 했다.

"이건 물론 프로그램 전체에 제공하는 거고요, 피디님들께는 따로 준비한 게 있습니다."

승욱이 남자에게 다시 한 번 뭔가 달라는 손짓을 했다. 남자가 안주머니에서 잘 포장된 선물용 봉투를 꺼냈다. 서온건설 로고가 찍힌 고급스러운 봉투였다. 남자의 손에서 봉투를 받아 든 승욱은 정언 앞으로 그것을 밀어 놓았다.

"일단 보시죠."

승욱의 말에 정언이 잠시 멈칫하다 봉투를 열었다. 안에 든 것은 은색의 신용카드 한 장이었다. 상단에 서온건설 로고가 있고, 하단에는 고유 넘버가 각인된 평범한 카드였다. 다만 사용자 이름 같은 것은 없었다.

승욱이 입매를 말아 올렸다.

"저희 간부들한테 지급되는 VIP 카드입니다. 간부급이 받는 혜택 그대로 다 받으실 수 있습니다. 계열사 호텔하고 리조트 제한 없이 무상 이용하실 수 있고, 해외에서도 사용 가능하시고요. 국내 웬만한 쇼핑센터는 전부 제휴돼 있습니다. 원래 간부들한테는 할인 혜택 제공되는데, 피디님들한테 지금 드린 카드는 연간 한도 내에서 결제 금액 전액을 저희가 지원하는 겁니다."

가슴이 덜컥했다. 그러니까 말하자면 어디서 얼마를 긁든, 그 돈을 전부 서온건설에서 대겠다는 이야기였다. 방송국까지 찾아와 뇌물을 제시하는 그 대담함이 놀라운 한편 등줄기가 싸늘해졌다. 그 카드를 뚫어지게 응시하던 정언이 다시 봉투를 닫으며 승욱에게 물었다.

"그 연간 한도라는 게 얼마죠?"

승욱의 눈에 안도의 표정이 스쳤다. 그럼 그렇지, 하는 듯한 얼굴이었다. 입술을 축인 승욱이 만년필을 든 채 미소를 지었다.

"이 자리에서 금액 말씀드려도 되겠습니까? 적어 드릴까요?"

그 말을 들은 정언이 소리를 내어 웃기 시작했다. 예상하지 못한 반응인 듯, 승욱은 당황한 기색이 역력한 얼굴로 눈치를 살폈다. 코미디 프로그램이라도 보는 것처럼 한참 웃던 정언이 별안간 얼굴에서 웃음기를 싹 거뒀다.

"지금 저하고 장난하시는 겁니까?"

순식간에 달라진 정언의 표정에 승욱이 움찔하며 종이를 집던 손을 멈췄다. 정언은 정색을 하며 그를 마주 보았다.

"<비하인드 24>가 어떤 방송인지 모르고 오셨습니까? 지금 어디서 이런 짓 하세요? 여기 제 홈그라운드입니다. 남의 집 안방에 신발 신고 쳐들어와 돈다발 던지면서 오늘부터 내가 집주인이다, 그러면 다들 좋아할 줄 아십니까? 사람 우습게 봐도 정도가 있지, 이거 누구 생각입니까? 천중헌 이사님 생각이에요?"

"아니, 피디님."

당황한 승욱이 정언의 말을 막으려 했으나, 정언은 들은 척도 하지 않고 그의 말을 끊었다.

"한 번만 더 이런 짓 하시면 그때는 저희가 법적으로 대응하겠습니다. 협상 같은 거 저희 사전에 없으니까 시간 낭비하지 마세요. 이 돈 받고 방송하네, 안 하네 할 거면 저희 진작 방송 접었습니다. 저 선배들한테 그렇게 배우지 않았고, 제 후배들한테도 그런 거 가르치지 않습니다. 이게 용건이시라면 더 이상 대화하는 거 무의미하겠네요."

자리에서 일어난 정언은 재킷 포켓에 꽂고 있던 보이스리코더를 가리켰다.

"지금 여기서 한 얘기 전부 녹취돼 있습니다. 이것까지 방송 타기 싫으시면 생각 잘 하시고요, 두 번 다시 이런 일로 연락 주실 필요 없습니다. 먼저 일어나겠습니다."

앞에 놓인 봉투를 그대로 승욱의 앞에 던지듯 돌려준 정언은 뒤도 돌아보지 않고 미팅룸을 나섰다. 정언은 엘리베이터로 향하는 대신 비상구 문을 거칠게 잡아당겨 열고는 빠른 걸음으로 계단을 올라갔다.

윤이 선배, 하며 서둘러 뒤를 쫓아가자 반 층쯤 올라가던 정언이 걸음을 멈추며 손에 들고 있던 다이어리를 있는 힘껏 벽에 집어던졌다. 퍽 소리가 날 정도로 세게 부딪친 다이어리가 바닥에 떨어지며 뒹굴었다.

놀란 윤은 그 자리에 멈춰 섰다.

"이 새끼들이 사람을 어떻게 보고 이딴 짓을 해!"

정언이 씹듯이 내뱉은 말은 부들거리며 떨리고 있었다. 그런 목소리를 들은 건 처음이었다. 정언은 가느다란 손가락 끝에서 핏기가 완전히 빠져 새하얘질 정도로 주먹을 움켜쥐었다.

바닥에 떨어진 다이어리를 주워 든 윤이 정언에게 한 걸음 다가서자, 정언은 바닥을 내려다보며 이를 악물었다.

"개 같은 새끼들, 내가 죽어도 이 방송 내보낸다."

혼잣말처럼 떨어지는 단어들에는 분노가 어려 있었다. 그러나 윤은 불현듯 그 얇은 외피 아래서 어쩐지 감당할 수 없는 슬픔 같은 것을 느꼈다.

어떤 이들이 무릎 꿇는 것이 쉽다는 걸 알면서도 버티려는 건,

버릴 수 있는 것인데도 지키려는 건, 타협할 수 있는데도 저항하려는 건 무엇 때문일까.

그리고 왜 그게 하필이면 이 사람이어야 할까.

윤은 답을 알 수 없는 질문을 떠올리며 정언을 마주 보았다. 무채색의 오버핏 재킷 속 깡마른 체구와 얼음처럼 창백한 얼굴. 어쩌면 그저 평범한 사람, 인구 천만 명의 대도시에서 매일 지나치는 수많은 사람 중 하나⋯⋯.

그러나 자신이 정언을 좋아할 수밖에 없는 건, 결국 정언이 그 많은 사람들 중 가장 특별한 사람인 까닭이었다. 한 치 앞이 보이지 않는 어둠 속이라도 기꺼이 함께 뛰어들고 싶게 만드는. 고요한 비상구 계단 위로 오래된 주광색 조명의 입자가 안개비처럼 떨어졌다.

◆

『각 당의 대선 레이스가 시작되었습니다. 가장 막강한 주자는 역시 한국선진당의 엄대진 의원입니다. 이미 대선 예비 후보로 선관위 등록을 마친 엄 의원은 현재 여론 조사에서 차기 대선 주자 지지율 1위를 굳건히 지키고 있습니다. 근소한 차이로 지지율 2위를 달리는 민권당의 민주영 의원 역시 이번 주 안에 후보 등록을 시작으로 대선 레이스에 합류할 것으로 예상됩니다.』

신호 대기에 정차한 윤은 한쪽 손으로 핸들을 잡은 채 잠시 헤드레스트에 머리를 기댔다. 라디오에서 흘러나오는 아나운서의 목소리는 사무적이었다. 엄대진. 고작 세 글자의 이름이 입안에서 씹히는 에너지 바의 달콤한 맛을 잠시 잊게 만들었다.

속이 답답해진 윤은 창을 반쯤 내렸다. 출근길 도로의 공기가 안으로 밀려들었다. 아침부터 안개가 짙은 날씨였다. 안개 사이로 무거운 비 냄새 같은 것이 스며들었다. 그리 좋을 리 없는 공기였으나, 스치는 바람 소리에 뉴스의 소리가 덮이며 지워지자 차라리 마음이 편했다.

지하 주차장에 차를 세운 윤은 늘 그렇듯 로비로 올라와 커피를 샀다. 윤은 최근 몇 달 사이 부쩍 카페인 수용 용량이 늘어난 걸 온몸으로 느끼는 중이었다.

예전에는 아침에 한 잔이면 하루 종일 더 이상 커피를 마실 일이 없었는데, 요즘은 아침에 한 잔 사면 그때부터 시작이었다. 혈관의 절반쯤은 피 대신 커피가 돌고 있을 게 분명했다.

물 마시듯 커피를 마시며 엘리베이터에서 내렸을 때였다. 사무실 방향에서 뭔가 시끄러운 소리가 났다. 고함 소리인지 비명 소리인지, 아무튼 그 비슷한 것이었다.

걸음을 멈춘 윤은 손목에 찬 시계를 확인하고는 귀를 기울였다. 도대체 어느 방에서 이렇게 이른 아침부터 시끄러운 건지 모를 노릇이었다. 잠깐 그 자리에 서 있던 윤은 곧 그게 <비하인드 24> 사무실이라는 걸 알아차리고는 깜짝 놀라 사무실로 뛰어 들어갔다.

"지금 뭐하시는 건데요! 누구 마음대로 사무실을 뒤져요!"

"아니, 이러시면 안 돼요! 서랍 열어 보고 그러지 마세요, 이거 보안 사항이에요!"

"피디님, 이 사람들 어떻게 좀 해 보세요! 진짜 왜 이래, 하지 말라니까요!"

급히 보안 카드를 대고 문을 여는 사이 안에서 성옥과 지혁이 소리를 지르는 것이 들렸다. 안으로 들어서자마자 윤의 눈에 보인 것은 이미 엉망이 된 사무실이었다.

서류 보관함이며 서류철 따위가 바닥에 나뒹굴었고, 책상 위의 물건들은 죄다 떨어져 깨지거나 밟힌 뒤였다.

"무슨 일입니까?"

윤의 목소리에 순간 사무실 안이 잠시 조용해졌다. 보안 업체 유니폼 같은 것을 입은 남자들 여러 명이 동작을 멈추며 윤 쪽으로 고개를 돌렸다.

서랍을 뒤지는 한 남자의 팔을 붙잡고 떼어 내려 기를 쓰던 성옥이 윤을 보자마자 피디님, 하고 외쳤다. 윤은 지혁에게 시선을 돌렸다. 자다 깬 듯 머리에 까치집을 지은 지혁이 울 것 같은 표정을 했다.

"이거 뭐야, 지금?"

윤이 지혁에게 묻자 한 남자가 모자를 고쳐 쓰고는 윤을 아래위로 훑어보더니 대답 대신 되물었다.

"누굽니까?"

지혁이 후다닥 윤의 곁으로 뛰어왔다. 그래도 한 사람이라도 더 있으니 조금 안심이 되는 모양이었다. 윤은 들고 있던 커피를 책상 위에 내려놓았다.

"시보국 3부 소속 김윤 피디입니다. 그러는 그쪽은 누구시죠?"

"감사국입니다."

남자가 성의 없이 툭 내뱉었다. 감사국? 순간 불길한 예감에 등줄기가 서늘해졌다. 윤이 말없이 그를 응시하자 남자가 귀찮다는 듯 관자놀이 부근을 긁적였다.

"<비하인드 24> 사무실 감사 지시 떨어졌으니까 방해하지 말고 끝날 때까지 기다리라고요. 이사회 의결 사항이에요. 우리는 위에서 시키는 대로 하는 거니까 억울하면 거기 문의하시고."

"감사 이유가 뭡니까? 그리고 의결 사항이 있으면 당연히 통보해야 하는 걸로 아는데요. 우지혁, 뭐 들은 거 있어?"

윤의 물음에 지혁이 즉시 고개를 흔들었다. 윤은 지혁 쪽으로 몸을 숙여 나지막하게 속삭였다.

"강 피디님 어디 계셔? 바로 연락해 봐."

눈치를 본 지혁이 고개를 끄덕이고는 사무실을 나갔다. 윤은 성옥에게 자신 쪽으로 오라고 손짓하고는 다시 사무실을 뒤지려는 남자들에게 경고했다.

"저희 팀원들이 의결 사항 전달받았다는 거 확인하기 전에는 더 이상 손대지 마세요."

누군가가 의자를 걷어차며 이 씹새끼가, 하고 내뱉었다. 움찔한 성옥이 윤의 뒤로 몸을 숨겼다. 윤이 얼굴을 찌푸리며 뭐라고 한마디 하려던 찰나, 사무실 문이 열리며 누군가 안으로 들어섰다. 윤은 뒤를 돌아보았다. 정언이었다.

들어오자마자 난장판인 사무실을 보고 그 자리에 멈춰 선 정언이 대번에 무표정하던 얼굴을 구겼다. 정언을 보자마자 달려간 성옥이 눈물을 뚝뚝 흘리는 통에, 당황한 정언은 서둘러 가방에서 티슈를 꺼내 성옥에게 건네며 윤을 향해 시선을 돌렸다.

"뭔데, 왜 이래?"

알아서 이 상황에 대해 브리핑 좀 해 보라는 표정이었다. 윤은 남자들 쪽을 슬쩍 보고는 일부러 더 크게 물었다.

"감사국이라는데요. 이사회에서 저희 사무실 감사하라고 의결 사항 나왔다는데, 선배 뭐 연락받으신 거 있어요?"

"아침부터 무슨 개소리야?"

정색을 한 정언이 남자들의 얼굴을 훑어보더니 내뱉었다.

"감사국 어디신데요? 소속 얘기하시고 사원증 보여 주시죠."

한 남자가 어이없다는 얼굴로 되물었다.

"직원인데 그걸 왜 보여 줘요?"

"직원이면 사원증 못 보여 주실 이유가 뭔지 모르겠는데요. 감사1부 소속이세요, 2부 소속이세요? 무슨 명목으로 오셨고 뭘 찾으시는 건지 말씀을 하셔야 될 거 아닙니까. 보니까 우리 팀원들 없는 사이에 무단으로 문 따고 들어와서 사무실 뒤진 거 같은데, 지금 소속도 증명 못 하면서 무작정 이러시면 저희도 법적으로 조치할 수밖에 없어요."

남자들이 서로 눈빛을 교환했다. 일이 이상하게 돌아간다고 생각한 듯했다.

정언의 말이 틀린 건 없었다. 감사국 소속이라면 사원증을 확인시켜 주지 못할 이유가 전혀 없었다. 그러나 남자는 사원증을 꺼내는 대신 약간 기세가 꺾인 투로 대답했다.

"우리도 위에서 지시받고 온 거예요. 우리 마음대로 하는 게 아니라니까 왜 이래요."

"그러니까 누가 어디서 무슨 지시를 했냐고요. 신분증 확인시켜 주시고, 언제 열린 이사회고 의결사항 언제 전달했는지 그걸 고지하셔야 할 거 아닙니까. 이런 식으로 다짜고짜 도둑처럼 사무실 뒤지는 거 저 이 회사 있는 동안 한 번도 본 적 없습니다."

정언이 냉랭하게 대꾸하자 남자들은 말문이 막힌 듯 잠시 침묵했다. 그때 누군가가 밖에서 문을 열었다. 재희였다.

뒤를 따라온 충민이 아예 사무실 문을 밖으로 열어 놓고는 문 앞을 막아서다시피 했다. 지혁이 충민의 등 뒤에 숨어 고개를 빼꼼 내밀었다. 급히 올라온 듯, 잠깐 숨을 고른 재희가 미간을 좁히며 남자들에게 물었다.

"감사국이시라던데 어디서 언제 감사 지시했습니까?"

"이사회 지시라고요, 이사회!"

답답하다는 듯, 한 남자가 목소리를 높였다.

"그건 이미 알고 있고요. 어디서 언제 의결했는데 고지를 안 하냐고 묻는 거 아닙니까. 제가 여기 팀장인데 저한테도 고지 없었던 내용을 대체 누구한테 알려 준 겁니까? 그리고 빈 사무실 무단 침입해서 뒤지는 거 노조에서 문제 삼을 수 있는 사항인데, 이걸 감사국 직원분이 모를 수가 있습니까?"

칼 같은 말투에 남자들이 입을 다물었다. 재희는 정말 화가 난 표정이었다.

"사무실 이렇게 뒤지는 거면 찾으시는 물건 있어서 그런가 본데, 말씀하시면 굳이 귀찮게 뒤질 필요 없이 드릴 텐데요. 사원증 제시는 안 하시는 겁니까, 못 하시는 겁니까?"

"아니, 감사가 뭐 직원들 모셔다 놓고 하는 건 줄 알아요?"

"빈 사무실 도둑처럼 터는 건 감사고요? 사칭인지 아닌지 저희가 알 방법이 있습니까? 이사회 의결 사항 통보받은 적도 없고, 계속 사원증 제시 못 하시면 저희는 사설 업체라고 생각할 수밖에 없습니다. 이사회가 사설 업체 고용해서 직원 사무실 이런 식으로 수색하는 거 불법이에요. 법대로 해야겠습니까?"

그때 문가에 버티고 서 있던 충민이 귀찮다는 듯 손을 저었다.

"야, 강재희. 말 길게 섞지 마. 내가 지금 감사국 홍상인 부장 이리 오라고 할게. 이 사람들 얼굴 아는지 확인해 보면 되지. 노조 법무팀 부를 테니까 너 일단 경찰에 연락부터 해라."

충민이 핸드폰을 꺼내자 사무실 구석에 있던 남자가 황급히 자기 핸드폰으로 누군가에게 메시지를 보내는 것이 눈에 들어왔다. 몇 분 지나지 않아 도착한 것은 경비팀이었다. 경비원들이 서둘러 유니폼을 입은 남자들을 데리고 가타부타 말도 없이 사무실을 빠져나갔다.

충민이 이게 지금 뭐하는 거냐고 붙들었으나 아무런 설명도 들을 수 없는 건 마찬가지였다. 뒤늦게 도착한 감사국 감사1부의 홍상인 부장이 어리둥절한 표정으로 충민에게 물었다.

"나 왜 불렀어요?"

"부장님, 혹시 이사회에서 저희 감사 지시 내려왔습니까?"

재희가 대신 묻자 상인이 무슨 자다가 봉창 두드리는 소리냐는 얼굴을 했다.

"이사회에서요? 아뇨, 모르겠는데."

"감사2부에서도요?"

"요새 이사회에서 지시사항 없었는데, 무슨 일이에요?"

상인이 눈치를 보며 되물었다. 폭격이라도 떨어진 듯한 사무실 꼴에 아무래도 뭐가 있긴 있나 보다 짐작한 모양이었다. 충민이 눈썹을 찌푸렸다.

"이사회 지시 받았다고 감사국이라면서 애네 사무실을 지금 다 엎어 놓고 갔는데, 감사국에서는 통지받은 게 없다는 거죠?"

"나는 뭐 아는 게 없는데요."

충민이 알겠다는 표정을 하고는 상인에게 같이 가자는 손짓을 했다. 그사이 도착한 다른 팀원들이 충민의 등 뒤에서 사무실 안을 기웃거리다, 충민이 상인과 함께 사라지기 무섭게 비집고 들어와 입을 떡 벌렸다.

"아니, 이게 다 뭐야? 이 새끼들 도대체 왜 이러는 거래?"

철진이 기가 막힌다는 투로 엉망진창이 된 자기 책상을 내려다보았다. 재희는 사무실 안의 사람들을 둘러보며 말했다.

"기획안하고 자료 같은 거 사무실에 하나도 안 남겨 둔 거 맞지? 없어진 거 있는지 확인 좀 해 봐."

팀원들이 제각기 자기 자리로 흩어져 서둘러 여기저기를 뒤지기 시작했다. 윤 역시 자리로 돌아가 컴퓨터며 책상 서랍 안을 꼼꼼히 살폈다.

다행히 지난번 재희의 말 이후로 중요한 서류들은 전부 싹 치웠기에 마땅히 없어진 물건 같은 건 보이지 않았다. 건너편에서 혜주가 목을 뽑아 짜증을 냈다.

"얘네 미쳤나 봐요. 제 서랍도 다 뜯어 놨어요."

"어우, 아주 작살을 냈는데요."

옆자리의 호형이 혜주의 서랍을 가리켰다. 기본 잠금장치 말고도 추가로 자물쇠를 하나 더 달아 잠가 놓았던 서랍을 거의 반쯤 부숴 놓은 채였다. 예준이 기가 찬다는 얼굴로 내뱉었다.

"칼만 안 들었지 완전 강도네. 잘 하면 금고도 털겠다."

"외장하드나 USB 하나라도 없어진 거 있나 다 체크해 봐, 빨리. 컴퓨터 만진 흔적 있는지도 찾아보고."

재희가 자기 자리의 컴퓨터를 확인하며 말했다. 현진이 엉망이 된 물건들을 쓸어 쓰레기통에 쑤셔 넣으며 투덜거렸다.

"이게 무슨 난리야, 도대체? 경찰에 신고해야 되는 거 아냐?"

"내가 할게요. 우 피디, 내가 노조 사무실에 얘기해 놓을 테니까 지금 빨리 보안실 내려가서 CCTV 영상 달라고 해. 보안팀

와서 데려간 거 보니까 영상 지우고 증거 없다고 할 거 같아."

재희의 말에 지혁이 네, 하고 대답하며 서둘러 뛰어나갔다. 자리를 정리하던 정언이 윤에게 물었다.

"없어진 거 없어?"

"네. 컴퓨터에도 손은 안 댄 것 같아요."

"뭐 이딴 새끼들이 다 있지? 뜬금없이 왜……."

중얼거린 정언이 갑자기 말을 멈췄다. 잠깐 뭔가 생각하던 정언이 손끝으로 구겨진 미간을 누르고 있다가 재희를 불렀다.

재희가 왜, 하며 가까이 다가오자 정언이 거의 속삭이다시피 어제 있었던 일에 대해 이야기했다. 갑자기 감사니 뭐니 하며 사무실을 뒤집어 놓는 게 혹시 천승욱의 제안을 거절한 일과 관련이 있는지 의심하는 모양이었다.

심각한 표정으로 그 얘기를 듣고 있던 재희가 한동안 침묵하다 짧은 한숨을 뱉었다.

"일단 알겠어. 어떻게 된 건지 알아볼게. 오후에 팀 전체 회의 할 거니까 그때 얘기해. 나도 할 말 있고. 송 작가 아직 안 왔지? 송 작가 자리도 둘이 체크 좀 해 줘. 연락해서 무슨 중요한 자료 있었는지 물어보고."

"알았어요."

정언이 고개를 끄덕였다. 사무실이 조금 정리된 건 점심시간이 훌쩍 지나서였다. 그새 소문이 났는지, 다른 팀 사람들이 다들 들러 한마디씩 보태는 통에 더 정신이 없었다. 먼저 감사팀이 다녀갔다던 <뉴스라이트> 역시 비슷한 상황이었던 듯했다.

재희가 부른 경찰이 성옥과 지혁에게 그 사람들이 몇 시쯤 찾아왔는지, 무슨 일이 있었는지, 어떻게 생겼는지 등을 묻고 돌아간 뒤에야 겨우 사무실은 평소대로 돌아갔다. 다들 지쳤는지 커피 한 잔씩을 뽑아 자리에 앉았으나, 일할 의욕이 전혀 나지 않는 표정들이었다.

윤 역시 아침에 샀다가 잊고 있던 커피를 맥없이 마셨다. 얼음이 다 녹은 지 오래라 커피라기보다는 커피가 발을 담근 물 수준이었으나, 맛을 느낄 만한 여력도 없었다.

맞은편의 예준과 석현이 늦은 점심을 뭘 먹으면 정신이 좀 차려질까 하며 부질없는 대화를 나누는 것을 한 귀로 듣고 한 귀로 흘리던 참이었다. 밖에서 문이 열리며 누가 안으로 들어섰다.

사원증은 목에 걸고 있었으나 처음 보는 얼굴이었다.

"서정언 피디님, 김윤 피디님 계십니까?"

지친 얼굴로 턱을 괴고 있던 재희가 퍼뜩 놀라 고개를 들었다.

"무슨 일이시죠?"

"이사회실에서 호출입니다. 두 분 사무실에 계시면 모시고 오라고 하셨습니다."

"이사회에서 직접이요?"

재희가 그에게 되물었으나 답은 돌아오지 않았다. 사무실 안에 순식간에 찬물을 끼얹은 듯한 정적이 지났다.

이사회에서 다짜고짜 평피디를 소환하는 일은 드물었다. 더구나 팀장인 재희도 아니고, 정언과 윤을 오라고 하는 건 더더욱 이해가 가지 않는 처사였다. 정언도 이런 일은 처음인 듯 재희 쪽으로 시선을 돌렸다.

재희가 눈썹을 좁히며 그를 마주 보았다.

"제가 책임자인데요. 이유가 뭡니까?"

"저는 두 분 모시고 오라는 얘기 외에는 못 들었습니다."

남자는 마치 대답이 입력된 로봇처럼 무표정한 얼굴로 대답했다. 무슨 속셈인지 가늠해 보려는 듯 눈을 가늘게 뜬 재희가 곧 자리에서 일어났다.

"제가 동석하겠습니다."

"서정언 피디님, 김윤 피디님 외에는 참석 불가능하다고 말씀하셨습니다."

남자는 완고했다. 뭔가 불길한 예감이 스쳤다. 윤은 인사위원회에 회부됐을 때를 퍼뜩 상기했다. 게시판에 글을 쓴 건 자신인데도, 위원회에서 책임자라는 이유로 최진수 부장까지 동석하게 했던 것이 떠올랐다. 무슨 일인지 몰라도 책임자 동석조차 불가능하다는 건 이상했다.

펜 끝을 책상 위에 두드리던 정언이 잠시 생각하다 자리에서 일어났다.

"다녀오겠습니다."

"서 피디."

재희가 정언을 불렀으나 정언은 괜찮다는 듯 고개를 까딱였다. 윤은 서둘러 정언을 따라 일어나며 펜형 보이스리코더를 셔츠 포켓에 꽂았다.

남자를 따라 이사회실로 올라가는 동안 정언은 한마디도 하지 않았다. 무슨 생각인가를 하고 있는 듯했다.

이사회실 문을 연 남자가 두 사람을 들여보내고는 문을 닫았다. 긴 탁자에 네 명의 남자가 나란히 앉아 있었다. 물론 일방적인 안면이기는 했지만, 윤에게도 낯익은 얼굴이었다. 연초에 교체된 어용 이사진 중 네 사람이었다.

고광훈, 원종철, 현갑진, 한성탁. 뉴스에서 질리도록 본 그 얼굴과 이름을 하나하나 매치해 본 윤은 문 앞에 선 채 그들을 마주 보았다. 갑진이 먼저 턱짓으로 앉으라는 시늉을 했다.

"시사보도국 3부 서정언, 김윤 맞아?"

두 사람이 자리에 앉기 무섭게 갑진이 얼굴을 찌푸리며 뺨을 긁적였다. 정언이 네, 하고 대답하자 갑진이 앞에 놓인 차를 소리 내어 홀짝이더니 아주 귀찮다는 투로 내뱉었다.

"젊은 사람들이 왜 이렇게 속 시끄럽게 굴어, 자꾸. 우리도 곤란해 죽겠어. 경고 여러 차례 했다고 들었는데 대체 왜 이러는 거야? 회사 말아먹고 싶어서 작정했어?"

"무슨 말씀이신지 모르겠습니다."

정언이 대답하자 갑진이 코끝으로 웃는 소리를 냈다.

"모르겠다? 용역 업체 찾아가서 쌍방 폭행으로 경찰서 들락거려 연락 오게 만들고, 괜히 국가 경제 근간 기업 흔들어 가면서 시청률 올리려고 들고. 그런 짓 한 적 없다 그거야? 그런 버릇 어디서 들었어? 피디들이 품위가 있어야 할 거 아냐."

전류 같은 감각이 퍼뜩 등줄기를 빠르게 지나쳤다. 여기 자신과 정언을 부른 이유가 뭔지 그 순간 명확해졌다. 서온건설 때문이다. 정언의 생각이 옳았다.

천승욱의 제안은 그들이 이쪽에 주는 마지막 기회였던 게 분명했다. 순순히 받아들이고 입을 다문다면 여기서 서로 편하지 않겠느냐는.

그러나 정언이 그 제안을 단칼에 거절했기에 더 이상은 안 된다고 판단한 모양이었다. 성탁이 정언에게 물었다.

"서온건설 취재하고 있지?"

정언은 대답 대신 그를 마주 보았다. 조금의 동요도 없는 정언의 얼굴을 빤히 보던 성탁이 정언 앞으로 무언가를 던졌다. 무심코 거기 시선을 준 윤은 멈칫했다. 야간에 찍힌 CCTV 사진 두 장이었다.

한 장은 재희의 차량 번호판이었고, 다른 한 장은 차에 타고 있는 재희와 자신의 얼굴이었다. 야적장에 취재 갔던 날 찍힌 자료인 듯했다. 그날의 일을 까맣게 잊고 있었던 탓에 심장이 덜컥했다. 성탁이 팔짱을 끼었다.

"이거 김윤 맞잖아. 강재희랑. 서온건설에서 우리한테 보낸 거라고. 야적장 외부인 출입 불법인 거 알았어, 몰랐어?"

"문제가 된다면 법적 조치 받아들이겠습니다."

정언의 표정은 변함이 없었다. 이런 일에는 익숙하다는 말투였다. 조금도 기가 죽는 기색이 없는 그 태도가 이사들을 더 자극한 듯, 성탁이 탁자 위를 쾅 소리가 나게 쳤다.

"그건 당연한 거고, 왜 이렇게 속 시끄럽게 하냐고 얘기하잖아! 회사 꼴이 뭐가 돼?"

"취재 목적 외의 불법적인 행위나 회사의 명예 실추시키는 행위는 한 적 없습니다."

정언의 대답에 종철이 화를 내려는 성탁을 제지했다. 종철은 무표정한 정언의 얼굴을 훑더니 기가 막힌다는 투로 웃었다.

"기획안 제출 거부하는 거 이딴 식으로 하려는 의도야? 우리가 이미 여러 루트로 좋게 얘기했는데도 왜 말을 안 듣냐고. 최영직 CP가 기획안 한 번 보자고 말한 것도 싫다고 했다며?"

윤은 그 말에 정언이 잠깐 멈칫한 것을 알아차렸다. 눈 깜빡할 정도로 짧은 순간이었으나, 영직에 대한 이야기 때문인 것이 분명했다.

재희가 영직을 만나고 온 뒤 아직까지 아무 말이 없었던 것이 생각났다. 그 자리에서도 기획안 이야기가 나왔고, 재희가 역시나 그 말을 거절한 게 틀림없었다. 정언은 그 찰나의 동요를 숨긴 채 말했다.

"왜 기획안 제출 요구하시는지 이유 모르겠습니다. 제가 입사한 이후로 단 한 번도 상부에서 기획안 요구하신 적 없었습니다. 저희가……."

"야, 넌 계집애가 어디서 따박따박 말대꾸야?"

정언의 말을 끊은 건 광훈이었다. 광훈은 교체된 이사진 중에서도 가장 평이 나쁜 사람이었다. 교수 출신으로 정계 진출을 노린다는 소문이 파다한 위인이었다. 교수 시절부터 각종 막말로 문제가 된 것도 하루 이틀 일이 아니었다.

그의 입에서 나온 계집애라는 소리에 윤은 저도 모르게 표정을 굳혔다. 그때까지 포커페이스를 유지하던 정언의 눈빛이 날카로워졌다. 정언은 눈 한 번 깜빡이지 않은 채 광훈을 응시했다. 어지간한 사람이라면 대번에 기가 질릴 정도로 서늘한 눈이었다.

광훈 역시 그걸 모를 리 없었다. 어이가 없다는 표정으로 정언을 본 광훈이 팔짱을 끼었다.

"눈깔 똑바로 안 떠? 불만 있어? 왜, 대단한 피디보고 계집애라고 해서 기분 상해?"

"이사님, 폭언 삼가 주십시오."

정언이 가라앉은 투로 대답했다. 그러나 광훈은 그 말에 더 기세등등하게 목소리를 높였다.

"폭언? 뭐가 폭언이야? 계집애보고 계집애라고 하는 게 폭언이야? 하여튼 이래서 계집애들 뽑아 놓으면 안 돼. 별것도 아닌 말에 파르르 떨면서 대들잖아. 그렇게 예민하면 집구석에서 살림이나 하지, 왜 나와서 돌아다녀? 야, 너 서른하나 먹었다며. 그 나이면 선 시장 퇴물이야, 퇴물. 빨리 시집이나 가지 방송국은 왜 붙어 있어? 그것도 <비하인드 24> 같은 데."

"이사님."

정언은 조용히 광훈의 말을 막았다. 윤은 무릎 위에 놓인 손끝을 안으로 말아 움켜쥐었다. 듣고 있는 자신이 찬물을 머리에서부터 뒤집어쓴 것 같은 기분을 느낄 정도였다. 정언의 모멸감이 어느 정도일지 상상조차 가지 않았다.

머릿속에서 열이 올랐다. 윤은 떨림을 참기 위해 이를 물었다. 광훈은 아랑곳하지 않고 말을 이었다.

"말 나온 김에 <비하인드 24> 얘기 좀 할까? 니들 평균 시청률 얼만지 알아?"

윤이 정언 대신 먼저 대답했다.

"작년 기준 12.8퍼센트입니다."

"최고 시청률하고 최저 시청률 아이템 뭔데?"

"서울 북서부 여성 연쇄살인사건 편이 14.6퍼센트, 제주 4.3 사건[1] 편이 7.2퍼센트였습니다."

---

[1] 1948년 4월 3일 남한만의 단독정부 수립에 반대한 남로당 제주도당의 무장봉기와 미 군정의 강압이 계기가 되어 제주도에서 일어난 민중항쟁. 이승만 정부는 제주도에 계엄령을 선포하고 남로당 진압을 빌미로 무고한 제주도민들을 학살했다. 제주 4.3 사건의 희생자 수는 아직도 정확히 파악되지 않았으나, 당시 제주도 마을 95퍼센트가 화재로 소실되었으며 제주도민 8분의 1이 사망한 것으로 알려져 있다. 2000년 1월에 이르러서야 제주 4.3 사건

팀에 들어오자마자 편람과 시청자 카페를 샅샅이 뒤지며 공부한 덕에 그런 수치들은 머릿속에 확실히 남아 있었다. 그렇게 바로 답이 돌아올 줄 몰랐는지, 광훈이 한쪽 눈썹을 조금 치켜올리더니 비꼬는 것이 역력한 투로 내뱉었다.

"야, 아주 똑똑하네. 머리 좋아. 그 좋은 머리로 그거 말하면서 아무 생각이 없어? 사람들이 뭐 원하는지 모르겠어? 자극적인 거, 응? 자극적인 거. 니들이 백날 무슨 대단한 사명감 가지고 해 봐야 사람들 원하는 거 그거야. 젊은 여자 강간하고 죽이고, 이런 얘기 나오면 사람들이 죄다 텔레비전 앞에 붙어 있는다고. 제주 4.3 사건? 그런 거 누가 궁금해하는데?"

"시사 프로그램에서 시청률 7퍼센트 절대 낮지 않습니다."

정언의 목소리는 차분했으나, 윤은 정언 역시 자신처럼 이 자리를 박차고 나가지 않기 위해 참고 있다는 걸 충분히 짐작할 수 있었다. 광훈이 답답하다는 듯 혀를 찼다.

"우리가 제작비 공으로 줘? 그 짓 한다고 전국 돌아다니고 해외 나가고 그 돈이 다 너희 사비야? 강간, 살인, 사이코패스, 뭐 이런 거 위주로 할 수 있잖아. 화끈한 거, 사람들 좋아하는 거. 시청률도 오르고 윗분들 심기도 안 거스르고 일석이조 아냐."

"저희 그런 프로그램 아닙니다."

"그럼 뭔데? 뭐 얼마나 대단한 프로그램이라 그런 게 아냐?"
코웃음을 친 광훈이 정언을 아래위로 훑어보았다.

"알아서 잘 하면 우리가 왜 폐지를 시켜. 지금이라도 생각 바

진상 규명 및 희생자 명예 회복에 관한 특별법이 공포되었으며, 2003년 10월 정부의 진상 보고서가 채택되어 대통령의 공식 사과가 이루어졌다.

꾸면 살려 주겠다고. 무슨 말인지 몰라?"

그 마지막 말에 정언의 표정이 달라졌다. 생각을 바꾸면 살려 주겠다는 건, <비하인드 24>를 유지할 수도 있다는 뜻일까. 윤은 잠시 눈을 깜빡이는 것도 잊은 채 이사들을 보았다. 광훈이 몸을 약간 앞으로 내밀며 정언을 타일렀다.

"우리라고 뭐 잘 되는 프로 폐지시키고 싶어서 그러겠어? 근데 문제가 뭐냐, 젊은 놈들이 프로그램 잘 되는 게 지들 덕인 줄 알아. 아니거든. 회사가 백업을 해 주니까 지들이 있는 건데 반대로 생각을 해요. 그러니까 말 들으라는 거야. 말 들으면 폐지 안 한다니까?"

그러니까 그들이 제안하는 건 결국 선택의 문제였다. 절반이라도 남기겠느냐, 모두 빼앗기겠느냐. 윤은 자신이 아는 재희나 정언이라면 그들 말대로 하면서 프로그램을 남기느니 그냥 문을 닫는 쪽을 선택하리라는 것을 알고 있었다.

그러나 모두의 의견이 같을지는 확신할 수 없었다. <비하인드 24>는 한 사람의 팀이 아니었다. 종철이 나름대로는 부드럽게 정언을 달래듯 말했다.

"긴말 말고, 지금 미방분 기획안 제출하고 앞으로 우리하고 종편본 시사하자고. 서정언 피디, 무슨 말인지 알겠어? 최영직 CP 체제로 완전 전환하고 매주 아이템 CP 컨펌 받게 될 거야. 지금하고 크게 다르지 않아. 생각하는 것처럼 아주 나쁘고, 그런 일 안 일어나. 최영직 CP 상식적인 사람이라고."

정언은 잠시 눈을 감았다 떴다. 그 짧은 순간 정언의 머릿속에 무슨 생각이 지나갔는지 윤으로서는 알 길이 없었다. 다만 정언이 그런 말을 받아들일 리 없다는 건 확실했다.

정언은 최대한 감정을 누르는 말투로 대답했다.

"이사님, 지금 요구하시는 사항은 제작 및 보도 자유의 보장 조항 위반에 해당합니다."

정언의 말이 끝나기 무섭게 광훈이 정언을 야단쳤다.

"계집애는 말대꾸하지 마! 왜 이렇게 낄 데 안 낄 데를 모르고 잘난 척을 해? 하여튼 시보국에 계집애들 뽑지를 말아야 돼. 특히 서정언 너 같은 것들. 옛날에는 여기 여자가 발도 못 들이는 데였어. 군대 안 가서 위아래도 모르는 계집애들이 비집고 들어와 물 다 흐려 놓는 거 봐. 윗사람이 말하는데 눈깔 똑바로 뜨고 대드는 꼴 보라고, 저거!"

정언은 거기 대꾸하는 대신 입을 다물었다. 윤은 탁자 아래 놓인 정언의 손이 떨리는 것을 보았다. 할 말이 없어서가 아니라, 입을 여는 즉시 감정이 터질 것 같아 참는 것이 틀림없었다. 윤은 입술 안쪽을 이로 눌러 물었다.

광훈이 한심하다는 투로 들으라는 듯 끌탕을 했다.

"계집애들이 시보국에 무슨 필요가 있어? 좀 어리고 예쁘장한 애들이나 뽑아서 얼굴 마담이나 시키다 나이 들면 내보내야지. 시사 프로 지루한데 그런 애들이라도 보여 줘야 시청자가 붙을 거 아냐. 야, 서정언. 계집애가 피디 행세하면서 백날 그러고 다녀 봐야 사람들은 너 화장 예쁘게 하고 야한 옷 입고 잠깐 나오는 거 훨씬 좋아한다고. 너 벗어 봐야 비쩍 말라서 볼 것도 없게 생겼는데 치마라도 짧게 입어. 화장도 좀 하고."

저열하기 이를 데 없는 수작이었다. 윤은 이를 악물었다. 목덜미로 열이 올라오는 것이 느껴졌다. 당사자인 정언이 어떤 심정일지 상상하는 것만으로도 몸이 떨렸다.

"이사님."

정언이 입을 열었다. 그 목소리에 처음으로 감정이 실렸다. 그런 말을 듣는 사람이 아무렇지도 않을 리 없었다. 일부러 정언을 무너뜨리려 하는 말이라는 건 누가 봐도 뻔했다. 정언이 흔들린다는 것을 알아차렸는지, 광훈이 재미있다는 표정으로 정언을 훑어보았다.

"너 강재희랑 잤냐? 그래서 거기 붙어 있으려고 그래? 그거 아니면 계집애가 <비하인드 24> 같은 데 있을 이유가 뭐야?"

정언의 얼굴에서 일시에 핏기가 사라졌다. 머릿속에서 누군가 스위치를 누른 듯한 감각이 지난 건 그때였다. 이성이 단번에 발화점까지 끓어 올라갔다. 머릿속이 완전히 새하얗게 지워지는 것 같았다. 윤은 광훈을 똑바로 응시하며 물었다.

"지금 뭐라고 하셨습니까?"

광훈이 불쾌하다는 표정으로 윤에게 시선을 돌렸다.

"넌 뭔데 끼어들어? 뭐가 어째?"

"지금 뭐라고 하셨냐고 했습니다."

윤이 심상치 않다고 생각했는지 곁에서 정언이 예의 갖춰, 하고 윤에게 나지막하게 주의를 주었다. 그러나 한 번 스위치가 눌린 머릿속은 차가워지지 않았다. 이미 마지노선을 넘었다는 걸 윤 스스로는 잘 알고 있었다.

윤은 어이없다는 표정으로 자신을 보는 광훈에게 말했다.

"선배한테 사과하시죠."

광훈이 그 말에 어이가 없다는 투로 킬킬거렸다. 한참을 웃던 광훈이 팔짱을 끼었다.

"사과? 뭘 사과해?"

"방금 그 발언 적절했다고 생각하시는 겁니까?"

윤이 되묻자 광훈의 얼굴에서 웃음기가 싹 걷혔다. 윤을 뚫어지게 보던 광훈이 내뱉었다.

"요새 젊은것들 가만히 보면 엄청 웃기네. 평피디가 뭔데 이사한테 사과를 하라 마라야? 그리고 대가리에 피도 안 마른 게 왜 나서. 둘이 무슨 사이야? 너도 서정언하고 잤냐?"

윤은 그 순간 자리에서 벌떡 일어났다. 의자가 뒤로 거칠게 나가떨어지며 바닥 위로 시끄러운 소리를 냈다. 이사회실 안에 짧은 정적이 흘렀다. 분노로 온몸이 떨렸다. 윤은 손을 말아 움켜쥐었다. 짧은 손톱 끝이 손바닥 안으로 파고들었다. 그러나 아무감각도 느껴지지 않았다.

"입에서 나오면 다 말입니까?"

"뭐?"

윤이 이렇게까지 나올 거라고는 예상하지 못한 듯, 광훈의 얼굴에 당황한 기색이 역력했다. 정언이 서둘러 곁에서 윤의 옷자락을 당기며 김 피디, 하고 불렀다. 윤은 자신을 도로 앉히려는 정언의 손을 떼어 내며 광훈을 향해 내뱉었다.

"입에서 나온다고 똑같은 말 아닙니다. 치매 오실 나이 아닌 것 같은데요."

"너 지금 뭐라고 그랬어? 야, 이 새끼야, 너 제정신이야?"

"제정신이요? 술 한 방울 안 마시고 직원 성희롱하는 분이 저한테 그런 말씀하실 자격이 있습니까? 방금 그 발언 정말 아무 문제없다고 생각하세요? 그럼 지금 당장 나가서 길거리에서 스피커 켜 놓고 그 말씀 다시 해 보시죠. 하실 수 있습니까? 본인이 이사니까, 선배가 직원이니까 이 자리에서 그러시는 거 아닙니까! 위계 이용해서 그딴 식으로 저열하게 지껄이면 범죄라는 거 모르세요?"

이사들의 표정이 확 굳어졌다. 평피디가 이사진에게 이 정도 수위의 발언을 한다는 건 높은 확률로 징계감일 게 틀림없었다.

전에 없이 새파랗게 질린 정언이 윤의 팔을 잡으며 김 피디, 하고 나직하게 윤을 불렀다. 그러나 윤은 그 자세 그대로 광훈을 뚫어지게 응시할 뿐이었다.

자신의 말이 틀린 건 하나도 없었다. 광훈의 발언이 공론화되면 충분히 문제가 될 만한 수준이었다. 이사들이 서둘러 씩씩대는 광훈을 진정시키며 윤의 눈치를 살폈다.

종철이 광훈에게 뭐라고 말하며 나가자는 듯 팔을 끌었다. 그러나 광훈은 종철을 뿌리치며 윤에게 고함을 쳤다.

"김윤, 너 지난번에도 게시판에 선동글 올린 놈이지? 간 부은 새끼가 어디서 겁대가리도 없이 설쳐? 아주 잘리고 싶어?"

"지금 해고 협박하시는 겁니까?"

"협박?"

어이가 없다는 투로 되묻는 광훈에게, 윤은 포켓에 꽂아 둔 보이스리코더를 가리켰다.

"이 대화 녹취하고 있습니다. 자신 있으면 계속 말씀하시죠."

이사들의 안색이 달라졌다. 이 녹취가 공개되면 상황이 심각해질 판이었다. 광훈이 더 펄펄 뛰며 윤에게 삿대질을 했다.

"이 건방진 새끼가 누구 마음대로 녹취를 해?"

"저 이 대화 당사자라 통신비밀보호법 위반 아닙니다. 제가 지금 이 파일 들고 시보국 내려가서 공론화 요청할까요? 폭언, 성희롱, 해고 협박, 또 뭐하시려고요?"

"야, 김윤!"

광훈이 자리에서 일어나 윤의 멱살을 잡을 기세로 다가왔다. 종철이 황급히 뒤에서 광훈을 끌어당겨 도로 자리에 앉혔다. 창백하게 질린 얼굴로 윤을 쳐다본 정언이 거의 나오지도 않는 목소리로 입술을 달싹였다.

"김 피디, 그만해."

그 얼굴을 보자 누군가가 심장을 마구잡이로 휘젓는 듯한 감정이 소용돌이쳤다. 뭐라고 정의할 수 없는 감정이었다. 정작 당사자인 정언이 한마디도 하지 못하는 모습에 더 미칠 것 같았다.

"당장 선배한테 사과하세요. 사내에서 공론화 불가능하다면 녹취록 인터넷에 전체 공개하겠습니다. 고소하실 거면 그때 하시죠. 겁 안 납니다. 저희가 자부심 있고 충성심 있다면 그건 이사님들한테가 아니라 회사에 있는 겁니다. 그런 소리 지껄이면서 부끄러운 줄도 모르는 분이 이사 직함 달고 앉아 계신다는 거 전 납득 못 합니다."

"하, 나 이거 진짜……."

광훈이 넥타이를 풀며 머리칼을 쓸어 올렸다. 거칠어진 숨을 고르며 윤을 빤히 쳐다보던 광훈이 입술을 짓씹었다. 윤의 말대로 만약 인터넷에 이 녹취록이 공개되기라도 한다면 여론은 불을 보듯 뻔한 일이었다. 얼굴이 상기된 광훈이 분함을 참지 못하는 투로 빈정거렸다.

"아, 그래. 내가 아주 대역 죄인이네, 대역 죄인이야. 계집애 앞에 두고 말 한마디 잘못해서 새파랗게 어린 새끼가 나보고 쪽을 주겠다는데 세상 잘 돌아간다."

"사과 똑바로 하세요!"

윤이 고함을 치자 광훈이 눈을 희번덕거렸다.

"야 이 새끼야, 너 그런 버르장머리 어디서 배웠어? 부모가 그렇게 가르쳐?"

"저희 부모님은 최소한 상식적인 분들입니다! 이사님은 가정 교육 얼마나 대단하게 받고 저한테 그런 말씀 하십니까? 지금 회사 명예 실추시키는 게 제 발언입니까, 아니면 이사님 발언입니까? 살 만큼 사시고 배울 만큼 배우신 분이 그거 판단이 안 되세요?"

화가 치받을수록 도리어 머릿속은 더 차가워졌다. 윤과 더 이상 말해 봐야 얻을 게 하나도 없다고 판단했는지, 끝에 앉아 있던 갑진이 뭐라고 하려는 광훈을 제지했다.

"고 이사, 진정해."

갑진이 종철에게 눈짓을 하자 종철이 광훈을 뭐라고 달래며 급히 이사회실 바깥으로 광훈을 데리고 나갔다. 끌려 나가다시피 하는 동안에도 윤을 쳐다보며 씩씩거리던 광훈이 사라지자 이사회실 안에 정적이 감돌았다.

한동안 침묵하던 갑진이 손을 깍지 끼며 윤을 마주 보았다.

"지금 김윤 피디 태도 징계 불가피해. 무슨 말인지 알겠어?"

"상관없습니다."

윤은 싸늘하게 내뱉었다. 윤을 빤히 응시하던 갑진이 정언에게 손짓을 했다.

"두 사람 그만 나가 봐."

가벼운 묵례를 한 정언은 말없이 자리에서 일어났다. 꼼짝도 않고 있는 윤의 팔을 잡아 이사회실 밖으로 나온 정언은 비상구 계단으로 들어서며 문을 닫았다. 한동안 말없이 바닥을 보고 서 있던 정언이 한숨을 쉬었다. 어디서부터 뭐라고 말을 해야 할지 막막한 듯했다.

몇 분쯤 그렇게 서 있던 정언이 고개를 들었다. 핏기라고는 찾아볼 수 없는 얼굴에 복잡한 감정이 스민 채였다. 어떤 단어로도 설명이 되지 않는 표정이었다. 정언이 가느다란 손끝으로 흘러내린 머리칼을 쓸어 올렸다.

"왜 그랬어?"

낮은 목소리였다. 윤은 정언을 물끄러미 바라보았다. 정언이 다시 한 번 물었다.

"왜 그랬냐고 묻잖아. 지금 이게 뭐하는 짓이야?"

윤은 대답 대신 정언의 곁을 지나쳐 계단을 올라갔다. 두 층만 올라가면 옥상 정원이었다. 문을 열자 텅 빈 옥상에 바람이 스산했다. 아침부터 도시를 뒤덮고 있던 안개가 아직도 묵직하게 내린 채였다. 커튼 너머의 풍경처럼, 안개 속 회색 도시의 모습이 아득했다.

난간을 쥐고 선 윤은 눈을 떨어뜨렸다. 경계를 흐리는 풍경 속으로 시선이 배회했다. 난간을 움켜쥔 손에서 차가운 감각이 스몄다. 속에서 미친 듯이 소용돌이치는 감정들은 가라앉을 기미를 보이지 않았다.

윤을 따라 올라온 정언이 옥상 문을 닫으며 윤의 팔을 잡았다. 그러나 윤은 바로 그 손을 떼어 냈다.

"할 말 없어요."

잠긴 목소리가 떨렸다. 이미 임계점을 넘은 머릿속을 숨길 수가 없었다. 정언이 그것을 눈치채지 못했을 리 만무했다. 정언은 다시 한 번 윤을 붙잡아 돌려세웠다.

"김 피디, 나 봐. 나 보고 얘기해! 지금 본인이 무슨 짓 저질렀
는지 알아?"

정언은 분명 화가 나 있었다. 그러나 그건 방금 이사회실에서
당한 일 때문이 아니었다. 그 모욕적인 말을 들으면서도 참았던
정언이었다. 그런 정언이 화를 내는 이유는 단 하나였다. 윤이
괜히 자기 일에 끼어들어 징계를 받을까 싶어서였다.

눈앞에서 그런 말을 들어 놓고도 정언이 스스로가 아니라 자
신을 걱정하는 게 싫었다. 발화점에 도달한 지 오래인 감정이
들끓었다. 정말 돌아 버릴 것 같은 기분이 된 윤은 정언의 손을
거칠게 뿌리쳤다. 정언이 비틀거리며 뒤로 조금 물러났다.

"김 피디."

정언이 뭐라고 더 말을 잇기도 전, 윤은 씹듯이 뱉었다.

"할 말 없다고 했잖아요. 저 무슨 처분 당하든 상관없어요. 그
딴 거 신경 안 써요."

그 말에 정언이 기가 막힌다는 얼굴을 했다.

"진짜 어쩌려고 그래?"

"제가 뭘 어떻게 할까요? 그럼 그 자리에서 한마디도 안 하고
입 다물고 있었어야 돼요?"

말이 이성의 통제를 벗어난 지 한참이었다. 침착하려 해도 아
무것도 생각할 수가 없었다. 윤의 말에 정언이 답답하다는 듯
소리를 쳤다.

"그걸 왜 못 참는데, 한 귀로 듣고 한 귀로 흘렸으면 될 걸 왜
그래!"

그런 건 애초에 가능하지도 않은 일이었다. 윤은 숨을 들이쉬
었다. 평소에는 읽기 어렵다고 생각한 정언의 눈동자에서 윤은

얼핏 지나치는 감정들을 보았다. 분노일까, 슬픔일까, 당혹감일까, 혹은……

겹겹이 쌓여 올라온 그 감정의 층위를 설명할 수 있는 간단한 단어는 존재하지 않았다. 윤은 정언의 눈을 마주 보았다. 시야가 잠깐 흐려졌다 선명해졌다. 머릿속의 말들이 그대로 쏟아졌다.

"제가 왜요? 제가 왜 참아야 돼요? 대체 누가 눈앞에서 그딴 개소리 듣고도 참을 수 있다고 생각하세요? 참을 수 있는 사람도 있겠죠, 그런데 전 아니에요! 선배가 그런 소리 듣는데 옆에서 그냥 가만히 있으라고요? 저 그렇게 못 해요!"

"김 피디!"

정언이 창백하게 질린 얼굴로 말을 끊었다. 그러나 윤은 거기서 멈추지 않았다.

"저 욕했으면 그냥 넘겼어요. 그런데 말끝마다 계집애, 계집애 하면서 선배 무시하고 개 같은 소리 하는 건 못 넘겨요! 그 새끼들이 뭘 알아요? 선배가 어떻게 일하는지, 얼마나 대단한 사람인지 내가 아는데 아무것도 모르는 새끼들이 그딴 소리 하는 거 어떻게 참으라고요!"

그 자리에서 이성을 잃었던 건 결국 그 때문이었다. <비하인드 24>는 정언의 세상이었고 삶 자체였다. 윤은 그걸 가장 가까이서 지켜본 사람 중 하나였다. 정언의 모든 걸 아무렇지도 않게 부정하는 인간들 앞에서 침묵할 수 있을 리가 없었다.

정언이 그 모멸감을 홀로 감내하게 하기는 싫었다. 그런 말을 듣고도 정언을 외면한다는 건 불가능했다. 정언이 그런 순간에 스스로를 혼자라고 느낀다는 상상만으로도 미칠 것 같았다.

눈가가 뜨거워졌다. 윤은 시선을 내리며 입술을 깨물었다. 입

안이 온통 마르는 것 같았다. 짧은 침묵이 지났다. 정언이 한숨처럼 말했다.

"프로그램 폐지 걸려 있어. 그냥 잠깐이야. 듣고 넘길 수도 있었던 거잖아."

손에 쥐자마자 부스러지는 모래처럼 물기 없는 목소리였다. 그건 정언 자신에게 하는 말처럼도 들렸다. 그냥 잠깐. 그 짧은 말로 정언이 참고 지나왔을 수많은 순간들은 보지 않아도 쉽게 그릴 수 있는 것이었다.

윤이 고개를 저으며 정언을 똑바로 응시했다.

"선배가 이딴 소리 들어가면서 견뎌야 되는 거면 저 <비하인드 24> 폐지돼도 상관없어요. 남들 슬프고 억울한 얘기 다 들어 주는데, 그럼 선배 얘기는 누가 들어 줘요? 남들이 이런 일 당했으면 자기 일처럼 화냈을 거면서, 왜 선배 일은 그냥 참으려고 하시는데요?"

정언은 그 말에 대답하지 못했다. 대답하지 않았다, 보다는 못했다, 에 더 가까운 정적이었다. 윤은 고개를 숙이며 바닥으로 긴 숨을 뱉었다. 속에 들어찬 열기 탓에 심장이 타들어 가는 것처럼 괴로웠다. 숨을 쉬는 것조차 힘들었다. 누가 조금만 더 건드리면 정말 그대로 터져 버릴 것 같은 기분이었다.

한동안 말이 없던 윤은 나지막하게 말했다.

"저 제가 잘못했다고 생각 안 해요. 선배 앞이라 더 욕 못 해줘서 열 받는 거지, 제 행동 후회 안 한다고요. 저 지금 화났으니까 더 설득하려고 하지 마세요. 선배가 한마디만 더 하시면 저 정말 폭발할 것 같아요. 진짜 눈 뒤집힐 것 같은데 참고 있는 거니까 제발 그냥 두세요."

윤은 정언에게서 등을 돌리며 입술을 깨물었다. 손끝이 떨리고 있었다. 화가 나는 건지, 울고 싶은 건지도 판단할 수가 없었다. 머릿속에 들끓는 열 때문에 아무 생각도 나지 않았다. 어떻게 해야 이 감정을 원래대로 돌릴 수 있는 건지 몰라 미쳐 버릴지경이었다. 이런 건 정말 처음이었다.

잠깐 사이를 둔 정언이 등 뒤에서 윤의 팔을 잡았다.

"김 피디, 잠깐만. 진정하고 내 말 들어."

그 목소리 끝이 갈라졌다. 머릿속에 새빨갛게 경고등이 켜진 듯한 감각이 지났다. 정언이 무슨 말을 할지 이미 알고 있는 탓이었다. 징계 받을 걸 알면서 왜 그랬냐고, 참았어야 한다고, 그냥 넘어갔어야 한다고.

그게 자신을 위한 말이라는 건 알고 있었다. 하지만 정언이 이럴 때조차 왜 스스로를 먼저 생각하지 않는지 이해할 수 없었다.

정언이 다시 한 번 윤을 돌려세웠다. 눈이 마주친 순간 머릿속에서 뭔가 툭 끊기는 것 같았다. 윤은 자신의 팔을 잡은 정언의 손목을 움켜쥐어 벽으로 밀어붙였다. 무게감이 거의 느껴지지 않을 정도로 마른 몸은 무방비 상태에서 너무 쉽게 떠밀렸다.

정언의 등이 벽에 세게 부딪쳤다. 상상했던 것보다 훨씬 가벼운 몸이었다. 아픔조차 생각나지 않을 정도로 놀랐는지, 정언이 눈을 동그랗게 치켜뜨며 윤을 보았다. 그 눈동자가 흔들렸다.

한 손으로 정언의 왼쪽 손목을 잡은 윤은 다음 순간 다른 손을 벽에 짚어 사이로 정언을 가뒀다. 시멘트벽의 냉기가 손바닥으로 스며들었다. 머릿속을 온통 태워 버리는 것 같은 열기와 그 냉기가 기묘하게 뒤섞였다. 손끝이 새하얗게 질렸다.

"……한마디만 더 하시면 저 진짜 폭발할 거라고 했잖아요."

윤은 간신히 억누르는 목소리로 말했다. 벌어진 정언의 입술 사이로 새어 나오는 숨결의 흐름이 느껴졌다. 이렇게 가까웠던 적이 있었나 하는 생각이 문득 뇌리를 지났다.

손목을 잡은 손안으로 희미한 떨림 같은 감각이 지났다. 자신일까, 정언일까. 윤은 그 감각이 어느 쪽에서 전이되는 것인지 구분하지 못했다. 머릿속이 온통 녹아 버린 캐러멜처럼 뒤엉켰다. 윤은 정신없이 떠오르는 단어들을 내뱉었다.

"저한테는 무슨 말 해도 상관없어요. 그런데 선배한테 그런 말 하는 건 못 참아요. 누가 그 새끼 죽여도 된다고 했으면 정말 죽여 버렸을 거라고요. 저 지금 보이는 거 없어요. 지금……."

윤은 말을 멈췄다. 자신이 무슨 말을 하고 있는지도 모른다는 걸 깨달은 건 그때였다. 모든 단어들이 입에서 나오는 즉시 세상에서 사라지는 것 같았다. 아무 생각도 나지 않았다. 손안에서 전해지는 그 서늘한 체온, 가장 가까이서 닿는 가느다란 숨결, 그리고…….

"김 피디."

정언이 입술을 달싹였다. 그러나 윤은 대답하지 못했다. 귓가에서 모든 소리가 다 지워졌다. 아주 깊은 물속에 그대로 빠져 버린 것처럼 눈앞이 아득했다.

정언이 잡힌 손목을 빼려는 것처럼 손끝을 말아 쥐었다. 그것을 느낀 윤은 무의식중에 그 손목을 더 세게 움켜잡았다. 민감해진 감각 탓에 부드럽고 차가운 한 겹의 피부 아래 가느다란 골격까지 그대로 그릴 수 있을 듯했다.

순간 조금만 더 힘을 주면 부러져 버릴 것 같은 그 약함이 실감나 겁이 났다. 처음 정언을 지키기 위해 품으로 끌어당겨 안

앓을 때의 기억이 되살아났다. 그렇게 빈틈없는 정언이 실은 지나치게 가볍고, 지나치게 말랐다고 느꼈던 그 순간.

서정언이라는 이름을 감당하기에는 버겁지 않을까 언제나 궁금했었다.

윤은 거칠어지는 호흡을 간신히 눌렀다. 이렇게 가까워진 순간을 단 한 번도 상상한 적 없다면 거짓말이었다. 머릿속이 녹아 버릴 것 같은 욕망 따위는 단 하나도 없다고 맹세하는 건 불가능했다. 자신에게만 허락된 무방비함을 이용할 기회도 얼마든지 있었다.

그러나 윤이 그렇게 하지 않은 까닭은 단 하나뿐이었다. 자신의 아주 작은 실수가, 그저 지나치는 행동이 지금처럼 정언을 다치게 할까 봐 두려워서.

"선배는 저 더 경계하셔야 된다고 했던 거 농담 아니에요."

윤은 거의 속삭이듯 중얼거렸다. 단어들이 입 안에서 거칠게 긁혔다. 양가적인 감정은 동전의 양면처럼 늘 불가분의 관계였다. 미치도록 원하면서도 그만큼 두려웠다. 그만둬야 한다고 생각하면서도 이 순간을 놓칠 수가 없었다.

윤은 눈을 들었다. 한 뼘도 되지 않는 거리에서 정언의 새까만 눈동자가 자신을 물끄러미 응시했다. 윤은 벽을 짚어 정언을 가두던 손을 뗐다. 그리고 그 손으로 정언의 창백한 이마 위로 흐트러진 머리칼을 아주 조심스럽게 뒤로 넘겼다. 손끝이 떨었다.

머리칼을 쓸어 올리는 손가락 끝으로 정언의 뺨이 거의 스치듯 닿았다. 서늘하고 부드러운 감각이 거기에서부터 녹아들었다. 귀 끝을 지난 윤의 손은 정언의 짧은 머리칼을 덧그리다 목덜미 부근에서 멈췄다.

거의 환각에 가까울 정도의 옅은 감각이었다. 그러나 그 희박한 감각조차 이성을 잃게 만들기엔 충분했다. 간혹 상상 속에서 어림하던 어떤 감각도 현실을 누르지는 못했다.

"……싫다고 하세요."

그 말은 진작 바닥난 이성의 마지막 흔적에 가까웠다. 윤은 떨리는 손끝을 다시 벽에 짚었다. 아까처럼 정언을 완전히 가둔 건 아니었지만, 그렇다고 빠져나가게 두지도 않는 위치였다. 정언에게 선택할 기회를 줘야 한다고 생각하면서도 실은 그러고 싶지 않았다.

"저 지금 제정신 아니에요. 싫다고 하시면 손끝 하나도 안 건드릴 테니까, 선배가 원하지 않는 거 아무것도 안 할 테니까, 그러니까…… 싫다고 하세요. 저도 제가 무슨 짓 할지 몰라요. 제발 그냥 싫다고 하세요."

마지막 말은 숨소리나 다름없이 잠겨 나왔다. 눈앞이 아득했다. 윤은 잠시 눈을 감았다. 차라리 그냥 시간이 멈춰 버렸으면 좋겠다는 생각이 들었다.

정언에게 싫다고 말하라고 한 건 진심이었다. 스스로 무슨 행동을 할지 예측할 수가 없었다. 뭘 하고 싶은 건지, 뭘 할 수 있는지 생각하는 것 자체가 불가능했다. 윤이 지금 생각하는 건 오직 하나였다. 정언이 싫다고 단 한마디만 한다면 모든 걸 멈출 수 있었다.

긴 정적이 지났다. 어쩌면 고작 몇 초에 불과할지도 몰랐다. 그때 문득 이마에 닿은 손길이 그 정적을 깨고 윤을 현실로 돌려놓았다. 흘러내린 앞머리 사이로, 거기 남은 아주 희미한 흉터를 덧그리는 차고 부드러운 손끝.

그 감각이 윤의 단정한 눈썹 위를 지났다. 얇은 눈꺼풀과 긴 속눈썹을 스친 손가락이 윤의 뺨을 감쌌다. 정언의 손끝에 스민 습기가 뺨 위로 옮아 왔다. 그 때문에 윤은 자신이 울고 있다는 걸 겨우 자각했다.

아주 가까운 곳에서 서로의 숨결이 비스듬히 미끄러졌다. 시선보다 더 가까이서 호흡이 닿았다. 공기가 움직였다. 윤은 거의 본능적으로 그 감각을 따라 몸을 숙였다. 한 뼘, 혹은 겨우 반 뼘. 실제로 그 거리가 어느 정도였는지 가늠할 수 없었다.

짧은 숨결의 끝에서 물기 없는 얇은 입술이 맞닿아 스쳤다. 가장 민감하고 부드러운 피부가 접촉하며 전이되는 감각이 마치 처음인 듯 낯설었다. 습기가 어려 약간 흐려진 시야로, 가만히 자신을 마주 보는 정언의 눈동자가 어른거렸다.

왜 싫다고 말하지 않았을까.

불현듯 본질적인 물음이 지났다. 그러나 윤은 그 답을 생각하는 대신 벽에 닿아 있던 손으로 정언의 얼굴을 감쌌다. 머리칼이 아주 가느다란 모래 같은 감촉을 남기며 손등과 손가락 사이로 휘감기듯 떨어졌다. 오른쪽 눈가를 스치고 긴 속눈썹을 지나는 손끝에 정언이 눈을 내리감았다.

윤은 다른 손으로 쥐고 있던 정언의 손목을 끌어 자기 목덜미에 얹으며 그 팔로 정언의 어깨를 당겨 안았다. 품 안으로 저항없이 들어온 몸을 겨우 한 팔로도 완전히 감싸 안을 수 있다는 사실을 깨달은 건 직후였다.

입 안에 조그만 얼음 조각을 올려놓은 것처럼, 서늘하고 얇은 입술이 윤의 입술과 혀끝에서 순식간에 녹아들었다. 연신 뺨과 목덜미를 휘감고 만지는 손가락 사이로 정언의 머리칼이 흐트러질 때마다 불어오는 바람을 움켜쥔 것처럼 애가 탔다.

윤은 더 절박하게 정언을 감싸 안았다. 품 안에서 그대로 사라질 것 같은 모든 감각들이 머릿속을 정신없이 헤집었다. 사이를 떠도는 공기의 입자 하나조차 놓치고 싶지 않았다. 윤의 어깨를 움켜쥔 정언의 손끝이 떨렸다. 셔츠의 천이 구겨지며 만드는 부정형의 패턴이 그 손끝에서 번졌다.

시간이 멈춘 것 같았다. 숨을 쉬는 법조차 생각나지 않았다. 어긋나며 떨어진 입술 사이로 희미하게 젖은 마찰음이 스쳤다. 잠시 넋을 잃은 듯 서 있던 윤은 막혔던 숨을 한꺼번에 토했다. 거칠어진 호흡에 머리가 어지러웠다.

벽을 짚은 윤은 바로 앞에 있는 정언을 보았다. 정언이 천천히 눈을 떴다. 그 동작이 마치 슬로 모션처럼 느리게 보였다. 윤은 멍하니 그 눈동자를 마주 보다 입술을 달싹였다.

"선배가 너무 좋아서…… 미쳐 버릴 것 같아요."

과부하가 걸린 퓨즈처럼 머릿속의 모든 생각이 전부 끊어진 채였다. 아무것도 이성적으로 판단이 되지 않았다. 정언이 말없이 윤을 응시했다. 가독 불가능한 눈동자. 왜 이렇게 가장 가까운 순간에도, 가장 멀리 있는 것처럼 느껴질까.

윤은 눈을 감았다. 속눈썹을 타고 물기가 배어 나왔다. 정언이 손끝으로 습기 어린 눈가를 만졌다. 윤은 그 손을 쥐었다. 가느다란 손가락이 안으로 말리며 윤의 단정한 손톱 위를 감쌌다.

"……옆에 있게 해 주시면 안 돼요?"

숨소리에 섞여 나온 말은 흐릿한 안개 사이로 가라앉았다. 대답을 기대한 건 아니었다. 윤은 다시 한 번 정언에게 키스했다. 정언의 마른 팔이 잠시 머뭇거리다 윤의 목을 안았다. 옅은 떨림이 맞닿은 모든 곳에서부터 스며들었다.

늘 진열장 바깥에서만 볼 수 있던, 아주 깨지기 쉬운 물건을 다루듯 정언의 머리칼과 뺨과 목덜미를 조심스럽게 덧그리고 어루만지는 손끝이 떨렸다. 부드러운 아랫입술을 물듯 머금으며 윤은 정언의 뒷머리를 완전히 감싸 끌어당겼다.

스며드는 숨결 사이로 미처 감추지 못한 열기가 뒤섞였다. 정언이 이대로 녹아 사라질까 봐 무서워, 윤은 그 가벼운 몸을 꼭 안았다. 차고 희미한 눈의 냄새가 스쳤다. 아직 오지 않은 겨울이 품 안에서 환각처럼 찾아들었다.

곁에 있게 해 달라고, 다른 건 아무것도 안 바란다고, 혼자 두기 싫다고, 참고 견디는 건 그만해도 된다고…… 수많은 단어들이 부유했지만 무엇 하나 소리가 되어 나오지는 않았다. 어떤 말도 지금 이후의 순간을 위한 것이었다. 체온과 숨결과 모든 감각들이 단어들을 대신했다. 안개에 감싸인 난간 바깥의 도시는 고요했다.

회사 근처의 작은 한정식집에 유일하게 하나 있는 대형 룸이 팀원들로 가득 찼다. 제일 안쪽 구석에 앉은 정언은 벽에 머리를 기댄 채 멍하니 생각에 빠져 있었다.

"정언, 무슨 생각을 그렇게 해. 점심도 안 먹었다며. 괜찮아?"

정언은 곁에서 자신을 툭 치며 속삭이는 민혜의 목소리에 퍼뜩 정신을 차렸다. 이사회실에 다녀온 이후로 오후 내내 거의 정신 나간 사람처럼 앉아 있었던 건 사실이었다.

아침부터 오후까지 폭풍처럼 휘몰아친 수많은 일들 중에서도 독보적으로 정언의 정신을 빼놓은 건 당연히 윤이었다.

그 자리에서 왜 싫다고 말하지 않았는지 정언은 스스로도 이해하지 못했다. 이때까지 한 번도 윤이 자신에게 무슨 짓을 할거라는 상상조차 한 적이 없었다는 사실을 깨달은 건 직후였다.

심지어 단둘이 있는 집 안에서 윤이 자기 입으로 선배는 저더 경계하셔야 돼요, 하고 말했을 때조차도 속으로 귀여운 소리하네, 하고 생각했을 뿐이었다.

그러나 아까는 달랐다. 싫다고 말하라고, 자기가 무슨 짓 할지모른다고 입술을 달싹이던 윤의 얼굴에 완전히 몸이 얼어붙었던것이다. 윤이 그렇게 압도적으로 느껴진 건 처음이었다.

싫다는 말 한마디면 윤은 즉시 무슨 행동이든 그만뒀을 게 분명했다. 그걸 알면서도 그 말을 하지 않은 건 왜였을까.

손끝으로 마른 입술 위를 쓸자 환각처럼 그 선명한 감각이 되살아났다. 얇은 피부가 맞닿고 체온과 숨이 스미던 짧은 순간. 미쳐 버리겠네, 하고 속으로 중얼거린 정언은 얼굴을 감쌌다.

연애라고 부를 만한 걸 안 해 본 것도 아니었고 당연히 키스가 처음도 아니었다. 그러나 이렇게 이성이라는 단어와 거리가먼 경우는 정말 전무했다. 회사에서, 후배와, 업무 시간에, 그것도 그 난리를 친 직후라니.

광훈의 말에 화가 나지 않았고 상처를 받지 않았다면 거짓말이었다. 물론 <비하인드 24>에 들어온 이래로 몇 년을 별별 소리 다 들어가며 일해 온 정언이었다. 뒤에서 재희와 자신에 대해 수군거리는 소문도 당연히 들은 적이 있었다.

그러나 누가 눈앞에서 강재희랑 잤냐는 소리를 하는 건 별개의 문제였다. 프로그램을 인질로 잡고 그런 소리를 하는 게 비열한 수작이라는 걸 모르지는 않았다. 알고도 당해야 하는 처지가 분할 뿐이었다.

다만 조금만 더 가면 인내심이 바닥날 것 같다고 생각한 순간, 윤이 먼저 터질 거라고는 상상하지도 않았던 게 문제였다. 직접 보지 않은 이상은 아무도 윤이 그렇게 폭발했다는 걸 상상조차 하지 못할 터였다.

사무실로 돌아오기 무섭게 정언의 눈에 가장 먼저 들어온 건 시사보도국 복도의 게시판에 붙은 윤에 대한 징계 공고였다. 시사보도국 3부, 김윤, PD, 2개월 감봉. 딱딱한 글자들에 시선이 머물렀다.

이사회가 끝나자마자 징계 결정이 내려진 걸 보니 고광훈이 어지간히 열 받았나 보다 짐작하는 건 어렵지 않았다. 그나마 이사에게 그 정도 수위의 발언을 한 것치고는, 더구나 지금 같은 상황에서는 새털처럼 가벼운 징계 수위인 게 다행이었다.

물론 윤이 그 안에서의 대화를 전부 녹취한 데다 공론화할 수도 있다고 했으니, 이사진 입장에서도 그 이상의 징계를 내리는 게 부담이었을 것은 쉽게 추측할 수 있었다.

"아니, 근데 이사회에서 뭐라고 했길래 올라가자마자 김 피디 징계 공고 붙은 거야?"

밑반찬부터 집어 먹고 있던 찬수가 생각났다는 듯 물었다. 윤은 자리에 없었다. 옥상에서 그러고 난 뒤 한동안 서로 아무 말도 못 하고 있다가 정언은 나 먼저 내려갈게, 하고 도망치듯 자리를 떴다. 달리 무슨 말을 해야 할지 생각이 나지 않아서였다.

금방 들어올 거라고 생각했지만 어쩐 일인지 윤은 오후 내내

부재중이었다. 지혁이 문자로 여섯 시 반에 예담에서 회식이라고 알려 주긴 했다는데, 여섯 시 이십 분이 된 지금까지도 윤은 나타나지 않고 있었다.

찬수의 물음에 석현이 곁에서 물을 따르며 대답했다.

"공고 보고 비서실에 물어봤더니 그러던데요, 김 피디가 고광훈 들이받았다고. 뭔 소리를 했는지 모르겠는데 고광훈 얼굴 시뻘개져서 원종철이 끌고 나오는 거 봤대요. 고광훈이 김윤 그새끼 죽여 버릴 거라고 펄펄 뛰었다는데?"

석현의 말에 예준이 눈을 휘둥그렇게 떴다.

"고광훈을? 미쳤다, 미쳤어. 진짜예요? 진짜 그 꼴통을 들이받았다고? 서정언이 아니라 김윤이? 아니, 뭘 어떻게 했길래 고광훈이 그렇게 넘어가? 야, 김윤 진짜 그렇게 안 생겨서 중요한 순간에 깡이 있네."

그 소리를 듣고 있던 정언은 나오려는 한숨을 간신히 참았다. 그 중요한 순간이 하필이면 이사진 까는 글 올릴 때, 재희에게 자신을 여자로 생각한 적 없냐고 물었을 때, 광훈에게 제정신이냐고 대들었을 때라니. 아무리 생각해도 미칠 노릇이었다.

팀원들이 그 사실을 안다면 당장 재희를 간덩이 부은 사람의 왕좌에서 끌어내리고 윤을 앉힐 게 틀림없었다.

"아니, 아무리 깡이 있어도 김 피디가 아무 일도 없는데 그랬겠어? 고광훈이 뭐라고 또 개소리 찍찍 했으니까 들이받았겠지. 서 피디 같이 있었잖아. 뭐라고 했길래 김 피디가 그런 거야?"

찬수가 의아한 표정을 하다가 정언에게 시선을 돌렸다. 정언은 없던 두통이 생기는 기분에 얼굴을 찌푸렸다.

"다들 남 얘기하는 거 되게 좋아해, 하여튼. 관심 끄세요. 뭐 좋은 소리 했을 거 같아서 그게 궁금합니까?"

사실 그다지 입에 담고 싶지 않은 소리들이기도 했다. 광훈이 한 말 중 10분의 1이라도 들려준다면 이 자리에 앉은 사람들이 죄다 거품을 물고 넘어갈 건 불을 보듯 뻔했다. 물론 그런 것을 알 리 없는 찬수는 그 말에 더 호기심이 생긴 모양이었다.

"고광훈이 좋은 소리 했을까 봐 궁금하겠어? 막말 어록이 팔만대장경인 거 대한민국 사람이 다 아는데. 김윤 그 생글이가 뭔 소리 듣고 야마가 확 돌아 버렸나 궁금해서 그러지."

하기야 다른 사람도 아닌 김윤이 이사한테 대들어 징계를 받았다니, 눈으로 보지 않고는 도저히 짐작조차 가지 않을 만한 일이기는 했다.

석현이 생각났다는 듯 어, 하며 방 안을 둘러보더니 물었다.

"그러고 보니까 김 피디 어디 가서 안 들어오냐?"

"바로 징계 떨어진 거 보니까 보통 난리 아니었나 본데요, 뭐. 어디 담배라도 피우러 갔겠지."

철진이 대수롭지 않다는 듯 대꾸하자 지혁이 고개를 저었다.

"형 담배 안 피우는데요."

"그럼 낮술이라도 하러 간 거 아냐?"

"술도 못 마셔요."

지혁의 말에 석현이 정말 이해가 안 간다는 표정을 했다.

"아니, 김 피디는 무슨 재미로 살아, 그럼? 애인도 없다며. 전화해서 하소연하러 간 것도 아닐 거 아냐."

도둑이 제 발 저리다고, 윤의 이름을 듣는 것만으로도 스트레스가 쌓이는 기분이었다. 듣고 있던 정언은 버럭 소리를 질렀다.

"남 일에 관심 좀 끄라니까 이 사람들이 진짜!"

그러자 맞은편에 앉아 있던 호형이 청포묵 무침을 우물거리며 손가락을 흔들었다.

"하여튼 서정언 매몰차. 서 피디 스무 살 넘어서 엄마 본 시간보다 김 피디랑 있었던 시간이 더 길겠구만 그게 왜 남이야? 부사수 좀 챙겨 줘. 그런 애가 요새 어딨다고 그래? 서 피디 그 성깔 다 참고 지금 몇 달째 붙어 있는 건데. 난 김 피디 회사에서 상 줘야 된다고 본다, 진짜."

"상 앞에 두고 얻어터질 소리 계속해 봐."

정언이 눈을 부릅뜨며 내뱉은 말에 호형이 즉시 곁에 앉은 석현을 향해 말을 돌렸다.

"선배, 이 집이 묵을 참 잘 하더라고. 그렇지 않아요?"

"너는 본전도 못 찾을 거면서 서정언한테 왜 맨날 개겨."

석현이 혀를 차며 안쓰럽다는 표정을 했다. 정언이 눈에서 레이저라도 쏠 기세로 호형을 노려보자, 호형이 젓가락으로 조심스럽게 청포묵을 집어 정언에게 내밀었다.

"저기, 맛이라도 좀 볼래?"

정언은 대답 대신 너나 먹어, 하는 얼굴로 손을 휘적거렸다. 평소 같았으면 그런 장난은 적당히 받아쳐 줄 만한 것이었지만, 지금은 머릿속이 복잡해 호형과 말장난하는 것도 귀찮았다.

호형이 아니 진짜 이 집이 묵을 잘 한다니까, 하고 아무도 안 듣는 말을 혼자 중얼거리며 들고 있던 청포묵을 입 안으로 가져갔다. 그 모양을 보고 있던 혜주가 고개를 절레절레 저었다.

그때 문이 열리며 재희가 안으로 들어섰다. 재희 뒤를 따라 들어온 윤이 문을 닫고는 정언과 가장 먼 문 쪽의 빈자리에 앉았다. 다들 윤을 흘끔거렸으나 평소와 달리 표정이 좋지 않은 탓인지 누구 하나 뭐라고 선뜻 말을 걸지는 못했다.

재희가 눈으로 앉아 있는 사람들을 한 번 훑어보고는 현진의 곁에 앉았다.

"다 모였어? 일단 먹으면서 얘기하자고. 식사하면서 할 얘기는 아닌 거 같긴 한데, 뭐 조용히 말할 데가 생각이 안 나서. 다들 점심도 제대로 못 먹었잖아."

현진이 불안하다는 표정으로 재희를 보았다.

"무슨 얘기를 또 이렇게 거창하게 하려고 그래?"

"거창할 건 없고, 다 같이 있는 데서 얘기해야 될 것 같아서."

목이 타는 듯 재희가 앞에 놓인 컵 안의 물을 숨도 쉬지 않고 단번에 비웠다. 지혁이 옆에서 다시 물을 따라 주는 사이, 찬수가 뭔가 생각난 게 있는 듯 눈썹을 좁혔다.

"혹시 최영직 CP 건이야?"

잠시 말이 없던 재희가 이마 부근을 긁적였다.

"음, 뭐 본론부터 얘기하면 그래요. 어디서부터 뭐라고 해야 될지 모르겠네."

재희가 이런 식으로 서두를 꺼내는 건 드문 일이었다. 말을 고르는 듯 침묵하던 재희는 한참 만에 가벼운 한숨을 뱉었다.

"그냥 간단히 말하죠. 최 CP님이 우리 팀 유지할 수 있게 도와주겠다고 했어요."

상부에 기획안 제출하고 사전 시사만 하면 팀을 유지시켜 주겠다고 구슬리던 이사들의 이야기가 떠오른 건 필연적이었다.

무조건 폐지라고 펄펄 뛰더니, 이제는 적당히 어르고 달래 데리고 가야겠다고 방향을 바꾼 게 아닐까 하는 생각이 퍼뜩 스쳤다. 광고 수익을 생각한다면 그게 현명한 선택이기도 했다. 손발을 묶어 놓고 자기들이 이름만 남겨 놓은 채 컨트롤할 수 있다고 믿는 게 분명했다.

"우리 유지시켜 준다고요?"

예준이 믿을 수 없다는 표정으로 되묻자 재희는 고개를 끄덕였다.

"대신 우리보고 타협하라는 거야. 청와대하고 엄대진 이미 딜 끝난 상태고 누가 뭘 한대도 뒤집을 수 없다고. CP님 생각은 그렇더라고. 어차피 엄대진이 청와대 입성하는 건 기정사실이고, 레임덕 오는 거 3년, 길어야 4년. 그러니까 눈 딱 감고 그거 몇 년 참으라는 거지."

현진이 더 듣기도 싫다는 얼굴을 하며 목소리를 높였다.

"야, 넌 그걸 그냥 앉아서 다 듣고 있었어?"

재희가 그 말에 웃는 소리를 냈다.

"까놓고 얘기합시다. 나 당연히 그거 개소리라고 생각해요. 정말 말도 안 되는 거고, 타협안 같은 거 생각할 수도 없는 일이야. 3, 4년 절대 짧지 않다고요. 지금 우리 1년도 안 돼서 회사 망가지는 거 봐. 서너 달이면 우리 완전히 죽여 버리는 거 일도 아니잖아. 그런데 이건 내 입장이라고. 여기 앉아 있는 사람들 마음이 다 나랑 똑같을 수가 있겠어? 특히 작가들. 우리가 아무리 유일하게 작가 노조 있는 회사라고 해도 프리랜서 신분인 거 안 변해. 그거 내가 어떻게 해줄 수가 없는 문제야."

방 안이 순식간에 조용해졌다. 재희의 말이 무슨 뜻인지 모르는 사람은 여기 아무도 없었다. 재희가 어떤 고민을 했는지는 들어볼 필요도 없었다.

신념을 지키려고 생활을 포기해야 할지, 삶을 유지하기 위해

신념을 버려야 할지. 택일하기 어려운 선택지임은 틀림없었다. 재희가 두 손을 모아 입가에 대며 나지막하게 말을 이었다.

"시사보도국 싹 날아가게 생겼는데 내가 다른 프로그램 넣어 주겠다고 확답할 수도 없어. 물론 <비하인드 24> 출신이면 어딜 가도 가지. 그런데 세상 돌아가는 게 미쳤잖아. 이런 식으로 방송사마다 시사 프로그램 다 날아가면 어디로 갈 수가 있냐고."

이야기를 듣고 있던 현진이 팔짱을 끼었다.

"그래서."

"내 생각 강요하겠다는 거 아니고, 최 CP님 말 맞는 부분 있잖아요. 권력 아무리 길어도 5년 못 가. 우리가 버틸 수 있다고 생각하면 타협할 수도 있지 않을까 하는 거죠. 나 내 걱정하는 거 아니에요. 나 무슨 미련 있는 거 아니고, 회사에서 나가라고 하면 나갈 수 있어요. 그런데 다른 사람들도 다 그렇게 생각하는가, 이건 내가 모르겠다는 거지. 내가 타협 못 한다고 해서 다른 사람들한테 피해 가는 건 싫거든."

찬수가 머리를 벅벅 긁더니 재희에게 물었다.

"너 거기 갔다 오더니 나라 잃은 얼굴로 입 닥치고 있었던 거 그래서였어?"

재희가 뭐라고 대답하기도 전에 예준이 곁에서 재희를 향해 손가락질을 했다.

"나 진짜 강 선배 좋다가도 이럴 땐 싫다니까. 아니, 이게 뭐라고 혼자서 말도 못 하고 며칠을 고민해? 자기는 때려치워도 되는데 남들은 안 될까 봐 그래요?"

"나 혼자 결정할 수 있는 문제 아니라고 생각했어."

재희가 대답했다. 말투는 담담했으나 이 자리에 오기까지 재희가 얼마나 괴로워했을지는 뻔한 일이었다. 잠깐 말이 없던 찬수가 에이 씨, 하더니 투덜거렸다.

"아, 이 개새끼들. 어쩐지 그런 소리를 하더라."

"뭐가요?"

지혁이 눈치를 살피며 조심스럽게 묻자 찬수의 얼굴이 벌겋게 달아올랐다. 잠시 머뭇거리던 찬수가 눈가를 문지르며 입을 열었다.

"아니, 씨발. 내가 쪽이 팔려서 말을 못 했는데, 저번 주에 심석건이 나랑 철진이 불렀다고. 같이 저녁 먹자고. 내가 그 새끼랑 저녁을 왜 먹어. 안 가려고 했는데 사흘 내내 전화질을 하는 거야. 솔직히 좀 궁금하잖아. 뭔 소리를 하려나 싶어서 갔어. 갔는데 나보고 그러는 거야. 후배 밑에 있는 거 괜찮냐고."

"심석건이?"

현진이 되묻자 찬수가 고개를 주억거렸다.

"그러면서 나보고 그러지 말고, 신규 프로그램 론칭할 건데 우리 둘이 와서 메인 하라는 거야. 경력이 벌써 얼마냐 그러면서 연봉도 더 올려 주고 할 거니까 골치 아픈 거 그만하라고. 자기가 나랑 철진이를 예전부터 눈여겨봤대."

곁에 앉아서 혼자 큭큭거리고 있던 철진이 턱짓으로 찬수 쪽을 가리켰다.

"임 선배 웃긴 게 뭔지 알아요? 선배가 솔직히 진짜 순간 혹했어, 그때. 눈에 그게 딱 보이는 거야. 나도 갈등되더라고. 임 선배는 애들도 있고, 돈 들어갈 데 많으니까. 심석건이 연봉 천오백 넘게 올려 준다고 그랬거든."

"천오백?"

석현이 눈을 휘둥그렇게 떴다. 철진이 그러니까, 하며 말을 이었다.

"연봉 천오백이면 그게 월급으로 얼마냐고. 근데 갑자기 선배가 젓가락을 확 집어 던지더니 씨발, 고기 굽겠다고 올려놓은 숯이 아깝다, 이러면서 자리를 박차고 나가잖아. 그때 심석건 표정이 장난 아니었다고. 캬, 임찬수 살면서 제일 멋있는 순간인데 이걸 나만 봤네."

목덜미까지 새빨개진 찬수가 버럭 소리를 쳤다.

"야 이 새끼야, 그건 말 안 하기로 했잖아!"

그러나 철진은 그러거나 말거나 아랑곳하지 않고 더 진지한 얼굴을 했다.

"임 선배가 심석건이 전화했다고 밥 먹으러 나간 거 쪽팔린다고, 말하면 죽여 버린다고 그래 가지고 내가 이걸 여태 말을 못 했다는 거 아냐. 너무 멋있어서 동네방네 말하고 싶은데. 집에 가서 와이프한테 한 백 번 얘기했더니 와이프가 이제 임찬수의 임 자만 들어도 경기를 한다니까."

팀원들이 오오, 하며 놀림 반 진심 반의 탄성을 뱉자 찬수가 이 새끼들이, 하고 민망해 죽으려는 표정으로 팔을 내저었다.

재희가 빙글빙글 웃으며 찬수를 보더니 짐짓 안타깝다는 얼굴을 했다.

"거길 왜 안 가요, 연봉도 그렇게 올려 준다는데."

찬수가 그 말에 젓가락으로 재희에게 삿대질을 했다.

"애 말하는 거 봐라. 야, 너는 안 갈 자리 내가 왜 가냐? 후배 밑에서 일하는 것도 남들 보기에 쪽팔린다는데, 선배가 돼 가지고 후배도 안 갈 자리 차고앉아서 메인 하면 남들이 뭐라고 그럴 거 같아? 너 아주 나 골로 보내려고 그래?"

턱을 괴고 한심하다는 눈빛으로 팀원들을 훑어보던 현진이 혀를 찼다.

"진짜 내가 못 산다, 못 살아. 야, 니들이 강재희 뒷담 깔 자격이 있냐? 이거 뭐 아주 가재는 게 편이고 초록은 동색이라더니 꽃게 홍게 영덕게끼리 모여 가지고 서로 저 새끼가 성질 더럽다고 지랄들을 하고 있네."

"너무하네, 솔직히 작가님이 그런 말 할 입장은 아니잖아요."

재희가 농담처럼 대꾸하자 현진이 들고 있던 젓가락 끝으로 재희의 머리를 툭 쳤다. 재희가 아야, 하며 맞은 곳을 문지르자 현진이 정색을 했다.

"그래서 난 너 뒤에서 안 까잖아, 앞에서 까지. 솔직히 말하면 나 일할 만큼 했고 돈도 벌 만큼 벌었고 아쉬운 거 없어. 아카데미 나가든지 문화센터라도 나가든지, 이 나이에 한 몸 벌어먹고 살길 없겠어? 근데 애들은 입장 다를 수 있지. 혜주나 희림이, 성옥이 같은 애들은 아직 어린데 <비하인드 24> 딱지 달아서 좋을 거 없을 수도 있잖아. 니들이 말해 봐. 먹고사는 문제 걸린 건데 우리 눈치 보지 말고."

시선이 작가들에게로 쏠렸다. 호형의 옆자리에 앉아 있던 혜주가 부러 너무한다는 표정을 했다.

"분위기가 이런데 어떻게 전 안 할래요, 그래요?"

"지금 잘 하네."

호형이 추임새를 넣자 혜주가 호형의 팔뚝을 찰싹 때렸다.

"아우, 아니에요. 솔직히 뭐, 몰라요. 옮길 거 같았으면 진작 옮겼죠. 한국에서 여기가 제일 빡센 팀인 거 누가 모르나? 근데 뭐 저는 제가 좋아서 여기 있었던 거니까. 안 그래도 요새 종편 쪽에서 우리한테 연락 계속 오거든요. 전에 아카데미 있던 선생님들이나 언니들이나 뭐 이런 사람들이 우리 팀 없어진다고 그러는 거 들었다고, 자기네 프로 오라고. 신규 프로도 있다고. 그래서 갈까 하다가도 피디님들 얼굴 생각하면 망설여지고……."

방송국 상황이 말이 아니다 보니 충분히 있을 수 있는 일이었다. 경력직 작가들은 어디서나 귀한 편이었다. 침몰이 예정된 배에 탄 것이나 다름없는 꼴이니, 작가들이 고민할 수밖에 없는 건 당연했다. 혜주의 말을 듣고 있던 호형이 마지막 말에 흥, 하며 콧방귀를 뀌었다.

"솔직해지자, 우리. 김윤 얼굴 생각난다고 왜 말을 못 해?"

그 바람에 작가들 사이에서 왁 하고 웃음이 터졌다. 정언은 윤 쪽으로 슬몃 시선을 던졌다. 정작 당사자인 윤은 탁자 위에 시선을 고정한 채 빨개진 귀 끝을 만지작거릴 뿐이었다. 혜주가 어깨를 으쓱했다.

"말 못 할 건 없죠. 김 피디님 오고 우린 더 좋긴 했지. 아침에 출근하면 잘생긴 얼굴 딱 보이고. 그러면 하루가 상쾌하단 말이에요. 사회에 찌들대로 찌든 아저씨들 보다가 김 피디님 보면 아주 그냥 아침부터 사이다 원샷하는 기분 죽인다니까요. 다른 데 시사 프로 가 봐야 아유, 생각만 해도 칙칙해."

혜주가 마지막 말을 하며 진저리를 쳤다. 아무리 봐도 진심이 8할쯤은 되는 것 같았다. 호형이 애 봐요, 하는 투로 혜주를 가리키며 재희에게 하소연을 했다.

"혜주한테 괜히 물어본 거 아니에요?"

"나 좀 배신감 느낀다. 김 피디 오기 전에는 다들 나밖에 없다고 그랬는데."

재희가 서운한 척을 하자 혜주가 깔깔거렸다.

"뭐 또 그렇게 다들 예민하고 그래요. 농담이지."

"야, 지금 그게 농담이었어? 누가 봐도 진담인데?"

호형의 정색에 혜주가 눈을 흘겼다.

"완전 농담이죠. 아무튼 우리끼리도 폐지 얘기 나온 뒤로 모여서 몇 번 얘기하긴 했었어요. 근데 뭐 우리도 팀원인데. <비하인드 24> 작가, 그러면 남들이 보는 눈부터 달라지는데 우리가 어떻게 이 자리 버리고 가냐. 아무리 생각해도 그런 거예요."

희림이 혜주의 말을 받아 재희에게 물었다.

"솔직히 말해도 돼요?"

"솔직히 말하자고 모인 건데 솔직히 말 안 하면 뭐 하려고."

웃으며 대답하는 재희에게 희림은 섭섭한 기색이 역력한 얼굴로 말했다.

"저 강 피디님이 이런 얘기 하는 거 진짜 너무 서운해요. 우릴 어떻게 생각했으면 이걸 굳이 다 모아 놓고 물어봐야 돼요? 맨날 우리는 팀원이다, 작가들 없으면 팀 안 돌아간다, 작가들이 우리보다 더 중요하다 그랬잖아요. 근데 속으로는 우리는 피디님하고 생각 다를 수도 있다, 그러셨던 거 아니에요?"

희림의 말을 주의 깊게 듣고 있던 재희가 얼른 희림을 달랬다.

"서운하게 하려는 거 아니었어. 알잖아."

"피디님 마음 모르는 거 아닌데, 말마따나 우리 프리랜서고 경력직 작가 귀한 거 다 알잖아요. 가려면 진작 갔지. 힘든 거 뻔히 알면서 여태 붙어 있는 사람들 두고 먹고살기 힘드니까 타협해도 된다, 이렇게 얘기하시는 거 정말 속상하네요. 피디님만 가

71

오 있는 거 아니잖아요. 우리도 가오 있는데. 뭐가 됐든 끝까지 같이 가야 되는 거 아니에요? 피디님이 타협 안 하겠다는데 우리만 먹고살 길 찾으라고?"

민혜가 그 말에 맞장구를 쳤다.

"그래, 그건 희림이 말이 맞아. 바로 얘기도 못 하고 며칠 혼자서 끙끙 앓다가 겨우 다 모아 놓고 그러니까 타협하면 어떨까, 이러는 거 진짜 강재희 안 같아. 꼴 보기 싫어 죽겠어, 아주. 혼자 고뇌하는 척 다 하고. 강 피디 혼자 멋있으면 기분 좋니? 이왕 멋있을 거면 같이 좀 하지."

어쩔 수 없다는 얼굴을 한 재희가 푹 웃더니 테이블 위에 놓인 휴지를 가리켰다.

"거기 휴지 좀 줘 봐, 나 지금 울어야 될 거 같으니까."

잠시 우는 척을 하는 재희를 본 현진은 하여튼 지랄이 풍작이야, 하며 재희의 옆구리를 꼬집었다. 재희가 아 좀, 하고 꼬집힌 자리를 문지르자 현진이 말을 잘랐다.

"그러면 이 문제는 더 거론할 거 없잖아. 그리고 진짜 이것 좀 말해 봐. 대체 위에서 계속 기획안 내놔라, 사전 시사하자 이러고 난리를 치는 이유가 뭐야? 그거 지금 서정언 아이템이랑 관련 있지? 오늘 사무실 다 뒤집어엎어 놓은 것도 그렇고."

가만히 있던 성옥이 먼저 되물었다.

"서온건설 취재 때문에 그런 거 아니에요?"

재희는 눈을 동그랗게 뜨며 성옥을 보았다.

"이 작가가 그걸 어떻게 알았어?"

성옥이 정언과 재희를 번갈아 보더니 어깨를 조금 움츠리며 대답했다.

"거기서 정언 피디님 만나러 왔었잖아요. 저번에 강 피디님 여주에서 온 편지 찾으신 것도 이것 때문이고."

한 사무실에서 거의 하루 종일 같이 지내다 보면 좋든 싫든 남의 팀에서 무슨 아이템을 하는지는 대충 눈치를 채기 마련이었다. 엄청난 보안 건이 아닌 이상은 서로에게 도움을 청하거나 하는 과정에서 대부분 알게 되어 있었다.

그러나 정언만은 자신이 진행 중인 아이템이 뭔지 절대 언급하지 않았다. 때문에 다들 암묵적으로 뭐가 있긴 있나 보다 짐작만 한 듯했다. 재희가 관자놀이를 긁적이다 정언 쪽을 보았다.

"아, 그러니까 이걸 어디부터 시작해야 되나 모르겠네. 당사자니까 서 피디가 얘기 좀 해 봐."

짧은 한숨을 뱉은 정언은 희경의 제보로부터 시작된 사건 개요를 대강 정리해 들려주었다. 서온건설의 자재 문제, 뇌물 전달책, 그 과정에서 벌어지는 살인과 증거 인멸, 오래 전부터 유착되어 온 서온건설과 엄대진의 관계, 비자금, 페이퍼 컴퍼니, 자신들에게 가해지고 있는 협박까지 차례로 이야기하는 동안 팀원들은 입을 다물지 못했다.

정언의 말이 끝나기 무섭게 찬수가 정언을 나무랐다.

"이것들 진짜 큰일 날 애들이네. 야, 엄대진이 사장님이랑 국장님 깐다는 동영상까지 가지고 있으면서 이걸 여태 극비로 하면 어떡해?"

재희가 대신 대답했다.

"일이 이렇게 커질 줄 몰랐죠. 우리도 지금 <뉴스라이트>하고 <데일리시사> 안 꼈으면 이거 진짜 방송할 엄두도 안 났을 거라고. 위에서 계속 미친 듯이 때리는 게 이것 때문인데."

"취재하는 거 다 알면서 왜 자꾸 기획안은 걸고넘어져?"

"우리가 잡아떼면 증거 없잖아요. 사무실 뒤져도 나오는 게 없고. 자기들도 무슨 트집을 잡아야 자를 수가 있으니까."

심각한 표정으로 앉아 있던 석현이 물었다.

"그럼 이 많은 걸 여태 서 피디 팀에서 셋이 했단 말이야?"

"중간에 선배가 서포트하고 전 부장님이 백업하기로 했으니까 일이 좀 줄긴 했죠."

정언의 대답에 석현이 혀를 내둘렀다.

"독하다, 독해. 일이 거기까지 갔으면 좀 도와 달라고 할 수도 있었잖아. 어떻게 그렇게 입 딱 다물고 셋이 그 뺑이를 치냐. 강재희 껴도 넷 아냐."

철진이 몸을 앞으로 기울였다.

"지금 안 나온 게 뭐야? 안영균 관련 내용하고 국세청 자료?"

안영균의 이름을 듣기 무섭게 석현이 갑자기 뭔가 생각났다는 듯 예준 쪽으로 고개를 돌렸다.

"그 뭐냐, 주 피디 안영균이랑 같은 동네 살지 않아?"

"같은 동네 살면 다 알아요? 삼청동 살면 대통령하고 친해?"

철진이 별소리 다 듣겠다는 얼굴을 하자 석현이 아니 그게 아니고, 하며 손을 휘적거렸다.

"전에 주 피디 와이프가 안영균 와이프랑 어쩌고 했는데?"

"아, 그거요? 우리 와이프가 교회 봉사 활동 같이한다고."

예준이 그사이 밥을 한 숟갈 뜨다 말고 우물거리며 대답했다. 안영균의 가족에 대해서는 들은 바가 전혀 없었다. 정언은 의아하다는 표정으로 예준을 보았다.

"안영균 와이프가 교회를 다녀요? 거기 무슨 대형 교회가 있나? 인맥 관리하는 거예요?"

"교회가 크긴 한데 인맥 관리 그런 건 아닌 거 같고, 그냥 사람 자체가 엄청 독실하대. 봉사 활동 매일 나간다고 그러더라고. 우리 와이프도 봉사 모임 들어 있어서 집에도 초대받고 했었거든. 그래서 교회 행사할 때 엄대진도 몇 번 왔었대. 자기 남편이 엄대진 보좌관 오래 했다 그 얘기도 엄대진 왔을 때 처음 알았다던데. 생전 그런 소리 안 해서. 부인은 엄청 조용하고 얌전하고 그런 사람이래. 혹시 모르니까 와이프한테 한 번 물어봐 줘?"

석현이 그 말에 예준을 툭 쳤다.

"뭐라고 물어보게? 안영균 와이프한테 남편 비리 알면 좀 알려 달라고 그러게?"

"말 같지도 않은 소리 한다. 서당 개도 삼 년이면 풍월을 읊어요. <비하인드 24> 피디 와이프만 몇 년을 했는데 우리 집사람이 바보예요?"

예준이 펄쩍 뛰며 정색을 했다. 곁에서 그 모습을 보며 낄낄거리던 철진이 호형 쪽을 가리켰다.

"페이퍼컴퍼니는 호형이가 전문가잖아."

이전부터 페이퍼컴퍼니 관련 사건을 여러 번 다룬 적이 있는 호형이었다. 정언은 호형에게 시선을 주었다.

"그리스 쪽 페이퍼컴퍼니 좀 아는 거 있어?"

호형이 흠, 하고 뭔가 생각하는 표정으로 턱 끝을 만지작거리다 고개를 끄덕였다.

"스위스 계좌 조회 뚫리고 많이 줄긴 했는데, 알긴 알지. 혹시 국세청 내사 자료 있어?"

"곧 입수할 거야."

"자료 들어오면 내가 같이 봐 줄게, 그럼. 나 그거 할 때 뽑아 놓은 전문가 리스트도 있으니까. 국세청 정보원도 있고. 어우, 진짜 미련해. 진작 까놓고 얘기를 했어야지 이걸 왜 여태 극비로 해? 강 선배도 그래요. 사찰당하고 협박당하고 일이 거기까지 갔으면 얘기 좀 해 주지 왜 숨겨, 이런 걸. 그러다 서 피디 무슨 일 생겼으면 우리는 이유도 몰랐을 거 아니에요."

호형이 진심으로 서운하다는 표정을 짓자 재희가 대답했다.

"<뉴스라이트> 정치부 1팀 싹 모가지 친 게 내부에서 회의록 유출해서 그랬다는데 어떻게 얘기를 해. 팀원들 의심해서 그러는 게 아니라, 진짜 뭐 어디서 말이 샐지 모르니까. 이거 관련 있다고 그쪽에서 알면 무조건 협박 대상 될 거 뻔하고."

찬수가 답답한지 냉수를 벌컥벌컥 마시며 한숨을 뱉었다.

"불신의 시대구만. 그래도 우리끼리는 그러지 말자고. 죽을 땐 죽어도 가오 있게 죽기로 했잖아."

턱 밑을 긁적이던 찬수가 화제를 돌렸다.

"이거 우리가 다 매달려도 전체 팩트 확인해서 내보낼 수 있는지 없는지도 장담이 안 되는 거네. 그러면 지금 우리가 전체 TF 체제 가는 게 낫지 않겠어? 지금 서정언 뒤에 다른 아이템 짜 놓은 것도 없잖아. 일단 위에서 뭐라고 하면 시청률 잘 나왔던 회차 몇 개 짜깁기하든 해서 서정언 방송 뒤 막는 걸로 하고, 앞에서 우리끼리 완전히 스탠바이 될 때까지 뺑이치면서 시간 남는 사람들이 들어가는 게 맞는 거 같은데."

"선배들한테 나 백업하라고 하는 거 좀 그런데, 작가들도 그렇고. 괜찮아요?"

정언이 영 마음에 걸린다는 듯 묻자 희림이 눈을 흘겼다.

"서 피디님까지 왜 그래요, 정말! 우리는 여태 말 안 한 게 더 안 괜찮아요! 송 작가님도 어떻게 맨날 애 보고 해서 힘들다고 그러면서 도와 달라고 한마디를 안 해요?"

민혜가 맞은편에서 두 손을 모아 비는 시늉을 했다. 재희가 턱을 괴며 말했다.

"임 선배 말대로 TF 체제 전환해 준다고 하면 고맙지. 이거 죽이 되든 밥이 되든 무조건 방송해야 된다고. 엄대진이 청와대 입성하는 거 우리 힘으로 못 막을 수도 있는 거긴 한데, 최소한 끝까지 발목이라도 잡아 봐야 할 거 아냐. 손 놓고 그냥 당하는 거 열 받잖아."

"하여튼 엄대진 그 새끼 웃겨. 누구 맘대로 지가 청와대 들어가는 거 다 정해 놨대요? 이왕 갈 거 화끈하게 다 태우고 가죠, 뭐. 그나저나 이제 우리 밥 좀 먹으면 안 됩니까? 점심부터 부실하게 먹어서 죽겠어. 사람이 일단 밥을 먹어야 뭐라도 하지."

예준이 앞에 놓인 음식을 가리키자 재희가 얼른 먹으라고 손짓을 했다.

"먹어, 먹어. 내가 못 먹게 한 거 아니잖아."

"소주도 좀 시켜 줘요, 그럼. 이왕 쓰는 거 좀 더 씁시다. 맨정신에 어떻게 이런 일 하나, 사람이 살짝 가 있어야 하지."

철진의 말에 지혁이 시키지도 않았는데 벌떡 일어나 문을 열고는 바깥에 대고 여기 술 좀 주세요, 하고 소리쳤다. 고개를 절레절레 젓은 정언은 벽에 기대며 바람 빠지는 소리로 웃었다.

팀원들이 먼저 팔을 걷어붙이고 도와준다니, 천군만마를 얻은 기분이었다. 말이 어디서 새어 나갈지도 모르고 표적이 될 수도 있었기에, 되도록 끝까지 자신이 해결하고 싶었던 건 사실이었다. 그러나 일이 이렇게까지 된 이상 그건 욕심이었다.

입장을 바꿔 생각한다면 팀 내의 누가 자신과 같은 상황이었더라도 정언 역시 똑같이 행동했을 게 당연했다.

"정언, 먹고 기운 좀 내. 계속 넋 빠진 사람처럼 그러지 말고."

민혜가 팔꿈치로 정언을 쿡 찌르며 속삭였다. 움찔한 정언은 먹어요, 먹어, 하고 대답하며 젓가락을 들었으나 썩 입맛이 생기는 건 아니었다.

젓가락 끝으로 밑반찬만 몇 개 깨작이던 정언은 윤 쪽을 흘끔 보았다. 무슨 생각을 하는 건지 윤은 이 시끄러운 곳에서도 내내 말이 없었다. 앞에 놓인 음식도 거의 줄어들지 않은 채였다.

곁에 앉아 있던 호형이 윤 앞의 잔을 채워 주는 것이 눈에 들어왔다. 어지간하면 못 마신다고 거절할 텐데, 어쩐 일인지 윤은 잔을 받아 그대로 마셨다. 지혁이 어, 하며 뭐라고 묻자 윤이 웃으며 고개를 가로저었다. 아마 괜찮은 거냐고 물은 듯했다.

잔을 내려놓던 윤이 이쪽을 보았다. 시선이 마주쳐 놀란 정언은 황급히 눈을 피했다. 목덜미가 화끈거렸다. 미쳤지 서정언, 하고 속으로 중얼거린 정언은 결국 나갈 때까지 윤을 한 번도 보지 못했다.

팀원들이 자리에서 일어난 건 밤 열 시가 다 되어서였다. 계산을 마치고 나온 재희는 작가들을 먼저 보내더니 정언에게 가까이 다가왔다. 주머니에 손을 찔러 넣은 채 바닥을 보고 있던 정언은 어깨를 툭 치는 재희의 손길에 고개를 들었다.

"이사회에서 무슨 일 있었어?"

정언은 대답 대신 뭐, 하고 얼버무렸다. 무슨 일이 있었다는 걸 짐작했는지, 재희는 더 캐묻는 대신 말했다.

"일단 가 보자. 나도 다른 생각 안 할게."

"새삼스럽게 뭐."

짧게 대답한 말에 재희가 웃었다.

"들어가서 좀 쉬어. 나도 오늘은 집에서 자야겠다."

고개를 돌린 재희는 몇 걸음 떨어져 서 있던 윤을 불렀다.

"김 피디!"

재희가 손짓하자 멈칫하던 윤이 이쪽을 보았다. 재희가 고개를 까딱여 정언을 가리키며 윤에게 말했다.

"서 피디 좀 데려다주고 가."

"아니, 괜찮⋯⋯."

"네."

기겁을 한 정언이 사양하려 했으나 윤이 중간에 말을 끊었다. 본의 아니게 곤란한 상황을 만들어 놓은 재희는 아무것도 모른 채 쿨하게 나 간다, 하고 손을 흔들어 보였다.

뭐라고 하기도 전 길가에서 택시를 잡아타더니 횅하니 사라지는 재희의 뒷모습에 정언은 저 인간이, 하고 속으로 중얼거렸다. 공연히 머리 꼭대기까지 화끈거리는 기분이었다.

죄 없는 머리칼을 흩으며 보도블록의 선에 시선을 고정하고 있던 정언은 눈을 들었다. 곁에 선 윤이 먼저 걸음을 옮기기 시작했다. 머뭇거리던 정언은 윤의 곁에서 조금 떨어져 걸었다. 겨우 십오 분도 채 되지 않을 거리가 몇 배로 느껴지는 건 왜인지 모를 노릇이었다.

한동안 말없이 걷던 정언은 윤의 옆얼굴에 시선을 주었다. 도로의 헤드라이트와 간판의 빛 따위에 드러나는 흰 얼굴은 조금 상기된 듯했다.

"취했어?"

정언이 묻자 윤은 고개를 가로저었다.

"아뇨."

뭐라고 더 대화를 잇기 힘들 만큼 똑 떨어지는 대답이었다. 괜히 말을 붙였나 싶을 정도였다. 어색해서 미쳐 버릴 지경이었다.

그러니까 아까 왜 그런 거냐고 묻고 싶었으나, 그건 자신에게도 똑같이 해야 하는 질문이었다. 하지 말라고 하면 안 할 걸 알았으면서, 왜 하게 내버려 뒀느냐고 묻는다면 뭐라고 할 말이 없었던 것이다.

누가 보지만 않는다면 당장 아무 벽이나 붙들고 머리를 박고 싶은 기분이 된 정언은 입을 다문 채 바닥을 보았다. 입사한 뒤 가장 긴 귀갓길을 꼽으라면 단연 지금이었다.

영원히 끝나지 않을 것 같던 길을 걸어 간신히 오피스텔 현관 앞에 선 정언은 가방을 뒤져 카드키를 찾았다. 초조한 탓인지 가방 속의 물건들이 더 뒤섞인 것 같았다.

설상가상으로 가방 바닥의 카드키를 간신히 찾아 쥔 순간 가방이 열린 채 뒤집히며 안의 물건들이 바닥으로 죄다 떨어졌다. 미치겠네, 하고 속으로 중얼거린 정언은 몸을 숙여 황급히 다이어리며 펜 따위를 주웠다.

가방에 아무렇게나 물건들을 쑤셔 넣던 찰나, 윤이 바닥에 뒹굴던 지갑을 집어 들어 내밀었다. 무심코 시선을 들자 눈이 마주쳤다. 현관 안쪽의 창백한 조명에 비친 윤의 눈동자는 밝은 갈색으로 보였다.

원래 이런 느낌이었나, 불현듯 정언은 그런 것을 생각했다. 아주 가까운 곳에서 본 그 눈이 어땠는지 기억이 나지 않았다.

그 순간을 떠올리자 안개가 내려앉았던 회색 옥상, 공기의 냄새, 그 사이로 스치던 익숙한 섬유유연제 향 같은 것, 그리고…… 녹아들던 숨과 체온이 뒤따라 되살아났다.

그 생생한 감각에 퍼뜩 놀란 정언은 숨을 들이쉬었다. 윤의 손에 들린 지갑을 받아 든 정언은 잠시 망설이다 입을 열었다.

"아까 일은……."

"실수였다고 하고 싶으세요?"

그렇게 말하려던 건 아니었지만, 윤이 말을 끊는 바람에 머릿속에서 그다음의 단어들이 완전히 지워졌다.

정언은 답지 않게 대답할 말을 찾지 못한 채 윤을 마주 보았다. 가만히 자신을 응시하는 눈은 가라앉아 있었다. 짧은 침묵 사이로 도로를 지나치는 자동차의 경적 소리가 멀게 들렸다.

먼저 입을 연 쪽은 윤이었다.

"선배가 그런 실수 할 사람 아닌 거 알아요. 저도 그렇게 행동하면 안 됐던 거 알고요."

뜨거운 것을 잘못 만진 순간처럼 심장 어딘가가 뜨끔해졌다.

실수.

그런 단어로 표현할 수 있는 일이 아니라는 걸 정언 자신도 잘 알고 있었다. 실수라는 단어는 자신에게 어울리지 않았다. 귀끝이 화끈거렸다. 정언은 윤의 시선을 비껴 피했다. 윤의 나지막한 목소리가 머리 위로 떨어졌다.

"대답 안 하셔도 된다고, 강요 안 하겠다고 했는데 조금 마음 달라졌어요."

그 말에 정언은 멈칫하며 저도 모르게 고개를 들었다. 윤은 애써 웃는 듯한 표정을 하고 있었다. 그러나 그 표정은 그리 오래 유지되지 못했다.

"선배가 대답해 주실 때까지 기다리려고요. 싫다고 얘기 안 하신 이유 있다고 생각하니까."

담담한 말투였으나, 정언은 윤이 몹시 긴장하고 있다는 것을 곧 알아차렸다. 윤은 마르는 입술을 깨물고 있다가 말을 이었다.

"선배가 전혀 원하지 않았는데 제가 강제로 그런 거면 지금 저 경찰에 신고하셔도 돼요. 제 얼굴 보기 힘들다고 하시면 사표 쓰고 나갈게요. 그런데 그런 거 아니면…… 제가 조금 더 기다려도 될 것 같아서요."

머릿속에서 그 말을 계속 생각하고 있었던 게 분명했다. 정언은 대답하지 못했다. 윤이 자신에게 무엇도 강요하지 않았다는 건 스스로도 잘 알고 있었다. 윤은 선택의 기회를 주었고, 그런 선택을 한 건 정언 자신이었다.

정언은 잠시 눈을 내리감았다. 감은 눈 안으로도 윤의 웃는 얼굴이 쉽게 떠올랐다. 심장이 조금씩 빨라지기 시작했다. 늘 그렇듯 정의할 수 없는 병명. 긴 정적이 지났다. 자신과 윤을 제외한 주변의 모든 것이 마치 아웃 포커싱된 사진처럼 흐릿해졌다.

"혹시 선배한테 상처 줬을까 봐…… 무서웠어요."

윤이 입을 열었다. 더 낮아진 목소리가 떨렸다. 정언은 눈을 들었다. 그러나 정작 윤은 정언을 마주 보지 못했다. 사랑에 빠진 사람의 얼굴. 불안한 동시에 열에 들뜬 듯한 그 얼굴은 앳된 소년처럼 느껴졌다.

"……그런 거 아냐."

짧은 정적 끝의 대답에 윤이 잠시 숨을 멈췄다. 초조한 표정으로 손을 몇 번이나 쥐었다 펴던 윤이 겨우 정언과 눈을 맞춰 왔다. 그리고 한참을 망설이더니 입술을 달싹였다.

"한 번만 안아 보면 안 돼요?"

상상하지도 못한 말이라 정언은 저도 모르게 피식 웃었다. 그게 허락은 아니었으나, 용기가 난 듯 한 걸음 다가선 윤이 정언의 어깨를 감싸 끌어당겼다. 무방비하게 파묻힌 품에서 한낮의 햇살 냄새가 떠올랐다가 흩어졌다.

키스할 때보다도 윤은 더 많이 떨고 있었다. 긴장했는지 잔뜩 억눌린 숨소리가 귓가에서 가늘게 흩어졌다. 서툰 소년처럼 잠시 고개를 숙여 얼굴을 감춘 윤의 팔이 곧 풀려 나갔다.

정언을 놓아줬으면서도 더 떨어지지는 못하고 입술 끝을 잘근거리던 윤이 겨우 고개를 들었다. 하얀 목덜미까지 온통 새빨개진 것이 어둠 속에서도 선명했다.

"내일 봐."

정언은 나지막하게 말했다. 윤이 그 말에 잠깐 웃었다. 눈도 맞추지 못한 채 시선을 내린 윤은 손끝을 만지작거렸다. 돌아선 정언의 등 뒤에서, 윤이 속삭이듯 중얼거렸다.

"……잠 안 올 것 같아요."

입 안으로 스미던 감각처럼 부드러운 단어들이 심장 위로 얇게 쌓였다. 갓 내린 눈의 결정 같은 단어들은 순식간에 그 자리에서 녹아들었다.

낯선 느낌에 당황한 정언은 그 자리에 멈췄다. 카드키를 쥔 손이 떨렸다. 그리고 그때, 자신이 그런 선택을 한 이유는 단 하나였다는 걸 정언은 불현듯 깨달았다.

윤이었으니까.

다른 누구도 아닌.

정언은 서둘러 뒤를 돌아보지 않은 채 현관 안으로 들어섰다. 유리문 너머로 자신을 보는 윤의 시선이 느껴졌다. 입구를 돌아 엘리베이터 버튼을 누르자, 윤의 시야에서 벗어났다는 것을 자각한 순간 실이 끊어진 인형처럼 온몸의 긴장이 갑자기 풀렸다.

정언은 그 자리에 다리를 접어 주저앉았다. 서 있을 수가 없었다. 심장이 터질 것 같았다. 그때 들고 있던 핸드폰이 짧게 진동했다. 습관적으로 들여다본 액정에는 짧은 메시지가 떠 있었다.

─ 잘 자요, 선배.

무릎에 얼굴을 파묻은 정언은 오랫동안 그 자리에서 움직이지 못했다.

34

윤은 엘리베이터 안에서 커피를 마시며 멍하니 문에 비친 얼굴을 보았다. 한숨도 제대로 자지 못했기에 습관적으로 커피를 사긴 했지만, 사실 각성제를 들이부은 것처럼 정신은 멀쩡했다.

솔직히 말하자면 잠을 자는 게 무서웠다. 어제 그게 진짜 꿈이었으면 어쩌지 하는 생각 때문이었다. 윤에게 정언과의 일이 현실이라는 걸 알려 준 유일한 물건은 포켓에 꽂아 두었던 보이스 리코더였다. 이사회실에서의 일이 그대로 녹음된 파일을 다시 한 번 확인하고 나서야 그게 꿈이 아니었구나 싶었던 것이다.

사실 정언과 키스한 뒤로 징계고 뭐고는 생각조차 나지 않았다. 2개월 감봉이 아니라 20개월 감봉이라고 해도 기꺼이 그러려니 할 수 있을 것 같았다. 옥상 정원에 앉아 몇 시간이나 넋을 놓고 있었다는 것조차 깨닫지 못했었다.

때마침 옥상으로 올라왔던 재희가 거기서 정신이 나간 얼굴로 앉아 있던 윤을 본 게 다행이었다. 재희가 문자 못 받았냐, 왜 여기 있냐 하고 묻지 않았다면 밤새도록 옥상에서 꼼짝도 하지 않고 앉아 있었을지도 몰랐다.

사실 정언이 뺨을 때리든 경찰에 신고하든 받아들일 각오까지 하고 있었다. 그런다고 해도 할 말이 없는 일이었다. 태어나서 한 번도 이런 짓을 저질러 본 적 없었고 상상조차 해 본 적이 없었다. 집에 돌아와서도 그게 정말 내가 한 짓이 맞나 천 번쯤 자문한 건 당연했다.

머리를 마구 흩으며 사무실 문을 열자, 오늘따라 일찍 출근한 예준이 어, 하며 손을 흔들었다. 재희가 왔어? 하고 묻는 것과 거의 동시에 먼저 와서 앉아 있던 정언이 이쪽을 보는 것이 눈에 들어왔다.

"안녕하세요."

눈이 마주치기 무섭게 귀 끝에 누가 불을 붙인 것처럼 뜨거워졌다. 애써 아무렇지도 않은 척 인사를 건네자 정언이 가볍게 고개를 까딱이고는 다시 시선을 돌렸다.

정언은 평소와 전혀 달라 보이지 않았다. 물론 사귀자고 한 것도 아니었고, 정언이 무슨 대답을 한 것도 아니었기에 그런 반응은 충분히 예상한 것이었다. 아무리 그렇다고는 해도 저렇게 아무렇지도 않을 수가 있나 싶어 속이 복잡해졌다.

자리에 앉은 윤은 파티션 너머의 정언을 의식하지 않으려 노력하며 모니터를 응시했다. 내일모레면 서른인데, 뭐 직장 선배랑 어떻게 해서 키스 한 번 할 수도 있지 이게 뭐 별일이라고…… 애써 생각하려 했으나 결국 실패한 윤은 소리 없이 비명을 지르며 머리를 감쌌다. 이건 아무리 생각해도 별일이었다.

미친놈, 하고 속으로 백 번쯤 중얼거리며 괴로워하고 있던 윤을 구해 준 건 핸드폰의 진동 소리였다. 황급히 핸드폰을 꺼내 보자 액정에 뜬 유원신이라는 이름이 눈에 들어왔다.

이종규 팀장으로부터 본사에서 이미 취재 내용을 알고 있다는 제보를 받은 뒤, 재희가 서온건설 본사 분위기를 알아봐 달라고 부탁해 원신에게 메시지를 보내 놨던 것이 뒤늦게 떠올랐다.

윤은 핸드폰을 들고 사무실 밖으로 나와 비상구 계단에 걸터 앉으며 전화를 받았다.

"어, 형. 출근해요?"

『오늘 연차 썼어. 다른 회사 면접 있어서.』

"회사 진짜 옮기려고요?"

놀라서 묻자 전화 너머로 원신이 어휴, 하고 한숨을 쉬었다.

『요새 회사 분위기 장난 아냐. 전체메일로 절대 언론 인터뷰 이런 거 응하지 말고, 내부 정보 유출하다 걸리면 고소하겠다고 날아오더라.』

윤은 손끝으로 입술 위를 만지작거렸다. 사내 전체메일로 그런 내용을 돌린다는 건 그쪽에서도 어지간히 몸이 달아 있다는 증거나 다름없었다. 정보가 계속해서 새는 중인데, 어디서 새는지를 모르니 일단 무조건 입을 틀어막겠다는 것이 분명했다.

"그러면 더 안 좋은 거 아니에요?"

윤의 물음에 원신이 한심하다는 듯 혀를 찼다.

『그러니까. 아무것도 모르는 사람들도 지금 회사에 무슨 일 있냐고 그런다니까. 이 회사 사원이 몇 명인데 입을 막냐. 당장 나만 해도 지금 너랑 이러고 있는데. 내가 그 전체메일 캡처한 거 보내 줄게 한 번 봐. 아주 기가 막힌다니까.』

"형 이거 걸리면 어떻게 하려고 그래요?"

걱정스럽게 묻는 윤의 목소리에 원신이 킬킬 웃었다.

『걸리긴 뭘 걸려. 구직자들 카페마다 요새 서온건설 뭐 안 좋냐고, 자기가 여기 직원들한테 들은 게 있다고 그러면서 글 올라온다는데. 진송신도시 분양권도 가격 낮춰서 매도중이고.』

윤은 그 말에 조창식의 핸드폰에 들어 있던 동영상을 떠올렸다. 동영상 속에서 엄대진이 단가를 낮춰서라도 미분양 세대 빨리 처리하라 전하라고 손경일에게 말하던 것이 생각난 까닭이었다. 윤은 원신에게 다시 한 번 확인했다.

"미분양 세대 말하는 거죠?"

『맞아. 이번 주부터 한정 수량으로 비인기 세대부터 파격 분양가로 매도한다고 광고 나갔다는데 벌써 꽤 팔렸다고는 들었어. 어, 야. 나 끊어야겠다. 지금 전화 들어와서. 다시 통화해.』

원신의 전화가 끊어졌다. 자리에서 일어난 윤은 머릿속으로 통화 내용을 정리하며 사무실로 돌아왔다. 그사이 출근했는지, 재희와 예준이 앉아 있다가 윤에게 손을 흔들었다. 윤은 고개를 꾸벅 숙여 인사하곤 자리로 돌아왔다.

정언은 수화기를 한쪽 어깨에 끼고 누군가와 통화를 하며 부지런히 메모를 하고 있었다. 윤이 자리에 앉기 무섭게 수화기를 내려놓은 정언이 구겨진 미간을 누르며 의자를 뒤로 젖혔다.

"노이섭 팀장님한테 연락 왔어. 장영관하고 김성학 부검 결과 나왔는데 폐에 물이 하나도 안 찼다고 그러는데."

"폐에 물이 안 찼다는 게 무슨 얘기예요?"

윤이 묻자 정언이 피곤한 듯 충혈된 눈가를 누르며 말했다.

"익사가 아니라고. 물에 빠지기 전에 죽었다는 소리야. 둘 다 체내에서 알코올하고 졸피뎀 성분 검출됐고, 목 앞쪽으로 삭흔(索痕: 끈 자국)이 있대. 과학수사팀 분석 결과로는 차에 앉은 상태로 뒷좌석에서 습격당한 것 같다고 했다네."

"졸피뎀이면 수면제 말하는 거 맞죠?"

"응. 둘 다 체격이 탄탄한 편인데 반항한 흔적 자체가 거의 없대. 술에 수면제 타서 먹인 뒤에 죽인 거지."

잠시 생각에 잠겼던 윤은 눈썹 위를 긁적였다.

"그러면 차 안에 최소한 한 사람이 더 있었다고 봐야겠네요. 장영관하고 김성학이 차 안에서 수면제 탄 술 마시고 정신 잃었을 때 뒷자리에서 누가 목을 졸랐다는 거잖아요."

"그럴 가능성이 높지. 거기 사건 현장이 도로에서 저수지 방향으로 비탈이 있더라고. 비탈 아래 수심이 깊어서 원래 출입이 안 된다는데, 차가 사이드브레이크 풀린 상태였대. 범인이 죽인 다음에 내려서 차를 뒤에서 민 거야. 사이드 풀렸으니까 비탈로 미끄러지면서 물속으로 처박힌 거고."

정언이 손으로 허공을 미는 시늉을 했다.

"용의자는요?"

"근처 수색하면서 로프 한 롤 발견했는데, 아마 죽일 때 쓰고 그대로 버리고 간 것 같다네. 새 물건이라 양양 철물점 전부 탐문했는데 한 군데서 이거 사 간 사람 차종하고 색깔을 정확히 기억했나 봐. CCTV 돌려서 용의자로 추정되는 차량 찾았는데 경일용역에서 쓰던 차량이래. 노이섭 팀장님이 조창식 녹취 파일하고 CCTV 화면 가지고 있으니까, 손경일 주범이나 최소 사주범으로 보고 추적하기로 했어. 전국 경찰서에 협조 요청했고, 출국 금지 걸었다고 하더라고."

손경일이 경찰의 표적이 됐다는 건 이쪽으로서는 다행스러운 일이었다. 물론 지금까지 그랬던 것처럼 위에서 무슨 압력을 넣을지는 알 수 없었으나, 일단 추적당하는 이상 손경일이 지금까지처럼 함부로 위협을 가하기는 어려울 게 틀림없었다.

메모지에 정언의 말을 메모하던 윤이 아, 하며 입을 열었다.

"지금 서온건설 있는 선배하고 통화했어요."

"그래? 분위기 어떻대?"

정언이 팔짱을 끼며 물었다. 윤은 머릿속으로 정리했던 통화 내용을 되새기며 대답했다.

"언론 인터뷰 응하지 말라고, 내부 정보 유출하면 법적 대응하 겠다고 전체메일 돌렸다는데요. 이번 주부터 진송신도시 미분양 세대 파격가 분양이라면서 매도 시작했다는데, 아무래도 경선 시작되니까 서두르라고 오더 내린 거 아닌가 싶기도 하고요."

"어차피 경선 당선될 건 확실하니까 대선 운동 자금 마련해야 되겠지. 확인 좀 해 봐야겠네. 아, 주 선배, 사모님한테 안영균 와이프 얘기 물어봤어요?"

정언이 예준에게 묻자 맞은편에 앉아 있던 예준이 대답했다.

"어제 집에 들어가서 얘기는 했어. 주말에 봉사 모임 있다고, 자기가 뭐 알아볼 수 있는 거 있으면 한 번 알아보겠대."

"오케이, 혹시 사모님 뭐 좋아하시는 거 없어요? 맨입으로 소스 따는 거 아닌데."

그 말에 예준이 재희보고 들으라는 듯 한숨을 쉬었다.

"우리 와이프는 나 야근 안 하는 거 좋아하고, 월급 오르는 거 좋아하고, 회사 오래 다닌다고 하면 좋아하고……."

정언이 푹 웃자 재희가 들고 있던 펜 끝을 예준에게 향하며 두어 번 흔들어 보였다.

"어, 우리 어제 한 말 잊지 말자고. 주 피디 곧 회사 그만 다 닐 수도 있으니까."

"그래서 아침에 이제 회사 잘리면 어디 도서관으로 출근할까 검색하면서 왔잖아요. 집에서 너무 가까우면 걸릴 거 같고, 너무 멀면 돈도 못 버는데 차비는 아껴야지 싶고. 아, 그 딱 좋은 거리가 의외로 어렵다니까."

예준이 심각하게 대꾸했다. 농담인지 진담인지 도무지 분간이 가지 않는 선배들의 대화에 윤은 웃어야 하나 말아야 하나 잠시 고민해야만 했다.

윤이 갈등하는 사이 핸드폰이 진동하며 원신에게서 온 메일 알림이 떴다. 즉시 열어 보자 서온건설 사내 메일의 캡처본이 눈에 들어왔다.

최근 일부 관계자들이 본사에 대한 악의적 소문 및 추측을 유포하고 있습니다. 이에 본사는 즉시 법적 대응 예정이며, 이와 관련되어 사내 정보를 함부로 언론에 유포하거나 언론의 취재 요청에 응하는 등의 행위는 전 사원이 입사 시 작성한 계약서의 비밀유지조항 위반으로 간주하고 법적인 책임을 묻겠습니다. 전 사원은 본사에 대한 부적절한 정보 또는 이러한 정보를 발설하는 행위자를 발견하는 즉시 사원행복문화팀으로 제보 바랍니다.

악의적 소문 및 추측, 윤은 눈으로 그 단어들을 다시 한 번 읽었다. 서온건설 입장에서도 굳이 이렇게 긁어 부스럼을 만들어야 할 정도로 쫓기는 입장이라는 것은 쉽게 짐작할 수 있었다.

일이 터진다 해도 어떻게든 막을 수는 있겠지만, 최대한 공론화가 되기 전에 저지하고 싶을 것은 당연했다. 윤은 서둘러 방금 받은 메일을 재희와 정언, 민혜의 주소로 포워딩했다.

"서온건설 사내 메일 캡처본이래요."

파티션 너머로 정언에게 말하자, 핸드폰으로 들어온 메시지를 보며 뭔가 메모하고 있던 정언이 눈을 들지 않은 채 대답했다.

"오케이. 민 의원님 사무실에서 점심시간쯤 들러 줄 수 있냐고 그러네. 다른 스케줄 없지?"

"아, 네."

대답한 윤은 정언과 자신 사이의 파티션으로 눈을 주었다가 턱을 괴며 남몰래 한숨을 뱉었다. 정언이 진짜 아무렇지도 않은 건지 궁금해진 탓이었다.

한 번만 안아 보면 안 되냐고 물었던 건 사실 충동적이었다. 머릿속이 정상이 아니었기에 할 수 있는 말이었다. 말을 뱉자마자 뺨이나 안 맞으면 다행이다 생각했을 정도였다. 그런데 뜻밖에도 정언은 그 말에 웃었다. 싫었다면 그러지는 않았겠지, 하고 생각하면서도 정언의 속을 알 수 없어 겁이 났다.

대답을 기다리겠다고 한 건 진심이었지만, 일이 이렇게 되고 나니 막연한 기다림이 더 답답하긴 했다. 복잡한 생각들을 지우기 위해 고개를 흔든 윤은 서둘러 제보 게시판에 접속했다.

장영관과 김성학 사망 사건과 관련된 제보를 달라는 공지를 내보낸 후로, 뜻밖에도 꽤 여러 건의 제보가 들어와 있었다. 현장 근처에서 비슷한 남자들을 봤다, 양양 음식점에서 낯선 남자들이 대화하는 내용을 들었다, 술집에서 두 사람이 다투는 걸 봤다 하는 식의 이야기들이었다.

제보 게시판의 내용과 연락처를 메모하며 한참이나 모니터를 들여다보고 있던 윤은 뒤에서 어깨를 툭 치는 손길에 깜짝 놀라 고개를 돌렸다. 뒤늦게 출근했는지, 민혜가 한 손에 커피를 든 채 윤을 내려다보고 있었다.

"뭘 그렇게 봐요? 제보 게시판?"

"네, 아침에 노이섭 팀장님한테 부검 결과 연락 왔는데 타살이 확실하다고 그랬다길래 혹시 뭐 있는지 확인해 보고 있었어요."

모니터 쪽으로 몸을 숙여 잠시 제보 게시판의 제목들을 확인한 민혜가 고개를 끄덕이더니 벽에 걸린 시계로 눈을 주었다.

"메모해 놓은 거 뭐예요? 그거 내가 좀 봐도 되나?"

"좀 확실해 보이는 거 정리해서 연락처 적어 둔 거예요."

"그러면 그거 나 줘요. 아까 정언이 김 피디랑 점심시간에 민주영 의원님 사무실 간다고 그러던데, 벌써 열한 시 다 됐잖아. 내가 확인해 볼게."

벌써 시간이 그렇게 됐나 싶어 윤은 왼쪽 손목에 찬 시계에 눈을 주었다. 그런데 어딜 갔는지 정언은 자리에 없었다. 제보 게시판에 정신이 팔린 사이 무슨 일이 생긴 모양이었다.

어쩌지, 하고 잠시 고민하던 윤은 일단 민혜에게 메모한 내용을 건네고는 자리에서 일어나 촬영 준비를 했다. 카메라 가방을 막 챙겼을 때 정언이 다시 사무실로 돌아왔다.

윤에게 뭐라고 말하려던 정언이 이미 카메라 가방을 멘 윤을 보더니 손가락을 까딱여 나가자는 표시를 했다. 파일 하나를 들고 차 키를 주머니에 쑤셔 넣은 정언은 서둘러 엘리베이터 버튼을 눌렀다.

윤이 정언에게 물었다.

"어디 갔다 오셨어요?"

"전한동 부장님이 잠깐 부르셔서. 청명토목 신병민 씨가 가져온 제보 중에 임대주택 건 있었잖아."

"거기 자재 문제는 확인 끝났다고 하지 않았어요?"

"응. <뉴스라이트> TF에서 주민들 동의 얻어서 안심환경시민연대 연구원들하고 일부 세대 장원지구랑 똑같이 분석했대. 오전에 결과지 받는데 수치상 문제 심하다고 나왔다더라고. 지금 주민들 인터뷰 진행하고 병원 진단 기록 같은 거 따는 중이라고 그러네. 거기서 자료 받은 거야."

빠르게 대답한 정언은 지하 주차장에 내리자마자 차에 시동을 걸고 운전석에 탔다. 윤이 조수석 문을 닫기 무섭게 주차장을 빠져나가며, 정언은 약간 화가 난 듯한 표정으로 에이 민망한데, 하고 중얼거렸다. 윤이 의아한 표정으로 정언을 보았다.

"뭐가요? 왜 그러세요?"

잠시 사이를 두었던 정언이 머리칼을 쓸어 올리며 내뱉었다.

"민 의원님. 요새 우리 뉴스 논조가 민 의원님한테 너무 부정적이라 만나 달라고 말하는 것도 민망하다고. 짜증나네, 진짜."

"데스크에서 그렇게 하는 거예요?"

"그렇지 뭐. <뉴스라이트> 같은 데야 사회부에 아직 전 부장님 계시고 그러니까 김양운 선배가 자기 마음대로 못 하는 거 있긴 한데, 중요한 정치부는 싹 날아갔으니까. 우리 뉴스 보는 사람들 딱 민권당 지지층이라 논조 그런 식으로 가는 거 안 좋단 말이야. 남의 팀이니까 뭐라고 하지도 못하겠고. 별거 아닌 거 부정적으로 몰아가면서 여론 움직이려는 수작 뻔히 보이는데 우리가 양심 없이 단물만 빼먹으려는 거 같아서 짜증나잖아."

답지 않게 투덜거린 정언이 창을 반쯤 열고는 담배를 한 대 꺼내 물더니 라디오를 켰다. 교통정보 채널에 맞춰진 주파수에서 아나운서의 목소리로 서울 도로 상황이 흘러나왔다.

그러나 앞에 시선을 둔 정언은 딱히 방송을 듣고 있는 것 같지는 않았다. 윤은 흘끔 정언의 옆얼굴로 시선을 주었다. 정언이 습관처럼 입술 끝으로 필터를 까딱이는 움직임에 공연히 목덜미가 뜨거워졌다.

이거 진짜 미친놈 아냐, 하고 속으로 생각한 윤은 서둘러 고개를 돌렸다. 아무리 뭐든 처음이 어렵고 그다음은 쉽다지만, 이러다가 진짜 경찰서 끌려갈 일이 곧 생길 것 같았다. 강제 전보에 이사회 징계까지는 그렇다 쳐도 경찰서에 끌려가는 것만은 피하고 싶었다.

윤이 머릿속으로 무슨 생각을 하는지 알 리 없는 정언이 민주영 의원실 근처의 공영 주차장에 차를 세운 건 열두 시가 되기 직전이었다.

한눈에도 연식이 상당해 보이는 낡은 건물의 3층에 '국회의원 민주영'이라고 쓰인 작은 간판이 붙어 있는 것이 눈에 들어왔다. 엘리베이터 따위는 기대하지도 못할 것 같은 건물이었다.

유력 대권 주자의 사무실이라기에는 너무 초라해 보여, 윤은 다시 한 번 간판을 확인했다. 정언이 좁은 계단을 올라가 문패가 붙은 사무실 문을 두드리자, 안에서 문이 열리며 한 남자가 얼굴을 내밀었다.

짐이라도 옮기고 있었는지 셔츠 소매를 걷어붙인 채 이마에는 땀이 송골거렸다. 뉴스에서 자주 본 얼굴이었다. 민주영 의원이었다. 본인이 직접 문을 열어 줄 거라고는 생각을 못 한 까닭에 윤은 저도 모르게 움찔했다.

"안녕하세요, 의원님. <비하인드 24> 서정언 피디입니다."

정언의 인사에 주영이 반가운 얼굴로 고개를 꾸벅 숙였다.

"예, 안녕하세요. 예전에 한 번 뵈었었는데…… 뒤의 분은 처음 뵙네요."

"저희 팀 김윤 피디입니다."

"아, 그러시구나."

주영이 웃으며 문을 더 열어 두 사람을 안으로 들어오게 했다. 키가 크거나 풍채가 좋은 편은 아니었으나 부드러운 인상이었다. 오십 대 후반이라고 들었는데, 만년 문청(文靑) 같은 느낌의 얼굴은 정치인보다는 학자에 가깝게 느껴졌다.

당황한 윤의 표정을 알아차렸는지, 주영이 멋쩍은 얼굴로 뒷머리를 긁적였다.

"지금 일이 있어서 직원들이 다 외부에 나갔습니다. 이쪽으로 들어오세요."

작은 사무실 안에서 가장 먼저 보이는 건 벽 한 면을 꽉 채운 책장이었다. 발 디딜 틈도 없이 빼곡하게 들어찬 책상이며 서류, 책 더미 사이로 두 사람을 안내한 주영이 민망하다는 투로 말끝을 흐렸다.

"아휴, 죄송합니다. 손님 오시면 미리 치웠어야 되는데 요새 너무 정신이 없어서…… 짐 정리 중이었거든요."

"아닙니다. 경선 준비 바쁘신데 시간 뺏는 저희가 죄송하죠."

정언이 웃어 보이며 자리에 앉자 주영이 잠시만요, 하고는 서둘러 냉장고에서 주스 두 병을 꺼내 와 정언과 윤의 앞에 놓아 주고는 맞은편에 앉았다.

윤이 촬영 준비를 하는 사이, 손수건으로 이마의 땀을 닦은 주영이 입을 열었다.

"오상근 교수님한테 연락은 받았습니다. 예전에 저 민변 시절에 오 교수님하고 소송 진행했던 거 관련해서 뭐 하신다고 들었는데요."

"네. 지금 진송신도시 서온건설 현장에서 부적절한 자재 쓴다는 제보 받아서요. 오 교수님한테 자문 받아서 자재 문제 있는 거 확인했고, 관련 취재 진행 중입니다. 예전에 의원님께서 같은 내용으로 소송 진행해서 승소하신 적 있다고 하셔서요."

정언의 말에 주영이 아아, 하며 고개를 끄덕였다.

"그때가 십오 년쯤 전인 걸로 기억을 하는데, 당시에 서온건설에서 보상금 지급하라고 판결이 났죠. 그때 그런 사례가 드물어서 고생을 좀 했어요."

"새집증후군이라는 표현을 안 쓰신 이유가 있었나요?"

"단순 새집증후군으로 보기에는 유해 물질 수치가 지나치게 높았고, 그 말 자체가 아직 낯설 때라 그런 표현은 쓰지 않기로 했던 겁니다. 피고 측에 여지를 줄 수 있는 표현이 아닐까 싶었어요. 당시에 새집증후군이라는 개념이 생겨난 지가 얼마 되지 않았으니까, 사측에서 개념에 증상을 끼워 맞추는 거라고 변론할 수 있겠다, 혹은 더 심각한 상황을 언어에 맞춰 축소하려 할 수도 있겠다. 저희는 그렇게 판단했었죠."

다이어리에 주영의 말을 메모하던 정언이 고개를 들었다.

"기업 측에서 빠져나갈 여지가 많은 문제죠?"

"그렇죠. 특히 이미 건물이 완공되고 입주한 지 어느 정도 시간이 지난 상태다, 그러면 주민들이 이기기 쉽지 않아요. 오 교수님 말로는 지금 이미 입주가 끝난 다른 지역에서도 문제가 발생한다고 하던데요. 맞습니까?"

"네. 저희가 환경단체하고 공조해서 우선 현장 분석은 끝낸 상황입니다."

정언이 아까 가져온 파일을 주영 앞으로 내밀었다. 주영은 그 파일을 펼쳐 보았다. 며칠 전 정언과 함께 체크했던 분석 자료와 비슷한 자료였다. 아마 조금 전 한동에게서 받아 온 다른 분석 자료인 듯했다.

꼼꼼히 자료를 살피던 주영이 눈썹 위를 긁적였다.

"어휴, 이거…… 이러면 문제가 크게 되겠는데요. 사측에서는 인정 안 하죠?"

"네. 피해 사례 대부분이 영유아기 아이들에게 집중이 돼 있거든요. 이러면 어떻게 접근해야 할까요?"

"입주가 완료된 상태에서 승소가 어려운 건 영유아기 아이들한테 나타나는 질환의 원인이 너무 많아서거든요. 뭐 흔히 말하는 인스턴트 음식, 공해, 환경 호르몬 같은 요소들도 다 영향을 미치니까요. 제가 비슷한 사례를 이후에 몇 건 더 검토한 적이 있는데, 특히 최근으로 올수록 힘들어요. 요즘 거의 선천적으로 아토피를 달고 나오는 아이들이 많지 않습니까. 그러니까 건설사 측에서는 우선 무조건 자재의 유해 물질이 반드시 영향을 미친다고 볼 수 없다고 주장합니다."

"일부 인정도 어렵습니까? 이유가 뭐죠?"

정언의 물음에 주영이 잠시 생각하더니 대답했다.

"원래 질환이 없던 아이들의 경우라면 병인(病因)이 건물에 있다는 걸 증명하기가 상대적으로 쉽습니다. 일부 책임이라도 인정받을 가능성이 높죠. 그런데 안타까운 부분이, 이런 유해 물질 독성은 면역력이 특히 약한 아이들한테 더 강하게 영향을 준다는 겁니다."

"그러면 애초에 소송에 참여하는 사람들의 풀이 거기 제한되겠네요."

"그렇죠. 본래 질환을 가진 아이들일수록 더 눈에 띄는 증상을 보이니까, 그런 아이 부모들이 주로 소송에 참여하게 되는 거죠. 건강한 아이들의 경우에는 증상이 그 정도로 심각해지는 경우가 많지 않고요."

"처음부터 이기기 힘든 사람들이 싸움을 시작한다는 말씀이신 거군요."

"그렇죠. 하지만 증상이 덜한 아이들이라고 해서 그게 건강에 문제가 없다, 이렇게 볼 수 없다는 것도 분명하죠. 이 정도의 유해 물질은 성인에게도 충분히 영향을 미칩니다. 제 생각에는, 일단 건설사 책임을 명백히 증명하기 위해서는 증상이 강하게 발병한 아이들 외에 전 세대를 대상으로 전수조사를 실시하는 게 제일 확실하다고 봅니다. 이 정도 수치라면 건강한 분들 중에도 예민하신 분들은 두통이나 구토감 같은 증상을 느낄 확률이 높을 것 같거든요."

"그런 증상이 발병한 사람들 사례 전체를 모은다면 승소할 확률이 올라간다?"

정언이 확인하듯 묻자 주영이 미소를 지었다.

"그럴 수밖에 없습니다. 건설사들이 이런 사례에서 빠져나가는 가장 좋은 방법이 그거예요. 병인이 반드시 우리에게만 있다고 증명 가능하냐고 주장하는 거. 새집증후군 최초 판례에서도 사측 책임을 3분의 1만 인정했죠? 유해 물질은 눈에 보이지 않기 때문에 대부분의 경우에서는 그걸 증명하기가 어렵습니다. 특히나 일반인들이 기업과 전문가 대상으로 싸울 때는 더 그렇죠. 힘든 소송이에요."

"당시 서온건설 상대로 소송하셨을 때 가장 어려운 부분이 뭐였는지 여쭤봐도 될까요?"

주영이 잠시 망설이더니 난처한 얼굴로 웃어 보였다.

"사실 그 소송은 자료 수집하고 공부하고, 유해 물질이 인체에 영향을 미쳤다는 것 자체를 증명하는 건, 물론 어려운 과정이긴 했지만 그런 게 문제가 되지는 않았습니다. 문제가 된 건 서온건설 측 태도였어요."

"사측 태도요?"

주영이 고개를 끄덕였다.

"저는 사실 학생운동도 오래 했고, 또 민변 일 하면서 예전부터 그런 게 많았기 때문에 괜찮았어요. 그런데 이제 오상근 교수님하고 입주민 대표였던 분. 여러 가지 루트로 그분들한테 이소송에서 빠져라, 서온건설에 유리하게 증언을 해라, 이런 압박이 많았죠. 그게 안 통하니까 나중에는 사람을 시켜서 교수님이나 가족들을 사찰하고 협박하고, 이런 일이 공판 진행 기간 중에 쭉 있었습니다."

사찰이라는 말에 윤은 저도 모르게 주영에게 시선을 주었다. 재희가 받은 문자와 민혜의 남편에게 걸려 왔다는 전화가 떠올랐던 것이다. 정언 역시 같은 생각을 했는지, 눈을 약간 가늘게 뜨며 몸을 앞으로 내밀었다.

"사찰이라면 어떤 식입니까?"

"그분들이 제일 힘들어했던 건 본인이나 가족들이 움직일 때마다 계속 시간하고 위치 정보를 문자로 보내는 거였죠. 이게 과거 안기부나, 요즘 말로 하면 국정원이죠. 이런 데서 사실 자주 사용하는 수법이에요. 핸드폰이 없던 시절에는 전화로 했죠. 저하고 저희 가족들도 그런 전화 많이 받았습니다."

재희가 사찰 문자를 보여 주더니 고전적인 수법이라며 대수롭지 않다는 듯 툭 내뱉던 얼굴이 뇌리를 스쳤다. 윤대석의 가족들을 만났을 때도, 진형은 검사를 만났을 때도 비슷한 이야기를 들었던 것이 머릿속에 차례로 지나갔다.

얼마나 오래 전부터, 얼마나 많은 사람들이 같은 방식으로 위협에 시달려 온 것일까. 윤은 문득 자신이 들어와 있는 세계의 그림자를 자각했다. 창밖의 햇살이 환한 정오인데도, 순간 얇은 베일처럼 내리덮이는 어둠의 흔적에 등줄기가 오싹했다.

잠깐 침묵하던 정언이 주영을 마주 보았다.

"혹시 범인은 잡으셨습니까?"

"네. 저희 추측에 움직이는 걸 누가 감시하니까 이런 문자를 보낼 것이다, 그렇게 생각을 했거든요. 교수님 동선 따라서 우리 쪽에서도 며칠 잠복하면서 현장에서 감시원을 하나 잡아서 경찰에 넘겼습니다."

"누구였죠?"

정언의 물음에 주영이 확연히 머뭇거리는 기색을 띠었다. 윤은 순간 그의 얼굴에 드러나는 망설임을 읽었다. 주영이 곧 나지막하게 대답했다.

"그냥 일반인이었습니다. 평범한 분이었어요."

"일반인이 어떻게 그런 사찰을 할 수 있었죠?"

정언이 이해가 안 간다는 표정을 하자 주영이 한숨을 쉬었다.

"경찰에서 조사하니까 공교롭게도 한국보수연합이라고, 보수 단체가 있거든요. 거기 회원이었습니다."

한국보수연합이라면 전형적인 수구 성향의 단체로, 한선당 행사에 자주 동원되었다. 심심할 만하면 한 번씩 뉴스에 등장하는 곳이기도 했다. 정언은 눈썹을 좁혔다.

"서온건설 공판 진행에 보수단체가 관련이 있었던 겁니까?"

윤은 정언이 무엇을 생각하는지 즉시 알아차렸다.

엄대진.

서온건설이 곤란한 상황에 처하자 엄대진에게 도움을 청했고, 엄대진이 한선당과 관련된 보수 단체 사람들을 시켜 불법 행위를 저지르며 소송 당사자들을 위협했…… 그런 그림을 그리는 건 어렵지 않았다. 그러나 주영의 태도는 매우 조심스러웠다.

"일단 그분 진술은 한국보수연합 지역 지부에서 아르바이트라고 해서 나갔고, 자기는 시키는 대로 했다. 그게 다였습니다. 나중에 서온건설 측에서 일당을 지급한 게 확인이 됐고요. 재판 결과에 이 부분도 영향이 좀 있었습니다."

말을 고르는 듯 한참을 주저하던 주영이 입을 열었다.

"피디님, 이 부분을 혹시 정치적으로 해석하거나 그러지는 않으셨으면 좋겠습니다."

지금까지의 온화한 말투와 달리 그 말은 유독 단호하게 들렸다. 잠깐 멈칫한 정언이 재미있다는 표정을 하며 그를 마주 보았다.

"정치적으로 해석해 드려야 유리하실 텐데요."

농담의 외피를 쓴 말의 기저에 깔린 진심을 읽는 건 어렵지 않았다. 사실상 그렇게 해석하는 것이 자연스럽기도 했다. 지금 같은 상황에서 엄대진을 칠 만한 무기가 되는 것이라면, 그게 설령 사소한 말실수 하나라도 민권당과 주영 입장에서는 절실할 터였다. 그런데도 굳이 정치적으로 해석하지 말아 달라는 말을 덧붙이는 것에서 그의 결벽성을 엿보기는 어렵지 않았다.

주영이 고개를 가로저었다.

"그렇게까지, 그런 건 제가 원하지 않습니다. 그분이 일반인이었고…… 혹시 이런 일로 언론 타게 되면 또 그분이나, 당시 입주민 대표, 오 교수님 같은 분들 개인 신상이 공개되고, 그럴 우려가 있지 않습니까. 지금 상황이, 제 생각에는 그분들한테 여러 번 상처를 주게 되지 않을까 염려가 됩니다. 이 부분은 그냥 제가 사적인 경험담을 말씀드린 거니까요."

"무슨 말씀이신지 알겠습니다."

정언이 웃으며 대답하자 안도한 주영이 다시 화제를 돌렸다.

"아무튼 진송신도시 건에서 같은 문제가 발견됐다고 하시니까, 그쪽은 아직 입주 전인 걸로 제가 알고 있는데 맞습니까? 일단 입주가 안 돼서 아직 직접적으로 신체에 피해를 입은 분들, 특히 아이들이 없다는 게 제일 다행이고요. 문서상 기재된 자재와 다른 자재를 사용해서 문제가 되는 부분은 이미 다 확인하고 증거를 확보했다고 하시니까. 다만 제가 걱정되는 건 분양을 받은 분들이 경제적으로 입는 손실이죠."

"사실상 분양 취소가 불가능하다면 어떻게 해야 될까요?"

"법적으로는 사기에 해당하기 때문에, 입주가 된 상태든 아니든 사측에서 그에 상응하는 보상을 하고 문제가 되는 부분을 전부 문서와 동일하게 교체하는 게 맞죠. 부실 공사가 이루어진 부분은 보강하고요. 재건축은 현실적으로 어렵잖아요. 어제 황형두 의원님한테 듣기로는 저희 당 사회반부패위원회 쪽으로도 관련 제보가 많고 확인된 부분이 상당하다고 말씀하시던데요."

"네, 맞습니다. 사반위 의원님들한테 도움을 많이 받았죠."

정언의 대답에 주영이 고개를 끄덕였다.

"다행이네요. 민변이나 상생변 쪽에 이런 문제에 경험이 풍부한 변호사들이 많습니다. 보도하시고 공론화가 된다면, 특히 임대주택 입주 세대의 경우에는 그쪽에서 도움을 드릴 수 있도록 제가 얘기해 보겠습니다. 사반위 소속 의원님들하고 관련 법령 강화하고 단속과 처벌 수위 높이는 방안도 논의 중이고요."

주영은 두 사람이 아직 주스 병에 손도 대지 않은 것을 보더니 좀 드세요, 하고 권했다. 정언은 먼저 병 하나를 따서 윤에게 건네고는 자기도 한 모금을 마셨다. 잠시 정언과 윤을 가만히 보던 주영이 주저하다 말을 건넸다.

"저, 그리고…… YBS 상황이 많이 안 좋은 것 알고 있습니다. 죄송합니다. 저희도 여러 가지 루트로 방법을 찾아보고 있으니까, 조금만 더 힘내 주십시오."

"의원님이 죄송하실 게 뭐가 있다고요. 아닙니다."

정언이 당황하며 손을 내젓자 주영은 겸연쩍게 웃었다.

"최근에 YBS에서 지적해 주시는 부분들 보고 제가 느끼는 게 많고, 공부도 많이 하고 있습니다. 부족한 점에 대해 말씀해 주시니까 저희 TF에서도 여러 가지로 개선점 마련하고 있고요. YBS 시사보도국처럼 좋은 언론 잃는 건 저희한테도 그렇고, 국민들한테도 굉장한 손해라고 생각합니다."

최근 뉴스 논조가 주영에게 불리하게 돌아가는 통에 만나 달라고 말하기도 민망하다고 정언이 짜증을 내던 것이 떠올랐다. 아무 상관없는 남이 보기에도 그런 논조가 느껴질 정도라면, 당사자에게는 뉴스를 보는 것 자체가 결코 유쾌한 일일 리 없었다.

그 말의 어느 정도가 진심인지는 가늠할 수 없었으나, 그렇게 말할 수 있다는 것만으로도 놀라운 기분이었다. 좋게 보도해 달라고 슬며시 언질이라도 줄 법한데, 주영은 그런 기색을 전혀 비치지 않았다.

잠시 주영을 응시하던 정언이 그에게 말했다.

"꼭 좋은 결과 있으시길 바랍니다."

"감사합니다."

주영이 고개를 꾸벅 숙였다. 시계를 확인한 정언이 윤에게 정리하라는 손짓을 보내고는 자리에서 일어났다.

"저희 때문에 점심도 못 드셨겠네요. 죄송합니다."

"아닙니다. 오늘 집사람이 봉사 활동 갔다가 한 시 반쯤 온다고 해서요. 같이 점심 먹기로 했거든요."

윤이 장비를 챙기는 사이, 주영이 웃는 얼굴로 대답했다.

인사를 건네고 정언을 따라 사무실을 나선 윤은 차에 타며 말했다.

"느낌이 좋은데요. 정치인 같지 않고."

운전석의 문을 닫은 정언이 들고 있던 다이어리를 가방에 쑤셔 넣으며 대답했다.

"정치 안 하겠다는 거 민권당에서 굉장히 공들여서 영입한 분이야. 한선당이나 당내 반대파는 이미지만 있다고 때리지만 이미지라도 있는 정치인 드물잖아. 언론에서 권력 의지가 없다, 무능하다, 이런 프레임 강하게 씌우긴 하는데 진짜 무능하면 유력 대선 주자 됐겠어? 사람이 너무 결벽한 걸 무능하다고 표현하는 여의도 언어라고 봐야지. 노회한 정치인 스타일은 아냐. 그리고 그게 제일 큰 장점이고."

주영을 잠깐 보았을 뿐이지만 정언의 말이 무슨 뜻인지는 충분히 알 수 있었다. 그렇구나, 하고 중얼거린 윤은 몸을 숙여 발치에 카메라 가방을 밀어 넣었다. 안전벨트를 당겨 채우던 윤은 고개를 돌리다 문득 정언의 뺨에 속눈썹이 떨어져 묻은 것을 보았다.

"어, 선배. 잠깐……."

무심결에 손을 뻗어 정언의 뺨을 만지자, 시동 버튼을 누르려던 정언이 크게 움찔하며 윤을 마주 보았다. 전에 없이 놀란 표정이라 당황한 쪽은 윤이었다.

과민반응이라는 걸 깨달았는지, 정언의 핏기 없던 얼굴이 순간적으로 확 달아올랐다. 정언 역시 아무렇지도 않은 건 아니었구나 하는 생각이 든 건 직후였다.

"뭐가 묻어서요. 왜 그렇게 놀라세요."

티를 내지 않으려 노력은 했으나 놀리는 말투라는 건 누가 들어도 뻔했다. 정언이 답지 않게 뭐라고 할 말을 찾지 못한 표정으로 입술을 두어 번 달싹이다 입을 다물었다. 윤은 얼른 두 손을 들어 보이며 고개를 가로저었다.

"선배, 저 아무 짓도 안 해요."

"나 아무 말도 안 했거든."

시선을 피하며 대꾸한 정언이 시동 버튼을 눌렀다. 그러나 이미 귀 끝이 새빨개진 걸 감출 방법은 없었다. 윤은 창가로 시선을 돌리며 애써 터지려는 웃음을 참았다. 아무 짓도 안 한다는 말을 지키기 위해서는 아무래도 지금까지보다 좀 더 인내심을 발휘해야 할 것 같았다.

늦은 점심을 먹고 사무실로 돌아온 정언은 회의실로 민혜를 불러 주영과의 대화 내용을 이야기했다. 심각한 표정으로 그 이야기를 듣고 있던 민혜가 펜 끝으로 머리를 긁적였다.

"전체 입주민 대상으로 전수조사 실시해서 들이밀면 서온건설도 별수 없다?"

"그렇죠. 애들 아픈 이유가 우리 때문이라는 거 증명할 수 있냐, 이러면서 빠져나가기가 힘들다는 거지."

"<뉴스라이트> TF에서 임대주택 세 군데도 같은 조사 진행한다고 했나?"

"네. 오면서 전 부장님한테 전화해서 전수조사 설문지 돌리면 어떻겠냐 얘기하니까 알겠다고 하시더라고요. 그쪽 주민 대표들하고 얘기해 보겠대요."

민혜가 오케이, 하고 중얼거리며 노트에 무언가를 끄적였다. 슬슬 구성안 아웃라인을 잡고 있는 건지, 노트에는 플로우차트처럼 보이는 도표 같은 것이 가득 그려져 있었다. 민혜가 구겨진 미간을 손끝으로 눌러 펴며 턱을 괴었다.

"아까 김 피디가 제보 게시판에서 메모해 놓은 게 있길래 내가 쭉 연락 돌려서 확인해 봤는데, 제일 유력한 게 이거."

민혜가 종이 한 장을 밀어 놓으며 그 위에 동그라미를 쳤다. 윤이 '양양, 식당 주인, 두 사람 대화 들었음'이라고 적어 두고 아래 전화번호를 메모해 둔 부분이었다.

"장영관이랑 김성학이 도피하면서 양양에 머물렀던 게 한 이틀 정도 된 것 같아. 죽기 전날하고 당일. 전날에 여관 앞 식당에서 술을 마시면서 애기하는 걸 식당 주인이 들었다는 거야. 손님이 없었고 외지 사람이 거의 안 오는 지역이라 주인이 정확하게 기억을 하더라고."

곁에 앉아 있던 윤이 몸을 조금 앞으로 내밀며 물었다.

"대화 내용이 뭐였대요?"

"술을 많이 마셔서 정확하지는 않지만 계속 사장님이라는 사람 애기를 한 건 확실하대요. 둘이 싸우는 것 같았는데 한 명이 사장님이 오시기로 했다, 사장님만 오시면 해결된다, 이런 애기를 몇 번 해서 기억이 난다고 그러네. 주변에 CCTV는 거의 없고, 있는 사설 CCTV는 고장 난 상태라 손경일이 실제 왔었는지는 아직 파악이 안 됐나 봐요."

민혜의 이야기를 주의 깊게 듣던 정언은 고개를 기울였다.

"어차피 철물점에 경일용역 소유 차량이 들렀다 간 건 이미 경찰이 알고 있으니까. 사장님이면 손경일 애기하는 거겠네요. 손경일하고 양양에서 직접 만나기로 약속을 한 건가? 왜 본인이 직접 움직였지?"

윤이 잠시 뭔가를 생각하는 듯 테이블 위에 손끝을 두드리더니 정언에게 시선을 주었다.

"조창식 제거한 것 때문에 그러지 않았을까요? 전에 우리 한 번 애기한 적 있잖아요. 조직 오른팔을 그렇게 제거할 정도면 내부에서 불신 생길 거라고."

민혜가 그 말에 딱 소리가 나게 손뼉을 쳤다.

"그러네, 김 피디 말이 맞는 거 같다. 김성학이랑 장영관 이용해서 조창식 죽였는데, 그러고 나니까 정작 걔들 입장에선 조창식도 죽였는데 누구는 못 죽이겠냐 이런 의심 생겼을 수 있지.

손경일은 조직원 이탈 치명적이니 말 안 새게 직접 자기 손으로 해결하려고 했을 가능성이 높겠네. 손경일만 오면 해결된다고 얘기한 거 보면 일단 그때까지는 믿어 보자 했던 건데."

"조창식도 손경일이 돈 줄 거라고 믿었으니까 김성학이랑 장영관 집 안으로 들였다, 그렇게 생각했잖아요. 상황이 그렇게 갔어도 어느 정도 믿음 있지 않았을까요? 장영관하고 김성학은 조창식 죽인 뒤에 도피 생활 길어지니까 불안해진 거고요."

윤의 조심스러운 말에 민혜가 고개를 주억거렸다.

"그렇죠. 두 사람이 싸웠고 한 명은 계속 손경일이 오면 해결된다고 그랬다는 거 보면 자기들도 내심 조창식하고 같은 꼴 될 것 같다는 생각을 했다는 거잖아."

"손경일도 그거 아니까 거기까지 직접 와서 안심시키고 죽였다, 이렇게 생각하면 딱 맞네."

정언이 말을 덧붙이자 민혜가 그렇지, 하고 추임새를 넣었다. 잠시 민혜의 동그란 얼굴을 보고 있던 정언은 화제를 돌렸다.

"참, 그러고 나서 남편분한테 다른 연락 온 건 없었어요?"

남편 이야기가 나오자 마른 얼굴을 벅벅 문지른 민혜가 땅이 꺼지게 한숨을 쉬더니 생각만 해도 귀찮다는 투로 대답했다.

"아직까지는. 근데 이 인간이 간이 아주 콩알만 해져서 자다가 무슨 소리만 나도 벌떡 일어난다니까. 아우, 나 피곤해 죽겠어. 나가서 자라니까 혼자서는 무서워서 못 잔대요. 미쳐, 진짜."

장난처럼 말하고는 있었으나 민혜나 가족들이 느낄 두려움을 상상하는 건 어렵지 않았다. 어차피 다 같은 처지였다. 정언 자신도 아무렇지도 않은 척하고는 있었지만 집에 들어갈 때마다 저도 모르게 긴장하게 되는 스스로를 느끼곤 했다.

늘 이런 일이 벌어질 것을 각오하고 살면서도 감당하기 어려운 일이었다. 그런 세계가 있다는 걸 상상하지도 못하는 사람들이 겪을 공포가 어느 정도인지는 충분히 이해할 수 있었다.

"그래도 남편분 입장에서는 얼마나 겁나겠어요. 작가님도 솔직히 안 무섭다면 거짓말일 거 아냐."

정언의 말에 민혜가 쯧, 하고 혀를 차며 투덜거렸다.

"뭐 톡 까놓고 얘기해서 나라고 겁 안 나는 건 아닌데, 하는 짓이 너무 치사하니까 더 열 받아. 차라리 나한테 말을 하든가."

"그런데 얘들 이게 아주 수법이더라고. 민 의원님하고 얘기하는데, 그때 소송 진행하면서 오상근 교수님이랑 주민 대표분한테도 똑같이 했었대요. 사찰하고 문자 보내고 이러는 거."

"어머, 미쳤어. 진짜로?"

"근데 더 이상한 게 뭔지 알아요? 사람 붙여서 행적 감시하던 거 잡았는데 한국보수연합 사람이었다네."

정언의 말에 민혜가 어머머, 하며 두 손을 모아 입가에 댔다.

"걔네 맨날 한선당 행사 나가는 애들이잖아. 엄대진이 사람 사서 시킨 거 아냐, 그러면?"

"민 의원님이 정치적으로 해석하지 말아 달라고는 하던데 뻔하죠, 뭐."

"아우, 정치하는 사람이 결벽증도 병이야, 병. 그걸 정치적으로 해석 안 하면 어떻게 해."

민혜가 자기 일처럼 발을 동동 구르더니 움직임을 멈추며 정언에게 물었다.

"아니, 그러면 혹시 강 피디 감시하고 그러는 것도 그쪽 사람들 쓰는 건가? 경일용역 애들은 좀 더 범죄 같은 일에 동원하고,

그 정도까지는 아니면 그쪽에 돈 주고 시키고?"

"그건 조사해 봐야 알지."

정언이 어깨를 으쓱하자 민혜가 윤을 향해 고개를 휙 돌렸다.

"김 피디는 아직 아무 일 없었죠?"

윤이 고개를 끄덕였다.

"네."

"다행이네. 이거, 이거 항상 조심하라고. 우리의 기쁨이니까."

민혜가 자기 뺨을 톡톡 두드리며 신신당부를 하자 윤이 멋쩍은 얼굴로 왜 그러세요, 하며 손을 휘적였다. 턱을 괴고 있던 정언은 곁에 앉은 윤에게 흘끔 시선을 주었다.

잘생기긴 했네, 하고 속으로 생각하던 정언은 다음 순간 자기쪽으로 눈을 돌리는 윤과 시선이 마주쳐 움찔했다. 그러자 윤이 씩 웃었다. 무슨 생각 하는지 다 안다는 표정이었다.

그 얼굴에도 이제는 제법 익숙해져 있었으나, 그렇게 웃을 때마다 혜주가 윤을 보면 아침부터 사이다 원샷하는 기분이라고 극찬하던 심정이 이해되는 건 사실이었다.

물론 그것과는 별개로, 이렇게 빤히 들여다보이는 느낌에는 쉽게 적응할 수 없었다. 냉방을 시작할 날씨는 아니었으나, 목덜미가 화끈거려 갑자기 에어컨 바람이 간절해졌다.

그때 회의실 문이 열리며 재희가 머리를 들이밀었다. 민혜가 눈을 들어 재희를 쳐다보며 왜, 하고 묻는 듯 눈을 동그랗게 뜨자 안으로 들어온 재희가 문을 닫았다.

"뉴스 봤어?"

재희의 심각한 표정에 민혜가 가슴 부근을 부여잡으며 빽 소리를 쳤다.

"아우, 난 요새 누가 뉴스 봤어? 이러면 심장마비 올 거 같아! 그렇게 말하지 말고 헤드라인부터 뽑으라고, 좀!"

민혜의 반응에 쿡쿡 웃은 재희가 벽에 기대 팔짱을 끼었다.

"<조한일보> 변순철 회장이 쓰러져서 병원으로 옮겼다고 지금 속보 떴어."

가슴을 부둥켜안고 숨을 몰아쉬는 척하던 민혜가 고개를 번쩍 들었다.

"뭐? 누가 쓰러져? 멀쩡하던 사람이 왜 갑자기?"

놀라기로는 정언과 윤 역시 마찬가지였다. 변순철 회장은 아직도 <조한일보>와 자사 미디어그룹 소유의 종편 채널 뉴스 논조를 직접 좌지우지할 만큼 독재적인 경영 스타일로 유명했다. 그런 사람이 갑자기 쓰러졌다면 <조한일보>를 등에 업은 엄대진에게 영향이 미칠 수밖에 없는 건 당연한 일이었다.

재희가 고개를 끄덕였다.

"<조한일보> 쪽 관계자 말로는 지병이 악화됐다고 하더라고. 기자들 얘기 들어 보니까 올해 들어 몸이 계속 안 좋았고, 공식 석상 안 나오기 시작한 지는 한두 달 됐대. 저번 달에 해외 출장 있었는데 건강 문제로 그것도 취소했고."

공식 석상에 나오지 않은 지가 두 달이라면 상태가 많이 안 좋은 건 틀림없는 듯했다. 정언은 재희에게 물었다.

"상태가 많이 나쁜가? 무슨 병인데요?"

"심혈관 쪽에 문제가 있는데, 그게 가족력이야. 첫째 딸도 수술 받은 적 있거든."

"첫째 딸이면 엄대진 처형인가? 이름이 뭐더라?"

"그렇지. 첫째가 변은화, 엄대진 부인인 둘째가 변정화."

변은화, 변정화, 하고 정언은 입 안으로 그 이름을 중얼거렸다. 기사에 가끔 오르내리는 사람들이라 정언에게도 아주 낯선 이름은 아니었다. 정언은 미간을 찌푸리며 관자놀이 부근을 긁적였다.

"변순철 나이가 적지는 않은데…… 그런데 실질적으로 거기 미디어그룹 전체가 변순철 컨펌 안 받으면 돌아갈 수가 없는 구조라면서요. 경영이 올 스톱 되지 않나?"

"뭐 회사니까 오너 한 사람 없다고 그 지경까지는 안 가겠지. 그런데 기자들한테 좀 재미있는 소리를 들었다고, 내가."

재희의 의미심장한 얼굴에 민혜가 왜 또 저럴까, 하는 눈으로 재희를 쳐다보았다. 고개를 까딱인 재희가 말을 이었다.

"사후 상속분 제외한 회사 지분 상당수가 지금 딸 둘한테 가 있는데, 변은화 남편, 그러니까 엄대진한테는 손위 동서지. 손위 동서 되는 김인택이라는 사람이 있는데 엄대진이 이 김인택하고 사이가 아주 안 좋다는 거야."

"사이가 왜 안 좋아?"

흥미가 생겼는지, 민혜가 탁자 위에 팔을 얹으며 재희 쪽으로 몸을 내밀었다. 재희가 손가락을 하나 들어 보이며 대답했다.

"지분 문제. 김인택이 남자 신데렐라야. 원래 집안도 볼 거 없고 그런데 인물이 괜찮단 말이야. 변은화가 그거 하나 보고 결혼하겠다고 해서 변순철이 엄청 반대하다 자식 이기는 부모 없다니까 허락해 줬다고."

"어어, 그 얘기 유명하지. 예전에 여성지에도 한참 나오고 그랬던 거 같은데?"

"응. 그래서 둘째 사위는 절대 그런 실수 안 하려고 핫 데뷔한 정계 아이돌 엄대진으로 데려온 거거든. 사윗감 대통령으로 키우려고 변순철이 찍은 거지, 처음부터."

재희의 말을 듣고 있던 정언은 잠시 곰곰이 생각하다 물었다.

"자매 사이는 좋아요? 변정화 입장에서는 언니는 자기 마음대로 했는데, 자기는 언니 대신 정략결혼에 희생됐다, 그렇게 느낄 수도 있는 거잖아."

"그런 것도 없잖아 있는 거 같긴 해. 변은화가 가족력 있다고 했잖아. 건강이 나빠서 실질적인 재산 관리는 김인택이 한다는데, 변정화랑 엄대진 입장에서는 언니가 골골하니까 김인택만 없으면 저게 다 내 건데, 그런다는 소문이 있다고 하더라고."

"있는 놈들끼리가 더 장난 아니네."

정언이 혀를 내두르자 재희가 웃는 소리를 냈다.

"그런데 김인택 입장에서도 가진 게 그거 하나고 부인 죽으면 자기는 끈 떨어진 연 신세인 거 아는데 순순히 내놓겠어? 부인을 아주 지극정성으로 모신다는데. 아무튼 그래서 사위들끼리 사이가 좋을 수가 없는 거야. 엄대진이 보기에 김인택은 그냥 재산 노리고 들어온 근본 없는 놈이고, 김인택이 보기에 엄대진은 장인을 등에 업고 나대는 놈이라 그거지."

"변순철 마음은 어쨌든 엄대진한테 가 있는 거 아니에요?"

"그런데 이게 재밌어. 변순철이 더 예뻐하는 건 첫째 딸이다, 이게 공공연하다고. 변순철이 결혼시키기 전에 김인택 죽이려고 했을 정도로 싫어했대. 아버지 입장에서 이해는 가잖아. 금지옥엽 키운 딸인데 얼굴 반반한 거 하나 빼고는 아무것도 볼 거 없는 놈한테 시집을 보내 달라니까. 당연히 사위는 둘째가 좋은 거지. 그런데 사위가 아무리 예뻐 봐야 딸만 하겠어?"

"엄대진도 그걸 아나?"

"당연히 알지."

정언은 펜을 돌리며 재희의 말을 주의 깊게 듣고 있다가 혼잣말처럼 중얼거렸다.

"대선 코앞인데 변 회장 드러누운 게 엄대진한테 호재려나?"

"그런데 예전부터 변 회장하고 엄대진 사이에 좀 트러블 있었다는 소문 돌더라고. 애가 사춘기 오면 방문 닫고 들어가잖아. 먹이고 입혀서 키워 났더니 지 맘대로 하려고 하면 부모가 열이 받아, 안 받아?"

재희가 빙글거렸다. 정언은 한쪽 눈썹을 찡그리며 재희를 마주 보았다.

"그래서 사이가 멀어졌다?"

"확실한 소스는 아냐. 일단 대선 대비하면서 엄대진이 반 엄대진계까지 안고 가야 되니까, 엄대진이 <조한일보>에 논조 조절해 달라고 했다가 변 회장한테 거절당했다는 얘기가 있다."

<조한일보>가 같은 한선당이라도 반 엄대진계 의원들에 대해서는 논조가 상당히 박한 건 유명했다. 변순철 회장이 정적이 될 만한 인사들을 미리 밟아 놓는 방법이기도 했다.

그러나 경선을 앞둔 엄대진에게는 당내 화합도 중요한 문제였다. 아무리 엄대진계가 당내 주류라고 해도 여소야대 형국이라 한 사람이 아쉬운 건 사실이었다. 그러니 논조 조절을 요구했다가 거절당했다면 서로 마음이 상했을 수도 있었다.

"옆집 애랑은 놀지 마라, 뭐 이런 거예요?"

"비슷하지. 어쨌든 지금 키맨은 김인택이야. 엄대진이 청와대 입성하면 자기 목숨 진짜 어떻게 될지 모르니까 머리 굴리느라 정신없을 거거든. 일단 미디어그룹 지분 많이 가진 건 언니 쪽이고, 동생 쪽은 외식사업부나 이런 가외 투자하는 쪽 지분 많이 가지고 있고. 엄대진이 김인택만 제거하면 아픈 사람 뒤통수 치고 <조한일보> 지분 빼돌리는 건 일도 아닌데, 김인택 쪽도 그거 잘 알 거라고."

"흥미진진하게 돌아가네."

정언이 재미있다는 표정을 하자 민혜가 으으, 하며 탁자 위에 엎드렸다.

"거긴 엄청 재밌는데 우린 왜 하나도 안 재밌지?"

정언은 그 말에 어깨를 으쓱해 보였다.

"왜, 지금 되게 재밌지 않아요? 누가 이기나 한 번 해보자 뭐 그런 느낌이잖아. 지금 딱 변순철이 쓰러져서 병원 실려 간 것도 그렇고. <조한일보>가 엄대진 백업하는 게 엄청 크잖아요."

"<조한일보> 후광 없이 엄대진이 자력으로 얼마나 생존할 수 있을까요?"

그때까지 청취자 모드를 유지하고 있던 윤의 질문에 재희가 고개를 비스듬히 기울였다.

"아무도 모르지. 정계 데뷔 때부터 <조한일보> 백업 받아 올라왔으니까. 만약에 김인택이 엄대진 날리려고 마음먹고 논조 돌린다면 엄대진도 쉽지 않다고 봐. 한선당 지지자들한테 <조한일보> 절대적이야. 자사 종편 채널 뉴스도 그렇고. 본인도 <조한일보> 없이 어디까지 갈 수 있을지 생각해 본 적 없을걸."

"김인택하고 엄대진이 협상할 여지도 있지 않습니까?"

"가능성은 다 열려 있지. 경우의 수는 많아."

그때 탁자 위에 놓여 있던 정언의 핸드폰이 진동했다. 무심코 액정을 내려다본 정언은 멈칫하며 다시 한 번 이름을 확인했다. 최효명 여사.

엄마였다. 민혜가 눈을 동그랗게 뜨며 입모양으로 엄마? 하고 묻는 말에 고개를 끄덕인 정언은 핸드폰을 들고 서둘러 사무실 밖으로 나오며 전화를 받았다.

"응, 엄마. 나야."

문자 한 통 없이 전화부터 하는 건 자주 있는 일이 아니었다. 정언은 손목에 찬 시계를 보았다. 오후 다섯 시를 조금 넘긴 채였다. 마지막 빵이 나갈 시간이라 한창 바쁠 때인데, 이럴 때 효명에게 전화가 오는 일은 더 드물었다. 효명의 목소리가 핸드폰 너머에서 건너왔다.

『정언아, 너 오늘 집에 오면 안 돼? 잠깐이라도.』

비상구 문을 닫으며 벽에 기대선 정언은 그 말에 멈칫했다. 이런 시간에 전화를 해서 갑자기 집에 오라는 말을 하는 건 처음이었다. 뭔가 불길한 예감이 서늘하게 스며들었다. 혹시 효명에게도 무슨 일이 생겼나 하는 생각이 갑자기 뇌리를 스쳤다.

정언은 핸드폰을 고쳐 쥐며 다급하게 물었다.

"왜, 혹시 무슨 일 있어? 뭐 이상한 일 있었어?"

그 말에 효명이 어이없다는 투로 되물었다.

『앤 진짜, 엄마가 무슨 일 있어야 딸보고 집에 한 번 오라 소리 할 수 있어?』

그렇게 말하는 걸 보니 다행히 무슨 일이 생긴 건 아닌 모양이었다. 정언은 남몰래 안도의 한숨을 쉬며 애써 태연한 척 말을 돌렸다.

"아니, 그런 건 아니고. 엄마 바쁜데 갑자기 그러니까 이상해서 그러지. 왜, 어디 안 좋아? 저번에 검진 받는다고 했잖아. 혹시 결과 안 좋게 나왔어?"

『그건 괜찮아. 의사가 한 삼십 년은 더 하셔도 되겠다고 그러더라. 어우, 지겨워 정말. 빵만 삼십 년 만들었는데 또 삼십 년을 어떻게 하니. 그나저나 정언아, 오늘 정말 시간 안 돼?』

"나 요새 진짜 너무 바빠. 다음 달쯤이면 좀 한가할 거 같은데 그때……."

코앞인 집에 오가는 시간조차 아까운 판이었다. 다시 한 번 시계를 확인한 정언이 대답하자 효명이 채 끝까지 듣기도 전에 정언의 말을 잘랐다.

『자다가 꿈을 꿨는데 꿈자리가 너무 안 좋아서 그래.』

정언은 미간을 좁혔다. 정언이 아는 효명은 일생에 남들 다 보는 사주 한 번 본 일이 없는 사람이었다.

현국과 결혼할 때도 내가 이 남자랑 결혼해서 망하면 내가 사람 잘못 본 죄라며 궁합도 보지 않고 결혼했다는 이야기를 외가 식구들에게 귀에 못이 박히도록 들은 터였다. 더군다나 꿈자리라니, 그런 얘기는 정말 단 한 번도 들어 본 적이 없었다.

"엄마도 늙긴 늙었나 보네. 안 하던 꿈자리 얘기를 다 하고."

농담처럼 던진 말에 돌아온 대답은 뜻밖에도 진지했다.

『내가 생전 그런 적이 없는데 아까 너무 피곤한 거야. 삼촌한테 잠깐 가게 맡기고 올라가서 한숨 자는데 너희 아빠가 꿈에 나오잖아. 아빠가 나를 막 흔들어 깨우면서 여보, 정언이, 정언이, 이러는데 내가 너무 놀라서 벌떡 일어났다니까. 바로 옆에 있는 것처럼 너무 생생한 거 있지? 너 무슨 일 생겼나 싶어서 가슴이 막 뛰더라니까.』

심장이 불안하게 움직였다. 현국이 세상을 떠난 후에 효명은 단 한 번도 너희 아빠가 꿈에 나왔다거나, 생각이 난다거나 하는 말 따위를 하지 않았다. 그런 엄마가 잠에서 깨자마자 불안해서 자신에게 전화를 걸었을 정도라면 정말 느낌이 좋지 않아서였을 게 분명했다.

아버지를 떠올리자 정언의 머릿속으로 영직의 얼굴이 지나갔다. 재희에게 <비하인드 24>를 유지시켜 줄 테니 타협하라고 했다는 최영직 CP와, 아버지의 곁에서 환하게 웃으며 나란히 서서 올해의 언론인상을 받던 최영직 기자는 얼마나 다른 사람일까 문득 궁금해졌다.

정언은 애써 머릿속에서 그 생각을 지워 버리며 말을 돌렸다.

"요새 우리 여사님 기가 허해서 그런 거 아냐? 한약이라도 좀 지어 먹어. 돈 부칠게."

그 말에 효명이 펄쩍 뛰었다.

『애 말하는 거 봐. 내가 돈 없어서 약 못 지어 먹니?』

"누가 그렇대? 불효녀한테 효도할 기회 좀 달라고요."

정언은 서둘러 화를 내는 효명을 달랬으나, 효명은 그 말을 들은 척도 하지 않았다.

『엄마가 지금 방송국 앞으로 갈 테니까 얼굴이라도 좀 보자. 뭐 제대로 먹지도 않는 게, 안 그래도 비쩍 말라서…… 너도 정기검진 제때 받아야 돼. 맨날 밤새고 그러다 큰일 나. 금방 갈게. 도착하면 전화할 테니까 내려와.』

"이제 퇴근 시간이라 길 얼마나 막히는데 여길 와, 됐어! 내가 주말에……."

정언이 황급히 효명을 말리려 했으나 이미 전화가 끊어진 뒤였다. 정언은 기가 막힌다는 표정으로 핸드폰을 내려다보며 투덜거렸다.

"사람 말을 끝까지 안 들어, 왜."

효명의 성격을 누구보다 잘 아는 정언이었다. 일이 이렇게 된 이상 오지 말라고 아무리 애원해도 들은 척도 안 할 게 뻔했다. 미치겠네, 하고 머리를 흩은 정언은 다시 한 번 꺼진 액정을 보았다. 속이 복잡해졌다.

숨 쉴 시간도 아껴야 할 판이라 짜증이 나는 한편으로, 오죽하면 다른 사람도 아닌 엄마가 이럴까 하는 생각이 지난 탓이었다. 몸이 아무리 아파도 가게 문 열고 닫는 시간은 칼같이 지키는 효명이었다.

외삼촌이 있다지만 그런다고 해도 가게를 비우고 당장 달려오겠다는 건 정말 놀라서임이 분명했다. 생전 그런 적이 없더니, 그렇게 강해 보이던 엄마도 나이가 들어 마음이 약해진 건가 싶어 가슴 한구석이 싸하게 가라앉았다.

한동안 그 자리에 서서 핸드폰만 내려다보고 있던 정언은 가벼운 한숨을 뱉으며 회의실로 돌아갔다. 탁자에 걸터앉자 재희가 턱 끝으로 손에 쥔 핸드폰을 가리키며 물었다.

"누구야, 어머니?"

"생전 안 그러더니 갑자기 꿈자리가 사납다고 전화를 다 하고 그러잖아요."

정언이 민망한 얼굴로 툭 뱉자, 민혜가 그 말에 걱정스러운 표정을 했다.

"갑자기? 어른들 꿈 잘 맞는데…… 무슨 꿈이길래 그러신대?"

"아니에요. 진짜 그런 분 아니었는데 나이 드니까 마음 약해져서 그런가 봐."

곧이곧대로 말하는 게 어쩐지 민망해 대충 둘러댄 정언은 멋쩍게 눈썹 위를 긁적였다. 윤이 물끄러미 이쪽을 보는 시선이 느껴졌다.

사소한 일에도 신경을 쓰는 윤의 성격을 알기에, 뒤늦게 아차 싶은 생각이 들었다. 윤이 없는 데서 말할 걸 그랬다는 후회가 지났으나 이미 엎질러진 물이었다.

재희가 혀를 차며 말했다.

"걱정 안 하시게 연락 자주 드리고 그래."

"선배는 잘 하고요?"

"내가 안 하니까 남들보고 좀 하라고 그러는 거지."

정언이 되묻자 농담 반, 진담 반으로 대꾸하는 재희를 본 민혜가 고개를 절레절레 저었다.

"나중에 우리 애 커서 강재희처럼 될까 봐 무섭다니까."

"내가 어디가 어때서?"

짐짓 정색하는 재희의 얼굴에 민혜가 손가락질을 하며 기가 막힌다는 투로 펄쩍 뛰었다.

"어머, 어디가 어떤지 몰라서 묻는 거 봐."

"인물 괜찮지, 일 잘하지, 돈 잘 벌지, 내가 왜?"

"그럼 뭐해. 텔레비전 보고 죽었는지 살았는지 아는 게 남의 자식인지 내 자식인지 알 게 뭐야?"

"무소식이 희소식이야. 품 안의 자식이란 말도 있잖아."

"웃기고 있네. 강 피디 보면 무자식이 상팔자란 말이 딱이다. 본인을 그렇게 모르나?"

민혜가 콧방귀를 뀌며 내뱉었다. 차마 대구할 말이 없는지 재희가 입을 다물었다. 그 만담을 지켜보던 정언은 피식 웃으며 그만들 해요, 하고 건성으로 두 사람을 말렸다.

이번엔 내가 이겼다는 표정으로 의기양양해하던 민혜가 갑자기 생각났다는 듯 손가락을 딱 소리가 나게 튕겼다.

"맞아. 아까 정언이 그러던데, 민 의원님 예전에 서온건설 소송 진행할 때 강 피디랑 똑같이 사찰당한 적 있다고. 감시하고 문자 보내고 그러는 거 있잖아. 황형두 의원님이 알아봐 주기로 했다며. 아직 별말 없었어?"

"안 그래도 내일 저녁에 전 부장님이랑 잠깐 만나자고 하던데, 뭐 있으면 그때 얘기하겠지. 그거야 원래 옛날 안기부 시절부터 잘 쓰는 수법이라니까. 송 작가한테 하는 것처럼 집에 전화하고 그러는 것도……."

재희가 대수롭지 않다는 듯 받아넘기려 했으나, 민혜가 중간에 그 말을 끊었다.

"그런데 민 의원님이 그때 감시하던 사람 잡아서 넘겼는데 한국보수연합 회원이었대."

"그래?"

그 말에 재희의 얼굴이 달라지며 정언에게 시선을 돌렸다.

"회원인 건 어떻게 알았대?"

"경찰에서 조사하면서 그랬다는데요. 자기는 그냥 아르바이트인 줄 알았다고. 실제로 서온건설에서 일당 지급한 거 확인했대요. 그래서 그게 공판 결과에도 영향이 좀 있었다고 하더라고요."

"황 의원님한테 한 번 물어봐야겠네. 알겠어."

고개를 끄덕인 정언은 잠시 핸드폰으로 뉴스를 확인했다.

'<조한일보> 변순철 회장 자택에서 쓰러져 긴급 이송(속보)'.

포털 사이트에 접속하자마자 메인의 제목이 눈에 들어왔다.

클릭해 보았으나 속보라 그런지 아직 아무 내용도 입력되지 않은 채였다. 다른 기사를 몇 개 찾아봤으나 아직 자세한 내용이 담긴 뉴스는 없었다.

정언이 재희에게 물었다.

"변 회장 병원 어디래요?"

"기자들 얘기로는 집에서 제일 가까운 서울평화병원으로 일단 이송했다던데. 거기서 상태 보고 원래 다니던 강남 본서울병원으로 옮길 거 같대."

재희가 대답하는 것과 거의 동시에 정언의 핸드폰이 진동하기 시작했다. 깜짝 놀란 정언은 서둘러 핸드폰을 확인했다. '최효명 여사'라는 이름이 선명했다.

아까 전화를 끊은 지 삼십 분도 채 지나지 않았는데, 무슨 일인가 싶어 전화를 받기 무섭게 건너편에서 효명의 목소리가 넘어왔다.

『정언아, 엄마 거의 다 왔어. 빨리 내려와.』

역시나 간결하게 용건만 말하기 무섭게 전화가 끊어졌다. 정언은 황당하다는 표정으로 핸드폰을 내려다보다 미치겠네, 하며 중얼거렸다. 민혜가 의아한 얼굴을 했다.

"왜?"

"아니, 엄마가 지금 회사로 왔대요. 아까도 오지 말랬는데 듣지도 않고 끊더니 지금도 다 왔다고 빨리 내려오라고, 사람이 한마디도 안 했는데 그냥 끊잖아."

"어른들 다 그래. 자기 할 말만 하면 다라니까."

쿡쿡 웃은 민혜가 얼른 가 보라며 손을 내저었다. 정언은 어쩔 수 없이 서둘러 지하 주차장으로 내려갔다. 벌써 도착한 걸 보니 아마 통화 직후에 날아온 게 분명했다. 효명에게 전화를 걸며 두리번거리자, 입구 근처에 차를 세워 둔 효명이 멀리서 손을 흔들었다.

뛰어가던 정언은 몇 걸음을 남겨 두고 그 자리에 멈춰 섰다. 효명이 차 트렁크를 열고 뭔가를 잔뜩 꺼내 놓고 있었기 때문이다. 자세히 보자 가게에서 파는 선물세트 상자였다. 대체 얼마나 가져온 건지, 소형차의 트렁크를 가득 채운 상자들이 바닥에 차곡차곡 쌓였다.

"얘, 얼굴이 왜 그렇게 상했어? 점심은? 뭐 먹고 하는 거야?"

쏟아지는 질문 공세에 정언은 대답 대신 미간을 구겼다.

"미쳤어, 진짜. 가게에서 팔 것도 없는데!"

"팔 게 왜 없어? 너희 팀 사람들이 몇인데 그럼 이만큼도 안 가져와? 안 모자랄지 모르겠다. 가서 나눠 먹어."

정언이 돌겠다는 표정으로 이마를 짚었으나 역시 효명은 그다지 호락호락한 상대가 아니었다. 그 표정은 안중에도 없이, 효명이 정언의 빰을 덥석 양손으로 잡고 들여다보며 혀를 찼다.

"얼굴은 또 왜 이래, 젊은 게. 햇빛을 못 봐서 그런가? 너 요새도 새벽에 막 뛰어?"

"요샌 너무 바빠서 못 해. 아니, 엄마. 지금 그게 문제가 아니고……."

"낮에 뛰어야 햇빛을 받지. 애가 무슨 드라큘라도 아니고 관짝 누웠다 일어난 애처럼 허예가지고, 이게 뭐야. 어디 아픈 데는 없고?"

무슨 말을 못 하게 하는 통에 결국 효명을 나무라기를 포기한 정언은 고개를 저었다.

"낮에 숨 쉴 시간도 없어. 엄마 걱정이나 해. 나 최효명 여사 닮아 통뼈인 거 몰라? 이거 다 들고 가지도 못하겠어. 어떻게 들고 온 거야, 도대체?"

"내가 들고 왔니? 차가 싣고 왔지. 얼굴 봤으니까 됐고, 잔말 말고 빨리 가지고 가. 나도 얼굴만 보러 온 거야."

효명이 정언의 등을 떠밀었다. 정언은 아이 씨, 하며 효명의 팔을 잡았다.

"저녁이라도 먹고 가. 여기까지 와 놓고……."

"가게 비워 놨는데 어떻게 저녁을 먹고 가. 원래 바로 가려고 그랬어."

"삼촌 있는데 뭐. 맨날 가게 일 한다고 때 놓치잖아."

"내가 너보다 바쁜 거 몰라? 됐어, 이것아. 너나 끼니 거르지 말고 잘 좀 먹어. 젊은 애가 툭 치면 부러지게 생겨 가지고, 이게 뭐니?"

자식 이기는 부모 없다지만 부모 이기는 자식도 쉽지 않았다. 한 번 말을 하면 죽어도 해야 되는 성격이 누구로부터 온 건지 정언 자신이 가장 잘 알고 있었다. 머리를 흩은 정언은 다시 한 번 바닥에 쌓인 상자들을 보며 한숨을 뱉었다. 어림잡아도 서른 개는 되어 보였다.

"뭘 이렇게 많이 가져왔어."

"그냥 과자 쪼가리야, 애. 아무나 좀 불러서 같이 들고 가."

효명의 재촉에 마지못해 핸드폰을 꺼내든 정언은 잠시 망설였다. 윤을 부르면 간단한 일이겠지만 그건 왠지 민망해서였다. 고민하던 정언은 결국 지혁에게 전화를 걸었다. 신호가 몇 번 가자 건너편에서 지혁이 네 선배, 하고 대답하는 목소리가 들렸다.

"우 피디, 잠깐 주차장으로 좀 내려올래? 뭐 들고 가야 될 게 있는데 혼자 들긴 너무 많아서."

『아, 네. 저기, 어…… 아, 아니에요.』

갑자기 말을 멈춘 지혁이 잠시 수화구를 막은 듯 뭐라고 웅얼 거리더니 곧 알겠습니다, 하고 전화를 끊었다. 정언은 팔짱을 끼며 주차장 바닥을 스니커즈 끝으로 툭툭 찼다.

채 오 분도 지나지 않아 누군가가 이쪽으로 오는 소리가 들렸다. 무심코 고개를 돌린 정언은 움찔하며 미간을 좁혔다. 정언과 효명 앞으로 뛰어온 건 다름 아닌 윤이었다.

"어, 저기, 나 우 피디 오라고 했는데 왜 김 피디가 왔어?"

정언이 저도 모르게 당황한 기색으로 더듬거리자 멈춰 선 윤이 정언을 내려다보았다.

"지혁이가 민 선배하고 뭐 할 거 있다고 저보고 대신 가 주면 안 되냐고 하던데요."

우지혁 이 망할 자식, 정언은 그 즉시 속으로 생각했으나 차마 겉으로 그런 티를 낼 수는 없었다. 남의 속을 알 리 없는 윤이 곁에 서 있는 효명과 눈을 맞추더니 고개를 꾸벅 숙였다.

"처음 뵙겠습니다. 선배하고 같은 팀에서 일하는 김윤입니다."

"어머, 네."

윤의 깍듯한 인사에, 효명이 얼결에 대답하며 은근슬쩍 윤을 아래위로 훑어보았다. 그것을 알아차린 정언은 당장 이 자리에서 뛰쳐나가고 싶은 것을 참아야 했다. 보나마나 대번에 윤이 마음에 든 게 분명했다.

아니나 다를까, 윤이 신기한 얼굴로 몸을 숙여 바닥에 쌓인 포장 박스를 들여다보는 사이 효명이 정언을 쿡 찌르며 속삭였다.

"너희 팀에 저런 인물이 있었어?"

"엄마, 제발 좀."

정언은 최대한 윤에게 들리지 않게 복화술로 말을 막았다. 아무래도 당장 효명을 보내지 않으면 호구조사를 시작할 것 같다는 불길한 예감이 엄습했다. 윤이 효명에게 시선을 돌렸다.

"혹시 봉투나 끈 가지고 계신 거 있으세요?"

"잠깐만요."

금방 신이 난 효명이 트렁크를 뒤져 포장용 리본 한 롤과 커터 칼을 꺼냈다. 그것을 받아 든 윤은 한쪽 무릎을 꿇고 앉아 그 자리에서 상자들을 차곡차곡 포개 리본으로 묶었다. 그러는 사이 기어이 효명이 참지 못하고 윤에게 물었다.

"저, 김 피디님. 혹시 결혼하셨나? 아니, 그냥 궁금해서요."

눈을 크게 뜬 정언은 효명의 등을 찌르며 입모양으로 미쳤어? 하고 효명을 윽박질렀다. 그러나 효명은 그러거나 말거나 전혀 신경 쓰지 않는다는 표정이었다.

윤의 눈치로 그 질문이 무슨 의도인지 모를 리 없었다. 고개를 숙이고 있었으나 씩 웃는 얼굴인 게 눈에 빤히 들어와, 순간 목덜미가 뜨거워졌다. 윤은 리본을 매듭지으며 대답했다.

"결혼은 아직인데요. 애인도 없습니다."

그 말을 듣기 무섭게 효명이 정언에게 눈을 돌렸다. 뭐라고 효명의 입에서 한마디라도 더 튀어나오는 게 무서워, 정언은 황급히 운전석 문을 열고 효명을 밀어 넣었다.

"엄마, 전화할게. 얼른 가."

"아니, 정언아……."

"차 막힌다고!"

새빨개진 얼굴로 버럭 소리를 지른 정언은 운전석 문을 쾅 닫았다. 효명이 창 너머에서 애가 별일이라며 뭐라고 말하는 듯했으나 들리지 않았다. 그새 곱게 묶어 둔 박스를 양손에 든 윤이 창 너머로 효명에게 고개를 꾸벅 숙였다.

효명이 활짝 웃으며 윤에게 손을 흔들었다. 못 산다 진짜, 하고 중얼거린 정언은 이마를 짚으며 빨리 가라는 손짓을 했다. 효명이 입모양으로 갈게, 하며 정언에게 말하고는 재빨리 주차장에서 차를 빼 휑하니 사라졌다.

십 분도 채 되지 않는 사이 기력이 모두 소진된 기분이었다. 탈진하기 직전의 상태로 긴 한숨을 내쉰 정언은 차마 윤을 보지 못한 채 한쪽 손을 내밀었다.

"하나 이리 줘."

"제가 들고 갈게요."

윤이 들은 척도 하지 않고 먼저 엘리베이터 쪽으로 걸어갔다. 그 뒷모습을 보고 서 있던 정언은 이 자리에서 바로 사라지거나 시간을 돌리거나 윤의 기억을 지울 수 있는 방법이 없을까 심각하게 고민해야만 했다.

엘리베이터 버튼을 누른 윤이 정언 쪽을 돌아보았다. 마지못해 곁에 선 정언은 층수 표시창에 시선을 고정했다. 잠시 말이 없던 윤이 먼저 입을 열었다.

"어머님이 미인이시네요."

정언은 머리칼을 만지는 척 새빨개진 얼굴을 가리려 노력하며 대답했다.

"젊을 적에 예쁜 아르바이트 직원 있다고 유명해서 빵 많이 팔았다는 소리 귀에 못이 박히게 들었어."

"그러셨을 거 같은데요."

윤은 문이 열린 엘리베이터에 정언보고 먼저 타라는 손짓을 했다. 정언과 나란히 선 윤이 닫힘 버튼을 누르며 말했다.

"선배는 누구 닮았을까 궁금했는데 어머님 쪽인가 봐요."

"매너가 과하면 플러팅이라고 말하지 않았나?"

정언이 내뱉은 말에 윤이 고개를 숙이며 쿡쿡거렸다. 오늘따라 아무도 안 타는 데다 구형이라 느릿느릿 올라가는 엘리베이터 안이 미치도록 어색했다. 자신이 매번 민망함을 감추기 위해 냉랭한 척을 한다는 걸 이제 윤이 너무 잘 안다는 게 가장 큰 문제였다.

숫자가 하나씩 바뀌는 층수 표시창을 초조하게 쳐다보는 정언에게 윤이 나지막하게 물었다.

"무슨 꿈이길래 그러셨대요?"

잠시 잊고 있었던 효명의 말이 되살아난 건 순간이었다. 정언아, 하고 부르던 아버지의 목소리가 문득 환각처럼 스쳤다. 정언은 애써 그 생각을 떨어 버리며 시선을 내렸다.

"별거 아냐."

불현듯 등 뒤로 드리워지는 그림자처럼 서늘한 감각이 스몄다. 낯선 불길함이었다. 아무것도 아닐 거라고, 아마 예민해진 탓일 거라고 생각하며 정언은 발끝에 눈을 두었다. 짧은 정적이 흘렀다. 머리 위로 윤의 목소리가 떨어진 건 그다음이었다.

"선배한테 거짓말한 거 죄송해요."

"뭐가."

"지혁이가 대신 가 달라고 한 적 없어요. 선배한테 전화 온 거 보고 제가 간다고 한 거예요. 다음부터는 그냥 저 부르세요."

그 말에 정언은 저도 모르게 윤을 쳐다보았다. 눈이 마주치자 윤이 웃었다.

"저 제가 이렇게 인내심 없는 줄 살면서 처음 알았어요."

뭐라고 대답할 말을 찾지 못하고 눈을 깜빡이자, 윤이 때마침 열린 엘리베이터에서 먼저 내려 사무실로 향했다. 곧 사무실 안에서 어 이게 뭐야, 하며 좋아하는 팀원들의 목소리가 들려왔다.

문 앞에 선 정언은 바로 들어가지 못하고 잠시 벽에 기댄 채 손으로 눈가를 덮었다. 손바닥 아래 덮인 얼굴이 화끈거렸다. 아무래도 쉽게 가라앉을 것 같지가 않았다.

    문 앞의 거울을 보며 머리를 만진 윤은 에너지 바를 하나 까서 입에 물었다. 박스째로 사다 놓고 먹는 에너지 바도 슬슬 바닥을 드러내고 있었다. 사러 갈 시간도 없는데, 하고 속으로 생각한 윤은 현관에서 신발 끈을 고쳐 매고는 시계를 확인하며 서둘러 주차장으로 내려왔다.

    주차장에 들어서기 무섭게 습관적으로 리모컨 키로 시동을 건 윤은 다음 순간 그 자리에 멈춰 섰다. 시동이 걸리는 소리가 들리지 않았다.

    "어, 뭐지?"

    고개를 갸웃하며 다시 한 번 키를 눌렀으나 역시 마찬가지였다. 당황한 윤은 서둘러 차로 달려가 문을 열었다. 시동 버튼을 직접 눌러 보았지만 역시나 차는 무응답이었다. 아무래도 배터리가 나간 모양이었다. 주위를 둘러보았으나 오늘따라 출근하는 사람도 보이지 않았다.

    "꼭 바쁠 때 이런다니까."

    투덜거린 윤은 할 수 없이 보험사의 긴급 출동 서비스 센터로 전화를 걸었다. 하필 출근 시간부터 이러는 게 아무래도 예감이 좋지 않았다. 일진이 얼마나 안 좋으려고 이럴까 속으로 생각하며 윤은 초조하게 보험사 직원을 기다렸다.

직원이 도착한 건 이십 분쯤 후의 일이었다. 보험사 로고가 붙은 자동차가 주차장 안으로 들어와 섰다. 서둘러 차에서 내린 직원이 두리번거리다 서성거리는 윤을 보더니 꾸벅 인사를 하며 가까이 다가왔다.

"안녕하세요, 김윤 고객님 맞으시죠?"

"아, 네."

"배터리가 방전되셨다고 전화 주셨다는데 맞습니까? 아휴, 출근 시간에 놀라셨겠네요. 늦어서 죄송합니다. 저희가 최대한 빨리 오려고는 하는데……."

윤은 습관적인 수사부터 늘어놓는 직원의 말을 웃는 얼굴로 막았다.

"아닙니다. 이런 적이 없었는데 요새 정신이 없어서 관리를 제대로 못 했나 봐요. 한겨울도 아닌데 배터리 방전되는 건 처음이네요. 아침부터 죄송합니다."

"아이고, 죄송하시긴요. 이게 저희 일인데요."

직원이 서둘러 트렁크에서 점프선을 꺼내고는 자기 차의 배터리에 연결했다. 윤의 차 보닛을 연 직원은 배터리에 점프선 집게를 꽂으며 시동을 걸었다. 운전석 문을 열어 놓고 몇 번 시도하자, 곧 시동이 걸리는 소리가 났다.

"아, 됐네요."

활짝 웃은 직원이 브레이크를 밟아 보더니 곧 고개를 갸웃했다. 브레이크를 두세 번 더 밟은 직원은 갑자기 주차 브레이크를 끝까지 당기더니 시동을 끄며 차에서 내렸다.

"잠시만요."

황급히 자기 차로 뛰어간 직원이 트렁크를 뒤져 잭2)을 가지고 돌아왔다.

의아한 표정을 하는 윤은 아랑곳 않고, 앞쪽에 잭을 넣은 직원이 핸들을 돌려 차 앞부분을 들어 보더니 바닥에 눕다시피 해서 소형 손전등으로 차체 아래를 비춰 보며 한참 무언가를 살폈다.

"무슨 문제 있나요?"

시계를 보자 지각하기 직전이었다. 초조해진 윤이 결국 참다 못해 묻자, 몸을 일으킨 직원이 심각한 얼굴로 윤을 쳐다보았다.

"죄송한데 여태 이 차 운행하실 때 문제 없으셨어요?"

영문을 모를 질문이었다. 윤은 기억을 더듬으며 대답했다.

"어젯밤까지는 아무 문제도 없었는데요. 제가 어제 열두 시 좀 넘어서 퇴근했는데……."

"고객님, 그러면 경찰서 신고하셔야 될 것 같은데요. 차는 바로 정비소 맡기셔야겠어요."

"경찰에 신고하라고요?"

이게 무슨 소린가 싶어 당황한 윤이 귀를 의심하며 되묻자, 직원이 난감하다는 얼굴로 타이어 쪽을 가리켰다.

"이 차 지금 브레이크 호스가 절단된 것 같아요."

"네?"

무슨 말인지 바로 이해가 가지 않았다. 눈을 몇 번 깜빡인 직후, 윤은 호스가 절단된 상태로는 브레이크가 아예 듣지 않는다

---

2) 타이어 교체 등 차량을 들어 올릴 때 쓰는 기구.

는 걸 깨달았다. 만약 이 사실을 모른 채 운전을 했다면 사고를 피할 방법이 없었다. 순간 누가 머리 위로 찬물을 쏟아부은 듯한 기분이 되었다.

윤은 평소 주기적으로 정비를 받고 차량 관리도 꼼꼼하게 하는 편이었다. 브레이크 호스가 노후되거나 불량이라 터지는 경우는 있어도, 자연적으로 절단되는 경우는 들어 본 적도 없었다.

마지막 정비를 받은 지 두 달도 안 된 차였다. 노후나 불량을 의심하기는 힘들었다. 굳어진 윤의 표정을 알아차렸는지, 직원이 눈치를 살피며 조심스럽게 말을 이었다.

"브레이크가 안 들어요. 이거 아무리 봐도 일부러 자른 건데…… 이게 그냥 막 끊어지는 게 아니거든요. 아휴, 어떤 놈이 이렇게 위험한 짓을 하는지 모르겠네요. 일단 신고부터 하시죠."

현실감이 사라졌다. 이런 일이 실제로 자신에게 벌어질 거라고는 생각조차 해 본 적이 없는 탓이었다. 멍하니 서 있는 윤을 본 직원이 뒷머리를 긁적였다.

"그냥 타셨으면 백 퍼센트 사고 났을 텐데, 배터리가 방전돼서 저희 부르신 게 천만다행이네요. 제가 정비를 오래 해서 브레이크 한 번 밟아 보는 게 습관이라서요. 일단 저희가 센터로 견인은 해 드릴게요. 괜찮으시겠습니까?"

직원의 물음에 퍼뜩 정신이 돌아왔다. 계속 이러고 넋을 놓고 있을 수는 없었다.

"아, 네. 그렇게 해 주세요. 정말 감사합니다."

우선 직원에게 인사부터 건넨 윤은 손목에 찬 시계를 다시 한 번 확인하고는 핸드폰을 꺼냈다. 잠시 망설이던 윤은 재희의 이름을 먼저 찾았다. 전화를 걸자 신호가 서너 번 가기 무섭게 재희의 목소리가 돌아왔다.

『어, 김 피디. 아침부터 왜?』

"제가 일이 좀 생겨서 늦을 것 같습니다."

입이 말랐다. 윤은 애써 최대한 침착한 어투로 말했다. 당황했
다는 것을 재희 앞에서 굳이 드러내 보이고 싶지는 않았다. 그
러나 재희는 역시 만만한 상대가 아니었다. 잠시 사이를 둔 재
희가 바로 달라진 말투로 물었다.

『무슨 일인데? 서 피디 말고 나한테 바로 한 거 보니까 안 좋
은 일이야?』

머뭇거리던 윤은 어쩔 수 없이 사정을 설명했다.

"누가 차 브레이크 호스를 끊어 놨어요. 경찰에 신고한 뒤에
바로 출근하겠습니다."

『뭐?』

그 즉시 재희의 목소리가 높아졌다.

『혹시 지금 사고 나서 전화한 거야?』

"아뇨. 운전하기 전에 발견해서…… 괜찮습니다."

윤의 말에 재희가 핸드폰 너머에서 안도의 한숨을 내쉬었다.

『아, 다행이다. 알았어. 김 피디 많이 놀랐겠네. 우선 일 처리
하는 대로 와서 얘기하자고.』

"저, 선배한테는……."

다급히 입을 열었던 윤은 주저하며 말끝을 흐렸다. 정언이 이
얘기를 듣는다면 가만있지 않을 것 같아서였다. 그러나 정언이
협박당한 사실을 숨겼을 때 재희가 엄청나게 화를 내던 것이 떠
올라, 말하지 말아 달라는 소리도 차마 나오지 않았다.

갈등하는 윤의 마음을 눈치챈 듯 재희가 대답했다.

『무슨 애긴지 알아. 서 피디한테는 일단 비밀로 할게.』

"감사합니다."

『천천히 와.』

전화가 끊어졌다. 짧은 한숨을 뱉은 윤은 바로 112로 전화를 걸어 사정을 설명했다. 근처 경찰서에서 출동한 건 십 분쯤 지나서였다. 조수헌이라고 이름을 밝힌 형사는 보험사 직원에게 이야기를 듣고는 차를 이리저리 살펴보더니 윤에게 물었다.

"그러니까 어젯밤에 퇴근하실 때까지는, 열두 시 넘어서 퇴근하셨다고 그랬나? 그 전까지는 아무 문제도 없었다는 거죠?"

"네."

"이 동네 살면서 이런 건 또 처음 보네요. 일단 그러면 열두 시 이후에 촬영된 인근 CCTV 수거해서 조사해 보겠습니다. 이 근방 CCTV가 작동이 다 되는지 모르겠네요."

수헌이 고개를 들어 주차장 천장을 쳐다보더니 한곳을 가리켰다. 주차장 입구 쪽의 CCTV였다.

"여기 CCTV 작동되는 거 맞습니까? 혹시 모형인가요?"

"저도 잘 몰라서요. 경비실에 알아보셔야 할 것 같은데요."

"알겠습니다. 차량에서 도난당한 물품은 없으신 거고요?"

"네, 그런 건 없어요."

애초부터 차에 뭔가 훔쳐갈 만한 물건이라고는 존재하지도 않았다. 기껏해야 숙직실에서 밤샐 때를 대비한 여분의 옷과 세면도구 정도가 전부였다. 물론 이게 차량 절도범 따위가 아니라는 걸 가장 잘 아는 사람은 윤 자신이었다.

수헌이 고개를 갸웃하며 도통 모르겠다는 얼굴로 윤의 차를 다시 한 번 이리저리 들여다보았다.

"이게 진짜 흔한 일이 아닌데, 뭐 짐작 가는 사람 없으세요?"

"아, 그게······."

어디서부터 뭐라고 설명해야 할지 막막했다. 그러니까 제가 사실은 방송국 피디인데 지금 대한민국에서 제일 유력한 대선 후보 뒤를 캐다가 이 꼴을 당하고 있습니다······라고는 말할 수 없을뿐더러, 말한다 해도 정신병자 취급이나 안 받으면 다행일 것 같았다.

선뜻 대답하지 못하고 쩔쩔매는 윤을 보더니 수헌이 뭔가 의심스럽다는 표정이 되어 윤을 아래위로 훑어보았다.

"혹시 뭐 치정 관계라든가, 그런 것도 없으시고요?"

왜 사람을 보자마자 치정 소리부터 튀어나오는지 억울했으나 그 까닭이 뭔지 모르는 바는 아니었다. 대부분의 경우 윤은 멀쩡한 얼굴로 낳아 주신 부모님께 늘 감사하는 마음을 잊지 않고 있었다. 부모님 역시 멀쩡하게 낳아 놓은 아들이 언젠가 그 얼굴 때문에 치정 복수극의 주인공으로 의심받을 거라고는 추호도 생각하지 않았을 게 당연했다.

원망할 대상을 잃은 윤은 매우 어색하게 웃으며 고개를 가로저었다.

"아뇨, 그런 건 전혀······."

아무리 되짚어도 브레이크 호스가 잘릴 정도의 원한을 살 만한 기억은 없었다. 시간을 다시 한 번 확인한 윤은 의심의 눈초리를 거두지 않는 수헌에게 명함을 꺼내 내밀었다.

"조사해 보시고 연락 주시겠어요? 제가 회사에 늦어서요."

무심코 윤의 명함을 받아 든 수헌이 어, 하며 눈을 동그랗게 뜨더니 대번에 표정이 달라졌다.

"이거 <비하인드 24> 아닙니까? 거기 피디님이세요?"

"네."

확실히 <비하인드 24>가 대단하기는 한 모양이었다. 윤의 대답에 뭔가를 잠시 생각하던 수헌이 턱을 매만지더니 눈을 가늘게 떴다.

"그러면 혹시 지금 뭐 위험한 거 취재하시나? <비하인드 24> 같은 거 하는 피디님들이나 기자님들 그런 일 가끔 있다고 들었는데요. 그런 쪽도 전혀 모르시겠어요?"

형사의 직감인 건지, 대번에 그런 말을 하는 까닭에 내심 놀란 윤은 멈칫했다. 잠깐 고민하던 윤은 혹시나 싶어 조심스럽게 이야기를 꺼냈다.

"저, 그러면 지금 마포서 관할로 돼 있는 사건 중에 빈집털이 용의자 이원욱이라고 있는데, 혹시 그 건하고 관련 있는지 알아봐 주실 수 있나요? 이 사람이 서대문서 어린이집 협박전화 건으로도 걸려 있거든요. 마포서 담당은 강력 4팀 박동찬 형사님, 서대문서 담당은 여성청소년계 정경수 경위님입니다."

수헌이 바로 핸드폰을 꺼내 메모를 하며 다시 한 번 물었다.

"마포서랑 서대문서 양쪽에 걸려 있다고요? 이름이?"

"이원욱이요."

이원욱, 하고 입 안으로 중얼거린 수헌이 핸드폰에 마포서 박동찬, 서대문서 정경수, 이원욱이라는 이름들을 서둘러 입력하고는 고개를 끄덕였다.

"알겠습니다. 우선 저희가 인근 CCTV하고, 협조 요청해서 여기 차량 블랙박스 수거해서 조사해 보고 연락드리겠습니다. 사고 나기 전에 발견해서 다행입니다. 아침부터 젊은 분이 많이 놀라셨겠네."

"아, 네. 감사합니다. 부탁드립니다."

수헌과 보험사 직원에게 인사를 건넨 윤은 두 사람을 보내고 주차장을 나섰다. 큰길에서 택시를 잡아타고 출근하는 내내 머릿속이 복잡했다.

손경일이 수배돼서 쫓기고 있는 마당이었다. 경일용역 인원을 함부로 움직이기 쉽지 않을 텐데, 도대체 누가 어디서 누구에게 이런 명령을 내린 건지 감조차 잡을 수 없었다.

물론 손경일이 아니라도 누구든, 엄대진이나 서온건설이 이용할 수 있는 사람들은 훨씬 더 많았다. 그 사실을 잘 알고 있었기에 속이 더 서늘했다.

범인은 민주영 의원이 이야기한 보수 단체 회원들일 수도 있었고, 또 다른 누군가일 수도 있었다. 짐작조차 되지 않는 그림자 너머의 세계는 그저 아득할 뿐이었다.

정언에게 이 일을 얘기해야 하는지 말아야 하는지도 결정할 수가 없었다. 이성적으로 생각한다면 브레이크 호스를 절단했다는 건 단순한 협박을 뛰어넘은 수준이기에, 다른 팀원들도 같은 일을 당하지 않도록 말하는 게 당연했다.

특히나 자신이 이럴 정도라면 정언이라고 안전할 리 만무했다. 그러나 이 사실을 안다면 정언이 얼마나 걱정할지도 불 보듯 뻔한 일이었다.

택시에서 내릴 때쯤 윤은 이미 심각하게 두통약을 사 먹을까 고민할 정도의 상태가 되어 있었다. 지끈거리는 머리 탓에 관자놀이 부근을 문지르며 사무실로 들어서자, 기다리고 있었는지 창가 앞에 선 채 서성거리던 재희가 윤을 보자마자 손짓을 했다.

"어, 김 피디. 나가서 얘기하자."

재희의 말에 자리에 앉아 뭔가를 하고 있던 정언이 고개를 들며 의아하다는 표정으로 재희와 윤을 번갈아 보았다.

"뭔데 오자마자 둘이 나가서 얘기를 하재? 나 몰래 뭐해요?"

"꼭 우리 둘이 나눠야 될 비밀 얘기가 있어서 그래."

씩 웃는 재희의 얼굴에 정언이 더 모르겠다는 투로 되물었다.

"둘이 무슨 비밀 얘기?"

"남자들도 가끔은 비밀이 필요한 거 몰라?"

"아침부터 또 헛소리한다."

가차 없이 돌아오는 정언의 대답에 재희가 야 나 선배야, 하며 항의했으나 역시나 씨도 먹히지 않았다. 정언은 관심 껐다는 얼굴로 손을 휘적거렸다.

하여튼 선배 알기를, 하고 투덜거린 재희는 윤을 데리고 로비 카페로 내려갔다. 커피 두 잔을 사서 한 잔을 윤에게 건넨 재희가 먼저 창가 자리에 앉으며 입을 열었다.

"어떻게 된 건지 일단 설명을 해 봐."

"아직 누가 언제 한 짓인지, 그런 건 모르겠습니다. 아침에 출근하려는데 시동이 안 걸렸거든요. 배터리가 방전된 것 같아서 보험사 불렀는데, 거기 직원분이 시동 걸고 브레이크 밟아 보다 느낌이 이상하다면서 살펴보더니 브레이크 호스가 절단된 상태라고 말씀하시더라고요."

맞은편에 앉은 윤이 대답하자, 심각한 얼굴을 하고 있던 재희가 눈썹 위를 긁적였다.

"어젯밤에 퇴근하고 집에 들어갈 때까지는 멀쩡했지?"

"네."

"그럼 간밤에 그런 건 확실하고, 배터리 나간 게 신의 한 수였네. 안 그랬으면 브레이크 안 듣는 거 모르고 탔을 거 아냐. 완전 큰일 날 뻔했잖아. 경찰에 신고는 했고?"

"네. 일단 주변 CCTV랑 주차장 블랙박스 수거해서 조사하겠다고 그러면서, <비하인드 24> 피디인 거 알더니 바로 취재 내용 묻더라고요. 취재 내용 따라서 이런 일 가끔 있다고 들었대요. 혹시 몰라서 이원욱 짓인지 알아봐 달라고 얘기했어요."

재희가 그 말에 고개를 끄덕였다.

"아마 우리 팀 피디들 인터뷰 많이 나갔어서 그럴 거야. 아예 대놓고 그러는 놈들 있다고 까 버리면 차라리 덜하거든. 얼굴 알려진 사람들 타깃으로 삼는 건 걔들한테도 부담이라서. 김 피디가 아직 얼굴 까일 일 없어서 서 피디보다 쉬운 타깃이었을 수도 있겠다. 다음 차례 김 피디라는 거 농담이었는데 일이 진짜 이렇게 되네. 말이 씨가 된 것 같아서 좀 미안한데."

"아닙니다."

윤의 대답에 재희가 커피를 한 모금 마시고는 뭔가를 생각하더니 물었다.

"서 피디한테는 직접 얘기할 거지?"

"저……."

주저하는 기색이 역력한 윤을 본 재희가 눈썹을 좁혔다.

"지금 이 상황 굉장히 위험해. 오늘 일은 김 피디가 정말 운 좋았던 거라고. 만약에 모르고 탔으면 지금 최소한 무슨 사고라도 났을 건 확정이잖아. 이거 숨긴다고 해결되는 문제 아냐."

"알고 있습니다."

윤이 작게 대답하자 재희는 얼굴에서 웃음기를 거뒀다. 그런 듯 샤프한 그 얼굴에 날이 서는 건 순식간이었다.

"서 피디 걱정 안 시키려고 더 위험하게 만들지 마. 서 피디한 테는 더 최악의 상황 얼마든지 벌어질 수 있어. 남들이 아무리 악바리고 독종이라고 그래도 여자라고. 불가항력적인 상황 오면 방법 없어. 계속 이런 식으로 숨기다가 서 피디한테 무슨 일 생기면 그땐 내가 김 피디 절대 용서 안 해. 무슨 말인지 알겠어?"

칼 같은 말투였다. 심장이 덜컥 내려앉았다. 재희의 말이 결코 농담이 아니라는 건 바보라도 알 수 있을 정도였다. 입술을 깨물고 있던 윤은 네, 하고 결국 그 말을 수긍했다.

재희가 옳았다. 정언에게 더 위험한 상황이 닥칠 수도 있다는 가능성을 늘 염두에 두어야 했다. 그러나 정언에게 이 이야기를 할 생각하니 벌써부터 속이 답답해지는 기분이었다.

윤이 테이블 위에 시선을 둔 채 말이 없자 재희가 윤을 물끄러미 보았다. 고개를 들지 않아도 그 시선이 느껴졌다. 속을 빤히 들여다보는 듯한 느낌이라, 윤은 간혹 재희와 있을 때면 이런 순간이 불편했다. 그걸 아는 사람처럼 재희가 말을 돌렸다.

"이사회 녹취록 가지고 있다며?"

윤은 저도 모르게 놀란 얼굴로 재희를 마주 보았다.

"그걸 어떻게……."

"비서실 통해서 들었어. 김 피디가 녹취록 가지고 있어서 이사회에서 징계 수위 더 못 높였다고 그러던데. 고광훈 들이받은 거 진짜야?"

이사회에서의 일을 떠올리자 복잡한 감정들이 순식간에 한데 뒤엉켰다. 무력함, 분노, 슬픔 따위가 아무렇게나 뒤섞인 그 감정들에는 뭐라고 이름을 붙일 수 없었다. 윤이 침묵하자 재희는 그걸 긍정으로 받아들였는지 재차 질문을 던졌다.

"녹취록에 확실히 문제될 만한 발언 있는 거지?"

"네."

"공개할 수 있어?"

윤은 그 말에 선뜻 대답하지 못했다. 자신에게 무슨 말을 했든 그런 건 상관없었다. 그러나 정언에게 쏟아지던 폭언들을 생각하면 도저히 그러겠다고 말할 생각이 나지 않았다. 녹취록을 공개했을 때 정언이 두 번 상처 받는 일이 생길 것이 두려웠다.

윤의 망설임을 알아차린 듯, 재희가 의아한 표정을 했다.

"공개하기 힘든 내용이야? 왜?"

망설이던 윤이 나지막하게 말했다.

"선배하고 관련된 일이라 제가 결정할 문제 아닙니다."

"서 피디하고?"

되물은 재희가 잠깐 생각하더니 곧 고개를 끄덕였다.

"아, 무슨 말인지 알겠어."

윤의 대답만으로도 즉시 대충 상황을 짐작한 듯했다. 재희는 흘러내린 머리칼을 쓸어 올리며 짧은 한숨을 뱉고는 다시 웃는 얼굴로 돌아갔다.

"그럼 그건 내가 얘기해 볼게. 그리고 이거 서 피디한테 꼭 말해. 어차피 알게 될 일인데 걱정할까 봐 숨기는 거 진짜 미련한 짓이야. 나중에 알면 더 펄펄 뛸 텐데 감당할 자신 있어? 난 서피디 감당 못 한다. 숨겼다가 걸려서 깨지느니 말하고 말지."

농담처럼 툭 던지며 짐짓 고개를 절레절레 저은 재희가 커피를 한 모금 마시며 피식 웃었다.

"하여튼 여기 십 년 넘게 있었는데 본 사람 중에 김 피디가 제일 희한해. 얌전해 보이는데 의외로 겁대가리 상실했고, 눈치 기가 막히게 빠른 거 같은데 이상한 데서 둔하다니까."

"네?"

윤이 눈을 깜빡이며 묻자 재희가 자리에서 일어났다.

"그만 들어갈까? 자리 오래 비울 시간 없으니까. 경찰에서 연락 오면 바로 알려 주고."

"아, 네."

윤은 재희를 따라 서둘러 사무실로 돌아왔다. 정언이 흘끔 윤쪽을 보았으나, 정말 재희와 무슨 일이 있나 보다 생각한 건지 더 뭐라고 묻지는 않았다.

언제 이 얘기를 해야 하나 머리가 복잡해진 윤은 마르는 입술을 잘근거리며 컴퓨터를 켰다. 그러나 눈에 들어오는 게 하나도 없었다. 턱을 괸 채 멍하니 스크롤만 위아래로 반복하던 윤은 맞은편에서 들려 온 호형의 놀란 목소리에 퍼뜩 정신을 차렸다.

"어, 이게 뭐야? 이규완 뭐 터졌는데?"

"뭔데?"

한쪽 귀에 이어폰을 꽂고 있던 현진이 묻자 호형이 파티션 너머로 대답했다.

"지금 속보 떴는데요. 저번 총선에서 보좌관이 지역 사무실에 불법 선거 자금 제공한 증거 잡고 검찰 조사 들어갔대요."

"이규완이?"

그 말에 일시에 사무실 안이 술렁거리기 시작했다. 현진이 어이없다는 듯 웃는 소리를 내며 되물었다.

"지금 이 시점에 그게 왜 터져? 저번 총선이면 그게 언젠데?"

"이거 기획 냄새 나는데. 이규완 경선 후보 등록했지?"

자리에 앉아 있던 재희의 물음에 호형이 고개를 끄덕였다.

"엄대진 등록한 날 같이했어요. 그나마 한선당에서 엄대진에 비벼 볼 만큼이라도 되는 게 이규완이라 2파전일 줄 알았더니, 이러면 엄대진이 단독 후보 되겠는데요. 나머지 등록한 애들은 군소 후보라 경선 의미가 없잖아요."

자리에서 일어난 정언이 팀원들을 둘러보며 물었다.

"이규완 연락처 가진 사람 있어요? 다이렉트로 연결되는 거."

"나한테 있어."

손을 들어 보인 재희가 바로 자기 핸드폰으로 전화를 걸었다. 잠시 핸드폰을 귀에 대고 있던 재희는 다시 전화를 연결하기를 두세 번 해 보더니 눈썹을 찌푸렸다.

"통화 중. 지금 전화통 불나긴 하겠다. 일단 내가 계속 컨택해 볼게. 이거 갑자기 터진 게 아무래도 당 내부 갈등 같지 않아?"

"경선에서 화제몰이 좀 해야 될 텐데, 그래도 한선당에서 그나마 엄대진이랑 붙어 볼 만한 체급은 이규완밖에 없지 않나?"

정언이 석연치 않다는 투로 묻자, 찬수가 턱을 괴며 재미있다는 표정을 했다.

"내부의 적이 제일 무서운 거니까. 뭐가 있긴 있나 본데. 이규완이 못 먹는 밥이면 재나 뿌리겠다, 이러다가 걸린 거 아냐?"

"그러니까. 그리고 엄대진 지금 우리한테 쫓기는 거 알고 있으니까 빌미 주기 싫을 걸요. 괜히 경선 흥행 노리다가 경선에서 나가리 날까 봐 그냥 밟으려는 거 아냐? 어차피 실질적으로 민주영하고 엄대진 싸움이잖아요. 경선 흥행이야 버릴 수도 있지."

찬수의 말을 듣고 있던 호형이 끼어들었다. 잠시 뭔가를 생각하던 재희가 호형에게 시선을 주었다.

"아직 구속영장 청구했다는 소리는 없지?"

"네. 그런데 검찰 조사 들어갔다면 이미 증거 있다는 거 아니에요? 상황 보니까 이거 조만간 영장 청구하게 생겼는데요."

"기획된 판이면 이규완 구속될 확률 높겠네."

민혜가 턱을 괴며 이해할 수 없다는 표정을 했다.

"그런데 판 이런 식으로 짜는 거 너무 속 보이지 않니?"

"타이밍이 빠르긴 하죠. 한선당 지지층이야 어차피 대다수가 엄대진 찍을 테니 식판에 밥상 차려 앞에 수저 쥐어 준 거긴 한데…… 그럼 이규완이 무슨 폭탄 가지고 있는 거 알았거나, <조한일보> 내부 문제 때문에 서둘러 경선 굳히기 들어갔거나 둘 중 하나 아냐? 어느 쪽이 문제든, 일단 대선 레이스 본격적으로 들어가면 내부에서 자기 때리는 의견 무조건 내부 총질로 몰아갈 수 있으니까."

정언의 말에 팀원들이 다들 그렇지, 하고 수긍했다. 파티션 위를 손끝으로 두드리던 정언이 갑자기 생각났다는 듯 물었다.

"그러고 보니까 변순철 어떻게 됐지?"

맞은편에 앉아 있던 호형이 재빨리 인터넷을 검색하더니 고개를 갸웃했다.

"아직도 서울평화병원이라는데? 상태 나아지면 강남 본서울병원 옮긴다더니 이송도 안 될 정도로 안 좋은가?"

"그러다 갑자기 어떻게 되면 <조한일보> 진짜 난리 나는 거 아냐?"

예준이 몸을 내밀어 호형의 모니터를 보며 말했다. 찬수가 손을 깍지 껴 뒷머리를 받치며 심각한 표정을 했다.

"이거 뭐 남보고 죽으라고 할 순 없는데 <조한일보> 콩가루

되는 건 보고 싶으면 내가 나쁜 놈이냐?"

그 말에 예준이 킬킬 웃으며 대답했다.

"우리가 언제부터 그렇게 좋은 놈이었다고 그래요. 그런 생각 좀 할 수 있지. 어디 가서 그런 소리 입 밖에만 안 내면 되잖아."

"벌써 입 밖에 냈는데?"

"선배 원래 나쁜 놈인 거 모르는 사람이 어딨어요, 여기서."

"죽을래?"

찬수가 예준의 옆구리를 쿡 찔렀다. 예준이 아 뭐요, 하며 찬수와 아옹다옹하는 꼴을 내려다보던 정언이 혀를 차며 도로 자리에 앉았다.

의자를 당겨 앉으려던 정언은 잠깐 움직임을 멈추더니 윤의 의자 바퀴를 발끝으로 툭 찼다. 깜짝 놀란 윤이 정언 쪽으로 고개를 돌리자, 정언이 윤에게만 들릴 정도로 나지막하게 물었다.

"아침에 왜 늦었어?"

"네?"

"선배랑 무슨 얘기한 건데. 뭐길래 둘이 비밀이야?"

신경 안 쓰고 있는 줄 알았는데 그게 아닌 모양이었다. 당황한 윤은 잠시 머뭇거렸다.

"저……."

답지 않게 주저하는 윤의 얼굴에 정언이 눈을 가늘게 떴다. 정언이 손가락을 까딱여 따라 나오라는 손짓을 하고는 자리에서 일어났다.

윤은 어쩔 수 없이 정언의 뒤를 따라갔다. 비상구 계단으로 들어서 문을 닫은 정언이 팔짱을 끼며 윤을 빤히 쳐다보았다. 아무래도 알아서 말하기 전엔 여기를 벗어날 수 없을 것 같았다.

147

그러나 선뜻 입이 떨어지지 않았다. 정언이 이 일을 알면 걱정할 걸 뻔히 아는데, 어디서부터 어떻게 얘기해야 될지 막막했다. 한참 망설이던 윤을 구해 준 건 손안에서 진동하기 시작한 핸드폰이었다. 윤은 서둘러 액정을 확인했다. '서울대 김정환 교수님'이라는 이름이 선명했다.

"아, 저기, 김정환 교수님한테 전화 왔는데요. 잠깐 받을게요."

정언의 대답을 듣기도 전, 윤은 서둘러 통화를 연결했다.

"안녕하세요, 교수님. 김윤입니다."

건너편에서 마른기침을 두어 번 뱉은 정환은 인사도 없이 바로 용건부터 말해 왔다.

『김 피디님, 조석문 원장 말이에요. 내가 경문대 응급실 있던 사람들 통해서 이훈주 과장 건 알아봤는데 상황이 좀 이상하네요. 이게 산에서 추락해서 전신 골절로 이송될 정도면 아주 긴급 환자인데, 조석문이 당시에 환자를 20분 이상 방치했었다고 그래요.』

"20분이요?"

윤이 되묻자 정환이 다시 한 번 기침을 하고는 대답했다.

『출혈이 많아서 바로 수술 준비했어야 하는데 계속 딜레이를 걸었답니다. 그리고 저기, 혹시 지금 강재희 피디 있으면 예전에 한선당 국회의원 자식들 병역 비리 건 다시 한 번 봐 달라고 해요. 그거 꽤 오래된 방송인데, 그때 의원 아들들한테 위조 진단서 끊어 준 의사 중에 하나가 조석문일 겁니다. 내가 어제 경문대에서 일하던 사람들 만났는데 이 얘기가 나와서, 잊어버리기 전에 말하려고 전화했습니다. 조석문이 그 병역 비리 방송 나가고 바로 캐나다로 이민 간 거라고 그러네요.』

눈에서 멀어지면 사람들은 관심을 끊기 마련이었다. 이런 게 엄대진의 방식 중 하나일까. 이훈주 과장의 추락사, 한선당 의원 아들들 병역비리에 관련된 조석문. 윤대석에게 고의로 잘못된 처방을 내린 김회영.

이 두 사람이 모두 서둘러 이민을 간 데 어떤 힘이 작용했으리라는 건 굳이 설명할 필요도 없었다.

"아, 네! 감사합니다. 혹시 그 증언해 주신 분들 연락처 알 수 있을까요?"

『메일로 보내겠습니다. 수고하세요.』

간결한 성격답게 마지막 말도 깔끔했다. 끊어진 전화를 확인한 윤은 시선을 들어 정언을 보았다.

"선배, 캐나다 제이스 클리닉 조석문 원장이……."

"내가 먼저 질문했어. 대답 안 해?"

정언이 즉시 말을 끊었다. 그렇지 않아도 서늘한 얼굴에 한겨울 찬바람이 불듯 냉랭하게 날이 섰다. 적당히 빠져나가기는 이미 틀린 일이었다. 윤은 입술을 물었다 놓고는 겨우 대답했다.

"일이 좀 있었어요."

"나도 김 피디 지각한 거 알아. 아무 일 없는데 그랬냐고 물어본 것 같아?"

이렇게 말을 빙빙 돌리는 게 도움이 될 리 만무했다. 생각해 보면 별의별 인간을 다 상대해 본 정언이었다. 자신에게 듣고 싶은 대답을 뜯어내는 일은 껌 씹는 것보다 쉬울 터였다. 정언이 선뜻 입을 못 여는 윤을 아래위로 훑어보더니 재미있다는 표정을 했다.

"누가 이기나 해보자 그거야? 말할 때까지 하루 종일 있어 봐,

149

그럼. 나 뻗치기 전문이니까."

농담이 아니라 정말 여기서 말할 때까지 절대 못 풀려날 것 같았다. 결국 한숨을 내쉰 윤은 어렵게 운을 뗐다.

"아침에……."

"아침에 뭐?"

"주차장 내려갔는데 차에 시동이 안 걸렸어요. 배터리가 방전된 것 같아서 보험사 불렀는데, 직원분이 보더니 브레이크 호스가 절단됐다고 하더라고요. 경찰에 신고하고 차는 그쪽에서 정비소 맡겨 준다고 해서 그거 처리하느라 늦은 거예요."

최대한 아무 일도 아닌 것처럼 말하려 했으나 쉽지 않았다. 다시 한 번 그 일을 복기하자 뒷머리에서부터 서늘하게 소름이 돋았다. 입 안이 말랐다. 그 말이 온전히 이해되지 않은 듯 잠시 눈썹을 찌푸리고 있던 정언이 몇 초의 사이를 두고 되물었다.

"뭐?"

"그게 다예요. 무슨 사고 있었거나 한 건 아니었고, 직원분 덕분에 운전하기 전에 알아서……."

"미쳤어?"

정언의 목소리가 바로 올라갔다. 윤이 멈칫하자 정언이 정색하며 다그쳤다.

"미쳤냐고 묻잖아! 내가 안 물어봤으면 계속 가만히 있으려고 그랬어?"

"얘기하려고 했어요."

윤은 변명하듯 입술을 달싹였다. 그러나 정언은 호락호락하게 넘어갈 생각이 전혀 없는 모양이었다.

"언제?"

그 물음에 말문이 막혔다. 정언이 따라 나오라고 하지 않았으면 계속 망설이다 시간만 보내고 있었을 거라는 사실을 스스로도 잘 아는 탓이었다. 윤이 아무 말도 하지 못하자 정언이 감정을 누르려는 것처럼 크게 숨을 들이쉬었다가 윤을 빤히 보았다.

"왜 나한테 바로 연락 안 하고 선배한테 연락했어?"

그건 물론 정언에게 쓸데없는 일로 걱정거리를 만들고 싶지 않아서였다. 그러나 상황이 이렇게 된 이상 그런 배려는 아무런 의미가 없었다.

이런 걸 보고 호미로 막을 걸 가래로 막는다고 하는 걸까, 하고 윤은 속으로 생각했다. 재희가 난 서 피디 감당 못 한다며 고개를 절레절레 흔들던 것이 괜한 소리가 아니었음을 깨닫는 데는 그리 오랜 시간이 필요하지 않았다.

"생각이 거기까지밖에 안 가?"

"선배."

정언의 말투에 날이 섰다. 움찔한 윤은 일단 정언을 진정시키려 했으나 크게 소용 있는 시도는 아니었다.

"나한테 말한다고 당장 범인 잡아 줄 수 있는 거 아니라서 말 안 했어?"

"그런 게 아니라……."

"김 피디 지금 나 완전 바보 만든 거야. 알아?"

정언이 자신에게 이 정도까지 화를 내는 건 처음인 것 같았다. 의도가 나쁜 건 아니었으나, 입장을 바꿔 놓고 생각한다면 자신 역시 정언보다 더하면 더했지 결코 덜하지 않았을 걸 알기에 할 말이 없었다.

주춤하던 윤은 짧은 한숨을 섞어 말했다.

"선배가 걱정할까 봐 그런 거예요."

"지금 내가 그거 몰라서 이래?"

말이 끝나기 무섭게 정언의 목소리가 다시 높아졌다. 정언에게서 보기 드문 격렬한 감정의 결이 고스란히 느껴져, 윤은 순간 멈칫했다.

정언 역시 마찬가지로 자신이 지나쳤다는 걸 자각한 듯 갑자기 굳어졌다. 물론 화가 날 만한 일이기는 했으나, 정언의 기준에서 지금의 행동은 필요 이상의 수준인 게 분명했다. 정언이 손을 올려 이마를 짚으며 고개를 숙였다.

그 때문에 정언의 눈이 보이지 않았다. 창백한 손가락이 만드는 그늘 사이로 긴 속눈썹이 내려앉았다. 윤은 정언의 손이 떨리고 있다는 걸 곧 알아차렸다. 정언이 바닥에 시선을 둔 채 나지막하게 내뱉었다.

"김 피디한테 무슨 일 있는 거 남한테 듣게 만들지 마. 그거 부사수의 의무야."

부사수의 의무. 윤은 입 안으로 그 말을 되풀이해 보았다. 사무적인 단어들이었으나 그 조합의 외피 아래에는 어떤 감정들이 숨겨진 채였다.

단순한 걱정일까, 분노일까, 혹은…… 그 이상을 넘겨짚으려는 희망을 누르며, 윤은 정언을 가만히 내려다보았다. 한동안 말없이 서 있던 정언은 조금 진정이 됐는지 손을 내리며 여느 때와 같은 말투로 물었다.

"정비소 들어갔으면 며칠 걸릴 텐데, 출퇴근 어떻게 할 거야?"

"보험사에서 대차 받으려고요."

윤의 대답에 정언은 가벼운 한숨을 뱉었다.

"일단 알았어."

뭐라고 더 말할 것처럼 입술을 달싹이던 정언이 몸을 돌렸다.

"이따 다시 얘기해."

뭘 다시 얘기하자는 건지 알 수 없었으나, 그걸 묻기도 전에 정언이 윤을 지나쳐 비상구를 나갔다. 윤은 정언의 등 뒤로 닫히는 문을 바라보고 서 있다가 머리를 흩었다. 벽에 기대서자 얇은 셔츠 너머로 서늘한 냉기가 순식간에 번졌다.

만약 배터리가 나가지 않았다면, 보험사 직원이 브레이크를 밟아 보지 않았다면, 이상하다는 걸 아무도 몰랐다면 자신은 지금 여기 없을 수도 있었다. 그 사소한 몇 개의 행운이 겹친 덕에 운 좋게도 목숨을 구했다는 것이 실감나지 않았다.

윤은 두 손을 펼쳐 손바닥 위를 내려다보았다. 비상구의 주광색 조명이 그 위로 쏟아졌다. 입장을 바꿔서 생각해 본다면, 하고 가정했으나 정언에게 이런 일이 벌어졌다고 상상하는 것만으로도 누가 심장을 움켜쥐는 것 같은 기분이었다.

윤은 가슴 위를 세게 누르며 긴 숨을 내쉬었다. 종교가 있는 건 아니었지만, 정말 신이 존재한다면 지금 당장이라도 무릎을 꿇고 기도하고 싶었다.

모두가 지금 이 자리에 있을 수 있도록 해 달라고.

바라는 건 그것 하나뿐이었다.

"야, 너 데스킹 이따위로 할 거야? 홍 기자가 기사 언제 이렇게 올렸어?"

<뉴스라이트> 사무실 앞에 선 재희는 잠시 멈칫했다. 문 너머로도 선명하게 날아드는 고함소리가 익숙했다. 한동의 목소리였다. 사무실 안에서 누군가가 바쁘게 나오는 바람에 옆으로 몸을 비키자, 나오던 사람이 재희를 흘끔 보고는 문을 반쯤 열어둔 채 곁을 지나쳤다.

사무실 안으로 한 걸음 들어선 재희의 눈에 들어온 건 잔뜩 흥분한 한동이 김양운 앵커의 자리 곁에서 원고를 말아 쥔 채 삿대질을 하는 모습이었다. 책상에 앉아 있던 양운이 피곤하다는 표정으로 얼굴을 문지르더니 인상을 구겼다.

"저희 뉴스예요, 뉴스. 그럼 특정 후보한테 편파적으로 보도하라는 소립니까?"

"너 눈깔 있으면 똑바로 봐, 인마! 엄대진이 경선 후보 단일화하자고 압력 넣는 건 당 통합 행보고, 민주영이 경선 준비하면서 자기 쪽 의원들하고 회동하는 건 당내 계파 갈등 유발이고? 이게 편파적인 게 아니야? 오전 회의에서 홍 기자가 기사 이렇게 올렸냐고!"

두 사람의 주변에는 <뉴스라이트> 기자들이 몰려선 채 어쩔 줄 몰라 하고 있었다. 그들 중 누구도 재희가 사무실 안에 들어와 있다는 것조차 인식하지 못하고 있는 듯했다.

한동이 따지는 말에 양운이 귀찮다는 듯 되물었다.

"중립적인 스탠스 유지하게 단어 몇 개 바꾼 거예요. 그게 뭐 큰일입니까?"

"중립? 이 새끼 진짜 이거 여태 가만히 있었더니 아주 웃기는 새끼네. 너 편파가 뭔지 모르고 중립이 뭔지 몰라? 중립 타령하고 싶으면 최소한 같은 기준으로 다뤄야 할 거 아냐! 저울 영점도 못 맞추는 새끼가 딱 봐도 기울어진 저울 가지고 근수 타령하는 걸 누구보고 믿으라고? 사기를 치고 싶으면 티 안 나게 쳐, 이딴 식으로 저급하게 굴지 말고!"

굳이 누구에게 묻지 않아도 무슨 상황인지는 뻔했다. 최근 뉴스 논조가 민주영 의원과 민권당에 상당히 부정적인 방향으로 잡혀 있다는 건 누구나 아는 사실이었다. 그리고 차라리 거기서 그친다면 다행이었지만, 그러면서 동시에 엄대진과 한선당에 유리한 스탠스를 취하고 있다는 게 진짜 문제였다.

중립. 간편한 단어였다. 재희는 이런 상황을 중립이라고 부를 수 없다는 걸 스스로도 잘 아는 이들이 그 말을 변명으로 사용하는 것을 납득하지 못했다.

설령 그들의 말대로 지금의 상황이 저울을 맞추려는 기계적인 중립이라 하더라도, 언론은 인간의 언어였다. 인간이 인간을 판단하는 데 완벽히 중립적이라는 건 전제부터 불가능했다.

그러니 중립이라는 단어는 재희에게 결코 답이 되지 못했다. 더구나 그 표면적인 중립조차 지켜지지 않는 상황이라면 그건 더 용납할 수 없었다.

재희가 가장 싫어하는 건 이런 식으로 룰을 어기는 플레이였다. 페어플레이를 할 수 없는 놈들은 링에 올라와서는 안 된다는 게 재희의 생각이었다.

물론 남의 팀이니 이쪽에서 이래라저래라 할 사안은 아니었다. 다만 한동이 일전에 <뉴스라이트> 내부에도 믿을 수 없는 놈들이 너무 많다고 한탄하던 일이 떠오르는 건 어쩔 수 없었다.

이 사무실 안의 수많은 후배들 중, 과연 한동이 정말 믿고 의지할 수 있는 사람이 몇이나 될까. 문득 한동이 서온건설 TF팀을 만들 때가 떠올랐다. 이 많은 기자들 중 한동에게 선택된 사람이 원진솔과 이도하 기자 단둘뿐이었다는 사실을 되새기자, 순식간에 입 안으로 쓴맛이 번졌다.

재희는 문가에 선 채 그쪽을 지켜보았다. 화를 내는 한동에게 양운 역시 열이 받은 얼굴로 목소리를 높였다.

"여기서 부장만 진짜 기자입니까? 저도 기자 출신입니다. 데스킹 권한 저한테 있어요! 지금 이거 월권인 거 모르세요?"

양운의 말이 사실이라는 걸 한동이 모를 리 없었다. 아무리 경력으로 비교도 되지 않는 선배라 한들, 그 말대로 현재 메인 뉴스 앵커는 양운이었고 최종 데스킹 권한도 양운에게 있었다. 다만 한동이 그걸 알면서도 이렇게 따지고 들 정도로 상황이 심각하다는 건 확실했다. 한동이 그 말에 셔츠 소매를 걷어 올렸다.

"진짜 기자? 말 잘했다. 야 인마, 지금 너 어디서 기자 출신을 운운해? 진짜 기자 해 봤다는 놈이 자존심도 없어? 너 지금 하는 짓 부역자야, 이 새끼야!"

"이 새끼 저 새끼 하지 마세요! 부장이 민주영 밀면서 콩고물 떨어지기만 기다리니까 워딩 가지고 트집 잡는 거 아닙니까!"

"뭐?"

한동이 눈을 크게 뜨며 양운에게 한 걸음 다가서자 뒤에서 진솔과 도하가 황급히 한동을 뜯어말렸다.

"부장, 참으세요! 김 선배도 흥분해서 말이 잘못 나온……."

그러나 한동은 양운의 말에 완전히 이성을 잃은 모양이었다. 말이 끝나기도 전에 자신을 붙잡은 도하의 손을 있는 힘껏 뿌리친 한동이 양운에게 삿대질을 하며 고함을 질렀다.

"이 개 같은 자식아, 뭐 하나라도 받아먹을 생각하고 이 지랄

하는 거면 내가 손모가지를 잘라! 됐냐? 내 손모가지 걸고 말하는데, 민주영한테 과자 부스러기 하나 안 받아 처먹었어도 눈깔 있는 사람이면 이게 이상한 거 다 알아! 그럼 넌 엄대진한테 뭘 받아 처먹고 데스킹 이따위로 해? 국장님한테 가져가면 썰릴 거 아니까 윗선에 다이렉트로 갖다 바치면서 교묘하게 논조 장난질 하는 거 내가 모를 줄 알았냐? 며칠 전에도 국장님이 너 불러서 이러지 말라고 경고했다며? 너 위아래도 없는 놈이야?"

자리를 박차고 일어난 양운이 한동에게 대들었다.

"부장 마음에 안 들면 논조 이상한 겁니까? 논조가 뭐 어쨌다고요?"

"넌 요새 뉴스가 정상이라고 생각하냐? 내가 아무 말 않고 있으니까 진짜 괜찮은 줄 알았어? 너 같은 새끼들 때문에 <뉴스라이트>가 지금 무슨 소리 듣는지 알기나 해? 왜, 사장님, 국장님 다 잘릴 것 같으니까 썩은 줄 잡기 싫다 그거야?"

양운이 그 말에 하, 하고 코끝으로 웃는 소리를 내더니 넥타이를 풀어 내팽개쳤다. 다른 기자들이 선배, 하며 양운을 진정시키려 했으나 이미 때는 늦어 있었다.

"까놓고 말해요? 사내에 안 그렇게 생각하는 사람들이 어디 있습니까, 지금? 이사회에서 보도본부장이 뉴스 컨펌하라고 지시 내려온 지가 언젠데 아직도 국장님 타령을 하세요?"

"뭐?"

한동이 귀를 의심하는 표정으로 되물었다. 재희는 순간 공기가 얼어붙는 듯한 감각을 느꼈다.

─사내에 안 그렇게 생각하는 사람들이 어디 있습니까, 지금?

방금 양운이 내뱉은 말이 메아리처럼 생생하게 귓가를 맴돌았다. 혈관을 도는 피가 모두 멈춰 버린 기분이었다. 이 공간 안의 모든 사람들이 갑자기 낯설어졌다.

재희에게는 이곳의 수많은 사람들이 모두 같은 지향점과 같은 상식을 가지고 행동한다는 믿음이 있었다. 그 절대적인 믿음을 차갑고 날카롭게 부정하는 단어들이 그토록 쉽게 내뱉어진다는 건 이해할 수 없는 일이었다. 누군가가 아주 얇은 칼날로 머릿속을 저미는 듯한 그 감각은 결코 유쾌하지 않았다.

양운이 허리에 손을 짚으며 한동을 마주 보았다. 진송과 도하가 목덜미까지 시뻘게질 정도로 화가 난 한동 곁에서 쩔쩔매며 두 사람의 눈치를 살폈다. 양운이 숨을 들이쉬더니 한동에게 답답하다는 투로 고함을 쳤다.

"정년까지 다니고 싶으면 부장도 정신 차리시라고요! 세상이 달라지는데 혼자 고고한 척하면 누가 엄청나게 알아줍니까? 그러니까 아직도 부장 신세 못 면하시는 거 아니에요!"

"야 이 개자식아, 너 지금 뭐라고 했어?"

한동이 양운의 멱살을 움켜잡자 곁에 서 있던 기자들이 대경 실색하며 두 사람을 떼어 놓았다. 진솔이 거의 울 것 같은 얼굴로 한동을 잡아당기며 애원했다.

"부장, 부장! 그만하고 진정하세요!"

한동은 기자들에게 붙들린 채로도 양운을 향해 악을 썼다.

"이거 안 놔? 야, 김양운! 너 방금 한 말 다시 해 봐, 이 새끼야! 고고한 척? 정신을 차려?"

"왜요, 하라면 못 할 것 같습니까?"

"김 선배, 그만 좀 하세요!"

양운이 지지 않고 대꾸하는 말에 다른 기자들이 양운을 말렸다. 아무래도 안 될 것 같아, 서둘러 그쪽으로 달려간 재희는 두 사람 사이를 가로막고는 한동의 어깨를 감싸며 한동을 달랬다.

"부장님, 나가서 얘기하시죠."

씩씩대던 한동이 재희를 보자 멈칫했다. 아무래도 남의 팀 앞에서 이런 꼴을 보이는 건 좀 아니라는 생각이 든 모양이었다. 한동이 입을 다물자 양운이 삿대질을 하며 재희를 밀쳤다.

"강재희 넌 뭔데 남의 팀에서 기웃거려? 안 나가?"

성질 같아서는 당장 이 자리에서 뒤집어엎고 양운과 한판 할 수도 있었으나, 재희는 최대한 웃는 표정을 유지하며 정중하게 말했다.

"부장님하고 선약이 있어서 온 겁니다. 죄송합니다. 부장님, 저하고 같이 나가시죠."

재희는 그 자리에서 얼른 한동을 끌고 밖으로 나왔다. 등 뒤로 따라붙는 시선들이 느껴졌다. 분명히 다 아는 동료들인데도, 어쩐지 낯선 곳에 던져진 채 구경거리가 된 사람 같은 기분이었다.

주차장으로 내려와 자기 차에 먼저 한동을 태운 재희는 자판기에서 음료수 두 캔을 뽑아 돌아왔다.

"아직 젊으신데요."

시동을 걸며 농담처럼 말을 붙이자 한동이 눈을 부라렸다.

"사람 놀리냐?"

그 말에 피식 웃은 재희는 음료수 캔 하나를 따서 한동에게 건넸다.

"일단 드시고 좀 진정하세요. 혈압 올라갑니다. 안 그래도 고혈압 있는 분이……."

재희의 손에서 캔을 받아 든 한동은 벌컥벌컥 음료수를 들이 컸다. 원샷으로 음료수를 비운 한동이 손안에서 캔을 찌그러뜨려 차의 컵홀더에 처박았다.

"씨발, 진짜 더러워서 못 해 먹겠다. 그냥 다 까고 회사 나가든가 해야지."

"그럴수록 더 붙어 있어야죠. 누구 좋으라고 나갑니까?"

주차장을 빠져나가며 대꾸하자 한동이 생각할수록 열불이 난다는 얼굴로 씩씩거렸다.

"너 아까 그 새끼 말 못 들었어? 사내에 안 그렇게 생각하는 사람들이 어디 있냐잖아."

"여기 있잖아요, 여기. 나가더라도 방송은 하고 나가세요."

"너는 내 존재 가치가 니들 백업하는 거 말고는 없지?"

한동이 부루퉁하게 되물었다. 물론 진담일 거라고는 생각하지 않았지만 재희는 하하, 하고 소리를 내어 웃고는 짐짓 진지하게 대답했다.

"진짜 나이 드셨네. 사소한 일에 그렇게 서운해 하시는 거 갱년기 증상이에요."

"야, 이 불난 집에 강풍기 틀 새끼야."

한동이 반 농담으로 면박을 주었으나 평소와는 달리 그 말투에는 힘이 빠져 있었다. 핸들을 잡은 재희는 애써 그리로 시선을 주지 않으려 노력했다.

선경이나 한동 같은 선배들이 무너지는 모습을 보는 건 재희에게도 고통스러운 일이었다. 팀 내에서 절대 약한 모습을 드러내지 않으려는 까닭은 자신이 무너지면 다른 팀원들 역시 버티기 어려울 것을 알기 때문이었다.

한동의 마음도 다르지 않을 터였다. 그럼에도 불구하고 그 많은 후배들이 보는 앞에서 그런 모습을 보일 수밖에 없었던 건 한동의 인내심도 슬슬 바닥을 보인다는 증거일지도 몰랐다.

아직 시작도 하지 않은 싸움이었다. 모두가 얼마나 더 버틸 수 있을까. 재희는 문득 그런 것을 생각하다 말을 돌렸다.

"그나저나 지금 상황이 이상하게 돌아가는데, 한선당 내부에 무슨 일 있는 거 아닙니까? 이규완 직통 번호로 연결이 안 되던 데요. 부장님 혹시 연결해 보셨어요?"

"현선준이 해 봤는데 하루 종일 안 받는다고는 하더라."

한동이 미간을 찌푸렸다. 재희는 앞을 보며 재차 물었다.

"그리고 보니까 지난번에 이규완이 황 의원님한테 뭐 준다고 했잖아요. 그거 어떻게 된 겁니까?"

"몰라. 황 의원도 오늘 연락이 안 돼서. 만나서 얘기하자고 했으니까 뭔 소릴 해도 하겠지."

시큰둥하게 내뱉은 한동은 창가로 고개를 돌렸다. 아마 머릿속이 복잡한 듯했다. 재희는 흘끔 한동 쪽을 보았다가 곧 다시 시선을 돌리며 약속 장소로 향했다.

얼마 전 다시 지난번의 보문동에서 보자고 이야기가 나온 것을 혹시나 싶어 다른 곳으로 변경한 뒤였다. 어차피 정말 사찰당하고 있는 거라면 큰 의미 없는 행동이라는 건 알고 있었지만, 계속해서 감시하고 있는지 확인하고 싶은 마음도 있었다.

논현동 인근의 오래된 한정식집 주차장에 차를 대고 안으로 들어간 재희는 미리 예약해 둔 자신의 이름을 댔다. 종업원이 안쪽 방으로 두 사람을 안내했다. 벽에 걸린 시계는 약속시간 십 분 전을 가리키고 있었다.

형두는 평소 시간 약속이 칼 같아서 보통 십 분 전쯤이면 미리 도착해 있는 편이었다. 그런데 어쩐 일인지 오늘은 아직 도착하지 않은 채였다.

두 사람은 말없이 앉아 형두를 기다렸다. 그러나 약속 시간에서 이십 분 가까이 지나도 형두는 올 기미가 없었다. 이런 경우는 처음이었다.

한동이 시계를 보더니 불안한 듯 혼잣말로 중얼거렸다.

"황 의원 무슨 일 생긴 거 아냐?"

"설마요. 그러면 연락 주셨을 것 같은데요."

"전화 한 번 해 봐."

한동의 말에 재희는 형두에게 전화를 걸었다. 무슨 상황인지, 신호가 서너 번 가다가 전화가 곧 끊어졌다. 다시 한 번 걸어도 마찬가지였다. 재희는 의아한 표정으로 고개를 갸웃하며 한동을 마주 보았다.

"전화를 계속 끊으시는데요."

"아, 이 인간은 또 뭔 일이야. 다 늙어서 자꾸 놀라면 심장에 안 좋은데."

한동이 투덜거렸다. 핸드폰으로 인터넷에 접속한 재희는 형두의 이름을 검색해 보았다. 만일 무슨 일이 있다면 기사가 떴으리라는 생각 때문이었다. 그러나 며칠 전 당내 회동 관련된 기사 말고는 아직 아무것도 없었다.

"무슨 기사는 없는데요. 일단 조금 더 기다려 보시죠."

혀를 찬 한동이 알았어, 하고 투덜거렸다. 형두가 도착한 건 그로부터 십 분이 더 지난 뒤였다. 낡은 서류 가방을 들고 헐레벌떡 방 안으로 들어온 형두의 이마에는 땀이 송골송골 맺힌 채였다. 앉자마자 넥타이부터 잡아당겨 푼 형두가 물을 벌컥벌컥 마시고는 내려놓았다.

"아이고, 이거 진짜 미안합니다. 오래 기다렸죠?"

"안 오시는 줄 알았습니다. 무슨 일 있으셨어요?"

재희가 묻자 형두가 고개를 절레절레 저었다.

"아휴, 말도 말아요. 난리도 아냐, 지금."

"왜요?"

"이규완 건 때문에. TF에서 대응책 논의하느라 늦었다고."

그 말에 눈이 번쩍 뜨인 재희는 자세를 고쳐 앉았다.

"어떻게 된 겁니까?"

형두가 셔츠 위 첫째 단추를 하나 풀고는 벽에 기대앉으며 손부채질을 했다. 잠시 숨을 고른 형두는 목소리를 낮췄다.

"이규완이 멍청한 짓을 했어. 지난번에 말한 거 있잖아요. 자기가 무슨 자료 가지고 있다고 한 거. 그걸로 엄대진한테 딜 걸었다는 소문이 있대. 정치 생명 끝나기 싫으면 자기로 단일화하자고. 아니, 사람이 그렇게 정치 머리가 없나? 다선 의원 어떻게 해 먹었는지 몰라, 진짜. 본인도 눈에 뭐 뵈는 게 없으니까 그랬겠지만 엄대진이 그 말에 아주 열이 단단히 받았는지 이규완 두 번 다시 여의도 입성 못 하게 만들어 주겠다고 그랬다는데."

재희는 눈을 가늘게 떴다. 그런 일은 지금까지 들어 본 적이 없었다. 아무리 그 바닥에 죄를 혼자 짓고 돈을 혼자 먹는 놈도 없다지만, 2위 후보가 폭탄을 안고 1위 후보에게 자신으로 단일화를 제안할 정도의 건수가 뭔지 짐작조차 가지 않았다.

"그 자료가 뭐길래 이규완이 그 정도 딜을 걸었죠? 엄청 자신 있었나 본데요."

형두가 그 말에 손을 휘적거렸다.

"그런데 아직 그걸 아무도 몰라요. 이규완하고 엄대진만 아는 거라니까. 지금 이규완계 애들 다 뒤집어져서 이규완보고 그런 게 진짜 있으면 당장 내놓으라고, 아니면 우리까지 다 죽는다고 난리가 났대. 그런데 기사 떴을 때부터 집에서 문 딱 걸어 잠그고 전화도 안 받고 나오지도 않는다니까."

형두의 이야기를 듣고 있던 한동이 흥미진진하다는 표정으로 입을 축이며 팔짱을 끼었다.

"야, 그러면 이거 뭐가 있긴 있네."

"쥐가 궁지에 몰리면 사람도 문다니까 엄대진도 적당히 해야 될 거 같긴 한데…… 이규완이 대가리 엄청 굴리고 있는 거 같더라고."

다시 물 한 잔을 마신 형두가 말했다. 물론 이규완이 그런 폭탄을 던지면서 뒷일에 대한 대비도 하지 않았을 리는 없었다. 그러나 이규완이 그 정도의 무기를 가지고 있다면, 엄대진에게도 그에 상응하는 방어책이 분명히 있을 터였다.

어쩌면 극우 진영의 후보 두 사람이 폭로전으로 자멸하는 일이 벌어질 수도 있다는 생각이 뇌리를 스쳤다.

재희는 다급하게 물었다.

"이규완한테 연락은 해 보셨습니까?"

형두가 고개를 끄덕였다.

"기사 뜨자마자 전화했는데 자기가 다시 연락하겠다 그러고 끊더니 그때부터 불통이에요. 아니, 그러게 그 정도 자료가 있으면 진작 넘기든지 터트리든지 하지 이게 무슨 꼴이야."

형두의 말투에는 약간의 울분이 느껴졌다. 이규완이 형두에게 엄대진을 무너뜨릴 자료를 가지고 있다고 얘기한 것이 이미 꽤 전부터니, 차라리 그때 넘겼으면 될 걸 왜 이런 상황을 만들었나 생각하는 듯했다.

하기야 단순하게 생각한다면 쌍방이 싸우면서 자멸하는 것이 최상의 시나리오겠지만, 엄대진이 역공을 하며 지지층을 더 확고하게 다질 가능성도 결코 무시할 수 없었다. 민권당 측에서 부랴부랴 TF 회의를 연 것도 당연했다.

그때 문이 열리며 종업원이 음식들을 차려 놓았다. 그 바람에 짧은 정적이 감돌았다. 재희는 상 위에 시선을 둔 채 산발적으로 떠오르는 생각들을 정리하려 애를 썼다.

이규완이 가지고 있다는 폭탄, 후보 단일화 제안, 이규완 보좌관의 불법 선거 자금 제공 의혹, 변순철 회장의 입원…… 긴박하게 돌아가는 상황만큼 머릿속도 복잡했다. 종업원이 나가며 문을 완전히 닫는 것을 확인한 재희는 형두에게 눈을 주었다.

"이규완 보좌관 건은 기획이죠?"

"그거야 말해 뭐해. 절대 이걸로 안 끝나지. 그러니까 이규완이 대가리 굴리는 거 아닙니까. 돈 준 것보다 더 문제가 뭐냐, 돈 받은 거. 우리 다 알잖아요. 엄대진이 그거 안 터트리겠어?"

"한선당에 안 받아먹은 인간들이 없다?"

"그렇지. 그러니까 우리가 생각하는 베스트 시나리오는 이거죠. 이규완이 궁지에 몰리면 자기 혼자 받아먹은 거 아니니까 아예 줄줄이 다 털고 한선당 공중 분해되는 거."

"미션 임파서블인데요."

재희가 웃으며 대꾸하자 형두가 머쓱한 얼굴로 수긍했다.

"그러니까 베스트 시나리오지, 뭐. 대한민국 수구 정당 역사에 이런 일 한두 번 있었나? 그때마다 아주 끈질기게 살아들 남잖아요. 이번에도 살아남을 거 알지만 기대는 할 수 있잖아."

"바퀴벌레는 한 마리라도 더 박멸하면 좋죠."

재희의 말에 그새 밑반찬을 집어 먹던 한동이 젓가락으로 삿대질을 했다.

"너는 식사 자리에서 꼭 바퀴벌레 얘기를 해야 되냐?"

"더 적절한 비유 있으면 좀 알려 주시죠. 그래 봐야 시궁쥐, 기생충, 뭐 이런 거 아닙니까. 밥맛 떨어지는 건 똑같잖아요."

"하여튼 한마디를 안 져, 저건. 이규완 언제 나올 거 같아?"

장난스럽게 항변하는 재희를 향해 고개를 내저은 한동이 형두에게 물었다. 형두가 어깨를 으쓱해 보였다.

"몰라. 지금 집 앞에 기자들하고 이규완계 의원들이 진 치고 기다린다는데."

"아예 같이 망하자고 할 확률은 없나?"

"없진 않지. 이규완이 지금 경선에서도 지지율 차이 10퍼센트 이상 나는데 덤볐잖아. 뒤집을 수가 없는 판인 거 본인이 제일 잘 알 텐데도 딜 건 거 보니까 이규완도 완전 배수진 치고 들어갔다고. 이규완이 엄대진 어떤 인간인지 모르겠어? 그런데 때마침 장인도 쓰러졌겠다. 타이밍은 최적 아냐. 언론에 터트리고 개싸움 가려고 할 수도 있을 거 같아. 이규완이 좀 조폭 같은 구석이 있잖아. 단순해서."

생각에 잠겨 있던 재희는 눈썹을 좁혔다.

"변순철 회장 건 거기서도 엄대진한테 타격 있다고 봅니까?"

형두가 무슨 당연한 소리를 하느냐는 투로 대꾸했다.

"변 회장이 그냥 신문사 오너냐, 아니잖아요. 청와대 인사 좌지우지하는 사람인데. 당연히 타격 있지. 듣기로는 일어나기 힘들 수도 있다고 그러던데요. 이규완도 나름 각 잡은 거라니까."

"일어나기 힘들 수도 있다고요?"

재희가 멈칫하며 되묻자 형두가 소곤거렸다.

"우리 쪽에서 듣기엔 그래요. 연명치료 들어갔다는 말도 있는데, 지금 VIP 병동 한 층을 완전히 다 폐쇄한 상태고 병원 전 직원한테 비밀유지 서약 받았답니다. 상태 호전될 것 같으면 그러겠어? 변 회장이 죽고 사는 게 대선 결과에 영향 엄청나니까 일단 무조건 막고 보는 거지."

아직 변순철 회장을 본래 다니던 본서울병원으로 이송조차 하지 못한 채인데, VIP 병동 한 층을 완전히 막아 버렸다면 상태가 보통 심각한 게 아닌 모양이었다.

만일 변순철이 이대로 깨어나지 못한다면, 지금 미디어그룹 경영권을 쥐고 있는 실세인 김인택이 어떻게 나올지가 엄대진에게는 가장 중요한 문제가 될 터였다.

재희는 음식이 앞에 놓인 것도 완전히 잊은 채 생각에 빠졌다. 김인택이 엄대진의 편을 들 때, 혹은 등을 돌릴 때. 두 가지의 분기와 수십 가지의 가능성.

끝없이 가지를 치던 생각이 끊긴 건 형두 덕분이었다. 형두가 가방에서 꺼낸 두툼한 봉투를 재희의 앞에 밀어 놓으며 말했다.

"어, 그리고 이거. 문 의원이 국세청 자료하고 검찰 내사 자료 입수한 겁니다. 서온건설 게이트 터졌을 때 엄대진계 의원들이 가지고 있던 차명계좌 거의 다 해지됐다네. 일부는 엄대진 의원실 계좌에 정치후원금 명목으로 들어갔을 거라는데, 나도 어제 받은 거라 아직 자세히는 못 봤어요. 검토해 보고 연락 줘요."

"감사합니다."

봉투를 받아 챙긴 재희는 화제를 돌렸다.

"민 의원님은 좀 어떠세요?"

주영의 이름이 나오자 형두가 땅이 꺼지도록 한숨을 쉬었다.

"아휴, 뭐 어떨 게 있나. 속을 모르니까. 산은 산이요 물은 물이로다 하는 분 아닙니까. 아침마다 우리는 신문 보고 뉴스 보고 그러면 속상해 죽겠어요. 좋은 말 해 주는 언론이 없잖아. 언론마다 그렇게 지랄들을 하는데도 지지율 안 빠지는 게 기적이긴 한데, 이게 언제까지 갈지 불안하잖아요. 우리가 속상하다고 한마디 하면 본인은 그냥 허허 웃으면서 다 제 부덕의 소치입니다, 죄송합니다, 그래요. 그러면 우리가 뭐라고 그래. 열 내다가도 바람 빠지지."

주영의 성격을 생각해 봤을 때 충분히 어떤 상황인지 알 만했다. 그러나 주영 역시 사람인 이상, 겉으로 그런 티를 내지 않기 위해 속으로 얼마나 감정을 갈음해야 할지 짐작이 안 되는 것도 아니었다.

형두가 한동을 향해 고개를 획 돌렸다.

"말 나온 김에 전 부장, 진짜 뉴스 어떻게 안 되겠어? 다른 건 몰라도 <뉴스라이트>만 어떻게 좀……."

"내가 그게 되면 애초에 그따위로 내보내게 내버려 두냐?"

한동이 형두의 말을 끝까지 듣지도 않고 잘랐다. 형두야 당연히 그렇지 않아도 조금 전 사무실에서 그것 때문에 한동이 대판하고 왔다는 걸 알 리 없었다.

재희는 저도 모르게 한동의 눈치를 흘끔 살폈다. 확연히 울적해진 한동이 젓가락 끝으로 하릴없이 밥알을 뒤적이는 것이 눈에 들어왔다. 사정을 까맣게 모르는 형두가 머리를 벅벅 긁었다.

"진짜 미친다, 내가. 언론 신뢰 거의 없는 젊은 지지층들도 YBS 신뢰도는 높은 편이잖아. 그런데 <뉴스라이트>에서 논조 매일 그렇게 때리니까 아주 내가 다 돌아 버리겠어. 살얼음판 걷는 기분이라고. 언제 깨질지를 모르겠으니까. 무슨 주식 경마를 해도 이러지는 않겠네. 아침에 딱 일어나면 제일 먼저 지지율 확인하고 한숨 돌리는데 사는 게 사는 게 아니다, 진짜."

"황 의원이 그 정도면 민 의원은 어떻겠어?"

한동이 툭 내뱉은 말에 형두가 풀이 죽어 대꾸했다.

"그러니까 생보살 아냐. 아무리 겉으로 티를 안 내도 속이 속이겠어? 가족들도 걱정이고 참…… 사모님이 신경 많이 쓰이시는 거 같더라고. 사모님 얼굴 볼 때마다 죄책감 들어, 요샌. 우리가 정치 안 하겠다는 사람 꼬셔서 이 바닥 밀어 넣었으면 됐지, 대선까지 내보내서 만신창이 만들어야 하나 싶고."

마지막 말에는 복잡한 감정이 어려 있었다. 모두가 흠결 없는 영웅을 원하는 세상이었다. 그러나 난세에서 어떤 영웅인들 상처 입지 않을 수 있을까.

구원해 달라고 외치는 이들이 실은 한 사람의 삶을 빠져나올 수 없는 늪으로 밀어 넣는 것이라면. 선한 사람이 자신의 그 선함 때문에 고통을 받아야만 한다면…… 세상은 언제나 희생을 통해 진보해 왔다지만, 그것을 남들보다 조금 더 가까이서 지켜볼 수 있는 위치에서 불현듯 찾아드는 죄책감은 선연했다.

"일단 보도 나가면 진짜 싸움은 그때부터 시작이니까 조금만 더 참아 주십시오."

재희가 애써 웃으며 말하자 형두가 부러 더 과장된 동작으로 도리질을 쳤다.

"지금도 매일 싸움인데 그때부터 진짜 싸움이라니, 끔찍한 소리 할 겁니까? 지금도 죽지 못해 사는구만, 하여튼 강 피디는 젊은 사람이 너무 무서워."

"그래도 살아야 되니까 식사 좀 하시죠. 저도 싸워야 되니까 밥 먹겠습니다."

입맛이 있을 리 만무했지만 그건 스스로에게 하는 말이기도 했다. 재희는 모래알처럼 넘어가는 밥을 억지로 씹었다.

일이 진행될수록 느는 거라고는 반드시 버텨야 한다는 의지였다. 때문에 요즘은 억지로라도 끼니를 챙겨 먹고 하루에 단 서너 시간이라도 반드시 잠을 자려 노력하고 있었다. 자신뿐 아니라 팀의 모두가 마찬가지라는 걸 재희는 잘 알고 있었다.

"그, <비하인드 24>는 좀 어때요? 방송 나가는 거 보니까 그래도 아직은 외압 덜 받는 느낌 확실히 나던데."

곁에서 말없이 식사를 하던 형두가 그릇을 거의 다 비워 갈 때쯤 입을 열었다. 재희는 그사이 간신히 반쯤 먹은 밥그릇에 슬쩍 눈을 주고는 수저를 내려놓았다.

"위하고 눈치 싸움하는 상황이죠. 팀원들한테 문제도 좀 생겼고요."

팀원들에게 문제가 생겼다는 말에 맞은편에 앉은 한동이 눈을 동그랗게 떴다. 재희는 담담하게 그간 있었던 일들을 설명했다.

정언의 집을 엉망으로 만들어 놓은 침입자, 자신에게 온 사찰 문자, 민혜의 남편에게 걸려 온 전화, 윤의 차 브레이크 호스가 절단된 이야기까지 가자 한동이 들고 있던 젓가락을 팽개치며 저도 모르게 언성을 높였다.

"아니 이 미친놈들, 그거 진짜야? 너 왜 여태 말을 안 했어?"

"팀 바깥으로 얘기 새면 부장님 쪽에도 문제 생길 수 있겠다고 판단했습니다. 부장님이 별말씀 없으셔서 안전하다는 거 알았고요."

"아니, 아무리 그래도 그렇지……."

한동이 말끝을 흐렸다. 재희의 말이 무슨 뜻인지 정확히 아는 탓이었다. 만일 한동 쪽에도 같은 일이 벌어졌다면 그건 TF의 내용이 발각됐다는 뜻일 테고, 그러면 보도조차 하지 못하고 막힐 가능성이 높았다. 정언과 한동이 준비한 회심의 일격은 시작도 전에 사장될 게 뻔했다.

때문에 원진솔 기자와 이도하 기자가 거의 스파이처럼 비밀스럽게 움직이고 있다는 건 재희도 아는 사실이었다. 한동이 굳이 에이스인 두 사람만을 택한 데는 그럴 만한 이유가 있었다.

형두가 기가 질린 표정을 했다.

"브레이크 호스를 잘라요? 그거 완전 죽으라고 한 건데? 사고는 안 났습니까?"

"네. 다행히 보험사 직원이 먼저 발견했답니다."

재희의 대답을 들은 형두가 초조한 티가 나는 동작으로 얼굴을 몇 번 문질렀다.

"야, 이거 진짜 문제 심각하네. 엄대진 주변에서 죽은 사람 예전부터 한둘 아니라는 소문 있긴 했는데, 그렇게까지 해야 되나? 지난번에 나한테 송민혜 작가 남편 건 얘기한 것도 그렇고. 엄대진이나 한선당 쪽에서 수상한 인물들하고 접촉 있는지 우리가 알아보는 중이니까, 일단 조금만 기다려 봐요."

"예전에 민 의원님이 서온건설 대상으로 소송 진행하실 때 민간 자문단 쪽에도 사찰 붙었다면서요."

재희가 말을 꺼내자 형두가 고개를 주억거렸다.

"음, 그랬죠. 이것도 보수단체 이용하고 있을 확률 높긴 해요."

"급하긴 급한 모양입니다."

형두가 가벼운 한숨을 뱉고는 상 위에 놓인 소주병으로 시선을 주었다. 형두가 손을 뻗어 병을 따며 재희에게 물었다.

"강 피디, 술 한 잔 할래요?"

재희는 웃으며 고개를 가로저었다.

"아뇨. 바로 사무실로 다시 들어가 봐야 돼서요."

형두가 오만상을 찌푸리며 들으라는 듯 혀를 찼다.

"죽을 만큼 일하면 죽는다니까 말 진짜 안 들어. 전 부장은?"

"한 잔 줘 봐."

한동은 형두 쪽을 보지도 않고 앞에 둔 잔을 밀어 놓았다. 잔을 채워 주자 숨도 쉬지 않고 단숨에 비운 한동은 그때부터 연신 쉬지 않고 술을 마시기 시작했다.

혼자 소주 두 병을 스트레이트로 마시는 꼴을 본 형두가 아무래도 뭔가 심상치 않다고 생각했는지, 세 병째를 딴 한동을 제지했다.

"아이, 전 부장 뭐하는 거야. 소주 값은 혼자 내, 이럴 거면. 나는 맛도 못 봤어."

"황 의원은 황 의원 거 시켜 먹어, 그럼. 나는 내 돈 내고 내가 사 마실 테니까."

한동은 들은 척도 하지 않고 세 병째도 기세 좋게 비웠다. 내 버려 뒀다가는 가게를 거덜 낼 기세라, 재희는 시계를 보는 척 몸을 일으켰다.

"부장님, 그만 들어가시죠. 저도 사무실 가야겠습니다. 가는 길에 모셔다 드릴게요."

"됐어, 인마."

한동이 마지막 잔을 내려놓고는 한쪽 구석에 아무렇게나 벗어 쑤셔 박은 재킷을 집어 들었다. 재희가 뭐라고 말을 붙이기도 전 방을 나선 한동은 자기 카드로 결제를 하고는 횅하니 가게를 빠져나갔다.

형두가 아니 왜 저래, 하며 다급히 쫓아갔다. 한동이 길가에서 택시를 잡는 것을 본 재희는 후다닥 뛰어가 한동을 붙들었다.

"부장님, 제 차 타고 가시라니까요. 어차피 가는 길인데 왜 그러세요."

"내가 택시비 없어서 남의 차 얻어 타냐?"

재희의 손을 뿌리친 한동은 때마침 앞에 선 택시를 타고 문을 닫았다. 재희가 부장님, 하고 창을 두드렸으나 한동이 기사에게 그냥 가라고 말한 듯 택시가 곧 출발했다.

재희는 이마를 짚으며 그 뒷모습을 바라보았다. 사정을 알 리 없는 형두가 의아한 표정으로 재희의 눈치를 보며 물었다.

"전 부장 왜 저래요? 뭐 안 좋은 일 있어?"

"여기 오기 전에 <뉴스라이트> 논조 때문에 김양운 앵커하고 트러블 있었습니다. 속이 많이 상하셨던 것 같아요."

재희의 대답에 형두가 대경실색을 하며 발을 굴렀다.

"아니, 이거 내가 안 그래도 속상한 사람 뺨 때린 꼴 아냐. 전 부장은 그러면 그렇다고 말을 하지, 늙어서 사람이 꽁한 것만 생겨 가지고…… 나는 진짜 뭐 알고 한 소리가 아닌데, 이거 정말 미안하게 됐네."

"아닙니다. 의원님이 죄송하실 건 없죠. 저희가 지금 내부에서 자정이 안 되는 상황이고 보도 시스템이 넘어가서 그런 건데요. 죄송한 게 있어도 저희가 있어야지 의원님은 신경 쓰지 마십시오. 부장님도 이해하실 겁니다."

형두가 무슨 말인가를 하려는 얼굴로 재희를 마주 보다 에이, 하고 공연히 보도블록 위를 툭툭 찼다. 뒷머리를 긁적인 형두가 곧 말을 돌렸다.

"일단 강 피디 얘기한 건 내가 최대한 빨리 알아볼게요. 그리고 팀원들 몸조심 좀 하라고 그래요. 사설 경호업체라도 붙이든지. 엄대진한테 한 번 찍히면 쉽지 않아요. 내가 들은 얘기도 한두 가지가 아니고…… 가볍게 생각할 일 아니라니까. 우리도민 의원 불안해서, 본인은 괜찮다고 하는데 지금 경호업체 붙여서 움직이고 있습니다. 강 피디도 그렇고. 지금도 어디서 누가 보고 있을 수 있는 거 아냐."

"제 걱정은 마시고요, 알아서 잘 하겠습니다."

"아, 난 알아서 잘 하겠다는 사람들이 제일 무섭더라고. 아무튼 바쁜데 얼른 들어가 봐요. 연락할게."

형두가 손가락으로 전화하겠다는 제스처를 만들어 보이며 서둘러 자리를 떴다. 인사를 건넨 재희는 주차장에 세워 둔 차에 시동을 걸고는 운전석에 타 문을 닫았다. 화려한 네온사인과 자동차 헤드라이트의 빛무리, 수많은 소음들이 창 하나를 사이에 두고 멀리서 떠돌았다.

언제나 빛이 있다면 그림자도 있기 마련이었다. 그러나 일생을 이 그림자 속에 갇힌 채 나가지 못할까 봐 문득 두려워졌다. 영직의 말처럼, 자신 역시 언젠가는 이 모든 노력이 다 허무했다고 생각할 날이 올지도 모른다는 상상만으로도 어딘가가 무너지는 것 같았다.

잠시 고요한 차 안에서 멍하니 앉아 있던 재희는 핸들 위로 엎드렸다. 미치겠다 정말, 하고 중얼거린 말은 소리가 되어 나오지 못했다. 그 작고 격리된 공간 안에서 재희는 오랫동안 움직이지 않았다.

◆

정언은 크게 기지개를 켜며 등을 뒤로 젖혔다. 척추가 재조립되는 듯한 소리가 났다. 죽겠네, 하고 중얼거리며 벽에 걸린 시계를 보자 어느새 밤 아홉 시를 훌쩍 넘긴 뒤였다.

저녁에 황형두 의원과 약속이 있다던 재희는 아직 돌아오지 않은 채였다. 그 빈자리를 슬쩍 넘겨다본 정언은 곁에 앉은 민혜 쪽으로 고개를 돌렸다.

"작가님, 퇴근 안 해요?"

"그 조석문 영상만 찾아보고 가려고 했더니, 이거 옛날 거라 파일명이 정리가 안 돼 있나 보네. 우리 예전 편람 다 검색해 봐야 하나? 한 십 년 넘은 거래?"

민혜가 충혈된 눈을 누르며 묻는 말에, 정언은 어깨를 으쓱해 보이며 대꾸했다.

"글쎄, 그거 나 들어오기 전이라서. 아마 그때 있던 사람 선배밖에 없을 걸요."

"그러면 강 피디 와야 확실히 알겠네. 정확히 연도도 모르고, 편람 무작정 뒤지긴 귀찮은데. 오래전 거라 그런지 인터넷 찾아봐도 날짜가 확실하질 않아서. 우리가 방송한 건 확실하지?"

"선배 오면 물어보죠, 뭐. 김정환 교수님이 없는 소리 하실 분 아니잖아요. 있지도 않은 방송 얘기 하셨을 리가 있나. 선배 기억력 아직 짱짱한데 작가님이 인터넷 뒤지느니 선배한테 물어보는 게 빠르지. 그만하고 퇴근해요, 얼른."

"아이고, 모르겠다."

고개를 흔든 민혜가 가방을 주섬주섬 챙겨 자리에서 일어났다. 나가려던 민혜는 잠시 머뭇거리더니 이어폰을 꽂은 채 뭔가를 메모하고 있던 윤의 어깨를 툭 쳤다.

"조심해서 퇴근해요. 알았지?"

신신당부하는 민혜에게 윤은 멋쩍게 고개를 꾸벅 숙였다.

사무실로 돌아와 아침의 일을 얘기하자마자 자기가 당한 건 새까맣게 잊고 발을 동동 구르며 걱정을 하던 민혜였다. 도리어 윤이 괜찮다며 민혜를 몇 번이나 진정시켜야 할 정도였다. 아무래도 보통 일이 아니다 보니 내내 신경이 쓰인 모양이었다.

"정언, 너무 늦게 퇴근하지 말고 일찍 가. 너무 늦을 거 같으면 그냥 숙직실에서 자고. 응?"

민혜는 정언에게도 잊지 않고 말을 덧붙였다. 정언이 알았어요, 알았어, 하며 건성으로 대답하자 민혜가 정언의 등을 찰싹 소리가 나게 쳤다.

"한 귀로 듣고 한 귀로 흘리지 말고!"

"작가님이나 조심해서 가요. 빨리 가, 얼른."

정언은 앉은 채로 민혜를 떠밀었다. 아무래도 발이 떨어지지 않는지 몇 번이나 뒤를 돌아본 민혜가 사무실을 나갔다.

채 십 분도 지나기 전 다시 문이 열렸다. 무심코 고개를 들자 유독 피곤한 얼굴로 들어서던 재희가 시선을 맞추더니 가까이

다가왔다. 재희가 건넨 것은 서류 봉투였다. 입구가 단단히 밀봉된 대형 서류 봉투는 한눈에 보기에도 제법 두툼했다. 정언은 그것을 받아 들며 물었다.

"지금 끝난 거예요?"

"응."

재희가 나지막하게 대답했다. 늘 만성 피로에 절어 있는 편이긴 했지만, 오늘은 이상하게 평소와는 다른 느낌이라 아무래도 무슨 일이 있었나 싶은 생각이 퍼뜩 스쳤다.

그러나 정언은 거기에 대해 더 캐묻는 대신 봉투를 살펴보았다. 황형두 의원 쪽에서 나온 자료인 듯했다. 정언이 봉투를 뜯어보는 사이, 재희가 맞은편의 호형에게 손짓을 했다.

"안 피디, 지금 서 피디한테 준 자료 같이 붙어서 좀 봐 줘."

"지금 당장이요?"

놀란 토끼처럼 되물은 호형이 자기 책상 위의 스케줄러를 확인하고는 뒷머리를 긁적였다.

"전문가 섭외할 시간은 주시면 안 됩니까?"

"아, 그래. 얼마나 걸리는데?"

"일단 연락 돌려 보죠, 뭐. 빠르면 내일부터 검토할 수 있을 거 같은데요. 안 돼도 우선 섭외하는 사이에 저랑 서 피디 팀에서 같이 보면 되니까."

선뜻 대답하는 호형에게 재희가 고개를 까딱였다.

"그러면 그렇게 해."

호형이 네, 하며 앉아서 핸드폰 주소록을 뒤지기 시작했다. 정언은 자리로 돌아가려는 재희를 불러 세웠다.

"선배, 혹시 예전에 한선당 의원 아들들 병역비리 방송한 건 기억나요?"

"꽤 오래전인데, 그거. 왜?"

뜬금없는 물음이었는지 재희가 의아한 얼굴을 했다. 정언은 관자놀이 부근을 긁적였다.

"김정환 교수님한테 연락이 왔다는데, 윤대석 씨 처방전 발행한 김회영이라는 의사가 캐나다 한인 병원에서 일한다고 했잖아요. 그 한인 병원 원장도 한선당하고 관련 있고."

"그런데?"

"그 김회영이 일하는 한인 병원 원장 조석문 있잖아요. 이 사람이 당시에 그 의원 아들들한테 진단서 허위로 발행한 의사 중 하나래요."

조석문의 이름을 들은 재희가 잠시 기억을 더듬는 듯 눈썹을 좁혔다.

"어, 잠깐만. 우리 방송에 조석문 그 사람 나갔었나? 맞지?"

"방송 나가고 바로 캐나다로 이민 갔다고 그랬다는데. 한 십 년 된 거예요?"

"이훈주 과장 일 있고, 그 방송 나간 뒤에 이민 간 거면 십 년까지는 안 됐지. 아마 칠팔 년 전일 거야. 데이터베이스 검색하면 바로 나올 텐데?"

"송 작가님이 검색해 봤는데 예전 파일이라 파일명에 제목이 안 들어가 있대요. 방영 날짜랑 회차 정확히 알아야 검색되는 거 같더라고요."

"그럼 내가 회차 정보 찾아보고 알려 줄게. 아, 그리고 서 피디, 나랑 잠깐 따로 얘기 좀 하자."

재희가 손가락을 까딱여 따라오라는 손짓을 했다. 정언은 눈을 동그랗게 떴다.

"무슨 얘기?"

"잠깐이면 돼."

정언은 이유도 모른 채, 먼저 사무실을 나서는 재희의 뒤를 따랐다. 옥상 정원으로 올라간 재희가 먼저 벤치에 앉으며 자기 옆자리를 가리켰다. 풀썩 소리가 나게 곁에 앉은 정언은 팔짱을 끼었다.

"왜, 무슨 일인데 그래요? 아까 <뉴스라이트> 사무실 뒤집어졌다던데 혹시 전 부장님 무슨 일 있어요?"

정언이 묻는 말에 재희가 헛웃음을 뱉었다.

"그게 그새 소문이 났어?"

"문 열어 놓고 싸웠다며. 지나가는 사람들이 다 봤다던데."

<뉴스라이트> 팀에서 한동이 양운과 한판 벌였다는 건 이미 시보국에서 모르는 사람이 없었다. 정언 역시 호형에게 그런 일이 있었다고 듣기는 했으나, 정확한 사정은 알지 못했다.

짧은 한숨을 내쉬며 머리를 흩은 재희는 오후에 <뉴스라이트> 사무실에서 벌어졌던 일을 들려주었다. 김양운 앵커가 데스킹 과정에서 논조를 한선당과 엄대진에 유리하게 편집했고, 한동이 그 때문에 참다못해 폭발했다는 이야기였다. 심각한 표정으로 재희의 말을 듣고 있던 정언은 기가 차서 내뱉었다.

"김양운 그거 진짜 안 되겠네."

재희가 그 말에 정언의 이마를 툭 밀었다.

"선배 소리도 안 하냐, 이젠?"

"뭐 그런 새끼까지 선배 대접하라고 그래요. 전 부장님 아주 속 뒤집어지셨겠는데."

179

정언이 이마를 문지르며 대꾸하자 재희가 수긍했다.

"장난 아닌 거 같더라고. 회사 관두겠다고 막 그러셔서 달래긴 했는데, 속이 말이 아니시겠지."

불현듯 공기가 무거워졌다. 잠시 침묵하던 정언은 손목의 시계를 흘끔 보고는 말을 돌렸다.

"그거 얘기하려고 불렀어요?"

"아, 아냐. 저번에 이사회 호출 건 때문에."

재희가 고개를 저으며 대답했다. 이사회라는 말에 순간 가슴이 덜컥 내려앉았다.

"그건 왜요?"

저도 모르게 말투가 다소 방어적으로 나갔다. 다행히 눈치채지 못한 듯, 재희가 벤치에 등을 기대며 정언을 마주 보았다.

"김 피디가 녹취록 가지고 있다는 얘기 들어서 본인한테 물어보니까 맞다고 하더라고. 지금 노조에서 이사회가 제작진들한테 협박하고 뭐 이러는 자료 다 모으는 중인데, 혹시 그 녹취록 공개할 수 있냐고 물어보니까 서 피디랑 관련된 거라 자기 혼자는 결정할 수 없다고 얘기하길래."

"아, 그게……."

정언은 답지 않게 주저했다. 뭐라고 대답해야 할지 선뜻 판단이 되지 않아서였다. 윤이 재희에게 녹취록을 주겠다고 말하지 않은 이유가 뭔지는 충분히 짐작 가능했다. 고광훈 이사가 했던 발언이 심각한 폭언에 성희롱 수준이었으니, 녹취록을 공개하면 그게 자신에게 피해가 될지도 모른다고 생각한 게 틀림없었다.

재희가 정언을 물끄러미 보다 고개를 비스듬히 기울였다.

"그러는 거 보니까 발언 수위 대단했나 보네. 서 피디 의견 존중할게. 공개하기 싫다고 하면 그렇게 해도 상관없어."

"아니, 솔직히 공개하는 게 문제가 아니라…… 아, 짜증나네."

혼잣말처럼 중얼거린 정언은 흘러내린 머리칼을 쓸어 올렸다.

애초에 윤이 그 자리에서 이성을 잃은 건 고광훈 이사가 강재희랑 잤냐 소리를 운운한 탓이었다. 그게 물론 자신의 잘못은 아니었으나, 차마 당사자 앞에서 그랬다는 말이 나오지 않았다.

손을 깍지 끼어 입가에 대고 잠깐 생각에 잠겼던 정언은 시선을 바닥에 둔 채 대답했다.

"김 피디한테 녹취록 주라고 할 테니까 선배가 들어 봐요. 내 얘기만 있는 거 아니라서 나도 뭐라고 말 못 하겠네."

"다른 사람 얘기가 있어?"

"굳이 말하기 싫으니까 들어 보고 알아서 판단하시고. 용건은 그게 다예요?"

"응."

"알았어요."

정언이 자리에서 일어나자, 재희가 갑자기 생각났다는 듯 정언을 쳐다보았다.

"혹시 김 피디가 무슨 얘기 했어?"

"뭐? 아침에 왜 지각했는지?"

정언이 되묻자 재희가 슬쩍 정언의 눈치를 살폈다.

"들었어?"

정언은 코끝으로 바람 빠지는 소리를 내며 팔짱을 끼었다.

"그럼 뭐 말 안 하고 언제까지 버틸 줄 알았어요? 남자들의 비밀 좋아하네. 걸리면 나한테 무슨 꼴 당할지 몰라? 그런 게 있었으면 선배도 나한테 바로 말했어야 할 거 아니에요."

"아니, 그래서 난 김 피디보고 빨리 말하라고 했지."

재희가 실실 웃는 얼굴로 말꼬리를 늘였다. 재희는 누구보다 정언을 잘 파악하고 있는 사람이었다. 윤이 그 일을 숨긴 걸 나중에 알게 되면 자신이 얼마나 펄펄 뛸지 모를 리가 없었다. 때문에 윤에게 빨리 말하라고 종용했다는 것까지 의심하고 싶지는 않았다. 그러나 애초에 윤이 말할 때까지 내버려 두려고 생각한 것 자체가 괘씸했다.

"변명 듣기 싫고요. 내 일 말 안 했다고 김 피디보고 그렇게 뭐라고 하더니 하여튼 역지사지 더럽게 안 돼, 진짜. 김 피디만 가운데 껴서 그게 무슨 꼴이에요? 뭘 잘못했다고?"

정언이 따지자 재희가 턱을 만지작거리며 심각하게 대답했다.

"원죄라면 김 피디가 서 피디 부사수 된 게⋯⋯."

"부사수로 붙여 준 건 누구냐고, 그래서!"

즉시 말을 자르며 도끼눈을 뜨는 정언의 얼굴에 재희가 두 손을 들어 보이며 바로 항복했다.

"아, 알았어. 알았어. 다 내 잘못이야."

"진작 그러지, 사람이 꼭 두 번 말하게 만들어."

투덜거리는 정언을 본 재희가 웃고는 말을 돌렸다.

"그래서, 김 피디 그러고 나서 무슨 얘기 있었어?"

"오후에 보험사에서 대차 받아서 갖다 놓긴 한 거 같던데, 모르겠어요. 경찰에서 조사해 보고 연락 주겠지. 선배가 자료 준 건 내일 안 피디랑 같이 검토 시작할게요."

"알았어. 내려가서 다들 별일 없으면 들어가라고 해. 서 피디도 퇴근하고."

재희가 앉은 채 말했다. 일어날 기미조차 없는 그 모습에 정언이 멈칫하며 물었다.

"안 들어가요?"

재희가 씩 웃고는 턱 끝으로 자판기를 가리켰다.

"커피 한 잔 마시고 가게. 먼저 들어가."

그래요 그럼, 하고 대답한 정언은 옥상 문을 열려다 말고 다시 한 번 재희를 돌아보았다. 무슨 생각을 하는지, 방금 전까지 웃던 얼굴은 온데간데없었다. 몸을 숙인 재희의 머리 위로 긴 그림자가 드리워져 그 표정을 읽을 수 없었다.

까닭 없이 무언가 서늘한 감각이 심장 부근을 스쳐 지났다. 못 박힌 듯 잠시 서서 재희를 뚫어지게 보고 있던 정언은 문득 기시감을 느꼈다. 술에 취해 엉망으로 무너진 재희가 죽고 싶다고 중얼거리던 그 얼굴이 불현듯 겹쳐졌다.

재희가 약해지는 순간을 목격하는 건 정언에게 힘든 일이었다. 재희 역시 그런 걸 원할 리 없었다. 애써 거기서 눈을 돌린 정언은 서둘러 문을 열고 빠른 걸음으로 계단을 내려갔다.

사무실로 돌아와 자리에 앉기 무섭게, 윤이 기다렸다는 듯 파티션 너머로 몸을 내밀며 작은 목소리로 말을 걸었다.

"강 피디님이 뭐라고 하세요?"

"녹취록 얘기했었다며. 그거 관련해서 잠깐 뭐 물어본다고."

정언의 대답에 윤이 아, 하며 시선을 맞춰 왔다. 불안한 것 같기도 하고 걱정스러워하는 것 같기도 한 그 눈이 무슨 말을 하고 싶은 건지 알아차리는 건 어렵지 않았다.

"선배한테 녹취록 보내 줘. 직접 듣고 판단하라고 했으니까."

"아, 네."

윤이 멈칫하다 고개를 끄덕였다. 정언은 뒤에 던져 둔 가방을 집어 들며 윤에게 말했다.

"오늘은 그만하고 퇴근해. 아침부터 고생했는데. 집에 가는 거
괜찮겠어?"

"녹취록 편집해서 보내 드리고……."

"내일 해도 돼."

책상 위의 물건들을 대충 가방에 쑤셔 넣으며 말을 끊자 윤이
의아한 표정을 했다.

"선배는요?"

"나도 정리하고 가야지. 내일부터 국세청 자료 바로 검토 들어
갈 거야. 선배가 조석문 병역비리 관련 회차 찾아 준다니까, 내
일 김 피디가 작가님하고 영상 내용 한 번 확인해 보고."

윤이 자기 다이어리에 뭔가를 메모하더니 주저하다 물었다.

"선배, 저…… 금요일에 이희경 씨 잠깐 뵙고 와도 돼요? 성이
진 교수님 센터 예약된 날이라서요."

"왜? 아, 그날 수아 보러 간다고 약속해서? 그렇게 해."

간단히 대답한 정언은 한쪽 어깨에 가방을 걸쳐 메고는 자리
에서 일어났다. 파티션 위를 탁탁 치며 선배가 다들 퇴근하래요,
하자 맞은편에 앉아 있던 석현이 기지개를 쭉 켜더니 손을 흔들
었다. 정언이 먼저 사무실을 나서자 윤이 서둘러 뒤쫓아 나왔다.

엘리베이터에 탄 정언은 버튼을 누르고 곁에 나란히 선 윤을
흘끔 보았다. 한쪽 손에 차 키를 쥔 윤은 무슨 생각을 하는지 시
선을 어슷하게 내린 채 말이 없었다. 지하 주차장에 내린 정언
은 윤의 어깨를 툭 쳤다. 윤이 화들짝 놀라며 정언을 보았다.

"조심해서 들어가고."

고개를 까딱이며 건넨 말에 윤이 네, 하고 입술을 달싹였다.

정언은 윤을 지나쳐 자기 차를 세워 둔 블록으로 향했다. 시동을 건 정언은 문득 차 문을 열려다 말고 뒤를 돌아보았다. 아까 그 자리에 선 채 꼼짝도 하지 않고 있는 윤이 눈에 들어온 건 그때였다.

정언은 가만히 그 뒷모습을 보았다. 시동조차 걸지 못하고 서 있는 윤의 모습은 낯설지 않았다. <비하인드 24>의 모두가 이미 겪어 본 통과 의례였다.

가벼운 한숨을 뱉은 정언은 윤에게 다가가 팔을 낚아챘다. 정언이 지켜보고 있다는 것도 몰랐는지, 숨을 들이쉬며 순간적으로 얼어붙었던 윤이 정언의 얼굴을 확인하고는 눈을 깜빡였다.

"타. 데려다줄 테니까."

정언이 세워 둔 자기 차를 가리키자 윤이 얼른 고개를 저었다.

"아, 아니에요."

떨리는 손끝을 황급히 말아 쥔 윤이 잡힌 팔을 빼려 했다. 그러나 정언은 손에 더 힘을 주며 눈을 가늘게 떴다.

"이렇게 손 떨면서 운전 어떻게 할 건데? 원래 수전증 있어?"

모르는 척해 줄 마음 따위는 없었다. 날카롭게 지적하는 정언의 말에 윤은 대답하지 못했다. 윤의 귀 끝이 순식간에 새빨개졌다. 윤을 놓아 준 정언은 혀를 차며 내뱉었다.

"말 길게 하지 말고 빨리 타. 나도 피곤해."

더 뭐라고 말할 기회도 주지 않고 운전석에 올라타며 문을 닫자, 쭈뼛거리던 윤이 마지못해 조수석 문을 열고 들어와 앉았다. 죄송합니다, 하고 조그맣게 입술을 달싹이는 얼굴에 정언은 주머니에서 담배를 한 대 꺼내 물며 머리칼을 쓸어 올렸다.

"죄송할 일 아니니까 그런 생각 하지 마. 당연한 거고 김 피디만 그런 거 아냐. 우리 팀 누구라도 다 똑같아."

윤이 고개를 숙이며 손끝을 만지작거렸다. 아무렇지도 않은 척했지만 그런 윤에게 신경이 가는 건 어쩔 수 없었다.

익숙해진다는 말은 두렵지 않다는 말과 동의어가 아니었다. 그저 자신은 이런 일을 조금 더 먼저 겪었을 뿐이고, 겉으로 드러내지 않으려 노력하는 데 익숙해진 것에 불과했다. 윤이 이런 일로 죄책감을 갖는 건 싫었다.

정언은 손을 뻗어 라디오를 켜며 말을 돌렸다.

"아침에 보통 몇 시에 나와?"

"아무리 늦어도 여덟 시 반이면……."

윤이 왜 그런 걸 묻나 싶었는지 정언의 표정을 살피며 말끝을 조금 흐렸다. 정언은 앞을 보며 여상하게 말했다.

"차 고칠 때까지 카풀해 줄게. 여덟 시 이십 분에 나와 있어."

그 말에 윤이 정말 놀랐는지 눈을 휘둥그렇게 뜨며 당황한 얼굴로 도리질을 쳤다.

"선배, 아니에요. 저 정말 괜찮아요."

"누가 봐도 안 괜찮아."

"안 그러셔도 돼요. 진짜예요."

"매일 신경 쓰기 싫으니까 그러겠다는 거야. 나 편하자고."

귀찮다는 투로 말이 나갔으나, 그 말을 입 밖으로 낸 순간 가슴이 덜컥했다. 결국 신경이 쓰인다는 걸 자기 입으로 인정한 꼴이 된 까닭이었다.

윤이 어떻게 되든 상관없다는 건 당연히 말도 안 되는 소리였다. 그러나 그렇다고 이런 식으로 무심코 속내를 드러내 보일 의도는 아니었기에, 불현듯 뒷덜미가 화끈거렸다.

"선배."

윤이 부르는 소리에 정언은 환기하는 척 창을 반쯤 내리며 그 말을 끊었다.

"나 김 피디랑 이러는 게 더 귀찮아. 그냥 고맙다고 했으면 좋 겠는데."

머뭇거리던 윤이 결국 감사합니다, 하고 대답했다. 사실 윤이 쉽게 그러겠다고 하지 않으리라는 건 예상한 일이었다. 서로의 입장을 바꿔 놓고 생각하더라도 자신 역시 윤에게 절대 신세지 지 않으려 했을 게 뻔했다. 내가 선배라 다행인가, 속으로 생각 한 정언은 헛웃음을 뱉었다.

윤의 집 주차장에 도착한 건 이십 분쯤 지나서였다. 안으로 들 어가자마자 기둥마다 'CCTV 촬영 중'이라는 안내문이 큼지막하 게 붙어 있었다. 누가 봐도 새로 붙인 게 분명했다. 아마 아침에 경찰이 찾아오고 경비실에도 조사가 들어간 바람에 부랴부랴 조 치를 취한 듯했다.

차를 세운 정언은 전면창 너머로 주차장 안을 흘끗 살폈다. 빨 갛게 반짝이는 CCTV 불빛이 몇 개 눈에 띄었다. 경찰이 드나들 었던 데다 단속도 강화했을 테니, 어지간한 강심장이 아니고서 야 바로 다시 윤을 노릴 확률은 낮을 터였다.

정언은 버튼을 눌러 도어록을 풀어 주었다.

"들어가. 문단속 잘 하고."

그러나 윤은 어쩐 일인지 바로 내릴 생각을 하지 않았다. 무슨 할 말이 있는지, 망설이는 기색이 역력한 얼굴로 입술 끝을 몇 번 물었다 놓던 윤이 마침내 입을 열었다.

"저, 선배."

"왜."

"잠깐 들어왔다 가실래요? 뭐 마실 거라도 좀……."

예상하지 못한 말이었다. 정언은 고개를 돌려 윤을 마주 보았다. 바짝 긴장한 채 자신을 응시하는 윤의 얼굴에, 어쩐 일인지 바람 빠진 풍선처럼 웃는 소리가 새었다. 정언은 윤을 아래위로 훑어보며 심각하게 물었다.

"김 피디가 나한테 그런 제안 하는 거 아주 부적절하지 않나?"

그게 무슨 뜻인지 생각할 시간이 잠시 필요했는지, 몇 초 정도 눈을 깜빡이던 윤이 곧 펄쩍 뛸 기세로 고개를 세차게 흔들었다.

"아뇨, 선배! 그게, 그런 거 진짜 아니고요, 저 정말 아무 짓도 안 해요!"

강한 부정은 강한 긍정이라고 누가 그랬던 거 같은데, 라고 놀리려는 말이 목까지 나왔으나 정언은 그 말을 애써 눌러 참았다. 이미 윤이 목덜미까지 달아올라 어쩔 줄 몰라 하는 게 빤히 보이는 탓이었다. 하여튼 가끔 쓸데없이 귀엽지, 하고 속으로 중얼거린 정언은 손을 휘적거렸다.

"알았어. 커피나 한 잔 주든가, 그럼."

반쯤 농담이긴 했지만, 부적절한 제안이라고 생각한 건 사실이었다. 그걸 뻔히 알면서도 이렇게 대답하는 건 확실히 여지를 주는 행동이었다. 이건 서정언답지 않았다.

선을 그어야 할 때 왜 그렇게 하지 못하는 걸까.

뒤늦게 따라온 물음에 정언은 바로 답을 떠올리지 못했다. 지금처럼 논리적으로 설명할 수 없는 상황에 마주칠 때면 스스로가 낯설어졌다.

그런 속내를 알 리 없는 윤이 먼저 차에서 내리며 파닥파닥

손부채질을 했다. 물론 이미 새빨개진 얼굴에 그다지 소용이 있는 행동은 아니었다. 먼저 입구와 연결된 계단으로 올라간 윤은 2층의 첫 집 앞에 멈춰 도어록의 비밀번호를 눌렀다. 안에서 잠금장치 돌아가는 소리가 났다.

문을 연 윤이 센서 등이 켜지는 걸 확인하고는 들어오세요, 하며 멋쩍게 웃었다. 거실 스위치를 올린 윤은 식탁 의자 위에 자기 가방을 올려놓고는 주방으로 향했다.

안으로 들어선 정언은 잠시 윤의 집 안을 둘러보았다. 당장 인테리어 잡지에 소개된다 해도 그러려니 할 것 같은 집이었다. 벽에 걸린 작은 액자들이나 책상 위의 소품 몇 개만 봐도 튀지 않지만 세련된 취향을 짐작하기는 어렵지 않았다.

"잠깐 앉아 계세요."

윤이 말하며 냉장고를 열었다. 무심코 그쪽으로 시선을 준 정언은 냉장고 홈바에 가지런히 진열된 제로 코크 캔을 보고 저도 모르게 픽 웃었다. 등을 돌리고 있어 이쪽을 보지 못한 윤은 냉장고에 거의 머리를 집어넣을 기세로 문을 열고 있다가 정언을 돌아보았다.

"시간 늦었는데 커피 말고 주스 드릴까요?"

"아무거나."

짧게 대답한 정언은 소파에 앉았다. 그러자 문득 익숙한 향이 움직이는 공기에 얹혀 밀려들었다. 섬유유연제 향 같은 것. 윤에게서 늘 나는 향이었다. 이 집 안 전체에 그 향의 입자가 배어 있었다. 그 사실을 깨달은 순간, 정언은 여기가 윤의 공간이라는 것을 불현듯 자각했다.

머그컵 두 개를 들고 돌아온 윤이 두 뼘 정도의 사이를 두고 정언의 곁에 앉았다. 윤이 컵 하나를 정언의 앞으로 밀어 놓았다. 파란색 컵 안에 담긴 건 오렌지 주스였다. 한 모금 마시자 차고 새콤한 감각이 목을 넘어갔다. 짧은 침묵을 먼저 깬 건 윤 쪽이었다.

"선배 오실 줄 알았으면 정리 좀 할 걸 그랬어요."

"더 정리할 게 있어?"

농담 반 진담 반으로 되묻자 윤이 머쓱하게 뒷머리를 긁적였다. 약간 흐트러진 침구가 놓인 침대만이 이곳에서 거의 유일하게 정돈되지 않은 장소였다. 그건 윤 자신도 아마 잘 알고 있을 터였다. 정언은 주스를 마시다 물었다.

"혼자 산 지 얼마나 됐어?"

윤이 기억을 더듬듯 잠시 고개를 갸웃하다 대답했다.

"꽤 됐죠. 한 7, 8년."

"잘 해놓고 사네. 깔끔하고."

"요샌 어지를 시간도 없어서 그런가 봐요."

어질러 놓을 물건이 있는 것조차 싫어 집에 필요한 것 외에는 거의 두지 않는 자신을 떠올린 정언은 그 말에 웃는 소리를 냈다. 윤이 왜요, 하고 물었으나 정언은 대답 대신 말을 돌렸다.

"여자들이 좋아하겠는데."

별생각 없이 뱉은 말이었으나 정언은 곧바로 조금 후회했다. 의도가 있는 질문처럼 들릴지도 모르겠다는 생각이 뒤늦게 찾아온 탓이었다. 하지만 이미 뱉은 말을 돌릴 방법이 없었다. 다행히 윤은 그 미묘한 뉘앙스를 알아차리지 못한 듯했다.

"그래요? 집에 어머니 말고는 여자들 와 본 적이 없어서요."

뜻밖의 대답이었다. 알 거 다 아는 나이에 순진한 척하는 건 아닐 텐데, 하고 속으로 생각한 정언은 옅은 습기가 맺히기 시작하는 컵 위를 만지작거렸다.

"여자 친구는 여자 아냐?"

농담처럼 던진 말에 윤이 황급히 손사래를 쳤다.

"연애 안 한 지도 오래됐고 계속 혼자 살다 보니까 그냥 좀, 누가 드나들면 불편하더라고요. 집에 오면 여긴 딱 내 공간이라는 생각이 드니까. 외롭지 않은 건 아닌데 그게 더 편해요."

담백한 단어들이었다. 정언은 문득 윤과 경일용역에 찾아갔을 때의 일을 떠올렸다. 윤이 저 그렇게 쉬운 남자 아닌데요, 하고 말했을 때, 어쩌면 그건 진짜일 거라고 생각했었다.

윤은 모두에게 친절하지만 늘 같은 거리를 유지하려는 타입이었다. 윤이 선배니까, 라고 말할 때면 그게 사실이라는 걸 의심할 수 없었다. 윤이 다른 팀원들에게 결코 이렇게 행동하지 않는다는 걸 가장 잘 아는 사람은 자신이었다.

가장 개인적인 공간에 서로를 들이는 건 분명 선을 넘는 행동이었다. 무의식적이든 아니든, 이미 서로의 경계는 부정확했다. 공기가 약간 당겨지는 감각이 스쳤다. 정언은 그것을 무시하려 애쓰며, 들고 있던 컵을 부러 장난스럽게 내려놓았다.

"내가 빨리 나가 줘야겠네."

"아, 아니에요! 그럴 거면 오시라고 안 했죠, 선배니까……."

윤이 당황하며 서둘러 정언의 손 위를 감싸 쥐었다. 차가운 손등 위로 순식간에 스미는 체온은 따뜻했다. 그 감각이 지나치게 선명해, 정언은 저도 모르게 움찔하며 윤을 마주 보았다. 가까이에서 시선이 닿았다. 부드러운 조명에 비친 윤의 눈동자가 얼핏 흔들렸다.

순간 이 공간의 모든 것들이 그대로 멈춘 듯한 감각이 스며들었다. 벽시계의 초침 소리마저 잠시 사라진 것 같았다. 아마 고작 몇 초에 지나지 않을 찰나일 게 분명했다. 그러나 머릿속이 전부 지워져, 숨을 쉬는 법조차 문득 생각나지 않았다.

그 이상한 정적 속에서 먼저 손을 뗀 건 윤이었다. 손등에 닿아 있던 체온이 서늘한 공기 사이로 녹아들었다. 윤은 주저하며 손끝을 말아 쥐었다. 초조한 기색으로 입술 위를 문지르던 윤이 물었다.

"……제가 이러면 안 되는 거죠?"

윤의 말이 무슨 뜻인지 모를 정도로 눈치가 없지는 않았다. 이런 상황을 예상한 건 아니었지만, 애초에 자신이 여기 온 것 자체가 현명한 선택일 리 만무했다.

윤이 눈을 들었다. 시선을 마주치는 것이 거북했지만 이미 때가 늦은 뒤였다. 어두워진 눈동자가 불현듯 드리워진 발밑의 그림자처럼 정언을 붙들었다.

"선배가 저 그렇게 경계 안 하시는 이유 물어봐도 돼요?"

경계.

정언은 두 글자의 단어를 머릿속으로 되풀이했다. 자신은 결코 타인이 선을 넘는 것에 너그럽지 않았다. 대부분의 사람들은 정언의 그런 경계심을 쉽게 느꼈다. 팀원들 중 누구도, 심지어 재희조차 정언의 사적인 부분을 먼저 들여다보려 하지 않았다.

그러나 윤은 처음부터 달랐다. 불편하다고 생각했던 건 그 때문이었다. 다른 사람 같았다면 벌써 몇 번을 잘라 내고도 남았을 게 분명했다. 그것을 잘 알기에, 자신이 윤에게 지나칠 정도로 관대하다는 사실을 부정하기는 어려웠다.

정언은 대답 대신 윤을 응시했다. 막다른 골목에 몰린 사람 같은 기분이었다.

"내가 뭐라고 대답할까?"

되물은 말이 방어적이라는 건 누구보다 정언 스스로가 잘 알고 있었다. 그건 윤에게 충분한 대답이 될 수 없었다. 아니나 다를까, 윤은 바로 한 걸음 더 정언을 밀어붙였다.

"정말 저 싫어하세요?"

"아니라고 했잖아."

"그럼 어떻게 해야 좋다고 말해 주실 건데요?"

아차 싶어진 건 그때였다. 지금처럼 생글거리다가도 방심하는 사이 물러날 틈도 없이 치고 들어오는 걸 한두 번 당한 게 아닌데도, 정언은 아직 자신이 윤에게 면역이 없다는 걸 뒤늦게 깨달았다.

무슨 대답이라도 하기 위해 생각해 보려 했지만, 머릿속의 사전을 넘길 때마다 단어들이 모조리 새까맣게 칠해진 것 같았다. 알고 있는 말조차 떠올릴 수 없었다.

윤이 사이를 조금 당겨 앉았다. 소파의 서늘한 가죽 커버가 작게 바스락거렸다. 손끝 하나 닿아 있지 않은데도 문득 숨이 답답해졌다. 고작 한 뼘 남짓 좁혀진 거리는 확연하게 가까워진 채였다.

이 공간은 철저히 윤의 홈그라운드였다. 윤이 마음만 먹는다면, 지금 당장 윤이 원하는 어떤 일도 벌어질 수 있었다. 여기서 누구보다 그걸 잘 아는 사람은 윤 자신일 게 분명했다.

건드리기만 해도 끊어질 것처럼 팽팽해진 공기 속에서 한동안 가만히 정언을 응시하던 윤이 시선을 내렸다.

"죄송해요. 이럴 생각 아니었어요."

머리칼을 아무렇게나 흩은 윤은 낮은 한숨을 쉬었다. 끊어지기 직전까지 잡아당겨진 공기가 한순간 느슨해졌다. 입 안이 말라, 정언은 최대한 자연스럽게 테이블 위에 내려놓았던 주스를 다시 한 모금 마셨다. 혀 위에서 맴돌던 단어들에 단맛이 엉기는 감각이 낯설었다.

정언은 통제할 수 없는 상황에 놓이는 걸 좋아하지 않았다. 다른 사람이었다면 처음부터 이렇게 될 여지가 있는 아주 작은 가능성조차 차단했을 게 뻔했다. 설령 그게 재희라고 해도 마찬가지였다. 그러나 윤에게는 그렇게 되지 않았다. 굳이 윤의 입을 통해 듣지 않더라도, 정언은 자신이 지나칠 정도로 윤을 경계하지 않는다는 걸 알고 있었다.

왜일까.

자문한 순간 정언은 깨달았다. 늘 윤이 가장 먼저 생각하는 건 정언이었다. 그러니 원하지 않는 일은 그게 뭐든 결코 벌어질 리 없었다. 자신이 이토록 무방비한 까닭은 결국 이 확신 때문이었다. 타인에게 단 한 번도 가져 본 적 없는 그 이상한 확신.

"평소에 인내심 좀 있다고 생각하는 편이야?"

툭 던진 말에 놀린다고 생각한 건지, 그새 빨개진 귀 끝을 만지작거리던 윤이 멋쩍게 웃었다.

"선배하고 키스한 다음부터 아니라는 거 알았죠."

농담처럼 받아친 말끝이 흔들렸다. 괜찮은 척하고 있다는 걸 눈치채기는 어렵지 않았다. 여기서 더 시간을 보낸다는 건 그리 좋은 선택지가 아니었다. 남은 주스를 서둘러 마저 마신 정언은 컵을 내려놓으며 몸을 일으켰다.

"잘 마셨어."

정언은 소파 곁에 두었던 가방을 한쪽 어깨에 걸쳐 멨다. 등 뒤에서 정언을 따라 일어난 윤이 당황한 듯 선배, 하고 정언을 불렀다. 그러나 정언은 대답 대신 현관을 나섰다. 막 문을 열려던 순간, 정언은 반대편 팔을 붙드는 감각에 손을 멈췄다.

뒤를 돌아보자, 윤이 정언의 팔을 잡은 채 주저하다 물었다.

"저 지금 선배한테 실수했어요?"

정언은 대답 대신 윤을 쳐다보았다. 정적이 내려앉았다. 센서등이 꺼진 건 그다음이었다. 순식간에 주변이 어두워졌으나, 거실에서 흘러드는 빛 때문에 윤의 표정을 알아보지 못할 정도는 아니었다.

실수, 충동, 무방비, 무의식…… 설명할 수 없는 단어들이 내내 맴도는 머릿속에 조금 짜증 같은 감정이 치밀었다. 정언은 반대편 손끝으로 구겨지려는 미간을 눌렀다.

"아냐."

짧게 내뱉자 윤은 몸을 숙여 정언의 얼굴을 물끄러미 들여다보았다. 옅은 어둠 사이로 시선이 붙들렸다. 정언은 굳이 그 눈을 피하지 않았다. 어쩐지 그러기가 싫었다. 윤이 다시 물었다.

"저한테 화나셨어요?"

"아니."

그건 정말이었다. 윤이 아니라 스스로에게 화가 났다. 이렇게 모호하게 구는 건 적성에 맞지 않았다. 돌아 버리겠네, 하고 속으로 중얼거린 정언은 허공으로 숨을 뱉었다. 그때 윤이 조금 더 가까이 다가섰다.

센서 등이 다시 켜지자 윤이 손을 뻗어 벽에 붙은 스위치를 눌렀다. 갑자기 들어온 빛에 눈이 부시다고 깨닫기도 전, 도로 어둠이 내려앉았다. 점멸처럼 느껴질 정도로 짧은 순간이었다. 일부러 불을 끈 행동에 의도가 있다는 걸 알아차리기는 어렵지 않았다.

잠시 말이 없던 정언은 웃는 소리를 냈다.

"이러려고 오라고 한 거야?"

"그건 정말 아니에요."

윤이 그 말을 부정했다. 정언은 문가에 등을 기대며 섰다. 벽에서부터 배어 나오는 서늘함이 전신을 타고 내려갔지만, 머릿속은 쉽게 가라앉지 않았다. 윤에게 자신을 위협하려는 생각이 없다는 건 분명했다. 이 자리를 벗어나기 위해 필요한 건 고작 싫다는 말 한마디면 충분했다.

그러나 정언은 그 말을 하는 대신 윤을 빤히 응시했다. 옅은 어둠에 익숙해진 눈으로 그 단정한 얼굴의 윤곽이 또렷했다. 정언이 손을 뻗어 윤의 이마 위로 흐트러진 머리칼을 만지자, 윤이 그 손을 감싸 내리며 조금 더 가까워졌다.

한 뼘, 혹은 겨우 한 뼘 반.

물리적으로든, 심리적으로든 이 거리가 지나치게 가깝다는 생각이 든 건 그때였다.

"이러면 곤란할 것 같은데."

중얼거린 말에 윤이 웃었다.

"누가요?"

"김 피디가."

"선배는요?"

그렇다고도, 아니라고도 확실히 대답할 수 없었다.

잠깐 사이를 둔 정언은 혼잣말처럼 내뱉었다.

"글쎄."

원하지 않는다고 한마디만 한다면 윤이 기꺼이 그렇게 할 걸 알면서도, 이런 식으로 책임을 회피하려는 자신이 문득 비겁하게 느껴졌다. 정언은 결정에 긴 시간을 쓰는 편이 아니었다. 그럼에도 굳이 싫다는 말 대신 곤란하다는 말로 감정의 실체를 회피하려는 건 왜일까.

고작 한 걸음이면 국경을 넘어갈 수 있는데도 주저하는 망명자가 된 것 같았다.

윤은 정언의 삶에서 단 한 번도 존재한 적 없는 종류의 사람이었다. 정언은 자신이 그 생경함에 이끌린다는 걸 알고 있었다. 이건 현명하지 않다고, 손을 내밀면 안 된다고 끊임없이 자신을 설득했지만 감정들은 간혹 불가항력적으로 정언을 휘저었다.

매번 이런 식으로 거기서 눈을 돌리고 도망치려 드는 건, 결국 그 불가항력에 대한 두려움 때문이었다. 정언은 참을 수 없고, 제어할 수 없고, 감출 수 없는 것들을 다루는 법을 알지 못했다.

잠시 숨을 멈춘 순간 뇌리로 퍼뜩 재희의 말이 지나쳤다.

─그런데 김 피디는 그게 아닌 거지. 더 알고 싶고, 더 가 보고 싶고. 지금 이상으로 뭔가 있다는 걸 아니까.

지금 이상으로.

<비하인드 24>의 서정언 피디, 선배, 사수, 팀 동료. 관계를 설명하는 단어들은 무감했다. 윤이 그 단어들 너머에서 본 건 뭐였을까.

다음 순간 윤의 손이 뺨에 닿는 것을 느낀 정언은 시선을 들었다. 생각은 더 이어지지 않았다. 긴 손가락이 머리칼 사이로

197

목덜미를 감싸 오는 감각이 생생했다. 그 감각은 순식간에 스며들어 머릿속을 떠도는 모든 단어들을 지워 버렸다.

그 체온이 미처 다 녹아들기도 전에 입술이 닿았다. 눈을 감은 건 거의 반사적이었다. 시간이 멈추는 것 같은 느낌이 낯설었다. 입 안에 남아 있던 단맛의 잔상이 어렴풋이 감돌았다. 닿아 있는 곳마다 전해지는 떨림은 명료했다.

부드러운 손길이 눈가를 덮었다. 시야가 완전히 차단된 까닭에 모든 감각들이 민감해졌다. 섬유유연제 향, 따뜻한 체온, 희미한 오렌지 맛의 흔적, 거의 들리지도 않을 정도의 숨소리.

강압적인 건 아무것도 없었다. 그럼에도 정언은 손끝 하나 움직이지 못했다. 온몸의 세포가 닿아 있는 부분에서만 깨어 있는 느낌이었다. 목덜미와 귀 끝, 뺨, 눈가, 이마를 주의 깊게 덧그리는 손끝이 지날 때마다 폭죽의 궤적처럼 신경들이 짜릿하게 긴장했다. 감은 눈 안쪽이 점멸하기를 반복했다.

얼마나 지났을까, 잠시 그대로 머물러 있다가 정언을 놓아준 윤이 아쉬운 듯 가는 숨을 내쉬었다. 바로 앞에서 열 오른 숨결이 옅게 지나쳤다. 눈을 뜨자 윤의 손끝이 정언의 눈가 부근을 가만히 만지며 떨어졌다.

짧은 키스였다. 아마 길다 해도 고작 몇 초에 불과했을 거라고 정언은 짐작했다. 그러나 그건 스스로 미친 게 아닐까 의심하기에는 충분한 시간이었다.

"……선배가 곤란해지는 거 아니었으면 좋겠어요."

나지막한 목소리에 정언은 대답 대신 기대고 있던 등을 뗐다. 아직 머릿속이 새하얘 아무 말도 나오지 않았다. 곤란해진 건 이미 진작부터인 것 같은데, 하고 생각했으나 그뿐이었다. 손잡이를 밀자 열린 문 사이로 어두운 복도에 가라앉아 있던 서늘한 공기가 부유했다.

윤이 정언의 손을 잡았다.

"데려다드릴게요."

그럴 상황은 아니었으나, 그 말에 픽 웃는 소리가 터졌다.

"내가 데려다준 거야, 지금."

"알아요."

"아는 사람이 그래? 나오지 마."

"그래도요."

"본인이 먼저 아무 짓도 안 한다고 말한 지 십 분도 안 지난 건 알고?"

그 말에 윤이 입을 다물었다. 바로 얌전해지는 얼굴을 보니 어이가 없어 다시 웃음이 나올 지경이었다. 그걸 참기 위해서는 약간의 노력이 필요했다.

"나 지금 엄청 어색해진 거 안 보여?"

애써 정색하며 되물은 정언은 윤의 어깨를 툭 치고 복도로 나섰다. 주차장으로 통하는 계단을 내려가는 사이 등 뒤에서 윤이 바짝 따라 내려왔다. 결국 절반쯤 내려와 걸음을 멈춘 정언은 이마를 짚으며 윤을 돌아보았다.

"진짜 화내는 꼴 보고 싶어서 그래?"

평소였다면 눈치를 보는 척이라도 했을 것 같은데, 그 말에도 윤은 생글생글 웃을 뿐이었다. 화를 내야 하는 건지, 창피해해야 하는 건지 바로 판단할 수가 없었다. 정언은 눈썹을 찌푸리며 윤에게 물었다.

"왜 웃어?"

"선배는 민망하면 더 그러시잖아요."

예상치도 못하게 정곡을 찔린 탓에 갑자기 얼굴로 열이 몰렸다. 대답할 말을 찾지 못하는 정언에게 윤이 말했다.

"제가 불안해서 그래요."

"김 피디랑 내가 서로 집에 데려다주면서 밤샐 사이는 아니지 않나?"

내뱉은 말은 날이 무뎠다. 선을 긋고 싶은 마음보다 윤을 상처주기 싫은 마음이 더 먼저였다. 그것을 알아차린 듯, 윤이 조심스럽게 정언을 불렀다.

"선배."

정언은 잠시 침묵했다. 엉망진창인 서랍을 열었을 때처럼, 어디서부터 시작해야 할지 막막한 기분이었다. 정리가 되지 않는 머릿속에서 정언은 애써 단어들을 끄집어냈다.

"……솔직히 말할게. 나도 이런 상황 아주 이상하다는 거 알고, 내가 김 피디한테 애매하게 굴고 있다는 것도 잘 알아. 어느 쪽이든 결정하면 된다. 말은 간단한데 내가 그렇게 안 돼. 김 피디랑 나 매일 얼굴 보는 사이고, 우리 팀 얼마나 유지될지 모르겠지만 그때까지는 나한테 김 피디, 남자 이전에 팀 동료야. 나내가 공사 구분 확실히 하는 사람이라고 생각했는데 여기까지온 것도 사실 이해 안 돼. 내가 날 이해 못 한다고, 지금."

머릿속의 생각보다 말이 쏟아지는 것이 더 빨랐다. 소리가 되어 나온 말들이 뒤늦게 다시 머리로 입력되는 것 같았다.

정언은 방금 자신이 한 말을 곱씹었다. 결정할 수 없다는 건, 같은 팀이기 때문이라는 건, 자신을 스스로도 이해할 수 없다는 건…… 그러니까 결국 어떤 말도 거절은 아니었다.

다만 시간이 필요했다.

생각이 너무 많았고, 해야 할 일은 그보다 더 많았다. 윤에 대해서 지금 당장 뭔가를 결정하기에는 완전히 과부하 상태였다. 더구나 이건 단 한 번도 경험해 본 적 없는 감정이었다. 정언은 자신이 이 문제에 있어서는 완전히 초심자라는 걸 깨끗하게 인정할 수밖에 없었다.

정언의 말을 들으며 한동안 뭔가를 생각하던 윤이 마침내 입을 열었다.

"시간 달라는 뜻이죠?"

속을 들여다본 것처럼 말한 윤이 곧 미소를 지었다.

"이 방송 나가고 상황 좀 정리되면 선배가 저 진지하게 생각해 주실 수도 있다는 거잖아요. 안 믿으실 것 같지만 인내심 좀 더 발휘해 보죠, 뭐."

안 믿는다는 건 또 어떻게 알았을까 생각하는 사이, 계단을 내려와 정언의 어깨를 감싼 윤이 주차장으로 향했다. 정언이 어어, 하며 당황했으나 그다지 의미가 없는 행동이었다.

세워 둔 차 앞까지 얼결에 딸려 온 정언은 황급히 주머니를 뒤져 차 키를 움켜쥐었다. 아무래도 내버려 뒀다가는 윤이 정말 데려다주겠다고 할 것 같아서였다.

"빨리 안 가?"

이미 창피할 때 더욱 성질을 낸다는 걸 윤이 빤히 아는 상황이라, 화를 내면서도 목덜미가 화끈거렸다. 정언을 마주 보던 윤이 결국 포기한 듯 두 손을 들어 보였다.

"여기까지만요."

정언은 그 말을 듣기 무섭게 버튼을 눌러 차 도어록을 풀었다.

윤이 운전도 제대로 못 할 정도의 상태로 자신을 데려다주겠다고 하는 것도 문제였지만, 그사이 차 안에 둘만 남아 있는 시간이 더 늘어난다는 건 더더욱 난처한 문제였다.

윤이 어쩔 수 없다는 얼굴로 차 문을 열어 주었다.

"조심해서 가세요."

"남 걱정할 때 아닐 텐데."

상냥함과는 백만 광년쯤 떨어진 말투로 내뱉자, 윤이 푹 웃는 소리를 냈다. 시동을 건 정언이 빨리 가라는 손짓을 하는데도 윤은 아랑곳 않고 그 자리에 서서 손을 흔들었다.

"내일 봐요, 선배."

정언은 대답 대신 창을 닫으며 바로 주차장을 빠져나왔다. 도로로 접어들자 때마침 빨간 신호가 켜졌다. 차를 멈춘 정언은 헤드레스트에 뒷머리를 대며 팔을 올려 잠시 눈을 가렸다. 굳이 거울을 보지 않아도 지금 머리 위의 신호등보다 새빨개져 있을 자신의 얼굴을 상상하는 건 어렵지 않았다.

"너 진짜 왜 이러냐, 서정언."

뒷머리를 몇 번이나 콩콩 박은 정언의 중얼거림이 부질없이 흩어졌다. 화끈거리는 얼굴은 가라앉을 생각이 없어 보였다. 집에 돌아가면 어떻게 잠들어야 할지 벌써부터 걱정이었다.

36

"어우, 눈을 감아도 숫자가 막 보여. 어제는 자는데 이거 보고 있는 꿈을 꿨다니까. 내가 잠을 자는 건지, 일을 하는 건지……."

책상을 뒤덮을 정도로 쌓인 서류를 보던 호형이 쓰고 있던 안경을 내팽개치며 눈가를 문질렀다. 재희가 황형두 의원에게 받아 온 국세청 자료와 검찰 내사 자료들을 검토하는 중이었다.

가능한 인원들이 모두 붙어 거의 밤을 새우며 자료를 확인하고 수시로 전화를 돌리기가 오늘로 사흘째였다.

이미 발치의 휴지통에는 뜯어 먹은 커피믹스 봉지가 수북했다. 물론 그건 호형만의 사정은 아니었다. 맞은편에 앉아 있던 정언이 보던 서류에 형광펜으로 표시를 하며 시선도 주지 않고 대꾸했다.

"지금 하루 24시간 이 생각만 해도 모자랄 판에 잠을 자? 죽고 싶어?"

그 말에 호형이 질색하며 펄쩍 뛰었다.

"아, 좀! 진지한 얼굴로 그러지 마! 서 피디가 그러면 진짜 같아서 무섭단 말이야!"

"나 농담 안 하는 거 알 텐데."

정언이 무표정하게 내뱉자 호형이 심장 부근을 부여잡았다.

"나 요새 예민해서 그런 말 하면 간 떨어질 것 같으니까 조심해 줄래?"

"그러니까 간 생각해서 술 좀 작작 마셔. 나한테 죽든 간경화로 죽든 둘 중 하나니까."

무시무시한 농담에 호형이 흐느껴 우는 시늉을 하며 엎드렸다. 정언은 호형이 그러거나 말거나 자료를 넘겨보며 물었다.

"전문가 섭외한 거 언제 만나기로 했어? 오늘이야, 내일이야?"

우는 척을 하던 호형이 아, 하며 고개를 들었다.

"오늘 저녁. 그쪽에서 시간 좀 달라고 했는데 엄청 급한 건이라고 막 우겨서 당긴 게 이거야."

"누구라고 그랬지?"

"이상연 변호사님이라고, 조세전문변호사인데 이쪽으로는 한국 최고야. 그리고 오인영 세무사님, 이분은 세무법인 올원이라고 톱5 세무법인 소속. 전에 재벌 탈세 추적할 때 자문단인데 이정도면 드림팀이지. 어우, 변호사님이 자기가 삼십 분 상담에 얼마인 줄 아냐면서 나 들볶는데 진짜 죽는 줄 알았어."

진저리를 치는 호형의 얼굴에 정언은 피식 웃었다.

"대신 들볶여 줘서 고맙네."

"말만?"

"밥 살게. 내가 맨입으로 얻어먹는 거 봤어?"

밥 가지고 안 되는데, 하고 구시렁거리던 호형이 벽에 걸린 시계를 보더니 말을 돌렸다.

"김 피디는 아까 외근 나가는 거 같던데, 같이 안 가도 돼?"

"제보자분 애가 심리적으로 좀 불안정하다고 해서 성이진 교수님 센터 소개해 줬거든. 애가 김 피디를 너무 좋아해서 얼굴만 잠깐 보고 온다고 간 거야."

정언의 대답에 호형이 혀를 찼다.

"여자애지?"

"응."

"아, 여자들은 어리나 안 어리나 미남을 좋아하더라고. 내 조카도 나만 보면 너무 좋아해."

"헛소리 잘 하네? 어제 마신 술 덜 깼지?"

기가 막힌다는 표정으로 호형을 마주 본 정언이 인상을 구기자, 호형이 짐짓 정색을 하며 손가락을 하나 세워 흔들었다.

"서 피디가 강 선배랑 너무 오래 있었고 김윤 몇 달 보다 보니까 실감이 안 나는 모양인데, 나 정도면 한국 평균 이상이야."

때마침 자료를 안고 사무실로 들어오던 민혜가 그 말을 듣더니 혀를 차며 정언의 책상에 걸터앉아 고개를 절레절레 저었다.

"호형이 겨우 그 얼굴로 한국 평균 이상이니까 작가들이 아침에 출근하면서 김 피디만 보면 다들 그렇게 표정이 환해지는 거 아냐. 아주 그냥 누가 보면 우리 팀 작가들만 단체로 비타민 주사 맞는 줄 알겠다니까."

반박할 수 없는 팩트였다. 민혜의 말에 곁에서 다른 작가들이 고개를 숙이고 있다가 키득거리며 웃었다. 호형이 뭐라고 항변하려는 듯 입을 뻐끔거리다 서러운 얼굴로 민혜를 쳐다보았다.

"송 작가님까지 왜 그래요, 진짜."

민혜가 그 말에 도리어 눈을 동그랗게 뜨며 되물었다.

"어머, 뭘 왜 그래? 정신 좀 차리라고 그러지."

연타를 맞아 너덜너덜해진 호형이 다시 우는 시늉을 하거나 말거나, 민혜는 손에 들고 있던 프린트를 정언에게 내밀었다. 정언은 그것을 받아 들어 넘겨보았다. 병원 진단서 사본이었다.

"정언, 그 조석문 영상 나랑 김 피디가 확인하고 예전 기사 다 뒤져 봤거든. 그때도 엄대진계 많이들 걸렸는데, 조석문 이름으로 나간 가짜 진단서는 네 건이더라고. 이건 강 피디가 자료 뒤져서 사본 찾아 준 거야."

진단서 위의 의학 용어들에는 형광펜으로 체크가 되어 있었다. 그 아래 민혜의 글씨로 뭐라고 메모가 된 것이 눈에 들어왔다. 아마 의학 용어를 따로 풀이해 놓은 듯했다.

"누구 아들들이에요?"

"신범영은 신차훈 장남. 민찬주, 민성주는 민병수 아들이야. 애들이 쌍둥이래. 그 뒤에 차익선 애는 고규덕 조카고. 고규덕은 딸만 둘인데 개는 여동생 아들이라고 그러네."

정언은 흥미롭다는 표정으로 턱을 괴며 진단서 위의 이름을 하나하나 다시 확인해 보았다. 신차훈, 민병수, 고규덕이라면 이미 CCTV는 물론이고 장부나 자금 흐름 등으로도 서온건설을 통해 뇌물을 받아 온 증거가 완벽히 갖춰진 인물들이었다.

"알짜들이네. 하여튼 엄청 티 나게들 해먹었어, 진짜."

정언이 중얼거리는 말에 민혜가 혀를 찼다.

"애들이 너무 허술하니까, 이규완이 혹시 애들 쪽으로 뭐 가지고 있어서 엄대진한테 딜 건 거 아닌가 싶기도 하고 그래."

"글쎄, 그랬으면 엄대진 성격에 바로 꼬리 잘랐을 텐데. 그리고 보니까 이규완 요새 뭐하고 있는지 혹시 나온 거 있어요?"

정언의 물음에 민혜가 고개를 가로저었다.

"없어. 그날부터 자택에서 전혀 안 나오나 봐. <뉴스라이트> 작가들하고 얘기해 봤는데, 기자들이 다음 주 중으로 검찰에 이규완 구속영장 청구 들어갈 거 같다고 그랬대."

"이규완 경선은 물 건너갔다고 봐야겠죠?"

시무룩하던 호형이 금세 원기를 회복해 대화에 끼어들었다.

"그 전부터 엄대진이 그냥 단일화 가자고 푸시 꽤 넣었다던데. 경선 투표하고 이러는 것도 다 당비 쓰는 거잖아. 돈 아깝다 그 거지. 이규완이 그것 때문에 완전 빡쳤다는 소문 있었대. 어차피 가만히 있었어도 압박 때문에 경선 레이스 계속 가긴 힘들었을 걸. 이 정도까지 갔는데도 대선 나가고 싶으면 탈당하고 무소속 으로 출마하든지 해야지, 뭐."

정언은 흠, 하며 턱 부근을 만지작거렸다. 이규완이 명백한 지 지율 차이에도 불구하고 역으로 단일화 제안을 한 데는 틀림없 이 무슨 이유가 있을 터였다. 터질 확률이 높은 지뢰라면, 터지 기 전에 불발탄으로 만드는 것이 가장 확실한 방법이었다.

엄대진은 언론의 추적과 변순철 회장의 부재라는 두 가지 악 재를 이미 떠안고 있었다. 이규완으로 인한 리스크를 또 추가한 다는 건 엄대진에게는 죽어도 피하고 싶은 일일 게 분명했다.

민혜가 몸을 숙이며 물었다.

"국세청 자료 본 건 좀 어때?"

정언은 앞에 놓인 종이들 위를 펜 끝으로 툭툭 치며 대답했다.

"여기 이 계좌 정보 가지고 우리가 다 일일이 계좌이체 시도 해서 맞춰 봤는데, 계좌 거의 다 해지된 거 맞아요. 대부분 없는 계좌로 나오더라고요. 그런데 검찰 내사 자료에서 엄대진 주변 계좌 조사한 거 몇 개 걸리거든. 서온 게이트 터지고 한 3개월에서 6개월 사이에 현금으로 입금된 내역이 엄청 커요. 해지된 계좌들에서 빠진 돈하고 금액도 얼추 맞고."

민혜가 그 말에 눈을 빛냈다.

"계좌 싹 해지해서 엄대진이 도로 가져간 건가? 의원실 계좌로 후원금 들어간 건?"

"그건 걸리기도 쉽고 엄대진은 계좌 열자마자 기업들이 바로 후원금 한도까지 채워 주잖아. 1억 5천이야 엄대진에겐 돈도 아닐 테고. 올해 선거 있으니까 한도 증액하겠지만3), 그래 봐야 돈 못 줘서 안달 난 기업 줄 서 있잖아요. 3억이 아니라 30억 채우는 것도 순식간인데 굳이 걸릴 돈을 여기로 넣진 않겠지."

흠, 하고 고개를 까딱인 민혜가 뭔가를 생각하는 듯 눈을 굴리더니 정언에게 시선을 주었다.

"비자금 제하고 지금 당에서 대선 운동자금으로 쓸 돈도 있어야 되잖아. 선관위에서 나오는 한선당 보조금 얼마지?"

"이번에 110억 정도. 지난번 총선 때 의석수 많이 뺏겨서 줄었어요. 아마 걔들 예상으로 총선 때 대승 예상해서 160억쯤 가져갈 거 생각했을 텐데, 그때 망하는 바람에 일단 거기서만도 차액이 50억이니까. 그래서 이규완 압박했을 수도 있죠. 경선 거

---

3) 국회의원이 연간 모금할 수 있는 총 후원액의 한도는 1억 5천만 원이다.(대통령선거, 국회의원 선거, 지방자치단체장 선거가 있는 해에는 후원금 한도를 3억으로 증액한다.) 개인 후원인 1인이 1명의 국회의원 후원회에 기부할 수 있는 금액은 연간 500만 원으로 제한되어 있으며, 여러 개의 후원회에 기부할 경우 총액이 2천만 원을 초과할 수 없도록 지정되어 있다. 월 10만 원, 연간 120만 원 한도 내에서는 익명 기부가 가능하지만, 고액 기부자의 경우 반드시 인적사항을 공개해야 한다.

창하게 해 봐야 다 돈이잖아."

"공보물 돌리는 데만 한 20억 들지? 현수막이나 차량, 인건비 뭐 이런 거 생각하면 살림 빠듯하겠는데."

정언이 민혜에게 수긍하며 말을 덧붙였다.

"걔들 불법 선거운동 자금까지 생각하면 몇 배는 더 필요하겠죠. 올해 선관위에서 정한 선거 자금 법정 한도가 500억 좀 넘잖아요. 한선당 정도면 최소한 공식 자금으로만 3, 400억 이상 쓰는 애들이니까."

"후원금 당겨쓰는 것도 상당하겠네."

그 후원금이 어디서 나올지는 물론 굳이 말하지 않아도 뻔했다. 정언은 미간을 찌푸리며 펜 끝으로 눈썹 위를 긁적였다.

"아무튼 계좌 해지된 뒤에 재산 내역 흐름 확인하니까 엄대진 부인 변정화 쪽이 심상치 않아요. 재미있는 게, 당시에 그 집 막내가 미성년자였는데 애 명의로 가평에 갑자기 땅을 산 게 있어요. 상가 지대 땅인데 찾아보니까 공시지가 평당 30만 원대인 땅을 3만 원대에 사들였다고."

민혜가 눈을 휘둥그렇게 떴다.

"아무리 급매물이라도 그게 가능해?"

"불가능하죠. 더 웃긴 게 등기부등본 떼어 보니까 그 땅이 지금은 걔 소유가 아니에요. 재작년에 팔았는데, 그새 재개발 결정 돼서 땅값이 엄청 뛰었다고요."

"알고 산 건가?"

정언은 그 말에 풍선에서 바람 빠지듯 웃는 소리를 냈다.

"그건 상관없죠. 엄대진 의지에 달렸지. 엄대진이 재개발하라고 하면 할 수 있는 거니까."

"하긴 그러네."

"그러면 이 땅을 누가 팔았는가가 문제잖아. 등기부등본 확인하니까 원래 땅 주인은 이금호라는 사람이에요. 이게 누구게?"

"나는 당연히 모르지."

민혜가 무슨 소리를 하냐는 표정으로 대꾸했다. 정언이 턱을 괴며 씩 웃었다.

"서온건설 하청 중에 노경건설이라고 있잖아요. 이금호가 노경건설 사장이야."

민혜가 저도 모르게 어머, 하며 앉아 있던 탁자에서 펄쩍 뛰었다. 정언은 손가락을 하나 들어 보이며 목소리를 낮췄다.

"각 나오죠? 이금호가 거의 이십 년 가까이 갖고 있던 부지라고요, 그게. 아마 회사 이전하거나 그럴 계획 있었던 거 같은데, 그때 갑자기 그 땅을 엄대진 막내한테 팔아 버렸다고. 말이 돼요? 걔가 뭘 안다고 그 땅을 사고, 이금호가 왜 갑자기 10분의 1 값에 땅을 팔아?"

"서온건설 하청 자리 뭐 이런 거 걸고 압력 넣은 건가? 하청 따게 해 주겠다, 나중에 보상해 주겠다 이러면서 그거 팔라고?"

"그럴 확률이 높지. 그리고 이걸 다시 그 막내한테 사 간 게 누구냐, 장우씨앤씨라는 유한회사. 그런데 그 회사가 아무것도 안 걸려요. 홈페이지도 없고, 기업정보 조회 사이트에서도 검색이 안 돼. 당연히 무슨 회사인지도 모르고. 더 웃긴 게 뭔지 알아요? 공시지가 평당 50만 원대인 땅을 120만 원대로 사 갔다고요. 그렇게 애 앞으로 들어온 돈이 세금 다 떼고 18억 정도."

이미 <데일리시사>의 임형원 기자가 엄대진의 수법에 대해 알려 준 뒤였다. 무연고자 명의로 설립된 정체불명의 유한회사 계좌를 통한 돈세탁.

정체를 알 수 없는 유한회사가 하필이면 엄대진 자식 명의로 되어 있는 땅을, 그것도 공시지가의 두 배가 넘는 어이없는 가 격으로 사들였다는 건 당연히 어떤 심증을 갖게 만들었다.

민혜가 팔짱을 끼었다.

"그러면 국내에서 뜯은 돈을 그리스 페이퍼컴퍼니로 넘기고, 그 돈을 다시 국내 유령회사로 가져와 엄대진 명의로 된 토지나 건물을 사들이면서 차액을 남기는 방식으로 세탁을 한다?"

"딱 그거지. 이런 식으로 해먹은 게 한두 건이 아니에요. 엄대 진 부인 변정화하고 자식들 앞으로 몇 년 사이에 토지하고 건물 샀다 팔았다 하면서 차액 남긴 게 상당하다고요. 그렇게 벌어들 인 돈만 서류상으로 몇백 억 단위야. 그것도 대부분 구매자가 이상한 회사들 명의고. 가지고 있는 <조한일보> 사업체 법인 통장 이용한 것도 있어요. 사업체 계좌 그런 식으로 이용하는 거 불법인데, 검찰 내사 자료 보면 이거 알고도 위에서 덮으라 고 지시 내려왔어요."

얼굴을 구긴 민혜가 미간을 문질렀다.

"끝내주네. 다 팩트 체크하는 데 얼마나 걸리겠어?"

그러자 듣고 있던 호형이 대신 대답했다.

"지금 우리가 확인하면서 걸려 나온 거 철진 선배랑 예준 선 배가 다 가져갔어요. 증거가 너무 확실하니까 며칠 안으로 그림 다 나올걸요. 지금 여기 변정화가 지분 가진 회사들에 대한 회 계 장부도 들어와 있는데, 이건 이따가 내가 전문가들하고 확인 할 거예요. 그리고 국세청 정보통 통해서 변정화랑 자식들한테 차액 남겨 준 유한회사 관련 자료 입수해 보려고요."

민혜는 호형의 말에 약간 안도한 듯 가슴을 쓸어내렸다.

"고마워, 호형이 수고 좀 해 줘."

잠시 머릿속으로 일정을 계산하는 듯 손가락을 꼽아 보던 민혜가 정언에게 말했다.

"아우, 그나저나 손경일 좀 빨리 잡혔으면 좋겠는데…… 메인이 박규형 씨 얘긴데, 정작 오더 내린 손경일이 안 잡히니까 엄청 초조하네. 경찰에서 아직 별 연락 없었지?"

"네."

"김 피디 쪽도?"

정언은 그 물음에 고개를 가로저었다.

"연락 왔으면 얘기했을 거 같은데, 아직 말 없던데."

"걱정이다, 진짜."

민혜의 표정이 어두워졌다.

그때 잠시 자리를 비웠던 재희가 사무실로 돌아오더니 눈으로 자리를 훑었다. 재희가 정언에게 시선을 주며 물었다.

"김 피디 어디 갔어?"

"외근 나갔어요. 왜요?"

"송 작가, 혹시 김 피디 오면 회의실로 좀 오라고 해. 서 피디는 나랑 잠깐 얘기 좀 하자."

재희가 회의실을 가리키며 손가락을 까딱여 정언을 불렀다. 정언이 의아한 표정을 하며 안으로 들어가자, 문을 닫은 재희는 탁자 위에 걸터앉아 얼굴을 감싸더니 긴 한숨을 내쉬었다.

"내가 시간 없어서 김 피디한테 받은 녹취록 아까 들어 봤는데, 하여튼 진짜……."

흐려진 말끝에 담긴 감정들은 복잡했다. 그것을 쉽게 눈치챈 정언은 대수롭지 않다는 투로 재희의 말을 받아넘겼다.

"뭐가 하여튼 진짜야."

"그 자리에 나 있었으면 어떻게 됐을지 알 만하다."

재희가 내뱉은 말에 정언은 혀를 차며 대꾸했다.

"뭐 어떻게 됐겠어요, 선배 성질머리에 지금쯤 구치소나 안 가 있으면 다행이지."

"그 소리 듣고 도대체 어떻게 참았어?"

재희는 도저히 이해를 못 하겠다는 표정으로 되물었다. 굳이 떠올리고 싶지 않은 기억이었기에, 그 말을 듣자 입 안이 썼다.

방송국 상황이 이렇지 않았다면, <비하인드 24> 유지 운운만 하지 않았다면 자신 역시 그 자리에서 절대 가만히 있지 않을 거라는 사실은 정언 스스로가 가장 잘 알고 있었다. 정언은 어깨를 으쓱해 보였다.

"한 귀로 듣고 한 귀로 흘렸죠, 뭐. 말 같아야 상대라도 하지."

"나 듣다가 고광훈 찾아갈 뻔했어."

절대 농담일 리 없는 얼굴로 재희가 정색했다.

"녹취록 듣는 것만 해도 사람 진짜 돌아 버리겠던데, 그걸 어떻게 눈앞에서 보고 있었냐고."

"아, 등 돌리고 들을 걸 그랬나?"

"나 지금 장난하는 거 아냐."

재희는 정말 화가 난 얼굴이었다. 굳이 묻지 않아도 그 기분이 어떨지는 충분히 짐작 가능했다. 누가 남에게 그런 폭언을 하는 걸 참아 넘길 강재희가 아니었다. 더구나 그 상대가 팀원이라면 더 말할 필요도 없었다.

"안 참으려고 했는데, 김 피디가 먼저 화를 내잖아요."

절반쯤은 농담 같은 말투로 툭 내뱉자 재희가 멈칫했다. 정언은 말을 덧붙였다.

"옆에서 그렇게 화를 내는데 내가 뭐 어떻게 더 해."

잠깐 침묵을 지키던 재희는 곧 고개를 절레절레 흔들었다.

"김 피디 대단하던데. 듣다가 나 진짜 얼마나 놀랐는지 알아?"

"옆에서 본 나는 어떻겠어요?"

정언이 되물은 말에 재희가 두 손을 들어 보이며 대답했다.

"이건 진짜 내가 봐도 인정이야. <오늘의 요리> 어떻게 있었는지 갈수록 더 이해가 안 된다니까. 2개월 감봉 때리면서 고광훈 아주 앓아누웠겠던데."

정언이 대답 대신 픽 웃자 재희가 다시 한숨을 섞어 말했다.

"아무튼 이사회 건은 내가 정말 미안해. 고광훈 원래 제정신 아닌 새끼라지만 서 피디가 그런 소리 듣게 만든 거 내 책임도 있으니까. 올라오지 말라고 했어도 내가 동석했어야 맞는 건데, 이건 내가 직무 유기였어."

정언은 듣기 싫다는 얼굴로 재희의 말을 잘랐다.

"됐어요. 강재희 성깔 모르는 사람 있나? 그러니까 지들도 오지 말라고 했겠지. 그게 뭐 선배 탓이야. 고광훈 입만 열면 개소리인 거 대한민국 사람이 다 알잖아요."

"그래도……."

"아니, 뭐가 그래도냐고요. 선배랑 나랑 일만 죽어라 했지 몇 년 동안 한 게 뭐 있는데."

"뭐 없어서 억울해?"

짐짓 진지하게 묻는 재희에게 정언은 탁자 다리를 한 번 걸어 차 주는 걸로 대답을 대신했다. 재희가 화들짝 놀라는 척하더니 농담이야, 하고 손을 내젓고는 말을 돌렸다.

"이거 공개해도 좋다고 결정하면 방송 타거나 인터넷에 노출되거나, 아무튼 그럴 텐데 괜찮겠어? 당연히 이름 같은 거야 처리해서 나가겠지만. 우리도 방송 만드니까 알잖아. 자극적이라야 사람들이 더 입맛 당겨 하는 거. 내가 아직 결정이 안 돼서 얘기를 못 했는데, 이거 노조에서 엄청 좋아할 소스긴 하거든."

"그럼 공개하면 되지 뭐가 문젠데요."

"이게 차라리 나한테 한 소리면 상관없어. 그런데 서 피디가 여자라서 걱정되는 거야. 의도는 그게 아닌데 괜히 이상한 소리 들을까 봐. 공개한다고 해도 그 부분은 자르고 했으면 좋겠는데, 다른 사람들이 어떻게 생각할지 모르겠어."

정언은 그 말에 얼굴을 찌푸렸다.

"나 여자이기 전에 피디고 회사 직원이에요. 선배가 그런 식으로 말하는 게 더 불편해요."

재희가 몸을 조금 숙여 정언을 물끄러미 내려다보았다. 정언이 시선을 피하지 않은 채 재희를 빤히 보자, 재희가 잠시 사이를 두었다가 나지막하게 말했다.

"피디기 전에 인간 서정언이야. 서 피디는 가끔 그거 잊어버리는 거 같아."

예상하지 못한 말에 문득 심장 부근이 뜨끔했다. <비하인드 24>의 피디, YBS 직원이 아닌 인간 서정언에 대해 스스로 늘 소홀한 건 사실이었다.

정언은 애써 표정을 감추며 눈을 가늘게 떴다.

"선배한테는 그런 말 듣기 싫은데."

재희의 입매가 슬몃 말려 올라갔다. 같은 종류의 인간이라고 했던가. 재희의 말이 불현듯 머릿속을 지났다. 마치 그 속을 읽기라도 한 양, 정언을 응시하던 재희가 대꾸했다.

"난 그래도 되는 사람인데, 서 피디는 그러면 안 되는 사람이라고."

그래도 되는 사람.

정언은 재희가 한 인간, 누군가의 남자로서 사는 평범한 삶에 대한 희망을 버린 지 오래라는 걸 잘 알고 있었다. 여상한 말투였으나, 그 말은 그래서 도리어 더 고독하게 느껴졌다.

뭐라고 대답해야 좋을지 선뜻 말이 나오지 않았다. 짧은 침묵을 깬 건 노크 소리였다. 재희가 들어와, 하고 말하자 문이 조심스럽게 열리며 누군가가 안으로 들어섰다. 윤이었다.

"다녀왔습니다. 저 찾으셨다고 해서요."

재희가 고개를 가볍게 까딱여 앉으라는 표시를 했다. 윤이 정언의 곁에 앉자, 재희가 입을 열었다.

"녹취록 때문에. 서 피디는 공개해도 된다고 하는데, 내가 생각 좀 해 봐야 될 것 같아서. 김 피디는 일단 괜찮다는 거지?"

"선배가 괜찮다면 전 상관없습니다."

윤이 정언의 눈치를 흘끔 보고는 대답했다. 재희가 알았어, 하고 대답하자 윤이 갑자기 생각났다는 듯 말을 덧붙였다.

"저, 그런데 공개하더라도 가십 될 만한 부분은 삭제했으면 하는데요. 선배는 여자니까 괜히 이상한 소리 하는 사람들 나올 것 같아서……."

그 말을 들은 재희가 쿡쿡 웃었다. 정언이 저도 모르게 고개를 돌려 윤을 쳐다보자, 영문을 알 리 없는 윤이 의아한 표정을 했다. 앉아 있던 탁자에서 내려온 재희가 정언의 어깨를 툭 쳤다.

"이거 봐, 남들이 생각하는 걸 왜 본인이 생각 안 해."

할 말이 없어진 정언은 입을 다물었다. 재희가 윤에게 시선을 주었다.

"김 피디 얘기 무슨 말인지 알겠어. 나 노조 사무실 내려갔다 올 테니까 무슨 일 있으면 연락해."

재희가 나가며 회의실 문을 닫았다. 재희의 뒷모습을 보고 있던 윤이 물었다.

"강 피디님 왜 그러시는 거예요?"

"아, 아냐. 올 때 길 안 막혔어? 택시비 꽤 나왔을 텐데."

정언이 황급히 말을 돌리자 윤이 멋쩍게 뒷머리를 긁적였다.

"차 가지고 갔었어요."

"뭐?"

이게 무슨 소리인가 싶어 저도 모르게 목소리가 높아졌다. 아직 운전할 상태가 아닌 것 같아, 며칠째 아침저녁으로 정언이 카풀을 해서 출퇴근하는 중이었다. 아까도 센터에 다녀온다기에 택시 타고 나중에 비용 청구하라고 미리 얘기는 해 둔 터였다.

제정신이냐는 얼굴을 하는 정언에게 윤이 웃어 보였다.

"좀 불안하긴 했는데 괜찮더라고요. 선배 매일 귀찮으실 것 같고 그래서……."

"진짜 괜찮은 거야? 본인 상태 본인이 제일 잘 알잖아. 괜히 무리하지 마."

"제가 더 조심하죠, 뭐."

겁이 없는 건지, 배려심이 넘치는 건지 모를 노릇이었다. 차 앞에 선 채 시동도 걸지 못하고 멍하니 서 있던 그 모습이 떠올라 퍼뜩 가슴 한구석이 서늘해졌다.

정언은 잠시 윤을 마주 보다 짧은 한숨을 쉬었다.

"수아는 좀 어때?"

수아의 이름을 들은 윤이 바로 자기 핸드폰을 꺼내 만지작거리다 정언에게 내밀었다. 무심코 거기 시선을 주자, 핸드폰 화면 안에서 환하게 웃고 있는 수아와 윤의 사진이 눈에 들어왔다.

수아의 손에는 녹기 시작한 아이스크림이 들려 있었다. 정언은 수아의 얼굴을 가만히 들여다보았다. 윤이 멋쩍은 듯 웃었다.

"수아가 원래 사진 찍는 거 좋아한다고 하더라고요. 저하고 사진 찍고 싶다고 해서 찍은 건데, 괜찮죠?"

"그러게. 전보다 많이 좋아진 거 같은데."

정언의 대답에 윤이 고개를 끄덕였다.

"네. 말도 좀 늘고 했어요. 아직 이희경 씨가 마음의 준비를 못 하셨다고 그러시긴 하는데, 조만간 박규형 씨 생일이라 그때 아빠 얘기 하려고 생각은 하고 계신대요."

"힘드시겠네. 뭐 별일은 없었다고 하고?"

"천승욱 팀장 쪽에서 연락 한 번 더 오긴 했는데 더 얘기 안 하겠다고 바로 거절했대요. 지금은 언니가 수아하고 리아 항상 같이 봐주고 그러니까 아무래도 혼자 있는 것보다는 훨씬 낫다고 말씀하시더라고요."

"그러고도 연락을 또 했어? 진짜 끈질기네, 그 새끼들."

한숨처럼 내뱉은 정언은 잠시 지끈거리는 머리를 눌렀다. 습관적인 편두통이었다. 멈칫한 윤이 걱정스러운 표정을 했다.

윤이 막 뭐라고 말을 붙이려던 참에 정언의 핸드폰이 울리기 시작했다. 액정에 뜬 이름은 '이도하 기자'였다. 평소에 서로 연락할 일이 별로 없는 사이였기에, 정언은 다시 한 번 이름을 확인하고는 윤에게 잠깐만, 하며 전화를 받았다.

"네, 이 기자님. 무슨 일이에요?"

『서 피디님, TF에 손경일이라는 사람 관련된 건 있잖아요.』

인사도 없이 용건부터 말하는 목소리가 다급했다. 정언은 즉시 핸드폰을 고쳐 쥐었다.

"네."

『나 아까 일 있어서 지나가는 길에 마포서 잠깐 들렀는데, 여기서 조금 전에 노원 베드로병원 응급실로 이송된 사람 얘기 들었거든요. 그 사람 이름이 이원욱인데, 마포서에서 추적 중이었다고 하더라고요. 여기 담당 형사님 앞으로 연락 온 건데, 영등포서에서 지금 전화 와서 손경일 수배 건하고 이원욱이 관련 있다고 협조 요청했대요. 나 지금 베드로병원으로 가는 중이에요.』

"이원욱이라고요?"

정언은 저도 모르게 되물었다. 윤이 곁에서 눈을 동그랗게 떴다. 정언은 입가에 손가락을 대며 황급히 도하를 다그쳤다.

"응급실에? 왜? 무슨 일이래요?"

『나도 얻어들은 거라 확실히는 모르겠고, 상태가 상당히 안 좋은 모양이에요. 이쪽으로 한 번 와 봐요. 나 예전에 영등포서 출입했어서 여기 사람들 잘 알거든요. 이쪽에 얘기해 놓을게요.』

"바로 출발할게요. 고마워요."

전화를 끊은 정언은 자리에서 일어났다. 얼결에 정언을 따라 몸을 일으킨 윤이 물었다.

"이원욱이 왜요?"

"지금 노원 베드로병원 응급실에 실려 왔다는데."

"네?"

"무슨 일인지는 모르겠는데 상태가 안 좋대. 이도하 기자가 먼저 가 있겠다고, 일단 와 보라고 그러네."

정언은 회의실을 나서며 책상 위에서 바로 차 키를 집어 들었다. 자료를 보고 있던 민혜가 고개를 들며 놀란 표정을 했다.

"어디 가려고?"

"이원욱이 병원 실려 왔다고 이도하 기자가 연락했어요. 무슨 일인지는 나도 아직 잘 모르겠고, 일단 도착해서 상황 보고 얘기할게요. 무슨 일 있으면 전화해요."

정언의 말에 민혜가 어머, 하며 입을 막았다. 사무실에서 뛰어 나가는 정언의 등 뒤로 민혜가 조심해, 하고 외쳤다. 그새 장비를 챙긴 윤이 서둘러 정언을 쫓아왔다. 엘리베이터 버튼을 누른 정언은 시계를 확인하고는 초조하게 마르는 입술을 깨물었다.

주차장으로 내려오자마자 시동을 건 정언이 운전석에 앉아 급히 안전벨트를 채우는 사이, 자기 가방을 뒤지던 윤이 무언가를 찾아 정언에게 내밀었다.

반사적으로 거기 시선을 주었던 정언은 눈을 들어 윤을 마주 보았다. 생수병과 늘 먹는 진통제였다. 윤이 무슨 말을 하는 대신 손끝으로 자기 관자놀이 부근을 톡톡 두드렸다. 아까 두통이 있다는 걸 알아차린 모양이었다.

"어디서 났어?"

정언이 눈썹을 좁히며 묻자 윤이 씩 웃었다.

"매일 가지고 다녀요."

자신 때문이라는 건 굳이 설명할 필요도 없었다. 머뭇거리던 정언은 그것을 받아 들었다. 사소한 것도 절대 지나치지 않는 윤이었다. 마치 모든 순간을 지켜보기라도 하는 것처럼. 정언은 입 안으로 약을 털어 넣고는 애써 윤 쪽을 보지 않은 채 고마워, 하고 중얼거리듯 말했다.

─피디기 전에 인간 서정언이야. 서 피디는 가끔 그거 잊어버리는 것 같아.

서둘러 주차장을 빠져나오는 사이 재희의 나지막한 목소리가 되살아났다. 자신조차 늘 지나치는 순간들이 누군가에게는 의미를 가질 수 있다는 걸 정언은 이전에는 단 한 번도 생각해 본 적이 없었다.

손바닥에 놓인 작은 알약은 흔적도 없이 쉽게 넘어갔지만, 어쩐지 누가 심장 위를 누르는 듯한 감각이 떠나지 않았다.

"이 기자님!"

병원 원무과 앞 로비를 서성이던 남자가 정언의 부름에 멈칫하더니 고개를 돌렸다. 이도하 기자였다. 키는 큰 편이었으나, 가는 테 안경과 마른 체구가 예민한 느낌이었다. 도하가 정언을 알아보고는 가볍게 눈으로 인사를 건네며 가까이 다가왔다.

"오셨어요?"

쉽지 않은 인상과는 달리 말투는 부드러웠다. 정언이 네, 하고 대답하자 도하가 윤에게 시선을 주었다. 이도하 기자를 직접 만난 건 처음이었다. 곁에 서 있던 윤은 얼른 고개를 꾸벅 숙였다.

"안녕하세요."

정언이 윤을 가리켜 보이며 말을 덧붙였다.

"여기는 저랑 같이 일하는 김윤 피디."

"아, 그 유명한······."

도하가 멈칫하더니 말끝을 흐리며 웃었다. 그 유명한, 이라니 도대체 시보국에서 자신에 대해 무슨 얘기가 돌고 있는 건지 윤은 잠시 고민해야만 했다. 그러나 남의 평판이야 어쨌건, 정언은 다급히 도하에게 물었다.

"어떻게 된 거예요? 혹시 들어갈 수 있나?"

"이원욱이 모텔에 투숙 중이었는데 방에서 칼에 찔린 모양이에요. 간신히 복도로 기어 나온 걸 올라오던 사람이 보고 경찰에 신고했다고 하더라고요. 범인은 도망쳤고, 이원욱은 그 자리에서 모텔 사장이 119 불러서 여기로 이송한 거죠. 출혈이 상당히 많았다는데, 얘기 들어 보니까 출혈에 비해 상처는 심하지 않대요. 일단 수술 들어갔다가 지금 회복실로 옮겼어요. 곧 일반 병실로 내려 보낸다고 하더라고요."

도하의 말을 들은 윤은 저도 모르게 정언을 보았다. 정언 역시 같은 생각을 한 듯 윤과 잠깐 시선을 마주쳤다.

손경일.

그가 이원욱을 제거할 거라는 예상이 들어맞은 게 분명했다.

그때 로비로 내려오던 노이섭 팀장이 정언과 윤을 알아보고 깜짝 놀라며 뛰어왔다. 지난번에 봤을 때보다 얼굴이 많이 상한 것이 한눈에 들어왔다.

"피디님, 여긴 어떻게 오신 겁니까? 제가 아직 연락도 못 드렸는데······."

"안녕하세요. 이 기자님이 이원욱이 여기로 이송됐다고 연락 주셔서요."

이섭이 아, 하더니 도하를 보았다. 면도도 제대로 못 한 턱을 문지르며 난처한 표정을 한 이섭은 도하에게 장난 반, 진심 반인 말투로 투덜거렸다.

"이거 이 기자님 내 편인 줄 알았는데 팔이 안으로 굽네요."

"저희도 워낙 큰 건이라서요. 죄송합니다, 팀장님."

도하가 웃으며 사과를 건넸다. 마음이 급했는지, 초조하게 이섭의 표정을 살피던 정언은 서둘러 그 사이에 끼어들며 물었다.

"이원욱이 일반병실로 옮기면 저희가 만나 볼 수 있나요?"

"이게, 일단 방송이 되면 저희가 좀 곤란하거든요. 손경일이 걸려 있지 않습니까."

이섭의 말에 정언이 얼른 고개를 가로저었다.

"검거 전까지는 절대 먼저 방송 안 하겠습니다."

"촬영은 좀 곤란할 것 같고요, 상태 보고 의사가 면회 가능하다고 하면 그때 결정하죠. 상황이 이래서, 피디님들이 만나 보시겠다고 하면 일단 상부에 보고하고 허가를 받아야 되거든요."

그래도 칼같이 거절하지 않는 게 다행이었다. 정언이 이섭의 눈치를 살피고는 넌지시 그를 떠보았다.

"얼마나 걸릴까요?"

"조금 전에 의사한테 물어봤는데 한 삼십 분 있다가 일반병실로 옮긴답니다. 우선 상황 보고 연락드릴 테니까, 어디서 커피라도 한잔하고 오시겠습니까?"

도하가 그렇게 해요, 하며 정언에게 지하로 내려가자는 손짓을 했다. 도하의 뒤를 따라 병원 지하의 카페로 들어선 윤과 정언은 도하와 마주 앉았다.

정언이 사양하는데도 괜찮다며 굳이 커피 세 잔을 자기 돈으로 사 들고 돌아온 도하가 의자에 등을 기댔다. 정언은 커피를 한 모금 마시고는 도하를 마주 보았다.

"거기는 어느 정도 됐어요? 주민들 전수 조사 진행했어요?"

"네. 입주민 대표들 도움 받아서 설문지 돌리고, 수거해서 바로 시민연대 넘겼어요. 최대한 빨리 결과 달라고 했는데 본사 측에서 눈치는 챈 것 같아요. 관리사무소 쪽에서 얘기 들어간 건지……."

정언이 그 말에 멈칫하며 물었다.

"서온건설 쪽에서 뭐라고 해요?"

도하는 얼굴을 조금 찡그리며 고개를 끄덕였다.

"홍보부라고 그러면서 연락 와서 자기들하고 만나자고 얘기하더라고요. 부장이 만나 보라고 하셔서 다음 주에 일단 약속은 잡았어요."

천승욱이 직접 방송국까지 찾아와 뇌물을 제시하던 것이 떠올랐다. 정언도 그 기억이 난 것인지, 도하한테 뭔가를 말하려는 듯 잠깐 망설이는 표정을 하다 곧 말을 돌렸다.

"자문단은요?"

"오상근 교수님 연구실하고 상생변에서 도움 주기로 했어요. 법적인 문제 생긴다면 민권당 사반위에서 백업하겠다고 얘기는 됐고요. 황형두 의원님이 우리보고 당신들 YBS 법무팀 믿을 수 있겠냐고 하는데, 뭐 할 말이 없더라고요."

도하가 씁쓸한 표정으로 웃었다. 그 말에 가슴이 덜컥 내려앉았다. 윤 역시 <뉴스라이트> 팀에서 김양운 앵커와 전한동 부장이 뉴스 논조 문제로 크게 싸움이 붙었다는 이야기는 들어서 알고 있었다.

뉴스가 이제 완전히 이사진 입맛대로 굴러가는 거 아니냐며 수군대는 소리가 시사보도국 전체에 퍼질 정도였으니, 당사자인 도하의 심정은 충분히 이해가 갔다.

"부장님은 좀 어떠세요?"

정언의 물음에 도하는 고개를 가로저었다.

"부장 성격 아시잖아요. 그러고 나서 그다음 날 와서 우리보고 미안하다고 하시는데, 이게 참…… 진솔이하고 그날 저녁에 술 한 잔 했는데 애가 울었어요. 부장 속 다 안다고, 너무 억울하다고. 내가 그 마음 모르는 것도 아니고, 되게 그랬죠."

멈칫한 정언이 답지 않게 난처한 얼굴로 도하에게 사과했다.

"제가 미안하네요. 애초에 저 아니었으면 부장님이 이거 시작 안 하셨을 텐데."

도하가 에이, 하며 손을 휘적거렸다.

"그렇게 말씀하지 마세요. 우리가 이거 안 했다고 그런 일 안 생겼겠어요? 이거 안 한다고 위에서 뉴스 가지고 장난 안 치는 것도 아니고. 서 피디님 탓 절대 아니에요. 우리도 그런 생각 전혀 없어요. 오히려 요즘 같은 때니까 이거라도 해서 다행이다 싶어요. 반격할 기회가 한 번은 있는 거잖아요."

"말이라도 그렇게 해 주시니까 감사하네요."

"정말 괜찮아요. 우리가 다른 건 솔직히 다 참는데, 사람들 밑바닥 보는 게 너무 힘들어요. 김양운 선배도 그런 사람인 줄 몰랐다고요. 다 같이 일하던 동료들인데 사람이 저렇게 달라질 수가 있나 싶어서 실망도 하고, 착잡하기도 하고."

도하가 손끝으로 테이크아웃 컵을 만지작거리며 나지막하게 말했다. 담담한 말투였으나, 그 아래 숨겨진 복잡한 심경을 짐작하는 건 어렵지 않았다. 도하가 불현듯 윤에게 시선을 주었다.

"그래서 우리 팀에서 <비하인드 24> 부럽다 그 소리 많이 했어요. 적어도 그 팀은 그런 건 없잖아요. 김윤 피디님 새로 오셨어도 좋은 분이고."

멀거니 앉아 두 사람의 대화를 듣고 있던 윤은 갑자기 튀어나온 자기 얘기에 화들짝 놀라며 눈을 동그랗게 떴다. 도하가 그런 윤을 보더니 어깨를 으쓱했다.

"김 피디님 시보국에서 엄청 유명 인사예요. 게시판에 글 쓰신 것도 많이들 봤고, 얼마 전에 이사회에서도 고광훈하고 한판 하셨다면서요."

"그걸 어떻게……."

저도 모르게 더듬거리는 윤의 얼굴에 도하가 씩 웃었다.

"다들 하루 종일 회사에서 사니까 재밌는 얘기가 뭐 있겠어요. 소문 빠르지."

본의 아니게 주목받고 있었다는 걸 깨닫자 얼굴이 화끈거렸다. 정언이 커피를 한 모금 마시며 짐짓 눈을 가늘게 떴다.

"시보국 온 지 얼마 안 돼서 내성 없어요. 그만 놀리세요."

쿡쿡거린 도하가 곧 얼굴에서 웃음기를 거뒀다.

"아, 놀리는 거 아니에요. 정말 부러워서 그래요. 나 요새 진짜 우리 팀 사람들 보면서 몇 년을 같이한 사람들이 그렇게 변하는 거 보고 너무 놀랐거든요. 처음에는 잠도 안 오더라고요. 부장이 나랑 진술이 불러서 TF 만들자 하시면서, 이 많은 기자들 중에 내가 진짜 의심 안 할 수 있는 게 니들 둘뿐인 게 믿기냐? 딱 그러셨어요. 우리가 처음에는 왜 말씀을 그렇게 하세요, 그랬죠. 그런데 부장이 왜 그랬는지 이제는 너무 잘 알겠어요. 사람들이 너무 순식간에 변해요. 변한 게 아니라 그게 본모습인가?"

마지막 말은 자문하는 것처럼 들렸다. 잠시 가만히 도하를 마주 보던 정언이 위로하듯 짧은 말을 건넸다.

"그렇게 생각하면 더 힘들어요."

"그쵸."

도하의 목소리에는 힘이 없었다. 커피를 몇 모금 마시는 사이 잠시 정적이 지났다. 먼저 그 정적을 깬 쪽은 도하였다.

"아 참, 부장이 최영직 선배 만나 보신 것 같던데, 그쪽에도 혹시 무슨 얘기 있었어요?"

최영직이라는 이름을 듣기 무섭게 정언의 얼굴이 조금 굳어졌다. 정언은 탁자 위를 손끝으로 두드리며 머릿속으로 말을 고르듯 침묵하다 입을 열었다.

"뭐 좀…… 좋게 말하면 타협하자, 까놓고 말하면 그냥 숙이고 들어와라 그랬다고 하더라고요."

도하가 그럴 줄 알았다는 얼굴로 고개를 주억거렸다.

"부장도 만나고 와서 영 기분 안 좋으시던데, 진짜 모르겠어요. 나 입사할 때 최영직 선배 하면 정말 대단했거든요. 내가 기자 생활 이렇게 해도 아직 권력이 뭔지를 모르나 싶어요. 그게 뭐라서 사람들이 그렇게 되는지…… 백선경, 전한동, 서현국, 최영직 그러면 YBS 기자들 자부심이었다고요. 그런데 그 최영직 선배가 그렇게 될 줄 누가 알았겠어요. 수십 년을 그렇게 쌓아도 망가지는 건 진짜 한순간이에요. 너무 허무한 거죠."

답답했던 듯 토로하는 단어들은 묵직했다. 윤은 곁에 앉은 정언에게 슬쩍 눈을 주었다. 정언은 무슨 생각을 하는지 탁자 위에 시선을 고정한 채였다. 후, 하고 짧은 숨을 뱉은 도하가 주머니에서 진동하는 핸드폰을 꺼내더니 자리에서 일어났다.

"저 전화 좀 받고 올게요."

"아, 네."

정언이 대답했다. 도하가 자리를 뜨자 정언은 손을 깍지 끼어 이마에 대며 눈을 감았다. 윤은 곁에서 몸을 숙여 정언을 들여 다보았다.

"선배, 괜찮아요? 아직도 머리 아프세요?"

걱정스럽게 묻는 말에 정언은 짧게 대답했다.

"아냐."

그러나 무슨 일인지 갑자기 기분이 가라앉은 듯했다. 까닭을 묻는다고 해서 대답할 정언이 아닌 걸 알고 있었기에, 손끝으로 탁자 위를 덧그리며 눈치를 살피던 윤은 화제를 돌렸다.

"서현국 기자님이 엄청 대단한 분이었나 봐요."

"왜?"

정언이 이마에 대고 있던 손을 떼며 윤을 보았다. 윤은 애써 웃으며 말을 이었다.

"제가 예전에 선배한테 얘기했었잖아요. 저 어릴 때 저희 집에 YBS 기자님 오신 적 있었다고, 그분 때문에 제가 여기 피디 된 거라고요. 그 기자님이 서현국 기자님이었어요. 어릴 때라 사실 그렇게 유명한 분인 거 나중에 알았거든요."

서현국. 윤은 그 이름을 발음하며 오래된 사진 속의 얼굴과 낡은 명함으로 기억 속에 박제된 젊은 기자를 떠올렸다. 도하가 서현국, 최영직이 YBS 기자들의 자부심이라는 이야기를 꺼낸 바람에 그 이름이 갑작스럽게 머릿속의 서랍을 연 것처럼 튀어 나왔던 것이다.

"……그래?"

되물은 정언이 멈칫한 것 같았으나, 착각인지 아닌지 확신할 수가 없었다. 윤은 정언의 표정을 살폈다. 하지만 그 얼굴은 언제나처럼 무감하게 돌아간 뒤였다.

"아직도 계신 건가? 그러고 보니까 얘기 못 들은 것 같네요."

윤의 말에 정언이 다시 시선을 내리며 대답했다.

"돌아가신 지 오래됐어."

생각지도 못한 대답에 깜짝 놀란 윤은 눈을 동그랗게 떴다.

"진짜요? 그때 나이 그렇게 안 많으셨던 것 같은데…… 만약에 그분 안 돌아가셨으면 최영직 CP님도 안 변했을까요?"

남은 커피를 마신 정언이 나지막하게 내뱉었다.

"글쎄. 가정은 의미 없잖아. 아무리 좋은 선배가 있어도 본인이 따라갈 의지가 없으면 그만이니까."

"그렇긴 하죠."

그 말에 동의한 윤은 정언을 가만히 마주 보았다. 평소에도 창백한 얼굴이기는 했지만, 이상하게 안색이 나빠진 느낌이었다.

"선배, 진짜 괜찮으세요? 얼굴 안 좋아요. 피곤하세요?"

"아냐."

정언의 대답과 거의 동시에 탁자 위에 놓여 있던 핸드폰이 진동하기 시작했다. '노이섭 팀장'이라는 이름을 본 정언은 거의 낚아채듯 핸드폰을 집어 들었다.

"전화 왔다."

정언은 즉시 통화를 연결했다. 윤은 결국 더 이상 뭐라고 말하지 못하고 그런 정언을 지켜보았다. 전화를 받은 정언은 언제 그랬냐는 듯 평소의 업무 모드로 돌아간 채였다.

"네, 팀장님. 병실로 옮겼나요? 네?"

정언의 목소리가 갑자기 높아졌다. 핸드폰을 고쳐 쥔 정언이 재차 물었다.

"저희 팀이라고 얘기한 거 확실한가요? 아, 알겠습니다. 바로 올라갈게요."

통화를 종료한 정언의 얼굴은 약간 상기된 채였다.

"이원욱이 <비하인드 24> 불러 달라고 그랬대."

"네?"

눈을 동그랗게 뜨고 있던 윤은 저도 모르게 커진 목소리로 되물었다가 제풀에 놀라 입을 막았다. 때마침 도하가 부리나케 다시 카페 안으로 들어왔다. 정언이 서둘러 자리에서 일어나며 도하에게 말했다.

"기자님, 이원욱이 우리 팀 불러 달라고 얘기했대요. 지금 바로 올라가려고요."

도하가 놀란 눈으로 물었다.

"<비하인드 24>요? 딱 집어서 말했대요?"

"네."

"제보해 달라고 나간 거 본 건가? 서 피디님, 혹시 뭐 중요한 얘기 있으면 연락 주시겠어요? 저 지금 진솔이가 급하게 찾아서 그쪽으로 이동해야 될 것 같거든요."

도하가 시계를 보며 말하자 정언이 고개를 끄덕였다.

"네. 오늘 진짜 고마워요."

"아니에요. 회사에서 봐요."

도하가 먼저 빠른 걸음으로 카페를 나섰다. 윤이 서둘러 다 마신 컵을 픽업대에 올려놓자, 정언이 빨리 따라오라는 손짓을 하고는 엘리베이터를 기다릴 시간도 없이 계단을 뛰어 올라갔다.

4층 병실까지 한달음에 도착한 정언이 두리번거리자, 병실 앞을 서성거리던 이섭이 피디님, 하고 정언을 불렀다. 정언을 쫓아간 윤이 잠시 숨을 고르는 사이, 복도에 사람이 없는 것을 확인한 이섭이 정언에게 나지막이 속삭였다.

"이원욱이 다 얘기하겠다고 그러는데요. 텔레비전에서 제보자 찾는 거 봤답니다."

"그래요?"

"자기 죽을지도 모른다면서 경찰에 신변 보호 요청한다고, 정신 들자마자 <비하인드 24> 불러 달라고 난리가 났어요."

조창식, 장영관, 김성학처럼 이원욱 역시 제거 대상에 포함된 것이 틀림없었다. 정언은 다시 한 번 숨을 들이쉬고는 닫힌 병실 문을 가리켰다.

"저희 지금 들어가도 됩니까? 촬영 가능한 거죠?"

"잠시만요."

이섭이 먼저 병실 안으로 들어갔다. 그사이 벽에 기대선 정언이 호흡을 가다듬다 윤에게 시선을 주었다. 윤은 병실 쪽을 흘끔 보고는 마르는 입술을 축였다.

"무슨 생각일까요?"

"손경일한테 당한 거 확실해. 진짜 죽을 것 같으니까 우리한테 제보하겠다고 찾은 거겠지."

정언이 거의 속삭이는 목소리로 대답했다.

잠시 후 병실 문이 열리며 이섭이 고개를 내밀었다.

"피디님, 들어오세요."

텅 빈 4인실의 창가 자리에 한 남자가 누워 있었다. 며칠 동안 면도도 하지 못한 듯 덥수룩하게 자란 수염에, 오른쪽 눈가가 약간 일그러진 인상은 구면이었다. 이원욱. 주렁주렁 달린 링거 팩의 줄은 손등으로 연결되어 있었다.

얼굴을 다친 건지, 왼쪽 뺨에서 귀로 이어지는 곳에는 드레싱이 된 상태였다. 핏기 없이 창백한 얼굴로 누워 있는 원욱에게서 식식대는 숨소리가 났다. 마치 뱀이 내는 듯한 그 소리에, 윤은 어쩐지 등줄기가 서늘해져 입술 끝을 눌러 물었다.

"김 피디, 세팅."

정언이 나지막하게 말했다. 윤이 얼른 촬영 준비를 시작하는 사이, 정언이 원욱에게 가까이 다가가 그를 내려다보았다.

"이원욱 씨 맞습니까?"

원욱이 누운 채 눈을 치켜떴다. 흰자가 더 많은 눈이 희번덕거렸다. 혈색이 나빠 거의 푸른빛에 가까운 안색 탓인지, 그 얼굴은 기억보다도 더 소름 끼쳤다. 정언이 곁에 의자를 끌어다 앉으며 가방에서 다이어리를 꺼내 펼치는 사이, 윤은 카메라의 초점을 원욱에게 맞추고는 마른침을 한 번 삼켰다.

"저 기억하십니까? 의정부 사무실에서 한 번 뵈었는데요. <비하인드 24> 피디 서정언입니다."

정언의 나지막한 목소리에 원욱은 시선을 돌려 정언을 뚫어지게 바라보았다. 곧 기억이 났는지, 원욱이 하얗게 들뜬 입술을 혀로 축이며 고개를 끄덕였다.

"아, 아아, 네."

"저희 제보 요청 나간 거 보셨다고요. 김성학 씨하고 장영관 씨 사건에 대해 말씀하시겠다는 겁니까?"

정언이 묻자 원욱이 심하게 기침을 했다. 쿨럭거리는 소리가 병실에 울렸다. 쌕쌕대던 원욱이 쉰 목소리로 입을 열었다.

"제가 다 얘기합니다. 전부, 전부 다 얘기할 수 있어요. 아는 거 다 말하겠습니다. 이거 싹 손경일 사장이 시킨 거예요. 처음에 박규형, 박 과장 죽인 것도 손경일 사장 지시였고, 그거 창식이 형이 한 거라고요."

그 말에 곁에 서 있던 이섭의 표정이 달라졌다. 정언은 자세를 고쳐 앉으며 원욱에게 재차 물었다.

"조창식 씨가 박규형 과장님을 죽였다고요? 증거 있습니까?"

원욱이 목이 마른 듯 입맛을 다셨다. 곁에 서 있던 간호사가 얼른 물에 적신 거즈를 물려주자, 원욱은 힘없이 거즈를 몇 번 빨고는 뱉어 냈다. 새는 발음이 갈라진 입술 사이로 흘러나왔다.

"그게, 창식이 형이 우리한테 얘기를 했어요. 사장이 박규형 죽이라고 했다. 그래서 자기가, 형이 그때 우리한테 물어봤다고요. 티 안 나게 죽이라는데 어떻게 하면 티가 안 날까. 그래서 우리가 방법을 여러 가지 생각했거든요. 우리가 쓰는 방법이 있으니까. 원래는 그냥 없애고 어디 묻거나 바다에 버리거나 하는 거, 그게 제일 간단하다고요."

"버린다고요?"

정언이 되묻자 원욱이 천천히 말했다.

"방파제, 방파제 삼발이. 사람들이 잘 모르는데, 그게 사이가 커요. 거기 빠지면 바로 못 찾는다고. 그냥 바다 한가운데 던져 버리면 그게 밀물 썰물 왔다 갔다 하면서 거의 해변으로 옵니다. 그러니까 삼발이 틈새 있잖아요. 죽여서 그냥 시체를 그 안으로 쭉 밀어 넣고, 그러면 안에 걸리면서 시체가 잘 안 떠내려가요. 틈이 깊으니까 보이지도 않고, 찾기가 힘들다고. 떨어지면서 뼈가 막 여기저기 부러지니까 사고사로 처리하기도 쉽고."

233

윤은 귀를 의심했다. 끔찍한 말을 하는 원욱의 표정이 지나치게 담담한 탓이었다. 흰자가 많은 원욱의 눈이 천장을 응시했다. 초점이 흐린 눈은 어디를 응시하는지 정확히 알 수 없었다. 숨소리가 절반쯤 섞인 그 목소리는 현실감이 희박했다.

"아무튼 원래는 그런 거 생각했는데, 박 과장이 가족이 있고 바다까지 가면 장소가 너무 이상하니까. 가족이라면 껌뻑 죽는 사람이야. 그걸 우리가 알았다고요. 하루만 없어져도 난리가 난다. 바다에 버리면 발견되는 데 시간이 걸리고, 그러니까 그냥 자살처럼 위장하자. 차 안에 태우고 번개탄 피우는 거…… 그것도 우리가 예전에 몇 번 했어요."

이건 사실상 살인 자백이나 다름없었다. 이런 상황만 아니라면 당연히 교도소에 있어야 할 사람과 한 공간에 있다는 것이 믿기지 않았다.

헐떡이며 숨을 고른 원욱이 킬킬 웃었다.

"근데 이렇게 하려면 술에 수면제 타서 먹이거나 그래야지, 안 그러면 힘들다고. 정신이 있으면, 그러면 차 밖으로 나오려고 하니까. 이건 나중에 시체 조사하면 걸리거든요. 뒤처리가, 골치가 아파요. 위에서 안 좋아하지. 박규형이 술도 잘 안 마시고 그러는 사람이라. 그러니까 막 이것저것 생각하다가 창식이 형이 그냥 현장에서 떨어져 죽은 걸로 하자, 그런 거죠."

힘이 드는지 원욱은 사이사이 말을 멈췄다 잇기를 반복했다.

카메라를 잡은 손이 떨렸다. 아내와 아이들이 있는 한 집안의 가장을 어떻게 하면 쉽게 죽일 수 있을지 생각했다는 그 말에서 죄책감 따위는 전혀 느껴지지 않았다. 정언이 겉으로나마 평정을 유지하는 것이 놀라울 정도였다.

정언이 다이어리에 연신 메모를 하며 재차 질문을 던졌다.

"박규형 씨 사망 현장에 다른 사람들이 있었습니까?"

원욱이 고개를 가로저었다.

"아니, 아니. 없었어요. 형이 언제 박규형 죽였는지, 우리는 나중에 안 겁니다. 사장이 다이렉트로 오더를 내린 거니까. 창식이 형이 오른팔이니까, 그런 게 많았다고요. 박규형이 뭐 그렇게 중요하고, 그런 것도 나중에 알았지. 그냥 하도 말 안 들으니까 죽인 줄 알았거든. 말을 진짜 안 들었어. 본사에서, 자재 문제…… 그런 걸로 많이 싸웠다고. 그 오래전에, 이름이 뭐더라. 형이 비슷하게 사람 하나 죽인 적 있었다고요. 그것도 본사 과장이었는데, 이, 이, 뭐였는데. 산에서 사람을 떠밀어서."

그 말에 정언이 되물었다.

"이훈주 씨 말씀하시는 겁니까?"

원욱이 몇 번 콜록거리더니 기억을 더듬는 듯 눈을 굴렸다. 색색대는 숨을 뱉던 원욱이 고개를 힘겹게 주억거렸다.

"예, 뭐 그런 이름이었던 거 같아요. 그것도 그때 자살이라고, 아마 그렇게 처리됐을 거예요. 창식이 형이 그거 전문으로 그렇게 일을 했어요. 사람 언제 죽이고, 어떻게 죽이고, 이런 거. 사장하고 창식이 형이 다이렉트로. 사장도 위에서 오더를 받고. 뭐 서온건설이나, 국회의원 누구. 이런 데서."

"국회의원이요?"

정언의 눈빛이 날카로워졌다. 이건 그 수많은 살인들이 엄대진과 관련되어 있다는 중요한 증거였다. 원욱이 잠시 정언을 빤히 보았다. 초점이 분명하지 않은 눈은 쉽게 읽을 수 없었다.

"우리는 몰라요. 의원님, 의원님 하기만 하지."

원욱이 대답했다. 그의 말이 사실인지 아닌지 지금으로서는 확인 불가능했다. 정언이 뭐라고 더 재차 묻기 전, 원욱이 말을 이었다.

"우리는 얼굴 볼 일도 잘 없고 관심도 없으니까. 창식이 형이나 직접 만날까."

"그 국회의원이 누군지는 모르신다는 거죠?"

"글쎄. 하여튼 그 형이 현장에서 박규형 데리고 올라가서, 형 말로는 자기가 민 건 아니라는데 본 사람이 없으니까 모르잖아. 위에서 몸싸움을 좀 했다, 그러다가 발을 헛디뎌서 떨어졌다. 우리가 듣기로는 그랬습니다."

원욱이 말을 돌렸다. 그가 뭔가를 알고 있다는 직감이 들었다. 손경일이 가장 가까이 두던 인물들이라면 엄대진을 모를 리 없었다. 그를 내려다보던 정언은 더 캐묻는 대신 무표정을 유지한 채 잠시 시계로 눈을 주었다.

"좀 쉬었다가 할까요? 힘드신 것 같은데, 호전되시면 그 뒤에 다시 방문할 수도 있고요."

정언의 말에 원욱이 갑자기 마른침을 삼키더니 고개를 세차게 가로저었다.

"아뇨, 아뇨! 말할 수 있습니다. 계속하죠."

지금이 아니라면 자신에게 무슨 일이 벌어질 수도 있다고 확신하는 듯했다. 원욱이 정언의 눈치를 슬쩍 살피고는 다시 입을 열었다.

"박규형 그렇게 죽고 나서, 그때, 그냥 처리가 된 줄 알았어요. 그런데 그 뒤에 피디님들이 온 거 아닙니까, 사무실에. 그때 경찰서 가고, 그리고 완전 난리가 났었어요. 위에서 사장한테 전화를 해서 지랄을 얼마나 했는지, 사무실도 바로 닫으라고 그러고. 경찰서에, 그때 같이 갔잖아요. 피디님이."

그 말에는 언뜻 원망 같은 감정이 묻어났다. 그걸 분명히 알아차렸을 텐데도, 정언의 얼굴에는 어떤 동요도 드러나지 않았다. 정언은 사무적인 투로 재차 물었다.

"경찰서에서 당시에 손경일 사장이 누구한테 연락했던 건지 아십니까?"

"그거는 제가 모르는데, 아마 뭐 그 국회의원, 의원님 그 사람이나 아니면 본사에 높은 사람. 그쪽으로 연락을 했을 겁니다. 매번 그러니까. 적당히 둘러대고 보내라, 박규형 무조건 모른다고 해라. 아마 그렇게 지시가, 오더가 떨어졌을 거예요."

"지시 사항이 있다는 건 어떻게 아셨죠?"

"사장이 인터뷰하고 와서 우리한테도 그 얘기를 했어요. 취재오거나, 경찰들이 물어보거나 하면 무조건 모른다고 해라. 증거없다. 박규형 죽일 때도 창식이 형이 보안실 얘기해서 미리 그쪽, 그거 있잖아요. CCTV. CCTV 껐다고요. 그거 없으면 절대못 찾는다고."

정언이 눈을 가늘게 떴다. 처음 이 사건을 조사하기 시작할때, 경찰에서 현장의 CCTV가 고장 난 상태여서 영상이 없다고 말했던 걸 윤 역시 또렷하게 기억하고 있었다.

"CCTV 고장이 아니었나요? 선 매설이 잘못됐다고⋯⋯."

눈썹을 좁히는 정언의 얼굴에 원욱이 끼룩거리며 웃는 소리를 냈다. 정언이 말을 멈췄다. 윤은 눈도 깜빡이지 못한 채 원욱을 주시했다. 속에서 긁히는 듯한 그 소리에 까닭 없이 등줄기가 오싹해졌다.

원욱이 마른기침을 뱉고는 거의 속삭이듯 입술을 달싹였다.

"고장이 왜 납니까, 그게. 다 개소리고, 그냥 전원만 딱 끄면
돼요. 아무 문제가 없다고. 조사 나와도 뭐, 이미 우리 편이니까.
하는 척만 해요. 걔들도 입금 따박따박 받아 간다고."

"말 똑바로 해요. 지금 그거 경찰이 커넥션 있다고 얘기하는
겁니다!"

그때까지 이야기를 듣고만 있던 이섭이 목소리를 높였다. 원
욱이 누운 채 이섭을 향해 시선을 돌렸다. 동공이 작은 눈동자
가 희번덕거리며 빛났다.

"이거 왜 이래요. 형사님, 다 알잖아요."

구멍 뚫린 튜브를 누를 때처럼 숨소리가 단어들 사이로 새었
다. 정언이 손을 들어 잠시 이섭을 제지하며 질문을 계속했다.

"김성학 씨하고 장영관 씨가 조창식 씨를 죽인 건 맞습니까?"

원욱이 다시 정언을 보았다. 기억을 되짚는지 잠시 숨을 몰아
쉬며 눈을 깜빡이던 원욱이 입을 열었다.

"사무실이, 사무실 뒤집어졌다고 했잖아요. 취재 오고. 그 뒤
로 위에서 뭔 오더가 왔나 봐요. 창식이 형이 집 밖으로 못 나왔
어요. 외국으로, 아예 멀리 내보내려고 했는데, 형이 전과가 많
으니까. 형이 오래전에 뭐가 하나 걸렸는데 숨어 다니고 그래서,
뭐라고 하지. 소재, 소재불명으로 기소 중지된 건이 있다고요.
그것 때문에 출국이 안 돼. 그러니까 외국도 못 보내고, 일단 집
에 있어라. 근데 며칠이면 될 줄 알았는데, 우리가 돈줄이 다 묶
여 버렸어요. 사장도 아주 미쳐 버리려고 했다고, 그것 때문에.
위에서 뭘 못 하게 하니까."

말이 길어지자 원욱의 숨이 가빠졌다. 조창식의 집에서 발견

된 핸드폰 속의 녹취 파일과, <데일리시사>의 임형원 기자 앞으로 남겨 둔 동영상이 떠오른 건 필연적이었다. 돈 때문에 손경일과 다퉜던 것도, 엄대진이 그 사실을 알고 있었던 것도 전부 사실임을 이원욱이 한 번 더 확인해 준 셈이었다.

"돈줄이 왜 묶인 겁니까?"

"그건 뭐 위쪽 사정이니까 우리는 모르고, 그게 아무튼 한 달, 두 달 넘어가니까 창식이 형이 사장하고 엄청 싸웠다고요. 사장도 위에서 만 원 한 장 마음대로 쓰지 말라고 그랬다니까. 우리도 못 받은 돈 많았단 말이에요. 자기도 죽겠는데 형이 자꾸 뭐 어디다가 꼰지르겠다, 그렇게 말을 했다는 거지. 뭐 기자나, 그렇겠지. 그러니까 사장이 성학이하고 영관이 불러서 창식이 죽여라, 그런 거라고요. 성학이, 영관이, 창식이 형, 나, 이렇게 넷이 제일 오래 같이 일했거든요. 그런데 형을 죽이라고 그러니까, 애들도 막 선뜻 그게 안 되지."

"그런데 어떻게 그렇게 된 거죠?"

"돈. 돈 때문에. 몇 달 돈이 막히니까, 우리도 빠듯하잖아요. 당장 돈 준다 그러니까 눈이 뒤집힌 거지. 창식이 형이 보통 사람은 아닌데, 몇 달 돈줄 말리고 가두니까 별수 없더라 그러데요. 가방 가져가니까 돈 가져온 줄 알고 문 바로 열어 주더라. 그러면 그다음은 쉽지. 그냥 이렇게, 이렇게."

원욱이 링거가 꽂히지 않은 쪽 손으로 허공에 칼을 찌르는 흉내를 냈다. 메모를 하던 정언은 그에게 시선을 주었다.

"이원욱 씨는 그런 사정을 다 알고 계셨던 겁니까?"

"거기까지는, 뭐 알았죠. 창식이 형 죽인 거, 성학이한테 들었으니까. 사장이 그랬다고. 창식이가, 걔가 얼마 받는지 아냐. 창식이 죽이면 그 돈 너랑 영관이한테 준다. 근데 나는 한 삼 년 전에 오른팔 인대가 나가서, 팔 심하게 쓰고 그런 걸 이제 잘 못한다고요. 그러니까 이제 사장이 나는 다른 데 보낸 거죠."

"다른 데라면……."

정언이 채 질문을 마치기도 전 원욱이 입가를 비틀었다. 일그러진 오른쪽 눈가에 기묘하게 주름이 잡혔다. 원욱이 정언을 물끄러미 쳐다보며 바람 새는 소리를 냈다.

"여자 피디 집 가서 겁 좀 줘라. 집에 사람 없으면 도둑 든 것처럼, 대충 뭐. 사람 있으면, 여자 있으면, 알잖아요."

킬킬거린 원욱이 벌벌 떨리는 손으로 엄지와 검지를 동그랗게 말고는 반대편 검지를 그 안에 넣었다 빼는 시늉을 했다. 즉시 얼굴을 찌푸린 윤이 카메라 액정에서 눈을 뗐다.

"이원욱 씨, 지금 뭐하자는 겁니까? 태도 똑바로 안 해요?"

불쾌한 기색을 전혀 숨기지 않는 윤에게 정언이 괜찮다는 듯 고개를 까딱였다.

"무슨 말씀이신지 잘 알겠습니다. 계속 얘기하세요."

정언이 당황하는 것을 보려고 일부러 한 소리가 틀림없었다. 그러나 정언은 이런 일이 이미 익숙하다는 듯 눈썹 하나 까딱하지 않았다. 원욱이 눈치를 흘끔 보더니 다시 마른기침을 뱉고는 말을 돌렸다.

"그러니까 피디님 운 좋은 거고, 집에 안 계셨으니까. 운이 좋았다고. 그리고 그 박규형 부인, 겁 좀 주라고 하니까 내가 전화를 했다고요."

"어린이집에 삼촌인 척 가장해서 전화한 게 이원욱 씨 본인 맞다는 거죠?"

"그렇지."

"유괴할 의도가 있었던 겁니까?"

"아니, 그런 건 요새 좀 어려워요. 옛날 같지가 않아서. CCTV, 블랙박스, 이런 게 많고."

그 말은 예전에는 그런 일을 해 본 적이 있다는 것처럼 들렸다. 윤은 이 장소가 점점 더 불편해졌다. 저런 사람과 한 공간에 있다는 것 자체만으로도 기분이 좋지 않았다. 윤의 심정을 알리 없는 원욱은 갈라지는 목소리로 계속 주절거렸다.

"어른이면 끌고 와서 며칠 살려 둘 수 있는데, 애들은 그게 잘 안 된다고요. 컨트롤, 어떻게 그런 게 안 되니까 오래 데리고 있기 힘들어. 근데 내가 애들 죽이는 건 좀 찝찝하다, 그러니까 사장이 전화나 해 보라고. 애들 데리고 나올 수 있으면 그냥 하루이틀 데리고 돌아다니다 아무 데나 버리면 된다고 그래요. 말이 좋지 그게 잘 안 돼요, 사실. 애들이라도 얼굴을 기억하니까. 얼굴 기억하면 죽이는 수밖에 없다고. 안 되면 그냥 겁이나 줘라. 그래서 한 거지."

수아와 리아를 떠올린 윤은 입술을 말아 깨물었다. 몸이 떨렸다. 같은 인간이 누군가를 그토록 쉽게 도구처럼 이용하고 죽일 생각을 할 수 있다는 건 윤에게 이해 범주를 넘는 일이었다. 더구나 어린아이들까지 그런 대상으로 생각한다는 건 더 용납되지 않았다. 정언이 그 무표정한 얼굴 아래로 무슨 생각을 하고 있는지 문득 궁금해졌다.

"그러면 다른 사람들 사찰하거나 하는 것도 이원욱 씨 담당이었나요?"

정언의 물음에 원욱이 눈을 조금 크게 떴다.

"사찰? 그 막 감시하고, 그런 거요? 아뇨, 그건 내가 안 했죠. 그거는, 왜냐하면 노출 시간이 길어요. 들키기가 쉽단 말이에요. 효율이 떨어져. 미행을 아무리 잘 해도 요즘 세상에는, 한 십 년 이십 년 전만 해도 쉬웠어요. 근데 요샌 블랙박스, CCTV 이런 게 너무 많으니까. 그런 건 우리 같은 애들 쓰면 힘들어요. 전과 자니까. 일반인 써야지."

민주영 의원의 이야기가 생각났다. 보수단체를 이용한 사찰. 정언 역시 그 생각이 나서 물어본 것이 틀림없었다. CCTV나 블랙박스에 걸리기 쉬우니 자신들보다는 일반인을 이용하는 편이 간단하다는 건 논리적이었다.

원욱이 기침을 하더니 거의 턱까지 숨이 찬 듯 헐떡였다.

"그러니까, 우리가 하는 건, 법에, 법에 걸리는 거. 며칠 전에 누구 차 고장 안 났어요? 그거, 그것도 내가 한 거라고. 사장 오더 받고."

다음 순간 머리 위로 누군가가 얼음을 쏟아부은 듯한 기분이 된 윤은 저도 모르게 고개를 들었다. 그때까지 일절 동요하는 기미조차 없었던 정언 역시 순간 윤에게 시선을 돌렸다. 굳어 버린 윤은 눈도 깜빡이지 못한 채 원욱을 보았다.

원욱이 색색대는 소리로 말했다.

"사장한테 주소랑 차 번호 받고. 내가 어릴 때 자동차 정비 좀 배워서 아니까, 그런 건 쉬우니까. 전문이거든. 하루 이틀 전에 미리 답사를 한다고요. 그 집이, CCTV가 모형이더라고. 기다리고 있다가 새벽에, 사람 없을 때 브레이크 딱 끊어 놓고 바로 간 거죠. 위에서 그거를, 그런 걸 좋아한다고요. 차로 이렇게 막 장난질 치는 거. 차 사고가 위장이 쉬우니까."

원욱의 말이 머릿속으로 잘 들어오지 않았다. 정언이 눈으로 진정하라는 듯한 신호를 보냈다. 간신히 원욱에게서 시선을 뗀 윤은 숨을 들이쉬었다.

자신에게는 목숨이 걸린 일이었다. 아까도 운전을 하는 동안 혹시나, 혹시나 하는 생각이 따라붙어 불안감에 손이 내내 떨리는 걸 참느라 죽을 지경이었다. 그런데 그게 원욱에게는 고작 늘 하던 일에 지나지 않는다는 말을 눈앞에서 듣자 감정이 제대로 통제되지 않았다.

"위에서 좋아한다고요? 누구 말씀하시는 겁니까?"

정언의 말투가 미묘하게 달라졌다. 그러나 원욱은 미처 그것을 눈치채지 못한 듯했다.

"위가, 뻔하잖아. 사장 위에. 서온. 의원님. 그런 사람들."

단어들이 토막토막 끊어졌다. 원욱이 잠시 숨을 골랐다. 정언은 그사이를 기다리지 않고 그를 다그쳤다.

"브레이크 절단은 위장할 수가 없지 않습니까?"

"그러니까, 절단하는 거, 그거는 진짜 겁만 주는 거예요. 사고 나면 차 조사 딱 하잖아요. 브레이크 잘린 거 알면 다 겁 엄청 먹는다고. 그러면 보통 운전 최소한 몇 달은 못 해요. 무서워서. 제동 안 돼서, 브레이크 안 들어서 죽으면 운 없는 거고. 내가 그 짓만 한 이십 년 했는데, 사람 죽은 게 한 번인가 두 번밖에 안 돼. 생각보다 그렇게 막, 잘 안 죽는다고요. 운전하는 사람들은 브레이크 이상한 거, 밟으면, 밟아 보면 바로 아니까. 제대로 위장하려면 그런 식으로 안 하지."

"지금 말씀하시는 내용이 본인한테 아주 불리하게 작용한다는 건 아시죠?"

정언의 목소리에 처음으로 감정이 실렸다. 윤은 정언이 화가 났다는 걸 알아차렸다.

차마 상상하기도 싫은 저질스러운 말을 바로 앞에서 들으면서도 눈 하나 깜짝하지 않던 정언이었다. 정언이 지금 화가 난 건 자신 때문이라는 직감이 퍼뜩 지났다. 윤은 떨리는 손끝을 안으로 말아 쥐었다. 답답하다는 듯 원욱의 목소리가 조금 커졌다.

"피디님, 내가 지금, 내가 그거 모르고 주둥이 털겠습니까? 내가 이게, 차라리 감방에 가야겠다. 그렇게 생각하고 다 터는 거예요. 이거 누가 그랬을 것 같습니까?"

원욱은 정언의 대답을 기다리지도 않고 말을 이었다.

"사장이, 우리 사장이 한 짓이에요. 성학이, 영관이, 애들도 사장이 죽였다고요. 내가 걔들 죽은 거 알고, 사장한테 어떻게 된 거냐. 애들이 왜 죽었냐. 그러니까 사장이 만나서 얘기하자. 돈 준다. 그리고 나 있는 데로 와서 나까지 죽이려고 한 거라고요."

"손경일이 직접 처리하려고 했다는 겁니까?"

"아, 몇 번을 말해. 내가 얘기했잖아요. 우리 넷이 제일 오래 있었다고. 창식이 형이 오른팔. 우리는 그만큼은 아니라도 제일, 그런 게 있는 놈들. 그런데 창식이 형이 딱 죽었잖아요. 밑에 있는 애들이 낌새가 안 좋았단 말이에요. 혹시 사장이 창식이 형 죽인 거 아니냐고. 내부에서도 분위기 아니까. 창식이 형이 죽었다. 찔려 죽었다 그러니까 다 의심을 하지. 조창식이 여기서는, 일류, 일류라고요. 잔챙이한테 그렇게 갈 사람이 아니라고. 조선족 애들도 창식이 형 못 당해요."

흥분했는지 원욱의 말이 점점 빨라졌다. 마지막 말은 숨이 차서 제대로 들리지도 않았다. 자신들의 예상이 거의 맞아 들어가고 있었다. 오른팔인 조창식을 죽였을 때 조직 내부에서 균열이 일어날 건 당연한 일이었다.

정언이 펜을 든 손을 빠르게 움직이며 물었다.

"조직원이 전부 몇 명이나 되죠?"

원욱이 가쁜 숨을 몇 번이고 고르며 천천히 대답했다.

"포항에서, 옛날부터 데리고 올라온 건 한 서른 명 넘는데, 감방 간 애들이나 죽은 애들 빼고 지금 남은 건 한 열 명. 우리 넷이 제일 빠릿빠릿해서 사장이 딱 끼고 있었고, 나머지는 지방 현장 이런 데 관리하죠. 그리고 젊은 애들, 모집해서 잠깐, 잠깐씩 데리고 있거나, 동네 애들, 조선족들 가끔 필요할 때 불러 쓰고. 그런 거 합치면 뭐 백 명은 왔다 갔다 하지. 그러니까 애들도 예전 같지 않다고요. 의리, 그런 거 거의 없어요. 사장이 그거 아니까, 다른 애들한테 못 시키고 자기가 직접 한 거야."

원욱이 괴로운 듯 몸을 웅크렸다. 이섭이 곁에 서 있던 간호사를 돌아보았다. 간호사가 원욱에게 물었다.

"환자분, 계속하실 수 있으시겠어요?"

원욱은 간호사의 말을 들은 척도 하지 않고 손을 휘적거렸다. 당장 죽을 것이 정말 두렵기는 한 모양이었다. 잠깐 가빠진 숨을 진정시킨 원욱이 작은 목소리로 웅얼거렸다.

"<비하인드 24>에서 제보를 받는다, 그거를 내가 여관에서 텔레비전 보다가 알고 어 씨팔, 이거 혹시 사장이 죽었나, 이 생각이 확 든 거지. 그래서 이거를 어떡하나. 왜냐하면 내가 사장한테 돈을 받기로 한 게 있었어요. 차 브레이크 자르는 거, 그것까지만 하고 일단 삼천 받아서 바로 고향 가 있기로 했다고."

쌕쌕대던 원욱이 한참 쉬다가 다시 입술을 달싹였다.

"그 전에 사무실 애들이 전화가 와서 형 수배됐다, 이렇게 나보고 얘기를 했어요. 그래서 신고를 당했다, 그걸 알았거든. 그러면 돈만 받고 바로 튀자. 사장이 의심되는데 어떡해. 돈줄이 없는데. 사장이 성학이랑 영관이 어떻게 된 건지 자기가 얘기하겠다, 통장을 못 쓰니까 현금으로 주겠다 그러고 나 있는 데로 온 건데, 문을 딱 열자마자 칼을 팍 찌르더라고."

그때의 감각이 되살아났는지 원욱이 진저리를 쳤다. 이섭이 침대 난간을 붙들며 원욱을 다그쳤다.

"손경일 지금 어디 있습니까?"

원욱이 고개를 흔들었다.

"모르지. 그거는, 그것까지는. 내가 듣기로 사장도 출국이 막혔다, 그런 얘기는 들었어요. 밑에 애들 한두 명 데리고 일본 건너가려다 막혔다고. 배 구해서 일본이나 중국 잠깐 가 있을까 한다는 거 같은데, 일이 이렇게 돼서 어떨지 모르죠. 그러니까 나는, 살아서 풀려나면 백 퍼센트 내가 죽는다. 그러니까 내가 차라리 감방을 가겠다. 방송에 다 말하겠다."

원욱의 말이 점점 빨라졌다. 헐떡이던 원욱이 갑자기 손을 뻗어 정언의 옷자락을 움켜쥐었다. 윤은 거의 반사적으로 뛰쳐나가 바로 원욱의 손을 거칠게 쳐내며 사이를 가로막았다. 정언이 김 피디, 하고 불렀으나 윤의 대답보다 원욱의 말이 빨랐다.

"피디님, 방송에 내 얼굴, 얼굴 다 내보내 줘요."

원욱이 손을 휘적거리다 이번에는 윤을 붙들었다. 얼음장 같은 손이었다. 쇳조각이 파고드는 듯한 감각에 윤은 뒤로 물러나며 그의 손을 떼어 냈다. 원욱이 애원하듯 윤을 쳐다보았다.

"내가, 내가 얼굴 다 까고, 아는 거 다 말할 테니까 제발 나 좀 살려 달라고."

윤은 대답 대신 원욱을 응시했다. 타인의 목숨을 우습게 아는 사람들이 이토록 자신의 삶에 집착한다는 게 모순처럼 느껴졌다. 원욱이 고통스러운 듯 얼굴을 찡그리며 배를 움켜쥐었다.

간호사가 아무래도 안 되겠다고 생각했는지 이섭에게 뭐라고 속삭였다. 이섭이 정언에게 물었다.

"피디님, 계속 진행하시겠습니까?"

정언이 고개를 가로저었다.

"저희가 인터뷰 더 진행하기는 어려울 것 같은데요. 팀장님은 어떻게 하실 겁니까?"

"그러면 일단 여기까지 하시죠. 우선 경호 인원 배치하고 조사 들어갈 겁니다. 마포서하고 서대문서 쪽에는 제가 연락했고요. 다시 방송국 들어가십니까?"

"네, 그래야죠. 혹시 무슨 일 생기면 바로 연락 주세요."

"알겠습니다."

감사합니다, 하고 인사를 건넨 정언이 윤에게 정리하라는 신호를 보냈다. 여기서 한시라도 더 있고 싶지가 않았다. 바로 장비를 정리해 가방에 쑤셔 넣은 윤은 병실을 나섰다. 말없이 계단을 내려와 주차장으로 향하자, 정언이 차 문을 열려다 말고 서 있는 윤에게 물었다.

"괜찮아?"

물론 괜찮을 리가 없었다. 윤은 바닥을 내려다보며 대답했다.

"안 괜찮아요."

짧은 한숨을 쉰 정언이 운전석 문에 기대서며 주머니를 뒤적여 습관처럼 담배를 꺼내 물었다. 잠시 입술 끝으로 담배를 까딱이던 정언이 내뱉었다.

"좋게 생각해. 어쨌든 이원욱이 자기 발로 걸어 들어왔잖아."

윤은 도저히 납득할 수 없다는 얼굴로 정언을 마주 보았다.

"저는 그렇다고 쳐요. 그런데 선배가 그날 집에 계셨으면, 만약에 어린이집 원장님이 진짜 삼촌인 줄 알고 애들 보냈으면 무슨 일 벌어졌을지 모르는 거잖아요. 그런데 어떻게 좋게 생각할수가 있냐고요. 보셨잖아요. 사람이 그런 소리 하면서 눈 하나깜짝 안 할 수가 있어요? 남들한테 그렇게 끔찍한 짓 하면서 아무렇지도 않은 게 당연해요?"

"내가 처음에 얘기했잖아. 이런 거 진짜 아무것도 아니라고."

흥분한 윤을 물끄러미 응시하던 정언이 가라앉은 목소리로 말했다. 그 말에 윤은 지금까지 정언이 취재해 왔던 수많은 사건들을 떠올렸다.

그저 쾌락을 위해 젊은 여자들을 강간하고 살해한 사이코패스, 보험금을 타려고 이십 년을 함께 산 부인을 죽인 남편, 귀찮다는 이유로 배가 고파 우는 세 살배기를 때리고 방치해 죽음에이르게 만든 부모, 절실한 사람들의 믿음을 이용하는 사이비 종교의 교주.

그런 부류의 인간들을 정언은 셀 수도 없이 만나 봤을 터였다. 정언이 지금까지 들여다본 그림자 속의 세계가 어떤 것인지 윤은 그 순간 실감했다. 보통 사람이라면 일생 동안 단 한 번도 상상한 적 없을 세계.

정언이 존재해서도 안 되고, 누구도 선뜻 발을 들이지 못하는그 어둠 속에 뛰어들어 여기까지 왔다는 사실을 상기하자 설명할 수 없는 감정들이 뒤엉켰다. 무슨 생각인지, 윤을 가만히 보던 정언은 곧 말을 돌렸다.

"일단 타. 여기서 자료 바로 보내고 움직이게."

윤은 대답 대신 정언에게 물었다.

"선배는 그런 말 듣고 무섭지도 않으세요?"

"나 안 죽어."

정언이 앞을 보며 대답했다. 창백하고 날카로운 그 옆모습은 단호했다.

"선배."

"그러니까 걱정 그만해."

정언이 지키지 못할 말은 결코 하지 않는다는 걸 윤은 이제 잘 알고 있었다. 그러나 이건 정언의 의지를 뛰어넘는 일이라는 생각이 머릿속을 떠나지 않았다.

아무리 조심한다 해도, 아무리 죽지 않으려 노력한다 해도 그 그림자 속에서 정언이 끝까지 스스로를 지킬 수 있을까. 그건 어쩌면 불가능에 가까운 일일지도 모른다는 선뜩한 예감이 등줄기를 미끄러져 내려갔다.

말이 없던 윤은 정언을 응시했다.

"약속하세요, 그럼."

목소리가 흔들렸다. 숨기지 못하는 불안감 탓이었다. 정언이 알아차리지 못했으면 좋겠다고 생각했으나, 소용없는 바람일 게 뻔했다. 정언이 시선을 돌리지 않은 채 되물었다.

"뭘."

"그런 일 없을 거라고 저한테 약속하시라고요."

그건 거의 애원에 가까웠다. 정언이 그 말을 그냥 웃어넘기거나 들은 척하지 않을 수도 있었다.

"그래."

그러나 정언은 그렇게 하지 않았다. 돌아온 대답은 확고했다. 정언이 다시 한 번 말했다.

"절대 안 죽는다고 맹세할게. 됐어?"

그건 단지 이 순간을 벗어나기 위한 말처럼 들리지 않았다. 까닭을 설명할 수는 없었으나, 그건 분명 정언의 진심이라는 확신이 들었다. 그러자 무슨 일이 있어도 정언이 약속을 지킬 거라는 기묘한 안도감이 스몄다. 빨리 타, 하고 내뱉은 정언이 운전석 문을 당겨 열었다.

윤은 한 장의 유리 너머로 비치는 정언을 보았다. 주차장의 흰 조명이 선팅된 창을 투과하며 그 창백한 얼굴의 윤곽을 얼핏 흐렸다.

윤은 문득 생각했다.

이 끝없는 어둠 속에서 정언이 혼자이지 않기를, 누군가가 필요하다고 생각하는 그 순간 자신이 꼭 곁에 있을 수 있기를 바라는 것이 부디 지나친 소망이 아니었으면 좋겠다고.

"안 피디 아직 미팅 중인가?"

재희가 물은 말에 혜주가 고개를 들지 않은 채 대답했다.

"네. 아까 문자 왔는데, 내용 많아서 시간 길어질 것 같대요."

"알았어."

재희는 잠시 사무실 안을 둘러보았다. 외근을 나간 팀원 몇몇의 자리가 비어 있는 것이 눈에 들어왔다. 정언과 윤의 자리는 나란히 부재중이었다. 이원욱이 병원에 실려 왔다는 소식을 듣고 그리로 갔다는 얘기는 이미 민혜에게 들은 뒤였다.

뭐 좀 건져야 될 텐데, 하고 생각한 재희는 턱을 괴며 책상 위에 놓인 자료들을 하나씩 넘겨보았다.

변정화와 엄대진의 세 자녀 앞으로 된 토지와 건물 대장, 등기부등본, 최근 십여 년 사이의 계좌 출납 내역 등의 자료 위에는 곳곳에 형광펜으로 덧칠이 된 채였다. 각기 다른 글씨체로 붙은 수많은 메모들은 덤이었다.

서온건설 하청업체들은 물론이고, 공천 지망자인 지역 유지들, 각종 사업권을 노리는 사람들 명의의 토지나 건물이 헐값에 거래된 내역이 수도 없이 남아 있었다. 이렇게 헐값에 사들인 매물들은 몇 년 사이 적게는 몇 배, 많게는 몇십 배의 가격으로 다시 매도된 뒤였다. 돈 놓고 돈 먹기라는 건가, 속으로 중얼거린 재희는 펜으로 연신 항목을 체크했다.

그때 책상 위의 내선전화가 울렸다. 쓰고 있던 안경을 벗어 내려놓은 재희는 피곤한 눈가를 누르며 전화를 받았다.

"강재희입니다."

『지금 내 방으로 좀 올라오지.』

누구인지 밝히지도 않은 채 용건부터 넘어온 말은 짧았다. 최영직 CP였다. 잠시 말이 없던 재희는 알겠습니다, 하고 대답하는 것과 동시에 수화기를 내려놓았다. 결코 좋은 소리를 하려고 자신을 부르는 것 같지는 않았다.

도살장에 끌려가는 소 같은 기분이 된 재희가 자리에서 일어나자, 현진이 의아한 얼굴로 쳐다보았다.

"어디 가냐?"

"잠깐 일이 있어서요."

어물쩍 둘러댄 재희는 사무실을 나섰다. CP실로 올라가 문을 노크하자 들어와, 하는 영직의 목소리가 들렸다. 안으로 들어선 재희는 문을 닫았다. 예의 그 희미한 담배 냄새와 커피 냄새가 뒤섞인 특유의 공기가 안에 감돌고 있었다. 전자담배 스틱을 물고 있던 영직이 재희에게 시선을 주었다.

"무슨 일로 부르셨습니까?"

재희가 그 자리에 서서 묻자 영직은 먼저 자리를 권했다.

"앉아. 커피 한 잔 줄까?"

"아닙니다."

소파에 앉은 재희는 즉시 영직의 말을 거절했다. 그 태도가 그다지 호의적이지 않다는 걸 영직은 바로 알아차린 듯했다. 그러나 딱히 숨기려 한 것도 아니었기에 영직이 뭐라고 생각하든 상관없었다. 잠시 재희를 물끄러미 응시하던 영직이 입을 열었다.

"이사회에서 <비하인드 24> 유지시켜 주겠다고 얘기 내려왔어. 결정이 늦어서 미안하네. 준비된 회차도 없을 텐데."

"네?"

재희는 미간을 약간 좁히며 되물었다. 이사진들이 싫다며 폐지하랄 때는 언제고, 이제 와서 유지시켜 주겠다는 게 순수한 의도일 리 없다는 건 어차피 당연했다. 영직이 어깨를 으쓱해 보였다.

"YBS 브랜드 이미지에 <비하인드 24>가 크게 일조하는 건 사실이니까. 이사진들 설득하느라 아주 힘들었다고."

이미 윤이 가져온 녹취록을 통해 이사들 사이에서 무슨 말이 오갔는지 빤히 아는 터라, 영직의 말에 헛웃음이 먼저 나왔다.

막상 폐지하려니 <비하인드 24>라는 브랜드가 어지간히 아깝기는 한 모양이었다.

하기야, 위에서 이미 교양국이나 기제국처럼 수익성 덜한 곳에도 광고 수익 늘릴 방안을 가져오라고 들볶고 있다는 소문이 파다했다. 황금알을 낳는 거위의 배를 굳이 가르려니 망설여지지 않을 수는 없을 터였다.

재희가 대답 대신 침묵하자, 영직이 한마디를 덧붙였다.

"거기 김윤 피디가 고 이사님한테 좀 버릇없이 굴었다면서?"

그 말에 재희는 어이가 없어 순간 웃음이 터지려는 걸 참았다. 따지자면 애초에 그 정도 수위의 폭언을 한 사람 말버릇이 더 문제 아닌가, 하고 속으로 생각한 재희는 영직을 바로 응시했다.

"버릇없이 굴었다고요? 정확히 그렇게 말씀하셨습니까?"

말투만으로도 비꼬고 있다는 걸 모를 리 없었다. 영직이 입매를 미묘하게 비틀었다.

"워딩에 집착하지는 말자고. 강 피디한테 중요한 건 프로그램 유지할 수 있다는 부분 아닌가?"

재희는 그 말에 대답하지 않았다. 물론 <비하인드 24>를 유지한다는 건 중요한 문제였지만, 어떻게 유지하느냐가 더 중요했다. 애초부터 대답을 기다린 적도 없다는 듯, 영직이 손에 든 전자담배 스틱을 까딱이며 말을 이었다.

"일단 지금 위에서 내려온 플랜은 이거야. 체제 재정비할 시간 필요하니까, 지금 준비된 방영분까지 내보내고 두 달 휴방하자고. 그 정도면 새 기획안 준비하고 취재 들어가기엔 충분하지?"

위에서 폐지를 하네 마네 하며 시간을 계속 질질 끌어온 탓에 이미 준비된 것 이외의 아이템이 더 이상 없는 건 사실이었다.

폐지를 기정사실로 두고 방송분이 끝난 모든 인력은 전부 서온 건설과 엄대진 건에 투입했기에, 새 아이템을 기획하고 취재를 시작할 여력도 전혀 없었다.

재희는 영직에게 물었다.

"방영 시간대, 포맷, 제작진 전부 유지하시겠다는 겁니까?"

"굳이 갈아 치울 이유가 없지 않나? 원래도 들어가려는 사람 없는 자리인 거 유명하잖아. 지금 회사 상황 보면 거기 새 인력 투입하는 것도 힘들고. 파일럿 쇼 프로 허접한 거 한두 개나, 적당히 특선 영화라도 편성하든지 해서 8주 채우는 걸로 해. CP 체제로 완전히 전환하려면 나도 <비하인드 24>에 대해 공부할 시간 필요하니까 공백은 어쩔 수 없어. 요즘 사람들 좋아하는 식으로 시즌 2라고 붙이든지, 평계는 많잖아."

무덤덤한 말투였으나 그 사이의 CP 체제라는 말에 선뜩한 감각이 지났다. CP 체제로 완전히 전환하기 위한 시간이 두 달이라는 건, 바꿔 말하면 고작 두 달이면 프로그램을 완전히 망가뜨릴 수 있다는 뜻이었다.

"CP 체제로 전환하시겠다면……."

재희가 그 의중을 확인하려 입을 열자 영직이 말을 잘랐다.

"무슨 말인지 알잖아. 똑똑한 사람이 왜 같은 말 반복하게 만들지? 지금까지 강 피디하고 백선경 국장님이 하던 역할 내가 가져오겠다는 거야. 피디들 기획안 검수하고 최종본 컨펌하는 권한이 나한테 온다고."

빙빙 돌리지 않고 명확히 의도를 말하는 건 차라리 깔끔했다. 권력을 가진 자들이 노골적인 욕망을 드러내는 데 수치심을 느끼지 않는 까닭은 무엇인지 문득 궁금해진 건 필연적이었다.

그런 욕망이 잘못됐다는 걸 알아도 상관없기 때문일까, 혹은 그들에게 이미 도덕과 비도덕의 경계가 없기 때문일까. 어느 쪽이든 그다지 유쾌한 답은 아니었다. 짧은 한숨을 뱉은 재희는 영직을 응시했다.

"그런 조건은 수용할 수 없습니다. 국장님도 동의하셨습니까?"

순간 영직이 아주 재미있는 농담이라도 들은 양 웃음을 터트렸다. 한참을 웃던 영직은 들고 있던 스틱을 내려놓았다.

"강 피디나 국장님 의사 전혀 중요하지 않다는 거 아직도 모르겠어?"

진심으로 자신을 안쓰러워하는 듯한 말투였다. 속에서부터 뭔가 울컥 치밀어 올랐다. 화를 내면 영직의 페이스에 말려든다는 것을 알기에, 재희는 애써 그 감각을 누르며 이를 악물었다.

"위에서 검열하는 순간부터 <비하인드 24>는 <비하인드 24>가 아닙니다."

"단어 선택이 썩 유쾌하지는 않은데. 검열이라고 했나?"

영직이 빙글거리며 되물었다. 평소처럼 뼈 있는 농담으로 받아칠 수도 있었으나, 지금은 전혀 그럴 기분이 나지 않았다.

"뭐라고 포장하든 검열하고 싶으신 거 아닙니까. 유동욱 사장님이 저희한테 이런 시스템 허가하신 건 이유 있습니다. 윗선 입맛대로 만들고 싶으신 거라면 새 프로그램 론칭하시죠."

"듣던 대로 성격 보통 아니네."

영직이 팔짱을 끼며 재희를 아래위로 훑어보았다. 연극적인 동작이었다. 머리 꼭대기에 올라앉아 자신을 조롱하는 듯한 그 태도에, 재희는 보이지 않게 손끝을 말아 꽉 움켜쥐었다. 재희를 뚫어지게 보던 영직은 스틱 끝으로 미간을 긁적였다.

"나도 지금 이 조건 상당히 양보하고 있다는 거 알아야 돼. 서온건설 관련 건 방송하려는 거 몰라서 내가 가만있는 것 같아?"

누군가 바늘로 뒷덜미를 찌른 듯 뜨끔한 감각이 지났다. 재희가 대답 대신 영직을 마주 보자 영직이 귀찮다는 표정으로 소파에 몸을 묻었다.

"솔직히 말할까? 그거 방송하든 말든 나랑은 아무 상관도 없어. 그거 방송한다고 세상이 바뀔 거라는 믿음 있나? 만약에 그렇다면 좀 실망이고. 그 대단한 <비하인드 24> 피디들이 그렇게까지 나이브하다고는 생각하고 싶지 않은데."

그가 어디서부터 진실의 힘을 믿는 일이 순진하다고 생각하게 됐을지 재희는 문득 궁금해졌다. 안경 너머의 무감정한 눈은 읽기 어려웠다.

영직이 전자담배 스틱의 전원 버튼을 무심히 눌렀다 뗐다 하며 잠시 재희의 시선을 맞받았다. 그가 들고 있는 스틱 끝에서 빨간 불이 점멸했다. 짧은 침묵을 깬 건 다시 영직 쪽이었다.

"버텨 봐야 고작 평피디들이 뭐 그렇게 대단한 일 할 수 있을 것 같아서 그래? <뉴스라이트> 인사위 열렸을 때 최병주 피디하고 나명욱 부장 광고영업부로 전보당한 거 봤을 거 아냐. 강피디는 어디가 적성일 것 같아? 우리 드라마 테마파크 가 본 적 있나? 인물 괜찮으니까 테마파크 홍보부나 현장 관리직도 의외로 잘 맞을 것 같은데, 어때?"

놀리듯 내뱉는 말에 재희는 대답 대신 되물었다.

"협박하시는 거라고 생각해도 되겠습니까?"

그 말에 영직이 쿡쿡거렸다. 재미있어 죽겠다는 그 얼굴에 말아 쥔 손이 떨렸다. 영직이 소파의 팔걸이에 턱을 괴며 눈을 가늘게 떴다.

"겨우 이 정도로 협박 소리가 나오나? 강 피디 멘탈 흔드는 거 생각보다 쉽네."

영직은 일부러 자신을 흔들어 놓으려 한다는 걸 숨길 생각도 없어 보였다. 재희는 자세를 고쳐 앉았다. 처음부터 불리한 게임이었다. 영직에게 말려드는 순간 필패였다. 얌전하게 당해 주고 싶지는 않았다.

"<비하인드 24> 한 편 가지고 세상 바뀌지 않는다고 방금 말씀하셨는데요. 저 그런 프로 만드는 일개 평피디입니다. 나이브한 프로 만드는 직원 하나 흔들어서 위에서 얻는 게 뭡니까?"

조소하는 말투에 영직이 얼굴에서 웃음기를 거뒀다.

"강재희, 말장난 그만하지."

"자리 걸고 장난할 정도로 한가하지 않습니다."

"윗선에서 이번 주 방송부터 당장 셔터 내릴 수도 있어. 그러겠다는 거 내가 막아 줬다고. 이건 순수한 내 호의야. 무슨 말인지 알겠어?"

영직이 내뱉었다. 순수한 호의. 지금 이 자리와 그만큼 어울리지 않는 말이 또 있을까 생각하자 입이 썼다. 어떤 의미로서의 호의라는 건지 쉽게 판단할 수 없었다. 그 말은 한때나마 자신들과 같은 위치에서, 같은 지향점을 가졌던 사람으로서의 호의라고 생각하기에는 지나치게 냉소적이었다.

"위기에 몰렸을 때 밑바닥을 안 드러내는 사람이 있을 거라고 확신해? 이까짓 회사 때려치우면 된다, 사표 내겠다, 그렇게 생각하지? 맞는 말이야. 절이 싫으면 중이 떠나면 되지. 그런데 회사가 가만히 있겠어? 이게 문제야. 본인이 똑똑한 건 좋은데, 윗대가리들이 본인 생각만큼 멍청하지가 않다고."

재희는 눈썹을 좁혔다. 매번 이런 식으로 팀원들을 걸고넘어지는 건, 그게 자신에게 가장 약한 부분임을 이미 알기 때문일 터였다. 강재희가 가진 단 한 가지, 잃을까 봐 두려워하는 유일한 것. 영직의 속을 꿰뚫는 듯한 눈빛이 감정의 발화점 부근을 건드렸다.

"만약 제작진들이 사표 내고 단체 행동 들어간다면 회사는 바로 손해배상 청구 소송 시작할 거야. 프로그램 유지안 이미 제시했는데 안 들은 건 그쪽이니까. 본인은 지킬 거 없으니 용감하겠지만 다른 사람들도 그럴까? 부인 있고 자식 있는 사람들도 그렇겠냐고. 안 그래? 개인들이 회사 상대로 소송 걸려서 어디까지 갈 수 있겠어?"

"모든 책임은 제가 집니다. 팀원들 끌어들이지 마십시오."

재희는 즉각 영직의 말을 끊었다. 머릿속이 타들어 가는 것 같았다. 이 자리에서 이성을 잃지 않기 위해서는 평소보다 훨씬 많은 인내심이 필요했다.

"아직도 협박이 아니라고 말씀하실 겁니까?"

짓씹듯 내뱉은 재희의 말에 영직이 눈을 가늘게 뜨며 고개를 비스듬히 기울였다.

"어디까지나 제안이야. 잘 생각해 봐. 시간은 충분하니까."

제안이라는 단어로 덮어 버리기에는 그 의도가 너무나 선명했다. 재희가 대답 대신 영직을 날카롭게 응시하자 영직이 손에 들고 있던 스틱의 전원을 켜고는 그것을 입에 물었다. 내뱉는 숨에 멘톨 향이 희미하게 어린 수증기가 흩어졌다.

영직이 나지막하게 입을 열었다.

"그만 나가 봐. 성질 좀 죽이고. 연차 그 정도 됐으면 눈 똑바로 뜰 데 안 뜰 데는 구분해야지. 뭐, 또 그게 강 피디 인기 많은 이유라고는 하더라만. 생각 잘 해 보고 마음 바뀌면 언제든 찾아오라고."

자리에서 일어난 재희는 인사조차 하지 않고 CP실을 나섰다. 등 뒤에서 묵직한 소리를 내며 문이 닫혔다. 긴 복도는 텅 비어 있었다. 그 위로 끝없이 쏟아지는 형광등의 빛에 숨이 막혔다. 잠시 그 자리에 서 있던 재희는 긴 한숨을 뱉었다.

재희가 향한 곳은 사무실이 아닌 옥상이었다. 텅 빈 옥상 정원의 문을 열고 들어서 벤치에 걸터앉자 멀리서 희미한 도시의 소음들이 떠돌았다. 고개를 뒤로 젖힌 재희는 하늘을 올려다보았다. 별 하나 보이지 않는 흐린 하늘이 쏟아질 것처럼 가까웠다.

눈을 감고 한동안 그대로 앉아 있던 재희는 문득 문이 열리는 소리를 들었다. 여기까지 굳이 올라오는 사람들은 많지 않았다. 무심코 그쪽으로 시선을 준 재희의 눈에 들어온 건 익숙한 얼굴이었다. 재희를 알아본 상대도 그 자리에 멈춰 섰다. 윤이었다.

"어, 김 피디. 웬일이야? 취재 끝났어?"

누가 있을 줄 몰랐는지 당황한 기색이 역력했다. 윤이 주저하며 대답했다.

"아, 네. 그냥 좀 답답해서…… 죄송합니다. 계신 줄 몰랐어요."

윤이 얼른 고개를 꾸벅 숙이고는 돌아섰다. 그 뒷모습에 잠시 눈을 둔 재희는 윤을 불렀다.

"김 피디."

재희는 멈칫하며 돌아본 윤에게 자기 옆자리를 가리켰다.

"앉아. 옥상이 내 것도 아닌데 뭐. 커피나 한잔할까?"

잠시 망설이던 윤은 재희가 가리킨 자리에 앉았다. 그사이 자판기에서 커피를 뽑아 돌아온 재희는 한 잔을 윤에게 건넸다.

"이원욱 만나러 갔었다며. 어땠어? 뭐 좀 건질 거 있었나?"

두 손으로 종이컵을 감싸 쥔 윤은 어두워진 표정으로 시선을 내리며 나지막하게 말했다.

"박규형 과장하고 조창식 죽인 거 다 손경일이 시켰다고 얘기하던데요. 장영관하고 김성학 죽인 것도 손경일이라고 하고. 선배 집 털었던 거, 이희경 씨 애들한테 전화했던 거, 제 차 망가뜨린 것도 본인이라고 다 시인했고요."

"그걸 자기 입으로 다 불었다고?"

재희가 놀란 표정으로 묻자 윤이 고개를 끄덕였다.

"손경일한테 칼 맞고 실려 왔대요. 자기가 여기서 살아서 나가면 죽을 거 확실하다고, 방송에 모자이크 처리 필요 없으니까 얼굴 다 내보내 달라고 애원하더라고요."

간혹 있는 일이기는 했다. 특히 이런 경우라면 아예 얼굴과 신원을 공개하는 편이 표적이 되지 않을 확률이 높았다. 이원욱도 그걸 잘 알기에, 차라리 구속되더라도 방송에 제보하는 쪽을 택했을 게 뻔했다.

"안됐네. 범죄자라 자기가 공개하고 싶어도 우리가 공개할 수가 없는데."

재희가 혀를 차며 농담 같지 않은 농담을 중얼거리는 사이, 윤은 무슨 생각을 하는지 종이컵 안을 그저 물끄러미 들여다보고만 있었다. 커피를 몇 모금 홀짝이던 재희는 툭 뱉듯 물었다.

"많이 힘들어?"

그 말에 윤이 퍼뜩 놀라며 재희를 쳐다보았다. 재희는 짐짓 그 시선을 외면하며 옥상 난간 너머 멀리로 시선을 주었다. 한동안 말이 없던 윤이 입을 열었다.

"사명감은 타고나는 겁니까?"

뜻밖의 질문이었다. 재희는 팔짱을 끼며 되물었다.

"그렇다고 생각해?"

"잘 모르겠습니다."

윤이 작은 목소리로 대답했다. 정언 때문이라는 건 묻지 않아도 당연했다. 서정언이 좀 대단하긴 하지, 하고 속으로 생각한 재희는 벤치에 등을 기댔다.

"글쎄. 나도 잘 모르겠네. 봤으니까 알겠지만 다들 평범한 사람들이야. 나도 그렇고. 다른 사람들에 비해서 우리가 더 엄청나게 정의롭고 그런 건 아니잖아."

"그럼 대체 뭐가 선배들을 그렇게 움직입니까?"

윤이 이해할 수 없다는 표정으로 재희를 마주 보았다.

"본인은 왜 하는데? 그냥 이 팀에 왔으니까?"

그 물음에 윤이 머뭇거렸다. 그 얼굴을 빤히 보던 재희는 미소를 지었다.

"이유도 중요하겠지만 결과도 중요하다고. 나라고 뭐 대단히 엄청난 이유로 그러는 거 아냐. 처음엔 좋아하는 여자한테 멋있게 보이려고 더 목숨 걸고 했거든."

윤이 믿을 수 없다는 표정으로 눈을 동그랗게 떴다.

장난스럽게 뱉은 말이었으나 연수의 얼굴이 떠오른 건 필연적이었다. 뺨을 만지던 손길, 너 멋있다, 하고 웃던 목소리, 아무것도 숨길 수 없게 만들던 그 눈동자가 바로 어제 일처럼 되살아났다. 그 환각을 지우기 위해 재희는 서둘러 짐짓 진지한 얼굴

261

로 입가에 손가락을 하나 댔다.

"이건 어디 가서 말하지 마. 쪽팔리니까."

"농담하시는 거죠?"

"왜 그렇게 생각해? 김 피디도 그거 뭔지 잘 알 텐데."

놀리려는 의도는 아니었으나 윤의 귀 끝이 순식간에 새빨개졌다. 이렇게 쉽게 들여다보이니 이런 데는 영 젬병인 정언조차도 윤의 감정을 모를 수가 없을 것 같기는 했다. 하여튼 이 험한 세상에 다들 이렇게 순진해서야, 하고 생각한 재희는 말을 돌렸다.

"다른 사람들도 각자 이유가 있겠지. 어쩌다 보니까, 하다 보니까, 먹고살려고, 남들이 그렇게 하니까. 그런데 난 그게 잘못됐다고 생각 안 해. 그런 이유로라도 여기까지 오는 사람들 드물어. 김 피디도 마찬가지고. 그건 자부심 가져도 되지. 그런 보기 드문 사람들 여기서 다 만날 수 있으니까."

팀원들이 재희를 자랑스럽게 여기는 것처럼, 재희 역시 팀원들에게 자부심을 가지고 있었다. 어디서든 이런 사람들을 한꺼번에 만난다는 건 거의 불가능에 가까운 일이었다.

입술 끝을 잘근거리던 윤이 몸을 숙이며 두 손을 깍지 끼어 이마에 대었다.

"……선배한테 도움 되고 싶은데 어떻게 하면 되는지 모르겠어요. 오늘 이원욱 만났을 때도 그랬거든요. 너무 끔찍하고 생각하고 싶지도 않은데, 선배가 그런 걸 몇 년이나 견뎌 왔다고 생각하면 그냥 답답해서……."

조심스러운 단어들만으로도 윤의 심정을 짐작하기는 어렵지 않았다. 다른 사람이었다면 좀 더 쉬웠을 수도 있겠지만, 상대가 정언이다 보니 윤의 고민도 이해가 안 가는 건 아니었다.

바늘 끝 하나 찔러 넣기 힘들어 보이는 정언의 무표정한 얼굴을 떠올리자 웃는 소리가 났다. 윤이 주저하다 재희에게 물었다.

"제가 피디님이었으면 선배가 저한테 기대기 더 편했을까요?"

"서 피디가 나한테 의지하는 걸로 보여?"

쿡쿡거리며 되물은 재희는 어깨를 으쓱해 보였다.

"서 피디 지금도 충분히 나보다 김 피디 의지하는 거 같은데."

윤이 멈칫하며 재희를 마주 보았다. 재희는 턱을 괴며 심각한 표정으로 대꾸했다.

"김 피디 굉장히 겸손하네. 본인을 너무 과소평가하지 말라고. 친구가 그런 일 당했다고 경영진 비난하는 글 쓸 수 있는 사람 흔치 않아. 동료가 폭언 듣는다고 해서 이사들한테 대들 깡 아무나 있는 것도 아니고."

윤이 민망한지 손끝을 만지작거리며 고개를 숙였다. 소년 같은 옆모습이 눈에 들어왔다. 재희는 윤을 놀리듯 어깨를 툭 부딪쳤다.

"굳이 서 피디 좋아하는 것만 봐도 보통 사람 아닌데 왜 그래."

윤의 얼굴이 순식간에 새빨개졌다. 윤이 놀리는 재미가 있는 타입이라는 걸 깨달은 재희는 무심결에 한마디를 덧붙였다.

"나한테 그 정도 용기 있었으면 서 피디하고 그냥 선후배 사이 아니었겠지."

불쑥 튀어나온 본심은 의도한 게 아니었다. 그냥 웃어넘길 수도 있는 말이라고 생각했는데, 윤은 기어이 그걸 지나치지 못했다. 잠시 사이를 둔 윤이 재희를 똑바로 응시하며 물었다.

"무슨 뜻입니까?"

방금 전까지 열아홉 소년처럼 보이던 윤은 순식간에 남자의 얼굴을 하고 있었다. 그 얼굴을 빤히 보던 재희는 씩 웃었다. 어떤 여자가 이런 남자에게 흔들리지 않을 수 있을까. 천하의 서정언이라도 무너지는 게 당연할 것 같았다.

재희는 부러 그 시선을 외면하며 대답했다.

"말 그대로야. 외롭고 힘든 적 없다면 거짓말이니까."

재희는 스스로도 확신할 수 없던 감정들에 단 한 번도 이름을 붙인 적 없었다. 좋은 후배, 신뢰할 수 있는 동료, 그리고 어쩌면……. 이미 정언에게 말했던 것처럼, 단 한 번도 정언을 곁에 두는 걸 상상하지 않았다고 맹세할 수는 없었다. 하지만 언제나 재희를 멈추게 하는 건 그다음의 일이었다.

"그런데 나도 양심은 있거든. 안 채워질 거 뻔히 아는데 계속 부어 보라고 강요할 순 없잖아. 그러면 진짜 나쁜 놈 아냐."

가볍게 내뱉은 진심은 늘 재희가 선 안에 머무르는 이유였다. 무엇으로도 대체될 수 없는 빈자리는 자신에게 존재하는 것으로 충분했다. 정언에게 그런 고통을 공유하게 하고 싶지는 않았다.

윤의 얼굴에 뭐라고 정의하기 어려운 감정들이 지나쳤다. 단정한 얼굴은 그새 손을 대면 금방이라도 베일 것처럼 예민하게 날카로워져 있었다.

"피디님이 양심적인 남자라 감사해야 되는 겁니까?"

날이 선 윤의 말투에 재희는 쿡쿡거리며 웃었다.

"감사하는 사람 표정이 그래?"

속을 빤히 들여다보였다는 걸 뒤늦게 깨달았는지 윤이 멈칫했다. 재희는 웃음기가 남은 얼굴로 윤을 물끄러미 보다 말했다.

"말을 안 해서 그렇지 쌓인 거 많은 앤데, 이사회에서 김 피디가 대신 화내 줘서 고마웠어. 내가 서 피디한테 그렇게 좋은 선배 아니었어서 지금까지 마음에 걸리는데, 거기서 서 피디 그런 소리 듣는 거 아무도 안 말렸으면 내가 더 죄책감 느꼈을 것 같아. 서 피디 성격에 아마 혼이나 안 냈으면 다행이겠지만, 그랬어도 본심 아닐 테니까 담아 두지 말라고."

잠시 말이 없던 윤이 한숨처럼 웃었다.

"선배 너무 잘 아시는 게 더 화나는데요."

뜻밖의 직구였다. 재희는 짐짓 놀리는 투로 대꾸했다.

"그러게 <오늘의 요리> 있지 말고 처음부터 우리 팀 지망하지 그랬어."

"선배 같은 사람 있는 줄 알았으면 당연히 그랬겠죠."

윤이 대답했다. 정언이 들었다면 배트 한 번 못 휘두르고 삼진을 얻어맞은 타자 꼴이 났을 멘트였다. 솔직한 게 매력이네, 하고 속으로 생각한 재희는 허공에 시선을 두며 툭 뱉었다.

"시간을 돌릴 수가 없으니까 사는 게 재밌지, 안 그래?"

그 말에 무슨 생각을 하는지 한동안 침묵하던 윤이 물었다.

"앞이 안 보일 때도요?"

"앞이 안 보이니까. 우리가 처음부터 결말을 다 알면 그게 무슨 재미겠어."

그건 자신에게 하는 말이기도 했다. 윤이 재희를 마주 보았다.

"결말을 알았으면 시작 안 하셨을 것 같으세요?"

"아니."

재희는 고개를 가로저었다. 가끔 수십 번, 수백 번 시간을 되돌리더라도 결국 같은 선택을 할 수밖에 없을 거라고 생각할 때가 있었다. 연수를 만나지 않았더라면, <비하인드 24>의 피디가 되지 않았더라면, 쉽게 타협하는 인간이 되었더라면…… 그러나 수없이 생각해도 결론은 언제나 같았다.

"사람은 안 변하니까."

재희는 쓰게 웃었다.

"그게 내 성격인 걸 어떡해. 그래서 지는 싸움인 거 알아도 하게 되잖아, 지금처럼. 억울하니까, 못 참겠으니까. 그냥 있을 수는 없고. 시간을 돌린다고 내가 나 아니게 되진 않을 거 아냐."

되돌릴 수 없는 수많은 선택들. 가지 않은 길을 돌아볼 때면, 재희는 스스로에게 말하곤 했다. 지금 서 있는 이 길이 나를 만들었다고. 모든 선택에 단 한 번의 실패도 없을 수는 없다고. 그건 그림자처럼 내내 자신을 쫓아다니는 두려움을 외면하기 위한 주문이었다.

"CP님이 그러시더라고. 위기에 몰렸을 때 밑바닥 안 드러내는 사람 있을 거라고 확신하냐. 확신은 없지. 누가 변할지 모르지만, 그래도……."

혼잣말처럼 중얼거리는 재희의 목소리를 가만히 듣고 있던 윤이 입을 열었다.

"변할 사람들이면 진작 그랬겠죠."

잠시 말을 고르는 듯 머뭇거린 윤은 재희를 마주 보았다.

"전 이유도 모르면서 따라가는데요. 선배들은 이유 아시니까, 가야 된다고 생각하면 끝까지 가실 분들이잖아요. 그런 생각 하지 마세요."

신중한 단어들이었다. 누구라도 그 성정을 짐작할 법한 다감한 말투에 재희는 웃었다.

"좀 위로되려고 그러는데."

그건 진심이었다. 아무도 변하지 않기를 바라면서도 사실은 확신할 수 없었다. 신념과 현실의 삶 사이에 경중을 매긴다는 건 불가능했다. 때문에 타인의 입으로 듣는 그 말은 재희에게 약간의 위안을 주었다.

재희는 윤의 어깨를 툭 치며 내뱉었다.

"너무 괜찮지 마. 나 인기 뺏기는 거 실시간으로 느껴지니까."

짐짓 정색하는 재희의 얼굴에 윤이 멋쩍게 웃었다. 기지개를 켠 재희는 옷을 툭툭 털며 자리에서 일어났다.

"다 마셨으면 그만 내려갈까?"

윤이 네, 하고 대답하며 몸을 일으켰다. 윤을 먼저 내보낸 재희는 옥상을 나서려다 말고 다시 한 번 하늘을 쳐다보았다. 그새 구름이 조금 걷힌 하늘 어딘가에서 작은 빛이 반짝였다. 긴 숨을 내뱉은 재희는 문을 닫았다. 되돌아간다는 건 생각해 본 적도 없는 일이었다.

37

"장부 가지고 장난질 친 거 확실하네, 그치? 조금만 신경 써서 봤으면 바로 걸렸을 것 같은데, 어떻게 여태까지 묻혀 있었대?"

민혜가 심각한 표정으로 호형을 올려다보았다. 호형은 길었던 전문가 미팅을 끝내자마자 달려와, 민혜와 정언에게 자료 분석 결과를 알려 주는 중이었다. 다크서클을 턱 밑까지 늘어뜨린 호형이 탁자 위에 흩어진 자료들 위를 탁탁 쳤다.

"굳이 누가 이상하다고 문제 제기 자체를 한 적이 없는 거죠. 이상연 변호사님 말로는 정상적인 회사라면 우리가 발견하기 전에 주주총회에서 누가 이의를 제기했어야 한다고 그러던데요. 변정화 소유 계열사 중에 우리가 주목한 게 식자재 공급하는 뉴테크푸드라는 회사인데, 조한일보 계열사 구내식당이나 외식사업부 쪽 회사는 전부 여기하고 계약하고 있어요. 그러니까 내부에서 매출 내역이나 장부 조작하는 건 너무 간단하다는 거지. 대주주도 대부분 <조한일보> 관련인들이고."

호형의 말을 주의 깊게 듣고 있던 민혜가 턱 밑을 문질렀다.

"회계 조작이 상대적으로 간단하니까 여기 계좌를 이용한다?"

"그렇죠. 건물 매매 대금이나 이런 게 왔다 갔다 한 게 몇 번 있어요. 금액이 몇 백만 원 단위로 자잘한 건 내역 확실히 잡아내기 힘드니까, 작은 단위 뇌물 주고받는 용도로 유용한 적 없다고 장담도 못 하고."

"각 잡고 캐면 증거 찾는 것 자체는 일도 아니겠는데."

정언이 팔짱을 끼며 내뱉자 호형이 손가락을 딱 소리 나게 튕기며 그렇지, 하는 제스처를 취했다.

"증거가 없는 게 아냐. 엄대진이 언터처블이라 아예 시작도 못한 거지. 이정수 검사랑 진형은 검사가 몇 년 전부터 주시하다 특검 들어갔는데도 결국 모가지 따였잖아. 그거 보고 누가 엄두가 나겠어. 그러니까 갈수록 더 느슨해진 거고. 우리한테는 호재지. 이거 완전 노다지야."

"SO 컴퍼니 쪽은?"

"<데일리시사>에서 받은 자료 석현 선배가 체크하고, 오인영 세무사님이 분석한 내용 봤는데 여기도 문제될 부분 많아."

호형이 자료를 펼쳐 놓았다.

"SO 컴퍼니가 에너지 사업 업체로 등록돼 있다고 했잖아. 그런데 대체에너지 생산 산업 부품 회사로 업종 등록한 유령회사 앞으로 돈이 들어가는 걸 찾았단 말이야. 장부에는 부품을 샀다고 기록이 돼 있는데, 실제로 석현 선배가 유럽 나가는 물류 쪽 알아보니까 장부에 기록된 시기에 그리스로 간 화물 자체가 아예 없어. 그 유령회사 쪽에서 부품 생산한다는 동남아 공장 주소도 현지에 확인해 보니까 폐업한 지 십 년도 넘은 공장이고."

"돈 벌기 진짜 쉽네. 없는 공장에서 존재하지도 않는 부품 생산하고, 실체 없는 회사가 다른 유령회사한테 그걸 사들인다?"

정언이 픽 웃으며 되묻자 호형이 고개를 절레절레 저었다.

"이거 보다 보면 봉이 김선달 정도면 희대의 양심 사업가 같지 않냐? 최소한 대동강 물은 눈에라도 보이잖아. 이건 뭐 있지도 않은 거 가지고 지지고 볶고 잘도 해요."

"아우, 진짜 양심이 얼마나 없고 머리가 얼마나 좋고 얼마나 부지런해야 이런 게 되니?"

민혜가 진저리를 쳤다. 호형이 그러니까요, 하고 맞장구를 치며 기지개를 켰다. 죽겠다는 얼굴로 목을 몇 번 돌리던 호형이 창밖을 넌지시 보더니 생각났다는 듯 정언에게 물었다.

"김 피디는 어디 갔어? 아까부터 안 보이네."

정언은 그 말에 무심코 뒤를 돌아보았다. 이원욱과의 인터뷰 후, 사무실로 돌아온 윤은 눈에 띄게 가라앉아 있었다. 파일 인코딩을 걸어 놓고 자리를 비우기에 잠깐 바람이라도 쐬러 갔나 했더니, 이삼십 분쯤 지난 것 같은데 아직도 자리에 없었다.

어딜 갔지, 하고 속으로 생각한 정언은 대수롭지 않다는 얼굴로 대답했다.

"커피 한 잔 하러 갔나 보지 뭐."

"금방 퇴근할 건데 커피는 왜 마시러 갔대?"

"퇴근할 거면 커피 마시지 말라는 법 언제 새로 생겼나?"

정언이 되묻자 호형이 뭐라고 한마디 하려는 듯 입을 열었다. 그러나 때마침 재희가 회의실 문을 두드리며 나오라는 손짓을 했다. 호형이 의아한 표정을 하며 정언을 마주 보았다.

고개를 갸웃한 정언이 호형과 함께 회의실을 나서자, 그새 윤이 자기 자리에 앉아 있는 것이 눈에 들어왔다. 퇴근 준비를 하던 다른 팀원들이 무슨 일인가 싶었는지 동작을 멈추며 재희에게 눈을 돌렸다. 재희가 파티션 위를 짚으며 입을 열었다.

"본론만 얘기할게. 지금 위에서 폐지 안 할 테니까, 대신 8주 휴방하고 CP 체제로 전환하자고 그러는데 어떻게 생각해?"

충혈된 눈을 끔벅거리던 찬수가 귀를 후비며 되물었다.

"CP 체제가 뭔 소리야? 최영직 CP가 컨트롤하겠다 그거야?"

"그렇죠."

재희의 대답에 정언은 즉시 얼굴을 찌푸리며 손을 휘적였다.

"아니, 개소리가 뭐 그렇게 심각해. 됐어요. 지금 그딴 소리 들어 줄 시간 없어."

다 챙겨 둔 가방을 한쪽에 밀어 놓은 현진이 콧방귀를 뀌며 의자를 뒤로 젖혔다.

"8주 휴방 좋아하네. 아무리 피디들이 회사원이고 지들이 하라면 하고 말라면 만다지만 문 닫으랬다가 열랬다가, 쉬었다가 하랬다가 아주 지랄 염병을 다 하네. 쉬긴 왜 쉬어? 뭣 때문에?"

"본인도 공부하실 시간이 필요하다는데요."

재희가 어깨를 으쓱해 보이자 현진이 혀를 찼다.

"공부는 혼자 해야지 남은 왜 잡아 놔? 우리는 나갈 테니까 공부는 혼자 하든 말든 알아서 하라고 그래."

"위에서 프로그램 유지안 제시했으니까 우리가 단체 행동하면 소송 걸겠대요. 그래도 괜찮겠어?"

그 말에 정언은 순간 멈칫했다. 소송이 두려워서가 아니라, 그래도 괜찮겠냐고 묻는 재희의 얼굴에 얼핏 스친 걱정 탓이었다.

재희가 이 팀 외의 무엇에도 미련을 두지 않는다는 걸 모르는 사람은 없었다. 바꿔 말하자면, 그건 결국 팀이 재희의 유일한 약점이라는 뜻이었다. 위에서 굳이 단체 행동을 하면 소송을 걸겠다고 한 건 그들도 그 사실을 뻔히 안다는 얘기였다. 소송 얘기가 나오기 무섭게 호형이 짜증나 죽겠다는 투로 내뱉었다.

"가지가지로 치사하네, 진짜. 아, 몰라요. 걸려면 걸라고 하세요. 그거 무서웠으면 지금까지 <비하인드 24> 하지도 않았어요. 지금 멤버로 몇 년을 했는데 아직도 우릴 그렇게 모르나?"

"그럼 내가 걱정 안 해도 돼?"

재희가 다시 한 번 묻자마자 현진이 버럭 성질을 냈다.

"아, 진짜 강재희 좀! 끝난 얘길 왜 자꾸 하려고 들어? 됐어. 퇴근하려는데 뭐 엄청 중요한 얘기 하는 줄 알았네."

"엄청 중요한 얘긴데 왜요."

"장난하냐? 금요일 밤에 되도 않은 소리를 하고 있어."

재희를 한 대 치기라도 할 기세로 눈을 부라린 현진이 자리에서 일어나 가방을 한쪽 어깨에 걸쳐 메며 삿대질을 했다.

"야, 앞으로 이런 얘기는 퇴근할 때 하지 마. 알았어? 기분 좋게 집에 가려는데 꼭 기분 잡치게 그래."

"출근할 때 해도 기분 잡치지 않나?"

재희가 진지하게 되물은 얼굴에 현진이 음, 하고 잠시 생각하는 척 입가를 만지작거렸다.

"그건 그렇지. 그러면 그냥 개소리는 너 혼자 간직하는 걸로. 오케이?"

"야, 한현진 님 말씀이 틀린 게 하나도 없어. 이 시대의 옳은 말 제조기라니까. 자다가도 한현진 말 들으면 떡 먹는 거 몰라?"

입이 찢어지게 하품을 한 찬수가 한마디 거들자 현진이 그렇지, 그렇지 하며 추임새를 넣었다. 재희가 어쩔 수 없다는 듯 웃고는 한숨을 쉬었다.

"그럼 나 진짜 걱정 안 할게. 다들 퇴근하고, 주말이니까 좀 쉬고 봅시다. 방송 나갈 때까지는 무조건 다 살아 있어야 돼. 무슨 말인지 알지?"

현진이 고개를 절레절레 흔들었다.

"너나 잘 하세요, 너나. 북망산에 주상복합 올리고 황천강에서 제트스키 타는 새끼가 남 걱정은 왜 해?"

재희가 그 말에 입을 몇 번 뻐끔거리다 되물었다.

"레퍼토리가 갈수록 창의적인데 어디서 공부하고 와요?"

"내가 그 창의적인 레퍼토리로 여태 먹고살았다는 거 아냐. 말 걸지 마, 갈 거니까. 성옥아, 가자. 야, 빨리 퇴근해. 강재희 저거 맘 변하기 전에."

콧대를 세운 현진이 자리에 앉아 있던 팀원들의 등짝을 두드렸다. 현진이 문 앞에 앉은 성옥의 뒷덜미를 낚아채다시피 하며 데리고 나가자, 다른 팀원들도 부스스 자리에서 일어나 퇴근 준비를 하기 시작했다. 호형이 회의실 탁자 위에 흩어져 있던 자료들을 한데 모아 올려놓고는 수고하라며 정언의 어깨를 툭툭 쳤다. 정언은 뒤를 돌아보지도 않고 응, 하고 대답했다.

곧 대부분의 팀원들이 빠져나간 사무실에서 가방을 챙기던 민혜가 퇴근할 기미조차 없는 정언을 보고는 눈을 동그랗게 떴다.

"정언, 퇴근 안 해?"

"안 피디 미팅 내용만 좀 체크하고요."

정언이 자료에 눈을 둔 채 대답하자 민혜가 아휴, 하고는 뭐라 하려 입술을 달싹이다 포기했다는 듯 어깨를 늘어뜨렸다.

"그래, 그럼."

"월요일에 봐요."

"이원욱 잡혔다니까 좀 안심이긴 한데, 그래도…… 너무 늦게 가지 마. 알았지?"

민혜가 당부하는 말에 픽 웃은 정언은 손을 저었다.

"괜찮아요. 작가님이나 조심해서 가요."

"내 걱정하지 말고. 주말에 집에서 푹 자고, 뭐 좀 챙겨 먹고."

"나 지금 엄마랑 통화하는 줄 알았어."

정언이 농담 반, 진담 반으로 대꾸하자 민혜가 으이구, 하며 눈을 흘겼다. 정언이 대답 대신 앉은 채 민혜의 등을 떠밀자 민혜가 마지못해 밀려가며 인사를 건넸다.

민혜까지 나가고 나자 사무실에 남은 건 재희와 정언, 윤뿐이었다. 뭔가를 보고 있던 재희가 자리에서 일어나 사무실 안을 둘러보더니 정언을 나무랐다.

"서 피디가 안 가니까 김 피디도 퇴근을 못 하잖아."

그 말에 윤이 퍼뜩 놀란 얼굴로 고개를 들더니 웃었다.

"아니에요. 저도 뭐 좀 잠깐 볼 게 있어서요. 금방 갈 거예요."

"나보다 늦게 퇴근하는 사람 오랜만에 보네."

재희가 툭 내뱉고는 재킷을 집어 들어 한쪽 팔에 걸치며 정언에게 물었다.

"안 들어갈 거야?"

"금방 가요. 퇴근하게요?"

정언이 묻자 재희가 고개를 끄덕였다.

"이번 주말엔 좀 쉬려고. 방송하기 전에 마지막으로 쉬는 날일 것 같아서. 진짜 어지간히 급한 일 아니면 나오지 마. 나도 안 나올 거니까."

재희가 자기 입으로 그렇게까지 말하는 건 정말 드문 일이었다. 빨리 가, 하고 한 번 더 다짐을 둔 재희는 사무실을 나갔다.
사무실 안이 고요하게 가라앉았다.

정언은 자료를 넘기며 윤에게 물었다.

"아까 어디 갔다 왔어?"

파티션 너머로 짧은 정적이 지났다. 대답하기 어려운 질문은
아니었던 것 같은데, 하고 정언은 속으로 생각했다. 윤의 대답이
돌아온 건 직후였다.

"아, 그냥…… 옥상에 잠깐 올라갔다 왔어요."

"왜."

정언이 몸을 뒤로 젖히며 물었다. 모니터에 눈을 두고 있던 윤
이 멈칫하며 정언을 보았다.

"답답해서?"

돌아오는 차 안에서 윤은 내내 말이 없었다. 무슨 생각을 하는
건지 짐작하기는 어렵지 않았다. 그런 일 없을 거라고 약속하라
던 윤의 얼굴이 문득 되살아났다.

농담으로 넘길 수도 있는 말이었지만 그러기에는 윤이 너무나
절박했다. 마음대로 되지 않는 일인 것을 뻔히 알면서도, 윤에게
절대 죽지 않겠다고 약속한 건 그 때문이었다.

정언의 물음에 윤이 고개를 가로저었다.

"아무것도 아니에요. 아, 저 이 부분 봤는데 이해가 좀 안 가서
요. 여기 보면 변정화가 경영에 관여하는 회사들 회계 자료에서
연간 수치가 서로 안 맞는다고 체크가 돼 있잖아요."

윤이 보고 있던 자료를 내밀었다. 일부러 말을 돌리려고 한다
는 걸 알면서도, 정언은 굳이 더 캐묻지 않았다. 정언은 윤의 손
에 들린 자료를 눈으로 훑고는 입을 열었다.

"오인영 세무사님 얘기로는 이중장부 가능성이 있다고 했대. 아까 송 작가님하고 내가 봤는데 실제로 주주들한테 공개된 자료 참조해 보면 국세청 제출 자료하고 수치가 달라. 본인이 최대 주주고, 나머지 주주들도 주변 사람들이 갈라 먹기 하고 있으니 굳이 명확한 자료 제출할 필요 없는 걸로 봐야겠지. 이중장부 기록하면서 매출액 조작해서 탈세하고 있을 가능성 높아. 조작된 매출액은 다시 엄대진한테 가겠지."

"음, 그러면 그리스 소재 SO 컴퍼니하고 변정화랑 자식들 앞으로 된 부동산 사들이는 유령회사 사이에 명확하게 관계가 증명된 게 있어요?"

"석현 선배가 체크했어. 존재하지도 않는 부품 구입 금액을 입금하는 방식으로 페이퍼컴퍼니 들어간 돈을 세탁하고 있다고 봐야 된다고. 선배 얘기 들어 보니까 한국에서도 SO 컴퍼니 주식 매입하거나 투자하는 방식으로 비자금 넣는 것 같다던데."

정언의 말에 윤이 눈을 동그랗게 떴다.

"누가요?"

"SO 컴퍼니 비상장회사인데, 엄대진계 의원들 중에 일부가 여기 주주인 걸로 추측된대. 상장 기대하고 들어가는 비상장회사 주식은 상장 안 되면 그냥 휴지 조각이야. 거액을 투자한다는 게 되게 위험하지. 그런데 서온 게이트 터지고 난 뒤에 신차훈이 한 번 자기 지역구에서 공원 매점 사업권 독점하게 해 준다고 하면서 기부금 형식으로 입찰 업체 여러 곳에서 돈을 받았다, 이런 제보가 있었다더라고."

"업체에서 제보한 거겠죠?"

정언은 들고 있던 펜 끝으로 관자놀이를 누르며 대답했다.

"맞아. 그런데 당시에 신차훈이 그건 개인적인 뇌물 같은 게 아니다, 지역구 차원에서 유망 사업체에 투자했다 하면서 넘어 갔다는 거야. 실제로 해외 기업 주식을 구매한 내역이 있었고, 지역구 소재 벤처기업하고 자매결연을 했다 뭐 그런 자료가 있 었대. 자세한 건 비공개라는데, 그 주식이 SO 컴퍼니 주식일 확 률이 높지. 자매결연했다는 기업은 폐업 처리된 지 오래됐고."

"그것도 사기겠네요, 그럼. SO 컴퍼니는 주주명부 확인하면 확실하지 않아요?"

"우리가 보려면 주주명부 열람하게 해 달라고 법원에 소장 제 출해야 돼. 그런데 해외 소재 회사라 시간도 오래 걸릴 거고 절 차도 복잡해. 아니면 지분율이 일정 이상 되는 주주일 경우에 명부 요구할 권리가 있긴 하지. 그런 주주가 지금 우리 주변에 없는 게 문제지만."

눈썹을 좁히며 잠시 생각에 잠겼던 윤이 정언을 마주 보았다.

"변순철 회장은 아직 별 얘기 없죠? 이규완도?"

정언은 그 말에 어깨를 으쓱해 보였다.

"병동 폐쇄했다는 소문 이후로는 뭐. 근데 아직도 본서울병원 이송 못 한 거면 이유 있다고 봐야 하지 않겠어? 이규완도 아직 말은 없는데 주말 지나면 좋든 싫든 움직여야 될 거야. 검찰 고 위직이 싹 신환석 라인이라 구속영장 청구되면 백 퍼센트 구속 이니까. 구속되면 경선이고 뭐고 끝나잖아."

"어쨌든 우리한테 심증은 있는 거네요."

정언은 코끝으로 웃는 소리를 내며 한숨을 쉬었다.

"심증은 처음부터 늘 있었잖아. 선배가 그렇게 좋아하는 팩트 가져오려니까 힘든 거지."

아이고, 하며 몸을 길게 숙인 정언은 자리에서 일어났다. 윤이 고개를 들어 정언을 쳐다보았다. 정언은 농담처럼 툭 내뱉었다.

"처음에 선배한테 팩트 가져오겠다고 했던 거 이제 후회돼?"

윤이 눈을 맞추며 씩 웃었다.

"게시판에 글 쓴 것도 이제 후회 안 하는데요."

그 이유가 뭔지는 굳이 들을 필요도 없었다. 괜한 소리 했네, 하고 속으로 중얼거린 정언은 시선을 피하며 책상 위에 놓여 있던 자료들을 가방 안에 쓸어 넣었다.

"그만 퇴근해. 나도 들어갈 거니까. 그리고 운전 무리해서 하지 마. 농담 아냐. 내가 데려다주는 거 싫으면 택시 타든지 대리 부르든지 해. 비용 청구하면 되니까."

정언의 말에 윤이 대꾸했다.

"이원욱 말 들으니까 더 지기 싫던데요."

"목숨 걸고 오기 부리는 거 하나도 안 멋있어."

정색을 한 정언은 자리를 마저 정리하고는 차 키를 주머니에 쑤셔 넣었다. 차는 주차장에 두고 걸어갈 셈이었다. 서둘러 정언을 따라 일어난 윤이 물었다.

"오늘은 제가 선배 데려다드리면 안 돼요?"

"걸어가도 코앞이야."

칼 같은 거절이었으나, 물론 그렇다고 포기할 윤이 아니었다.

"그러니까요."

여기서 윤을 설득하려고 해 봐야 아무 소용도 없다는 건 이제 경험상 충분히 알고 있었다. 윤과 더 입씨름을 한다는 상상만으로도 피곤해진 정언은 대답 대신 몸을 돌렸다.

침묵은 긍정이라는 걸 알아차린 윤이 사무실 불을 끄며 정언

을 따라 나왔다. 등 뒤에서 자동으로 사무실 문 잠기는 소리가
났다. 다른 사무실 대부분은 아직 불이 들어와 있기는 했지만,
길게 뻗은 복도는 조용했다.

엘리베이터를 타고 로비로 내려온 정언은 윤과 함께 방송국
정문을 나섰다. 가로등이 켜진 거리는 금요일 밤답게 취한 사람
들과 시끌벅적한 가게의 불빛들로 채워진 채였다. 그 사이를 가
로질러 나란히 걷던 윤이 갑자기 물었다.

"그런 사람 만나고 얘기 듣는 거 아무렇지도 않으세요?"

정언은 윤에게 시선을 주었다. 이원욱에 대한 이야기라는 걸
눈치채기는 어렵지 않았다. 윤이 앞을 보며 말했다.

"선배가 그런 사람들한테 익숙해 보여서 싫었어요."

스피커를 달아 놓은 술집에서 흘러나오는 시끄러운 최신 가요
사이로도 그 목소리는 또렷하게 들렸다.

정언은 윤의 말을 속으로 한 번 곱씹었다. 굳이 반박하고 싶지
않은 이야기였다. 윤의 민감함이 불편해지는 건 바로 이런 순간
이었다. 표정을 감춘 정언은 여상하게 대답했다.

"김 피디가 싫다고 해도 내가 어떻게 해 줄 수가 없는데."

윤이 무슨 말인가를 하려는 듯 입술을 달싹이다 그만두었다.
두 사람이 정언의 오피스텔 근처에 도착한 건 얼마 지나지 않아
서였다. 소란스러운 상가 앞을 지나 오피스텔 입구에서 걸음을
멈춘 윤이 입술 끝을 깨물고 있다가 정언을 마주 보았다.

"아까 그 말, 선배 기분 상하게 하려고 한 건 아니었어요. 그냥
선배도 무섭고 괴로웠을 것 같아서, 그런 생각하니까……."

순간 부주의하게 넘기던 책장에 손끝을 벤 듯한 감각이 지났
다. 정언은 애써 그 감각을 외면하며 발끝으로 보도블록을 툭툭

찼다. 긴 그림자가 드리워진 도로 위로 깨진 보도블록의 조그만 조각이 탁 소리를 내며 굴러갔다.

"사람이니까 안 그럴 수는 없겠지."

정언은 그림자 속에서 아무렇게나 뒹구는 그 조각에 시선을 둔 채 대답했다.

"난 그냥 이게 맞다고 생각해서 그래. 거창한 이유 아냐. 내가 안 하더라도 누구든 이런 일 할 수 있겠지만 내가 여기 있으니까 하는 거고, 그게 무섭고 괴로워도 할 수 없는 거지."

윤의 시선이 느껴져 정언은 고개를 들었다. 윤의 머리 위로 떨어지는 가로등의 불빛 탓인지, 그 눈이 어떤 표정을 하고 있는지 잘 읽히지 않았다. 정언은 흘러내리는 머리칼을 쓸어 올리며 혼잣말처럼 중얼거렸다.

"아, 이런 얘기 어지간하면 안 하고 싶은데."

"왜요?"

윤이 물었다. 정언은 윤의 눈을 물끄러미 보다 시선을 내렸다.

"그냥."

윤과 있는 순간이면 때로 자신의 가장 인간적인 부분을 깨닫게 되곤 했다. 그럴 때면 누군가 심장에 작은 추를 다는 것 같았다. 아무렇지도 않다고, 이런 건 잊어버리면 된다고 애써 외면하던 스스로의 고통에 직면할 때면 가슴이 묵직하게 가라앉았다. 자신조차 망각하는 고통을 윤이 더 민감하게 느낀다는 건 이상한 기분이었다.

정언은 눈으로 자신의 그림자 위에 겹쳐진 윤의 그림자를 덧그렸다. 긴 그림자의 윤곽은 그늘 사이로 스며들어 경계를 흐렸다. 낮게 한숨을 뱉은 정언은 윤에게 말했다.

"들어가서 푹 쉬어. 다음 주부터는 진짜 정신없을 테니까."

윤의 눈매가 살짝 호를 그렸다. 그 소년 같은 얼굴은 서른을 목전에 뒀다고는 믿기 어려웠다. 그건 어쩌면 윤의 예민함 때문인지도 몰랐다. 쉽게 무뎌지는 게 어른이라면 그건 좀 슬프네, 하고 속으로 생각한 정언은 윤을 빤히 보았다.

"김 피디."

"네?"

자신을 부르는 소리에 윤이 시선을 맞춰 왔다. 정언은 잠시 사이를 두었다가 말했다.

"잘 자."

나지막하게 건넨 인사를 들은 윤은 곧 웃었다.

"그 말 되게 설레는데요."

머리 위에서 부서지는 불빛들의 입자처럼 그 단어들이 반짝였다. 어쩌면 곧, 그리 멀지 않은 미래에 이런 순간은 일상이 될수도 있을 거라고 정언은 문득 생각했다.

이전까지는 생각해 본 적 없는 삶. 잠시 스친 상상이 입 안에 털어 넣은 설탕처럼 달게 녹아들었다. 그 달콤함의 환각은 미처 붙들기도 전 순식간에 사라졌다.

"선배도요."

윤이 덧붙인 말에 정언은 고개를 까딱였다. 몸을 돌려 유리문 안으로 들어서자 등 뒤에서 따라오는 시선이 느껴졌다. 걸음을 멈춘 정언은 뒤를 돌아보았다. 윤이 손을 흔들었다. 한 장의 유리 너머로 비치는 그 모습에, 깨닫지 못한 사이 난 상처 위를 만진 것처럼 불현듯 심장 부근이 아릿했다. 낯선 감각이었다.

38

　예준이 사무실로 들어오는 것과 동시에 기지개를 켰다. 죽는 소리를 내는 예준에게 윤이 안녕하세요, 하고 인사를 건네자 예준은 어어, 하며 건성으로 손을 들어 보였다. 가방을 뒤로 휙 던져 놓고는 의자에 풀썩 소리가 나게 주저앉은 예준이 고개를 절레절레 흔들었다.

　"주말 출근을 하도 하니까 월요병이란 게 뭔지도 모르고 살았는데, 오늘은 진짜 출근하기 싫은 거 있지?"

　그 말에 정언이 고개도 들지 않은 채 자료를 보며 대꾸했다.

　"어제 출근하지 그랬어요. 원래 월요병 치료 방법이 일요일에 출근하는 거라던데."

　"강 선배가 쉬라고 했는데, 내가 어떻게 또 안 쉴 수가 있어."

　예준이 능청을 떨었다. 정언은 코끝으로 웃고는 되물었다.

　"언제부터 선배 말 그렇게 잘 들었다고 그래요?"

　"말 안 들으면서 어떻게 여기 몇 년을 붙어 있냐? 말 안 듣는데 강 선배가 나 잘도 가만히 두겠다. 그러고 보니까 강 선배 어디 갔어? 없네?"

"일 있다고 점심시간 지나서 온다고 했어요."

"그래?"

되물은 예준이 목을 이리저리 꺾으며 진저리를 쳤다.

"어우, 피곤해."

"주말에 쉬었는데 왜 피곤해요?"

정언의 말을 듣자마자 예준이 땅이 꺼지도록 한숨을 쉬었다.

"야, 와이프가 나보고 계속 너 왜 출근 안 해? 회사 잘렸지? 드디어 잘렸지? 이러고 주말 내내 볶은 거 알아?"

그 말에 사무실에 앉아 있던 사람들이 한꺼번에 웃음을 터트렸다. 그러나 정작 당사자인 예준은 전혀 웃을 기분이 아닌 듯했다. 예준이 억울해 죽겠다는 표정으로 하소연을 했다.

"그게 아니면 주말에 출근을 안 할 리가 없다 그거야. 심지어 이틀 내내 있으니까 진짜 잘린 줄 알았나 봐. 나보고 자기 이제 내가 뭔 짓을 해도 안 놀라니까 솔직히 말하래. 빨리 말하면 다 용서해 준대. 내가 아니라고, 진짜 아니라고 계속 말해도 믿지를 않아. 그러더니 오밤중에 처갓집에 몰래 전화해서 장인어른한테 아빠, 애 아무래도 회사 잘렸나 봐, 이랬다는 거 아냐."

"그러니까 평소에 잘해, 평소에."

곁에서 한마디 거드는 찬수를 향해 예준이 펄쩍 뛰었다.

"아니, 내가 뭘 또 그렇게 못한다고 그래요."

"잘한 것도 없잖아."

"하이고, 다른 사람은 몰라도 임찬수한테 그런 말 듣기 싫거든요. 아무튼 장인어른이 노발대발해서 그 새끼 당장 바꿔 보라고 막 그러시는 바람에 나 밤 열두 시에 무릎 꿇고 전화 받았잖아. 절대 회사 안 그만뒀고 앞으로도 안 그만둘 것이며 죽을 때까지 밥 굶길 일은 절대 없습니다, 이러면서 장인어른한테 아주 맹세를 했다니까."

"다른 건 몰라도 앞으로도 안 그만두겠다 이 소리는 왜 했어요? 나중에 걸리면 더 난리 나려고?"

정언이 재미있다는 얼굴로 묻자 예준이 턱을 매만지며 진심으로 후회하는 표정을 했다.

"그러게, 지금 생각하니까 그게 좀 걸리네."

심각하게 고뇌하던 예준이 뭔가 생각난 듯 손뼉을 딱 쳤다.

"아, 아무튼 그게 문제가 아니고, 와이프가 일요일에 교회 갔다 왔거든. 안영균 와이프 만난 얘기 해 주더라고."

"그래요?"

커피를 마시던 정언이 눈을 빛내자 예준이 의자에 등을 묻으며 고개를 끄덕였다.

"교회 일이라면 절대 안 빠진다고 했잖아. 봉사 활동도 매일 나가고. 이름은 정보현. 안영균하고는 선봐서 만났대. 뭐 자세히 얘기하진 않았다는데 아마 엄대진 통해서 만난 것 같아. 말하는 거 들어 보니까 선 자리 주선한 게 엄대진 쪽인 것 같다고 그러더라고. 주변 사람들 말로는 뭐 부부 사이는 좋고 별문제 없대. 애는 둘 있는데 둘 다 캐나다로 유학 가 있고."

"캐나다?"

메모를 하던 정언이 혼잣말처럼 중얼거렸다. 곁에서 듣고 있던 윤은 퍼뜩 머릿속을 스치는 생각에 정언에게 시선을 돌렸다.

"혹시 거기도 조석문이랑 관련 있는 거 아니에요? 한선당 국회의원 자식들 홈스테이 오거나 하면 그쪽에 가 있었다면서요."

"그러니까. 하필 캐나다라 느낌 오는데. 그건 일단 알아보고,

엄대진 소개로 만났다? 부인 집안은 뭐하는 집안인데요?"

정언의 물음에 예준이 어깨를 으쓱해 보였다.

"그냥 지방 유지, 그런 것 같더라고. 안영균이 배경이나 뭐나 별 볼 일 없긴 했는데 엄대진이 괜찮은 사람이라면서 푸시를 많이 넣었나 봐."

"부인 아버지가 정계 쪽에 생각이 있었나?"

"그랬을 거 같지 않아? 그래서 부인이 더 열심히 봉사 활동 하는 것 같기도 하고."

"그런데 무슨 봉사 활동을 그렇게 열심히 한대요?"

진심으로 궁금하다는 투로 묻는 정언에게 예준이 혀를 내두르며 대답했다.

"우리가 생각할 수 있는 건 다 한대. 고아원도 가고 양로원도 가고 독거노인들 밥 해주고 빨래 해주고, 산동네 연탄 배달도 하고 김장도 담가 주고, 노숙자들 아침 급식 주는 것도 나가고."

윤은 눈을 동그랗게 떴다. 사회복지사도 그렇게는 일하기 힘들 것 같았다. 정언 역시 같은 생각을 한 듯 고개를 갸웃했다.

"그렇게 해서 몸이 버티나?"

"그러니까. 뭐 동네 평판은 아주 끝내준다고 하더라고. 그냥 딱 봐도 아주 교양 있는 사모님 티가 철철 난다던데. 말하는 거나, 입는 거나, 하고 다니는 거나. 우리 와이프가 예배 끝나고 차 마시면서 남편분 일하시는 것 때문에 힘들지 않느냐고 떠봤더니 자기는 다 보람으로 생각한다고 그랬대."

"남편 뒷바라지하는 게 보람이다?"

"뭐 그런 얘기겠지? 남편분도 나중에 국회의원 나가실 수도 있겠네요, 그러니까 모시는 분이 잘되셔야죠, 그러더라는 거야."

윤은 그 말에 눈썹을 좁히며 예준에게 물었다.

"엄대진이 청와대 입성하면 안영균도 정계 진출한다는 거죠?"

예준이 손가락을 튕기며 그렇지, 하고 추임새를 넣었다.

"시나리오 딱 보이지 않아? 스케줄상 대선, 지선, 총선 순으로 돌아오니까 일단 청와대에 자리 하나 주고 앉혀 놓는다. 그리고 다음 지방선거 내보내서 지자체장 자리 준다. 그 뒤에는 한선당에서 총선 노린다. 총선에서 국회의원 배지 달면 차기나 차차기 대선 주자로 민다."

"부인이 진짜 하늘에서 내려온 천사면 다행인데……."

윤이 말끝을 흐리자 정언이 그 말을 받았다.

"그러면 정보현 정말 대단한 사람이지. 플랜 자체가 장기적인 거잖아. 보좌관 남편 얻어 대통령 만든다는 게 진짜 말이 쉽지 거의 불가능한 건데, 십 년 십오 년 뒤 생각하고 가는 거 아냐. 그거 위해서 자기 생활 하나 없이 정치인의 아내로 사는 거고. 주 선배, 그 교회 이름이 뭐예요?"

"은혜영신교회. 출석 신도만 한 만 삼천, 만 사천 된대. 등록 명부만 놓고 보면 더 많겠지."

예준의 대답을 들은 윤은 바로 포털 사이트에 교회 이름을 검색했다. 교회 홈페이지가 최상단에서 바로 검색되어 나타났다. 곁에서 턱을 괴고 마우스를 움직이던 정언이 중얼거렸다.

"만 삼사천이면 규모 엄청난데."

"갤러리 메뉴에 교회 봉사 활동 사진 되게 많은데요."

윤이 홈페이지를 이리저리 클릭해 보며 말했다. 갤러리 메뉴에 들어가자 수백 페이지에 달하는 사진 모음이 나타났다. 윤은 페이지를 넘겨 가며 썸네일을 확인하다 한곳에서 손을 멈췄다.

'독거노인 도시락 전달 봉사 활동 모임'이라는 제목 옆에 날짜가 붙은 사진이 올라와 있었다. 윤이 그 사진을 주목한 까닭은 작성자의 이름 때문이었다.

정보현.

썸네일을 클릭하자 교회 이름이 적힌 앞치마와 두건을 한 사람들이 교회 앞에서 도시락을 쌓아 놓고 찍은 단체사진이 눈에 들어왔다.

"선배, 이거 한 번 보세요."

윤이 모니터를 가리키자 정언이 파티션 너머로 몸을 내밀었다. 눈을 가늘게 뜬 정언이 미간을 좁혔다.

"사진 확대 좀 해 봐. 이름표 붙어 있는 것 같은데."

윤은 정언의 말대로 휠을 돌려 사진을 확대했다. 픽셀이 뭉개지기는 했으나 정언의 말대로 앞치마 위에 이름표가 붙어 있는 것을 알아보기는 어렵지 않았다. 자리에서 일어난 정언은 윤 곁에서 몸을 숙이고 손끝으로 모니터를 짚어 가며 한 사람 한 사람을 살폈다. 정언의 시선이 멈춘 건 오른쪽 끝에서였다.

"이거 정보현이라고 돼 있는 거 아냐?"

윤은 다시 사진을 줄여 보았다. 40대 초반 정도로 보이는 여자였다. 정언이 가리킨 이름표의 이름은 정확히 보이지 않았다. 앞치마 때문에 차림새가 가려진 채였으나, 예준이 말한 '교양 있는 사모님 티'가 뭔지 사진만으로도 바로 알 수 있었다. 윤과 정언의 대화를 듣고 있던 예준이 몸을 반쯤 일으키며 손짓을 했다.

"사진 저장해서 나한테 좀 보내 줘 봐."

윤이 바로 그 사진을 저장해 예준의 메신저로 보내자, 핸드폰을 만지작거리던 예준이 곧 고개를 끄덕였다.

"와이프한테 물어봤는데, 그 여자가 정보현 맞대."

"그죠? 느낌이 딱 그렇더라."

모니터에 눈을 둔 채 대답한 정언이 마우스를 움직여 갤러리를 살펴보았다. 수많은 봉사 활동 모임마다 보현의 얼굴이 빠지는 곳이 거의 없었다. 사진 수십 장을 연달아 클릭해 보던 정언이 감탄하는 소리를 냈다.

"진짜 장난 아니네. 돈 받고 해도 이렇게는 못 하겠는데."

사진 몇 장을 더 넘겨보던 정언이 손을 멈췄다. 의아해진 윤은 정언을 보다가 다시 모니터로 시선을 돌렸다.

모니터에 뜬 사진은 보현이 다른 봉사자들과 함께 운동장 앞에 걸린 작은 현수막을 배경으로 서 있는 사진이었다. 현수막에 쓰인 글자는 '은혜영신교회-사단법인 어게인라이프 주최 홈리스 자활 지원 바자회'였다.

무슨 생각을 했는지 정언이 갑자기 게시판 하단의 검색창에서 '어게인라이프'를 검색했다. 사진 수십 장이 연달아 화면에 나타났다. 그 사진들을 클릭해 본 정언이 다급하게 예준에게 물었다.

"주 선배, 아까 뭐라고 했죠? 정보현이 무슨 봉사를 한다고?"

예준이 왜 그러냐는 얼굴로 눈을 깜빡였다.

"우리가 생각하는 건 다 한다니까. 고아원, 양로원, 독거노인, 연탄 배달, 노숙자 급식……."

예준의 대답을 듣기 무섭게 정언이 급히 홈페이지 주소창의 주소를 긁어 메신저로 팀원들에게 전체 메시지를 보냈다. 여기저기서 메시지 알림이 울렸다. 정언이 고개를 들어 팀원들을 둘러보았다.

"내가 지금 링크 쏜 거 한 번 봐요. 현수막에 홈리스 자활 지원 바자회, 사단법인 어게인라이프라고 돼 있는 거."

"이게 왜?"

찬수가 영문을 모르겠다는 투로 되묻자 정언이 손끝으로 모니터를 치며 말했다.

"지금 내가 대충 봤는데, 정보현이 이 어게인라이프라는 데랑 노숙자 지원 활동한 내역이 많아요. 그런데 <데일리시사>에서 자기들이 엄대진 대포통장 명의 어떻게 확보하는지 브로커 다 뒤졌는데 못 찾았다고 했거든요. 이런 일 하면 자활 지원한다는 명목으로 노숙자들 명의 간단히 확보할 수 있잖아. 지속적인 명의 확보가 가능하면 브로커 굳이 낄 필요도 없고."

윤은 그 말을 들은 즉시 포털 사이트와 구글에 '어게인라이프'를 검색했다. 홈페이지가 하나 뜨기는 했으나 정보랄 것이 거의 없는 곳이었다. 게시판은 물론이고 관리자 메일 주소조차 존재하지 않았다. 아무리 봐도 구색 맞추기 용으로 대강 만들어 올려놓은 사이트인 듯했다.

윤은 홈페이지를 꼼꼼히 둘러보고는 고개를 저었다.

"이거 그냥 페이크로 만든 데 같은데요."

"화면 좀 내려 봐. 제일 아래 뭐 표시된 거 없는지."

정언의 말에 윤은 스크롤을 내려 화면 가장 하단을 보았다. 보통 주소나 전화번호를 써 두는 곳이었으나, 서울시 강남구 신사동 1098이라는 주소 외에는 일절 다른 정보 따위는 눈에 띄지 않았다. 윤은 서둘러 그 주소를 복사해 검색했다. 포털 사이트에 뜬 주소는 서울시 강남구 신사동 EX빌딩이었다.

"EX빌딩이라는데요?"

"홈페이지에 아까 건물 호수 같은 건 없었지?"

"네. 표기 하나도 안 해놨어요."

정언이 얼굴을 찌푸리며 입가를 만지작거렸다. 보나마나 지금 당장 가 봐야 하나 생각하고 있는 게 틀림없었다. 그때 예준이 퍼뜩 뭔가 생각났다는 듯 정언을 마주 보았다.

"어, 맞다. 철진 선배 강남에서 누구 만난다고 그랬어, 아까. 철진 선배한테 한 번 가보라고 할게."

대답을 듣기도 전, 철진에게 전화를 한 예준이 급하게 말했다.

"어, 선배. 나예요. 아직 강남입니까? 내가 지금 주소 하나 쏠게. 거기 좀 가 봐요. 그 빌딩에 사단법인 어게인라이프라는 데 있는지, 있으면 거기 정체가 뭔지 좀 알아 오라고. 그거 엄대진하고 관련 있는 거 같아요. 메시지 보낼게요."

턱을 괴고 졸린 표정으로 마우스를 이리저리 움직이고 있던 민혜가 눈을 번쩍 뜬 건 그다음이었다.

"잠깐만, EX빌딩?"

"작가님은 또 왜요? 뭐 생각난 거 있어요?"

정언이 묻자 민혜가 대답 대신 거의 무덤 수준으로 쌓아 놓은 자료들 사이를 헤집었다. 책상 아래로 머리를 집어넣고 땅굴 파는 두더지처럼 한참 뭔가를 뒤지던 민혜가 이거다, 하며 고개를 들다가 책상 아래에 머리를 부딪쳤다. 쿵 소리에 깜짝 놀란 윤은 황급히 몸을 숙이며 민혜에게 물었다.

"작가님, 괜찮으세요?"

아파 죽겠다는 얼굴로 뒷머리를 감싼 민혜가 고개만 끄덕이며 정언에게 손에 움켜쥔 서류를 내밀었다.

"정언, 정언, 이거 봐. 우리가 이거 떼 봤던 거."

정언이 뭔데 그래요, 하며 민혜에게서 서류를 받아들었다. 다음 순간 정언의 표정이 싹 달라졌다.

"왜요?"

윤이 묻자 정언이 대답 대신 그것을 보여 주었다. 등기부등본이었다. 윤은 무심코 눈으로 서류 위의 글자들을 읽어 내려갔다. 서울특별시 강남구 신사동 1098, 소유자 채기원…… 채기원. 그세 글자에 찬물을 맞은 듯 정신이 번쩍 들었다.

정언이 채기원의 이름 위를 손끝으로 탁탁 쳤다.

"EX빌딩 채기원 소유야. 채기원이 신사동에 빌딩 두 개 가지고 있는데 그 중에 하나. 그리고 여기 강남 정 한선당 성재춘 지역구라고."

"이게 우연일 확률이 있어요?"

"없어."

단호하게 고개를 가로저은 정언은 예준에게 손짓을 했다.

"민 선배한테 그 빌딩 채기원 거라고 빨리 얘기 좀 해 줘요."

"월요일 아침부터 시작이 괜찮은데?"

예준이 손으로 오케이 사인을 만들어 보이고는 후다닥 메시지를 보냈다. 그사이 정언은 윤의 어깨를 두드렸다.

"김 피디, 지금 <데일리시사> 임형원 기자님한테 연락해서 대포통장 사례 나왔던 강남 은행 지점 정확히 어디인지 물어봐. 그때 매핑해서 찾았다고 했으니까. 만약에 우리 생각이 맞으면 EX빌딩 인근 지점들일 거야."

"잠시만요."

윤은 바로 핸드폰 주소록에서 형원의 번호를 찾았다. 전화를 걸자 신호가 몇 번 가더니 잠시 후 형원의 메시지가 날아왔다.

— 회의 중인데요 용건 문자로 남겨 주실 수 있습니까?

윤이 서둘러 답을 보내자, 형원은 채 1, 2분도 지나기 전 은행 이름을 적어 전송해 주었다. 윤은 바로 지도 앱으로 형원이 말한 은행들의 위치를 검색했다. 대부분이 채기원의 EX빌딩 인근이었다. 윤은 정언에게 메시지 화면을 보여 주며 말했다.

"DH뱅크 신사EX빌딩지점, SQ은행 강남제2지점, 한성은행 신사1지점, 모아은행 강남본점이라는데요. 전부 EX빌딩하고 한두 블록 이내 거리고, 지금 찾아봤는데 성재춘 사무실도 EX빌딩 들어가 있어요."

정언이 화면에 뜬 은행 지점을 메모하며 물었다.

"지난번에 그 유란이랑 메이 CCTV에 성재춘 있었지?"

"있었어요."

윤이 고개를 끄덕이자 정언이 펜 끝으로 미간을 누르며 반대편 손끝으로 방금 메모한 종이 위를 톡톡 두드렸다. 윤은 잠시 생각에 잠겨 있다가 정언에게 물었다.

"그런데 <데일리시사>에서 이걸 왜 몰랐죠? 엄대진 브레인이 안영균인 거 알고 있으니까 당연히 안영균 쪽도 뒤졌을 것 같은데요. 은행 지점도 매핑했으면 증거도 금방 찾지 않았을까요?"

"음, 나도 지금 그게 이상해. 대포통장 수량 자체가 많으니까 이 수량 맞추려면 브로커 아닌 개인이 하는 게 불가능하다고 생각했을지도 모르겠네. 일단 우리가 먼저 팩트 체크하고 <데일리시사>랑 얘기해 보자고."

그때 민혜가 손가락을 까딱여 정언을 불렀다.

"정언, 내가 지금 보도 자료 배포 사이트 찾아보니까 어게인라이프 이름으로 된 보도 자료가 있긴 있거든?"

"보도 자료가 있다고요? 기사 내 달라고 배포하는 게 보도 자료 아냐. 어디 기사 난 게 있었어요?"

정언이 되묻자 눈썹 위를 긁적인 민혜가 모호한 표정을 했다.

"뉴스 DB 서치하니까 기사 낸 적이 있긴 하더라고. 꽤 오래전
이야. 뭐 별 건 아니고, 그냥 노숙자 자활 지원 봉사단체 만들었
다고. 그런데 발기인이 유명 대학 교수, 기업 간부, 언론인, 평론
가, 사업가, 이런 식이거든. 이름은 다 안 나와 있고 단체 대표가
윤양한이라고만 돼 있는데……"

"윤양한이요?"

듣고 있던 윤은 퍼뜩 스치는 기시감에 저도 모르게 목소리를
높였다. 깜짝 놀란 민혜가 윤을 마주 보았다.

"왜 그래요? 아는 사람이야?"

"그거, 고원종합기술공사 이종규 팀장이 우리한테 제보한 내
부 자료 기억나세요? 거기서 사내 메일로 감리 조작 지시 내리
고 감리 확인서 이중 기록 요구한 사람이 윤양한이잖아요. 지금
고원 사외이사고 서온건설 상무 출신."

민혜가 어머머, 하며 발을 굴렀다.

"아니, 안 그래도 여기 이 윤양한이 서온건설 상무라고 돼 있
어서 내가 지금 이거 서치해 본 거거든요. 사진 하나 걸려 나오
는 게 있는데, 이 사진에 있는 사람들이 발기인인 것 같아."

몸을 기울여 민혜의 모니터에 뜬 사진을 뚫어져라 보던 정언
이 민혜에게 말했다.

"이거 사진 프린트 좀 해 줘요."

민혜가 오케이 사인을 보내고는 즉시 인쇄 버튼을 눌렀다. 윤
은 후다닥 프린터 앞으로 가 출력돼 나온 사진을 집어 들었다.
그러자 자리에 앉아 있던 찬수가 손을 내밀었다.

"김 피디, 그거 잠깐 줘 봐."

윤이 순순히 사진을 내밀자 찬수가 사진을 보며 턱 끝을 매만졌다. 한참 고심하는 찬수를 본 현진이 면박을 주었다.

"보면 아냐?"

"한 작가는 날 너무 무시하는 경향이 있어."

부루퉁하게 대꾸하던 찬수가 어, 하며 자세를 고쳐 앉았다.

"잠깐만, 이거 최창묵 아닌가?"

"최창묵이라고요?"

윤은 귀를 의심하며 되물었다. 찬수가 고개를 들어 윤을 쳐다보았다.

"이거 몇 년도 거야? 여기 오른쪽 끝에, 이 사람 최창묵처럼 생겼는데. 사진이 딱 선명하지가 않아서……."

찬수의 말이 끝나기도 전 자리에서 뛰어온 정언이 바로 찬수가 들고 있던 사진을 낚아챘다.

"<뉴스라이트> 가져가서 물어보고 올게요."

놀란 찬수가 야 서정언, 하고 불렀으나 정언은 이미 사무실을 뛰쳐나간 뒤였다. 찬수가 고개를 절레절레 저었다.

"하여튼 성질 급해."

윤은 정언이 나간 문에 시선을 주었다. 닫힌 유리문 너머로 멀리서 둔탁하게 걸러진 누군가의 말소리들이 마치 소음처럼 희미하게 떠돌았다. 까닭 없이 불현듯 심장이 쿵쿵거리기 시작했다.

정신없이 뛰어다닌 오전이 거짓말인 것처럼, 점심시간이 지난 뒤의 로비 카페는 지나치게 한적했다. 로비 벽에는 언론 탄압을 중지하라는 내용의 포스터와 대자보들이 길게 붙어 있었다. 함부로 찢기고 그 위에 다시 붙이고를 여러 번 반복한 탓에, 모서리마다 붙은 테이프가 너덜거렸다. 을씨년스러운 광경이었다.

정언은 소파에 등을 묻으며 그 스산한 공간에 눈을 주었다. 그러나 간간이 로비를 지나치는 사람들은 모두 평화롭게 보였다. 그런 일과는 아무런 상관도 없다는 듯, 세상은 언제나처럼 평화롭다는 듯 고요하게 흘러가는 그 풍경이 문득 낯설었다.

그사이 픽업대에서 커피 두 잔을 가져온 윤이 컵 하나를 정언의 앞에 놓아 주며 맞은편에 앉았다. 잠시 넋을 놓고 멍하니 카페 밖을 보고 있던 정언은 퍼뜩 정신을 차렸다. 윤이 웃는 소리를 냈다.

"무슨 생각을 그렇게 하세요?"

"아냐. 그냥."

정언이 적당히 얼버무리자 윤이 고개를 돌려 정언의 시선이 머물렀던 곳으로 눈을 주었다. 무엇을 보고 있었는지 알아차린 듯, 윤의 얼굴에서 미소가 걷혔다.

정언은 차가운 커피를 한 모금 마시며 짧은 한숨을 쉬었다. 그때 카페 입구로 재희와 철진이 들어와 안을 둘러보았다. 정언이 손을 들어 보이자 두 사람이 다가왔다.

"지금 들어온 거예요?"

정언이 철진에게 묻자 철진이 어깨에 메고 있던 가방을 한쪽으로 내려놓으며 고개를 주억거렸다.

"EX빌딩하고 근처 부동산까지 다 돌았어."

철진이 뭐라고 말을 더 잇기도 전 재희가 테이블 위에 놓인 사진을 손끝으로 톡톡 두드렸다. 아까 민혜가 뽑아 준 어게인라이프 발기인들의 사진이었다. 재희는 오른쪽 끝에 서 있는 남자를 가리키며 물었다.

"일단 이 사진에 있는 사람 최창묵 확실해?"

"현 기자한테 물어봤는데 맞대요. 인터넷 뒤져 보니까 최창묵이 공천 받기 직전에 낸 책 약력에 '홈리스 자활 지원 단체 어게인라이프 활동'이라고 쓴 것도 있더라고요. 지금은 절판된 책이라 시중에서 구할 수는 없고."

정언이 대답하자 재희가 흠, 하며 팔짱을 끼었다. 정언은 철진을 향해 시선을 돌렸다.

"일단 민 선배 얘기 듣고요. 뭐 건질 만한 거 있었어요?"

"나 먼저 커피 한 잔만 마시자. 아침부터 하도 뛰어다녔더니 카페인 충전 좀 해야겠어."

철진이 죽겠다는 투로 손을 휘적거렸다. 그 말을 듣자마자 황급히 일어나려는 윤을 막은 재희가 몸을 일으켰다.

"아냐, 앉아 있어. 나도 커피 마실 거야. 아이스 아메리카노?"

철진이 손으로 오케이 사인을 만들어 보였다. 재희가 자리를 뜬 사이 아이고, 하고 신음 소리를 내며 의자에 등을 기댄 철진이 관자놀이 부근을 긁적였다.

"음, 일단 EX빌딩이 7층 건물인데 입주해 있는 사무실은 전부 스물한 개에 지금 공실로 남아 있는 건 네 개. 1층 전체는 카페로 쓰는데 이건 채기원이 직접 운영한다더라. 성재춘 사무실은 3층이고, 어게인라이프도 3층에 입주해 있어."

"같은 층이라고? 어게인라이프 가 봤어요?"

정언이 묻자 철진은 고개를 끄덕였다.

"응. 사무실이 엄청 썰렁하던데. 이상한 게 평수는 좀 되는데 상주하는 사람은 여직원 하나인 것 같더라고. 캐비닛에는 영상 장비 몇 개 들어 있고, 나머지는 모르겠어. 일반적인 사무실 같지가 않아. 사람들이 상주하는데 외근이 잦고, 그런 사무실이 아냐. 그냥 아예 애초에 사람이 안 쓰는 데 같은 느낌 있잖아."

정언은 미간을 좁혔다. 큰 사무실이라면 유지비만도 상당할 터였다. 거기에 여직원 하나만 상주시켰다면 일반적인 용도로 쓰는 사무실은 아닐 가능성이 높다는 생각이 스쳤다.

철진이 말을 이었다.

"내가 <크리스천일보> 기자라고 하면서 어게인라이프 취재하러 왔다고 뻥을 쳤더니 여직원이 엄청 당황하더라고. 자기는 연락받은 게 없다고 그러면서."

"그래서?"

"그래서 아이, 그럴 리가 없는데, 저랑 오늘 만나기로 하셨는데요, 그랬지. 그러니까 막 전화를 해 보더니 안 받는지 쩔쩔매. 그래서 내가 혹시 제가 연락한 거랑 다른 번호 아니냐, 대표님 명함 있으면 좀 주실 수 있냐 그랬더니 어디로 전화하셨냐길래 그냥 재희 선배 번호 댔거든."

그때 커피 두 잔을 들고 돌아온 재희가 테이블 위에 컵을 내려놓으며 철진에게 면박을 주었다.

"여태 내 번호 그렇게 팔아먹었어?"

"왜 이러십니까, 알 거 다 아는 사이끼리."

낄낄거린 철진이 커피를 단숨에 절반쯤 비우고는 숨을 돌렸다. 뭘 찾는지 재킷 위를 만져 보던 철진은 안주머니를 뒤적이더니 명함을 하나 꺼내 정언의 앞으로 밀어 놓았다.

"아무튼 번호 듣더니 이상하네. 그 번호 아닌데. 그러면서 이걸 주더라고. 여기로 한 번 해보시라고."

무심코 그 명함에 눈을 준 정언은 다음 순간 고개를 번쩍 들었다. 낯익은 이름이 눈에 들어온 탓이었다. 이현교. 그 이름을 입 안으로 한 번 더 뇌어 본 정언이 철진을 다그쳤다.

"진짜 이 이름 맞아요? 대표가?"

"내가 어떻게 아냐. 주는 대로 받아 온 건데."

철진이 의아하다는 얼굴로 어깨를 으쓱해 보였다. 맞은편에 앉아 있던 윤이 뭔가 싶었는지 몸을 조금 내밀었다. 정언은 자기 앞에 놓인 명함을 윤 쪽으로 돌리고는 말했다.

"허주경 사장 공판 때 검찰이 제출한 CCTV 영상, 그거 분석 전문가로 나왔다는 놈 기억나? 한국영상애널러시스라는 업체 대표. 걔 이름도 이현교였잖아."

정언의 말에 윤이 눈을 크게 떴다.

"어, 네. 맞아요. 흔한 이름은 아닌데……."

재희도 그 말에 퍼뜩 기억이 난 듯 바로 명함을 집어 들어 확인하고는 눈썹을 찌푸렸다.

"민 피디, 혹시 사무실에 영상장비 뭐뭐 있었는지 기억나?"

재희가 시선을 돌리자, 철진이 기억을 더듬는 듯 눈을 굴렸다.

"HDV 카메라[4] 두 대인가, 그거랑 편집장비 구형 모델 있던 건 기억나는데. 그냥 언뜻 본 거라 뭐가 더 있었는지는 모르겠어요. 컴퓨터 같은 건 파티션 쳐 놔서 확인 못 했고."

"구형 모델이면 뭐야? 아날로그?"

---

[4] 메모리 칩이 든 촬영용 테이프를 사용하여 HD 영상을 촬영하는 카메라.

"네. 사무실에 저런 게 왜 있나 싶어서 그건 확실히 기억나거든요. 요샌 쓰는 사람도 많이 없을 텐데. 옛날 아날로그 ENG[5] 쓰던 시절 거 같더라고요. 뭐 전원 넣어 놓거나 하진 않았고 그냥 한쪽에 놔뒀었어요. 뭐 다른 사건하고 관련 있는 놈이에요?"

정언이 재희 대신 대답했다.

"허주경 사장 공판 때 검찰이 조작된 CCTV 영상 제공했는데 그거 분석 전문가라고 증인 출석한 사람 이름이 이현교였어요. 영상장비 가지고 있었으면 동일인일 확률 높을 것 같은데. 그래서 여기 연락해 봤어요?"

"뭐야, 소름 끼치게."

짐짓 무섭다는 얼굴로 어깨를 감싸며 부르르 떤 철진이 말이었다.

"전화를 안 받길래 은혜영신교회하고 홈리스 자활 사업 하시는 거 봤다, <크리스천일보> 기자인데 인터뷰 좀 하고 싶다고 문자 남겼더니 오는 길에 전화가 왔어. 자기가 대표긴 한데 그런 실무는 담당자하고 하셔야 된다, 담당자랑 얘기해 본 뒤에 연락 주겠다 그래서 알았다고 했지."

<크리스천일보> 기자라는 말에 일단 속기는 한 모양이었다. 잃어버렸던 퍼즐 조각이 하나씩 발견되는 듯한 느낌이었다. 입 안이 말라 커피를 한 모금 더 마신 정언은 철진을 재촉했다.

"그리고?"

---

5) 고성능 소형 카메라와 소형 VTR을 이용하여 필름의 현상 없이 즉시 방송을 가능하게 하는 제작 기법인 ENG(Electronic News Gathering)에 이용되는 카메라로, 특히 아날로그 ENG는 비디오 테이프에 영상을 기록하는 아날로그 방식의 카메라를 말한다.

"사무실 나오면서 근처 부동산 몇 군데 들러서 물어봤는데 좀 재밌는 얘기를 하더라고. 내가 근처에 사무실 하나 알아보고 있다 하면서 EX빌딩 임대료가 얼마쯤 되냐 물어봤는데 20평대 사무실이 보증금 5천에 월세 4백 정도 된대."

"20평대 사무실이? 아무리 강남이라도 좀 비싸지 않나? 월세도 월세인데, 보증금이 엄청 높은데요. 위치가 엄청 좋거나 인테리어가 잘 돼 있어요?"

"맞아. 주변 시세보다 가격이 높더라고. 위치도 역에서 좀 떨어져 있고, 딱히 권리금 받을 설비도 없어. 그래서 내가 어게인라이프 입주한 3층 사양이 어떻게 되느냐 물어봤거든. 3층에 사무실이 다섯 개고 어게인라이프 있는 301호랑 그 옆에 302호는 완전 똑같은 방이래. 성재춘 사무실은 305호인데 여기는 50평대라면서."

"국회의원 사무실이 50평대라고요?"

정언이 눈썹을 찡그리며 되물었다. 국회의원 사무실이 50평대라면 상당히 넓은 평수였다. 더구나 초선 의원이 그 정도 크기의 개인 사무실을 쓰는 경우는 드물었다.

사무실 운영비용이며 거기서 일하는 보좌관이나 비서관들 월급까지 생각한다면, 기반이 없는 초선 의원이 무슨 이유로 굳이 그런 곳을 택했는지 쉽게 납득하기는 어려웠다.

철진이 컵의 리드를 열고 얼음 한 조각을 먹으며 우물거렸다.

"그러니까. 내가 제일 오래된 부동산에서 그 얘기 하다가 의원님 사무실 좋은 데 쓰시네요, 그랬더니 거기 부동산 직원이 그러는 거야. 다른 데다 말하지 말라고 그러면서. 자기들이 EX빌딩 거래 전담으로 한 지 오래됐는데, 성재춘이 그 사무실 임대료를 안 내고 쓴다는 거지."

"그걸 어떻게 알아요?"

"빌딩 주인이 외국 나가 있어서 제반 사항 처리하는 건 자기들이 한대. 시설 관리랑 임차인 관리, 월세 관리 이런 거 다. 내가 20평대가 5천에 4백이면 주변 시세보다 비싼 거 아니냐, 302호가 위치도 그렇고 크기도 그렇고 딱 좋은데 301호는 얼마 내고 쓰냐, 301호 직원이랑 아는데 자기는 금액은 잘 모른다면서 여기에 물어보라고 하더라 그랬거든. 그러니까 주인이 301호랑 305호 입주할 때 거기는 임대료 미납 이런 거 신경 쓰지 말고, 그냥 시설 관리나 잘 해주면 된다고 했다는 거야. 실제로 입주한 후로 한 번도 임대료를 낸 적이 없대."

심각한 표정으로 이야기를 듣고 있던 윤이 끼어들었다.

"어게인라이프는 그렇다 치고, 성재춘이 임대료 낸 적 없으면 문제되는 거 아닙니까? 의원실 운영비 항목에 임대료도 포함될 텐데요. 20평대 임대료가 월 4백이면 50평대는 아무리 낮게 잡아도 월 천 이상일 거고, 그러면 일 년 임대료만 억이 넘는 거잖아요."

정언은 곁에서 윤의 말을 수긍했다.

"그렇지. 뭐 보나마나 빼돌려서 자기 주머니 채우고 있겠네. 채기원이 주변보다 임대료 높게 책정한 것도 그것 때문 아니에요? 한 푼이라도 더 조작하려고. 성재춘 의원실 비용 항목 한 번 뽑아 봐야겠어요. 여기 대표가 이현교인 건 또 몰랐는데, 대체 관계가 어떻게 되는 거야?"

재희가 철진에게 고개를 까딱여 보였다.

"민 피디가 물고 들어가. 정공법으로 치자고. 대비 안 돼 있을 테니 난리 날걸."

"그거야 뭐 전공 아닙니까."

철진이 장난스럽게 경례를 붙여 보이며 대답하고는 자리에서 일어났다.

"나 일단 사무실 먼저 올라갈게요. 연락받을 게 있어서. 녹취록 정리해 놓을 테니까 이따 다시 얘기하죠. 이현교 건 자료 있어요?"

"그건 올라가서 송 작가하고 얘기해 봐."

대답한 재희가 먼저 가 보라는 손짓을 했다. 철진이 가방을 챙겨 자리를 뜨자, 정언은 그 뒷모습을 보고 있다가 혼잣말처럼 중얼거렸다.

"그런데 <데일리시사>가 아무래도 영 걸리네. 여기 발기인이 최창묵이고 취재를 그렇게 했는데 왜 정보현 쪽은 생각을 안 했지? 일부러 우리한테 숨긴 건가?"

그러자 재희가 잠시 생각에 잠겨 있다가 턱을 만지작거리며 얼굴을 찌푸렸다.

"그쪽도 숨길 이유는 없는데. 숨길 것 같았으면 이 정도까지 공개도 안 했을 것 같고. 임 기자님하고 직접 만나서 한 번 얘기해 봐. 그쪽도 등잔 밑이 어둡다고 놓친 거 있을 수도 있으니까."

정언이 막 뭐라고 말하려던 찰나, 테이블 위에 놓여 있던 재희의 핸드폰이 진동하기 시작했다. 재희가 바로 핸드폰을 집어 들어 액정을 확인하더니 자리에서 일어났다.

"잠깐만, 황 의원님이네. 전화 좀 받고 올게."

네, 하며 전화를 받은 재희가 서둘러 카페 밖으로 나갔다. 재희가 나간 쪽을 한 번 돌아본 윤이 정언을 가만히 보고 있다가 물었다.

"임형원 기자님 의심되세요?"

속을 들여다보인 듯한 기분이었다. 확실히 어느 쪽도 안심할 수 없는 상황이기는 했다. 아군이라고 철석같이 믿었던 <데일리시사>를 의심하게 된다는 건 이쪽에서도 결코 반가운 일은 아니었다.

일부러 자신들을 함정에 빠뜨리기 위해 그런 고급 정보를 제시했을 거라는 생각은 들지 않았다. 그러나 최창묵과 관련된 일이었기에, 이런 일을 만약 알고도 함구했다면 거기 어떤 의도가 있지 않았는가 하는 의혹이 드는 걸 막을 수는 없었다.

한동안 침묵하던 정언은 눈썹 위를 문질렀다.

"아니, 꼭 그런 건 아닌데 정황이…… 애초에 <데일리시사>에서 엄대진 파기 시작한 데 최창묵 날아간 게 컸다고 인정했잖아. 그런데 어게인라이프 발기인이 최창묵이라고 하니까 이게 자기 식구 감싸기 아닌가 싶은 거야. 최창묵이 순결한 피해자도 아니고, 아무래도 팔이 안으로 굽는 게 있으니까. 처음에 우리가 임 기자님 만나서 얘기 들었을 때도 그런 게 없진 않았고."

"그렇죠. 엄대진 말 듣고 차명계좌 개설하고 국토위 들어가 돈받은 건 사실이었잖아요."

윤이 정언의 말을 받았다. 의도를 짐작할 수 없는 상대는 언제나 어려웠다. 정언은 종이에 머릿속에 떠오르는 고유명사들을 두서없이 끄적였다.

데일리시사, 정보현, 안영균, 어게인라이프, 최창묵, 임형원, EX빌딩…… 언뜻 아무런 관련도 없어 보이는 단어들 사이가 어떤 선으로 연결된 것인지 지금으로서는 확신하기 힘들었다.

윤이 정언을 마주 보았다.

"어떻게 할까요? 일단 만나자고 할까요?"

정언은 순간 망설였다. 그러나 다른 방법이 존재하지 않았다. 형원의 의도를 넘겨짚기 위해 낭비할 시간은 없었다. 짧은 한숨을 뱉은 정언은 어쩔 수 없이 고개를 끄덕였다.

"그쪽에서 시간 되는 대로 최대한 빨리 만나고 싶다고 말해 봐. 아무 때나 좋으니까."

윤이 그 말을 듣자마자 바로 형원에게 메시지를 보냈다. 그때 재희가 자리로 돌아왔다. 뭐라고 설명할 수 없는 복잡한 표정으로 자리에 앉은 재희가 머리칼을 쓸어 올렸다.

"일이 재밌게 돌아가는데."

재희가 툭 내뱉은 말에 멈칫한 정언은 재희를 마주 보았다.

"왜 그래요?"

잠시 사이를 둔 재희가 주변을 슬쩍 둘러보고는 목소리를 낮췄다.

"전화하고 들어오다 요 앞에서 현선준 기자 만났는데, 아무래도 변순철 사망 맞는 것 같아."

"진짜예요?"

정언은 저도 모르게 목소리를 높였다. 윤 역시 크게 놀란 듯 핸드폰에서 바로 시선을 떼며 눈을 휘둥그렇게 떴다. 재희가 입가에 손가락을 하나 대며 거의 속삭이듯 말했다.

"현 기자가 얘기하더라고. 서울평화병원 관계자한테서 나온 말인데, 기자들이 확인하려고 하니까 <조한일보>에서는 일단 절대 인정 안 한대. 지금 언론사 전체에 변순철 관련한 모든 사항 무기한 엠바고 요청했나 봐. 만약 엠바고 파기하면 즉시 무조건 법적 최고 수준으로 대응하겠다고 하고, 이거 발설한 관계자 색출 중이라는데."

"무기한 엠바고라고? 사람 죽은 걸 어떻게 무기한 엠바고를 걸어요?"

정언은 이해할 수 없다는 표정으로 되물었다. 이미 주요 언론사 기자들에게 이런 상황이 알려졌다면 시한폭탄이 동작되기 시작한 것이나 다름없었다.

더구나 내부 관계자에게서 나온 얘기였다. 아무리 엠바고를 건다 해도 그들이 원하는 만큼 무기한으로 정보를 막는다는 건 거의 불가능했다.

"무기한 엠바고 건다는 것 자체가 사망 인정한다는 소린데? <조한일보>에서 그 생각 못 하진 않았을 거 아니에요. 의도가 뭐야?"

"걔들도 지금 다른 방법이 없어서 그럴걸. 증권가나 여의도에서 소문 도는 것까지는 못 막지만 오피셜이냐 아니냐는 차이가 크잖아."

두 사람의 대화를 듣고 있던 윤이 나지막하게 물었다.

"혹시 상속세하고도 관련 있을까요?"

재희가 고개를 가로저었다.

"그런 이유도 없진 않을 텐데, 생전에 이미 증여 상당히 진행됐어. 엄대진 대선 전에 문제 될 소지 정리하려고 오래 전부터 준비해 온 거라고. 그것 때문에 무기한 엠바고 건다는 건 위험하지. <조한일보>가 보수 세력 결집시키는 축이고, 변순철이 직접 데스크에 논조 지령까지 내리니까 대선까지는 무슨 수를 써서든 지금 상황 유지하려는 게 더 클 것 같아. 현 기자 말로는 생명 유지 장치 붙여서 연명 중이라는데 강남 본서울병원으로 비밀리에 이송할 가능성도 있대."

잠깐 침묵이 감돌았다. 정언은 턱을 괴며 재희를 마주 보았다.

"어차피 사망한 상태라면 차라리 이송하기는 더 쉬울 수도 있겠네."

"내 생각도 그래. 본서울이면 들어가는 순간부터 보안은 아주 철저하게 될 테니까 그게 나을 수도 있겠지. 사인 관련해서도 무슨 소문이 돈다는데, 그건 기자들 사이에서도 확실히 아는 사람이 없다네."

재희가 말을 덧붙였다. 정언은 뜻밖의 이야기에 의아한 표정을 했다.

"사인? 원래 지병 있었다면서요. 뭐 다른 이유가 있을 게 있나?"

글쎄, 하며 어깨를 으쓱해 보인 재희가 손끝으로 입술 위를 문질렀다.

"현 기자도 알아보는 중이라고 하더라. 일단 <조한일보> 논조 계속 체크해 보자고. 김인택이 어떤 스탠스 취하는지가 중요하니까."

"알았어요. 그나저나 황 의원님한테는 왜 연락 온 거예요? 혹시 이규완 관련 건이야?"

재희가 자리를 떴던 본래의 목적을 상기한 정언이 묻자, 재희 역시 잠시 잊고 있었던 듯 퍼뜩 정신이 든 얼굴로 대답했다.

"아, 아냐. 그런데 이것도 지금 엠바고 사항이라 언론에 공개는 못 한다는데, 일단 우리하고 관계된 일이라 먼저 연락했대. 어젯밤에 민주영 의원 사무실에 도청기 설치하려다 현장에서 검거된 놈이 있어."

윤이 멈칫하더니 눈을 크게 떴다.

"도청기를요?"

"미친 거 아냐? 누가?"

정언의 목소리가 다시 커지자 재희가 손으로 소리 낮추라는 제스처를 취하며 말했다.

"나이는 40대고 일용직이라는데, 한국보수연합 회원이라네. 지갑에 회원증 가지고 있었대."

말만 들어도 머리가 지끈거렸다. 정언은 한숨을 내쉬며 두 손으로 머리를 감쌌다.

"이 개새끼들이, 진짜 어디까지 가나 해보자는 거야?"

절로 짜증이 이는 걸 막을 방법이 없었다. 재희가 헛웃음을 뱉었다.

"그러니까. 어디서 돈 받고 한 건지 지금 조사 중이래. 그런데 뭐 어차피 뻔한 거 아냐. 한선당이지. 도청기 왜 설치하라고 했겠어, 이 시점에. 정치 공작 들어가려고 했을 거 안 봐도 비디오잖아. 지금 아주 작은 꼬투리라도 하나 잡으려고 눈이 시뻘개진 새끼들인데."

"언론 플레이 들어가면 무조건 민 의원님이 유리할 텐데 왜 엠바고 걸었대요?"

"내부에서도 그것 때문에 지금 말이 좀 갈리는 것 같아. 그런데 수사 결과 나오기 전에 지금 공개를 해 버리면 한선당에서 딱 꼬리 자르고 모른 척할 거다 그거지. 누가 시켰는지는 뻔히 알지만 증거 없으면 그만이니까. 그래서 우리한테 만약에 그쪽에서 엄대진 사주 받았다는 증언 나오면 그동안 우리가 당했던 거 같이 증언해 줄 수 있냐고 물어보시더라고."

정언은 그 말에 고개를 끄덕였다.

"당연히 할 수 있죠. 김 피디는 진짜 죽을 뻔했는데."

"이원욱은 구치소 수감됐나?"

"아직 병원에서 퇴원 안 했는데, 퇴원하는 대로 상태 보고 바로 구치소 들어갈 것 같더라고요. 아무튼 난 증언하는 거 어렵지 않아요. 우리가 이원욱 인터뷰 직접 딴 영상도 있고, 엄대진 영상 가진 것도 있으니까."

정언의 대답을 들은 재희가 잠깐 뭔가를 생각하더니 알겠다는 얼굴을 했다.

"오케이. 일단 그렇게만 알고 있으라고. 둘 다 엠바고 사항이니까 우리 쪽에서 먼저 발설하는 일 없게 하고. 어게인라이프는 일단 민 피디한테 맡기고 <데일리시사> 만나 봐. 나 전 부장님하고 얘기 좀 해야 될 것 같아서 먼저 갈게."

"알았어요."

재희가 반쯤 남은 커피를 들고 자리를 떴다. 정언은 앞으로 내밀고 있던 몸을 다시 뒤로 젖히며 소파에 등을 깊숙하게 묻었다. 운명론을 믿지는 않았으나, 어떤 일이든 흐름은 분명 존재하기 마련이었다.

모든 상황이 엄대진에게 조금씩 더 불리해지는 방향으로 흘러가고 있다는 생각이 들었다. 그러나 그렇다고 해서 자신들에게 더 여유가 있거나 여러 번의 기회가 주어질 리는 없었다. 지금까지도 엄대진은 늘 이런 위기를 어떻게든 넘겨 왔을 터였다.

가진 자들이 자신의 자리를 지키려는 욕망이 얼마나 큰 것인지 정언은 잘 알고 있었다. 일격을 가할 기회는 단 한 번뿐일 수도 있었다. 치명타를 입힐 수 있는 그 단 한 번이 언제일까.

마주 앉은 윤이 낮은 목소리로 물었다.

"만약에 <데일리시사>에 다른 의도가 있었다고 하면 어떻게 되는 거죠?"

그 말에 문득 현실로 돌아온 정언은 시선을 들었다.

"골치 좀 아파지겠지. 그런데 뭐 다른 의도라고 해 봐야 그쪽에서도 우리 이용해서 엄대진 엿 먹이겠다, 이 목적은 다르지 않을 것 같아. 우리한테 준 채기원 정보도 확실했고, 결정적으로 조창식이 남긴 동영상도 우리한테 공유해 줬으니까. 우리도 팩트 체크했으니 정보 자체는 문제가 없는데, 어게인라이프 관련해서 최창묵을 감추려고 일부러 말을 안 한 거냐, 그쪽에서도 몰랐냐 그게 문제인 거지. 의도적으로 말 안 했다면 시간 끌려고 그랬다는 것밖에 안 되잖아. 그게 사실이면 왜 시간을 끌려고 했는지 그 의도가 궁금한 거고."

복잡한 가정들 속에서 뒤엉킨 단어들이 튀어나왔다. 다행히 아까보다는 머릿속이 차분해졌다. 아무리 생각해도 이게 덫이라면 리스크가 너무 크다는 생각이 들었다.

어떤 사냥꾼이라도 자신이 걸릴 덫을 일부러 놓을 리 없었다. 형원이 준 모든 정보가 진짜라면, 결국 일이 이렇게 된 까닭은 한 사람에게 있었다. 최창묵.

윤이 말을 보탰다.

"최창묵이 어게인라이프 발기인으로 들어간 게 상당히 오래된 일이던데요."

정언은 고개를 끄덕였다.

"날짜 확인해 보니까 한선당 비례로 공천받기 전이더라고. 아마 그 당시에 정계 입성에 생각 있었거나, 엄대진하고 줄 대야 하는 사람들 거기다 모은 거 아닐까 싶어. 엄대진이 차명계좌 티 안 나게 수집할 방법 찾다가 그쪽 사람들 끌어들여 어게인라이프 설립했다고 보는 게 지금은 제일 타당하지 않겠어? 사회적 지위 있는 사람들 참여시켜 단체 신뢰도 올리고, 뒤로는 명의 수집하고."

"정보현이 관련된 게 확실하다면 그것도 안영균이 그림 그린 거겠죠?"

"그럴 가능성이 높지. 내가 궁금한 건 그 의도를 이 사람들이 알고 들어갔느냐 이거야. 만약에 어게인라이프가 진짜 그런 용도로 설립된 단체라면 임 기자님이 처음에 말했던 것 같은 피해 사례가 분명히 더 많을 거거든. 제보 요청하기 전에 최창묵 직접 만나서 얘기 한 번 해 보고 싶은데, <데일리시사>에서도 얼굴을 못 본다니까 그게 문제네."

잠깐 뭔가를 생각하던 윤이 정언을 마주 보았다.

"계속 연락하니까 안부 인사 정도는 받아 주던데, 무작정 찾아가서 뻗치기 한 번 해 볼까요?"

생각도 못 한 말에 정언은 귀를 의심했다.

"안부 인사를 받아 준다고? 누가? 최창묵이?"

이게 무슨 소린가 싶어 다그치자 윤이 머뭇거리다 대답했다.

"지난번에 임 기자님 만나서 연락처 받은 다음부터 주기적으로 연락하거든요. 인터뷰할 수 있냐고 물어본 뒤로 전화 잘 안 받더라고요. 그래서 만나고 싶다, 취재하고 싶다 그런 얘기는 안 하고 문자로 그냥 잘 지내시냐고, 칼럼 잘 읽고 있다고만 하고 가끔 칼럼 내용 질문도 해요. 몇 번 그러니까 이제 답장은 잘 오던데요."

그러고 보니 윤이 지난번에도 최창묵과 통화한 적이 있다고 얘기한 것이 떠올랐다. 그 후로도 계속 연락을 시도해 본 건가 하는 생각이 들었다.

정언 역시 제보자를 섭외하기 위해 안 해 본 일이 없을 정도였기에, 거기에 상당한 인내심이 필요하다는 건 충분히 알고 있었다. 왠지 기특한 마음에 윤을 물끄러미 보자, 윤이 눈을 깜빡였다.

"왜요?"

정언이 피식 웃는 소리를 내며 턱을 괴었다.

"햇볕정책 쉽지 않을 텐데."

툭 내뱉은 말투는 빈말로라도 상냥하다고는 할 수 없었다. 그냥 칭찬해 줘도 될 일인데 굳이 이런 식으로 말을 뱉어 놓고 후회하는 성격은 어디서 온 걸까, 하고 정언은 문득 생각했다.

물론 효명에게 묻는다면 펄쩍 뛰며 난 아니다 애, 라고 대답할 게 분명했다. 마치 그 속을 읽기라도 한 듯 윤의 얼굴에 미소가 번졌다.

"선배 공략하는 것보다는 쉬울 것 같은데요."

커피를 마시려고 뻗었던 손이 허공에서 그대로 멈췄다. 정언은 애써 당황한 티를 감추며 되물었다.

"농담이야?"

"아뇨."

윤이 여전히 웃는 얼굴로 대꾸했다. 그 얼굴을 본 정언은 눈썹을 좁혔다.

"진담을 그런 얼굴로 해?"

"그럼 어떤 얼굴로 할까요?"

안 웃고 그 소리를 했다고 생각하니 더 할 말이 없었다. 말문이 막힌 정언은 대답 대신 남은 커피를 마셨다. 공연히 더워지는 기분이었다. 손목의 머리끈으로 짧은 머리를 당겨 묶자, 윤이 다 안다는 표정으로 빙글거렸다.

대체 어떻게 해야 윤에게 면역이 생길까 하는 부질없는 의문을 새삼 떠올려 본 정언은 시선을 피하며 자리에서 일어났다.

"일단 올라가자. <데일리시사>에서 연락 오는 대로 나한테 알려 주고."

서둘러 빈 컵을 치운 정언은 먼저 카페를 가로질러 로비로 나섰다. 뒤에서 큰 보폭으로 정언을 따라온 윤이 먼저 엘리베이터 버튼을 눌렀다. 정언은 층수 표시창에 시선을 둔 채 침묵했다. 나란히 선 윤은 잠시 사이를 두었다가 입을 열었다.

"우리 이제 진짜 거의 다 온 거 맞겠죠?"

여상한 질문 같았으나, 정언은 불현듯 그 아래 감춰진 희미한 불안감을 느꼈다. 착각일까. 그러나 이미 흐트러진 목소리의 조각들로는 거기 담긴 감정의 실체를 분명히 확인할 수 없었다. 엘리베이터 문이 열렸다. 정언은 안으로 한 걸음 들어서며 대답했다.

"그래."

불안정한 확신. 그러나 지금 누구보다도 그 확신이 간절한 건 자신임을 정언 스스로가 가장 잘 알고 있었다.

정언은 닫힌 문에 비친 자신의 얼굴을 보았다. 늘 그렇듯 한 겹의 무표정은 많은 감정들을 숨긴 채였다. 소리 없이 들이쉰 숨결 사이로 낯익은 햇살 냄새의 입자가 부드럽게 스며들었다.

이런 순간이 부디 사라지지 않기를.

바라는 건 그뿐이었다. 그러나 이 작은 바람을 위해 우리는 때로 얼마나 많은 것을 희생해야 할까.

아직은 답을 알 수 없을 질문이었다.

자정이 거의 가까워진 시각이었다. 저녁 시간에는 줄을 서서 먹는다는 맛집이라는데, 시간이 워낙 늦어서인지 불을 밝힌 가게 앞은 한적했다. 윤은 벽에 걸린 시계로 눈을 주었다. 천장의 거치대에 고정된 구형 텔레비전에서는 마감 뉴스 시작 전의 광고가 흘러나오고 있었다.

정언과 윤이 <데일리시사 인 서울> 근처의 작은 식당에 도착한 건 십 분쯤 전이었다. 전날 윤이 형원에게 만나고 싶다는 연락을 하자, 대답이 돌아온 건 그날 늦은 밤이 되어서였다. 스케줄 때문에 이른 시간에는 만날 수 없다며, 형원은 시간과 장소를 직접 정해 메시지를 보내 왔다.

야근이 잦은 고객들이 많은지, 가게 앞에 손으로 써 붙여 둔 영업시간은 새벽 두 시까지였다. 가까이 다가온 아주머니가 두 사람이 앉은 구석 자리의 테이블 위를 행주로 대충 닦으며 통명스럽게 물었다.

"주문하실 거예요?"

"일행이 있어서요. 도착하면 할게요."

정언의 말에 아주머니는 예에, 하고 건성으로 대답하며 자리를 떴다. 그때 아귀가 잘 맞지 않는 문을 한쪽으로 밀며 헐레벌떡 들어온 형원이 주변을 두리번거렸다. 윤이 기자님, 하고 부르며 손을 들자 형원이 서둘러 윤의 곁에 앉으며 사과부터 건넸다.

"아이, 이거 늦은 시간에 진짜 죄송합니다."

정언은 그 말에 고개를 가로저었다.

"아닙니다. 바쁘실 텐데 저희가 괜히 무리하게 약속 잡은 건 아닌지 모르겠네요."

형원이 머쓱하게 웃고는 뒷머리를 긁적였다.

"아휴, 천만에요. 안 그래도 한 번 뵈어야지 하긴 했는데, 어제오늘 내내 정신이 없었어요. 김 피디님이 문자 보내신 것도 어젯밤에 겨우 봤다니까요."

윤은 정언의 눈빛이 순간적으로 날카로워진 것을 알아차렸다. 만나자는 메시지에 답이 돌아오기까지 거의 반나절 이상을 기다린 터였다. 형원이 의심받고 있다는 걸 알아서 시간을 끈 건지, 아니면 정말 메시지에 답을 할 수 없을 정도로 바빴던 건지 가늠하는 모양이었다.

정언은 곧 그 표정을 숨기며 언제나처럼 예의 바르게 물었다.

"저녁은 드시고 오셨어요?"

"그럼요. 여기요, 이모님. 두루치기 작은 거 하나랑 소주 빨간 거, 빨간 걸로 하나 주세요."

저녁을 먹었다면서도 형원은 대번에 손을 들어 주문을 했다. 주방에서 두루치기 작은 거, 하고 외치는 소리가 들렸다.

아주머니가 가까이 와서 썰어 놓은 오이 몇 조각과 마늘 편, 쌈장, 잘 익은 김치와 콩나물국 따위를 숙련된 솜씨로 착착 늘어놓았다. 형원은 마지막으로 놓인 소주병 뚜껑을 따며 정언에게 물었다.

"술 좀 하십니까?"

정언이 그 말에 고개를 까딱였다.

"김 피디는 못 마셔요. 전 한 잔 주시죠."

형원이 정언의 앞에 놓인 잔에 술을 따르고는 자기 잔을 채우며 윤에게 시선을 주었다.

"김 피디님은 이런 일 하시면서 어떻게 술을 못 하시지? 하기야 뭐 술하고 담배는 시작도 안 하는 게 좋긴 한데."

윤은 대답 대신 어색하게 웃어 보였다. 형원이 잔을 들어 보이더니 순식간에 소주 한 잔을 숨도 쉬지 않고 들이켰다. 쌈장을 찍은 오이 한 조각을 입 안으로 밀어 넣은 형원은 오이 조각을 우물거리며 입을 열었다.

"어제 저희가 엠바고 사항이 들어온 게 하나 있는데, 혹시 YBS에서도 아시는지……."

"<조한일보> 건 말씀하시는 겁니까?"

정언이 목소리를 낮췄다. 혹여나 듣는 사람이 있을까 싶어 그런 듯했다. 굳이 변순철의 이름을 말하지 않았으나 형원 역시 바로 눈치를 챈 듯 고개를 주억거렸다.

"아, 네. 아시는구나. 그것 때문에 저희가 어제 오늘 긴급회의를 했거든요. 보도 시점을 조절해야 하는가, 이걸 어떻게 해야하는가. 그런데 아직 결정이 안 됐습니다."

정언이 눈을 가늘게 떴다.

"김인택 때문에요?"

그 말에 형원이 웃는 소리를 냈다.

"아이고, 눈치가 너무 빠르시니까."

짐짓 고개를 절레절레 흔든 형원은 다시 잔을 채웠다. 입맛을 다신 형원이 주변을 한 번 쓱 둘러보고는 작게 말했다.

"<조한일보> 인맥 동원해서 알아봤는데, 거기서도 김인택이 어떤 스탠스를 취할지 지금 아무도 몰라요. 엄대진하고 사이 안 좋은 건 공공연한 사실이지만, 김인택 입장에서는 진퇴양난이거든요. 엄대진 버리자니 <조한일보>가 그간 해온 게 한두 가지가 아니지 않습니까. 만약에 민주영이 대선 당선돼 버리면 바로 피바람인데 엄대진 안고 간다, 이것도 골치 아파요. 청와대 입성만 하면 엄대진이 바로 눈엣가시인 김인택을 제거해 버릴 수도 있단 말입니다."

형원의 말에는 일리가 있었다. 변순철이 죽은 게 사실이라면, 지금 상황이 난처한 건 엄대진보다도 김인택일 확률이 더 높았다. 선택의 기회는 그에게도 한 번뿐일 터였다.

엄대진을 버린다면 변순철이 보수 정권에서 저질러 온 일들을 수습해야 하고, 엄대진을 백업한다면 토사구팽 당할 건 뻔했다. 그가 어느 쪽을 선택할지 외부에서는 짐작하기 어려웠다.

정언이 잠시 생각하다 얼굴을 찌푸리며 말을 받았다.

"그래도 민주영 의원님 쪽이 낫지 않을까요? 지금까지도 보수 정권이 보수 언론 장악하고 여론 흔들어 오긴 했지만, 엄대진 경우에는 아예 <조한일보>를 사유화할 수 있잖아요. 거대 미디어그룹 장악해서 국가 전체를 선동하는 권력이 될 수 있는 거 아닙니까. 그렇게 되면 사람 하나 보내는 건 일도 아니고요. 민 의원님 경우라면 시시비비 따지고 법적으로 처리할 수 있는 문제지만, 엄대진 경우라면 목숨 왔다 갔다 할 상황 생각해야 될 텐데요."

형원은 정언의 말에 순순히 동의했다.

"그렇죠. 그런데 문제는 김인택이 거기까지 생각이 미치겠느냐. 부인은 자리보전하고 누워서 아무것도 모르는 상황인데, 김인택은 당장 발등에 불 떨어졌으니 어떻게 하겠느냐 그거예요. 실질적으로 1:2 싸움인 거거든요. 김인택은 엄대진하고 변정화 동시에 상대해야 하니까. 돈 앞에 형제자매가 어디 있습니까."

"그래서 어떻게 하시기로 했습니까?"

형원은 아직 눈치채지 못한 듯했으나, 정언이 약간 초조해지기 시작했음을 알아차리기는 어렵지 않았다. 늘 같은 포커페이스였지만, 형원에게 묻는 말투가 미묘하게 변한 걸 보면 그를 다그치고 싶은 충동을 누르는 기색이 역력했다. 정언의 속을 알 리 만무한 형원은 느긋하게 대답했다.

"일단 저희는 조금 더 기다려 보기로 했죠. 김인택이 어떤 방향으로 가느냐, 이거 확신하면 그때 움직이자. 지금 저희가 채기원 관련 제보자하고 이번 주 안에 일본에서 접촉하기로 돼 있습니다. 이 제보자가 한국에서 채기원 자산 관리하던 사람인데, SO 컴퍼니 설립할 때도 자문을 했어요. 실질적으로 엄대진이 세탁한 비자금에 대해 가장 잘 아는 사람 중 하나죠."

윤과 정언은 거의 동시에 서로를 마주 보았다. 이건 고급 중에서도 최고급 정보였다. 형원이 그런 정보를 아무런 방어막 없이 내보인다는 건, 만일 함정이라면 본인에게도 리스크가 큰 일이었다.

그때 아주머니가 김이 모락모락 올라오는 두루치기 한 접시를 탁자 위에 내려놓고 돌아갔다. 칼칼하게 매운 냄새가 삽시간에 공기 중으로 번졌다. 두툼한 돼지고기와 파, 양파 따위를 매콤하게 한데 볶은 두루치기가 작은 접시 위로 가득 쌓여 있었다.

형원이 젓가락을 들며 두 사람에게 음식을 권했다.

"여기 두루치기가 아주 기가 막힙니다. 제 생각에 최소한 강북에서는 여기만한 데가 없지 않나 그렇게 생각을 한다니까요. 김 피디님도 술은 안 드셔도 맛은 좀 보시죠. 여기가 정말 괜찮거든요."

한밤중이라도 식욕을 당기는 비주얼과 냄새이기는 했으나, 이 상황에 도저히 손이 가지는 않았다. 형원은 두루치기를 한 젓가락 가득 집어 먹으며 약간 부정확해진 발음으로 말했다.

"아무튼 이 제보자 추적에 저희가 굉장히 공을 들였습니다. 일 년 반 정도를 쫓아다녔어요. 이 사람이 유럽에서 만나기로 해놓고 도망치고, 이거 한 서너 번 했다고요. 돈 날린 것만 해도 장난 아닙니다. 그런데 이 사람이 진짜 결정적인 증거를 가지고 있거든요."

"결정적인 증거요?"

"SO 컴퍼니랑 관련된 엄대진 명의 스위스 은행 계좌번호."

그 말을 할 때 형원은 거의 속삭이는 목소리였다. 등줄기가 문득 서늘해졌다. 확실한 계좌번호라면 무엇보다 분명한 증거였다. 계좌번호가 있다면 스위스 은행에서도 내역 추적이 가능하다는 건 윤도 알고 있는 사실이었다.

"엄대진이 가진 스위스 은행 계좌가 전부 몇 개냐, 그건 저희가 지금 정확히 모르지만 일단 이 사람이 아직 해지되지 않은, 살아 있는 계좌 하나를 확실히 알고 있다. 그건 확인을 했습니다. 일 터져서 검찰 조사 시작되고 스위스에 계좌 내역 요청할 수 있다면 이건 완전히 이긴 게임이죠."

정언은 심각한 표정으로 형원의 이야기를 듣고 있었다. 말을 마친 형원이 다시 잔을 비웠다. 잠시 자리에 감도는 침묵 위로 희미하게 마감 뉴스의 앵커 목소리가 떠돌았다. 그 정적을 끊은 건 정언이었다.

정언은 형원을 마주 보았다.

"그 제보자 신상이라든지, 다른 정보도 저희하고 공유하실 수 있습니까?"

"어느 정도까지 원하십니까?"

정언의 말투가 다소 공격적인 까닭인지, 형원의 얼굴에 경계하는 빛이 떠올랐다. 정언의 의도가 뭔지 짐작해 보려는 듯했다. 자세를 고쳐 앉은 정언은 형원을 똑바로 응시했다.

"기자님, 저희가 오늘 급하게 만나자고 한 이유 말씀드리겠습니다. 저 지금 기자님 의심하고 있습니다. 정확히 말씀드리면 의도가 궁금하다, 이렇게 얘기해야겠네요."

눈을 깜빡이던 형원이 이해가 안 간다는 표정으로 정언에게 되물었다.

"지금 저 의심스럽다고 말씀하신 것 맞습니까?"

황당하다는 얼굴이었다. 형원이 결백하다면 날벼락 맞은 기분일 것은 당연했다. 그러나 다른 방법이 없었다. 신뢰를 잃고 동맹이 깨질 위험을 각오하고라도, 형원이 적인지 아군인지 확실히 판별해야 했다. 정언은 그를 뚫어지게 보며 말을 이었다.

"죄송합니다. 처음부터 정보 공유 요청한 것도 저희 쪽이고, <데일리시사>에서 선의로 저희한테 중요한 정보 내주셨다는 것도 알고 있습니다. 그런데 그때 엄대진이 어떤 방식으로 차명계좌를 확보하는지 모르겠다고 말씀하셨는데, 저희가 취재 과정에서 아주 유력하게 의심이 가는 곳을 발견했습니다."

그 말에 형원의 표정이 싹 달라졌다. 눈을 크게 뜬 형원이 무의식적으로 몸을 앞으로 내밀었다.

"정말입니까?"

정언은 언제나와 같은 무표정을 유지하고 있었다. 무슨 생각을 하고 있는지 그 얼굴만으로는 알기 어려웠다. 정언이 낮은 목소리로 대답했다.

"최창묵 씨하고 관련이 있어요. 그래서 제가 기자님한테 최대한 빨리 만났으면 한다고 말씀드린 겁니다. 안영균 조사하셨고 은행 지점까지 매핑하셨는데 이걸 발견 못 하셨다는 게 이상하거든요."

"피디님, 저희는 정말……."

형원이 당혹스러워하며 뭔가 말하려 했으나, 정언은 가차 없이 그의 말을 끊었다.

"저한테 시간 있다면 절대 이런 방식 안 썼습니다. 말 돌리지 않겠습니다. 안영균 보좌관 부인 정보현 씨에 대해 알고 계셨습니까? 최창묵 씨가 발기인으로 있던 어게인라이프는요?"

정보현과 최창묵의 이름을 듣자 형원의 표정이 약간 굳어졌다. 잠깐 사이를 둔 형원이 마른 입술을 축였다.

"둘 다 이미 저희도 취재를 했습니다."

"저희는 안영균이 정보현 씨하고 어게인라이프 이용해서 차명 계좌 명의 획득했다고 의심하고 있습니다. 그런데 이걸 왜 <데일리시사>에서 모르셨는지 납득이 안 가요. 그게 최창묵 씨를 보호하기 위해서인 건지, 아니면 진짜 모르셨던 건지 확인하려고 온 겁니다."

정언의 말을 들은 형원이 아이고, 하며 혼잣말로 중얼거리더니 긴 한숨을 뱉었다. 머리를 긁적인 형원은 목이 타는 듯 잔에 술을 따라 한 잔 들이켰다. 다시 자기 잔을 채워 놓은 형원은 소주병을 내려놓고 정언에게 물었다.

"정보현 만나 보신 적 있으세요?"

"아직 없습니다."

정언이 고개를 가로젓자 형원은 헛웃음을 뱉었다.

"아, 이게 참…… 정보현이 정말 이상한 사람이에요. 이게 행적 보면 사실 의심이 돼요. 저 피디님이 그러시는 거 이해합니다. 그런데 제가 정보현 만나 봤거든요. 만나 보면, 이게 참 환장할 노릇인데, 이 사람 의심하는 내가 나쁜 것 같고 그렇단 말이에요. 저희가 한두 달 정도 교회 따라다니면서 미행한 적도 있는데, 그때도 증거가 안 나왔어요."

정언이 눈을 가늘게 떴다. <데일리시사>에서도 증거를 찾지 못할 정도라면 얼마나 철저해야 하는 것일까. 천사의 얼굴을 한 야심가라는 건 확실히 누구나 생각할 만한 조합은 아니었다. 물론 정보현이 결백할 가능성도 있었다. 그러나 정말 그렇다면 엄대진의 온갖 악행을 진두지휘하는 남편 안영균과의 조합은 더 납득이 되지 않았다.

정언이 미간을 좁혔다.

"최창묵 씨가 발기인으로 있는 어게인라이프하고 홈리스 자활 관련 행사를 상당히 여러 번 같이했는데도요? 사진으로 본인이 직접 교회 홈페이지에 올려 둔 것만 수십 장입니다."

형원은 한숨을 쉬었다.

"일단 만나 보시면 제 얘기가 무슨 얘긴지 아실 겁니다."

정보현에 대해 더 이상 왈가왈부하는 건 무의미하다고 생각했는지, 정언은 즉시 화제를 돌렸다.

"좋습니다. 정보현은 제가 직접 만나 보죠. 어쨌든 그럼 어게인라이프에 대해서는 어떻게 생각하신 겁니까?"

어게인라이프 이야기가 나오자 형원은 정보현 때와는 달리 약간 주저하는 태도를 보였다. 들고 있던 젓가락을 접시 위에 톡톡 두드리던 형원이 손을 멈췄다.

"뭐라고 말씀을 드려야 될지 제가 지금 굉장히 당황스럽네요. 저희 쪽에서도 어게인라이프, 이거 좀 이상하다 그렇게 얘기하긴 했습니다. 그런데 본인이 아니라고 하니까. 최 주필 본인이 거기 엮여 있었던 거 아닙니까. 최 주필 말로는 그런 건 아니다. 소규모 자선단체의 경우 기부금 내역, 사용처 같은 게 조사가 잘 안 됩니다. 공시 의무가 없거든요.6) 이런 데는 회계도 단식부기7)로 하는 경우가 많습니다. 그렇기 때문에 그런 용도로 이용하려고 만든 단체다. 이렇게 말을 한 거죠."

형원의 말끝은 약간 떨렸다. 그건 거짓말을 한다기보다는 억울함에 더 가깝게 느껴졌다. 정언 역시 그것을 느낀 듯, 약간 누그러진 말투로 물었다.

---

6) 사회복지법인, 종교법인, 장학재단 등은 법인세법시행령에 따라 공시의무 부과 대상에 포함되지 않는다. 종교단체를 제외한 공익법인 역시 현행법상 자산 총액 5억 원 미만, 또는 수익금액과 해당 사업연도에 출연 받은 재산 합계액이 3억 원 미만이면 결산 서류 공시 의무가 없다.

7) 특별한 법칙 없이 인명·채권채무·현금출납·상품 매입과 매출 등 적당한 항목으로 기장하는 장부. 일반적인 가계부가 단식부기에 해당한다. 경영조직에서 외부와 거래를 할 때 자산, 부채, 자본 등을 모두 인식하여 거래의 주고받는 양 측면을 함께 기장하는 복식부기와 대응된다.

"최창묵 씨 얘기 외에 다른 증거는 없었던 거고요?"

"최 주필이 당시 어게인라이프 앞으로 들어온 기부금 내역 장부 일부를 저희한테 넘겼어요. 대부분 서온건설 하청업체나 이런 쪽에서 들어온 돈이었습니다. 이게 어디로 나갔겠습니까? 최주필은 어차피 끈 떨어진 사람인데 저희가 의심할 이유가 있겠습니까? 당시 서온건설 상무였던 윤양한 데려다 거기 대표로 앉혀 놓고, 이 사람 지금은 고원종합기술공사 사외이사로 가 있죠? 거기 그때 발기인으로 있던 사람들 다 엄대진하고 줄 댄 사람들이에요."

마지막 말을 뱉으며 다시 잔을 비운 형원이 짧은 한숨을 내쉬었다. 무슨 생각을 하는지 두 손을 모아 잠시 이마를 대고 있던 형원은 고개를 들어 정언을 보았다.

"의심하신 이유 알겠고요, 제가 최 주필한테 받은 자료 다 드리겠습니다."

그 표정은 결연했다. 정언은 서둘러 형원에게 말했다.

"기자님 기분 상하게 하려는 거 아니었습니다. 상황이 워낙 안 좋게 돌아가니까요, 지금."

형원이 고개를 주억거렸다. 뭐라고 설명할 수 없는 복잡한 감정의 층위들이 형원의 얼굴 위에서 나타났다 사라지기를 반복했다. 정언은 자기 잔을 채우고는 형원의 앞에 놓인 잔에도 술을 따라 주었다. 형원은 그 잔을 반쯤 마시다 내려놓았다.

"저희가 최 주필 안일하게 생각한 거 인정합니다. 그런데 저희 입장에서도, 피디님도 한 번 생각해 보십시오. 여기 김윤 피디님이 그런 일 겪었다. 그러면 서 피디님이 김 피디님 취조하실 수 있겠어요? 너 진짜 받아먹은 거 없냐, 너 나한테 거짓말 안 하냐 그럴 수 없다고요."

정언이 그 말에 멈칫했다. 형원이 그럴 줄 알았다는 얼굴로 어깨를 으쓱해 보였다.

"그래서 저희가 정보력 하나로 신문 유지하는데, 그거 다 드리겠다는 겁니다."

이쪽에서 의심을 받는 것만은 죽어도 피하고 싶은 듯했다. 잔을 쥔 손으로 시선을 주며 한동안 침묵하던 형원이 입을 열었다.

"저희도 지금 회사 걸려 있는 입장입니다. 운영도 간당간당한 판에 목숨 내놓고 취재하겠다, 죽어도 바른 소리하고 죽겠다는 기자들 요새 얼마나 됩니까. 돈만 주면 <조한일보> 위시한 보수 언론 욕하면서 우리가 진보 언론이네, 자기들이 진짜 민족 정론지네 하고 떠드는 신문들 1면마다 한선당이 민주영은 빨갱이다, 종북 간첩이다 동네방네 선전하는 광고 걸 수 있어요. 말도 안 되죠. 그런데 사명감, 의식, 이런 것보다 돈이 더 중요한 세상이잖아요. 안 그래요?"

대답을 기대한 질문은 아닌 듯 형원이 하하, 하고 열없이 웃는 소리를 냈다.

"민 의원 지지자들 중에 고정층, 한 50퍼센트 가까이 될 겁니다. 이 사람들 지금 언론 절대 안 믿어요. 그 사람들이 원래 그랬겠습니까? 민 의원 정계 데뷔한 게 뭐 이십 년이 됐습니까, 삼십 년이 됐습니까. 몇 년 안 되잖아요. 근데 그사이에 사람들이 알아 버렸다고요. 대한민국 언론계 밑바닥부터 작살났다는 거. 보수 언론이고 진보 언론이고 믿을 놈들 하나도 없다는 거."

형원이 젓가락 끝으로 접시 위를 툭 쳤다. 플라스틱 접시를 치는 둔탁한 소리가 멈춘 공기를 움직였다.

"그 사람들 여론조사 해 보면 <뉴스라이트>, <비하인드 24>, <데일리시사 인 서울>. 딱 이거 세 개만 보는 사람 천지예요. 그나마도 요샌 <뉴스라이트> 시청자들도 많이 돌아섰죠? 김양운 앵커로 바뀌고 욕 엄청나게 먹지 않습니까."

정언은 아무 말도 하지 않고 그를 마주 보았다. 깊은 한숨을 쉰 형원은 턱을 괴었다.

"까놓고 얘기하죠. <조한일보> 기자 초봉이 얼만지 아십니까? 한 4천 됩니다. 그런데 우리는 연차 십 년 이상 되는 애들도 그 돈 받기 힘들어요. 신입 열 명 뽑으면 먹고살려고 하는 짓인데 못 먹고 사니까 도망가는 애들이 아홉 명이라고요. 신념이 밥 먹여 주나 그거예요. 안 먹여 주죠. 그거 아는데 우리가 어떻게 강요를 하겠어요."

자조적인 말투였다. 윤은 아무 말도 하지 못하고 그를 마주 보았다. 어디에서나 같은 일이 벌어지고 있다는 건 동질감 이전에 두려움을 주었다. 형원은 자기 잔을 다시 채웠으나 손을 대지는 않았다.

"저 <조한일보> 사회부에 십 년 넘게 있었던 사람이에요. 개들 생리 잘 압니다. 거기 기자들 입버릇이 그래요. 레벨은 연봉이 증명한다. 개들 다른 언론사 기자들 엄청 무시합니다. 니들 기사는 니들 연봉 수준이라 그거죠. 근데 그 레벨이란 게 뭐냐. 기자 레벨은 기사로 증명해야 하는 거 아닙니까. 말 같지도 않은 소리 지껄이면서 지면 낭비하는 주제에 연봉만 높으면 일류 기자가 됩니까? 제가 그거 못 참고 와이프한테 미안하다, 내가 사람답게 살고 싶어 그런다 하면서 연봉 까고 <데일리시사> 왔습니다. 돈 모자라니까 프리 기고도 여기저기 하고 그러면서."

취한 것 같지는 않았으나, 윤은 문득 그가 취하고 싶어 하는 사람처럼 보인다는 것을 깨달았다. 형원이 손끝으로 잔 모서리를 만지작거리며 고개를 숙였다.

"우리도 재벌들 뒤 캐다 광고 정말 많이 떨어졌습니다. 단가 올려 줄 테니까 1면에 자기들 광고 박아라, 기사 내지 마라 그러는 기업들 한두 개가 아닙니다. 사장님, 국장님 다 기자들보고 굶어 죽느니 곁불 쬐는 게 낫다고 그래요. 그래도 그렇게는 안 되죠. 여기 있는 사람들 그 짓 안 하려고 온 건데 어떻게 또 그럽니까."

허공으로 숨을 뱉은 형원이 술 한 모금을 마시더니 시선을 들어 정언을 마주 보았다.

"YBS 가지고 놀 시간 없는 거 저도 마찬가지입니다. 피디님, 피디님이 절박하신 만큼 저도 절박해요. 저 한 집안 가장입니다. 책임져야 할 가족 있는 사람이에요. 우리 큰딸이 대학생인데 학교 신문사 기자입니다. 걔가 지 선배들하고 맨날 치고받고 하면서도 꼭 아빠 같은 기자 될 거라고 그래요. 그런데 제가 여기서 모가지 날아가면 되겠습니까?"

그 순간 정언의 눈이 잠시 흔들렸다. 그것을 알아차린 윤은 약간 의아한 기분이 되었다. 왜 정언이 그 말에 일순간 동요했는지 짐작할 수 없는 까닭이었다. 채 그 이유를 가늠하기도 전, 형원이 남은 술을 단숨에 마시고는 잔을 내려놓았다.

"저 절대로 피디님들 속이려는 의도 없습니다. 제가 아는 대로 말씀드린 거고, 필요하신 정보는 뭐든 공유해 드리겠습니다. 저희도 믿을 수 있는 거 이제 <비하인드 24> 하나뿐이에요."

마지막 말에 문득 가슴이 덜컥했다. <데일리시사 인 서울>의 기자들 역시 외로운 싸움을 하고 있다는 것이 갑자기 실감난 탓이었다.

기사를 내보내지 못할 수도 있다, 목숨을 걸고 취재했는데 아무 일도 일어나지 않을 수 있다, 이 일로 목숨을 잃을 수도 있다…… 그 두려움이 뭔지 윤은 너무나 잘 알고 있었다.

형원을 물끄러미 보던 정언이 물었다.

"최창묵 씨하고 저희 접촉하게 해 주실 수 있습니까?"

형원이 자신 없다는 표정으로 미간을 문질렀다.

"그거는, 다른 건 모르겠는데 그건 정말 제가 장담을 못 하겠습니다. 일단 최 주필 꼭 만나야겠다, 꼭 만나야 의심을 푸시겠다 그러면 제가 애기 넣어 보기는 할게요. 되도록 어떻게든 만나실 수 있게 노력하겠습니다. 이러면 되겠습니까?"

"감사합니다."

정언이 고개를 숙이며 인사를 건네자 형원이 어깨를 으쓱해 보였다.

"그리고 일본에서 제보자하고 접촉되는 대로 정보 공유해 드리겠습니다. 최 주필하고 어게인라이프, 그 부분에 대해서 조사를 하셨다면 제가 먼저 말씀 안 드린 거 의심받을 수 있다고 생각합니다. 그런데 저희 쪽에서는 끝난 얘기다, 그렇게 봤기 때문에 얘기 안 한 거고요. 좀 서운하긴 한데 어쩔 수 없죠. 어게인라이프 관련해서도, 우리가 아는 부분은 다 알려드리겠습니다."

"제가 무례했다는 거 압니다. 죄송합니다."

정언이 다시 사과하는 말에 형원은 고개를 흔들었다.

"아닙니다. 서로 의심하면서 시간 낭비하느니 차라리 이렇게 툭 까놓고 얘기하는 게 낫죠."

형원은 곧 다시 웃는 낯을 했다. 아이고 식었네, 하고 중얼거리며 두루치기를 집어 먹는 형원에게서 윤은 묘한 페이소스를 느꼈다. 혼자서 말없이 접시를 비워 가던 형원이 소주 한 병을 더 시켰다.

정언과 주거니 받거니 하며 대작하던 형원이 냅킨으로 입가를 닦았다. 그때 탁자 위에 놓아 둔 형원의 핸드폰이 울리기 시작했다. 화면에는 '으뜸공주'라는 이름이 선명했다. 아마 첫째 딸인 모양이었다. 그 이름을 보자마자 형원이 전화를 받았다.

"응, 공주. 어, 아니, 아니. 아빠가 일이 있어서 방송국 피디님들 잠깐 만났어. 이제 가지. 아이고, 술 마시고 운전을 왜 해. 걱정하지 말고, 엄마는 자? 아직 안 자? 엄마 먼저 자라고 그래. 아빠 금방 간다고. 그래요, 그래요. 누구 말씀이신데. 응, 그래."

그 일상적인 대화에 가슴 한구석이 묵직하게 내려앉았다. 목숨을 걸고 이 일에 뛰어든 사람조차 결국은 누군가의 남편, 평범한 아버지에 지나지 않는다는 생각은 어쩐지 스산했다.

무엇이 우리를 움직이는가…… 윤은 옥상에서 재희와 나눴던 짧은 대화들을 떠올렸다. 전화를 끊은 형원이 민망한 듯 머리를 긁적였다.

"아이고, 열두 시만 넘으면 아주 난리예요. 지 엄마보다 더하다니까요."

"따님하고 사이좋으시네요. 보기 좋은데요."

정언이 웃었다. 순간 까닭을 알 수 없이 정언의 그 얼굴이 눈에 맺혔다. 평소처럼 그 말이 그저 가벼운 인사치레처럼 들리지 않는 건 왜인지 모를 노릇이었다.

윤은 저도 모르게 정언의 옆모습에 시선을 붙들렸다. 정언이 감정을 누르는 데 능숙하다는 건 알고 있었지만, 어쩐지 지금의 얼굴은 아무도 모르게 무너진 벽 틈으로 새어 나온 찰나의 부산물처럼 느껴졌다.

윤은 문득 예전에 들었던 정언의 아버지 이야기를 상기했다. 열여덟 살. 한순간 아버지를 잃기에는 어린 나이였다. 형원처럼 늦은 시간에 아버지에게 전화를 하고, 아버지가 다정하게 그 말을 받아 주는 일이 정언에게 존재하지 않게 된 지는 이미 오래였다.

어쩌면, 영원히 갖지 못하게 된 순간들을 반추하는 걸까.

그 짐작을 미처 확신하기도 전, 정언은 다시 표정을 감췄다. 보지 말아야 할 것을 본 것 같은 느낌이 들었다. 윤은 서둘러 머릿속에서 그 생각을 지웠다. 술잔을 기울이던 형원이 마지막 잔을 털어 넣었다.

"그만 일어나실까요? 제가 너무 늦은 시간에 만나자고 해서 죄송합니다."

"아닙니다."

형원이 먼저 자리에서 일어나 자기 카드로 계산을 했다. 정언이 만류했으나 형원은 괜찮다며 손을 몇 번 내저었다. 종이 냅킨으로 입가를 닦은 형원은 가게 밖으로 나왔다. 윤이 정언과 그 뒤를 따라 가게를 나서자, 형원은 잠시 길거리에 서 있다가 입을 열었다.

"YBS에서는 더 뼈저리게 느끼시겠지만, 엄대진 정말 무서운 사람이에요."

나지막한 목소리였다. 윤은 퍼뜩 멈칫했다. 형원의 말이 마치 경고처럼 느껴진 탓이었다. 그러나 보도블록 위를 낡은 운동화

끝으로 몇 번 차 본 형원은 곧 그런 말은 한 적도 없다는 사람처럼 다시 웃는 얼굴로 돌아왔다.

"내일 출근하는 대로 자료 보내 드리겠습니다."

"조심해서 들어가세요."

정언이 고개를 숙이며 인사를 건네자, 형원이 가볍게 묵례를 하고는 <데일리시사 인 서울> 건물이 있는 방향으로 천천히 걸어갔다. 윤은 형원의 뒷모습을 오랫동안 지켜보았다. 멀어지는가 싶더니 길가에서 택시를 잡은 형원이 도로 너머로 사라졌다.

그 자리에 못 박힌 듯 서 있던 윤은 등을 툭 치는 손길에 깜짝 놀라 퍼뜩 현실로 돌아왔다. 정언이 그만 가자, 하고 내뱉으며 몸을 돌렸다. 차를 세워 둔 공영 주차장으로 가는 길은 조용했다. 정언은 무슨 생각을 하는지 말이 없었다.

혹시 취한 걸까 싶어 흘끔 내려다보았으나, 가로등의 빛만으로는 정언의 상태를 가늠하기 어려웠다.

"저희 속이려는 의도는 아닌 것 같은데요."

윤이 넌지시 정언에게 말을 걸자 정언은 앞을 보며 대답했다.

"속이려는 사람치고는 너무 절박하지. 이쪽은 속았다고 보는 게 맞지 않겠어? 최창묵이 미끼 준 것 같아. 기부금 장부 일부 주고 명의 도용하는 건 숨기고. 이쪽에서는 기자님 말대로 자기들 동료 안 그래도 너덜너덜해졌는데 더 파기 뭐하다는 거 본인도 잘 알았을 테고. 내가 궁금한 건, 만약에 그게 사실이면 어차피 끈 떨어진 신세에 왜 그랬냐 그거야."

"최창묵 무조건 만나야겠네요."

주차장에 세워 둔 차 문의 도어록을 풀며 말하자, 정언이 먼저 조수석 문을 당겨 열었다.

"시도해 볼 가치 있을 것 같아. 정보현도 마찬가지고. 임 기자님 정도면 진짜 베테랑인데, 정보현이 어떻기에 저렇게까지 애기하는지 내 눈으로 봐야겠어."

조수석에 탄 정언이 팔을 올려 눈가를 가렸다. 낮은 한숨이 새어 나왔다. 시동을 걸려던 윤은 그 소리에 손을 멈추며 정언을 돌아보았다. 절반이 가려진 얼굴은 표정을 짐작할 수 없었다.

"괜찮으세요?"

윤이 묻자 잠시 사이를 둔 정언이 되물었다.

"그거 마신 거 가지고 취했을까 봐 그래?"

"그래도요."

정언이 팀 최고 주당이라고 혀를 내두르던 지혁의 말이 떠올랐다. 소주 한 병도 채 마시지 않았으니 정말 그걸로 취했을 리는 없다고 생각했으나, 창으로 들어오는 희미한 빛에 드리워진 짙은 그림자 탓인지 정언은 어쩐지 평소와는 달라 보였다. 윤이 시동을 걸지 못한 채 정언을 응시하자, 정언은 작은 목소리로 입술을 달싹였다.

"잠깐만 앉아 있자."

정언이 이런 말을 하는 건 처음이었다. 내심 당황한 윤은 네, 하고 대답하며 시트에 등을 기댔다.

정언은 오랫동안 말이 없었다. 밀폐된 차 안의 공기는 고요하게 가라앉은 채였다. 어두운 공영 주차장은 가로등조차 멀었다. 입구의 안내 등만이 흐린 빛을 흩뿌렸다. 창 너머를 응시하던 윤은 정언이 나지막하게 부르는 소리를 들었다.

"김 피디."

"네?"

퍼뜩 놀란 윤이 대답하자 정언이 말했다.

"죽지 마."

윤은 그 순간 진심으로 환청이 이런 건가, 하고 의심했다. 죽지 말라고? 잘못 들은 건가 싶어 정언에게 시선을 주자, 정언은 눈을 가린 팔을 떼지 않고도 마치 윤의 표정을 보기라도 한 양 그 말을 되풀이했다.

"나 농담하는 거 아냐. 절대 죽지 마."

정언의 목소리가 흔들렸다. 착각일까. 그러나 도저히 착각이라고는 생각할 수 없었다. 무릎 위에 놓인 정언의 반대편 손끝이 안으로 말려드는 것을 본 탓이었다.

정언은 떨림을 참는 듯 손끝이 새하얗게 질릴 정도로 손을 꽉 움켜쥐었다. 윤은 애써 웃었다.

"왜 그러세요. 그거 제가 선배한테 해야 될 말인데."

농담처럼 굴지 않으면 안 될 것 같았다. 그때 주차장 입구의 안내 등이 꺼졌다. 다음 순간 어둠이 정언의 창백한 얼굴을 거의 뒤덮었다. 이미 막을 내린 극장 위의 텅 빈 무대에 선 배우처럼, 정언이 그 어둠 속에서 입을 열었다.

"전에 말했지, 나 열여덟 살 때 아빠 돌아가셨다고."

그건 독백에 가깝게 들렸다. 윤은 불현듯 아까 형원을 보던 정언의 표정을 떠올렸다. 이상하게도 눈에 맺혔던 그 얼굴. 정언이 자기에게 다시는 허락되지 않을 순간을 반추하는 것이 아닐까 짐작했었다. 눈가를 가린 팔 아래로 정언의 입술이 희미하게 미소 짓는 것처럼 호를 그렸다.

"병원으로 오는 도중에 이미 늦었어. 엄마랑 나 보지도 못하고 죽었다고, 우리 아빠가."

정언이 아무렇지도 않은 척하기 위해 죽을 만큼 노력하고 있다는 사실을 알아차린 건 그때였다. 우리 아빠가, 라는 마지막 말을 발음하는 목소리는 이미 젖은 채였다. 정언은 윤이 듣고 있든 말든 상관없다는 말투로 내뱉었다.

"아빠가 마지막에, 죽기 전에 무슨 말을 하고 싶었을까. 그 생각만 하면 가끔 진짜 미치겠어. 딱 5분만 있었으면, 내 얼굴 보고 딱 5분…… 그러면 마지막으로 아빠가 하고 싶었던 말이 뭔지 알 수 있었는데, 지금처럼 이렇게 돌아 버릴 것 같은 기분 안 느껴도 되는 건데."

정언이 웃는 소리를 냈다. 지금까지 누구에게도, 단 한 번도 정언이 이런 이야기를 한 적 없으리라는 짐작이 들었다. 그건 거의 확신에 가까웠다. 내쉬는 숨마다 얕게 움직이는 정언의 어깨는 금방이라도 부스러질 것처럼 떨렸다.

"선배."

무슨 말을 해야 할지 알 수 없었다. 정언을 부른 목소리 끝이 잠겼다. 정언은 창 쪽으로 얼굴을 돌렸다. 긴 침묵이 멈춰 있는 공기 사이를 휘감고 묵직하게 내려앉았다. 숨이 잘 쉬어지지 않았다. 그 정적을 깨고 정언은 거의 속삭이듯 중얼거렸다.

"……그러니까 김윤이 나한테 마지막으로 무슨 말 하고 싶었을까 생각하게 하지 마."

김윤.

정언이 자신의 이름을 그렇게 불러 준 건 두 번째였다. 자로 잰 듯 떨어지는 발음으로 말한 김윤이라는 이름은 어쩐지 낯설게 느껴졌다. 정언과 자신 사이의 경계가 그 순간 흐릿해졌다.

윤은 정언을 보았다. 선이 가는 옆얼굴은 절반이 가려진 채로도 언제나처럼 날카롭고 단호했다. 그러나 방금 정언의 그 말은 분명 김 피디가 아닌, 그저 팀 동료나 후배로서가 아닌 자신에게 하는 말이었다.

내 앞에서 그렇게 사라지지 말라고. 잊고 싶지 않다고. 남겨지는 건 싫다고.

아주 잘 드는 칼날 위로 손끝을 움직인 것처럼 온몸이 선뜩해졌다. 단 한 걸음이면 넘어갈 수 있을 것 같았던 그 선 너머를 그렇게 갈망했는데도, 막상 정언의 선 안에 들어왔다는 확신을 얻은 순간이 왜 이토록 서늘한지 윤은 알지 못했다.

정언이 얼굴을 가린 팔을 내려 손으로 눈가를 덮었다. 불안정하게 흔들리던 공기의 입자가 다시 가라앉았다.

그때 퍼뜩 윤은 정언이 울고 있다는 것을 알아차렸다. 눈을 덮은 정언의 손 아래로 순식간에 흘러내린 눈물은 마치 환각처럼 느껴졌다. 상상조차 한 적이 없는 정언의 눈물에, 윤은 눈을 크게 떴다.

눈물이 떨어진 길은 희미한 빛에 짧게 반짝이기 무섭게 곧 흔적 없이 말라 사라졌다. 불현듯 심장의 어딘가가 그대로 무너지는 듯한 감각이 엄습했다. 그 순간, 정언의 벽을 무너뜨리려 하지 말 걸 그랬다고 윤은 처음으로 후회했다.

정언이 자신의 가장 약한 부분을 필사적으로 감추려 하는 사람이라는 건 알고 있었다. 그 너머를 보고 싶었던 건 어느 정도 호기심과 오기가 뒤섞인 감정이었다. 그러나 그저 그것만으로 이렇게 가까이 온 건 잘못된 일일지도 몰랐다. 정언이 더 이상 자기 자신을 버티지 못하게 될까 봐 겁이 났다.

정언의 눈물이 술 때문인지, 형원과 그의 딸 때문인지, 아니면 다른 어떤 이유 때문인지는 알 수 없었다. 그러나 이유가 뭐든 상관없었다. 입 안이 말랐다. 아무 생각도 할 수가 없었다. 머릿속이 온통 표백된 것처럼 새하얘졌다.

"선배, 저 보세요."

윤은 거의 숨소리에 가깝게 속삭이며 정언의 팔을 잡았다. 마치 절벽 끝에 선 사람을 구하려는 것 같은 기분이었다. 정언은 그 손을 떼어 내려 했으나 윤은 정언의 손을 쥐며 몸을 기울였다. 정언이 얼굴을 보이지 않으려는 듯 고개를 돌렸다.

"한 번만요. 선배, 딱 한 번만요."

윤은 어린애처럼 조르며 정언을 끌었다. 자신을 보지 않으려 애쓰는 정언의 뺨을 다른 손으로 감쌌을 때, 아직 거기 남은 습기의 흔적이 순식간에 손바닥 전체로 스며들었다. 달래듯 조심스럽게 자신을 보게 하자 정언이 주저하며 시선을 들었다.

그건 단 한 번도 본 적 없는, 그리고 누구도 본 적 없을 얼굴이었다. 아마 정언 자신조차도. 누군가가 아주 잠시 시간을 되돌린 것처럼, 열여덟 살의 정언이 거기 머물러 있었다. 아버지의 마지막 말을 듣지 못한 그날의 소녀.

무표정의 가면 뒤로 숨겨진 그 얼굴은 그저 평범한 소녀에 지나지 않았다. 남들보다 더 강하지도 않고, 더 차갑지도 않은.

정언이 얼마나 오랫동안 그 시간에 사로잡힌 채 아무렇지 않은 척 스스로를 눌러 왔는지 윤은 문득 궁금해졌다. 형언할 수 없는 수많은 감정들이 응결하며 심장의 어딘가에서 빠르게 역류했다. 순식간에 눈가가 달아올랐다.

눈물을 참기 위해 윤은 입술을 깨물었다. 짙게 내려앉은 어둠은 쉽게 표정을 감췄다. 그러나 자신이 그렇듯, 정언 역시 지금의 자신이 어떤 표정을 하고 있는지 이미 알아차렸을 터였다.

"안 죽을게요. 저 절대 안 죽어요. 그런 생각 하지 마세요."

윤은 두서없는 단어들을 중얼거렸다. 그 말이 정언에게 닿는다는 확신은 없었다. 그러나 그런 건 이제 아무래도 좋았다. 떨리는 손으로 부드러운 머리칼을 어루만지고 그 뒷머리를 감싸 끌어당긴 윤은 어깨에 정언의 얼굴을 묻게 했다.

정언이 가는 숨을 뱉었다. 옅은 알코올의 자취가 그 숨결 끝에 잠시 묻어났다. 심장 부근에 스민 숨결이 녹아들었다. 한 팔에 그대로 들어오는 마른 몸에서 전해지는 체온과 떨림이 생생했다. 늘 그렇듯 희미하게 떠도는 눈의 냄새 역시도.

난공불락의 유리 성벽 뒤에는 무엇이 존재할지 늘 궁금했었다. 산산이 부서져 내린 성벽 앞에서, 윤은 마침내 그 너머를 보았다. 끝없이 펼쳐진 그림자가 아득했다. 슬픔과 두려움, 외로움과 나약함. 가장 인간적인 그 공허 속에 서 있는 건 오로지 한 소녀뿐이었다.

윤은 정언을 안은 팔에 조금 더 힘을 주며 눈을 감았다.

지금 여기서, 그 소녀는 오로지 자신만이 아는 존재였다. 어둠이 걷히면 사라질 환상. 그러니 이 순간의 모든 조각들을 단 하나도 잃어버리고 싶지 않았다.

짙은 적막이 잠시 세상을 멈췄다.

아침부터 화창한 날씨였으나 출근하는 정언의 기분은 결코 그렇지 않았다. 피곤하고 지쳐서 씻고 나오기 무섭게 거의 기절하듯 잠들었다가 일어난 참이었다. 간밤에는 힘이 들어 아무 생각이 없었지만, 문제는 알람 소리에 눈을 뜬 순간부터였다.

잠시 천장을 보며 멍하니 누워 있는 사이 어젯밤의 일이 주마등처럼 머릿속을 스쳐 지나갔다. 소리 없이 비명을 지른 정언은 자리에서 벌떡 일어나 앉았다. 아무도 안 보는데 혼자 창피해진 정언은 죄 없는 베개만 팡팡 두들겨 패다 얼굴을 덮으며 한숨을 쉬었다.

윤은 정언을 집에 데려다주는 내내 거의 한마디도 하지 않았다. 물론 정언은 그게 자신을 위한 배려라는 걸 잘 알고 있었다. 스스로도 할 말이 없었던 것이다. 소주 한 병도 채 마시지 않았으니 취했다는 핑계도 통하지 않았다.

형원이 딸과 통화하는 걸 보고 불현듯 마음 한구석이 무너지는 듯한 기분을 느낀 건 사실이었다. 만약에 아버지가 죽지 않았다면 늘 입버릇처럼 말했던 대로 YBS에 입사하지 않고, 평범한 회사에 다니며 아버지에게 언제 오냐고 전화를 걸어 대는 딸로 살 수도 있었을까.

무의미한 가정에 빠지는 데는 취미가 없었다. 그럼에도 그 생각에 사로잡힌 건 어느 정도 알코올의 탓도 있을 거라고 정언은 애써 생각했다.

윤에게 죽지 말라고 말하며 울었던 건 자신의 통제를 벗어난 범주의 일이었다. 평소라면 결코 하지 않았을 생각과 약간의 취기가 합쳐진 결과물이 분명했다. 그렇게 컨트롤할 수 없는 감정들이 튀어나오는 빈도가 잦아지는 건 정언에게 결코 반갑지 않았다.

머리를 쥐어뜯고 싶은 걸 간신히 참으며 트리플 샷 아메리카노 한 잔을 산 정언은 빨대를 입에 문 채 사무실 문을 열었다. 의자에 느슨하게 기대 눈을 감고 있던 재희가 실눈을 뜨고 정언을 보더니 건성으로 손을 흔들었다.

"일찍 왔네."

"좀 더 성의 있게 인사할 수 없어요?"

"후배님 오셨다고 벌떡 일어나서 90도로 인사할까?"

재희가 정언의 농담을 받아쳤다. 그사이 어쩐 일인지 일찍 출근해 있던 철진이 핸드폰을 한쪽 귀와 어깨 사이에 끼우고 정신없이 뭔가를 메모하며 정언에게 눈인사를 건넸다.

정언이 가볍게 고개를 까딱이며 자리에 앉자 곧 네, 고마워요, 하고 전화를 끊은 철진이 자리에서 일어나며 정언 쪽으로 몸을 숙였다.

"서 피디, 이현교 안다는 사람 나왔어."

컴퓨터 전원을 넣던 정언은 그 말에 고개를 번쩍 들었다.

"어디서요? 누가 안대요?"

"대구 YBS가 있는 한상문 선배라고, 나 바로 위 기수. 이현교 사무실에 영상장비 있었다고 했잖아. 그게 상당히 고가라고. 지금은 구하기도 힘들고. 그래서 아무래도 이쪽 일 하던 사람 맞을 것 같아서 내가 방송국하고 프로덕션 쪽 사람들한테 연락 다 돌려 봤거든. 그랬더니 어젯밤에 한 선배한테 연락이 왔더라고. 선배가 대구 출신이라 거기 내려가서 일한 지 오래됐는데, 이현교 대구에서 외주 프로덕션 운영하던 사람이래."

눈을 감은 채 의자를 돌리며 철진의 말을 듣고 있던 재희가 급히 자세를 고쳐 앉았다. 정언은 철진에게 되물었다.

"외주 프로덕션?"

철진이 고개를 끄덕였다.

"대구 YBS에서 자체 방송하는 지역 정보 프로그램 하나 외주 따서 몇 년 했었다네. 그런데 그것도 당시에 한선당 지역구 의원들이 줄을 댔대. 이 프로덕션에 일 하나 주라고 대구 YBS 사장한테 찔렀다 그거야. 그리고 이현교 프로덕션에서 당시에 한선당 선거용 홍보 영상, 당 행사 영상 이런 거 전문으로 제작했었대. 그래서 대구 YBS 교양국하고, 보도국 기자들이 그 사람 잘 안다고 하더라."

"외주 프로덕션 제작자를 법영상분석전문가로 증인 출석시켰다 그거죠?"

정언이 다시 한 번 확인하듯 묻자 철진이 손가락을 딱 소리가 나게 튕겼다.

"그렇지. 한 선배한테 혹시 당시에 거기랑 계약한 계약서 있냐고 물어보니까 자기가 교양국에 알아보고 오늘 안으로 보내 주겠대. 업체 대표라 신상정보랑 그런 거 다 있으니까 맞춰 보는 건 간단해. 그쪽 보도국 DB에서 당시 이현교가 만든 홍보 영상이나 행사 영상 있는지도 찾아봐 주겠다고 하더라고."

잘 엮인 그물이라면 시작점을 되짚어 올라가는 길 역시 분명할 터였다. 펜 끝으로 이마를 긁적인 정언은 잠시 생각하다 대답했다.

"그러면 그건 검찰 증거 조작 건으로 묶어서 그림 만들면 되겠네요. 지금 어게인라이프 대표로 이현교 앉혀 놓은 것도 한선당 줄일 거 아냐."

철진이 코로 웃는 소리를 냈다.

"그거야 안 봐도 비디오지, 뭐. 프로덕션 대표를 무슨 이유로 거기 앉혀 놓겠어. 자선단체 관련된 활동 같은 게 하나도 없던 사람인데."

"그쵸. 아, 혹시 요새 한선당 홍보 영상도 이현교가 찍는 거 아닌지 모르겠네. 그것 좀 알아봐 줘요. 그리고 법영상분석연구소 주성안 소장님하고 경찰대 신우령 교수님 쪽에도 연락 좀 해 주고요. 확실히 그쪽 사람 아니라는 거 증언을 받아 놓자고."

정언의 말에 철진이 고개를 끄덕이며 오케이 사인을 만들어 보였다.

"안 그래도 이따가 해 보려고. 송 작가님 말로 그쪽에서는 벌써 자기들은 그런 사람 모르겠다고는 했다며?"

"네. 그런데 이왕이면 확실히 해 두자 그거죠. 전문가 아닌 사람이 영상 조작하고 검찰에 증인 출석까지 했다는 건 문제 심각한 거니까. 당시 허주경 사장 담당 검사랑 판사 신환석계라는 자료도 확보하고요."

"알아서 모시겠습니다."

철진이 장난스럽게 경례를 붙여 보이며 다시 자리에 앉았다. 그사이 팀원들이 하나둘씩 출근하기 시작했다. 허주경 사장의 공판 기록을 다시 읽어 보던 정언은 안녕하세요, 하는 목소리에 무심코 눈을 들었다. 윤이었다.

사무실로 들어선 윤은 정언과 눈이 마주치기 무섭게 잠깐 멈칫했다. 어젯밤 일 때문인 게 분명했다. 집이었다면 이 민망함을 베개 두들겨 패기로라도 해소했을 테지만, 불행하게도 사무실에 베개 따위는 없었다.

곧 아무 일도 없었던 것처럼 씩 웃어 보인 윤이 곁에 앉았다. 왜 자꾸 약점 잡힐 일만 저지를까, 하고 속으로 고뇌하던 정언은 파티션 너머를 의식하지 않으려 애쓰며 다시 서류를 보았다.

그러나 눈에 글자가 잘 들어오지 않았다. 방금 전까지 멀쩡하게 읽히던 게 갑자기 이러는 이유가 뭔지를 너무 잘 알아 미칠 노릇이었다. 결국 서류 읽기를 포기한 정언은 은혜영신교회 홈페이지에 접속했다.

정보현이 거의 모든 봉사 활동에 다 참여하고 있으니, 어느 모임이든 쫓아간다면 얼굴은 볼 수 있을 게 확실했다.

봉사 모임 공지사항 게시판을 보자, 오늘은 오전에 노원 고아원 봉사 활동이 예정되어 있었다. 정언은 서둘러 다이어리에 그 장소를 메모했다.

그때 핸드폰이 진동했다. 형원의 메시지였다.

— 임형원입니다. 어제 말씀드렸던 자료 보내 드립니다. 수고하세요.

모니터에 메일 알림창이 뜬 건 바로 다음이었다. 정언은 마우스를 움직여 메일 창을 열었다. 내용은 짧았다. 압축된 첨부파일을 클릭해 풀자, 스캔해 놓은 사진 수십 장의 목록이 나타났다. 대강 훑어보니 수기로 기록한 장부와 어게인라이프 관련 서류인 듯했다.

때마침 뭔가를 한참 메모하던 재희가 정언을 불렀다.

"서 피디, 어제 임형원 기자님 만나 봤어?"

어제라는 말만 들으면 자동반사적으로 경기를 할 것 같은 기분이었다. 정언은 최대한 침착하게 커피를 한 모금 마시고는 대답했다.

"네. 그쪽도 정보현하고 최창묵 관해서는 알고 있긴 했는데, 정보현은 일단 만나 보라고 하더라고요. 의심하기가 좀 힘들다고 그러면서. 최창묵 경우는 본인들이 정황상 걸리는 부분이 있었던 건 사실이지만, 동료다 보니까 강하게 압박하기 힘들었다, 그 부분은 이해해 달라고 얘기했고요."

심각한 얼굴로 정언의 대답을 듣고 있던 재희가 미간을 찌푸렸다.

"정보현 의심하기 힘들다고? 왜?"

"겉보기에는 절대 그런 사람으로 안 보인다는데요. 뻗치기 하면서 따라다녀 봤는데 증거도 못 잡았다고 하고."

"증거 잡기가 힘들다?"

혼잣말처럼 중얼거린 재희는 무슨 생각을 하는지 잠시 눈을 굴리고 있다가 팔짱을 끼었다.

"최창묵 경우는 그렇긴 하겠네. 인지상정이라는 게 있는데…… 최창묵 서온건설 게이트 터지고 잘린 뒤에 거의 폐인이었다며."

"그러니까 어떻게 너 이거 거짓말이냐 아니냐 캘 수가 있냐 그거지. 자기 손으로 장부도 가져다줬고 하니까. 일단 지금 메일로 최창묵한테 받았다는 장부 스캔한 거랑 관련 서류들 다 보내주시긴 했어요."

정언이 말하자 재희가 알았다는 표정으로 고개를 끄덕였다.

"그거 전체 포워딩 좀 해 줘. 뭐 있나 체크해 보자고."

재희는 정언의 대답을 듣기도 전, 몸을 반쯤 일으키며 팀원들에게 말했다.

"아, 그리고 각자 경찰 쪽이나 민변, 상생변 포함해서 법률 자문 가능한 곳에 노숙자 명의 도용한 건으로 가족이나 친인척들 피해 사례 있는지 알아봐. 이미 <데일리시사> 쪽에서 사례 하나 발견한 거 있으니까, 비슷한 사례로 신고하거나 법률 자문 받은 경우 분명히 더 나올 거야."

"알겠습니다."

호형이 눈을 모니터에 둔 채로 손을 들어 보였다. 그사이 방금 형원에게 받은 자료를 전체 메일로 돌린 정언이 재희를 마주 보았다.

"전 부장님하고 얘기는 했어요?"

재희가 피곤하다는 듯 얼굴을 두어 번 문질렀다.

"응. 일단 뭐 그쪽에서도 변순철 건에 대해서는 다 알고 있으니까. 아침에 여의도에서 카톡 돈다는 거 받았는데, 변순철이 사망했다는 소식이 있다, 전체 무기한 엠바고 걸렸다 이 얘기 이미 퍼진 것 같아. 계열사 중에 JH토털콘텐츠 주식 빠지기 시작했다고 그러네."

"거기가 전체 미디어그룹 관할하는 회사예요?"

재희는 그 물음에 고개를 가로저었다.

"아니. 미디어 제작, 유통하고 광고 사업 담당하는 자회사. 이거 하나만 상장이라 주가 변동 알 수 있고 <조한일보> 포함한 나머지는 비상장이야. 비상장 주식은 내부에서 이미 변은화, 변정화 둘하고 나머지 상속권 가진 친인척이 갈라 먹었고. 건강 안 좋아지기 시작할 때부터 상속 관련해서 정리는 해 둔 모양이더라고."

정언은 흠, 하며 손에 든 커피를 마셨다. 정신이 번쩍 드는 진한 커피가 차게 목을 넘어갔다. 정언은 재희의 책상 위에 반쯤 접힌 채 아무렇게나 놓인 신문에 흘끔 눈을 주었다. <조한일보>였다.

"<조한일보> 논조는 어때요? 변동 없나?"

재희가 어깨를 으쓱해 보였다.

"어제 오늘 봤는데 아직 유의미한 건 없는 것 같아. 하루아침에 스탠스 결정할 순 없겠지."

그때 책상 위에서 핸드폰이 진동했다. 형원에게서 온 메시지였다. 짧은 메시지를 읽어 본 정언은 어, 하며 고개를 들었다.

"변순철 본서울병원으로 이송 시작했다는 얘기 있나 보네. 임 기자님이 자기네 중부라인 사스마리한테 연락 받았다는데요."

"대선 때까지는 무조건 VIP 병동 폐쇄겠네."

정언의 말을 들은 석현이 한마디를 거들었다. 재희가 퍼뜩 정신을 차린 얼굴로 물었다.

"본서울병원 쪽에 기자들 가 있나?"

"<데일리시사>에서 연락 갔으면 다른 회사에도 얘기 다 들어갔을 것 같은데요. 강남라인 기자들 벌써 진 치지 않았을까요?"

잠깐 생각에 잠겼던 재희가 자기 핸드폰을 집어 들었다.

"거기가 다른 데보다 좀 빠를 수도 있긴 한데, 뭐 알려지는 건 시간문제겠지. 전 부장님한테 일단 무슨 얘기 있으면 알려 달라고 말은 해 놓을게. 정보현 언제 만나러 갈 거야?"

정언은 벽에 걸린 시계를 확인하고는 대답했다.

"지금요. 교회 홈페이지 보니까 오늘 노원 쪽 보육원 봉사 있다고 돼 있던데? 교회랑 연계된 보육원이라 안 나오진 않을 것 같아서. 미리 가서 기다려 보려고요."

"서 피디가 가려고?"

재희의 질문에 정언이 황당하다는 투로 되물었다.

"그럼 누가 가요?"

"김 피디는?"

재희가 턱 끝으로 자리에 앉아 있는 윤을 가리켰다. 자료를 보고 있던 윤이 갑자기 자기를 부르는 소리에 놀랐는지 눈을 동그랗게 뜨며 정언을 보았다. 정언은 황급히 재희의 말을 막았다.

"할 일 있어요."

할 일이야 늘 차고 넘치긴 했지만, 지금은 정말 없다면 만들어서라도 시키고 싶은 기분이었다. 그러나 남의 사정이야 알 바 아닌 재희였다.

"그래? 정보현 만날 거면 김 피디 데려가서 미남계 한 번 써 보지, 왜."

농담인지 진담인지 분간이 안 가는 얼굴이었다. 정언이 인상을 구기며 재희를 마주 보자 그 속을 읽기라도 한 듯 재희가 한 마디를 덧붙였다.

"농담 아닌데."

두 사람의 대화를 듣고 있던 민혜가 말을 보탰다.

"맞아, 정언. 밑져야 본전인데 같이 가. 김 피디 같은 남자가 말 거는데 매몰차게 거절할 여자 없을걸?"

"그래. 어차피 맨날 같이 다니잖아. 넌 왜 김 피디 꼭 필요할 때 떼놓고 가려고 그러냐. 나라도 김 피디가 말 걸면 엄청 상냥하게 대답해 줄 텐데."

재희 곁에 앉아 있던 현진까지 그 말에 동의했다. 현진이 상냥하게 대답해 줄 정도라면 말 다한 이야기기는 했다. 피디들이 현진에게 우와 너무해요, 하고 야유를 보냈으나 현진은 지지 않고 눈을 부라렸다.

"뭐 이 자식들아, 너희는 예쁜 여자가 말 걸면 안 친절해? 누구보다 친절할 새끼들이 지금 어디다 대고 건방지게 너무한다 만다야? 진짜 너무하는 건 날 몇 년에 걸쳐 매일 조금씩 더 불친절하게 만들어 온 너희들 얼굴이라는 걸 좀 생각해 줄래?"

아무리 긍정적으로 생각하려 해도 진심이 과반수일 것 같은 현진의 말에, 모두가 급격히 슬퍼진 표정으로 입을 다물었다. 졸지에 난처한 꼴이 된 윤이 하하, 하고 아주 어색하게 웃고는 뒷머리를 긁적이며 자리에서 일어났다.

"선배, 지금 출발하실 거면 가시죠."

정언은 이 건에 관해서는 사무실에 서정언의 편 따위는 단 한 명도 없으리라는 사실을 직감했다. 말을 꺼낸 재희의 의자 다리라도 한 번 걷어차 주고 싶은 심정이었으나, 그걸 아는지 모르는지 재희는 빙글거리며 잘 갔다 와, 하고 손을 흔들었다.

더 말하기를 포기한 정언은 가방과 차 키를 집어 들며 황급히 사무실을 나섰다. 뒤에서 뛰어 쫓아온 윤이 주차장에 내려와 차 문을 열고 앉자마자 자기 가방을 뒤적였다. 시동을 거는 정언에게 윤이 뭔가를 내밀었다. 늘 들고 다니는 에너지 바였다.

"아침 안 드셨죠?"

포장까지 이미 반쯤 까서 내밀며 생글생글 웃는 얼굴에 말문이 막혔다. 윤이 어젯밤 얘기를 굳이 꺼낼 성격이 아닌 건 알고 있었지만, 막상 혼자 민망해하자니 그것도 죽을 노릇이었다.

"아, 응. 잘 먹을게."

윤의 시선을 피하며 그것을 받아 든 정언은 자기 가방에서 태블릿을 꺼내 윤에게 건넸다.

"가는 동안 임 기자님이 보내 준 자료 좀 체크해 봐. <데일리 시사> 쪽에서 그 장부 가지고 그냥 넘어가자 했을 정도면 그것도 작은 정보는 아니었을 것 같으니까."

"네."

순순히 대답한 윤이 태블릿을 들고는 자기 메일로 접속했다. 그사이 주차장을 빠져나온 정언은 에너지 바를 순식간에 씹어 삼키고는 카디건 주머니를 뒤져 담배 한 대를 꺼내 물었다.

카페인을 미리 부어 놓은 머릿속에 당분까지 충전하니 머리가 맑아지긴 했지만, 그렇다고 심란함까지 사라지는 건 아니었다. 이 심란함이 공적인 문제인지, 사적인 문제인지 분간할 수가 없는 게 더 고민이었다.

그사이 조수석에서 열심히 태블릿을 들여다보며 핸드폰으로 뭔가를 메모하던 윤이 정언에게 물었다.

"진짜 이런 식으로 장부 작성해도 문제가 없어요?"

정언은 윤의 무릎 위에 놓인 태블릿으로 잠깐 눈을 주었다. 수기로 대충 기록한 장부 때문인 모양이었다.

"출연 금액만 안 넘기면 공시 의무 없으니까."

"가계부 수준만도 못 한 것 같은데요. 굳이 장부 남긴 이유가 뭔지 모르겠어요."

윤이 정말 이해가 안 간다는 표정으로 고개를 절레절레 흔들었다. 정언은 필터를 문 채 약간 부정확한 발음으로 대답했다.

"리스트 작성 용도로 쓴 거지. 어떤 놈이 얼마나 줬는지, 어떤 놈이 안 줬는지 알려고."

아, 하고 중얼거린 윤이 미간을 좁히며 눈썹 부근을 긁적였다.

"법인계좌 입출 내역도 첨부돼 있긴 하네요."

"증거는 확실하겠네. 출금은 어떻게 했어? 다른 명의 계좌로?"

"네. 여기 아래 보니까 최창묵 씨가 자필로 아예 당시에 입금

347

했던 차명계좌 몇 개를 적어 줬다는데요. 은행하고 계좌번호 쓰여 있어요."

윤이 페이지를 넘기며 말하자 정언은 고개를 끄덕였다.

"은행 앱 있지? 이체 시도해서 계좌 살아 있는지 확인해 봐. 계좌 없앤 거면 이체 안 되니까. 이따 다시 사무실 들어가서 우리가 가진 차명계좌 목록하고 겹치는 거 있는지 보자고."

윤이 네, 하고 대답했다. 차 안에 정적이 내려앉았다. 라디오라도 틀까 생각했으나, 곁에서 부지런히 자료를 체크하는 윤에게 방해가 될 것 같았다. 빨간 신호에 잠시 차를 멈춘 사이 정언은 가벼운 한숨을 뱉으며 무심코 중얼거렸다.

"피곤하네."

들으라고 한 말은 아니었으나, 윤이 그 말에 멈칫하더니 금세 걱정스러운 표정을 했다.

"괜찮으세요?"

어젯밤 일 때문에 당연히 더 신경 쓰일 거라는 사실을 한 박자 늦게 깨달은 정언은 매우 민망한 기분이 되었다.

"만성이야. 새삼 뭐."

서둘러 말을 돌리자 윤이 가만히 옆얼굴을 보는 시선이 느껴졌다. 정언은 애써 그 시선을 모른 척 외면하며 내비게이션 화면에 온 신경을 기울였다.

행사가 진행되는 고아원 앞에 도착한 건 40분쯤 지나서였다.

고아원 앞에는 '은혜영신교회와 함께하는 나눔의 날'이라고 쓰인 현수막이 걸려 있고, 그 아래로 '오전 9:00부터'라는 글자가 작게 적혀 있었다. 근처에 차를 세운 정언은 주변을 살펴보았다. 고아원 주차장에 은혜영신교회라고 쓰인 봉고차 두 대가 나란히 서 있었다.

"벌써 시작했나 보네."

시동을 끄며 핸들 위에 엎드린 정언은 눈만 내놓고 앞을 보았다. 윤이 물었다.

"기다려야겠죠?"

"행사 방해하면 서로 곤란하니까. 옷이나 장난감 안 쓰는 거 모아서 애들 가져다주고 사진 찍고 그러는 것 같더라고."

정언은 대답하며 손목에 찬 시계를 확인했다.

"지금이 열 시 반, 시작이 아홉 시라고 돼 있으니까 거의 끝났을 거야. 그래도 대충 딱 맞춰서 왔네."

정보현을 놓치지 않아서 다행이었다. 머릿속으로 정보현을 어떻게 붙잡아 놓을까 궁리하던 정언은 잠시 침묵하던 윤의 목소리에 고개를 돌렸다.

"이 계좌들 아직 정리 안 된 것 같아요. 이체 시도해 봤는데 여기 적힌 건 다 살아 있는데요."

윤이 태블릿을 내밀었다. 최창묵이 자필로 적어 줬다는 계좌 메모를 촬영한 사진이었다. 최창묵이 관여할 때라면 상당히 오래된 계좌일 텐데도 아직 살아 있다는 게 이상했다.

정언은 자세를 고쳐 바로 앉으며 태블릿을 받아 들었다.

"어게인라이프가 아직 유지중인 단체라 그런가? 이게 왜 아직 살아 있지?"

정언은 턱 끝을 만지작거리며 생각에 잠겼다. 그사이 고아원 쪽을 주시하던 윤이 갑자기 정언을 끌어 몸을 낮추며 속삭였다.

"선배, 지금 끝났나 본데요."

한 무리의 여자들이 고아원에서 다 같이 나오는 것이 눈에 들어왔다. 정언은 최대한 몸을 숙인 채 창 너머로 그 무리를 지켜보았다. 고아원 원장이나 경영진인 듯, 양복을 입은 남자 두어 명이 누군가와 얘기하는 것이 보였다. 정언은 눈을 가늘게 떴다. 남자들과 이야기를 나누는 여자는 어쩐지 낯이 익었다.

"저 사람이 정보현인가? 맞는 것 같지 않아?"

수수한 검은색 원피스를 입은 늘씬한 여자의 옆모습을 보며 속삭이자, 그쪽을 주의 깊게 지켜보던 윤이 난처한 표정을 했다.

"맞는 것 같긴 한데, 개인 차량 타고 온 게 아니면 잡아 두기 좀 곤란하지 않을까요? 다른 사람들하고 같이 움직인다는 핑계 대면 우리가 무작정 얘기 좀 하자고 하기가 그렇잖아요."

"그 얼굴 됐다 뭐해. 한 작가님 말 들었잖아. 가서 시도해 봐."

정언이 고개를 까딱이자 윤이 당황하며 말을 더듬었다.

"아뇨, 아니, 그게 그렇게 아무 데나 막 쓸 수가……."

"쓸 수는 있다 그거네?"

하여튼 자기 잘난 거 모르는 놈 없다더니, 하고 속으로 생각하며 되묻자 윤의 귀 끝이 빨갛게 달아올랐다.

"그, 선배, 제가 인정한 건 아니고요."

"나한테 쓰는 것보다는 생산적일걸."

창피해 죽겠다는 얼굴로 쩔쩔매는 윤을 떠밀며 내뱉자, 문손잡이를 잡으려던 윤이 그 말에 정언을 돌아보았다.

"선배한테 써도 먹힌다는 뜻이에요?"

잠시도 방심할 수가 없었다. 순진무구한 척하는 얼굴로 묻는 윤에게 말문이 막힌 정언은 대답 대신 버럭 소리를 질렀다.

"잔말 말고 내려, 빨리!"

방금 전까지 그렇게 민망해하던 건 어디로 갔는지, 다 안다는 듯 씩 웃은 윤이 카메라 가방을 메고 서둘러 차에서 내렸다.

정언은 윤이 따라오든 말든 우선 봉고차를 향해 걸어가는 여자에게 전속력으로 질주했다. 저, 하고 말을 붙이자 교회 봉고차 앞에서 뭐라고 이야기를 나누던 여자들이 뜻밖의 불청객에 의아한 표정을 했다.

정언은 숨을 고르며 황급히 명함을 꺼내 내밀었다.

"안영균 보좌관님 아내분이시죠?"

여자가 눈을 동그랗게 떴다. 과해 보이지는 않았으나 곱게 세팅된 머리나 단정한 메이크업, 심플해 보이지만 질 좋은 원단이 한눈에 들어오는 원피스 같은 것을 보자마자 정보현에 대한 평을 쉽게 이해할 수 있었다.

"정보현 사모님 되십니까?"

정언은 다시 한 번 확인하듯 물었다. 보현이 주저하다 네, 하고 대답하더니 받아 든 명함에 눈을 주었다. 정언은 최대한 무해해 보이려 필사적으로 노력하며 말했다.

"YBS 시사보도국 3부 서정언 피디입니다. 저희가 대선 앞두고 후보들의 보좌관에 대한 프로를 기획했는데, 사모님 얘기를 듣고 꼭 한 번 만나 뵙고 싶어서요. 미리 연락도 없이 찾아와서 정말 죄송합니다. 워낙 바쁘신 분이라고 들어서 실례인 줄 알면서 이렇게 찾아왔습니다. 잠깐만 시간 내주시면 감사하겠습니다."

프로그램 이름을 숨긴 건 혹시나 싶어서였다. 보현이 곤란한 기색이 역력한 표정으로 정언과 곁에 서 있는 교회 사람들을 번갈아 보았다.

"어쩌죠, 제가 따로 차량 가져온 게 없어서요. 집에 남편 차뿐이라…… 교회 분들하고 같이 왔거든요."

마치 교양 있는 사모님의 표본 같은 부드럽고 상냥한 어조는 상당히 인상적이었다. 비슷한 부류의 사람들을 만나 본 적 없는 건 아니었지만, 보현의 말투는 아주 오랜 시간 동안 철저히 교육된 사람의 것처럼 느껴졌다.

그러나 사실 정언의 주의를 끈 건 집에 남편 차뿐이라, 하는 말이었다. 굳이 하지 않아도 되는 말을 일부러 덧붙이는 데는 의식적이든 무의식적이든 반드시 이유가 있기 마련이었다.

검소하다고 강조하려는 것일까, 혹은 남편에게 차를 주고 본인은 불편해도 참는 현모양처 같은 이미지를 만들려는 것일까. 어느 쪽이든 사소한 말 한마디로 무의식중에 인상을 결정짓게 하는 데 익숙한 사람이라는 생각이 든 건 필연적이었다.

정언은 보현을 마주 보았다.

"저희가 댁까지 다시 모셔다 드리겠습니다. 불편하시다면 택시로 가셔도 되고요. 택시비는 당연히 저희가 지불하겠습니다. 혹시 저희 신원이 의심스러우시면 지금 명함 있는 사내 번호로 전화해서 소속 확인하셔도 됩니다."

교회 사람들이 기다리고 있는 통에 마음이 초조해졌다. 아직은 뭔가 싶어 지켜보는 모양이었으나, 보현이 조금이라도 난처한 기색을 비치면 분명 누군가가 나서서 보현을 데려가려 할 것이 뻔했다. 그때 멀찍이 서 있던 윤이 생글생글 웃으며 가까이 다가와 보현에게 말을 걸었다.

"사모님, 잠시만이라도 어려우실까요?"

윤이 등장하기 무섭게 어머 인물 좋네, 하며 소곤거리는 소리가 들렸다. 보현의 얼굴에서 경계가 다소 걷히는 것을 본 정언은 기분이 미묘해졌다. 이렇게 쓰려고 데리고 온 게 맞긴 한데,

막상 그 용도를 눈앞에서 확인하니 왜 이런 심정이 되는지 모를
노릇이었다.

윤이 자기 명함을 꺼내 보현에게 내밀었다.

"시사보도국 3부 김윤 피디입니다. 사모님께서 정말 좋은 분
이라고 소문이 자자해서요. 다른 분들은 몰라도 사모님은 꼭 뵙
고 싶었거든요. 워낙 조용히 봉사하신다고 해서, 방송국에서 연
락하면 싫어하실까 봐…… 사모님 같은 분이 방송 나오시면 후
보님 이미지에도 도움이 많이 될 텐데요. 곤란하실까요?"

윤이 장화 신은 고양이 같은 얼굴로 눈을 반짝이며 부탁하자
보현이 슬쩍 교회 사람들의 눈치를 보았다. 그런 낌새를 알아차
린 윤이 삼삼오오 모여 서 있는 사람들을 돌아보았다.

"저희가 사모님하고 얘기 좀 하고 보내 드려도 괜찮을까요?"

윤의 말이 끝나기 무섭게 아주머니들이 보현에게 너도 나도
괜찮다는 손짓을 했다. 보현이 대답을 하지 못하자 윤이 시선을
맞추며 한 번 더 쐐기를 박았다.

"너무 무리하게 부탁드렸나요? 정말 꼭 뵙고 싶었거든요."

윤이 저렇게까지 말하는데 거절할 수 있는 사람이 있을까 정
언은 잠시 심각하게 고뇌했다. 남편이 있든 없든, 나이가 많든
적든 사람이 얼굴 보는 눈은 다 똑같기 마련이었다.

망설이던 보현이 결국 고개를 끄덕였다.

"그런데 오후에 약속이 있어서 길게는 얘기 못 할 것 같아요."

"아, 네! 감사합니다!"

윤이 반색을 하자 보현이 고아원 맞은편의 길을 가리켰다.

"이 근처에 조용한 카페가 하나 있거든요. 저희 모임 할 때 자
주 가는 곳인데, 괜찮다면 그쪽으로 이동하시면 어떨까요?"

"뭐든 편하신 대로 하시죠. 저희가 민폐 끼쳤는데요."

윤이 웃으며 대답하자 보현이 잠시만요, 하고는 서둘러 교회 사람들에게 가서 뭐라고 나지막한 목소리로 잠시 대화를 나눴다. 아마 갑자기 이렇게 돼 죄송하다는 이야기인 듯했다.

짧은 이야기 후 사람들이 교회 봉고차를 타고 사라지자, 보현이 먼저 이쪽이에요, 하며 두 사람을 안내했다.

보현이 향한 카페는 한 블록쯤 떨어진 곳의 개인 카페였다. 볕이 잘 드는 2층에 자리를 잡자, 윤이 커피 세 잔을 사 들고 올라왔다. 윤이 카메라를 세팅하는 사이 보현이 창가로 시선을 주었다가 정언을 마주 보았다.

"시사보도국은 일 많다던데, 젊은 여자분이 힘드시겠어요."

다정한 말투였다. 모든 사람을 이런 식으로 대하는 걸까.

그렇다면 누구도 그녀에 대해 나쁜 이야기를 하지 않는 건 당연했다. 어설픈 위악보다는 철저한 위선이 낫다는 건 정언의 지론이었으나, 그건 어디까지나 그 위선에 절대 빈틈이 없다는 전제여야 했다. 잠시 보현을 응시하던 정언은 고개를 가로저었다.

"이젠 익숙해져서 괜찮습니다."

"몇 년이나 일하셨어요?"

"올해 7년 차입니다."

정언의 말에 보현이 어머, 하며 입가를 가렸다. 곱게 잘 관리된 손에 눈이 갔다. 네 번째 손가락에 끼워진 심플한 반지는 아마 결혼반지일 듯했다. 매일같이 그 많은 봉사 활동을 다니는 사람이라고는 생각되지 않는 이질감이 스쳤다.

"저는 대학 막 졸업하신 분인 줄 알고……."

말끝을 흐리는 보현에게 정언은 감사합니다, 하며 웃어 보였다. 빈말이든 아니든, 그녀가 타인을 대하는 데 아주 능숙한 사람인 건 확실했다. 세팅을 마친 윤이 오케이 사인을 보냈다.

정언은 커피 한 모금을 마시고 입을 열었다.

"시간이 없다고 하시니까 바로 시작하겠습니다. 편하게 말씀해 주시면 되니까 너무 부담 갖지 마시고요. 안영균 보좌관님이 엄대진 의원님하고 상당히 오래 전부터 같이 일하셨다고 들었는데요. 국회에서도 오래 같이하셨고 워낙 유능하시다 보니까 다른 의원님들이 많이 부러워하신다는 얘기 들었습니다. 두 분이 무슨 인연으로 만나게 되셨는지 아십니까?"

두 손을 깍지 끼어 입가에 대며 정언의 말을 가만히 듣고 있던 보현이 미소를 지었다.

"저희 남편은 어릴 적부터 수재다, 천재다 그런 얘기 많이 듣고 자랐다고 하더라고요. 그런데 시댁 형편이 워낙 어려웠어요. 등록금이 없어서 대학 포기하려던 걸 의원님 댁에서 도와주셨죠. 남편은 대학 다니다 의원님이 정계 입성하신다는 얘기 듣고 사무실 청소라도 하겠다고 휴학하고 처음엔 무보수로 의원님을 돕기 시작했죠. 의원님은 어린 친구가 은혜 잊지 않고 그러는 걸 굉장히 좋게 보셨나 봐요."

그게 안영균과 엄대진이라는 사실을 제외하고 생각해 본다면, 마치 그림으로 그린 듯한 전형적인 미담이었다. 가난한 수재와 젊은 정치인이라, 하고 속으로 뇌어 본 정언은 보현에게 물었다.

"그래서 그 계기로 보좌관 일을 시작하신 거고요?"

"네. 남편은 굉장히 원칙적인 사람이에요. 남한테 빚지는 것 아주 싫어하고요. 정치 쪽 일할 생각은 없었던 걸로 알아요. 자기가 받은 게 있으니까 갚아야겠다고 생각해서 시작한 거였죠."

보현의 입으로 듣는 안영균은 자신들이 지금까지 추적해 오던 것과는 다른 사람처럼 느껴졌다. 은혜를 잊지 않는 청년, 원칙적인 사람, 빚지는 것을 싫어하고 정치에는 관심 없던 남자…… 보현의 말 중 어느 정도가 사실인지 궁금해진 건 당연했다.

　정언은 화제를 돌렸다.

　"그러면 사모님하고는 어떻게 만나셨는지 여쭤봐도 될까요? 소문으로는 집안 차이가 많이 났다고 하던데요."

　이런 식으로 말을 꺼내는 건 정언에게도 그다지 편한 일은 아니었다. 그러나 보현은 이미 그런 이야기에는 초탈했다는 듯 작게 웃었다.

　"아버지께서 의원님 집안하고 오래 전부터 친분이 있었어요. 집안 모임 하는 자리에서 제 얘기를 하면서 과년한 딸이 있다고 하니까, 의원님이 아주 괜찮은 친구 하나 소개시켜 주겠다고 먼저 얘기하셨대요. 아버지께서 사무실 갔다가 보셨는데, 집안은 볼 것 없어도 남자가 과묵하고 똑똑하니 그만하면 됐다고 아주 마음에 들어 하셨죠."

　"사모님께서도 첫인상이 괜찮으셨나요?"

　그 말에 보현의 입매가 슬며시 말려 올라갔다. 오래전의 일을 되짚는 듯 보현이 잠시 눈을 감았다. 마스카라를 꼼꼼하게 바른 속눈썹 위로 햇살이 떨어져 맺혔다. 첫눈에 확 들어오는 화려한 미인은 아니었으나, 분위기나 말투, 행동 같은 것들이 눈을 끄는 부분이 있었다. 부드러운 목소리가 커피 잔 위로 스몄다.

　"호텔 커피숍에서 만났는데, 무척 낡은 양복을 입고 나왔던 게 아직도 기억나요. 팔꿈치 양쪽을 이렇게 덧대 놨었죠."

　보현은 자신의 원피스 팔꿈치 부분을 손끝으로 두드렸다.

"그것도 누가 봐도 어설프게 했어요. 혹시 직접 하셨냐고 물어 보니까 남편이 그렇다고 하더라고요. 그런데 부끄러워하는 기색 이 없었어요. 가난한 걸 민망해 하지 않아서 좋았죠. 열등감이 없는 사람 같았거든요."

아주 훌륭한 화가가 그린 동화책을 한 장씩 넘기는 듯한 기분 이었다. 가난하고 똑똑한 남자와 부유하고 현명한 여자의 첫 만 남. 언제, 어느 페이지를 펴더라도 눈이 사로잡힐 수밖에 없을 것 같은 이야기였다. 트집 잡을 곳 없는 아름다움, 조형적으로 완벽한 장면들. 정언은 보현의 표정 하나하나를 놓치지 않으려 주의하며 말을 이었다.

"열등감 있는 사람은 안 된다, 그런 게 확고하셨나 봐요."

"네. 아버지께서 지역 유지셨으니까, 사실 그게 지역에서나 좀 대접받는 자리지, 나가면 별것 아니거든요. 그런데도 그런 부분 을 자존심 상한다고 생각하는 남자들이 많았어요. 아버지도 그 런 남자들은 집안에 들여 봐야 부인 위할 줄도 모르고 분란만 된다고 말씀하셨고요. 남자가 자기 집안에 돈이 많고 권세가 있 으면 부인을 우습게 알고, 가진 것 없는데 자존심만 있으면 부 인을 괴롭게 한다고 하셨죠."

조용하고 부드러운 말투였으나 정언은 거기서 얼핏 어떤 확고 함을 느꼈다. 이미 몇 십 년이 지난 일일 텐데도 아버지의 말을 토씨 하나 틀리지 않고 이렇게 말할 수 있다는 건, 본인 역시 그 말을 오랫동안 생각해 왔다는 증거일 터였다.

"아버님은 무슨 일을 하셨나요?"

"그냥 조그만 건축 하청, 그런 거였어요. 이제는 연세가 많으 셔서 접으신 지 오래됐고요. 사업 정리하시고 노후자금 제한 나머지는 여기저기 봉사 단체 같은 데 전부 기부하셨어요."

건축 하청이라는 말을 듣기 무섭게 윤이 멈칫했다. 정언은 테이블 아래로 윤의 무릎을 표시 나지 않게 살짝 눌렀다. 다행히 보현은 윤의 반응을 눈치채지 못한 듯했다. 거기 대해 집요하게 캐묻는다면 자신들의 목적이 순식간에 들통 날 건 뻔했다.

보현의 말대로 정말 조그만 건축 하청이었다면 지역 유지라고 스스로 말할 수 있을 리 없었다. 게다가 엄대진과 오래 전부터 집안끼리 알던 사이였다면, 서온건설과도 연결되어 있었을 가능성이 높았다.

봉사 단체에 기부했다는 말 역시 마음에 걸렸다. 소규모 자선 단체는 공시 의무가 없다, 어게인라이프는 그런 목적으로 만들어졌다고 하던 형원이 떠올랐다. 정언은 그 생각에 사로잡히기 전 바로 다음 이야기로 넘어갔다. 여지를 줄 시간이 없었다.

"봉사 활동은 언제부터 시작하시게 된 건가요?"

"첫아이 낳고부터 시작했었어요. 교회도 그때부터 나갔고요. 의원님 따라 연고 없는 지역으로 이사를 와서 제가 많이 외로웠어요. 그래서 남편이 교회에 다녀 보는 건 어떠냐고 권해 줬죠."

"모든 삶이 의원님에게 맞춰져 있었군요."

정언이 슬쩍 떠보자, 보현은 평온하게 대답했다.

"남편이 보좌관을 택했을 때부터, 어떻게 보면 숙명이죠. 그때 아이 키우면서 처음이라 참 미숙한 엄마였어요. 힘도 들고 원망도 했는데, 교회 다니면서 처음으로 아이라는 존재가 정말 은총이구나, 그렇게 생각이 바뀌더라고요. 그래서 하나님께서 주신 은총에 보잘것없는 인간인 내가 어떻게 보답해야 하나 생각하다 봉사 모임에 들게 된 거고요."

"대단하시네요."

"아니에요. 부끄럽지만 거기 나가기 전에는 그렇게 어려운 분이 많은 줄 몰랐어요. 일하다 보니까 도움이 필요하신 분들이 정말 많고, 내가 지금까지 이런 분들을 외면하면서 살았구나 하는 죄책감이 심하게 들었어요."

보현의 목소리가 약간 떨렸다. 정언은 그녀의 얼굴을 물끄러미 바라보았다.

"쉽지 않으셨을 텐데요."

"처음에는 모임에 갔다 오면 굉장히 많이 울었어요. 남편이 그렇게 힘들어할 거면 하지 말라고 할 정도로요. 저한테 목소리 한 번 높인 적 없는 사람인데, 그때는 몇 번 싸웠어요. 남편이 좋은 일 하는 건 좋지만 당신이 힘들어지는 걸 바라지는 않는다고 하더라고요. 그런데 막상 내일은 가지 말아야지, 생각하면서 자리에 누우면 내가 그 하루 동안 얼마나 많은 사람들을 도울 수 있을까, 그런 생각이 또 떠올라요."

순간 정언은 형원이 왜 그녀를 의심하지 못했는지 깨달았다. 만약 그녀가 위선자라 해도, 이토록 철저한 위선자가 되기 위해서는 악행을 저지르는 것 이상의 노력이 필요한 건 분명했다.

정언은 문득 자신이 만났던 이들을 생각했다. 자기 돈으로 갈 곳 없는 고아들을 먹이고 입히고 가르친다며 생불로 소문났던 스님은 어린 여자아이들을 성폭행하는 소아성애자였고, 노숙자와 빈민을 돕는다며 다큐멘터리까지 찍었던 목사는 헌금을 빼돌려 강남에 빌딩을 몇 채씩 사들였다.

그런 부류의 인간은 두 손으로 꼽을 수도 없을 만큼 많았다. 그들 모두 수십 년 동안을 그 위선을 유지하며 살던 이들이었다.

누구도 감히 그들을 의심하지 못했다.

위선의 이면은 쉽게 드러나지 않았다. 그 위선의 가면이 강력하면 강력할수록, 그림자 속의 사람들은 더 앞으로 나서기를 두려워하기 마련이었다. 정언이 그녀를 뚫어지게 응시하자, 보현은 핸드백에서 손수건을 꺼내 그새 빨개진 눈가를 눌렀다.

"죄송해요. 제가 이 일 무척 오래 했거든요. 그런데도 사람이 무뎌지지가 않네요. 세상은 점점 살기 좋아진다고들 하는데, 왜 이렇게 도움을 받아야 될 사람들은 더 많아지는지 모르겠어요."

"남편분께서 여기 집중하는 걸 서운해 하지는 않으세요?"

그 물음에 순간 보현의 얼굴에 낯선 표정이 스쳤다. 착각인가 느낄 정도로 짧은 찰나였다. 정언은 그 표정의 정체를 명확히 설명할 말을 찾지 못했다. 사이를 둔 보현이 대답했다.

"남편은 그저 의원님 도와서 더 좋은 나라 만드는 것, 그것 하나만 생각하는 사람이에요."

다른 해석의 여지는 허용하지 않겠다는 듯 단호한 단어들이었다. 모든 답변은 마치 언제든 준비되어 있는 것처럼 느껴졌다.

정언은 미소를 지었다.

"의원님이 이번 대선에서 좋은 결과 얻으시면 사모님께서도 하실 수 있는 일이 더 많아지겠네요."

보현이 고개를 끄덕였다.

"그래서 매일 남편보고 더 열심히 일하라고 성화를 하죠. 의원님이 잘돼야 당신도 잘되고, 당신이 잘돼야 나도 사람들 더 많이 도와줄 수 있다고요."

"이미 의원님 승리 확신하는 사람들이 많으니까요."

"저한테는 참 다행이죠. 민주영 의원님이 되셔도 좋겠지만, 엄대진 의원님이 대통령 되시면 제가 할 수 있는 일, 하고 싶은 일이 더 많아질 테니까요."

일개 보좌관의 부인이 하는 말치고는 묘한 뉘앙스였다. 마치 예비 영부인의 인터뷰를 하고 있는 것 같은 느낌이었다. 정언은 그녀를 조금 더 밀어붙여 보기로 마음먹었다.

"요즘 여의도에서는 의원님이 당선되시면 차기나 차차기는 안 보좌관님이 유력하지 않겠느냐, 그런 이야기가 나온다고 하던데요. 혹시 들어 보셨어요?"

"글쎄요. 참 재미있는 얘기네요. 생각해 본 적이 없어서요."

보현이 짧게 웃었다. 그런 말은 들어 본 적도 없다는 투였다. 그건 자신들의 유력한 예상 시나리오였다. 철저한 외부인의 시선으로도 예상 가능한 일을 본인들이 생각해 본 적 없다는 건 믿기지 않았다.

"당선되시면 당연히 의원님이 보좌관님 챙겨 가실 테고, 다음 지선 찍고 총선 가면서 국회 입성하시면 충분히 가능성 있다고 보는데요."

"남편은 원칙적인 사람이라고 말씀드렸죠? 그런 자리에는 어울리지 않아요. 제가 항상 당신은 조금 더 융통성이 있어야 한다고 얘기하거든요."

"사람이 자리를 만드는 게 아니라 자리가 사람을 만드는 것 아닙니까?"

"자리가 사람을 선택하기도 하죠."

정언은 자신과 보현 사이의 공기가 당겨지는 것을 느꼈다. 까닭 없이 등줄기가 서늘해졌다. 결코 만만한 상대가 아니라는 걸 새삼 자각하자 입 안이 말랐다. 정언은 표정을 감췄다.

"의원님이 더 높은 자리로 가신다면 사모님께서도 뜻 펼치기가 좀 더 수월하실 텐데요."

"남편은 권력에 큰 욕심 없어요. 말씀드렸지만 오로지 의원님, 나라에 도움 되는 정책에 대해서만 생각하니까요."

단 한 줄도 수정할 필요가 없는 책처럼 보현의 대답이 돌아왔다. 아무리 생각해도 그 말을 그냥 표면적인 의미로만 받아들일 수는 없었다.

보현이 더 멀리를 생각한다면, 지금 자신에게 하는 모든 대답 역시 향후의 일을 위해 오래 전부터 마련된 것이 분명했다. 그러니 안영균에 대해 무엇을 묻더라도 보현은 철저히 준비된 대답을 할 터였다.

정언은 그녀를 응시했다.

"혹시 어게인라이프라는 단체에 대해 잘 아세요?"

"제가 홈리스 자활 지원 봉사하는 곳이에요. 왜 그러시죠?"

불시의 습격이었던 듯, 보현의 단정한 눈썹이 미묘하게 잠깐 움직였다. 정언은 대수롭지 않다는 듯 웃는 얼굴을 했다.

"저희가 아는 분이 거기하고 일하시는데, 사모님 칭찬을 굉장히 많이 하셔서요."

"그래요?"

미소를 짓던 보현이 갑자기 핸드백 안을 들여다보았다. 그러더니 서둘러 핸드폰을 집어 들며 자리에서 일어났다.

"어머, 잠시만요. 전화가 와서요. 통화 잠깐만 하고 올게요."

보현이 2층에 연결된 테라스 밖으로 나가 문을 닫았다. 정언은 그녀의 뒷모습에 눈을 둔 채 윤에게 나지막하게 속삭였다.

"갔다 오면 인터뷰 접자고 하겠는데."

그때까지 두 사람의 대화를 듣고만 있던 윤이 물었다.

"왜요?"

"핸드폰에 아무것도 안 떴는데 전화 왔다면서 들고 나갔어. 어게인라이프 얘기하자마자 낌새 챈 거지. 지금 그쪽하고 통화하러 간 것 같아."

보현이 쥔 핸드폰의 액정은 암전된 상태였다. LED 표시등도 아무런 반응이 없었다. 그 짧은 사이 그것을 확실히 캐치한 정언은 누군가와 통화를 하는 보현을 지켜보았다. 아니나 다를까, 5분쯤 지나 돌아온 보현이 난처한 표정으로 고개를 숙였다.

"피디님, 죄송합니다. 오후 약속이 갑자기 당겨져서요. 제가 지금 바로 일어나야 할 것 같아요. 혹시 다음번에 다시 연락드려도 될까요?"

"네, 그럼요. 저희가 모셔다 드리겠습니다."

정언이 선뜻 자리에서 일어나자 보현이 얼른 사양했다.

"아니에요. 근처라 제가 바로 가면 돼요."

"택시비라도 저희가 먼저 지불하면……."

"괜찮아요. 내려가실까요?"

정언의 제안을 다시 거절한 보현이 핸드백을 집어 들며 먼저 아래층으로 내려갔다. 카페를 나선 보현이 먼저 인사를 건넸다.

"조심해서 가세요. 얘기도 다 못 했는데 죄송해서 어쩌죠?"

윤이 괜찮습니다, 하고 웃어 보이자 보현이 지갑을 꺼내 안에서 명함 한 장을 건넸다.

"이거 저희 남편 명함인데, 다음번에는 이쪽으로 먼저 연락 주시겠어요?"

명함을 받아 든 정언은 보현에게 다시 한 번 깍듯이 사과했다.

"알겠습니다. 오늘 저희가 무례했던 거 정말 죄송합니다. 인터 뷰 응해 주셔서 감사하고요."

"아니에요. 또 뵙겠습니다."

묵례를 건넨 보현이 길가에서 택시를 잡아탔다. 사라지는 뒷 모습을 보고 있던 윤이 혀를 내둘렀다.

"말하는 게 고단수인데요."

정언은 팔짱을 끼며 그 말을 받았다.

"정보현이 여태 누구랑 인터뷰를 해 봤겠어. 그런데 모든 내용 에 답변이 이미 다 준비가 돼 있는 거 봤어? 말 한 번 안 더듬잖 아. 머릿속에서 시뮬레이션 수천 번은 돌려 본 사람이야."

잠시 생각에 잠겨 있던 윤이 물었다.

"안영균 출세에 대해서는 별 관심 없는 사람 같지 않아요?"

윤이 그렇게 생각한 이유는 충분히 알 수 있었다. 안영균의 출 세에 대해 이야기할 때마다 보현이 철저히 선을 그은 탓이었다.

원칙적인 사람, 그런 자리는 어울리지 않는다, 융통성이 없다, 자리가 사람을 선택한다…… 일견 그건 남편이 출세하지 않기를 바라는 사람처럼 들리는 단어들이었다. 정언이 몸을 돌려 차를 세워 둔 곳으로 걷기 시작하며 대답했다.

"임 기자님이 정보현은 의심하기 힘들다고 얘기하신 것도 그 래서겠지. 사실은 목적이 반대니까, 안영균에 포커스 맞춰서 본 다면 그렇게 느꼈을 수도 있을 것 같아."

"반대라고요?"

"우리는 안영균이 배지 달고 여의도 입성하는 게 목표라고 생 각했잖아. 정보현도 그거 위해서 저러는 거고. 그런데 정작 정보 현은 자기 자신한테 더 관심이 있는 느낌 아냐? 아버지가 했다는 애기부터 딱 그런데. 데릴사위 들인 거라고. 돈 없고 말 잘 들을 놈 골라서. 엄대진 집안하고 원래부터 친했다는 거 보면 아버지도 속셈이 있었던 거지."

"모든 걸 다 정보현이 조종한다는 거예요?"

정언은 어깨를 으쓱해 보였다.

"뭐, 그 정도는 아니라도 내가 보기엔 동상이몽에 더 가까워. 돈 없고 백 없는 남자가 아무 이득 없이 오로지 충성심만 가지고 엄대진 밑에서 그 세월을 버틴다? 물론 그럴 수도 있겠지. 그런데 엄대진이 굳이 집안 차이 그렇게 나는 결혼 권했고, 안영균이 거기 응한 건 본인도 속셈 있었다고 봐야지. 안 그렇겠어?"

"하긴 집안끼리 친했는데 굳이 안영균 같은 남자를 권해 준 건 좀 이상하긴 하네요."

"중매 잘못 서면 뺨이 석 대라는 속담이 왜 있겠어. 그런데도 그런 남자 소개한 거 보면 그 중매 선 엄대진, 그거 받아들인 정보현하고 아버지, 그 집안에 들어간 안영균 각자 다 생각이 있었던 거지. 정보현 집안에서는 엄대진 측근 집안에 들여 커넥션 강화하고, 안영균은 자금 받쳐 줄 처가 얻고, 엄대진은 빨대 꽂을 자리 하나 더 만들고."

말을 하는 도중 생각은 점점 더 명료해졌다. 서로가 서로의 이득을 위해 물고 물려 있는 관계. 잘 짜인 그물일수록 첫코를 더 들어 올라가는 건 쉽다. 이현교에 대해서도 같은 생각을 했던 것이 떠올랐다.

철저한 이익 연합, 그러니 그 결속을 해지하기 위해서는 아주 작은 계기 하나면 충분했다. 서로가 서로에게 도움이 되지 않는 다는 걸 안 순간부터 조직은 붕괴하기 시작할 게 분명했다.

어게인라이프에 대해서만 마저 알아낸다면 방송으로 내보낼 수 있는 거의 모든 얼개를 갖출 수 있었다. 정언은 걸음을 옮기며 입을 열었다.

"실제로 숫자 만지는 건 안영균이 개입해 있을 텐데, 어게인라이프 같은 건 정보현 작품일 거야. 남편한테 하는 말 봐. 융통성 없고 그런 자리에는 안 어울린다. 하지만 자기는 야심이 있다고. 원하는 걸 하기 위해서는 권력이 필요하다고 하잖아. 자기 말대로 그게 더 많은 사람을 위해 일할 수 있는 힘인지, 아니면 어떤 사람들을 위한 힘인지는 모르겠지만. 부부가 서로 하는 일에 대해서는 모든 정보 공유하고 있을 가능성이 높겠네."

"그럼 만약에 안영균이 위험해지면 정보현이 남편 버릴 수도 있지 않을까요?"

윤 역시 같은 생각을 한 듯했다. 정언은 고개를 끄덕였다.

"내 생각도 그래. 천사 같은 사모님으로 십 몇 년을 이미지메이킹 철저하게 해 왔다고. 안영균이 안 걸려들어 간다면 다행이지만, 걸려들어 간대도 정보현은 그걸 더 현명하게 써먹을 거야. 이런 대형 교회에 오래 다녔으면 인맥만도 장난 아닐 거거든. 오히려 지금 부인끼리 붙는다면 엄대진 와이프보다 정보현 쪽이 체급 훨씬 높을걸. 지역 유지고 엄대진 집안이랑 오래 전부터 연 있었다면 비례대표 입성하는 건 일도 아닐 수 있어."

"그 반대도 가능하겠네요."

"우리 생각대로라면 어게인라이프 건으로 정보현이 걸려 나간다, 그 순간 안영균이 먼저 선 긋겠지. 자기는 몰랐다고. 안영균까지 간다면 엄대진이 잘라 낼 테고."

정언은 엄대진에게 모든 사람은 부품에 지나지 않는다던 말을 상기했다. 안영균은 개중 중요한 부품일 뿐이었다. 지금까지 엄대진이 해 온 일을 생각해 본다면, 안영균이 절대 대체될 수 없는 어떤 것일 리 없었다.

정언이 세워 둔 차의 문을 열자 윤이 조수석에 타며 물었다.

"인터뷰 다시 응할까요?"

"절대 안 할걸. 자기 번호 알려 줘도 되는데 남편 명함 주는 거 봐. 안영균 선에서 차단할 거야. 어게인라이프는 사실 거의 무명 단체나 다름없는데 갑자기 취재하겠다고 하고, 철진 선배가 이현교랑 통화도 했고. 어게인라이프 관리하는 쪽하고 연락했으면 추적당하고 있다는 거 눈치 깠을 확률 높지."

"어렵네요."

윤이 가벼운 한숨을 뱉었다. 운전석에 앉은 정언은 가방을 뒤로 던져 놓고는 대수롭지 않다는 투로 말했다.

"그래도 김 피디 덕분에 말이라도 붙여 봤으니까 다행이네."

윤이 민망하다는 표정으로 손을 휘적거렸다.

"에이, 저 때문은 아니죠."

"정보현이 엄청 좋아하는 거 못 봤어? 김 피디가 정말 안 될까요? 이러니까 표정부터 완전 달라지던데."

"그 정도까지는……."

"안 통하는 여자 없어서 좋겠어, 김 피디는."

놀리려고 시작한 말이었으나 무의식중에 끝이 부루퉁해졌다. 정언은 말을 뱉은 직후 그 사실을 알아차렸다. 누구나 윤을 좋아하고, 윤에게 쉽게 경계를 낮춘다는 건 이미 잘 알고 있었다. 그럼에도 이런 기분이 되는 이유를 이해할 수 없었다.

보현 앞에서 생글생글 웃던 윤의 얼굴이 뇌리를 지났다. 윤이 누구에게든 그런 얼굴로 웃는 건 자기 자유였고, 그게 당연하다고 생각하면서도 속이 문득 뜨끔해졌다.

그렇게 티가 났는데 윤이 눈치채지 못할 리 없었다. 옆얼굴을 빤히 보는 시선이 느껴져 귓가가 달아올랐다. 윤이 짐짓 도무지 모르겠다는 얼굴로 투덜거렸다.

"보좌관 사모님한테도 통하는데, 왜 선배한테는 안 통하죠?"

그 말에 정언은 저도 모르게 욱하는 심정이 되어 되물었다.

"얼마나 더 통해야 만족할 거야, 도대체?"

사람을 이만큼 흔들어 놨으면 됐지, 얼마나 더 엉망으로 만들어 놓을 심산일까 싶어 열이 올랐다. 정언이 정말 열 받은 표정으로 윤을 마주 보자 정언을 물끄러미 응시하던 윤이 씩 웃었다. 무슨 생각 하는지 다 안다는 그 눈빛에 정언은 미간을 구겼다.

"뭐야, 그 얼굴."

"제가 웃으면 더 괜찮잖아요."

윤이 마치 준비하고 있었다는 듯 받아쳤다. 그건 물론 이미 너무나 잘 아는 사실이었다. 대답할 말을 잃은 정언은 손으로 얼굴을 감싸며 짧은 한숨을 쉬었다. 아무리 생각해도 윤을 이겨 먹는다는 건 불가능에 가까운 일 같았다.

포기한 정언은 고개를 절레절레 젓고는 액셀을 밟았다. 쏟아지는 햇살을 가르며 차가 움직였다.

"……됐으니까 점심이나 먹고 들어가자."

윤이 쿡쿡 웃으며 네, 하고 대답했다.

39

재희는 책상 위에 펼쳐진 신문에 눈을 주었다. <조한일보>를 비롯한 각종 조간들이 아무렇게나 널려 있었다. 미간을 문지르며 신문을 접으려던 재희는 문득 손을 멈췄다. 오늘 발표된 여론조사 결과 기사의 제목이 시선을 붙든 까닭이었다.

'엎치락뒤치락 표심, 추격자 민주영 가속 붙나.'

엄대진과 민주영의 가상 양자 대결 여론조사 결과, 민주영이 처음으로 앞서기 시작했다는 내용이었다. 아직 오차 범위 내이긴 했지만 분명 주영 측에서는 의미 있는 결과임이 틀림없었다.

재희는 책상 위의 탁상 달력을 집어 들었다. 칸칸마다 빼곡하게 채워진 메모들이 가득했다. 쫓기는 자는 언제나 마음이 급하기 마련이니, 엄대진의 인내심이 그리 오래갈 것 같지는 않았다. 눈으로 남은 날짜를 세어 보던 재희는 가벼운 한숨을 쉬었다.

그때 사무실 문이 열리며 호형이 급하게 뛰어 들어왔다. 엘리베이터도 안 타고 계단을 달려 올라온 건지, 시뻘게진 얼굴로 숨이 턱까지 차서 헉헉거리던 호형이 물 한 잔을 마시고는 겨우 입을 열었다.

"변정화 소유로 된 계열사 자료 확인 끝났습니다. 이상연 변호사님하고 오인영 세무사님 말로 분식회계 하고 있는 거 확실하다는데요. 그리고 세무법인 통해서 거래처 내부자들 제보 받았는데, 영수증 허위 청구 방식을 제일 많이 사용한대요. 거래 금액보다 영수증 청구 금액 크게 해서 발행 요청하고, 차액 챙기는 방식으로 넘어가는 것 같더라고요. 납품 시에 아예 영수증 없이 무기장[8] 요구하는 경우도 상당히 있었답니다. 거래처에서 나온 증빙 자료 확보해 뒀고요."

마지막 미팅이 방금 끝난 모양이었다. 그 말을 들으며 빠르게 메모를 한 재희는 호형에게 물었다.

"부동산 거래 차익 관련된 부분은?"

"이현성 대표님 만나서 엄대진 가족들이나 엄대진계 의원들 소유로 된 부동산 등기부등본 싹 떼고 거래 내역 알아봤거든요. 대부분 공시지가는 당연하고 실 거래가하고도 안 맞는 금액으로 매매됐어요. 변정화나 가족들 명의로 된 땅 사 간 업체들 기업 정보 조회했는데 한 군데도 안 나오고요. 이 대표님 소개로 강남에서 땅 놀이 전문으로 하는 부동산 전문가들도 만나 봤는데, 그 사람들 말로 엄대진 측근들이 어디 샀다 소리 들리면 그 인근 부지 무조건 매입하는 게 법칙이래요. 거의 백 퍼센트 개발 호재 걸린다고."

숨도 쉬지 않고 대답한 호형이 다시 한 번 정수기에서 물을 받아 벌컥벌컥 들이켰다. 재희는 고개를 끄덕이며 사무실 안을 둘러보았다.

---

8) 장부를 작성하지 않는 것.

"알았어. SO 컴퍼니 자금 흐름 확인하는 건 어떻게 됐어? 누가 봤지?"

석현이 모니터에 눈을 둔 채 손을 들어 보였다.

"내가. 호형이가 연결해 준 국세청 쪽 정보원하고 얘기했어. SO 컴퍼니 그거 국세청 감사 쪽에서도 몇 년 전부터 계속 얘기 나온다던데."

"그래?"

"SO 컴퍼니 공시 자료 확보했는데 연간 매출액이 한화로 몇 억 안 돼. 그나마도 최고치일 때. 대체 에너지 사업이라고는 돼 있는데 실제로 그리스에서 뭘 하는지도 모르겠고, 그게 실제 매출인지도 확인이 안 되고. 그런데 매출 겨우 그거 나오는 회사에 한국에서 수십 군데 유한회사가 적게는 몇 억대, 많게는 수십 억대 투자 금액을 넣고 있어서 감시한 지 오래됐다네."

재희는 팔짱을 끼고 잠시 생각하다 눈썹 위를 긁적였다.

"이미 말 나왔는데도 못 잡았으면 위에서 프레셔 있었겠네."

석현이 고개를 끄덕였다.

"감사 목록에서 아예 제외하라고 오더 내려왔다는 얘기 있대."

그 명령을 누가 내렸을지는 굳이 묻지 않아도 뻔했다. 호형이 가까이 다가와 손에 말아 쥐고 있던 서류 뭉치를 내밀었다. 그것을 받아 든 재희는 서류를 펼쳐 보았다. 회사 이름과 폐업 날짜가 기록된 서류였다.

"안 피디, 이게 지금 투자 금액 넣은 뒤에 폐업 처리된 회사 리스트야?"

"네."

"알았어. 체크해 볼게. 앉아서 숨 좀 돌리고."

재희가 손짓하자 호형이 의자에 풀썩 소리가 나게 주저앉으며 등을 기댔다. 한여름 아스팔트에 떨어진 아이스크림처럼 늘어지는 호형을 본 재희는 픽 웃고 다른 사람들에게 물었다.

"아, 명의 도용 관련해서 연락 돌려 보라고 했잖아. 뭐 건진 거 없어?"

철진이 그 말에 기다리고 있었다는 듯 대답했다.

"경제부하고 사회부 인맥 다 털고 경찰하고 민변, 상생변까지 다 털어 봤는데 연락받은 것 중에 비슷한 사례가 몇 건 있어요. <데일리시사>에서 가져온 자료하고 중복되는 건 제외하고 세 건 정도더라고요. 전화해서 확인해 봤는데 대부분 집에서 실종 처리도 안 하고 있다가 국세청에서 고지서 받고 경찰에 신고하거나 법률 상담 받은 케이스던데요."

"눈에 띄는 거 있었어?"

"그 중에 강남서 지능범죄수사팀에 걸린 게 하나 있거든요. 담당 형사가 그러는데, 작년 초에 강남서 관할로 넘어온 건을 서장 선에서 조사 중지 오더 내렸다고 얘기하더라고요."

서장 선에서 조사 중지 명령이 떨어진 거라면 윗선에서 압박이 있었던 게 틀림없었다. SO 컴퍼니에 대한 국세청 조사 중지 명령도 그렇고, 이 건 역시도 어디와 관련이 있는지는 뻔했다.

"확실해?"

재희가 다시 한 번 묻자 철진이 자기 핸드폰에 메시지 화면을 띄워 흔들어 보였다.

"네. 담당 형사가 당시에 서장이 조사 중지 지시한 문자 메시지 가지고 있어서 그거 받았어요."

"좋아. 혹시 명의 도용당한 당사자하고 연결되면 정보현 안다고 하는지 확인 좀 해 볼래? 큰 그림은 거의 다 나왔으니까 디테일만 채우자고."

철진이 네, 하고 대답했다. 서 있던 재희는 등 뒤의 창턱에 걸터앉았다. 아침 식사야 대부분 거르는 편이니 그렇다 치고, 점심도 제대로 먹지 않았다는 게 떠오른 건 그때였다.

최대한 잘 먹고 잘 자야 한다고 생각하면서도, 신경 쓸 일이 워낙 많다 보니 마음대로 되는 적은 그다지 없었다. 관자놀이 부근을 누르던 재희는 창밖으로 고개를 돌렸다. 제법 길어진 해가 빌딩 숲 너머에서 짙은 주황색으로 하늘을 물들였다.

잠시 숨을 돌린 재희는 다시 민혜에게 시선을 주었다.

"송 작가, 한선당하고 이현교 무슨 관계인지는 확인해 봤어?"

민혜가 손가락으로 오케이 사인을 만들어 보였다.

"대구 YBS에서 자료 왔고, 현선준 기자가 알아봐 줬어. 한선당 홍보국에서 영상 제작 외주 하는 곳 중 하나라네. 영상 편집이나 그런 거 외주 형식으로 이현교 앞으로 발주 내는 것 같아."

민혜의 말을 듣고 있던 호형이 헛웃음을 뱉었다.

"와, 대박. 걔들 영상 진짜 쌍팔년도 감각 장난 아니던데 그걸 돈 주고 하는 거였어요?"

민혜가 눈을 동그랗게 뜨며 무슨 소리냐는 표정을 했다.

"어머, 호형. 그거 아주 정확한 타기팅이라고. 무시할 게 아냐. 강렬하잖아. 북한! 빨갱이! 공산당! 팍 오지 않아? 새마을 운동의 향수, 5공 시절, 독재의 향기. 얼마나 좋아?"

"그렇게까지 팍 올 필요가……."

호형이 말꼬리를 흐렸으나 민혜는 더 들을 필요도 없다는 듯 화제를 돌렸다.

"아무튼 이게 재밌는 게 어게인라이프가 노숙자 자활 단체잖아. 한선당 보건복지위원회 소속 의원들이 봉사 단체라고 만들어 놓은 사조직이 있는데, 찾아보니까 여기서 홈리스 자활 명목으로 교육 지원하는 게 있어. 이현교가 어게인라이프에서 홈리스 영상 기술 교육한다고 하고서 그거 외주 수주하고 돈 받아가는 거 아닌가 싶어. 이름 가짜로 올려놓고."

머리 좋네, 하고 중얼거린 재희는 민혜에게 말했다.

"오케이. 이현교 관련 자료 싹 상생변 박기율 변호사님 앞으로 보내 줘. 박 변호사님이 허주경 사장 강제 이감하고 검찰 증거 조작, 평진 공윤승하고 검찰 담합 걸어서 고발하겠다면서 변호인단 구성한다고 그랬어. 이현교랑 검찰이 짜고 증거 조작했다는 거 알려 줘야지."

"허 사장 강제 이감된 거 확실하대?"

재희는 그 말에 고개를 끄덕였다.

"변호사님이 계속 면회 신청하다 거부당하니까 계속 이러면 언론에 뿌리겠다고 했나 봐. 그렇게 협박하니까 면회 신청 받아 줘서 만나 봤는데, 허주경 사장 자기가 왜 이감됐는지 이유도 모르더라는데."

"어머머, 미쳤어 진짜."

민혜가 입가를 가리며 앉아 있던 지혁의 어깨를 찰싹찰싹 쳤다. 프리뷰 파일을 확인하던 지혁이 불시의 습격에 화들짝 놀라며 맞은 어깨를 문질렀다. 그때 이어폰을 꽂고 앉아 있던 현진이 턱을 괸 채 어, 하며 자기 모니터를 가리켰다.

"지금 변순철 병원 이송한 거 뉴스에 나온다."

"뭐라고 그래요?"

재희가 묻자 현진이 잠깐만 기다려 보라는 듯, 한 손을 들고 있다가 곧 대답했다.

"<조한일보>에서는 건강에 문제는 없는데 노환 때문에 당분간 안정이 필요하다, 이게 오피셜인가 보네."

옆에서 몸을 내밀고 현진의 모니터를 보던 찬수가 기가 찬다는 표정으로 웃었다.

"무슨 안정을 죽을 때까지 시켜, 애들은."

"이게 죽을 때까지 안정하는 거냐? 죽었는데 안정하는 거지."

현진이 정정하는 말에 찬수가 으, 하며 자기 어깨를 감싸고는 부르르 떨었다.

"그러네. 어우, 무서워. 사위가 뭐라고 죽고 싶을 때 죽지도 못하냐."

"그것도 자기 업이지, 뭐. 사위 대통령 만들겠다고 별짓 다 하니까 자기도 죽어서 별짓을 다 당하는 거 아냐. 끼리끼리 논다니까 그런 놈 들였지."

구시렁댄 현진이 모니터에서 눈을 떼지 않은 채 말을 이었다.

"한선당 후보 단일화 거의 확실한 건가? 지금 이번 주 안에 단일화 발표할 것 같다고 나오는데."

재희는 앉아 있던 자리에서 내려와 현진에게 가까이 다가갔다. 한쪽 구석에 실시간 뉴스 스트리밍 창을 띄워 놓은 현진의 모니터에서 '한국선진당, 이번 주 내에 후보 단일화 가닥'이라는 헤드라인이 선명했다.

재희는 현진의 등 뒤에서 팔짱을 끼었다.

"확실하지 않더라도 언론에 계속 흘리는 거 보니까 다른 후보들 압박하는 거겠죠. 괜히 경선에 힘 빼지 말고 좋게 단일화하자고. 뭐라는데?"

현진이 한쪽 귀의 이어폰을 고쳐 끼며 대답했다.

"민주영 지지율이 계속 상승세라 엄대진 쪽에서 보수 단일화만이 살길이다, 이 프레임 짠 것 같은데. 야권이야 어차피 다른 대안 없으니 거의 단일화한다고 봐야 되고."

"만약에 한선당에서 단일화하면 민권당도 야권 후보 단일화할 가능성 높겠네요. 엄대진이 지금 이렇게 압박 강하게 넣는 게 오늘 여론조사 때문인 것 같은데요. 보수 성향 강한 여론조사 기관인데, 민 의원님이 3퍼센트 정도 앞서더라고요."

그 말에 찬수가 고개를 돌려 재희를 쳐다보았다.

"3퍼센트면 아직 오차 범위 안이긴 한데, 그렇게 위협적인가?"

"그런데 민 의원님이 여기 여론조사에서 엄대진 이긴 게 처음이에요. 40대 이상 연령대 지지율도 점점 올라가고 있고. 엄대진 입장에서는 조바심 날 수밖에 없겠지."

"악재인 김에 확 망했으면 좋겠네."

"그게 그렇게 쉽게 되면 여태 망해도 열 번은 망했죠."

재희는 찬수가 하여튼 부정적인 새끼, 하며 옆구리를 찌르려는 걸 재빨리 피했다. 석현이 의자 등받이를 젖히며 대화에 끼어들었다.

"아니, 그런데 이규완은 도대체 뭐하고 있대? 이렇게 며칠씩 두문불출하면서 시간 끌어 봐야 얻을 게 있나?"

그러게, 하고 여기저기서 맞장구를 쳤다. 사실 재희 역시 최근 들어 그 점에 가장 신경을 쓰고 있는 중이었다. 이규완이 움직인다면 반드시 지금이어야 했다. 한선당에서 후보 단일화를 하겠다고 나서는 걸 보니 엄대진 측에서도 이규완을 이번 주 안에 어떻게든 처리할 심산인 건 분명했다.

재희는 잠시 생각하다 고개를 기울였다.

"엄대진이 뒷공작 들어갔을 텐데 설득이 안 되니까 안 나오는 거 아냐? 이규완 뻗대는 거 보면 그쪽에서도 갖고 있는 게 엄대진한테 확실히 타격이 되니까 그렇겠지."

그때 사무실 문이 열리며 누군가가 머리를 내밀었다. 사람들의 시선이 일제히 그쪽으로 쏠렸다. 한동이었다.

부장님 안녕하세요, 하고 여기저기서 인사를 하자 한동이 건성으로 손을 흔들었다. 눈으로 사무실 안을 훑은 한동이 재희를 발견하더니 손짓으로 이리 오라고 불렀다.

"야, 강재희. 잠깐 나와 봐."

영문을 모른 채 한동을 따라 나가자, 한동이 엘리베이터 버튼을 눌러 옥상 정원으로 향했다. 옥상으로 나오며 문을 닫은 재희는 한동에게 물었다.

"무슨 일이세요?"

사람이 없는 것을 굳이 한 번 더 확인한 한동이 목소리를 낮췄다.

"황 의원이 연락했는데, 이규완이 YBS에서 제일 믿을 만한 사람한테 접촉하게 해 달랬대. 자기가 그 자료 제공하겠다고."

"이규완이요?"

저도 모르게 목소리가 커졌다. 한동이 재빨리 자신의 입가에 손가락을 하나 대며 조용히 하라는 표시를 했다.

"다른 데는 절대 못 믿는다길래, 황 의원이 나하고 너 얘기했더니 그쪽에서 일단 남들 모르게 만나고 싶다고 그랬다는데."

적의 적은 아군이라는 건가, 재희는 문득 생각했다. YBS, 그것도 <뉴스라이트>와 <비하인드 24>라면 사실상 한선당에 있어서는 최대의 적이나 다름없었다. 그러나 이규완이 지금 믿을 곳이라고는 그 두 군데뿐인 것도 사실이었다.

다른 공영방송은 상황이 더 나빴고, 엄대진을 버리고 이규완 편을 들어줄 만한 종편 채널도 생각이 나지 않았다. 설령 있다 한들 이규완이 원하는 만큼의 영향력은 결코 없었다. 운 좋게 방송을 한다 해도 후속 보도 따위는 꿈도 꾸지 못할 건 뻔했다.

잠시 생각하던 재희는 한동에게 물었다.

"이규완 집 앞에 기자들 쫙 깔려 있지 않습니까? 저희랑 무슨 수로 만나려고요?"

"와이프 친정이 우리 회사 근처라 와이프가 자료 가지고 우리하고 접촉하겠대. 그리고 이규완이 우리가 서온건설하고 엄대진 파는 거 알고 있다는데."

"이규완이 알 정도면 그쪽에서는 모르는 사람 없겠는데요. 아니까 감시 붙였겠지만."

엄대진이야 이미 자신들이 이 일을 시작할 때부터 낌새를 챘다 치지만, 이규완에게까지 정보가 흘러갔다면 지금 자신들이 국세청이며 경찰서, 교도소 같은 곳까지 전부 들쑤시고 있다는 걸 한선당에서 모를 리 없었다. 숨통을 조여 죽이는 데 필요한 시간은 그리 길지 않았다.

재희는 빽빽한 메모로 가득한 자신의 탁상 달력을 떠올렸다. 하루하루 줄어 가는 날짜를 생각하자 입이 말랐다.

"민 의원님 사찰한 놈은 아직 안 불었답니까?"

재희가 목소리를 낮추며 물은 말에 한동이 고개를 끄덕였다.

"황 의원 애기 들어 보니까 예전하고 똑같은 수법 쓰는 것 같

아. 그냥 보수단체에서 아르바이트라고 해서 그런 줄 모르고 지원했다고. 계좌 추적하고 인근 은행 CCTV 확보했다니까 어디서 받은 돈인지 곧 얘기하겠지. 지금 우리가 방송 언제 할지 되게 주시하고 있나 보더라고. 그래서 단일화 서두르는 것 같고. 보수 대결집 프레임 짜서, 야당 흔들기에 안 넘어가겠다는 거지."

만약 자신들이 전혀 위협이 되지 않는다고 여긴다면 그렇게 신경 쓸 리가 없었다. 추적당하는 입장에서 불안하지 않은 건 아니었으나, 역으로 생각한다면 그건 그쪽에서 자신들을 추적해야 할 만큼 위기감을 느낀다는 뜻일 수도 있었다.

"이규완 와이프가 언제 만나겠대요?"

"오늘 밤에. 어제 친정 간다고 이미 집에서는 나왔나 봐. 이규완계에서 이 건으로 가정불화 있어서 부인하고 아주 안 좋다는 식으로 미리 흘려 놓긴 했다네. 인터넷 신문 쪽에서는 벌써 신나서 이규완 가정불화 타이틀 달고 기사 올리고 있다는데."

한동의 대답에 재희는 미간을 찌푸렸다.

"그렇게까지 해야 됩니까? 정치인도 아무나 하는 거 아니네."

"그럼 여태까지는 아무나 하는 줄 알았냐, 인마."

면박을 준 한동이 갑자기 생각났다는 듯 물었다.

"서정언은? 아까 안에 없는 것 같던데."

"안영균 보좌관 부인 만나 본다고 나갔습니다. 그쪽에서 봉사단체로 위장해 노숙자들 명의 확보하면서 차명계좌 만드는 것 같다고요."

한동은 그 말에 땅이 꺼지도록 한숨을 쉬었다. 주머니에서 다 구겨진 담뱃갑을 끄집어낸 한동은 담배 한 대를 물고 불을 붙이더니 허공으로 연기를 뱉었다.

그새 주황색으로 물들었던 하늘은 어스름에 밀려나고 있었다. 푸르스름하게 내려앉은 허공으로 연기가 흩어졌다. 싸한 냄새가 잠시 머물렀다 사라졌다. 한동이 쯧, 하고 혀를 차며 한탄하듯 내뱉었다.

"어휴, 진짜 내가 영직이 그 새끼 생각만 하면 속 뒤집어져서…… 현국이가 그 새끼 얼마나 아꼈냐고. 어떻게 현국이 딸 있는 팀인 거 뻔히 알면서 그 짓을 하고 있냐, 하고 있기를. 남들이 서정언 그게 서현국 딸인 거 모르니까 아무 말 안 하는 거지. 니들 팀에서 그거 알면 애들이 가만히 있겠어?"

단어들이 묵직하게 가슴 위를 눌렀다. 사내에서 정언의 아버지가 누구인지 아는 사람은 그리 많지 않았다. 정언이 굳이 밝히고 싶어 하지 않기에 재희 역시 팀원들에게 실수로라도 그런 기색조차 비친 적이 없었다.

그러나 그런 까닭에 도리어 영직이 CP로 앉은 지금의 상황이 정언에게는 더 불편할 수밖에 없다는 것이 불현듯 와 닿았다. 아버지의 동료, 오래전의 지인…… 정언이 아는 영직은 지금의 최영직 CP와는 아주 다른 사람일 터였다.

정언이 그 부분에 대해 가타부타 말을 늘어놓지는 않으나, 무슨 생각을 하고 있을지 짐작하는 건 어렵지 않았다. 재희는 하하, 하고 열없이 웃는 소리를 냈다.

"신념 지키는 게 쉽습니까."

재희의 말에 한동이 눈을 흘겼다.

"아이고, 별 걸 다 이해하네. 속이 태평양이라 좋겠다, 아주. 죽어서 방송국 앞마당에 사리탑 세울래?"

"우리가 아무리 날뛰어도 서 피디 속이 더 말 아니겠죠, 뭐."

여상하게 내뱉은 말에 한동이 잠시 입을 다물었다. 그 역시 누구보다 그 사실을 잘 아는 탓이었다. 짧은 침묵을 깬 재희는 말을 돌렸다.

"<뉴스라이트>에서는 방송 준비 끝나셨어요?"

한동이 반쯤 타들어 간 담배를 시멘트 난간에 비벼 끄며 고개를 주억거렸다.

"우리는 조사 결과 다 나왔고 전문가 자문도 끝났어. 자재 사기 친 거, 시공 부실, 내진설계 미비, 유해 자재 사용에 감리 조작하고 관련 공무원 뇌물 수수 이걸로 딱 묶으면 될 것 같아. 김양운 그 새끼가 도하랑 진솔이 둘이서 뭘 하고 다니는지 아주 궁금해 미치려고 하는 거 같은데, 애들이 입 무거워서 다행이지 뭐. 이게 타이밍 한 번만 잡으면 될 것 같은데 그게 언제일지를 모르겠다, 지금. 아무 때나 들이밀었다가는 회의에서 바로 킬 당할 건데. 니들은?"

"몇 가지 디테일 마저 확인하는 중입니다. 최대한 서두르고는 있어요. 조만간 방송 내보낼 정도는 충분히 나올 것 같습니다."

한동이 손에 들고 있던 담배꽁초를 자판기 옆 쓰레기통에 던져 넣으며 투덜거렸다.

"이규완이 제발 폭탄 좀 괜찮은 걸로 갖고 있길 빌어 보자고. 그 새끼는 진짜 믿음이 안 가, 아무튼. 그런 놈도 국회의원이라고 나오면 무조건 뽑아 주는 거 진짜 문제 있지 않냐?"

"부장님이 너무 급진적이신 거죠."

재희가 기어이 한마디를 보태자 한동이 재희의 옆구리를 쥐어박았다.

"한국 사람이라 성질이 급해서 그런다, 인마. 아무튼 그쪽에서 너랑 내 번호 줬다니까, 근처에 오면 연락하겠대. 준비하고 있으라고. 언제 올지 몰라서 지하 미팅룸 하나 계속 잡아 두긴 했어."

"알겠습니다."

찔린 옆구리를 문지르며 대답하자 한동이 손목에 찬 시계를 보았다. 어느새 저녁 시간이 가까워지고 있었다. 한동이 기지개를 켜더니 아이구, 하고 어깨를 몇 번 두드리며 재희를 툭 쳤다.

"연락 오는 거 기다려 보자고. 그만 내려가자. 나도 저녁 좀 먹어야겠어."

"그러시죠."

재희는 한동과 옥상을 나섰다. 한동을 <뉴스라이트> 사무실로 들여보내고 돌아오자, 그새 취재를 마치고 온 건지 사무실에 있던 정언이 나가려다 말고 눈을 동그랗게 떴다.

"어디 갔다 왔어요?"

"정보현 만나고 온 거야?"

대답 대신 되묻자 정언이 가벼운 한숨을 쉬었다.

"네. 사람 만만치 않던데요. 혹시 다른 노숙자 관련 봉사단체에서 들은 얘기 있을까 싶어서, 상생변 최유림 변호사님 잠깐 만나고 왔어요. 개척교회 쪽에서 그런 거 많이 하니까 뭐 있으면 좀 알려 달라고."

"김 피디는?"

"요 앞에서 다들 저녁 먹는다고 그래서 같이 나갔어요. 나도 지금 나갈 건데, 선배는?"

재희가 난 됐어, 하며 자리에 앉자 정언이 얼굴을 찌푸렸다.

"저녁 안 먹어요? 선배 요새 그냥 봐도 뼈밖에 없어서 엑스레이 안 찍어도 되겠어."

"남 말 한다. 나 기다리는 연락 있어서 그거 받고 먹을 거야. 갔다 와."

하여튼, 하고 혀를 찬 정언이 재킷을 집어 들며 사무실을 나갔다. 텅 빈 사무실에 혼자 남은 재희는 의자에 등을 묻으며 천장을 올려다보다 눈을 감았다. 쏟아지는 형광등의 창백한 빛이 감은 눈꺼풀 너머로도 선명했다.

깨 있는 것도 아니고 잠이 든 것도 아닌 몽롱한 상태로 멍하니 기대앉아 있던 재희는 갑자기 책상 위에서 울리는 진동에 소스라치며 눈을 떴다. 벽에 걸린 시계가 눈에 들어왔다. 사무실은 아직 비어 있었다. 정언이 나간 지 이십 분쯤 지난 듯했다.

황급히 책상에서 진동하는 핸드폰을 집어 든 재희는 액정에 뜬 낯선 번호를 확인하고는 즉시 전화를 받았다.

"네, <비하인드 24> 강재희입니다."

상대가 잠깐 멈칫하더니 거두절미하고 되물었다.

『나 권수향이에요. 연락 받았어요?』

40대, 혹은 50대쯤 되었을까. 정확한 나이를 가늠하기는 어려웠다. 그러나 유리잔의 테두리를 쳤을 때처럼 쨍한 목소리에 어우러진 전형적인 80년대 서울 말투는 인상적이었다. 핸드폰 너머의 이미지를 그리는 건 어렵지 않았다.

정신이 확 드는 기분에 재희는 자세를 고쳐 앉았다.

"혹시 이규완 의원님 사모님 되십니까?"

『네.』

"지금 방송국 도착하셨습니까?"

『지하 주차장이에요. B-11에 차 세웠어요.』

수향의 목소리에는 약간의 짜증이 묻어 있었다. 원래 예민한 사람인 것 같기도 했다. 되도록 그녀의 심기를 건드리고 싶지 않아, 재희는 가능한 한 정중하게 말했다.

"잠깐만 기다려 주시겠습니까? 제가 바로 내려가겠습니다."

대답도 없이 전화가 끊어졌다. 자리에서 일어난 재희는 바로 <뉴스라이트> 사무실로 향했다. 문을 열자 구석에서 진솔, 도하와 셋이 앉아 막 짜장면 그릇의 랩을 벗기려는 한동의 모습이 들어왔다. 재희는 황급히 한동에게 달려가 손짓을 했다.

"부장님, 커피 한잔하러 가시죠."

뜬금없는 소리에 한동이 얼굴을 구겼다.

"야, 나 짜장면 지금 시켰는데 무슨 커피를……."

다음 순간 재희의 의도를 깨달았는지 말을 멈춘 한동은 들고 있던 젓가락을 내던지며 벌떡 일어났다.

"니들 내 것까지 다 먹어라. 나 강재희랑 커피 한잔하고 올게."

진솔과 도하가 이해가 안 간다는 얼굴로 부장, 하고 불렀으나 한동은 본 척도 하지 않고 재희를 떠밀며 사무실을 나섰다. 엘리베이터 버튼을 누르고 초조하게 바닥을 발끝으로 치던 한동이 거의 속삭이듯 물었다.

"연락 왔냐?"

"네."

고개를 끄덕인 재희는 열린 엘리베이터에 탔다. 한동은 답지 않게 긴장한 듯 주먹을 쥐었다 폈다 하며 층수 표시등에서 눈을 떼지 못했다. 엘리베이터가 지하 주차장에 도착하기 무섭게 한동이 먼저 뛰어나갔다.

재희는 등 뒤에서 B-11이요, 하고 목소리를 높이며 한동을 쫓아갔다. B-11 구역의 여성 전용 주차 칸에는 선팅이 짙게 된

외제 차 한 대가 서 있었다. 시동은 아직 켜진 채였다.

가까이 다가간 재희는 조심스럽게 운전석 창을 두드렸다. 반 뼘이나 될까 말까 할 정도로 약간 창이 내려갔다. 검은 선글라스를 낀 여자가 그 사이로 재희를 보았다. 수향인 모양이었다.

"사모님 되십니까?"

"생각보다 너무 젊으시네?"

재희가 묻자 대답 대신 툭 내뱉은 말이 되돌아왔다. 수향이 창을 조금 더 내리더니 운전석에 바짝 붙어 선 재희에게 비키라는 손짓을 했다. 재희가 얼른 한쪽으로 물러나자 수향이 차 문을 열고 내렸다.

새까만 선글라스 탓에 눈은 거의 보이지 않았지만, 고집스러운 입매나 냉랭한 표정이 그 성격을 말보다 더 선명하게 드러냈다. 눈치를 살피던 한동이 얼른 지하 미팅룸으로 통하는 통로를 가리켰다.

"이쪽으로 들어가시죠."

한동이 앞장서 복도 끝의 빈 미팅룸 문을 열었다. 재희는 수향을 먼저 안으로 안내하고는 문을 닫으며 맞은편에 앉았다. 재희가 핸드폰의 녹음 기능을 켜 탁자 위에 올려놓은 사이, 수향이 지겨워 정말, 하고 혼잣말을 중얼거리며 들고 온 핸드백을 열어 안을 휘적거렸다. 그러더니 갑자기 다 귀찮다는 듯 작은 핸드백 안의 내용물을 모조리 탁자 위로 쏟아 버렸다. 안에서 지갑이며 차 키, 립스틱, 조그만 약병과 처방받은 약 봉지 등이 아무렇게나 흩어졌다.

재희는 그 약병이 안정제인 것을 즉시 알아보았다. 자신 역시 연수의 죽음 직후 같은 약을 처방받은 적이 있어서였다. 예민한 사람이라고 느낀 건 기분 탓만은 아닌 듯했다. 재희는 짐짓 그것을 못 본 척하며 시선을 돌렸다.

수향이 그 안에서 손가락 한 마디만 한 USB 메모리 하나를 찾아 한동과 재희 앞으로 밀어 놓았다.

"이겁니까?"

재희가 묻자 수향이 대답 대신 팔짱을 끼었다. 재희는 그 USB 메모리를 집어 들어 돌려 보았다. 어디서나 볼 수 있는 평범한 제품이었다. 재희가 수향의 표정을 살피며 다시 한 번 물었다.

"내용이 뭔지 아십니까?"

"그럼 모르고 들고 왔겠어요?"

수향이 별 걸 다 묻는다는 얼굴로 눈썹을 좁혔다. 까다로운 분이네, 하고 속으로 생각한 재희는 최대한 웃는 얼굴로 수향을 마주 보았다.

"정확히 저희한테 설명하실 수 있습니까?"

수향이 흩어진 물건들을 다시 핸드백 안으로 쓸어 넣고는 가방을 한쪽으로 치웠다. 선글라스를 벗은 수향이 가벼운 한숨을 쉬었다. 본래 성격인 것인지, 아니면 며칠 사이 심하게 시달린 탓인지 몰라도 그 얼굴에는 지친 기색이 역력했다.

"우리 남편이 작년에 엄대진하고 비밀리에 회동한 적이 있어요. 그때 엄대진이 <조한일보> 미디어그룹 자기하고 와이프 앞으로 완전히 돌려놓겠다고, 그거 얘기한 영상이에요."

립스틱을 짙게 바른 입술을 연신 안으로 말아 깨물었다 놓기를 반복하던 수향이 두 사람을 마주 보았다.

"황 의원이 제일 믿을 만한 분들이라고 그랬다는데, 맞아요?"

"방송해 줄 곳 찾으신다고 들었는데요. 지금 저희 아니면 그런데 찾기 쉽지 않으실 겁니다."

아무래도 의심스럽다는 그녀의 표정에 웃는 낯으로 단호하게 대답한 재희는 몸을 조금 앞으로 기울였다.

"사모님께서 이 영상 직접 보셨습니까?"

그 말에 수향이 코웃음을 쳤다.

"내가 의뢰해서 촬영했는데 당연하죠."

순간 한동이 재희에게 슬쩍 시선을 주었다. 재희 역시 생각하지 못한 대답이라 내심 멈칫한 건 사실이었다. 그런 내용이 담긴 영상을 어떻게 수향이 의뢰해서 촬영했다는 건지 이해가 가지 않았다.

"사모님께서요?"

재희가 다시 한 번 확인하듯 묻자 수향이 턱 끝으로 USB 메모리를 가리키며 내뱉었다.

"남편이 젊은 년 끼고 바람피우고 다니는 거 잡으려고 돈 주고 찍었어요."

별별 일을 다 겪어 보긴 했지만, 이런 경우는 재희의 기억에도 그리 흔한 상황은 아니었다. 잠시 말문이 막힌 재희가 이럴 땐 뭐라고 해야 적절할지 부지런히 머리를 굴리는 사이, 수향이 재미있다는 듯 웃는 소리를 냈다. 그러나 그 눈은 전혀 웃고 있지 않았다.

"왜요, 집안 망신이라? 꼴이 이렇게 됐는데 내가 지금 더 망신당할 게 뭐가 있어요?"

수향이 잘 세팅된 머리를 쓸어 올렸다. 빨간 매니큐어를 빈틈없이 바른 손톱이 짙은 갈색으로 염색된 머리칼 사이를 스치고 지났다. 수향은 아주 우스운 얘기를 하는 사람처럼 웃음기 어린 목소리로 내뱉었다.

"그때 무슨 서초동 텐프로라나 뭐라나 하는 년한테 미쳐 가지고, 오죽했으면 기자들이 나한테 몇 번 연락 왔다니까요. 창피한 줄도 모르고 아주 오만 데를 다 끼고 다녀서 내가 사람 사서 미행 붙이고, 여기 보안요원이 안 된다는 거 돈 엄청 주고 몰카 설치해서 찍었다고."

무슨 상황인지 대충 짐작이 갔다. 재희는 수향에게 물었다.

"장소가 어디죠?"

"신논현 메이. 그때는 그렇게 쓸 줄 모르고, 엄대진도 계집애 하나 끼고 왔길래 내가 부부 동반 모임 할 때 넌지시 떠보니까 변정화 걔는 아주 통이 크더라고요. 남자가 바깥일 하는데 여자 몇 있는 거 흠 아니라고, 나를 아주 속 좁은 년 만드는 거야. 왜 그거 이해 못 해주냐고, 남자가 그러면 답답해서 못 산대요. 기가 막혀서 진짜."

변정화의 이야기를 할 때 수향의 눈매에 날이 섰다. 뭐라고 한마디로 정의할 수 없는 복잡한 감정들이 그 얼굴 위를 스쳤다. 분노, 질투, 혹은······.

유명한 정치인의 아내로서 사는 삶 이전에, 그들에게는 한 인간으로서의 삶이 있었다. 어떤 이유로 결혼을 했든, 제도 안의 부부로 묶였을 때는 서로에게 기대하는 도덕적 기준은 분명히 존재할 터였다.

수향이 눈썹을 찡그리며 미간에 진 주름을 손끝으로 지그시 눌렀다.

"이거 남편한테 들이미니까 싹싹 빌면서 그년 당장 정리하겠다고 그러더라고요. 각서 쓰고 이건 내가 가지고 있었어요."

"의원님께서 이 영상 가지고 엄대진 의원한테 협상 요구하신 것 맞습니까?"

재희는 가장 궁금했던 부분을 넌지시 떠보았다. 수향이 손톱 위로 희미하게 묻어난 파우더를 문질러 닦으며 거기 시선을 둔 채 대답했다.

"경선 나간다고 해서 내가 말렸어요. 여론조사에서 심하게 밀린다고 뉴스 계속 나왔으니까. 그런데 일단 남편 쪽 의원들이 계속 바람을 넣으니까, 자기는 어떻게 이길까 하다가 이게 생각났던 모양이에요. 엄대진한테 이 영상 얘기하면서 경선 양보하라고 그랬다는데 엄대진이 미쳤어요? 내 남편이지만 진짜 갑갑해서…… 엄대진 어떤 사람인지 나도 아는데, 자기는 같은 배지 달고 있으니까 못 건드릴 줄 알았나?"

"엄대진이 어떤 사람인지 아신다고요?"

"엄대진 여의도 입성하고 주변에서 사람 죽어 나간 것만 얼만데요. 다 알잖아요. 알면서 입 다물고 있는 거지."

수향이 대수롭지 않다는 투로 말했다. 재희는 그녀를 물끄러미 마주 보았다. 이상한 기분이었다. 자신에게 이득이 될 때는 하나같이 침묵하던 사람들이, 이런 순간에는 주저 없이 입을 여는 건 왜일까.

피해자와 가해자, 방관자의 경계가 사라지는 어떤 세계의 존재를 재희는 쉽게 이해하지 못했다. 수향이 다시 한 번 머리칼을 쓸어 넘겼다.

"서온건설이 돈 갖다 바치면서 아주, 솔직히 얘기하죠. 내가 더 잃을 것도 없고, 이혼하려던 거 애들 봐서 참은 사람이니까."

수향은 재희의 대답을 기다리지도 않고 말을 이었다.

"서온 게이트 터지기 전에, 우리도 엄대진한테 애들 명의로 경기도 신도시 쪽에 서온 스타일하우스 신축 분양하는 거 두 채 분양권 받았어요. 내가 그때도 받지 말랬는데 이 인간이 공짜라니까 눈이 뒤집혀서. 아니나 달라? 게이트 터지니까 우리 남편 쪽에 그거 뒤집어씌우려고 했다고요. 애초에 그러려고 준 거지. 그러니까 서로 너 죽고 나 죽자 하고 머리채 잡다가 최창묵 개하나 날린 걸로 막았단 말이에요."

"이규완계 의원님들도 관련이 있었다는 겁니까?"

재희가 다시 한 번 묻자, 수향이 쿡쿡 웃는 소리를 냈다.

"말씀 재밌게 하시네. 한선당에 엄대진한테 뭐 하나 안 받아처먹은 의원들 있으면 나와 보라고 그래요. 지들끼리는 맨날 치고받고 싸우는 척하다가 나오면 사우나 가서 형님 동생 하는 게 여의도 남자들 아니에요? 아, 분양권은 그 뒤에 팔았어요."

수향이 마지막으로 덧붙인 말은 이규완을 위해서라기보다는 자신과 아이들을 위해서임이 분명했다. 입이 마르는 듯 잠깐 말을 멈췄던 수향이 짧은 한숨을 뱉었다.

"아무튼 그때 엄대진이 우리 쪽 사람들한테 주둥이 잘못 놀리면 배지 떨어진다 그 소리 했었다고요. 안, 뭐지. 엄대진 보좌관, 유명한 애. 걔가 저한테 직접 전화를 해서 딱 그래요. 사모님, 아침에 부군 부고 보기 싫으시면 입조심하셔야 됩니다."

"협박을 한 겁니까?"

재희의 물음에 수향의 얼굴이 구겨졌다.

"같은 의원도 아니고 보좌관이, 감히 나한테 그럴 급이 되냐고요. 엄대진이 그래, 뭐 잘나간다고 쳐요. 그런데 우리 남편도 다선이고 나이도 몇 살이 많은데, 본인도 아니고 보좌관이 그러는 게 아주 기가 막혀. 그리고 남편이 엄대진 하는 일에 딴지 몇 번 걸었더니 청와대에서 다이렉트로 연락이 왔다니까요. 나대지 말고 얌전히 있으라고. 애초에 엄대진 키운 게 우리 남편이라고요. 이 등신 같은 인간이 그 안목으로 무슨 정치를 해요, 하기를."

부인의 평이 이 정도로 가차 없는데도 이규완이 계속해서 나쁜 패만을 쓰는 건, 수향의 말대로 안목이 없기 때문이라고 봐도 좋을 듯했다. 이런 사람이 왜 이규완 같은 남자와 결혼했을까 문득 궁금해진 재희는 가벼운 헛기침을 뱉었다. 남의 속을 알 리 만무한 수향이 말을 이었다.

"내가 지금 이것도, 그냥 묻고 없던 걸로 하자고 했어요. 쪽팔리는 게 뭐 대수냐? 여의도라면 내가 아주 신물이 난다고. 경선 당선될 확률도 없잖아요. 정치한다고 친정 돈까지 다 긁어다 써서, 내가 남은 게 상가 건물 몇 개가 다라고요."

상가 건물 몇 개. 수향이 발음하는 그 단어들은 마치 만 원짜리 몇 장처럼 사소하게 들렸다. 그 사소함을 평범한 사람들은 죽을 때까지 일해도 가져 보지 못한다는 걸 떠올린 재희는 속으로 차는 한숨을 눌렀다.

수향이 눈을 들어 재희를 마주 보았다.

"다 집어치우고 거기 가서 임대료나 받고 살자 그러다가, 엄대진 그게 아주 이판사판으로 남의 남편 고발을 하네, 감옥에 처넣겠네, 지랄을 하니까 들고 온 거예요. 죽어도 혼자서는 안 죽죠. 엄대진 개도 알아야 돼요. 세상일 다 자기 마음대로 안 된다는 거."

재희는 그녀의 시선을 어슷하게 비껴 피하며 USB 메모리로 다시 눈을 주었다. 이 작은 물건 안에 과연 얼마나 대단한 것이 들어 있는지 궁금해졌다.

"저희가 가져가서 영상 확인해 봐도 되겠습니까?"

"방송 언제 하실 수 있어요?"

수향이 즉각 되물었다. 잠시 생각하던 재희는 이마 부근을 긁적이며 대답했다.

"내용 확인해 봐야 확답 드릴 수 있을 것 같습니다."

썩 만족스러운 대답은 아니었는지, 수향이 턱을 치켜들며 팔짱을 끼었다.

"방송 못 한다고 할 거면 지금 돌려주시고요. 인터넷에 올리든지 어떻게 하든지 내가 알아서 할 테니까."

"사본 가지고 계십니까?"

"당연한 거 아니에요?"

방송을 못 하게 된다면 정말 본인이 스스로 인터넷에 뿌릴 것 같은 기세였다. 다행이라면 다행일 수도 있었다.

수향의 말대로라면 이 영상이 공개됐을 때 이규완 역시 불이익을 받을 소지가 다분했다. 그럼에도 불구하고, 본인이 엄포를 놓은 대로 절대 혼자서는 안 죽겠다는 의지가 더 강한 모양이었다. 재희는 자리에서 일어났다.

"알겠습니다. 저희가 만약에 방송 못 하게 되는 경우가 생긴다면 바로 연락드리겠습니다."

수향이 선글라스를 도로 끼고는 고개를 까딱였다. 그러더니 재희가 뭐라고 말 한마디 더 붙이기도 전에 먼저 미팅룸을 나가 버렸다. 재희가 사모님, 하며 얼른 문을 열었으나 수향의 뒷모습은 이미 저만치 멀어진 뒤였다.

고개를 절레절레 저은 재희는 한동을 돌아보았다.

"사모님 장난 아닌데요."

"엄대진한테 죽기 전에 이규완 사모한테 먼저 죽겠다, 야."

헛웃음을 뱉은 한동이 USB 메모리를 재희에게 내밀었다.

"어떻게 할래? 너희 팀에서 먼저 확인하고 알려 줄래?"

재희는 그것을 받아 들어 주머니에 집어넣었다.

"그렇게 하죠. <뉴스라이트>로 갈지 <비하인드 24>로 갈지 내용 보고 결정하면 될 것 같은데요."

"그러자고."

미팅룸을 나서서 한동과 함께 시사보도국으로 올라온 재희는 사무실로 돌아왔다. 그새 저녁을 먹고 온 건지, 팀원들이 각자 커피 한 잔씩을 들고 자리에 앉아 있었다. 재희에게 눈을 준 정 언이 벽에 걸린 시계를 흘끗 보고는 의아한 표정을 했다.

"뭐 연락 기다리는 거 있다더니 밥 먹고 왔어요?"

"아니. 폭탄 하나 받아 왔지."

재희가 USB 메모리를 들어 보이자 정언이 고개를 기울였다.

"그게 뭔데?"

"이규완이 엄대진 협박했다는 자료."

"진짜예요?"

그 순간 모두의 시선이 일제히 재희에게 쏠렸다. 찬수가 앉아 있던 자리에서 벌떡 일어났다.

"야, 갑자기 그런 게 어디서 났어?"

"이규완 와이프가 방금 전에 직접 와서 주고 간 거예요. 메이 에서 찍은 영상이라는데."

정언이 믿을 수 없다는 얼굴로 되물었다.

"CCTV가 아니라요? 거기 CCTV 확보도 간신히 했는데, 룸 안을 촬영했다고? 어떻게?"

"와이프 말로는 그래. 보안요원한테 돈 주고 찍었대."

재희가 어깨를 으쓱해 보이자 윤이 갑자기 뭔가 생각났다는 듯 곁에서 끼어들었다.

"아, 저 메이 갔을 때 거기 보안팀에서 그 얘기 했었어요. 예전 직원이 어떤 사모님한테 부탁받고 삼천인가 사천 받아서 몰카 촬영한 적 있었다고 하던데요. 불륜 잡으려고."

"그런 얘기를 했었어?"

재희의 물음에 윤이 고개를 끄덕였다. 문계준 의원의 도움을 받아 CCTV 영상을 받아 온 사람이 윤이었으니, 윤이 보안팀에서 그런 말을 들었다면 수향의 이야기가 거짓일 리 없었다.

"그러면 진짜인가 보네. 이규완 바람피우는 거 증거 확보하려고 찍었다던데?"

그 말에 호형이 눈을 휘둥그렇게 떴다.

"미쳤다, 삼천? 그거 찍으려고 그 돈을 줘요?"

"어머, 얼마나 분했으면 그랬겠어? 나 같아도 내 남편이 그 짓하면 가진 돈 다 털어서라도 꼬리 잡아서 아주 복날의 개 패듯 펠 건데. 우리 팝콘 없니? 뭐 좀 씹으면서 봐야 되는 거 아냐?"

막장 일일 드라마를 기다리는 사람처럼 기대감에 찬 민혜를 본 재희가 피식 웃고는 회의실 문을 가리켰다.

"팝콘은 일단 보고 먹어, 아직 자세한 거 모르니까. 다들 들어와 봐."

자리에서 노트북을 챙긴 재희는 회의실로 들어갔다. 하나둘씩 재희의 뒤를 따라 들어온 팀원들이 자리를 잡았다. 스크린에 케이블을 연결한 재희가 USB 메모리를 꽂는 사이, 민혜가 궁금해 죽겠다는 투로 물었다.

"내용이 대체 뭐래? 뭔데 그래?"

"엄대진이 <조한일보> 미디어그룹 자기 앞으로 다 돌릴 거라는 내용이라던데."

"어머, 그걸 자기 입으로 불었다고?"

민혜가 눈을 반짝였다. 화면에 곧 메모리 내용을 보여 주는 창이 떴다. 안에 든 것은 '제목 없음'이라고 쓰인 영상 파일 하나뿐이었다. 대답 대신 파일을 클릭해 재생한 재희는 테이블 위에 걸터앉아 팔짱을 끼었다.

영상은 메이의 VIP룸 안을 촬영한 것인 듯했다. 기본 세팅만 된 방은 비어 있었다. 몇 초 지나지 않아 문이 열리며 누군가가 들어섰다. 이규완이다, 하고 호형이 중얼거렸다.

바로 이규완의 뒤를 따라 들어온 건 이십 대 초반이나 됐을까 싶은 젊은 여자였다. 언뜻 보기에도 연예인 지망생인가 싶을 정도로 화려한 미모에, 몸에 꼭 붙는 미니 원피스 차림이었다. 현진이 황당해하며 물었다.

"저게 누구야?"

"이규완이 끼고 다니던 서초동 텐프로라던데요. 안 데리고 다니는 데가 없어서 기자들이 와이프한테 연락할 정도였대요."

재희가 화면에 눈을 둔 채 대답하자 현진이 대번에 미간을 찌푸렸다. 화면 안에서 이규완이 먼저 자리를 잡고 앉아 손짓으로 여자를 자기 옆에 앉혔다. 여자의 허리를 감아 안은 이규완은 곧 짧은 스커트 안으로 손을 넣고 안을 더듬었다. 두 사람은 이런 일이 일상인 듯했다. 그 꼴을 보던 민혜가 진저리를 쳤다.

"웬일이야, 웬일이야. 미쳤어 진짜! 이걸 삼천 주고 봤는데 천

불 안 나서 죽은 게 용하네."

"본론부터 봐야겠네."

거북하기로는 재희도 마찬가지였다. 여자의 몸을 무슨 장난감 만지듯 주물러 대는 이규완의 꼴을 그리 길게 보고 싶지 않았기에, 재희는 서둘러 키보드를 두드리며 영상을 앞으로 돌렸다.

십여 분을 돌리고 나서야 다시 룸 문이 열리며 다른 사람이 들어왔다. 역시 두 사람이었다. 이미 수향에게 들은 것이 있어 그리 놀랍지는 않았으나, 재희와 달리 미리 들은 게 없는 팀원들은 이번에도 여자를 끼고 나타난 엄대진을 보자마자 쓰고 버린 휴지처럼 얼굴을 구겼다.

"아니, 저건 또 뭐야?"

예준이 못 볼 걸 봤다는 얼굴로 질겁했다. 대진의 팔짱을 낀 채 찰싹 달라붙어 있던 여자가 규완에게 고개만 까딱여 인사를 했다. 맞은편에 앉은 대진이 규완에게 먼저 사과를 건넸다.

『의원님, 늦어서 죄송합니다.』

『먼저 식사하자고 얘기한 분이 이렇게 늦어도 되나?』

입이 댓 발은 나와 투덜거리는 사이에도 여자의 스커트 안을 더듬는 규완의 손은 멈출 기색이 없었다. 대진은 아무렇지도 않다는 양 대답했다.

『청담동에서 길이 좀 막혔습니다.』

대진 곁에 앉아 있던 여자가 새침하게 말을 보탰다.

『죄송해요. 오빠가 빨리 가야 된다고 했는데 제가 숍에서 케어가 덜 끝나서요.』

혀를 찬 규완이 내뱉었다.

『시간 약속 빠릿빠릿한 애 끼고 다녀, 엄 의원. 거 나랏일 하는데 시간이 돈 아냐.』

『그럴까요? 일단 아가씨들은 아가씨들끼리 얘기하라고 하고, 저희는 저희끼리 식사 좀 하죠.』

입을 삐죽거리는 여자에게 뭐라고 나지막하게 말한 대진이 두 여자를 룸에서 내보냈다. 아쉬운 듯 손을 흔들던 규완은 문이 닫히자 자세를 고쳐 앉았다.

잠시 후 문이 열리며 종업원이 음식을 가지고 들어왔다. 대진은 정종 병을 들어 규완의 앞에 놓인 잔을 채우며 입을 열었다.

『의원님, 방통위 건 협조 좀 해 주십시오. 안 그래도 민권당 2중대냐고 당내에서 말 나오는 거 아시지 않습니까.』

방송통신위원회 위원들과 위원장을 한선당 라인으로 교체했을 시점인 모양이었다. 회의실 안이 곧 조용해졌다. 규완이 잔을 받아 한 모금 마시고는 내려놓았다.

『지금도 공영방송에 윗선에서 다이렉트로 말 넣는다고 기자들이 아주 기분 나빠 한다며. 기자들 다루기 까다로운 거 알잖아. 괜히 건드려 봐야 벌집 쑤시는 꼴밖에 더 되겠어? 여론도 너무 나빠. 민권당에서도 가만히 안 있을 테고.』

『여론은 생기는 게 아니라 만드는 겁니다.』

대진이 태연하게 말하며 자기 잔에 술을 따랐다. 재희는 그 옆얼굴을 뚫어지게 보았다. 규완이 젓가락으로 앞에 놓인 회 몇 점을 뒤적이며 대꾸했다.

『그걸 누가 모르나? 그런데 지금 상황이 그렇다고. 젊은 놈들 그 뭐야, SNS. 그런 걸로 말 나오는 것도 심각하고.』

『그건 걱정하지 마십시오. 디지털대응본부 만들지 않았습니까. 돈 좀 쓰면 댓글하고 SNS 여론 잡는 거 몇 달이면 됩니다.

그 정도 기다릴 각오도 없이 정치 어떻게 하려고 하십니까?』

이 새끼들이, 하고 정언이 이를 악물며 중얼거렸다. 당연히 엄대진이 저지른 짓을 알고는 있었지만, 그걸 본인들 입으로 인정하는 모습을 보는 건 얘기가 달랐다.

방금 엄대진이 아무렇지도 않게 내뱉은 말 한마디가 나라 전체를 움직이는 중이었다. 이 자리의 누구도 그런 걸 믿고 싶어 할 리 없었다. 잠시 생각에 잠겼던 규완이 대진을 마주 보았다.

『공영방송 제대로 먹을 자신 있어?』

『YBS가 제일 강성이라 골치긴 한데, 거긴 일단 올해 말이나 내년 초에 바언진 이사들 싹 물갈이하면서 윗선 갈아치우면 한 반 년이면 끝날 겁니다. 바언진 보수 이사들 말로 <뉴스라이트>하고 <비하인드 24> 두 개만 잡아 주면 나머지는 문제없답니다. 평기자, 평피디들 할 수 있는 일 생각보다 그렇게 많지가 않습니다. 지금까지야 정권이 손 못 대니까 내버려 둔 거지만 언제까지 개들 말에 끌려다닐 수 없지 않습니까. 방통위 물갈이만 한 번 하면 그건 일도 아닙니다.』

공기가 삽시간에 찬물을 끼얹은 듯 싸하게 가라앉았다. 처음부터 모든 일이 이런 식으로 기획되어 있었던 걸까. 고작 윗선의 몇 명을 갈아치우는 것만으로도 지금까지 수많은 사람이 쌓아 온 역사와 자부심 따위를 무너뜨리는 건 너무 쉬웠다.

반년. 엄대진이 여상하게 발음한 그 반년은 자신들이 피를 말리며 보내 온 시간들이었다. 재희는 손끝을 말아 쥐었다. 잠시 대진을 빤히 바라보던 규완이 넌지시 물었다.

『안 끌려다니면 뭐 뾰족한 수 있나?』

『그러니까 젊은 사람들 여론, 민권당 반항, 이런 거 생각하지 마시고 일단 방통위 이사진 교체 건 무조건 협조 좀 해 주십시오. 총선 내준 것도 모자라서 지선, 대선 다 뺏기실 겁니까? 그 전에 작업 못 하면 우리 다 죽습니다.』

고작 작업이라는 두 글자로 그 일련의 모든 과정들을 설명할 수 있는 거였나, 하고 생각한 재희는 헛웃음을 뱉었다. 여기서는 목숨을 걸어야 하는 일이 저기서는 그토록 간단하게 이루어지는 까닭은 무엇일까. 화면 속의 두 사람과 자신들이 정말 같은 세계에 살고 있는 것이 맞는지 의심스러웠다. 규완이 대진의 말에 킬킬거렸다.

『엄 의원, 말 재미있게 하네. 내가 한두 번 속나? 이럴 때만 우리라고 하고, 불리해지면 입 닦는 거 엄 의원 습관 아냐.』

『그렇게 말씀하시면 서운한데요.』

『본인이야 장인 백 있으니까, 여차하더라도 <조한일보>는 무조건 엄 의원 안고 가겠지만 우리는 어떡하라는 거야? <조한일보>가 같은 한선당이라도 엄 의원 싸고돌면서 나머지 후려치는 거 한두 번 봤나? 지금도 우리 쪽 살살 돌려 까는 거 아주 신경 쓰인다고. 엄 의원, 지난번에 뭐라고 했어? 자기 말이면 장인 껌뻑 넘어간다더니 손 못 대고 있잖아. 아니면 일부러 그러나?』

그건 비난이라기보다는 어떻게 좀 해 보라는 투에 더 가깝게 들렸다. 재희는 퍼뜩 엄대진이 변순철 회장에게 반 엄대진계 의원들에 대한 <조한일보>의 논조를 조절해 달라고 부탁했다가 거절당했다던 소문을 떠올렸다.

이것 때문이었나. 엄대진이 반 엄대진계와 미리 딜이 있었다는 건 사실임이 분명했다. 대진이 다 안다는 얼굴로 씩 웃었다.

『나이 드신 분들 고집 꺾기가 어디 쉽습니까. 장인어른이 제 생각 과하게 하셔서 그러죠. <조한일보> 쪽은 걱정하지 마십시오. 장인어른 오늘내일 하는 판입니다. 장인어른 돌아가시면 여론 움직이는 거 누구겠습니까? 제가 당 버리겠습니까?』

규완이 눈을 가늘게 뜨며 대진을 빤히 보았다.

『장인어른 돌아가시면 그거 김인택한테 넘어가잖아. 지분 그리로 다 가 있고. 김인택이랑 엄 의원 사이 안 좋은 거 모르는 사람 있어?』

『근본 없는 놈하고 절 어떻게 비교하십니까. 처형이야 자리보전하고 누워 있는 환자고요. 지분이야 제 앞으로 돌리면 그만입니다.』

대진의 대답에 석현이 턱 끝을 만지작거리며 중얼거렸다.

"김인택하고 사이 진짜 나쁜가 보네. 지분 돌린다는 말을 저렇게 공공연하게 하나?"

"이런 영상 찍힐 줄 몰랐겠지."

한마디 거든 재희는 입가에 손가락을 살짝 댔다. 영상 안에서 규완이 흥미롭다는 표정으로 물었다.

『변 회장이 제수씨는 안중에도 없고 변은화만 싸고도는데 어떻게 하려고?』

『저희 집안 사정 그렇게 잘 아시니 장인어른 제 말이라면 넘어가는 것도 아시잖습니까. 이미 돈 알짜로 나오는 계열사는 전부 집사람 앞으로 돌아가 있습니다. <조한일보>야 간판이니 보기에만 좋죠. 그거 하나 먹는 게 별일이겠습니까? 여차하면 장인어른 돌아가실 날 좀 당기면 그만이에요.』

바보가 아닌 이상 엄대진의 마지막 말이 무슨 의미인지 모를 수는 없었다. 재희는 바로 영상의 볼륨을 더 올렸다. 규완이 팔짱을 끼며 대진에게 툭 뱉었다.

『죽는 날까지 엄 의원 맘대로 받으려고 그러나?』

『사람 오는 날 받는 건 마음대로 못 해도 가는 날 받는 건 마음대로 아닙니까.』

어머, 하며 민혜가 입을 막았다. 팀원들의 표정이 순식간에 달라졌다. 변순철이 이미 사망한 상태로 생명 유지 장치를 달고 연명하고 있다는 것은 지금 거의 공공연한 사실이었다. 이런 발언을 했다는 것이 알려지는 순간, 어떤 방식으로든 엄대진은 자신에게 돌아갈 화살을 피할 길이 없을 터였다.

『여태까지 했던 것처럼 하는 건 힘들 텐데.』

규완이 넌지시 던진 말에 대진이 입꼬리를 말아 올렸다.

『요새 뜨는 제약 벤처가 하나 있습니다. 제가 아주 잘 아는 회사인데, 여기서 지금 심혈관 질환 치료제 개발 중입니다. 현재 시판중인 어떤 약보다 효과가 탁월합니다. 2차 임상까지 갔는데, 이 약에 장인어른하고 처형이 굉장히 관심이 많아요. 그런데 아직 상품화가 안 됩니다.』

대진의 목소리가 낮아졌다.

『리포트에 기록을 못 하는 심각한 부작용이 있어요. 뇌출혈 발생률이 너무 높습니다.』

재희는 다음 순간 앉아 있던 테이블에서 몸을 일으켰다. 얼음 조각이 미끄러지는 듯한 감각이 순식간에 등줄기를 달려 내려갔다. 제약 벤처, 2차 임상을 마친 신약, 변순철 일가의 가족력인 심혈관 질환, 심각한 부작용…… 입 안이 말랐다. 재희는 숨 쉬는 것조차 잊은 채 화면을 응시했다.

『얼마나 걸리겠어?』

규완이 묻자 대진이 회 한 점을 집어 먹으며 대답했다.

『지난번에 장인어른 쓰러지신 뒤로 회사에 얘기는 해 뒀습니다. 건강 끔찍이 생각하시는 양반인데 제가 권하면 안 드시겠습니까?』

재희는 변순철이 엄대진을 그 자리까지 올리기 위해 어떻게 했는지를 떠올렸다. 생명 유지 장치를 단 채 산 것도, 죽은 것도 아닌 상태로 VIP 병동에 누워 있을 엄대진의 모습을 상상하자 입이 썼다.

더 많은 돈, 더 많은 권력, 그 끝없는 욕망의 종결지가 고작 병실의 침대 위라는 건 허무했다. 그 허무함을 위해 얼마나 많은 사람들이 죽어야 했고, 평범한 가정들이 어떻게 박살났는지 엄대진이 단 한 번이라도 생각해 본 적이 있을까. 규완이 다시 잔을 채워 마시며 으름장을 놓았다.

『일 또 서온 때처럼 처리하면 재미없어. 엄 의원한테 뒤통수 맞는 거 그만했으면 싶은데.』

『돈 문제는 이미 서온 쪽으로 다 넘어가 있습니다. 걸린다고 해도 거기 뒤집어씌우면 그만이에요.』

『채기원?』

규완이 꺼낸 이름에 재희는 눈썹을 좁혔다. 이규완이 채기원의 존재를 이미 알고 있다는 건 뜻밖이었다. 수향의 말이 퍼뜩 뇌리를 스친 건 그다음이었다.

─한선당에 엄대진한테 뭐 하나 안 받아 처먹은 의원들 있으면 나와 보라고 그래요.

이 거대한 어둠은 그 침묵과 동조 속에서 아주 오랜 시간 겹겹이 쌓여 왔을 터였다. 몇 십 년 전부터 고착돼 온 카르텔, 습관이 되어 버린 부도덕과 부패가 사회 전체를 좀먹을 때까지.

고개를 끄덕인 대진이 정종 병을 들어 규완에게 술을 권했다. 남은 술을 털어 마신 규완이 빈 잔을 내밀었다. 대진이 그 잔을 채웠다. 규완은 그 술을 마시는 대신 잔·모서리를 만지작거렸다.

『채기원 그건 너무 젊은 놈이라 위험할 텐데. 요즘 젊은 애들 근성 없어서.』

『위험하면 갈아 끼우면 그만이죠. 그 자리에 넣을 놈 하나 없 겠습니까?』

대진이 웃으며 말하자 규완이 사이를 두었다가 대답했다.

『무슨 얘긴지 알았어. 협조는 할 텐데, 엄 의원 나한테 서운하 게 하지 말라고.』

그러자 대진이 슈트 재킷의 안주머니에서 봉투 하나를 꺼내 규완 앞으로 밀어 놓았다.

『이건 제 성의 표시입니다.』

규완이 건성으로 손을 휘적였다.

『아이, 됐어.』

『얼마 안 됩니다. 아가씨 백이나 하나 사 주고 기분 내시죠.』

대진의 말에 규완이 뭘 그렇게까지, 하고 중얼거리며 봉투를 주머니에 쑤셔 넣었다. 잠시 후 영상의 재생 바가 마지막까지 돌아가 멈췄다. 새까맣게 암전된 화면이 모니터를 가득 채웠다.

그러나 누구도 감히 먼저 말을 꺼내지 않았다. 바늘 떨어지는 소리조차 들릴 정도의 침묵이었다. 한동안 멍하니 그 암전된 화 면을 응시하던 현진이 물었다.

"……야, 우리가 지금 뭐 본 거냐?"

찬수가 기가 질린 얼굴로 재희를 쳐다보았다.

"이거 완전 엄대진이 변순철 죽이고 변은화도 보내 버릴 거라고 인정한 거 아냐? 방송이 문제가 아니네. 변순철한테 부작용 알면서도 신약 투약해서 죽인 거면 변은화도 지금 목숨 간당간당하다 그 소리구만."

재희는 선 채 모니터를 뚫어지게 보았다. 그 어둠 속에 자신이 선명하게 비쳤다. 굳어 버린 표정으로 이쪽을 마주 응시하는 자신의 얼굴이 낯설었다. 재희는 잠시 생각하다 그 얼굴을 마주 보며 입을 열었다.

"제약 벤처, 엄대진이 잘 알고 임상 중인 신약 구할 수 있는 데면 백 퍼센트 엄대진 테마주로 들어가는 회사야. 이거 어딘지 알아보고, 다들 무슨 짓을 해서라도 이번 주 안에 디테일 전부 채워 넣어. 송 작가는 구성안 주말까지 완성해서 서 피디한테 넘기고. 서 피디랑 김 피디는 구성안 받는 대로 편집 들어가."

"방송 언제 하려고요?"

정언이 놀란 듯 눈을 치켜뜨자 재희가 나지막하게 대답했다.

"무조건 다음 주야."

재희는 즉시 연결된 케이블을 잡아채 뽑으며 노트북을 들고 회의실을 나섰다. <뉴스라이트> 사무실까지 걸어가는 복도가 끝없이 길게 느껴졌다. 복도 중간에 멈춰 선 재희는 손으로 눈가를 덮었다. 순식간에 빛 한 점 들어오지 않는 깊은 물속에 빠진 것처럼 숨이 막혔다.

그러나 돌아갈 생각은 처음부터 없었다.

끝은 이 자리여야만 했다.

40

『……엄대진 한국선진당 대선 후보는 오늘 전국 재래시장을 돌며 상인들과 만나 재래시장 활성화 방안에 대해 이야기합니다. 현재 각종 여론조사에 따르면 엄 후보는 근소한 차이로 민권당의 민주영 후보에게 앞서 있는데요, 민 후보의 꾸준한 상승세에도 불구하고 아직까지는 굳건하게 자리를 지키고 있습니다. 민 후보 역시 오늘 부산을 시작으로 유권자들과 직접 다양한 곳에서 만남을 가질 예정입니다.』

로비에 걸어 둔 대형 텔레비전에서 흘러나오는 아나운서의 목소리에, 커피를 사 엘리베이터로 걸어가던 윤은 잠시 뒤를 돌아보았다. 화면에 상인들과 손을 잡으며 웃는 얼굴로 이야기를 나누는 엄대진의 모습이 크게 잡혔다.

거기 시선을 붙들린 윤은 화면 속의 엄대진을 한동안 물끄러미 응시했다. 수많은 사람들 사이에서 모두와 같은 얼굴로 웃고, 같은 말을 하는 악마가 있다면 과연 누가 그를 알아볼 수 있을까. 아직 손에 든 아이스커피는 한 모금도 마시지 않은 채였지만 속이 서늘해졌다.

고개를 저은 윤은 서둘러 사무실로 올라왔다. 들어서면서 안녕하세요, 하고 인사를 건네자 먼저 와 있던 팀원들이 손을 흔들었다. 자리에 앉던 윤은 옆자리의 정언을 흘끔 보았다. 피곤한 기색이 역력한 얼굴에 어제 입은 그대로의 옷차림이 눈에 들어왔다.

"퇴근 안 하셨어요?"

윤이 묻자 정언은 작게 하품을 한 번 하고는 모니터에 눈을 둔 채 말했다.

"퇴근하려는데 임 기자님한테 전화 왔더라고. <데일리시사>가 제보자랑 일본에서 만나기로 했다고 했잖아. 그런데 계속 장소를 바꾸면서 간을 봐서 이번에도 못 만나나 보다 했는데, 자정 넘겨서 도쿄 외곽 호텔에서 간신히 접선이 됐대. 혹시 모르니까 좀 기다려 줄 수 있나 해서 그냥 있었지."

"아직 연락 없었어요?"

윤의 말이 끝나기 무섭게 정언의 컴퓨터에서 메일 알람 소리가 났다. 정언이 잠깐만, 하며 메일을 열어 잠시 내용을 확인하고는 몸을 반쯤 일으켜 재희를 불렀다.

"선배, 지금 임 기자님한테 메일 왔어요. 일본에서 접촉한 제보자가 엄대진 명의로 된 스위스 계좌 알려 준 거 우리 쪽에 보냈는데요. <데일리시사>에서 확인했는데 살아 있는 계좌는 확실하고, 금액은 정확히 애기 안 했지만 최소한 수백 억 규모라는데. SO 컴퍼니에서 채기원 개인 계좌로 돈이 들어가고, 그 돈이 다시 이 엄대진 스위스 계좌로 간 내역도 다 첨부했대요. 지금 포워딩할게요."

재희가 읽고 있던 신문에서 눈을 떼지 않은 채 응, 하고 대답했다. 잠시 후 신문을 내려놓은 재희는 메일 내용을 읽어 보더니 호형 쪽을 보았다.

"안 피디, 지금 서 피디가 포워딩한 메일 내용 확인하고 이거 주 피디랑 둘이 같이 체크 좀 해 줘. 추가로 확인해야 될 부분 있으면 바로 문계준 의원님한테 연락하고. 국세청 자료 확보하려고 우리가 시간 쓰는 것보다는 그쪽이 빠를 거야."

"문 의원님하고 얘기는 돼 있어요?"

호형이 묻는 말에 재희가 고개를 끄덕였다.

"어제 황 의원님하고 통화했어. 민권당에서 최대한 협조할 테니까 걱정하지 말래."

그때 찬수가 재희에게 프린트한 종이 몇 장을 뽑아 건넸다.

"한 작가랑 나랑 엄대진 테마주로 상승 중인 주식 다 뽑았어. 제약 벤처 세 군데더라고. 의약 신문 쪽 검색해 보니까 심혈관 질환 관련 신약 개발 중인 데는 더뉴원랩이라고, 그거 하나야. 일본 제약회사하고 합작해서 만든 회사였는데 재작년에 단독 회사로 분리했고, 대선 얘기 나오면서부터 주가 오르는 중이래. 취재 요청했는데 그쪽에서 응했어."

재희는 찬수의 손에서 그 종이들을 받아 들고는 안경을 고쳐 썼다. 아마 방금 말한 더뉴원랩에 대한 자료인 듯했다. 재희는 거기 시선을 두며 찬수에게 물었다.

"누가 갈 건데요?"

"나랑 한 작가가. 이따 점심 먹고 오후에 만나기로 했어."

찬수의 대답에 알겠다는 사인을 보낸 재희가 다시 정언을 보았다.

"서 피디, 그럼 지금 뭐 남았어?"

정언이 잠시 머릿속을 더듬는 듯 눈을 굴렸다.

"어게인라이프 관련해서 최창묵이 직접 제공했다는 계좌들 아직 살아 있어요."

"그게 아직 살아 있다고?"

재희가 되묻자 호형이 정언에게 손을 흔들었다.

"계좌 정보는 나한테 줘, 내가 알아볼게."

고마워, 하고 고개를 까딱인 정언은 말을 이었다.

"계좌도 계좌인데 최창묵이 걸려요. 무슨 목적으로 <데일리시사>에 정보현을 숨겼는지 확실히 확인해야 될 것 같아요."

"최창묵 컨택이 안 돼?"

"김 피디가 문자로 연락은 가끔 한다는데, 만나는 건 부담스러운지 전화도 잘 안 받으려고 한대요."

정언의 말에 재희가 윤을 돌아보았다. 조금 머쓱해진 윤은 눈치를 보다 대답했다.

"임 기자님이 일단 얘기는 해 본다고 하셨는데 쉽지는 않은 것 같습니다."

"그래?"

잠시 뭔가를 생각하던 재희가 턱 끝을 만지작거리며 말했다.

"일단 알겠어. 계속 시도해 봐. 아, 이규완 영상 내용 <데일리시사>에 공유할 거야?"

정언이 네, 하고 대답했다. 윤은 얼른 말을 덧붙였다.

"우선 내용이라도 알려 드려야 되지 않을까요? 채기원이 지금까지는 계속 <데일리시사> 피해 다녔다는데, 제보자가 그쪽에 지금 엄대진 스위스 계좌 제공했잖아요. 엄대진이 본인 위험해지면 채기원 버릴 거라는 확실한 증거 있으니까, 채기원 입장에서도 엄대진 어떤 사람인지 잘 알 텐데 차라리 목숨 부지하는 쪽 선택하지 않을까 싶습니다."

"좋아. 그래도 만약이라는 게 있으니까, 그쪽에서 자료 요구하면 채기원 부분만 우선 잘라서 보내 드려."

재희의 말을 듣고 있던 윤은 퍼뜩 머릿속을 스치는 생각에 질문을 던졌다.

"그런데 이 내용 변은화 씨가 알아야 하는 거 아닙니까?"

"응, 그렇지. 전 부장님이 김인택 직접 컨택해 보겠다고 했어. <조한일보>가 우리 쪽하고 워낙 사이가 그래서 좀 걱정이긴 한데, 부인하고 자기 목숨 걸린 거니까. 그리고 그 팀에서 변순철하고 변은화 투약 기록 알아본대. 원진솔 기자가 예전에 본서울병원 출입했어서 거기 아는 사람이 좀 있다네."

정언이 턱을 괴며 눈썹을 좁혔다.

"만약에 투약 부작용인 거 증명되면 엄대진은 장인 괜히 목숨 붙여 놨다고 후회하겠는데. 차라리 빨리 죽이고 화장했으면 부검이고 뭐고 없이 묻혔을 거 아니에요."

그 말을 들은 재희는 풍선에 바람 빠지듯 웃는 소리를 냈다.

"자업자득이지. 내가 생각해 봤는데, 신약 가지고 인체 실험한 거면 애초에 언제 죽을지 복불복이었던 거 아냐. 변순철이 차라리 더 빨리 죽든지, 아니면 대선 때까지는 살아 있든지 했어야 되는데 하필이면 지금 쓰러졌잖아. <조한일보>를 자기가 완전히 먹든지, 아니면 장인이 살아서 백 유지하든지 했어야 되는데 둘 다 안 됐다고. 그러니까 엄대진이 발등에 불 떨어져서 또 숨만 겨우 붙여 놓은 거고. 자기 덫에 자기가 걸린 건데 후회하면 뭐하겠어."

엄대진이 지금 같은 위기를 겪는 것이 처음이리라는 생각은 들지 않았다. 아주 오랜 시간을 매번 어떻게든 다른 사람을 짓밟고 제거하며 그 위기들을 모면해 왔을 터였다.

만약 엄대진이 이번 일까지 그렇게 넘길 수 있게 된다면, 지금 이후로는 다시는 그런 기회가 오지 않을 수도 있다는 생각이 스쳤다.

단 한 번의 반격, 어쩌면 마지막일지도 모르는…… 그러자 텔레비전 속에서 사람들의 손을 잡으며 환하게 웃고 있던 엄대진의 얼굴이 뇌리를 지났다. 윤은 무의식적으로 입술 안쪽을 깨물었다. 그때 정언이 어디선가 온 전화를 보고 바로 핸드폰을 받았다.

"네, 변호사님. 서정언입니다. 네. 네? 아, 네. 저희가 지금 가도 될까요? 네. 반석교회요. 네, 알겠습니다. 감사합니다."

핸드폰을 한쪽 귀와 어깨 사이에 끼우고 재빨리 메모를 한 정언이 파티션 너머로 몸을 젖혀 윤에게 말했다.

"상생변 최유림 변호사님이야. 그날 노숙자 봉사 단체 관련해서 비슷한 얘기 있으면 알려 달라고 했잖아. 유사한 일 겪은 사람이 하나 있는데, 상태가 안 좋아서 시설에서 보호 중이래. 반석교회라는 개척교회 있는데 거기서 맡고 있다고."

정언의 이야기를 주의 깊게 듣고 있던 윤은 잠깐 생각하다 눈을 동그랗게 떴다.

"반석교회가 진송신도시 원주민 데모 도와주던 데 아니에요? 담당 목사님 이름이 신찬호라고 그랬던 것 같은데요."

정언이 곧 자기 다이어리를 뒤적이더니 '반석교회 신찬호 목사'라고 적힌 부분을 찾아냈다.

"어, 그러네. 맞아."

윤과 정언의 대화를 들었는지, 맞은편의 철진이 물었다.

"그거 상생변 쪽에서 제보 온 건이지? 나하고도 통화했었는데. 서 피디가 가 보려고?"

"네, 당사자한테 확인 좀 해 보려고요. 갔다 올게요."

자리에서 일어난 정언은 차 키를 집어 들며 윤에게 따라오라는 손짓을 했다. 서둘러 카메라를 챙긴 윤은 먼저 사무실을 나서는 정언의 뒤를 쫓아갔다. 윤이 조수석 문을 닫자마자 정언이 차를 출발시켰다.

주차장을 빠져나와 도로를 진입하자, 창으로 들어오는 햇살에 정언의 창백한 얼굴이 더 선명했다. 그 얼굴이 눈에 들어오자마자 뒤늦게 자신이 운전할 걸 그랬다는 후회가 들었다. 정언이 너무 서둘러 사무실을 나오는 통에 미처 거기까지는 생각도 못 하고 따라온 탓이었다.

"선배, 안 피곤하세요? 갈 때는 제가 운전하면 안 돼요?"

곁에서 정언을 흘끔거리다 조심스럽게 묻자, 정언이 앞을 보며 툭 내뱉었다.

"졸음운전해서 김 피디 세상에서 없애고 싶을 정도로 피곤하진 않은데."

"그거 피곤하실 때는 저 없애고 싶다는 뜻으로 말씀하시는……."

"아, 눈치챘어?"

농담처럼 꺼낸 말이 끝나기도 전에 돌아온 정언의 대답에 윤은 입을 다물었다. 빨간 신호에 차를 세운 정언이 그런 윤에게 잠시 시선을 주더니 혼자 피식 웃었다. 이럴 때면 아무리 봐도

411

귀여워서 놀리는 건가 싶었으나, 물론 윤은 그 말을 입 밖에 내지 않을 정도의 이성은 있었다.

정언이 손을 뻗어 라디오를 켰다. 음악 채널에 맞춰져 있었는지, 제목을 알 수 없는 팝이 흘러나왔다. 볼륨 버튼을 눌러 소리를 조금 줄인 정언은 선바이저를 내렸다. 창백한 얼굴 위로 옅은 그늘이 졌다. 언제나 같은 무표정 아래로 정언이 무슨 생각을 하고 있는지 윤은 문득 궁금해졌다.

창밖으로 익숙한 도시의 풍경이 흘러갔다. 모양도 높이도 제각기인 수많은 건물 사이를 한참 지나쳐 자동차 전용 도로로 접어들자, 도시의 풍경 대신 높은 소음 차단막이 창을 가렸다. 어느새 라디오에서 흘러나오던 팝송은 클래식으로 바뀌어 있었다. 이미 여러 번 오간 길인데도 어쩐지 낯설게 느껴지는 까닭을 알 수 없었다.

윤은 머뭇거리다 물었다.

"다음 주에 진짜 방송 나가는 거겠죠?"

그 말을 들은 정언이 짧게 웃는 소리를 냈다.

"선배 말하는 거 들었잖아. 죽이 되든 밥이 되든 불 올리라는 소리야, 그거."

그렇다면 결국 뭐가 될지는 알 수 없다는 이야기였다. 자신에게는 처음이었지만, 정언은 이미 수도 없이 이런 두려움을 넘어왔을 터였다.

매번 아무것도 보장되지 않는 싸움에 뛰어드는 일을 반복한다는 건, 하나의 두려움을 넘으면 또 다른 두려움에 직면하는 일을 끝없이 이겨 낸다는 건 뭘까.

윤이 침묵하자, 이쪽을 흘끗 본 정언이 윤에게 시선을 주지 않은 채 입을 열었다.

"여기까지 왔는데 그만하고 싶어?"

"아, 아뇨."

"그럼 불안해하지 마. 더 생각할 필요 없으니까. 사람은 뒤돌아보면 약해지게 돼 있어."

나지막한 목소리는 여상했다. 그렇게 아무것도 아니라는 듯 말할 수 있게 될 때까지, 정언에게는 얼마나 많은 시간이 필요했을지 불현듯 궁금해졌다. 정언의 옆모습에 시선을 준 윤은 웃는 소리를 냈다. 그러자 정언이 한쪽 눈썹을 약간 찌푸렸다.

"왜 웃어?"

윤은 햇살이 들어오는 창가에 턱을 괴며 짐짓 입을 삐죽 내밀었다.

"아무리 생각해도 선배는 제가 멋있어 보일 기회를 너무 안 주시는 것 같아요."

정언이 기가 찬다는 표정으로 윤을 흘끗 보고는 되물었다.

"기회를 얼마나 더 줘야 되는데?"

"제가 고민을 좀 해 봤는데요. 제가 멋있어야 될 타이밍에 항상 선배가 더 멋있더라고요."

"그래서 뭐가 불만이야?"

"그럴 때마다 더 좋아지는 게……."

윤이 진지한 표정으로 말을 꺼냈으나, 정언은 더 들을 필요도 없다는 듯 팔을 뻗어 윤의 입을 틀어막았다. 입조심 안 하지, 하고 내뱉은 정언은 애써 웃음을 참는 얼굴로 서둘러 글로브 박스 안에서 선글라스를 꺼내 썼다.

윤은 선글라스로 반쯤 가려진 정언의 얼굴을 응시하다 곧 눈을 돌렸다. 기묘한 슬픔 같은 감각이 예고 없이 쏟아진 비처럼 젖어 든 탓이었다. 늘 무심코 발음하는 장난 반, 진심 반의 가벼운 단어들. 그게 지금의 정언에게 유일한 아주 잠깐의 위로라고 생각하자, 심장 부근을 누르는 듯 묵직한 감각이 번졌다.

그런 윤의 속을 알 리 없는 정언은 계속해서 도로를 달렸다. 정언이 자신의 생각을 읽지 못한다는 건 차라리 다행이었다. 자신이 그런 생각을 하는 걸 안다면, 정언은 즉시 아무것도 아니라는 양 다시 벽을 칠 것이 뻔했다. 의식적이든 아니든, 정언이 자신에게 조금이나마 의지하는 순간까지 빼앗고 싶지는 않았다.

진송신도시 현장이 멀리서 보이기 시작했다. 처음 왔을 때보다 확연히 아파트 단지의 모습을 갖춰 가는 꼴이 눈에 들어왔다. 기껏해야 앞으로 두세 달 정도면 공사가 완료되고 사람들이 입주하기 시작할 곳이었다. 윤은 '서온건설 스타일하우스 현장'이라고 쓰인 게이트에서 애써 눈을 돌렸다.

잘 닦인 도로를 지나 아직 포장이 덜 된 길로 접어들자, 다닥다닥 붙어 선 낡은 집들이 을씨년스럽게 두 사람을 반겼다. 집들은 대부분 비어 있는 것 같았다. 녹이 슨 대문은 반쯤 열려 삐걱거렸고, 깨진 창은 수리하지 않은 채 방치되어 있었다.

정언은 길 끝의 오래된 건물 앞에 차를 세웠다. 3층짜리 건물 입구에는 '반석교회'라고 쓴 조그마한 나무 현판 하나만이 걸려 있었다.

먼저 차에서 내린 정언은 테이프를 덕지덕지 붙인 유리문을 밀며 안으로 들어섰다. 어린아이의 글씨로 '목사실'이라고 적어 꽂으며 나비 따위를 그려 놓은 종이가 1층 사무실 문 앞에 붙은 채였다.

정언이 그 문을 두 번 노크하자, 안에서 문이 열리는 소리가 났다. 고개를 내민 사람은 중년의 남자였다. 두꺼운 뿔테 안경에, 피로에 찌든 얼굴은 최소한 이틀쯤 면도를 못한 게 분명했다. 남자가 정언과 윤을 보더니 의아한 표정을 했다.

정언이 명함을 꺼내 그에게 내밀었다.

"안녕하세요, <비하인드 24> 서정언입니다. 신찬호 목사님 되십니까?"

"아, 네!"

<비하인드 24>라는 말을 듣자마자 찬호가 고개를 끄덕였다. 찬호는 한쪽으로 비켜서며 문을 활짝 열어 두 사람을 안으로 안내했다.

"최유림 변호사님이 아까 전화하셨더라고요. 일단 이쪽으로 들어오시죠."

말이 목사실이지, 안은 책장 세 개와 책상 하나, 탁자만으로도 꽉 찰 정도의 좁은 공간이었다. 천장에 달린 낡은 선풍기는 탈탈거리는 소리를 내며 돌아가고 있었다. 언뜻 봐도 대략 이십 년쯤은 그 자리에 있었을 것 같은 물건이었다.

찬호가 자리를 권하며 머쓱하게 뒷머리를 긁적였다.

"죄송합니다. 건물이 워낙 낡아서…… 관리를 한다고 하는데 쉽지가 않네요. 뭐 마실 거라도 좀 드릴까요?"

"괜찮습니다."

정언이 정중하게 사양하자 찬호가 고개를 끄덕이고는 맞은편에 앉았다. 촬영 좀, 하고 양해를 구하는 말에 찬호가 얼마든지 괜찮다는 뜻으로 손짓을 해 보였다. 윤이 카메라를 세팅하자 신기한지 이쪽을 흘끔거리던 찬호가 정언에게 물었다.

415

"변호사님이 홈리스 명의 도용 관련해서, 뭐 그런 거 얘기하셨는데 맞나요?"

"네. 저희가 듣기로는 여기서 실제 피해 입은 분 보호하고 계신다고 하던데요. 혹시 자세한 상황 설명해 주실 수 있습니까?"

찬호가 관자놀이 부근을 누르며 잠깐 생각에 잠겼다가 입을 열었다.

"성함이 홍구영 씨라고, 올해 환갑 되신 분이에요. 이분이 작년에 그 어디죠, 교회 좀 큰 데 있는데. 아, 은혜영신교회. 은혜영신교회 쪽에서 하는 무료 급식소에 나가시다가 자활 프로그램 권유를 받으셨다는 겁니다."

은혜영신교회. 윤은 정언과 서로 시선을 교환했다. 정언이 다이어리를 펼쳐 메모를 시작하며 찬호를 마주 보았다.

"혹시 단체 이름 같은 것도 기억하고 계신가요?"

"그게 제가 이름은 정확히 기억이 안 나는데, 은혜영신교회에서 항상 홈리스 급식 봉사 이런 거 같이하는 사단법인이다, 이렇게 들었습니다."

"어게인라이프 맞습니까?"

"그것까지는……."

찬호가 기억이 확실하지 않다는 듯 말끝을 흐렸다. 정언이 괜찮다는 제스처를 취하자 찬호가 고개를 주억거리며 이야기를 계속했다.

"아무튼 자기들 사무실에 한 번 방문해라, 그러면서 그 급식 봉사하시는 여자분이 교회에서 목욕도 시켜 주고 새 옷도 주고 했었답니다. 그 여자분 차를 타고 강남 사무실에 갔는데, 인적사항 적으라고 하고 사진 찍고 그랬대요. 주소는 뭐 대충 급식소 주소로 썼던 모양입니다."

그 여자가 누구인지는 굳이 물을 필요도 없었다. 정보현이 분명했다. 정언은 급식 봉사, 여자, 강남 사무실 따위의 단어들을 휘갈겨 적으며 재차 찬호에게 확인했다.

"본인이 아닌데 주민등록증 발급을 받아 왔다는 거죠?"

"그렇죠. 그때 20만 원인가를 받았대요. 나중에 경찰인지 변호사님인지 누가 찾아보니까 이분 이름으로 계좌 개설한 증명서, 뭐 그런 게 있었답니다."

"그게 전부였나요?"

찬호가 영 난처하다는 표정으로 잠깐 주저하다 대답했다.

"빌딩 청소를 시켜 주겠다고 해서 며칠 출근했다는데, 사실 노숙 오래 하신 분들은 자활이 굉장히 힘들긴 합니다. 그 생활에 인이 박여서 성실하게 출근하고, 이걸 거의 못 해요. 그래서 솔직히 제가 어디까지 이게 사실이다, 그건 잘 모르겠습니다. 이분 말로는 자기는 며칠 잘 나갔는데, 정작 그 사무실에서 대표라는 사람이 계속 이것저것 트집을 잡다가 해고 통보를 했다고 하더라고요."

"근로계약서 같은 건 당연히 작성 안 하셨겠죠?"

찬호는 그 말에 고개를 주억거렸다.

"네, 그렇죠. 그러고 나서 이분은 그 일에 대해서 잊어버리고 있었죠. 그 뒤로 우리 교회에서 봉사하시는 신도님 만나서 이쪽으로 오시게 됐거든요. 그런데 갑자기 여기로 경찰이 온 겁니다. 그러더니 다짜고짜 체포를 한 거죠."

"경찰이요?"

"이분 명의로 법인 통장이 개설됐고, 거기로 한 달 사이에 몇 억이 왔다 갔다 했다는데, 저는 자세한 사항은 모르겠는데 아마 통장 발급한 해당 지점 신입 행원이 대포통장 의심 사례로 신고를 한 모양입니다. 경찰에서 추적했더니 말소된 주민등록 살려서 남이 계좌를 개설해 버렸다는 겁니다. 인적사항을 급식소 주소로 썼으니까, 거기서 탐문하다 여기까지 오게 됐고요. CCTV 확인하고 조사하니 자기는 20만 원 받은 게 다라고 한 모양이에요. 그러니까 대포통장 매매가 돼 버린 거죠."

머릿속으로 빠르게 상황이 그려지기 시작했다. 타인의 명의로 쉽게 계좌를 개설할 수 있고, 신입 행원이 직접 신고할 정도로 의심되는 거래 내역이 있는데도 침묵하는 은행 지점.

그때까지 이 일이 수면 밖으로 드러나지 않았다는 건 해당 지점 윗선과 기존 직원들은 이미 말을 맞춰 뒀다는 뜻이었다. 정언은 눈을 가늘게 떴다.

"그래서요?"

"그 회사가 유령회사면 폐업 처리를 해야 되잖아요. 그런데 주민등록을 살려 버린 바람에 과징금이 가족들한테 청구된다고 그래서, 제가 상생변 쪽에 법률 자문 요청했었죠."

"해결은 잘 됐나요? CCTV 확인했으면 타인 명의로 계좌 개설한 사람 누군지 알 수 있었을 텐데요."

"변호사님 쪽에서 어떻게 해 주신 것 같더라고요. 경찰 조사는 중단됐다고 들었어요."

찬호는 대수롭지 않다는 투로 말했다. 그러나 윤은 그 즉시 상황이 어떻게 된 것인지 머릿속에 쉽게 그릴 수 있었다. 경찰 조사가 중단된 까닭은 정보현 때문일 게 분명했다. 경찰 조사가 막혔으니 상생변에서도 딱히 할 수 있는 일이 더는 없었다. 아마 법적으로 가족들에게 피해가 가지 않도록 조치하는 게 전부였을 터였다.

찬호가 말을 이었다.

"당시에 진송신도시 현장 과장으로 계시던 분이 도움을 많이 주셨죠. 그분도 거기 발령받은 지 얼마 안 됐고, 우리도 데모 막 시작했을 때였는데……."

멈칫한 정언이 설마 하는 얼굴로 찬호에게 물었다.

"혹시 박규형 과장님 말씀하시는 건가요?"

규형의 이름을 듣자마자 찬호가 반색을 하며 딱 소리가 나게 손뼉을 마주쳤다.

"아, 네! 맞습니다. 박 과장님하고 얘기를 하다가 제가 원주민들만 보호하는 게 아니라 홈리스나, 이런 분들도 보호하고 있다, 그러니까 우리 사정도 좀 봐 달라, 그런 적이 있거든요. 박 과장님이 그러면 자기가 현장에 채용해 주겠다, 한 번 와 보시라고해라, 그래서 홍구영 씨가 현장에서 몇 달 일했습니다. 그런 식으로 현장에서 일한 분들이 좀 있었어요. 박 과장님이 굉장히잘 해 주셨다고 하더라고요."

정언이 들고 있던 펜 끝으로 아랫입술 위를 지그시 눌렀다. 그손끝이 가늘게 떨렸다. 그것을 알아차린 윤은 얼른 시선을 피했다. 생각지도 못한 곳에서 규형의 이야기와 마주치는 것은 묘한기분이었다. 정언이 서둘러 그 짧은 동요를 감췄다.

"박 과장님은 사측 사람이고 교회는 원주민 데모 돕는 입장아니었습니까?"

"그렇죠. 그러니까 사실 저는 되게 마음에 걸렸는데, 박 과장님이 워낙 사람이 좋았어요. 회사가 나쁜 거다, 그렇게 얘기하면서 일단 아쉬운 대로 생계는 유지해야 되지 않느냐. 자기들도 늘 일손 딸리니까 괜찮다고 했죠. 그런데 갑자기 돌아가셨잖아요, 그분이. 그러고 나서 현장 분위기가 이상해져서 홍구영 씨가 일 그만두고, 건강 나빠져서 쉬시게 된 거죠."

그간의 사정을 알 리 없는 찬호는 순순히 대답했다. 잠깐 생각에 잠겨 있던 정언이 말을 돌렸다.

"그럼 저희가 홍구영 씨한테 몇 가지만 여쭤봐도 될까요?"

찬호가 고개를 약간 기울이며 관자놀이 부근을 긁적였다.

"대답을 제대로 하실지 모르겠네요. 귀도 좀 어두우시고 그래요. 이쪽으로 오시죠."

자리에서 일어난 찬호는 목사실을 나서 위층으로 올라갔다. 가장 첫 번째로 눈에 들어온 유리문을 열자, 열댓 평쯤 되어 보이는 공간을 군대 내무실처럼 작은 사물함과 침상을 놓아 채운 것이 눈에 들어왔다. 서너 명 정도의 사람들이 두꺼운 담요를 둘둘 만 채 누워 있었다. 찬호가 가장 안쪽으로 향하더니 누워 있던 남자를 흔들어 깨웠다.

"어르신, 접니다. 손님 오셨는데 잠깐만 일어나 보세요."

찬호가 말한 홍구영인 모양이었다. 구영이 뭐라고 웅얼거리는 목소리가 들렸으나 거의 알아들을 수가 없었다. 구영이 부스스 몸을 일으켰다. 검은 머리카락이 드물 정도로 하얗게 센 머리칼은 그나마도 숱이 없어 휑했다.

올해 환갑이라고 했으나 어떻게 봐도 여든은 되어 보일 만큼 늙은 얼굴에는 고생의 흔적이 역력했다. 가까이 다가가자 뭐라고 말로 설명할 수 없는 냄새가 날카롭게 코끝을 찔렀다. 윤은 저도 모르게 미간이 구겨지려는 것을 겨우 참았다.

그러나 정언은 전혀 아랑곳하지 않는 듯 구영의 곁에 걸터앉
았다. 정언이 윤에게 손에 든 카메라를 가리켜 보였다. 윤이 서
둘러 촬영을 시작하자, 정언이 목소리를 크게 해 구영에게 말을
걸었다.

"안녕하세요, 어르신. 저희 방송국에서 왔습니다. 몇 가지만
여쭤보려고 하는데 괜찮으세요?"

구영이 눈을 끔뻑이며 정언을 쳐다보았다. 정언은 윤이 든 카
메라를 가리키며 방송국이요, 텔레비전, 하고 다시 한 번 말했
다. 구영이 그 말을 알아들은 듯 고개를 끄덕였다.

정언은 그에게 천천히 물었다.

"몇 년 전에 통장 개설하라고 하면서 빌딩 청소 시켰던 데 혹
시 기억나십니까?"

구영이 마른기침을 몇 번 뱉고는 입술을 달싹였다.

"잘 몰라요, 그거는, 그런 건."

주름지고 핏기 없는 입술 사이로 보인 입 안에는 성한 치아가
드물었다. 듬성듬성 빠진 이 탓인지 발음이 새어 알아듣기 쉽지
않았으나, 정언은 다이어리를 꺼내 '어게인라이프'라고 적어 놓
은 단어를 가리켰다.

"거기 이름이 어게인라이프 아니었나요?"

"글쎄, 영 가물거려서……."

구영이 고개를 젓자 정언은 윤에게 나지막하게 말했다.

"김 피디, 철진 선배한테 이현교 사진 같은 거 있으면 아무거
나 빨리 메신저로 보내 달라고 연락 좀 해 봐."

고개를 끄덕인 윤은 얼른 핸드폰을 꺼내 철진에게 메시지를
보냈다. 그사이 자기 핸드폰으로 정보현의 사진을 찾은 정언은

421

그 사진을 확대해 구영에게 보여 주었다.

"어르신, 그러면 혹시 이 여자분은 알아보시겠어요?"

눈을 가늘게 떴다가 크게 떴다가를 몇 번 반복하며 보현의 사진을 한참이나 보던 구영이 고개를 끄덕이며 손가락으로 핸드폰 액정 위를 짚었다.

"어, 어어…… 예. 천사, 아주 천사라고. 하늘에서 막 이렇게 내려오는……."

느릿느릿한 말투였으나 천사라는 단어만은 확실하게 들렸다. 천사. 그 말을 입 안으로 다시 한 번 뇌자 어쩐지 등줄기가 서늘해졌다.

정언이 그 사진을 가리키며 구영을 보았다.

"이분이 어르신을 그 사무실로 데려가신 것 맞습니까?"

보현의 사진을 보더니 기억이 되살아난 듯, 구영이 조금 빨라진 투로 말했다.

"예, 맞아요. 그게, 그랬죠. 아마 나 말고도 몇 명 더 그렇게, 그때 아마…… 잘은 모르겠네, 지금은. 내가 기억이, 이렇게 막 선명하지가 못해서."

"어르신 말고 다른 분들도 그 사무실에 가서 통장 만들고 그랬었다는 거죠?"

그 횡설수설하는 말을 용케도 알아듣고 재차 묻는 게 신기할 지경이었다. 구영이 콜록거리며 가슴 부근을 몇 번 쳤다. 찬호가 얼른 곁에 놓여 있던 물병에서 물을 조금 따라 내밀었다. 물을 마신 구영이 겨우 대답했다.

"예. 그런데, 내가 지금 그게 누구였나, 그런 건 하나도 기억을 못 해요."

그때 윤의 핸드폰이 진동했다. 이현교의 프로필 사진을 첨부해 보낸 철진의 메시지였다. 윤은 얼른 이현교의 사진을 띄워 정언에게 핸드폰을 건넸다.

"선배, 사진 왔어요."

윤의 핸드폰을 받아 든 정언이 구영에게 그 사진을 내밀었다.

"어르신, 여기 한 번 보시겠어요? 이분 기억나세요?"

이현교의 얼굴을 보기 무섭게 구영의 이마에 깊은 주름이 팼다. 생각하기도 싫다는 듯 구영이 앓는 소리를 내었다.

"아이구, 예…… 아이구."

"이 사람이 그 빌딩 청소시켰던 대표 맞나요?"

구영이 앙상한 몸을 옹송그리며 부르르 떨었다.

"예. 아주 사람을, 얼마나 막 악다구니를 쓰면서 그랬는지, 그게……."

구영이 다시 심하게 기침을 하기 시작했다. 찬호가 다시 물을 마시게 했으나, 이번 기침은 쉽게 멎을 기미가 보이지 않았다. 한참 콜록거리던 구영이 몸을 가누지 못하고 한쪽으로 쓰러졌다. 찬호가 황급히 구영을 부축해 자리에 눕혔다.

정언이 윤에게 고개를 저었다. 더 이상 촬영하는 건 불가능할 것 같다고 판단한 듯했다.

"감사합니다, 어르신."

인사를 건넨 정언은 몸을 일으켰다. 찬호가 얼른 따라나서자, 정언이 만류하고는 감사합니다, 하고 고개를 숙여 보였다. 건물 밖으로 나온 정언은 차에 바로 시동을 거는 대신 잠시 운전석 쪽 문에 기대 팔짱을 끼었다.

"정보현이 사람들 모아 데려가서 통장 개설시키고, 이현교는 거기서 명의 얻어 그걸로 한선당에서 돈 받고 한 거 확실하네. 본인도 아닌데 민증 발급받고 계좌 개설하는 거 규정상 절대 안 된다고. 이게 가능했으면 한선당, 뭐 엄대진이든 누구든 정보현이 그렇게 할 수 있도록 미리 세팅 넣었다는 얘기지."

"이거 고발하면 주민 센터 직원이나 행원들이 처벌되는 거 아니에요?"

윤이 가장 걱정되는 부분은 그 지점이었다. 정언이 고개를 끄덕였다.

"실무자 선에서 처리하려고 하겠지. 그런데 실무자가 혼자 뒤집어쓰긴 일이 너무 크고, 한두 건도 아니라서 방송 내보내면 분명히 내부 고발자 나와."

정언이 운전석 문을 열며 타, 하고 내뱉었다. 윤이 서둘러 조수석에 앉자, 정언이 문을 닫으며 혼잣말처럼 중얼거렸다.

"다음 주면 끝이라니까 기분 이상하네."

시동을 건 정언은 차를 출발시켰다. 신도시 건설 현장 앞을 가로지르다 말고, 정언이 갑자기 생각났다는 듯 입을 열었다.

"교양국에 자리 있냐고 물어봤어?"

윤은 생각지도 못한 말에 정언을 마주 보았다. 농담인가 생각했으나 절대 그런 얼굴은 아니었다. 이제 정언이 농담을 하는 건지 아닌 건지 정도는 구분할 수 있었다. 정언이 진심으로 그런 말을 한다는 게 더 놀라워, 저도 모르게 눈을 크게 뜬 윤은 정언에게 되물었다.

"아직도 그거 생각하고 계셨어요?"

정언은 그 말에 대답하지 않았다. 정언이 그 일을 지금까지 마음에 담아 두고 있을 거라고는 생각조차 한 적이 없었다. 잠시 대답할 말을 찾지 못하던 윤은 하하, 하고 웃는 소리를 냈다.

"선배가 그렇게 신경 쓰실 줄 알았으면 교양국 있을 때 완전 깽판 좀 칠 걸 그랬나 봐요. 최진수 부장님이 저 얘기만 들어도 아주 치를 떨면서 그 새끼 절대 못 오게 하라고 그러시게."

그 말에 정언이 어이없다는 투로 되물었다.

"깽판 칠 줄은 알고?"

"저 사고 한 번 치면 크게 치는데요. 궁금하세요?"

"아니, 아니. 안 궁금해."

정언이 황급히 내뱉었다. 지금까지 자신이 무슨 사고를 쳐 왔는지 가장 잘 아는 정언이었다. 굳이 김윤의 사고 리스트를 이 자리에서 업데이트하고 싶지 않을 건 당연했다. 정언의 귀 끝이 빨개진 것이 눈에 들어왔다. 그 머릿속으로 어떤 생각이 지나갔는지 짐작하기는 어렵지 않았다.

정언이 서둘러 라디오를 켰다. 어색할 때면 그러는 버릇이 있구나, 하고 윤은 속으로 생각했다. 낯익은 멜로디가 차 안에 떠돌았다. 유재하의 노래였다. 윤은 정언이 앞을 보며 소리 없이 입술만 움직여 그 가사를 따라 부르는 것을 문득 알아차렸다. 이런 취향이었나 싶어 윤은 별생각 없이 정언에게 물었다.

"유재하 좋아하세요?"

"아빠가 좋아했지."

정언의 대답은 무심했다. 그러나 윤은 그 무심함이 어떤 감정들을 감추는 가면이라는 걸 잘 알고 있었다. 아버지 이야기를 하며 눈물을 흘리던 그 밤의 정언이 떠올랐다. 아주 평범하고, 누군가가 곁에 있어야만 할 것 같았던 그 소녀.

"선배 아버님은 어떤 분이셨어요?"

불현듯 물은 말에 정언이 별소리 다 듣겠다는 표정을 했다.

"갑자기 뭐야."

"그냥 궁금해서요. 어머님은 지난번에 한 번 뵈었으니까."

"내가 김 피디는 나한테 궁금한 게 너무 많다고 얘기하지 않았나?"

절대 대답하지 않을 것처럼 되물은 정언이 침묵했다. 유재하의 노래가 모두 끝날 때까지 그 침묵은 지속됐다. 그 뒤로도 두어 곡의 다른 노래가 끝날 때까지 정언은 입을 열지 않았다. 그러다 갑자기 정언이 라디오를 껐다. 창을 걸러 스미는 둔탁하고 작은 소음만이 순식간에 차 안을 채웠다. 그 흔들리는 침묵 사이로 나지막하게 정언의 목소리가 떨어졌다.

"……술 잘 마셨고, 항상 바빴고. 지금 생각해 보면 일 열심히 하면서 좋은 남편, 좋은 아빠 노릇 하려고 되게 애썼구나 싶어. 그거 쉬운 거 아니잖아. 내가 해 보니까 좋은 피디는 될 수 있어도 좋은 딸 되기는 힘든데."

마지막 말은 약간 떨렸다. 사이를 둔 정언은 곧 열없이 이마를 문질렀다.

"그냥 뭐, 평범한 분이었어. 딱히 말할 게 없네."

윤은 정언을 물끄러미 응시했다. 앞을 보면서도 그 시선이 느껴진 모양이었다.

"왜 그렇게 봐."

"말하고 싶은 거 많아 보이시는데요."

정언이 어이없다는 듯 하하, 하고 웃는 소리를 냈다.

"무당이야?"

"가끔 그럴 때 있잖아요. 내 마음에는 있는데, 그게 뭔지 아는데 말로 못 할 때. 지금 선배 얼굴이 딱 그래서요."

깊은 호수에 누군가가 작은 돌을 던졌을 때처럼, 정언의 무표정 위로 순간 희미한 파문이 번졌다.

"다른 사람이 저보고 선배 어떤 사람이냐고 물어보면 저도 그럴걸요."

한마디를 덧붙이자 정언이 대답 대신 앞을 보았다. 빈틈없는 옆모습은 무슨 생각을 하는 건지 선뜻 짐작하기 어려웠다. 윤은 넌지시 정언에게 물었다.

"누가 저 어떤 사람이냐고 선배한테 물어보면 뭐라고 하실 거예요?"

"걔 취향 진짜 이상하다고."

"농담이시죠?"

즉각 돌아온 말에 비 맞은 강아지처럼 눈꼬리가 내려갔다. 슬쩍 윤 쪽을 본 정언은 선글라스를 꺼내 쓰며 대답했다.

"그것 말고는 얘기할 게 없는데."

얇은 입매가 언뜻 호를 그렸다. 그 표정은 한동안 머물러 있었다. 햇살이 정언의 얼굴 위로 길게 스며들었다. 명암이 강하게 진 창백한 얼굴을 물끄러미 보던 윤은 시선을 돌렸다.

그건 정언의 언어였다. 어떤 말로도 표현할 수 없다는.

가슴의 어딘가가 조금 따뜻하게 차올랐다.

41

정언은 커피를 한 모금 마시며 파티션 너머에서 넘어오는 윤의 목소리를 듣고 있었다. 윤은 아까부터 핸드폰을 붙들고 아예절이라도 할 기세로 애걸복걸하는 중이었다.

듣고 있자니 슬슬 짜증이 나서 핸드폰을 강제로 빼앗아 끄고싶은 기분이었으나, 정언은 그러는 대신 컵 안에서 달칵거리는얼음을 전투적으로 헤집었다.

윤이 그렇게 애가 닳아 매달리는 상대는 최창묵이었다. 벌써몇 번째 전화를 끊으면 다시 걸고, 끊으면 다시 걸고를 반복하는 중이었다. 윤의 그 인내심도 대단하기는 했지만, 놀리는 것도아니고 그 전화를 계속 받는 최창묵은 또 뭔가 싶은 생각이 안드는 것도 아니었다.

슬쩍 옆을 넘겨다보자, 보기 드물게도 돌아 버리겠다는 표정을 한 윤이 한 손으로 얼굴을 문지르며 핸드폰을 반대쪽으로 고쳐 쥐고 있었다.

"주필님, 저희가 방송 앞두고 있습니다. 아시겠지만…… 네,아뇨. 정말 아닙니다. 강요하는 거라고 생각하시면, 아뇨, 그게 아니라요. 주필님, 정말 부담 안 드리겠습니다. 5분이라도 좋으니까 그냥 딱 한 번만 만나 주시면, 네. 네."

불현듯 윤이 생전 저렇게 남한테 매달려 본 적이 있을까 하는 의문을 품은 정언은 그런 윤을 빤히 보았다. 핸드폰 너머에 귀를 기울이고 있던 윤은 곧 풀이 죽은 얼굴로 말했다.

"알겠습니다. 다시 연락드리겠습니다."

땅이 꺼지도록 한숨을 내쉰 윤이 핸드폰을 떼고는 깜빡이는 액정을 들여다보았다. 얼마나 전화를 해 댔는지, 양쪽 뺨이 핸드폰 열로 빨개진 채였다. 코끝으로 웃는 소리가 나는 걸 겨우 참은 정언이 윤에게 넌지시 물었다.

"왜, 절대 안 되겠대?"

잔뜩 풀이 죽은 윤이 고개를 끄덕였다.

"자기는 말할 게 없다고 계속 그러네요. 임 기자님이 저희한테 자료 주신 거다, 딱 한 가지만 물어보겠다고 해도 자기는 그냥 사람 만나는 것도 싫고 누구 통해서 그런 식으로 연락 넣는 것도 불쾌하다고 그러고요."

"내가 해 봐?"

정언의 말에 윤이 펄쩍 뛰었다.

"그나마 저니까 연락이라도 받아 주는 거지, 다른 사람이 해 봐야 소용없을 거라고 돌아가면서 전화하지 말라던데요. 전화 받지도 않고 끊을 거니까 시간 낭비하지 말라고요."

어차피 안 받아 줄 거 사람은 왜 가려, 하고 속으로 투덜거린 정언은 미간을 좁혔다.

"도대체 이 마당에 뭐가 그렇게 무섭대?"

"엄대진이 대선 당선될 확률 높으니까 그런 것 같아요. 만약에 지금 자기가 아는 거 다 말하고, 그게 엄대진한테 굉장히 불리한 내용인데 엄대진이 대통령 돼 버린다고 하면 최창묵도 목숨 내놔야 하는 거니까."

만약 이 방송이 잘 돼서 엄대진의 질주를 막을 수 있다면 다행이었으나, 그러지 않을 확률도 높다는 걸 결코 간과할 수는 없었다. 한 번의 방송보다 중요한 건 그 방송을 본 사람들의 여론이었다.

무사히 방송을 한다 해도, 엄대진이 그걸 덮어 버리려 한다면 아무 일도 없었던 것처럼 돌아갈 수도 있었다. 만일 그런 상황이 벌어진다면 최창묵의 입장에서는 공연히 좋은 일 한 번 해보려다 목숨 내놓는 꼴이 될 건 뻔했다.

이해가 안 가는 건 아니었다. 그러나 목숨을 걸고 있기로는 다른 증인들도 마찬가지였다. 조금 심보가 뒤틀린 정언은 팔짱을 끼며 내뱉었다.

"입 다물고 있으면 목숨 부지할 확률은 올라가겠네."

정언이 비꼬고 있다는 걸 알아차린 윤이 한숨처럼 웃었다.

"그러니까 제가 말하라고 어떻게 강요할 수는 없잖아요. 지금 상황 보면 진짜 우리한테 협조한 건으로 잘못될지도 모르고……
방송 아무리 중요해도 사람 잘못되게 하면서까지 하지는 못하는 거니까."

그 말에 속이 약간 뜨끔해졌다. 본인이 원하지 않는다면, 더구나 목숨이 걸려 있는 문제라면 협조하지 않는다고 해서 원망할 이유가 없는 건 사실이었다. 내가 이렇게까지 둔감했나, 하고 속으로 생각하던 정언은 곧 어깨를 으쓱했다.

"그건 그렇지."

핸드폰으로 시선을 돌린 윤이 꺼진 액정 위를 만지작거렸다. 그때 상기된 얼굴로 사무실 문을 밀고 들어온 현진이 아이고 더워, 하며 쓰고 있던 모자를 벗어 내팽개쳤다. 곧 현진의 뒤를 따라 들어온 찬수가 자리에 풀썩 소리가 나게 주저앉았다.

"더뉴원랩 갔다 온 거예요?"

정언의 물음에 현진이 고개를 주억거렸다.

"응. 건물 좋더라고."

"거기서 뭐라고 그래요?"

"어우, 잠깐만. 나 물 좀."

손을 들어 보인 현진이 책상 위에 놓여 있던 생수병 하나를 따서 숨도 쉬지 않고 마셨다. 손등으로 입가를 닦은 현진은 잠시 숨을 돌리더니 대답했다.

"우리가 만난 거 홍보팀 담당자인데, 심혈관 질환 신약 개발 중이라고 들었다 하니까 자기들이 내년쯤에는 3차 임상 들어간다, 지금까지 개발된 어떤 약보다 효과가 뛰어나다 이러면서 아주 자신만만해 하던데."

"홍보팀 담당자면 본인도 자세한 회사 사정은 모르는 거 아니에요?"

현진은 그 말에 절대 아니라는 듯 손을 세차게 내저었다.

"아는데 말 안 하는 거 같아. 지금 테마주로 주가 올랐는데 영향 엄청 갈 테니까. 내가 공개된 리포트만 보면 2차 임상 결과가 굉장히 성공적인데, 왜 바로 3차 임상에 안 들어갔느냐 물어보니까 그건 뭐 만에 하나 있을 수 있는 부작용이 어쩌고 그러는 거야."

잠깐 생각하던 정언은 얼굴을 찌푸렸다.

"매뉴얼대로 답변한 것 같기는 한데, 그게 매뉴얼이면 위에서 오더가 있기는 하겠네요."

"그래서 환자들이 굉장히 관심이 많은 걸로 아는데, 아직 인체 임상실험 안 들어간 약을 시중에서 구해서 먹을 방법이 있냐고 떠보니까 절대 없대. 말도 안 된다고 아주 우리를 뭣도 모르는 사람처럼 보더라고."

"말도 안 되긴 뭐가 안 돼, 변순철이 그 약을 먹었는데."

정언은 코웃음을 치며 대꾸했다. 물론 임상실험 중인 약을 합법적으로 구해서 먹을 방법이 없다는 건 당연했다. 한밤중에 제약사 연구소 유리창이라도 깨고 훔쳐 오지 않는 이상 그건 있을 수 없는 일이었다.

그러나 어떤 사람들에 한해서, 있을 수 없는 일이란 존재하지 않기 마련이었다. 현진이 그러니까, 하고 맞장구를 치더니 말을 이었다.

"엄대진 테마주로 급부상 중인 이유가 뭐냐고 물어봤더니, 더뉴원랩 창립 직후에 엄대진이 국회 과학기술위원회 위원장이었대. 그때 엄대진이 여기 대단한 회사라고 엄청 밀었다네."

"왜 밀었는데요? 그게 중요하지."

현진이 손가락을 딱 소리가 나게 튕기면서 손가락으로 정언을 가리켜 보였다.

"그렇지, 그게 중요하지. 더뉴원랩 대표가 엄대진 고등학교, 대학교 후배더라고. 그러면 대충 짐작 가지? 회사 복도에 엄대진이랑 찍은 사진 걸려 있더라."

"가지가지 한다."

혀를 찬 정언은 가벼운 한숨을 뱉었다. 엄대진이 본인 입으로 잘 아는 회사라고 했을 때부터 커넥션이 있을 건 당연히 예상했지만, 이렇게 노골적인데 지금까지 어디서도 말 한 번 나온 적 없다는 것이 더 회의적이었다.

과기위 시절부터 엄청나게 밀어 주던 회사에, 지금 엄대진 테마주로 급상승하고 있다면 당연히 메이저 언론에서 다룰 만한 일이었는데도 모두가 입을 다물고 있었다는 소리인 탓이었다.

죽겠다 죽겠어, 하고 곁에서 앓고 있던 찬수가 갑자기 뭔가 생각났다는 듯 몸을 벌떡 일으켰다.

"아 참, 안 그래도 우리가 들어오면서 원진솔 만났는데 진솔이가 본서울에 아는 의사하고 얘기를 했대. 그쪽에서 긴급회의 들어갔다고 하더라. 기자들 사이에서 무슨 소문 있었다며?"

소문? 하고 되묻기도 전 재희가 고개를 들어 대답했다.

"아, 현 기자가 얘기했었어요. 사망 원인이 뭐가 다른 게 있는 것 같다는 말이 있다는데 확인이 안 된다고. 그게 왜요?"

심각한 표정이 된 찬수가 이마 부근을 긁적이더니 말했다.

"그런 소리가 있긴 있었네, 그럼. 자기도 아직 자세히는 모르겠는데, 서울평화병원 이송 당시에 간병인이 변순철이 투약하고 있던 약을 다 챙겨 갔었나 봐. 서울평화병원에서 그 중에 뭔가 문제될 게 있었다는 얘기가 나왔대."

"입원할 때 외부 약 체크하니까 그때 알았나?"

정언이 묻자 찬수가 고개를 끄덕였다.

"서울평화병원 담당의가 도정원 교수인가 그 사람인데, 이송 전에 본서울병원 변순철 주치의였던 이현주 교수한테 엄청 급하게 전화를 했었대. 만약 간병인이 신약 가져왔으면 병원에서는 임상도 안 끝난 약인 거 알았을 거 아냐. 지금 생각하면 그 건 때문에 전화한 거 아닌가 싶다고 하더라."

"본서울에서 그래서 긴급회의 들어간 거예요?"

"원 기자 얘기 듣고 바로 상부에 보고한 것 같더라고. 언론에서 알았으면 터지는 거 시간문제라 자기들이 빨리 대책 논의하려고 그러겠지. 이거 변은화가 알면 당장 아버지 왜 죽었는지 알아내라고 난리 칠 거 아냐. 자기도 그 약 복용중일 수도 있으니까. 담당 병원이 본서울인데 거기서 주치의가 그런 위험한 신약 먹는 걸 몰랐어도 문제고, 알았어도 문제지."

정언은 그 말에 수긍했다. 두 병원 중 어느 쪽도 함부로 외부에 발설할 문제는 아니었다. 서울평화병원에서는 변순철 같은 거물이 임상실험도 마치지 못한 신약을 먹고 있었다는 걸 알릴 수 없었을 테고, 본서울병원에서는 그 사실을 알아도 몰라도 문제가 됐을 테니 언론에서 안 이상 발등에 불이 떨어졌을 건 뻔했다.

정언이 재희에게 시선을 돌리며 물었다.

"전 부장님이 김인택하고 만나 본다고 한 거 어떻게 됐대요?"

재희가 들고 있던 펜을 돌리며 대답했다.

"일단 김인택 쪽에 엄대진이 변은화 타깃으로 잡고 있다, 위험하다고 전달은 했나 봐. 부장님이 증거 가지고 있으니까 원한다면 만나서 보여 주겠다고 했대. 우리 쪽에서도 김인택 스탠스모르는데 함부로 먼저 영상부터 보낼 순 없잖아. 어떻게 될지 모르니까."

"우리가 다음 주 방송 확실하면 <뉴스라이트>도 다음 주에 방송해야 되는데 그건? 일정 조율은 됐어요?"

"지금 그쪽에서 TF 자체도 극비라 일단 내용 아는 사람이 없나 봐. 부장님이 다음 주에 심층 취재로 회의 올린다는데, 회의에서 최대한 서온건설이랑 엄대진이라는 이름 다 빼고 시도해보신다고."

정언은 흠, 하고 턱 끝을 만지작거리며 잠깐 생각에 잠겼다. 회의에 올린다면 아이템 내용은 무조건 공개돼야 했다. 아주 드물게 사장급이나 국장급 허가를 얻은 특종이라면 내부 발설을 막기 위해 큐시트에만 넣어 놓고 내용을 방송 직전까지 숨기는 경우도 있을 수는 있었다. 그러나 지금 시보국의 상황에서 그런 시도가 가능하다는 확신이 들지 않았다.

"만약에 킬 당하면?"

"플랜 B가 있긴 한 것 같은데 모르겠어. 아무튼 자기가 어떻게든 해 보겠다고는 하시더라고."

재희도 한동의 속내를 완전히 알지는 못하는 듯, 답지 않게 모호한 대답이 돌아왔다. 한동이라면 물론 어떻게든 방법을 찾기야 하겠지만, 방송을 결정하는 건 한동이 아니기에 어떤 방법이 있을지 걱정되는 건 사실이었다.

그런 정언을 보고 있던 재희가 갑자기 생각났다는 듯 물었다.

"아, 그 명의 도용 피해자 만나 본 건 어떻게 됐어?"

"이현교랑 정보현 얼굴 정확히 기억하더라고요. 이현교가 아주 못살게 굴었다고까지 딱 얘기를 하던데? 정보현은 아주 천사 같다면서, 그 여자가 자기 강남 사무실에 차 태워 데려다줬다고도 하고."

"다른 건?"

"경찰에서 대포통장 건으로 이분 입건했었고, 말소된 주민등록 살린 것 때문에 가족들한테 과징금 청구될 상황이어서 상생

435

변에 도움 요청했었대요. 그런데 위에서 수사 중지 오더 떨어져서 경찰 조사 중지됐다고 그러던데요."

정언의 말을 주의 깊게 듣고 있던 재희가 잠깐 철진의 자리로 눈을 돌렸다. 철진의 자리는 비어 있었다. 재희가 펜 끝으로 그 빈자리를 가리키며 물었다.

"그거 민 피디가 얘기한 건이랑 동일한 거지? 강남서 관할로 왔다가 수사 중지된 거."

"맞아요."

"CCTV 조사하면 바로 정보현하고 이현교 걸려들 거고 그러면 안영균, 엄대진까지 갈 테니까 그 전에 그냥 막아 버렸나 보네. 민 피디가 담당 형사가 수사 중지하라고 지시 내려온 문자 가지고 있던 거 확보했으니까, 은행 지점 인근 CCTV 영상만 받을 수 있으면 딱일 것 같은데…… 영상 가져올 수 있는지는 내가 알아볼게. 최창묵은 아직 연결 안 돼?"

재희의 물음에 윤이 시무룩하게 대답했다.

"절대 안 만나 주려고 하는데요."

"이유가 뭐야?"

"모르겠어요. 무조건 자기는 그런 거 하고 싶지가 않다고 그러니까……."

윤이 말끝을 흐렸다. 하기야 왜 안 만나려는지 이유를 알면 뭐라고 더 설득이라도 할 텐데, 무조건 안 하겠다고만 하니 윤도 무작정 매달리는 것 외에는 방법이 없기는 할 터였다. 재희가 책상 위에 펜 끝을 톡톡 두드리며 마음에 걸린다는 얼굴을 했다.

"강요할 문제는 아니긴 한데, 중요한 증인이라 또 영 찜찜해. 임형원 기자님이 얘기 안 했대?"

"아뇨, 얘기는 하셨는데 자기는 그러는 게 더 불쾌하대요."

"어렵네. 어떻게 할 거야? 최창묵은 일단 포기할래?"

그 말에 윤이 고개를 가로저었다.

"구성안 나올 동안 아예 오피스텔 앞에 죽치고 있어 볼까 생각 중인데요."

재희가 푹 웃었다. 갑자기 웃음이 터진 재희가 이상했는지, 윤이 눈을 동그랗게 떴다. 재희가 재미있다는 투로 윤에게 물었다.

"뻗치기 해 봤어? 말처럼 쉬운 거 아닌데. 김 피디는 너무 곱게 자랐잖아."

놀린다기보다는 어린애 걱정하는 말투긴 했지만, 정언은 속으로 저 인간이, 하고 중얼거렸다. 그런 소리를 듣고 윤이 가만있을 리 없다는 걸 이미 잘 아는 까닭이었다. 더구나 재희가 한 말이니, 분명히 뻗치기 할 생각이 없다가도 생겼을 게 뻔했다.

아니나 다를까, 윤이 즉시 정색을 했다.

"저도 할 수 있습니다."

정언이 책상 밑으로 윤을 툭 쳤으나 윤은 아랑곳하지 않았다. 문득 윤이 이렇게 나올 줄 알고 일부러 그랬나 하는 생각이 들어 재희를 쳐다보자, 재희가 내가 뭐, 하는 표정으로 씩 웃었다. 정언은 눈을 가늘게 뜨며 재희를 노려보았다. 남의 속을 알 리 없는 혜주가 턱을 괴며 생글생글 웃었다.

"김 피디님, 밤새기 심심하시면 저희랑 같이하실래요? 저희가 같이 가 드릴 수 있는데."

그 말을 들은 호형이 애들 좀 보라고 손가락질하며 눈을 휘둥그렇게 떴다.

"와, 너 아무리 요즘 여자라도 너무 적극적인 거 아냐?"

"하여튼 가만 보면 안 피디님은 김 피디님 질투하는 거 장난 아니더라."

희림이 곁에서 한마디 거들자 호형이 억울하다는 얼굴을 했으나, 뭐라고 입을 열기도 전 선수를 친 건 재희였다.

"내가 어디서 봤는데, 요즘 여자들이 적극적인 게 아니라 여자는 원래 잘생긴 남자한테 적극적이래."

호형은 뒤통수를 맞은 금붕어처럼 입을 빼끔거리다 울상을 지었다.

"강 선배까지 이러실 거예요?"

"난 유치원 다닐 때부터 여자들이 항상 적극적이었거든."

재희가 절대 농담 같지 않은 얼굴로 대꾸했다. 농담이든 진담이든 납득할 만한 소리라, 뭐라고 할 말이 없게 된 호형이 편을 들어 달라는 듯 곁의 예준을 보았다. 그러나 예준은 자료가 어딨더라, 하며 짐짓 딴청을 부릴 뿐이었다.

호형이 서러워 죽겠다는 표정을 했다.

"와, 진짜 너무들 하네. 계속 그러면 나 울어요?"

"울어, 안 말려."

냉정하게 손을 휘적거린 재희가 윤에게 다시 시선을 주며 당부했다.

"아무튼 지금 뻗치기 들어가면 기약 없는데 생각 잘 해. 하루 이틀 사이에 설득이 되면 다행인데, 아니면 최창묵 관련된 건 버리고 팩트 확실히 증명할 수 있는 것만 남기라고."

"네."

대답하는 윤을 본 정언은 속으로 한숨을 쉬며 이마를 짚었다. 강재희 이겨 먹어 뭐하려고, 하는 소리가 목까지 나왔으나 윤이 그러는 데는 어느 정도 자신의 탓도 있다는 걸 알고 있었기에 뭐라고 말을 보탤 수가 없었다.

기약 없이 남의 집 앞에서 죽치고 있다는 건 결코 쉽지 않았다. 말이 좋아 취재고 뻗치기지, 하루 이틀 하다 보면 스토커도 아니고 이게 뭐하는 짓인가 하는 자괴감이 밀려오는 것도 사실이었다. 잠깐 자리를 비우는 사이 놓치면 절망감이 두 배였다.

윤이 애걸복걸하며 최창묵에게 매달리던 걸 떠올리자 꼭 그 짓을 시켜야 되나 싶어 막 심란해지려는 즈음, 책상 위에 놓여 있던 핸드폰이 짧게 진동했다. 정언은 무심코 핸드폰으로 눈을 주었다. 노이섭 형사의 메시지였다.

─ 이원욱 상태 호전돼서 다음 주 중으로 구치소 이송합니다 손경일 안성 인근에서 본인 명의 카드 사용하려다 실패해서 추적 중입니다

멈칫하는 정언을 본 윤이 의아해하며 곁에서 물었다.

"왜요?"

정언은 방금 들어온 메시지를 윤에게 보여 주며 말했다.

"이원욱 다음 주 중으로 구치소 들어간대. 손경일은 안성 근처에서 본인 명의 카드 쓰려다 실패했다는데."

"도주 중인데 카드를 왜 썼죠?"

윤이 이해가 가지 않는다는 얼굴을 했다. 정언은 관자놀이 부근을 긁적이며 눈썹을 좁혔다. 확실히 도주 중에 본인 명의로 된 카드를 쓴다는 건 일반적이지 않은 일이기는 했다.

"현금이 다 떨어져서 아닐까? 손경일이 돈 문제로 조창식하고 심하게 싸웠고, 본인도 돈 쓰는 게 마음대로 안 됐다고 여러 번 얘기한 것 같은데……."

정언은 문득 말을 멈췄다.

"추적당할 거 뻔히 알 텐데 카드 쓴 거 보면 손경일도 완전히 궁지로 몰렸겠는데. 익숙한 포항으로 돌아가서 숨을 가능성도 있겠네."

"그런데 경찰도 거기까지 생각하지 않을까요?"

"그렇겠지. 이원욱 말로 그때 손경일이 자기 경호할 애들 데리고 해외로 도주하려고 했다고 그랬지?"

"네."

"혹시 CCTV 같은 거 확보했으면 혼자 다니는지 아닌지 알 수 있지 않으려나?"

혼잣말처럼 중얼거린 정언은 이섭에게 전화하기 위해 그새 꺼진 핸드폰의 화면을 다시 켰다. 그때 갑자기 핸드폰이 진동하며 처음 보는 번호로 전화가 들어오기 시작했다. 잠시 기억을 더듬어 보았으나, 아무리 생각해도 낯선 번호였다.

"뭐지?"

고개를 갸웃한 정언은 즉시 전화를 받았다.

"네, 서정언입니다."

거의 반사적으로 습관이 된 첫마디를 꺼내자, 아주 짧은 침묵 뒤에 나지막한 목소리가 돌아왔다.

『안녕하십니까, 피디님. 저 한국선진당 엄대진 의원님 보좌관 안영균입니다.』

정언은 순간 귀를 의심했다. 안영균이라니, 이건 상상도 하지 못한 상대였다. 정언의 표정이 아무래도 이상했는지 윤이 입모양으로 왜요, 하고 물었다. 정언은 볼펜을 찾아 쥐며 메모지에 안영균 전화, 하고 써서 윤에게 보여 주며 최대한 침착하게 대답했다.

"네. 무슨 일로 연락 주셨습니까?"

윤의 눈이 크게 뜨였다. 정언은 입가에 손가락을 댔다. 영균이
대답했다.

『저희 와이프하고 만나셨다고 들었습니다.』

차분한 목소리였다. 아무리 전화라지만 거의 감정을 읽을 수
없었다. 지방 출신이라고는 생각할 수 없을 정도로 억양 없는
완벽한 말투와 정확한 발음은 마치 프로그램처럼 느껴질 정도였
다. 그 매끄러움에 어쩐지 등줄기가 서늘해졌다.

"네, 그런데요."

『<비하인드 24> 피디님이시죠?』

순간 정보현에게 명함을 주었던 것이 떠올랐다. 시사보도국 3
부라고만 쓰여 있었기에 정보현이 그 명함만으로는 소속을 알
수 없었겠지만, 인터넷에 자신의 이름 석 자만 치면 기사가 쏟
아지는 판이었다. 핸드폰으로 검색만 했어도 바로 서정언이 누
군지 아는 건 식은 죽 먹기였다.

정보현이 인터뷰 도중 갑자기 오지도 않은 전화를 받겠다고
자리를 뜬 건 뭔가 의심스러워서가 분명했다. 그 자리에서 남편
에게 얘기했을 확률이 높았다. 게다가 이미 엄대진 쪽에서는
<비하인드 24>가 자기를 추적하고 있다는 걸 아는 상황이니,
무슨 이유로 정보현을 찾아왔는지 눈치챘을 게 뻔했다.

"용건 말씀하시겠습니까?"

머릿속이 차갑게 가라앉았다. 정언의 사무적인 물음에, 짧은
정적 이후 대답이 돌아왔다.

『의원님께서 뵙고 싶어 하십니다. 시간 나시는 대로 저희 의

원실로 방문해 주실 수 있겠습니까?』

정언은 눈을 가늘게 떴다. 엄대진이 직접 만나고 싶어 한다는
건 뜻밖의 제안이었다. 메모지에 안영균이 엄대진 의원실로 방
문해 달라는데요, 하고 적어 윤에게 건넨 정언은 재희를 가리켰
다. 눈으로 그 메모를 읽은 윤이 멈칫하더니 바로 재희에게 메
모지를 건넸다.

"제가 임의로 결정할 문제가 아닌 것 같은데요."

『강재희 피디님도 함께 뵀으면 하시는데, 그럼 제가 그쪽으
로 연락하면 되겠습니까?』

시선을 들자 메모지를 손에 든 재희가 멈칫하며 정언을 마주
보았다. 정언은 재희를 가리키며 입 모양으로 선배도, 하고 말했
다. 재희가 손으로 오케이 사인을 보냈다.

"그렇게 하시죠."

정언의 대답에 영균이 정중하게 인사를 건넸다.

『알겠습니다. 감사합니다.』

네, 하고 대답하기 무섭게 전화가 끊어졌다. 정언은 끊어진 전
화를 내려다보고 있다가 눈썹을 좁혔다. 옆에서 보고 있던 민혜
가 재희와 정언을 번갈아 보더니 물었다.

"왜 그래, 뭔데?"

"안영균한테 전화가 왔어요."

안영균의 이름을 듣기 무섭게 사무실 안에 있던 모든 사람들
의 시선이 정언에게 쏠렸다. 민혜가 안 그래도 동그란 눈을 두
배쯤은 돼 보이게 치켜떴다.

"안영균? 엄대진 보좌관? 걔가 왜?"

"엄대진이 선배랑 나 만나고 싶다고 그랬다는데."

민혜가 그 말을 듣자마자 정언의 어깨를 찰싹찰싹 소리가 나게 때리며 팔팔 뛰었다.

"어머, 어머. 미쳤어. 절대 가지 마! 거기가 어디라고 가, 절대 안 돼! 자기가 뭔데, 무슨 짓 하려고 강 피디랑 정언을 보자고 그래? 미친 놈, 아주 간이 배 밖으로 나왔지! 가지 마, 응? 절대 가지 마!"

아야, 하고 얻어맞은 어깨를 문지르는 사이, 윤이 어쩔 줄 몰라 하며 정언에게 물었다.

"선배, 가실 거예요?"

물론 이미 안 가시면 안 되냐고 써 붙인 얼굴이었다. 정언은 대답 대신 재희에게 공을 넘겼다.

"어떻게 해야 돼요?"

잠시 생각하던 재희가 팔짱을 끼며 씩 웃었다.

"어차피 공문 요청하려고 했어. 자기가 먼저 만나자니까 재밌는데?"

눈을 휘둥그렇게 뜬 현진이 비럭 소리를 질렀다.

"이 새끼가 어디서 목숨 가지고 재미를 찾아! 한 번 죽지 두 번 죽는 줄 알아?"

"두 번 안 죽는데 뭐가 걱정이에요."

"야!"

현진이 고함을 쳤다. 그 순간 재희의 책상 위에서 핸드폰이 울리기 시작했다. 재희는 정언 쪽으로 액정을 돌려 번호를 보여주었다. 정언은 방금 자신에게 온 전화번호를 확인하고는 맞아요, 하고 대답했다.

"얘기나 한 번 들어 보죠, 뭐."

핸드폰을 흔들어 보인 재희가 통화 아이콘을 누르며 자리에서 일어났다. 강재희입니다, 하며 사무실을 나가는 재희의 뒷모습을 보던 현진이 저 새끼가 진짜, 하고 중얼거리며 이마를 짚었다. 사무실의 공기가 불안하게 움직였다.

턱을 괸 정언은 닫힌 문에 시선을 주다 고개를 돌렸다. 자신을 빤히 보는 윤과 눈이 마주친 건 그때였다. 반사적으로 왜, 하는 말이 튀어나올 뻔했으나 윤이 왜 그러는지는 이미 정언 자신이 더 잘 알고 있었다. 정언은 대답 대신 윤의 팔을 한 번 툭 쳤다.

"일이나 해."

윤이 무슨 말인가를 하려는 듯 두어 번 입술을 달싹이다 낮은 한숨을 쉬었다. 그 소리에 공연히 심장이 조금 묵직하게 가라앉았다. 걱정하게 만들고 싶지 않은데, 자꾸 이런 일이 생기는 건 정언에게도 불편했다.

한 주만 더 버티면 모든 게 조금 더 편해질 수 있을까. 속으로 생각하던 정언은 문득 윤이 살짝 자신 쪽의 파티션에 메모를 붙이는 것을 보았다.

— 저랑 약속한 거 지키셔야 돼요

이제는 익숙해진 그 단정한 글씨에 정언은 오랫동안 시선을 둔 채 움직이지 않았다.

간단한 저녁 식사를 마친 뒤의 회의실 안은 각자가 든 커피 향으로 가득 채워졌다. 물 마시듯 습관처럼 커피 컵의 빨대를 입에 물고 앉은 팀원들은 회의실 탁자 위에 걸터앉은 재희를 쳐다보았다. 재희가 충혈된 눈가를 두어 번 문지르더니 입을 열었다.

"인근 상가 쪽 당시 은행 근처에서 정보현 나온 영상 있는지 전부 연락 돌려서 물어봤는데, 한 군데서 사설 CCTV 영상 가진 게 있더라고. 강남서 조사 나왔을 때 제출한 영상이고 혹시 몰라서 백업한 거래. 화질이 괜찮아서 분석 맡기면 특징 분석해서 얼굴 거의 알아볼 수 있을 것 같아. 우리한테 정보현 사진도 있으니까."

"법영상분석연구소 주성안 소장님한테 연락할까요?"

윤이 묻자 재희는 고개를 흔들었다.

"아냐, 괜찮아. 내가 오는 길에 연락했어. 엄청 급한 건이라고 하니까 영상 받는 대로 바로 분석해 준대."

재희가 턱 끝으로 다이어리를 팔락거리며 넘기던 민혜를 가리켰다.

"송 작가는 방송 전체적으로 어떻게 갈 건지 아웃트라인 얘기해 줘 봐."

뚜껑까지 휘핑크림을 채운 커피를 한 모금 마신 민혜가 입을 열었다.

"박규형 씨 사건으로 시작해서 박규형 씨가 서온건설 측 배달부였다, 그 사실을 폭로하려다 죽었다는 걸로 도입 들어가야지. 녹취록하고 문서 파일 있고, 며칠만 기다려 달라고 한 최유림 변호사 증언도 있으니까."

"메이랑 유란 CCTV도 증거로 들어가죠?"

곁에서 질문하는 윤에게 민혜는 별소리 다 한다는 얼굴로 손가락을 하나 흔들어 보였다.

"당연하죠, 그걸 어떻게 구했는데 안 넣어. 박규형 씨한테 돈 건네받은 한선당 의원들 CCTV 자료 보여 주고, 지금까지 서원 건설에서 배달부로 일하다 의문사한 사람들이 여러 명 있다는 얘기로 넘어가는 거지. 이훈주 씨, 윤대석 씨, 고정민 씨, 그리고 박규형 씨가 사고로 위장돼 살해당했다는 거 얘기하고. 이원욱 증언하고 병원 기록으로 이훈주 씨하고 박규형 씨 죽음에는 조창식이 직접적으로 관여했다는 거 증명할 수 있으니까."

민혜의 말을 주의 깊게 듣고 있던 정언이 턱을 괴고 있다가 끼어들었다.

"허주경 사장 인터뷰는 녹화나 녹취한 내역 없잖아요. 그건 어떻게 할 거예요?"

재희가 민혜 대신 대답했다.

"상생변 박기율 변호사님이 소송 준비하면서 허 사장 나하고 인터뷰한 내용 방송에 사용해도 좋다고 동의 얻었대. 방송 나가면 우리 방송 내용 증거로 쓸 거니까 허 사장 입장에서는 불리할 거 하나도 없지."

허주경 사장 사건에 대한 검찰의 증거 조작과 공윤승 변호사와의 담합 문제 고발이 진행되고 있는 모양이었다.

윤은 탁자 위에 손끝을 톡톡 치며 잠시 생각에 잠겼다. 엄대진이 왜 갑자기 만나자고 먼저 연락을 해 왔는지 이해가 가지 않았는데, 만약 지금 벌어진 일에 박기율 변호사를 위시한 상생변의 소송까지 더해진 걸 알았다면 마음이 급할 만도 했다.

민혜가 다이어리에 빽빽하게 적힌 메모 위로 펜 끝을 움직이며 말을 이었다.

"고정민 씨는 허주경 사장 증언이 있고, 여기서 공윤승하고 담당 판검사들 싹 신환석 라인인 거, 신환석이 <조한일보> 파트너였던 거 언급하고. 윤대석 씨는 가족들 증언하고 약 처방받은 내역, 처방 내린 김회영 원장이 캐나다로 튀었다는 거, 캐나다에서 일하는 병원이 조석문 원장 거고 그 조석문 원장이 이훈주 씨 사망 판정 내린 의사라는 것까지 싹 넣고. 이 사람들이 죽은 이유는 전부 서온건설에 피해가 가는 일을 하려고 했기 때문이다, 이렇게 넘어가자고."

"그리고 조창식은 손경일이 있는 경일용역 소속, 손경일은 서온건설이 남정건설이던 시절부터 남제선과 커넥션이 있었던 조폭이라는 거 밝히고?"

정언이 거들자 민혜가 고개를 주억거렸다.

"그렇지. 그리고 여기서부터 남정건설 시절부터 엄대진하고 서온건설 남제선이 무슨 관계였는지 까발리는 거지. 과거에 엄대진 재단 공사 몰아주기 했던 것부터 시작해서, 엄대진이 정치 시작하고 수도권 올라올 때 남정건설도 사명 변경하고 올라온 거, 수도권에서 SOC 공사 다수 수주하면서 성장한 거, 한선당 지역구 공사 전담한 거 전부 다 포함해서. 조창식이 임 기자님한테 남긴 동영상에 엄대진이 남제선 조종한다고 자기 입으로 말한 증거도 있잖아."

조창식의 동영상 내용을 머릿속으로 되짚어 보던 윤은 민혜에게 물었다.

"거기 박규형 씨 관련 얘기도 있지 않아요?"

"그렇죠. 배달부들 죽은 데 서온건설과 엄대진이 어떻게 관련이 있는지 가장 확실하게 보여 주는 거니까 거기 넣으면 될 것 같아."

"자재 조작한 부분은요?"

"그건 <뉴스라이트>에서 감리 조작해서 내진설계 미비한 거 통과시키고 자재 속인 거 애기할 테니까, 방송하면 거기 자료화면 좀 가져다 쓰면 될 거예요."

물론 방송을 한다는 전제하에, 하고 민혜가 마지막 말을 덧붙였다. 언제나처럼 발랄한 말투였으나, 그 내용은 그다지 발랄하지 않은 통에 회의실 안의 공기가 약간 무거워졌다.

<뉴스라이트>에서 한동이 어떤 방법으로 이 아이템을 통과시킬지 지금은 짐작조차 할 수 없었다. 물론 더 큰 문제는 통과되지 않을 확률이 훨씬 높다는 점이었다. 무슨 생각을 하는지 잠깐 말이 없던 재희가 미간을 누르며 말했다.

"역할 분담하기로 했으니까, 그 부분은 적당히 압축해. 고원종합기술공사 이종규 팀장이 보낸 내부 고발 자료 보여 주고."

"오케이. 방송할지 못할지 그건 다음 주에 보면 나오는 거니까 일단 그때 생각하고, 이 과정에서 서온건설하고 한선당이 하청업체들 쥐어짠 증거 제시. 서온건설 성장하면서 하청업체들이 공사 따내려고 접대하고 뇌물 주는 거 갈수록 심해진다는 증언 넣고, 노경건설 이금호 사장이 시가 10분의 1도 안 되는 금액으로 20년간 소유하던 부지를 엄대진 자식 명의로 넘긴 거 보여 주고. 엄대진 가족들이 이런 방식으로 차액 남긴 거 때리고."

정언이 고개를 끄덕이다 호형 쪽으로 시선을 주었다.

"SO 컴퍼니는 그다음에 들어가면 되겠네. 안 피디, 거기 들어가는 돈 흐름은 지금 우리가 가진 자료로 다 증명할 수 있어?"

호형이 앞에 펼쳐 준 자료를 넘겨보며 대답했다.

"응. 생각해 봤는데, 조사가 막힌 부분은 막혔다고 제시하는

것만으로도 방송감은 충분히 될 것 같아. 국세청에서도 감사 중
단 명령 내려왔고, 강남서도 서장이 직접 수사 중지하라고 오더
내린 증거 있잖아. 일단 우리가 가진 유령회사 계좌들 정보 꽤
있으니까."

두 사람의 대화를 들은 민혜는 그렇지, 그렇지 하며 추임새를
넣었다.

"엄대진 보좌관 안영균과 부인이 자선단체 이용해 노숙자들
명의 확보하고 이걸로 유령회사 만들어 SO 컴퍼니로 집어넣으
면서 돈세탁에 이용한다, 여기까지 갈 수 있지."

"엄대진이 시켰다는 증거는 없으니까 빠져나갈 여지가 있지
않아요?"

아무래도 불안해진 윤이 민혜를 마주 보자, 민혜가 어깨를 으
쓱했다.

"엄대진이 뭐 난 모른다, 다 안영균이 했다 그럴 확률 높지만
사람들이 바보는 아니니까. 공격당할 빌미는 충분히 줄 수 있지
않겠어요?"

"그럴까요?"

윤의 얼굴을 본 민혜가 쿡쿡 웃고는 자신의 관자놀이 부근을
톡톡 두드렸다.

"김 피디, 팩트 중요하지만 우리가 경찰은 아니니까 한계가 있
다는 거 생각해야지. 방송으로 보여 줄 수 있고, 우리가 팩트 증
명 가능한 것만 하면 돼요. 우리는 여기서 엄대진이 했다고 말
할 필요는 없어요. 무슨 말인지 알죠?"

"아, 네."

윤이 수긍하자 민혜가 좋아요, 하며 말을 이었다.

"SO 컴퍼니가 평가에 비해 한국에서 지나치게 많은 투자를 받고 있고, 투자하는 회사들은 대부분 유령회사고. 대표는 남제선 부인의 오촌 조카 채기원. 임 기자님이 말한 사례나 홍구영 씨 사례 보여 주면서 이런 식으로 만든 유령 회사에 수십 억, 수백억 돈이 오가고 있고 채기원 명의 빌딩에 어게인라이프랑 성재춘 의원실 있다, 임대료도 내지 않는다, 무슨 관계냐 던져 주기만 해도 될 것 같아."

석현이 아무리 생각해도 아쉽다는 표정으로 팔짱을 끼며 혼잣말처럼 내뱉었다.

"최창묵이 어게인라이프 관련해서 엄대진이 그런 용도로 사용한 거다, 그거 한마디만 해 주면 되는데."

최창묵 이야기가 나오자 팀원들의 시선이 윤에게 쏠렸다. 재희가 서둘러 손을 휘적거려 주의를 돌렸다.

"태도 애매한 사람 하나 때문에 우리가 방송 미룰 순 없잖아. 일단 그 부분은 마지막까지 남겨는 두자고. 김 피디한테 설득이 된다면 넣고, 아니면 최창묵 관련 내용은 싹 빼고."

최창묵 증언이 반드시 필요하다는 분위기가 조성되면 자신에게 부담이 될까 싶어 그런 모양이었다. 물론 뻗치기 힘들 거라는 재희의 말에 오기가 생겨 죽어도 최창묵 꼭 만나 보겠다고 결심하기는 했지만, 만약 실패하면 어떻게 할까 걱정되는 건 어쩔 수 없었다.

병 주고 약 주나 싶은 생각이 안 드는 건 아니었으나, 동시에 그 복잡한 심경을 귀신같이 캐치하고 바로 그렇게 말해 주는 재희의 눈치에 속으로 감탄이 나왔다. 재희의 말이 맞다고 생각했는지, 석현이 화제를 돌렸다.

"그럼 이규완이 준 영상은 마지막 하이라이트로 터트리나?"

"그게 좋겠지? 대선 앞두고 우리 방송 어떻게 막으려고 했는지 얘기하면서 조창식 영상에서 엄대진이 국장님 날리겠다고 한거 먼저 보여 주고, 이규완 영상에서 엄대진이 어떻게 공영방송 먹을 계획을 세웠는지 다 까발리자고. 변순철 회장 얘기 핫하니까 엄대진이 장인 죽여 미디어그룹 부인 앞으로 돌리고 완전히 언론 통제하려는 플랜 짰다, 이걸로 가면 될 것 같아."

민혜가 깔끔하다, 하고 자화자찬을 하며 손뼉을 짝짝짝 쳤다. 부러 가라앉은 분위기를 띄우기 위해 더 애를 쓰고 있다는 게 눈에 빤했다. 그러나 다들 알고도 속아 준다는 얼굴로 와, 하고 호응했다.

열성적으로 박수를 치던 민혜가 갑자기 현실을 자각했는지 헛웃음을 뱉었다.

"설명하면 30분도 안 되는 내용인데 그 30분 얘기하려고 우리가 이 생고생을 했니?"

"엄대진은 우리가 몇 달 그 생고생하면서 취재한 짓 몇 십 년을 해 온 거잖아요."

정언의 말에 민혜가 그건 그러네, 하고 고개를 주억거렸다. 몇 십 년의 비리를 몇 달에 걸쳐 취재한 결과물이 단 한 시간의 방송이라는 건 어쩐지 실감이 나지 않았다. 윤이 머릿속으로 지난 몇 달을 되짚는 동안, 가벼운 한숨을 폭 내쉰 민혜가 재희에게 물었다.

"그나저나 강 피디, 엄대진 만나러 갈 거야? 약속은 잡았어?"

재희가 커피를 한 모금 마시며 빨대를 물어 부정확해진 발음으로 대답했다.

451

"금요일 저녁. 장소는 그쪽에서 알려 주겠다고 하고, 나랑 서 피디랑 김 피디 딱 집어서 얘기하던데."

"김 피디까지?"

민혜가 눈을 동그랗게 뜨며 윤에게 고개를 돌렸다. 재희가 안 영균과 통화한 직후 얘기해 준 사항이기는 했다. 이번 건 취재 하는 거 알고 부르는 거야, 하고 덧붙인 재희는 윤에게 안 가도 상관없다고 말했다. 그러나 당연히 안 갈 마음은 전혀 없었다.

자신까지 부를 거라고 생각하지 않았을 때도 정언이 그 자리 에 간다는 게 불안해 쫓아갈 생각이었다. 아예 같이 오라고 하 는데 거절할 이유가 있을 리 만무했다. 재희가 별것 아니라는 투로 말했다.

"자세한 내용 알고 있는 사람들이라고 생각해서 그런 것 같아. 오라는데 가야지, 뭐."

"녹취할 수 있을까?"

그 말에 재희가 웃는 소리를 냈다.

"걔들도 바보가 아닌데 생각은 하겠지. 금속 탐지기로 가진 거 싹 뺏기고 들어가는 경우 흔하다는데 아마 그렇게 할걸. 우리한 테 빌미 절대 안 주지 않겠어?"

이야기를 듣고 있던 현진이 미간을 구겼다.

"하기야 강재희, 서정언 모르는 것도 아니고…… 걔 누구야, 친일파 방송하고 소송 걸었던 놈. 이름도 가물가물하네, 이제. 아, 홍현남. 걔 때도 걔가 사정하고 협박하고 하다하다 안 되니 까 소송 걸었던 거 아냐. 해 봤으니까 알겠지."

"근데 안 먹힐 거 알면서 대체 왜 부르는 거예요? 뭐하려고?"

호형의 걱정스러운 얼굴에 현진이 맞장구를 쳤다.

"그러니까 내가 그게 제일 걱정이야. 만약에 핸드폰이고 뭐고 다 뺏고 들어가는 거면 안에서 무슨 일 생겨도 모르는 거 아냐. 야, 아예 우리가 약속 장소 근처에서 기다릴까? 니들 안 나오면 바로 신고할 수 있게."

"맞아요, 차라리 그게 안심되겠다. 우리가 가 있으면 안 되나?"

두 사람의 대화에 재희는 포기했다는 표정으로 손을 저었다.

"말려도 안 들을 거 아니까 좋을 대로 해."

그래 그러자, 하며 아예 자기들끼리 동선을 짜기 시작한 팀원들을 향해 들으라는 듯 한숨을 쉰 재희는 들고 있던 펜 끝으로 탁자 위를 탁탁 쳤다.

"나가서 다들 프리뷰 보고 편집에 쓸 수 있는 소스들 다시 한 번 확인해 봐. 송 작가 지금 아웃라인 얘기한 거 공유해 주고. 서 피디하고 김 피디는 질의서 정리해. 엄대진 의원실에 원래 서면으로 보내라고 하려고 했는데, 직접 만나겠다니까 가서 물어보자고."

알겠습니다, 하고 대답한 팀원들이 부스스 몸을 일으켰다. 자리로 돌아간 윤은 책상 위에 산더미처럼 쌓인 프리뷰 출력본을 하나 집어 들었으나, 글자가 그다지 눈에 들어오지는 않았다. 자리에 앉은 지 채 십 분도 지나지 않아 정언이 갑자기 몸을 일으켜 사무실을 나갔다.

정언이 어딜 가는 건가 싶어 눈치를 슬쩍 본 윤은 후다닥 정언을 쫓아 나왔다. 엘리베이터 버튼을 누르던 정언이 인기척에 뒤를 돌아보더니 멈칫했다.

"어디 가세요?"

윤의 물음에 정언이 다시 앞을 보며 대답했다.

"잠깐 바람 좀 쐬러."

답답한 걸까 하는 생각이 문득 스쳤다. 하기야 정언에게도 아무 생각이 없을 리 없었다. 윤이 뭐라고 더 말하지 못하고 주저하는 사이 엘리베이터 문이 열렸다. 정언이 열린 문 안으로 들어서며 툭 내뱉었다.

"같이 가든지."

그 말에 윤은 두 번 고민할 것도 없이 정언을 따라 엘리베이터에 탔다. 한 번도 멈추지 않고 꼭대기 층에 멈춘 엘리베이터에서 내린 정언은 옥상 정원으로 통하는 계단을 올라갔다.

윤이 그 뒤를 따라가자, 정언이 자판기에서 먼저 커피 두 잔을 뽑아 벤치에 앉으며 한 잔을 옆자리에 두었다. 커피라면 이미 마실 만큼 마셨지만, 윤은 아무 말 없이 자리에 놓인 컵을 들며 정언의 곁에 앉았다.

정언은 종이컵을 두 손으로 감싸고는 있었으나 한 모금도 마시지 않은 채 난간 너머로 시선을 주었다. 푸른 어둠이 내려앉은 도시가 수많은 색으로 반짝였다. 가만히 그 어둠 속에서 나란히 앉아 있던 윤이 먼저 입을 열었다.

"괜찮으세요?"

정언이 별말을 다 듣겠다는 얼굴로 잠깐 웃었다.

"안 괜찮을 건 없지."

그건 어쩌면 괜찮을 것도 없다는 뜻일까. 말하지 않은 행간을 읽는 건 어려운 일이었다. 윤은 정언의 옆얼굴에 시선을 주었다. 고집스럽게 다문 입매는 언제나처럼 무표정했다.

최근 들어 더 말랐기 때문인지, 그 옆모습은 베일 듯 날카롭게 느껴졌다. 그러나 그 날카로움이 더 위태로워 보이는 건 왜인지 모를 노릇이었다.

윤은 쥐고 있는 컵으로 눈을 돌렸다. 찰랑거리는 믹스커피에서 올라오는 달고 고소한 향이 공기 중으로 흩어졌다. 윤은 머뭇거리다 정언에게 물었다.

"엄대진 꼭 만나야 되는 거죠?"

"겁나?"

"전 상관없지만……."

윤은 말끝을 흐렸다. 차라리 엄대진이 자신만 오라고 했다면 지금 같은 기분은 아닐 것 같았다. 정언이 거기 가야 한다는 게 윤에게는 더 신경 쓰이는 일이었다. 언젠가 재희가 했던 말이 자꾸 떠오르는 건 기분 탓만은 아닐 터였다.

「남들이 아무리 악바리고 독종이라고 그래도 여자라고. 불가항력적인 상황 오면 방법 없어.」

재희가 말한 불가항력적인 상황이 뭔지 윤 역시 잘 알고 있었다. 여자라서 당할 수 있는 일들은 남자라서 당할 수 있는 일과는 비교조차 되지 않을 만큼 많고 위험했다. 정언이 그런 위험에 노출된다는 건 윤에게는 죽어도 피하고 싶은 일이었다.

들고 있던 컵을 내려놓은 정언이 주머니를 뒤적여 담뱃갑을 꺼냈다. 그러나 정언은 담배를 무는 대신 모서리가 찌그러진 담뱃갑을 만지작거릴 뿐이었다. 한동안 그러고 있던 정언이 입을 열었다.

"호랑이 굴에 들어가야 호랑이를 잡을 거 아냐."

때로 왜 모든 일이 정언에게는 그토록 아무렇지도 않은 것처럼 보이는지 이해할 수 없었다. 사실은 그렇지 않다는 걸 이미 아는 까닭이었다. 침착하려 했으나 먼 곳에서부터 파도가 밀려오듯 속이 일렁거렸다. 목소리가 조금 높아졌다.

"잡을 수 있다는 보장이 있어요?"

"없어."

"그러면 왜 하려고 하시는 건데요."

정언이 한숨처럼 말했다.

"다른 방법 없잖아. 받아들이든 거절하든 마찬가지야. 그러니까 어차피 방법 없는 거 정면 돌파해 보자 그거지."

윤은 무릎 위에 시선을 둔 채 종이컵 안만 들여다보았다. 픽 웃는 소리를 낸 정언이 내뱉었다.

"말도 안 된다고 생각하지, 지금? 얼굴에 다 보여."

윤은 감정을 감추는 데 익숙하지 않았다. 지금 같은 순간이면 더욱 그랬다. 종이컵을 감싸 쥔 손이 떨려, 안에 찬 커피가 희미한 동심원을 그리며 약하게 찰랑거렸다. 오랫동안 침묵하던 윤은 나지막하게 입술을 달싹였다.

"솔직히 방송 중요하지만 저한테는 선배가 더 중요해요. 선배가 위험해지면 지금까지 한 거 저한테 의미 없어요."

정언이 자신을 물끄러미 응시하는 시선이 느껴졌다. 견뎌 보려 했으나 그렇게 빤히 보는 걸 감당할 재간이 없었다.

결국 눈을 든 윤은 정언을 마주 보았다. 어둠 속에서 그 새까만 눈동자는 더 깊었다. 무슨 말을 하고 싶은 걸까 생각하며, 윤은 조금 갈라지는 목소리로 입을 열었다.

"왜 그렇게 보시는데요."

정언의 서늘한 눈매가 얼핏 휘었다. 웃는 건가, 하고 멈칫한 순간 정언이 말했다.

"그렇게 사람 흔들지 않았으면 좋겠는데."

윤은 저도 모르게 눈을 조금 크게 떴다. 갑자기 심장이 뛰는 소리가 빨라졌다. 가만히 윤을 보고 있던 정언은 고개를 숙여 들고 있던 담뱃갑을 손끝으로 만지작거렸다.

"진짜 이 방송보다 내가 더 중요하다고 생각하게 될 것 같으 니까."

덧붙인 말은 농담처럼 들리지 않았다. 무심한 얼굴로 발음한 단어들에 감정이 움직였다. 화가 나는 건지, 혹은 슬픈 건지 윤 은 바로 판단하지 못했다. 경계가 흐려진 감정은 순식간에 심장 어딘가에 불을 붙이듯 격렬해졌다. 정언이 늘 스스로를 가장 먼 저 생각하기를 바랐지만, 그건 불가능한 일이라는 걸 알기에 더 그랬다.

"그럼 뭐가 더 중요해요?"

윤이 정언을 다그치자, 정언이 시선을 내린 채 되물었다.

"이희경 씨가 무슨 생각으로 게시판에 매일 같은 글 수십 개 씩 썼을 것 같아?"

머릿속에서 잠깐 모든 단어들이 지워졌다. 정언이 고개를 들 었다. 맞닿은 시선은 어쩐지 더 가라앉은 것처럼 느껴졌다. 정언 은 천천히 말했다.

"자살하는 사람 너무 많아서 이런 건 기사도 못 된다고 그러 는 기자들, 무조건 자살이라고 말하는 경찰, 보상금 받고 입 다 물라는 회사, 그 사이에서 하루아침에 남편하고 애들 아빠 잃은 사람이 프로그램 하나가 뭐라고 거기 매달려서 글 쓸 정신이 있 었겠냐고. 얼마나 절박했으면 그랬겠어."

정언의 말이 무슨 뜻인지 윤 역시 잘 알고 있었다. 처음 희경 을 만났던 날이 떠올랐다. 정언에게 선배는 어떻게 견디는 거냐고 묻지 않고서는 참을 수 없었던 그날. 그림자 뒤의 세계가 존재한다는 걸 깨달았던 순간들.

아주 평범한 사람들의 삶을 찰나에 어둠으로 처박는 거대한 힘 앞에서 어떻게 대항해야 할지 막막하기만 했던 그때를 되새기자 심장이 무거워졌다.

윤은 떨리는 목소리로 물었다.

"아무 일도 안 일어나면, 이 방송 했는데도 세상이 다 그대로면요?"

"방송 하나 가지고 세상이 뒤집히는 일 안 일어나. 절대로."

정언의 대답은 쉽게 돌아왔다. 마치 그런 질문을 언제나 대비하고 있었던 사람처럼.

정언은 말을 이었다.

"내가 예전에 선배한테 똑같은 질문 한 적 있었어. 우리가 하는 게 뭐냐, 이걸로 세상이 바뀌기는 하냐. 그러니까 선배가 그러더라고. 우리가 대단한 일 한다고 생각하면 안 된다. 우리가 방송 하나로 세상 움직일 수 있다고 생각하면 그 순간부터 망가지는 거다."

퍼뜩 누군가 아주 가느다란 바늘을 깊숙이 찔러 넣은 것처럼 가슴 어딘가가 뜨끔해졌다.

스스로가 대단한 일을 하고 있는 게 아니라고 믿는다는 건 그 반대보다 더욱 힘들었다. 자신이 하는 일이 아무것도 아니라고 생각하면서 어떻게 그런 일에 목숨을 걸 수 있을까.

윤의 속내를 읽기라도 한 듯, 정언의 목소리가 조금 부드러워졌다.

"우리는 그냥 컵 안에 떨어지는 물방울 하나야. 운 좋게 우리가 물을 넘치게 할 수도 있지. 그런데 그건 우리 힘이 아니라, 그 전까지 컵을 채워 놓은 수많은 물방울이 있었으니까 가능한 거라고. 우리가 만났던 사람들 생각나? 그 사람들 없이 여기까지 어떻게 왔겠어."

얼굴이 달아올랐다. 영웅심에 취해 있지 않았나 하는 생각이 스친 탓이었다. 어둠이 내려앉아 정언이 자신의 얼굴을 바로 볼 수 없다는 것이 다행이었다.

정언이 나지막하게 말을 이었다.

"이희경 씨 정말 평범한 사람이잖아. 돈이 많은 것도 아니고, 백이 있는 것도 아니고, 그냥 이제 혼자서 어린 딸 둘 키워야 되는 여자야. 그 평범한 사람이 대기업 협박 이겨 내면서 진실을 알고 싶어 하는데, 내가 내 목숨 소중하다고 그 사람이 매달린 마지막 줄 끊어 버릴 수 있겠어?"

말문이 막혔다. 정언이 다시 한 번 물었다.

"김 피디는 그렇게 할 수 있어? 대답해 봐."

대답할 수 있을 리 없었다. 정언도 빤히 알면서 물은 게 분명했다. 윤이 겨우 선배, 하고 운을 떼기 무섭게 정언이 손끝으로 윤의 이마를 툭 밀었다.

"본인도 그렇게 못 하는 사람이니까 여기까지 온 거 아냐."

윤이 이마를 감싸자 정언이 짐짓 엄한 표정을 했다.

"방송보다 내가 더 중요하다는 말 감동적이긴 한데, 한 번만 더 그런 소리 하면 정말 혼날 줄 알아."

조금 풀이 죽은 윤은 새빨개진 뺨을 만지작거렸다. 종이컵을 쥐고 있어 따뜻해진 손이었으나, 뺨에 닿자 서늘한 감각이 전해 졌다. 완전히 형편없는 얼굴이리라는 건 굳이 거울을 보지 않아도 알 수 있었다.

정언이 피식 웃었다. 정언의 말이 다 옳다는 걸 알면서도, 반항심에 찬 사춘기 소년 같은 기분이 된 윤은 입술을 잘근거리다 내뱉었다.

"선배 말이 맞아요. 맞는데, 누가 희생해야만 지켜지는 게 정의면 전 그런 거 싫어요. 송 작가님도 그러셨다면서요. 죽고 나면 퓰리처상 받는 게 무슨 소용이냐고. 그렇잖아요."

정언이 재미있다는 표정으로 팔짱을 끼었다.

"내가 죽을까 봐 그렇게 무서워?"

"선배는 제 얘기가 다 장난 같으세요?"

철없는 아이처럼 구는 건 싫은데도, 정언이 그렇게 말할 때면 감정을 통제할 수가 없었다. 결국 누르지 못한 감정이 심장 어딘가의 응결점에 불을 붙인 듯 확 뜨거워졌다.

"그게 어떻게 안 무서울 수가 있어요? 전 선배 손끝 하나 다치는 것도 못 참겠는데, 왜 그렇게 죽는다는 말을 쉽게 하세요? 저하고 약속하셨잖아요. 그것도 다 그냥 하신 거예요? 어린애처럼 구니까 귀찮아서 듣고 싶어 하는 말 던져 주신 거냐고요. 제가 선배한테 그렇게 아무것도 아니에요?"

마지막 말을 뱉기 무섭게 눈가가 뜨거워졌다. 창피해진 윤은 서둘러 얼굴을 돌렸다. 정언이 조금 당황한 듯 윤의 팔을 잡았다.

"김 피디."

"……저 진짜 선배 앞에서 이러기 싫어요."

아무렇지도 않은 척하려 했으나, 그건 이미 물 건너간 일이었다. 목소리가 떨려 나왔다. 윤은 정언의 손을 떼어 내며 겨우 입술을 달싹였다.

"하지 마세요."

지금 이 꼴이 얼마나 한심할지 상상하는 것만으로도 미칠 지 경이었다. 윤이 얼굴을 감싸며 고개를 숙이자, 정언이 몸을 비스 듬히 기울이며 달래듯 말했다.

"나 봐."

목덜미까지 화끈거려 머릿속이 다 녹아 버리는 것 같았다. 잠 시 실랑이를 하던 정언은 결국 억지로 윤을 끌어당겨 자기를 보 게 했다. 윤은 시선을 맞추지 못하고 빨개진 눈을 내리깔았다. 정언이 한숨처럼 중얼거렸다.

"내가 김 피디 때문에 미친다, 진짜."

왜요, 하고 묻기도 전 서늘한 손끝이 눈가에 닿았다. 움찔한 윤은 저도 모르게 눈을 감았다. 깨지기 쉬운 것을 만지듯 조심 스럽게 젖은 속눈썹 위를 쓸어 본 정언의 손가락이 떨어졌다.

눈을 뜨자 옅게 어렸던 물기가 마르며 얼핏 번지던 윤곽들이 또렷해졌다. 아직 가까이서 자신을 응시하는 정언의 얼굴이 눈 에 들어왔다. 서늘한 눈동자가 깊었다. 아무렇게나 뒤섞인 머릿 속으로는 읽을 수 없는 그 표정에 숨이 막혔다. 정언의 눈이 무 슨 말을 하는지 알고 싶었다.

"내려가자. 질의서 정리해야 돼."

정언이 먼저 자리에서 일어났다. 아무 일도 없었다는 듯한 태 도였다. 뒤도 돌아보지 않고 닫힌 문으로 향한 정언은 손잡이를 잡았다.

다음 순간 몸을 일으킨 윤은 달려가 뒤에서 정언을 끌어당겨 안았다. 충동적인 행동이라는 걸 부정할 생각은 아니었다. 약간 낮은 체온, 부드러운 머리칼, 막 내린 눈의 냄새. 한순간 흩어지는 감각들이 선명했다. 마른 몸이 품 안에서 그대로 멈칫하며 굳었다.

"뭐하는 거야."

놀란 기색이 역력한 목소리가 돌아왔다. 윤은 양팔로 정언의 몸을 조금 더 꼭 감싸 안았다. 심장 소리가 들릴 것 같았지만 그런 건 아무래도 좋았다. 윤은 고개를 숙여 정언의 어깨에 얼굴을 묻으며 거의 숨소리처럼 속삭였다.

"딱 일 분만요."

밀어낼 수도 있다고 생각했지만, 뜻밖에도 정언은 손잡이를 잡은 채 그대로 서 있을 뿐이었다. 문득 정언이 지금 어떤 표정을 하고 있을지 궁금해졌다. 그러나 윤은 굳이 그 얼굴을 보려 하지는 않았다.

"……선배한테 아무것도 안 바랄게요. 그냥 여기 있어 주세요. 다른 건 뭐든 선배가 원하는 대로 하셔도 상관없어요. 그런데 저한테 약속하셨으니까, 그거 하나는 지켜 주실 수 있잖아요."

정적이 내려앉았다. 바람이 불었다. 흐트러지는 정언의 머리칼 사이로 서늘한 향이 환각처럼 일순간 머물렀다 사라졌다. 한동안 말이 없던 정언이 입을 열었다.

"아무것도 안 바란다는 거 거짓말이지?"

"네."

바로 돌아온 윤의 대답에 정언은 한숨처럼 웃었다.

"쓸데없이 솔직한데."

"그게 좋다고 하셨잖아요."

"내가 언제."

"저 처음 여기 왔을 때요."

하여튼 한마디도 안 지지, 하고 정언이 중얼거렸다. 손잡이를 쥐고 있던 정언의 손이 떨어졌다. 가느다란 손가락 끝이 윤의 손목을 감싸 왔다. 셔츠 소매 너머로 스미는 체온이 금방이라도 사라질 것 같아, 윤은 정언을 안은 팔에 더 힘을 주었다.

"일 분이야."

정언이 말했다. 그걸로 충분했다. 눈을 내리감자, 읽을 수 없던 그 서늘한 눈동자가 되살아났다. 윤은 그 자리에서 오랫동안 움직이지 않았다.

지금의 일 분을 영원히 되돌릴 수 있다면, 기꺼이 그렇게 할 거라고 생각하면서.

42

윤이 서촌 인근의 한정식집 주차장에 차를 세웠다. 엄대진이 말한 약속 장소였다. 한정식집이라지만 아무리 봐도 요정에 더 가까운 느낌이었다.

어지간한 공원 주차장만큼 되어 보이는 주차장 위쪽으로 난 돌계단을 쳐다보자, 처마마다 휘황찬란한 등이 걸린 기와집이 우뚝 서 있었다.

옆자리에 자기 차를 세우고 내린 재희가 간만의 정장 차림이 답답한 듯 꼭 조여 맨 넥타이 매듭을 만지작거렸다. 윤과 함께 내린 정언은 재희를 아래위로 훑어보고는 혀를 찼다.

"이 귀한 슈트 입은 강재희를 엄대진 만나러 와서 보네."

"초대받은 자리에 막 하고 갈 순 없잖아."

언제나처럼 캐주얼한 블랙 진에 흰 셔츠 차림인 정언을 훑어 본 재희가 짐짓 고개를 절레절레 저었다.

"TPO는 좀 맞춰 주자고, 우리."

"한정식집에서 무슨 TPO를 맞춘다고 정장을 빼입어요? 촌스럽게 왜 이래, 국회의원 처음 본 사람처럼."

코웃음을 치는 정언의 말에, 재희가 심각한 표정을 하더니 눈썹 위를 긁적였다.

"그건 그렇지. 내가 여기 오면서 곰곰이 생각해 봤거든? 국회의원 같은 사람 평생 안 보고 사는 게 참 괜찮은 삶이 아닌가 싶고 그래."

"너무 늦은 생각 아닌가?"

"그것도 그렇지."

정언이 되묻기 무섭게 재희가 슬픈 얼굴로 수긍했다. 곁에서 윤이 웃어야 할지 말아야 할지 모르겠다는 표정을 하며 어물거렸다. 그 얼굴을 본 재희가 픽 웃고는 가자, 하며 먼저 돌계단을 올라갔다. 입구에서 정장을 갖춰 입은 남자 종업원 두 사람이 앞을 막아섰다.

"어떻게 오셨습니까?"

"YBS 강재희입니다."

재희가 명함을 내밀자, 남자들이 차고 있던 마이크로 나지막이 뭐라고 무선을 주고받았다. 아마 명단을 확인하는 모양이었다. 손에 든 금속 탐지기 같은 것으로 세 사람을 꼼꼼히 훑고 나서야, 한 남자가 먼저 앞장서 문을 열었다.

"이쪽으로 오시죠."

오래된 기와집을 개조한 듯한 건물은 밖에서 보는 것보다 더 화려했다. 대지 가격만 해도 몇백 억은 되고도 남겠네, 하며 속으로 직업병 환자다운 생각을 한 정언은 남자의 뒤를 따라 건물 두어 채를 지났다.

가장 안쪽 건물로 들어서자, 외관과는 달리 모던한 인테리어로 꾸며진 내부가 눈에 들어왔다. 이런 곳은 처음인지, 눈을 휘둥그렇게 뜬 윤이 정신없이 주위를 둘러보았다. 무심코 그 모습을 본 정언은 터지려는 웃음을 간신히 참으며 윤을 툭 쳤다.

"김 피디, 눈 튀어나오겠어."

윤이 화들짝 놀라며 입을 막았다. 남자가 안쪽 문을 두드리자 안에서 네, 하는 목소리가 돌아왔다. 소리 없이 문을 열어 준 남자가 90도로 허리를 숙여 보이며 물러갔다.

안에서 얼굴을 내민 건 또 다른 남자였다. 정언은 그가 누군지 바로 알아보았다. 다소 신경질적인 인상은 기억에 쉽게 남는 것이었다. 안영균이었다.

"<비하인드 24>에서 왔습니다."

재희의 말을 듣기 무섭게 영균이 한쪽으로 몸을 비키며 세 사람을 자리로 안내했다. 세 사람이 나란히 앉자 영균이 곁에 선 채 재희에게 물었다.

"죄송하지만 녹취는 불가능합니다. 가지고 계신 핸드폰 잠시 저희 쪽에서 맡아 둬도 괜찮겠습니까?"

프로그램처럼 매끄러운 억양이었다. 전화 너머로 들었던 그 목소리에 문득 서늘해지던 감각이 되살아났다.

정언은 그를 주시했다. 유행이 한참 지난 스타일의 안경 너머로 무감한 눈이 드물게 깜빡였다. 재희는 영균의 말에 농담과 진담의 경계를 흐리는 모호한 말투로 대꾸했다.

"적진에서 목 잘 내놓고 있으라는 말처럼 들리는데요."

영균은 즉시 그 말을 부정했다.

"그런 건 아닙니다."

잠시 그를 쳐다보던 재희는 핸드폰을 꺼내 건네며 말했다.

"어차피 저희 팀원들이 밖에서 기다리고 있긴 한데, 녹취는 안

할 테니까 저희 눈에 보이는 데 두셨으면 좋겠네요. 중요한 자료가 워낙 많아서요."

팀원들이 밖에서 기다리고 있다는 건 누가 봐도 일부러 한 소리였다. 이런 곳에서 사람 셋을 어떻게 할 거라는 생각은 들지 않았으나, 엄대진의 행동은 언제나 상식을 뛰어넘는 것이었다. 만에 하나를 대비한 퇴로는 늘 마련해 두는 편이 좋았다.

"그렇게 하겠습니다."

대답한 영균이 재희의 손에서 핸드폰을 받아 들었다. 재희가 정언과 윤에게 가볍게 눈짓을 했다. 두 사람이 각자 핸드폰을 꺼내 주자, 영균은 받은 핸드폰의 화면을 일일이 켜 녹음 중이 아니라는 걸 확인한 뒤 창틀 위에 핸드폰을 올려놓았다.

그때 문이 열리며 누군가가 들어섰다. 영균이 황급히 문 한쪽으로 비켜서며 오셨습니까, 하고 허리를 깊숙이 숙였다.

엄대진이었다. 한눈에 보기에도 고급스러운 슈트와 넥타이는 물론이고 커프스 핀과 시계 따위의 액세서리도 구석구석 신경 쓴 티가 났다.

정언은 바로 어제 본 뉴스 속의 그를 떠올렸다. 팔을 걷어붙이고 연탄을 나르며 서민적인 이미지를 한껏 강조하던 엄대진의 모습은 거기 없었다.

"안녕하십니까, 처음 뵙겠습니다. 엄대진입니다."

맞은편에 자리를 잡은 대진이 돌아가며 한 사람씩 악수를 청했다. 정치인이라 그런지 그 태도는 매우 자연스러웠다. 강남 사모님들에게 인기가 많다는 호남형의 얼굴은 웃는 상을 유지하고 있었으나, 그것이 잘 만들어진 가면인 걸 아는 이상 거기에서 결코 호감을 느낄 수는 없었다.

467

자리에 앉은 대진이 재킷을 벗자, 영균이 서둘러 그것을 받아 들어 옷걸이에 걸었다. 대진이 다시 한 번 고개를 숙여 보였다.

"금요일 저녁에 귀한 시간 내주셔서 감사합니다. 제가 요즘 워낙 정신이 없어서, 오늘밖에 시간이 안 될 것 같아서요."

재희는 대진을 빤히 마주 보다 그 말을 받았다.

"굉장히 바쁘실 텐데 굳이 직접 만나고 싶다고 하셔서 좀 놀랐습니다."

"아무리 바빠도 꼭 한 번 뵈어야겠다 생각했습니다."

"이유 여쭤봐도 되겠습니까?"

재희는 여기서 대진과 시간 낭비를 하고 싶은 생각이 없었다. 그건 정언도 마찬가지였다. 서로 시간을 길게 끌 이유는 없었다.

대진의 얼굴에 순간적으로 낯선 표정이 스쳤다. 당황했다고 해야 할지, 혹은 경계한다고 해야 할지 정확히 말할 수 없는 얼굴이었다. 그러나 그것은 정말 눈을 의심할 정도의 찰나였다. 곧 다시 본래의 가면으로 돌아간 대진이 웃으며 물었다.

"단도직입적으로 얘기할까요?"

"그러시죠."

재희가 고개를 까딱였다. 그때 문이 열리며 종업원들이 음식을 하나하나 늘어놓기 시작했다. 정갈한 차림이었으나 누구도 수저를 들 생각은 하지 않았다.

대진은 다른 사람들이야 어떻든 상관없다는 듯, 먼저 숟가락을 집어 앞에 놓인 죽을 먹었다. 조그만 그릇 안에 담긴 죽은 서너 숟갈 뜨기 무섭게 바닥을 보였다.

냅킨으로 입가를 닦은 대진이 천천히 세 사람의 눈을 번갈아 보았다. 정언은 일순간 마주친 그의 눈에 퍼뜩 서늘한 감각을 느꼈다. 대진의 눈꼬리가 약간 내려갔다. 곤란하다는 듯한 표정을 한 대진이 부드럽게 입을 열었다.

"제가 저희 안 보좌관하고 오랫동안 같이 일해 왔습니다. 잘 아시겠지만 여의도 바닥이라는 게 참 쉽지가 않습니다. 믿을 만한 사람 하나 찾기도 힘들고, 내 마음 나처럼 알아주는 사람 찾기도 힘들고요. 안 보좌관이 저 정치 신인 시절부터 물심양면 보상 하나 안 바라고 곁에 있어 준 사람입니다. 제가 안 보좌관 같은 사람이 참 드물다, 그래서 좋은 짝 될 만한 사람도 소개해 줬습니다."

영균은 곁에 선 채 꼼짝도 하지 않았다. 밥을 먹는 자리인데도 겸상 같은 건 애초에 생각조차 해 본 적 없다는 듯, 영균의 태도는 자연스러웠다. 자신에 대해 말하는데도 눈썹 하나 까딱하지 않는 그의 얼굴에 정언은 불현듯 시선을 붙들렸다. 대진 역시 영균이 어떻든 아랑곳하지 않고 말을 이었다.

"다행히 서로 좋은 사람 알아보고 부부가 돼서 지금까지 큰소리 한 번 안 내고 잘 살아 왔습니다. 안 보좌관 와이프도 굉장히, 정말 세상에 그런 여자 또 없죠. 천사라고 해도 믿을 겁니다. 여기 두 분이 직접 만나 보셨다니까 아시겠지만 아주 여성스럽고, 내조도 잘 하고, 그저 사회에 봉사하는 그 생각으로만 가득한 사람입니다."

정언은 윤이 탁자 위에 놓였던 손을 말아 쥐는 것을 보았다. 카페에 마주 앉았던 정보현의 모습이 떠올랐다. 그녀를 아는 모든 사람이 천사라는 말로 그녀를 수식했다.

세상에 그런 여자 또 없죠, 하는 대진의 말을 입 안으로 곱씹어 본 정언은 숨을 들이쉬었다. 자신의 앞에 앉은 대진과 보현의 모습이 겹쳐진 까닭이었다.

아주 잘 만들어진 가면, 누구도 깰 수 없을 것 같은 그 견고함. 그 사이에도 가면 속의 추악함을 드러내는 틈이 있을까. 잠시 생각에 빠졌던 정언은 대진의 목소리에 퍼뜩 현실로 돌아왔다.

"안 보좌관 무슨 욕심이 있고, 그런 사람이 아닙니다. 안 보좌관이 굉장히 당황해서 저한테 얘기를 하더군요. 피디님들께서 안 보좌관 와이프를 만나러 왔었다고요. 듣기로는 무슨 기획 프로그램을 찍는다고 하셨다는데, 안 보좌관이 명함에 적힌 이름 알아봤더니 <비하인드 24> 피디님이시더라 하는 겁니다. 그러니까 이 사람이 혹시 자기 와이프가 무슨 잘못을 했는가 싶어 아주 놀란 거죠."

대진의 시선이 정언에게 머물자, 정언은 그의 눈을 마주 보았다. 눈 한 번 깜빡이지 않고 응시하는 그 눈은 입매와 달리 웃고 있지 않았다. 정언은 잠시 사이를 두었다가 대진에게 물었다.

"저희가 꼭 잘못한 일이 있어야 찾아간다고 생각하십니까?"

그런 질문을 받을 거라고는 예상하지 못했는지, 대진이 갑자기 웃음을 터트렸다. 짧게 웃던 대진이 젓가락을 들어 앞에 놓인 탕평채를 먹었다.

이런 상황에서도 태연하게 음식이 입으로 들어간다는 건 존경스러울 지경이었다. 제법 맛이 있는지 몇 번을 연신 집어 입으로 가져가던 대진이 젓가락을 멈췄다.

"그렇다는 얘기는 아닙니다만, 그게 아니라면 굳이 찾아오실 이유도 없지 않습니까?"

재미있다는 표정이었다. 대진이 젓가락을 내려놓으며 몸을 조금 앞으로 내밀었다.

"그래서 제가 알아보니까 명함 주신 서정언 피디님이 예전에 저희 당하고 또 인연이 있으시더라고요. 홍현남 전 의원님 일도 있었고, 그 전에도 몇 번. 그렇죠?"

정언은 대답하지 않았다. 대진도 굳이 정언의 답변을 기다린 것은 아닌 듯했다.

"아무래도 무슨 오해가 있으신가 보다 싶어서, 그렇다면 차라리 직접 만나 해명하는 게 낫겠다고 생각한 겁니다."

"저희가 만난 건 안 보좌관님 아내 되시는 분인데, 왜 의원님이 그 일에 대해 해명하려고 하십니까?"

정언이 되묻자 대진이 쿡쿡거리는 소리를 냈다.

"안 보좌관 와이프 왜 만나셨겠습니까? 제 뒤를 캐다가 뭐가 의심스러우니까 그러셨겠죠."

이렇게 정공법으로 치고 들어올 줄은 몰랐기에 순간적으로 가슴이 덜컥 내려앉았다. 강심장이라면 누구에게도 지지 않는다고 생각했으나, 이런 상황은 처음이었다. 대진이 그 순간적인 동요를 알아차린 듯 정언을 빤히 보며 재차 다그쳤다.

"그렇죠?"

정언은 침묵했다. 그 정적이 긍정이라는 걸 대진 역시 잘 알고 있을 터였다. 대진이 뭐 좋습니다, 하고 어깨를 으쓱하더니 의자 등받이에 몸을 기댔다.

"저도 YBS에 아는 분들이 몇 있습니다. 대단한 건 아니고, 뭐 국회의원 일 하다 보니까 조금."

겸손이 지나치시네요, 하는 말이 목까지 올라왔다. 정언은 그 말을 참기 위해 탁자 아래로 허벅지를 꽉 눌렀다. 회사 전체를 이렇게 엉망진창으로 만들어 놓은 사람이, 말 한마디로 언제든 모든 프로그램을 좌지우지할 수 있는 사람이 할 수 있는 소리는 아니었다.

그건 설령 농담이라 하더라도 지나치게 질이 나빴다. 정언의 속을 아는지 모르는지, 대진이 입매를 조금 더 말아 올렸다.

"그쪽에서 몇 달 전부터 재미있는 이야기를 하더군요. <비하인드 24>에서 엄 의원 뒤 캐는 것 같다, 조심해라, 그 소리 몇 번 들었습니다. 저야 뭐 저만 깨끗하면 되는 거 아닙니까, 하고 그냥 넘겼는데 요즘 들어 심상치 않은 소리가 자꾸 들려서요."

"그래서 저희 보자고 하신 겁니까?"

"그렇죠."

"의원님 본인만 깨끗하면 된다고 방금 말씀하신 것 같은데요."

견뎌 보려 했으나 속이 뒤틀렸다. 누군가가 사포로 문질러 대는 듯한 느낌이었다. 정언의 말투에 날이 섰다는 걸 대진이 눈치채지 못했을 리 없었다. 탁자 아래로 재희가 정언의 무릎 위를 살짝 두드렸다. 참으라는 뜻이었다.

대진이 턱을 만지작거리다 입을 열었다.

"언론, 방송, 이게 참 재밌어요. 그렇죠? 똑같은 일 가지고도 사람들한테 이미지 주는 거 쉽지 않습니까. 서온건설 게이트 얘기 한 번 해 볼까요?"

대진의 입에서 나온 서온건설이라는 단어에 나란히 앉은 세 사람 모두 순간적으로 멈칫했다. 이쪽에서 그 얘기를 할 타이밍을 재고 있던 참에, 자기 입으로 먼저 말을 꺼낼 거라고는 미처 예상하지 못한 까닭이었다. 대진의 태도에는 여유가 넘쳤다.

"저 그때 무혐의 받았습니다. 저희 당 의원님들도 다 무혐의 받았죠. 언론에서 전부 정치 공작이라고 했습니다. 그때 딱 한 군데서만 무혐의가 무죄라는 뜻이 아니다, 이렇게 때렸죠. <뉴스라이트>에서. 그러니까 아직도 젊은 사람들은 제 기사 뜨면 뇌물 받아먹은 놈이다, 증거 숨긴 놈이다, 이렇게 인식을 합니다. 대한민국 검찰을 말 한마디로 아주 물 먹인 거죠."

재희의 눈빛이 그 말에 날카로워졌다.

"한선당 ○○○ 의원님, 대한민국 검찰은 정직한데 언론이 장난을 친다는 말씀이십니까?"

대진이 아주 재미있는 말이라도 들은 것처럼 웃음기 어린 목소리로 대꾸했다.

"그럼 제가 실제로 범죄를 저질렀는데 검찰이 저를 봐줬다고 생각하세요? 왜 그래야 할까요? 저 아직 대통령도 아니고 아무것도 아닙니다. 그냥 국회의원이에요."

그냥 국회의원이라. 헛웃음이 나왔다. 정언은 표정을 숨기기 위해 가벼운 헛기침을 했다. 대진은 정언의 태도 따위는 상관없다는 듯 고개를 흔들었다.

"국회의원이 무슨 무소불위의 권력자라고 생각하십니까? 요즘 같은 세상에요? 그렇지 않죠. YBS에 계신 분들이 저희하고는 정치 성향이 좀 다르시니까, 아무래도 저에 대해 시선이 곱지 않으신 건 이해합니다."

재희가 가벼운 한숨을 뱉고는 미간을 문질렀다.

"프레이밍으로 재미 많이 보신 분은 다르네요."

툭 내뱉은 말에 정언은 재희에게 시선을 돌렸다. 방금 전에 자기에게 참으라고 해 놓고, 재희 역시 제어가 안 되는 상황이라는 걸 알아차린 탓이었다. 재희가 미묘하게 입가를 비틀었다.

"종북, 간첩, 공산주의자 낙인, 이런 게 통하는 시대가 백 년이고 이백 년이고 지속되진 않을 겁니다. 물론 의원님 입장에서는 그렇게 먼 미래까지 생각할 필요는 없으시겠죠. 그런 시대 한 삼사십 년만 유지돼도 전두환처럼 천수 누릴 만큼 누리고 사실 테니까요."

누가 들어도 비꼬는 말이라는 건 명백했기에 대진의 얼굴에서 웃음기가 걷혔다.

"강재희 피디님."

그의 가면이 얼핏 흔들렸다고 느낀 건 착각이었을까. 재희의 말이 빨라졌다.

"정치 성향 빌미 삼아 저희가 의원님한테 무조건 부정적인 프레임 씌운다고 말씀하지 마십시오. 저는 입사할 때부터 맞는 건 맞다고 하고 아닌 건 아니라고 하라고 배웠습니다. 후배들한테도 그렇게 가르쳤고요. 저희는 살인하고 강간하고 도둑질하는 사람 가지고 너는 보수니까 유죄, 너는 진보니까 무죄, 이렇게 내보내지 않습니다."

"제가 살인범, 강간범, 절도범 수준이라는 말씀이십니까?"

"무서운 농담을 하시네요."

물론 대진의 말이 농담이 아님은 양쪽 모두 뻔히 알고 있었다. 이런 식으로 적의 속을 긁어 대는 건 재희의 특기 아닌 특기였다. 재희는 대진을 응시했다.

"그간 YBS 논조에 서운하셨을 수는 있겠지만, 그게 저희 정치 성향과는 아무 관련도 없다는 점은 분명히 말씀드리죠. 회사 내부에서도 한선당 지지하는 분들 많이 계십니다. 그분들도 충분히 정치적인 사안에서 자기 목소리 내실 수 있고요. 지금은 더 그렇죠. 잘 아시지 않습니까?"

짧은 정적이 흘렀다. 대진이 그 침묵을 깨고 되물었다.

"그렇습니까?"

의중을 쉽게 짐작할 수 없는 말투였다. 정언은 대진의 얼굴을 뚫어지게 마주 보았다. 다시 본래의 웃는 표정으로 돌아간 얼굴에는 묘한 냉기가 감돌았다. 할 수만 있다면 당장이라도 그 가면을 벗겨 내팽개치고 싶은 기분이었다.

정언은 그에게서 눈을 떼지 않은 채 입을 열었다.

"단도직입적으로 말씀하신다고 하셨는데, 굉장히 돌아서 가시려는 것 같은데요."

대진이 뭐라고 말하려는 듯 피디님, 하고 운을 떼었으나 정언은 그 말을 잘랐다.

"저희 방송 왜 막으려고 하시는 겁니까?"

"서 피디님."

짙은 눈썹을 약간 움직인 대진이 자세를 고쳐 앉았다. 조명 탓인지 그 검은 눈동자가 한순간 번뜩였다. 어딘지 모르게 파충류를 떠올리게 하는 눈이었다. 대진은 쿡쿡 웃는 소리를 내더니 되물었다.

"제가 <비하인드 24> 방송을 막는다고요? 왜 그렇게 생각하시는지 이해가 안 갑니다."

정언은 입을 다문 채 대진을 보았다. 서로 눈 한 번 깜빡이지 않는 짧은 대치가 이어졌다. 대진이 과장된 동작으로 어깨를 으쓱해 보였다.

"제가 방송 막는다는 증거가 있습니까?"

대진은 곁에 서 있던 영균에게 손을 들어 보였다. 영균이 몸을 숙이며 탁자 위에 놓여 있던 술병을 들어 대진의 잔을 채웠다.

대진은 정언에게서 눈을 떼지 않은 채 조그만 잔을 들어 단숨에 들이켰다. 선명한 과일 향 끝에 남은 싸한 알코올 냄새가 공기 중으로 희미하게 흩어졌다. 대진이 잔을 내려놓았다.

"이게 참, 요즘 공영방송 직원분들이 이런 피해의식이 있으셔서 제가 좀 힘듭니다. 무조건 제 탓이다, 그렇게 말씀하시니까."

난처하다는 투로 내뱉는 그 얼굴은 여전히 웃고 있었다. 정언의 성격에 오기가 발동한 건 당연했다.

"방통위 인원 교체하고 YBS 바언진 이사진 싹 보수 인사로 갈아 치운 건 누구 뜻입니까?"

"보수든 진보든 옳은 건 옳고 그른 건 그르다는 게 피디님들 입장 아닙니까?"

재희의 말을 그대로 되돌려 준 대진이 고개를 기울였다.

"그러면 이사진들 정치 성향이 보수인 게 큰 문제라고는 생각이 안 되는데요."

"그 자체가 문제라는 게 아니라 결과물이 문제라는 겁니다."

"글쎄요, 편향적으로 방송 내보내던 분들이 균형 맞추라고 하니까 반발 있을 수 있다는 건 이해합니다만."

"균형에 대해 말씀하실 자격 없다고 생각하는데요."

머릿속에 브레이크가 걸리지 않았다. 그 말을 뱉은 즉시 곁에서 재희가 정언을 제지했다.

"서 피디."

지나치게 나갔다고 생각한 듯했다. 마음 같아서는 더한 말도 할 수 있었으나, 정언은 마지못해 대진에게 사과했다.

"죄송합니다."

대진이 하하, 하고 소리를 내어 웃었다.

"아닙니다. 서 피디님 얘기 많이 들어서 잘 알고 있습니다."

언뜻 조소하는 것처럼도 들리는 말투였다. 그러나 대진은 곧 수완 좋게 칭찬으로 넘어갔다.

"이런 분도 필요하죠. 정치인이다, 기업가다 하는 사람들 앞에서도 눈 똑바로 뜨고 할 말 다 하는 사람들 멋있잖아요. 제가 균형에 대해 얘기할 자격 없다, 왜 그렇게 생각하시는지는 모르겠습니다만, 아무튼 방통위나 이사진 교체에 제가 직접적으로 관여한 부분은 없습니다. 저를 무작정 악의 축으로 몰아가실 게 아니라, 그런 증거가 있다면 제시하시면 되죠."

증거는 있지, 하고 속으로 생각한 정언은 대진을 빤히 보았다. 그렇게 말하는 걸 보니 조창식이 남긴 동영상에 대해서는 새까맣게 모르고 있는 듯했다.

"증거가 없다는 건 그런 일을 한 적이 없다는 말씀이시죠?"

대진이 왜 당연한 소리를 하냐는 듯 되물었다.

"한 적 없는 일에 증거가 있을 리 있습니까?"

"알겠습니다."

대진이 증거가 있다는 사실을 아직 알지 못하는 이상, 이 문제로 더 왈가왈부할 필요는 없었다. 그 자만심이 반드시 엄대진의 발목을 잡을 게 분명했다. 정언은 화제를 돌렸다.

"의원님 귀한 시간 뺏은 김에 질문 몇 가지만 받아 주실 수 있겠습니까? 서면으로 보내려다 먼저 이렇게 초대해 주셔서 실례인 줄 알지만 직접 답변을 듣고 싶어서요."

"그러시죠."

대진이 고개를 주억거렸다. 정언은 그에게 질문을 던졌다.

"그리스 소재 SO 컴퍼니라는 회사에 대해서 알고 계십니까?"

대진은 생각할 필요도 없다는 듯 단호하게 부정했다.

"아뇨."

"전혀 모르시겠다고요?"

"네."

자신이 아무것도 몰랐다면 의심조차 할 수 없을 정도로 확고한 태도였다. 옆에 앉은 윤이 도저히 표정 관리가 안 되는지 찬물을 들이켰다. 정언은 정말 처음 듣는 소리라는 얼굴을 하는 대진에게 말을 덧붙였다.

"서온건설 남제선 회장 부인의 조카 채기원 씨가 대표로 있는 회사입니다. 대체에너지 개발 사업을 하는 회사고요, 연간 매출액은 한화로 10억 정도. 작은 회사죠. 실제 매출액인지도 확인이 안 됩니다. 저희는 사실상 페이퍼컴퍼니로 추정 중입니다."

"그런데요?"

"잘나가는 인터넷 쇼핑몰 매출도 못 따라잡는 이 회사에 한국에서 상당한 금액이 투자되고 있습니다. 그런데 신기하게도 투자하는 회사들 대부분이 실체가 없어요. 페이퍼컴퍼니에 페이퍼컴퍼니가 투자를 한다는 겁니다. 상장도 안 된 소규모 외국 소재 회사에 한선당 의원님들 몇 분이 지방 예산 이용해 투자를 했다는 말도 있던데요."

정언은 말하는 내내 대진을 주시했다. 미묘하게 동요하는 듯한 느낌은 있었으나, 확실하게 그가 흔들린다고 생각하기는 힘들었다. 하기야 지금까지 대진이 해 온 방식을 생각한다면 당연한 일이었다.

만일 이쪽에서 SO 컴퍼니에 돈을 넣은 한선당 의원 명단을 가지고 있다 하더라도, 대진의 입장에서는 가차 없이 꼬리를 잘라 내면 그만이었다. 아니나 다를까, 대진이 눈을 크게 뜨며 정언에게 물었다.

"저는 처음 듣는 회사고, 그런 일이 있었다는 것도 전혀 몰랐습니다. 그 회사에 투자했다는 의원들 명단 알 수 있겠습니까?"

"당 내부에 알아보시죠. 저희가 들은 얘기보다는 그게 더 정확하지 않을까요?"

대진의 말을 자른 정언은 다시 한 번 확인했다.

"어쨌든 의원님께서는 이 회사에 대해 모르신다는 거죠?"

"네."

"알겠습니다. 그러면 혹시 경일용역은 알고 계십니까?"

"경일용역이요?"

대진이 잠시 생각하는 듯 턱을 만지작거렸다. 기억을 되짚는 것처럼 보였으나, 실은 뭐라고 대답해야 할지 머리를 굴리고 있는 것이 분명했다. 한동안 고개를 갸웃하던 대진이 도무지 모르겠다는 표정을 지어 보였다.

"아뇨, 모르겠습니다."

"손경일이라는 사람도 모르시고요?"

"처음 듣는데요."

지금 당장이라도 핸드폰 속의 영상을 켜서 들이밀고 그 얼굴이 어떻게 변하는지 보고 싶을 정도였다.

"서온건설이 남정건설이던 시절에 포항 조폭 출신이었던 손경일이라는 사람이 남제선 회장을 도와 경영권 승계에 방해가 되는 간부들을 제거했고, 경일용역이라는 용역 회사를 차려 몇 십 년 동안 서온건설 뒤치다꺼리를 해 왔다는 얘기가 있습니다. 이런 부분에 대해서도 전혀 들은 바가 없으시다는 거죠?"

정언의 말에 대진이 기가 막힌다는 듯 헛웃음을 뱉었다.

"제가 그런 지방 깡패 이름까지 알아야 하는 겁니까?"

"조창식이라는 사람도 당연히 모르시겠네요."

"그런 이름은 전혀 기억이 없습니다."

배신을 막는 가장 쉬운 방법은 살인이었다. 죽은 사람이 관에서 걸어 나와 법정에 서지 않는 이상 그보다 더 안심할 수 있는 방법은 없을 터였다. 조창식 역시 이미 이 세상 사람이 아니었기에, 우선 무조건 잡아떼기로 마음을 먹은 모양이었다. 대진의 태도를 보니 손경일 역시 얼마 못 가 살해된 채 발견될 확률이 높다는 생각이 스쳤다.

"다음 질문을 드리죠. 서온건설 이훈주 과장, 윤대석 부장, 고정민 과장, 박규형 과장에 대해 아십니까?"

"모르겠습니다."

그 대답은 즉각 돌아왔다. 순간 머리로 열이 올랐다.

"한 사람도요."

"네."

"윤대석 부장은 서온건설 게이트 당시 검찰 측 증인으로 소환됐던 분입니다. 그런데도 기억이 없으시다는 거죠?"

대진이 그 말에 멈칫했다. 찰나였으나 정언은 그 순간을 놓치지 않았다. 대진이 입가를 만졌다. 곁에 무표정하게 서 있던 영균의 시선이 잠깐 대진에게 향했다. 대진이 조금 전보다는 약간 누그러진 어투로 말했다.

"법정에 나오지 않았을 텐데요."

이쪽을 떠보는 듯한 태도였다. 곁에서 윤이 다시 물 한 잔을 따라 마셨다. 컵을 잡은 손은 가늘게 떨리고 있었다. 억지로 화를 참고 있는 모양이었다. 정언은 대진에게 물었다.

"방금 전에 한 사람도 모르겠다고 말씀하셨는데 법정 출석 여부는 어떻게 아셨습니까?"

"나왔다면 제가 기억할 테니까요."

"나오지 않았기 때문에 모른다, 알겠습니다."

그때 윤이 들고 있던 컵을 내려놓았다. 드물게도 굳은 표정이었다. 흰 얼굴이 창백해 보일 정도로 핏기 없이 질려 있었다.

"박규형 씨에 대해서 정말 전혀 모르시는지 다시 한 번 생각해 보시죠."

윤이 처음으로 입을 열었다. 정언은 윤의 인내심이 한계에 달했다는 걸 직감했다. 대진은 귀찮은 기색이 역력한 얼굴로 대꾸했다.

"생각할 필요도 없습니다. 서온건설 같은 대기업 사원들 한 사람 한 사람을 제가 어떻게 다 알겠습니까. 그 회사 간부들 이름도 제대로 모르는데요. 제가 알아야 할 이유가 있습니까?"

"그럴 이유는 없죠."

그 목소리는 조금 잠겨 있었다. 정언은 저도 모르게 윤 쪽으로 시선을 주었다. 윤이 대진을 물끄러미 응시했다.

"진송신도시에 대해서는 잘 아시죠? 의원님께서 신도시 사업에 무척 힘쓰셨다고 들었는데요."

"그런데요."

진송신도시 이야기가 나오자 대진이 방어적인 태도로 말을 받았다. 본인 지역구였으니 지금까지처럼 무조건 잡아뗄 수는 없는 탓이었다. 윤은 대진의 태도 따위는 안중에도 없다는 듯 말을 이었다.

"박규형 씨는 진송신도시 현장에서 일하던 현장 과장이었습니다. 현장에서 어느 날 갑자기 추락한 시체로 발견됐죠. 유서도 없었고, 주변 사람들은 절대 박규형 씨가 자살할 사람이 아니라고 했습니다. 현장 사람들에게 평판이 아주 좋았고, 현장에서 보상 문제로 데모하는 원주민들을 도와주기도 했던 분이었습니다. 동료들 말로는 접대를 잘 못해서 승진이 안 됐다고 했습니다."

최대한 침착하려 애를 쓰는 건 분명했으나, 그 말끝의 떨림까지 감춰지지는 않았다. 윤이 숨을 한 번 들이쉬었다. 수아와 리아를 가까이서 본 윤이 규형의 이야기를 하면서 냉정을 지킬 수 없는 건 당연했다. 윤은 무릎 위에 놓인 손을 꽉 움켜쥐었다.

"박규형 씨한테는 딸이 둘 있습니다. 여섯 살, 네 살짜리 아이들입니다. 부인 되시는 분은 초등학교 방과 후 교사로 일하고 계시죠. 아주 단란한 가정이었습니다. 박규형 씨가 의문사를 당하기 전까지는요."

무표정하게 윤을 주시하던 대진이 코끝으로 웃었다.

"지금 그 얘기를 왜 저한테 하십니까?"

"제가 왜 그런다고 생각하세요?"

"사연은 안됐지만 저하고는 관련 없는 일입니다. 이미 모르는 사람이라고 말씀드렸고요."

"그렇습니까? 대통령이 되시려는 분이 남의 불행에 그렇게 냉정하신 게 맞나요? 의원님이 모르는 국민이라면 공감 받을 자격도, 구제받을 자격도 없습니까? 얼굴 한 번 본 적 없는 사람이라도 이런 상황이라면 위로하는 말이 나와야 하는 것 아닙니까?"

윤의 단정한 입매가 얼핏 비틀렸다. 대진이 그 말에 눈썹을 좁혔다. 대통령으로서의 자격이 있느냐는 공격이었다. 방금 본인

입으로 규형의 일은 자기와는 관련 없다고 선을 그었기에, 이제 와서 뱉은 말을 돌리는 건 불가능할 터였다.

윤은 자신을 뚫어지게 보는 대진의 시선을 피하지 않았다.

"세상엔 다른 사람의 삶을 아주 쉽게 망가뜨릴 수 있는 사람들도 있고, 그런 일에 아무 죄책감도 못 느끼는 사람들도 있죠."

순간 대진의 얼굴에 처음으로 불쾌한 기색이 엷게 드러났다.

"의원님."

윤이 부르자 대진이 대답하는 대신 앞에 놓인 빈 잔을 들었다. 영균이 곁에서 기계처럼 몸을 숙여 다시 잔을 채웠다. 대진이 천천히 잔을 비우는 사이, 윤이 감정을 최대한 누른 목소리로 말했다.

"누가 다른 사람의 삶을 자기 물건처럼 다뤄도 되죠?"

대진이 들고 있던 잔을 탁 소리가 나게 내려놓았다.

"글쎄요. 굉장히 철학적이시네요. 질문 또 있으십니까?"

이 이야기를 더 이상 끌고 가기 싫다는 노골적인 심경이 그대로 드러나는 행동이었다. 정언은 대진이 이 자리를 만든 걸 분명 후회하게 될 거라고 믿어 의심치 않았다.

호랑이 굴에 들어가야 호랑이를 잡을 수 있다고 생각하는 건 그쪽도 마찬가지라는 확신이 들었다. 잡느냐, 잡히느냐. 둘 중 하나였다.

정언은 마지막 질문을 던졌다.

"어게인라이프라는 단체에 대해 아십니까?"

"글쎄요."

인정할 거라는 생각 따위는 애초부터 없었다. 이제 대진의 대답은 중요하지 않았다.

"노숙자 자활을 지원하는 자선 단체입니다."

"좋은 일 하시네요. 저도 최근 그쪽에 관심이 좀 생겨서……."

대진의 얼굴에 화색이 돌았다. 사회적 약자를 위한 복지 자원 마련 운운하는 공약 이야기인 듯했다. 지킬 생각도 없는 공약에 대해 늘어놓는 소리를 들어 줄 만큼 한가하지 않았다. 정언은 바로 대진의 말을 끊었다.

"서온건설 게이트 때 처벌받았던 최창묵 전 의원님께서 발기인으로 참여하셨던 단체입니다."

최창묵의 이름을 언급하자 대진이 의아한 표정을 했다.

"입당 전 일 아닙니까?"

"그건 어떻게 아셨죠?"

"입당 후라면 제가 알았을 텐데요."

"최창묵 전 의원님하고는 상당히 긴밀하셨다고 들었는데 그 얘기가 맞나 보네요."

정언이 넌지시 떠본 말에 대진이 펄쩍 뛰었다.

"긴밀하다고요? 제가?"

최창묵은 서온건설 게이트에서 걸려 나간 유일한 의원이었기에, 대진이 순순히 관계를 인정할 리 만무했다. 대진은 정색을 하며 손을 저었다.

"어디서 무슨 말씀을 듣고 오셨는지 모르겠네요. 당시에 저희 인재 영입 TF에서 모셔 온 분이긴 하지만, 저하고 개인적인 관련이 있고, 그런 분은 아니었습니다."

"따로 만남을 갖거나 하신 적은 없었다는 거죠?"

정언이 다시 확인하듯 묻자 대진이 고개를 끄덕였다.

"공적인 자리 외에는 부부 동반 모임도 한 번 같이한 적이 없었던 걸로 기억합니다. 그때 일은 참, 이제 막 정치 입문하신 분이 안됐죠. 나쁜 물이 들었어요."

진심으로 안타깝다는 투였다. 화가 치밀었으나, 그건 방향이 조금 다른 분노였다. 윤 때문이었다. 윤은 이번 주 들어 벌써 사흘을 최창묵의 오피스텔로 출근하고 있었다. 핸드폰 보조배터리를 두 개씩 가지고 다니며 최창묵에게 한 번만 만나 달라고 애원하는 게 일과였다.

최창묵이 고작 이런 인간 때문에 입을 다물고 있다고 생각하자 안 그래도 없던 정조차 떨어지는 기분이었다. 엄대진에게 신의를 지켜봐야 돌아오는 건 결국 이런 식의 부정이었다. 지키려는 건 신의보다는 목숨이겠지 생각했으나, 그렇다 한들 화가 가라앉는 건 아니었다.

"무슨 말씀이신지 알겠습니다."

정언이 내뱉자, 곁에서 그때까지 이야기를 듣고 있던 재희가 갑자기 뭔가 생각난 듯 입을 열었다.

"아, 변 회장님 이야기 들었습니다. 걱정이 많으시겠습니다. 어서 완쾌되시길 바랍니다."

"감사합니다."

대진이 가볍게 고개를 숙였다. 물론 재희가 인사치레나 하려고 그 말을 꺼낸 건 아니었다.

"그런데 만약에 회장님께서 못 일어나시게 되면 <조한일보>는 장녀이신 변은화 씨가 운영하게 되시는 겁니까?"

재희는 빙글빙글 웃고 있었다. 하여튼 작정하면 사람 속 긁는 거 잘해, 하고 속으로 생각한 정언은 재희를 지켜보았다. 대진이 잠깐 대답할 말을 고르는 듯 사이를 두자, 선수를 친 재희가 어깨를 으쓱했다.

"별 뜻이 있어서 여쭤보는 건 아닙니다. <조한일보> 지분은 변은화 씨가 가지고 있다고 하셔서요."

"장인어른께서 미디어그룹은 처형이 운영하는 게 좋겠다고 여러 차례 말씀하셨죠."

"그런데 변은화 씨도 건강이 많이 좋지 않으신 걸로 아는데요. 실질적 운영은 남편이신 김인택 씨가 하실 확률이 높겠군요."

"글쎄요, 형님께서 경영에는 그다지 소질이 없는 분이라……."

김인택의 이름이 나오기 무섭게 대진이 말끝을 흐렸다. 김인택이 정말 어지간히 싫기는 한 모양이었다. 대진은 걱정스럽다는 투로 말을 이었다.

"만약 그렇게 된다면 CEO 체제도 고려해야겠죠. 제가 이쪽에 있다 보니 함부로 얘기할 문제가 되지 못해서, 이해해 주시면 감사하겠습니다."

"아닙니다. 제가 어려운 얘기 꺼내서 죄송합니다. 그냥 생각이 나서요."

갑자기 그런 소리가 튀어나왔을 리 없었다. 정언은 재희를 잘 알고 있었다. 여기 오기 전부터 그 소리를 꼭 할 마음이었을 게 뻔했다. 대진이 짐짓 짧은 한숨을 쉬었다.

"오늘 보니 아예 절 공격할 마음을 먹고 오셨군요. 이거 좀 서운합니다. 저는 피디님들 정말 좋게 생각했고, 그래서 큰맘 먹고 어려운 부탁 하려고 모신 건데요."

어려운 부탁. 정언은 그 말을 머릿속으로 곱씹어 보았다. 속셈이 있으니 불렀으리라고는 생각했으나, 무슨 소리를 하려고 서두를 그렇게 거창하게 까는지 궁금해졌다.

대진이 손짓으로 영균을 불러 뭐라고 나지막하게 말했다. 고개를 숙인 영균이 방을 나가며 문을 닫았다. 영균이 없는 자리에서 해야 하는 이야기가 뭘까 막 생각하던 참에, 대진이 입을 열었다.

"솔직히 말씀드리죠. 피디님들한테 YBS 상황 더 좋아지지는 않을 겁니다."

대진은 담담했다. 그러나 그 말을 듣는 순간, 정언은 머리 위에서부터 누군가가 얼음물을 쏟아부은 듯한 기분이 되었다. 회사 하나를 완전히 망가뜨리고 그곳의 모든 사람을 자신의 노예로 만들려는 인간이 어째서 그렇게 아무렇지도 않은 건지 이해할 수 없었다.

잠시 현실감이 사라졌다. 재희와 윤 역시 자신과 그다지 다른 얼굴을 하고 있지는 않을 게 뻔했다. 세 사람에게 번갈아 눈을 준 대진이 슬며시 미소를 지었다.

"제가 개입하고, 그런 문제가 아니라는 건 먼저 알아주셨으면 합니다. 다만 진보적인…… 아, 정치 성향으로 말씀하시는 걸 안 좋아하시는 것 같으니까. 언론 균형 맞추는 과정에서 지금까지 목소리 내셨던 것처럼 하기는 아무래도 어렵다고 봐야겠죠."

"저희 걱정까지 해 주실 줄은 몰랐는데요."

재희가 내뱉었다. 얼굴에는 아직 웃음기가 머물러 있었으나 말투는 냉랭했다. 병 주고 약 주는 것도 정도껏이지, 이 꼴을 만들어 놓은 주동자가 이제 와서 동정한다는 건 당연히 기분 더러운 일이었다.

그러나 대진은 그런 눈치를 채지 못한 건지, 알고도 모른 척하는 건지 태연하게 말을 이었다.

"능력 있는 분들이 작은 물에 갇히는 건 안타까운 일이죠."

정언은 그 말에 이 끝으로 입술 안쪽을 눌러 물었다. <비하인드 24>는 이미 자신의 세계였다. 그 세계가 고작 대진에게는 작은 물에 불과하다고 생각하자 속이 쥐어 짜이는 기분이었다.

"제가 제안 하나 하겠습니다."

대진의 말이 귓바퀴 바깥에서 떠도는 소리처럼 지나쳤다.

"저희 캠프 들어오십시오."

그러나 다음 순간 갑자기 단어들이 명료해졌다.

캠프라면 엄대진의 대선 캠프를 말하는 것이 분명했다. 방금 한 말이 자신들을 영입하겠다는 소리인가 싶어 청력이 의심될 지경이었다. 제대로 들은 게 맞는지 확신할 수가 없었다.

정언은 거의 무의식적으로 재희에게 시선을 주었다. 재희 역시 벼락이라도 맞은 사람처럼 당혹스러운 얼굴이었다. 대진이 이쪽을 빤히 보더니 씩 웃었다.

"굉장히 놀라시네요."

재희가 잠시 침묵하다 대답했다.

"뜻밖이긴 한데요."

뜻밖이라는 건 지금 심경에 비해서는 대단히 절제된 표현이었다. 성질대로라면 무슨 개수작이냐고 테이블을 엎어도 시원찮을 판이었다. 대진이 그럴 줄 알았다는 얼굴로 고개를 끄덕였다.

"그러시겠죠. 그런데 특히 강재희 피디님은 제가 오래 전부터 눈여겨봤던 인재라서요. 이 자리에서 이런 말씀 드리는 걸 어떻게 생각하실지 모르겠습니다만, 저희 당에 꼭 필요한 분이다, 제가 오래 전부터 당에 이렇게 어필을 해 왔습니다. 보수 이미지 쇄신하기 위해 반드시 있어야 할 인재라고 여러 차례 얘기를 했죠. TF 쪽에도 영입 시도해 보라고 했고요."

한선당에서 재희를 영입하려 했다는 건 코미디 프로그램보다 더한 상황이었다. 너무 어이가 없어 웃음이 다 나올 지경이었다.

민권당에서 영입하려 한다 해도 거절할 판에 한선당이라니, 강재희를 아는 누가 들어도 기가 막힐 소리였다. 재희도 황당함을 감추지 못하며 되물었다.

"제가 한선당에 꼭 필요한 사람이라고요?"

"보수 싫어하시는 이유가 부패하고 타락했다고 생각하시니까 그런 거 아닙니까. 직접 당 한 번 바꿔 보시라는 겁니다."

천하의 강재희라도 정언이 아는 한 이런 상황은 처음이었다. 뭐라고 대답할 말을 찾지 못하는 재희에게 대진이 말했다.

"세 분 저희 캠프 미디어전략팀으로 모시고, 대선 후에 청와대 홍보실 들어가시는 조건이면 어떻겠습니까? 강 피디님은 청와대 타이틀 달고 한 2, 3년 일하시다 정계 들어가시면 좋을 것 같은데요. 나이도 그렇고, 경력도 딱 좋지 않습니까? 비례 자리 가시겠다면 우선순위 드리고, 원하시는 지역구 있다면 그쪽으로 공천 넣겠습니다."

"제 인생 계획을 미리 세우신 겁니까?"

겨우 정신이 돌아왔는지, 간신히 평정심을 되찾은 재희의 물음에 대진이 소리를 내어 웃었다.

"실례였습니까? 워낙 탐나는 인재라 오래 전부터 제가 찍어서 키워 보고 싶었습니다."

재희가 뭐라고 말하기도 전, 대진이 다시 정언과 윤 쪽으로 시선을 돌렸다.

"그리고 서 피디님이나 김 피디님 같은 경우에는 홍보실 일 좀 하시다 대변인 올라오시면 어떨까 싶은데요. 두 분도 정계 생각 있으시다면 아쉽지 않게 해 드리겠습니다."

물론 그럴 생각은 전혀 없었다. 수많은 회유 시도에는 이미 익숙해져 있었지만, 코앞에서 정계 진출시켜 주겠다고 수작을 거는 건 처음이었다.

살다 보니 별꼴을 다 보네, 하고 속으로 중얼거린 정언은 입을 다물었다. 세 사람이 망설인다고 생각한 건지, 대진이 숫제 설득하는 투로 말을 이었다.

"당에서 인재 영입 TF 가동하고는 있지만, 아무래도 결정권자들이 옛날 사람이다 보니 신선한 인재들 받아들이는 데 거부감이 상당해요. 좋은 인재들도 저희 당이라면 혹시 젊은 사람들에게 이미지 나빠질까 걱정하는 부분이 크고요. 제가 세 분 피디님 모시면서 포문 열면 새 피 수혈하기 어렵지 않을 겁니다. 보수 개혁하는 거 피디님들 지향점하고 일치하지 않습니까?"

세 사람 중 누구도 먼저 입을 열지 않았다. 그 침묵에 대진이 도무지 이해할 수 없다는 듯 혀를 찼다.

"상황도 그렇고, 고민하실 문제 아닙니다. 페이 문제라면 YBS 연봉 테이블 대충 알고 있습니다. 강 피디님 정도라면 인센티브 포함해서 아쉽지 않게 맞춰 드리죠. 청와대 홍보실 들어가시면 공무원이라 페이는 조금 줄어들겠지만 경력 쌓는 동안만 참는다 생각하십시오. 서 피디님하고 김 피디님도 마찬가지입니다."

"그건 저희한테 고려 대상 아닙니다."

더는 안 되겠다고 생각했는지 재희가 단호하게 말을 잘랐다.

"그러면 뭐가 문제입니까? 어차피 <비하인드 24> 더 유지하기 힘드실 텐데요."

그러나 받아친 대진의 말은 불난 집에 휘발유 뿌리는 격이었다. 일부러 조롱하려는 의도가 있는지는 확신할 수 없었으나, 아무 의식 없이 <비하인드 24>에서 이 이상 버티지 못할 거라고 단정하는 거라면 더 속이 뒤집히는 기분이었다.

잠깐 숨을 고른 재희가 대답했다.

"제안은 감사하지만 당장 대답할 문제는 아닌 것 같습니다."

"피디가 세상 바꾸기 쉽겠습니까, 정치인이 세상 바꾸기 쉽겠습니까? 피디님 같은 분들이 괜히 애쓰시는 거 보면 마음이 참 그래요. 능력 있으면 높은 자리에서 쓰는 게 현명한 겁니다."

수많은 물방울 하나하나가 모여 물을 넘치게 하는 순간. 정언은 문득 윤에게 했던 말을 떠올렸다.

세상을 바꾸는 건 한 사람의 피디도, 한 사람의 정치인도 아니었다. 스스로의 힘만으로 세상을 바꿀 수 있다는 믿음은 늘 재희가 가장 경계하는 것이었다. 대진이 그것을 알 리 없었다.

"생각해 보고 연락 주십시오."

"청와대 입성은 기정사실로 생각하고 계시는군요."

재희의 말에 대진이 하하, 하고 크게 소리를 내어 웃었다.

"얘기가 그렇게 되나요? 선거라는 게 투표함 까 보기 전에는 모른다고는 합니다만, 민심이 움직이는 건 누가 봐도 알 수 있지 않습니까."

"민심이 의원님에게 움직인다고 보십니까?"

"아직은 아니라고 생각할 이유도 없는 것 같은데요."

그 자신만만함이 거슬렸다. 엄대진이 이렇게 생각하고 있다는 걸 아는 사람이 몇이나 될까. 그러나 이 공간에서의 모든 대화는 자신들 외의 누구도 증명할 수 없었다.

여론조사에서도 민주영 의원에게 바짝 추격당하고 있었고, 어떤 악재가 더 겹쳐질지 예측할 수 없는 판이었다. 대진이 그렇게까지 자신의 승리를 확신하는 이유가 뭘까 생각하자 어쩐지 불길한 느낌이 엄습했다.

잠시 대진을 응시하던 재희가 물었다.

"만약 저희가 이 제안 거절한다면 어떻게 하실 겁니까?"

"사실 거절할 만한 제안은 아닐 거라고 생각합니다만, 그래도 거절하신다면……."

대진이 말을 끊었다. 그 얼굴에서 순간 웃음기가 걷혔다.

"제가 굉장히 아쉽겠죠."

여상한 단어들이었으나, 조금 전까지와 확연한 온도차가 느껴졌다. 적을 내 편으로 만들 수 없다면, 엄대진은 어떤 방식을 취하려 할까. 지금까지 그 뒤를 추적해 온 바로는 단 하나의 방법밖에는 생각할 수 없었다.

갑자기 에어컨을 틀어 놓은 것처럼 싸늘한 감각이 등줄기로 스며들었다. 침묵하던 재희가 곧 자리에서 일어났다.

"더 하실 말씀 없다면 이만 일어나겠습니다. 초대해 주셔서 감사합니다."

정언과 윤도 재희를 따라 몸을 일으켰다. 대진이 바깥에 대고 안 보좌관, 하고 부르자 앞에서 계속 대기하고 있던 영균이 바로 문을 열었다. 안으로 들어온 영균은 한쪽에 놓아두었던 핸드폰을 가져와 세 사람에게 건넸다. 핸드폰을 받아 든 정언이 막 방을 나가려던 찰나, 앉아 있던 대진이 갑자기 정언을 불렀다.

"서정언 피디님."

"네?"

정언은 뒤를 돌아보았다. 대진의 검은 눈동자와 시선이 마주친 건 그때였다. 잠깐 정언에게 물끄러미 눈을 주던 대진이 입을 열었다.

"바를 정에 말씀 언 자 쓰십니까?"

순간 심장이 덜컥 움직였다. 까닭 없이 본능적으로 경계심에 날이 섰다. 별것 아닌 질문인데, 왜 이런 감각을 느끼는지 스스로에게 설명할 수가 없었다.

"네, 그런데요."

"누가 지어 주신 겁니까?"

정언이라는 이름은 아버지가 직접 지은 것이었다. 아버지는 어머니가 임신한 걸 알자마자 아들이든 딸이든 어울리는 이름이라며, 바를 정에 말씀 언 자를 쓰는 정언이라는 이름을 정해 놓았다고 했다. 어머니는 누가 기자 아니랄까 봐 그러냐며 질색했고, 정언이 방송국에 합격했다는 소식을 듣자마자 이름을 잘못 지었다며 투덜거렸다.

「정언이 이름은 아빠가 지었지. 거짓말하고 남 속이는 사람 되지 말라고. 우리 딸은 아무리 무섭고 힘들어도 바른말 할 수 있는 사람이었으면 좋겠는데.」

언젠가 취한 아버지는 어린 정언을 무릎에 앉히고 몇 번이나 그 말을 되풀이했다. 오랫동안 묻어 두고 잊었던 장면이었다. 퍼뜩 되살아난 기억 속 젊은 아버지는 그렇게 말하며 웃고 있었다.

그러나 안경 너머의 눈은 어쩐지 슬퍼 보였다고 정언은 문득 생각했다. 그건 시간이 윤색한 장면일까. 확신할 수 없었다.

정언은 대답 대신 대진을 마주 보았다. 그런 질문을 한 의도를 가늠하는 것이 불가능했다. 단 한 번도 느껴 본 적 없는 종류의

493

두려움이 불현듯 깊숙이 스며들었다. 공기가 당겨졌다. 만지기만 해도 베일 것 같은 그 감각에서 벗어나고 싶었다.

무의식중에 입 안이 말랐다. 그 긴장을 깬 건 대진 쪽이었다.

"이름이 아주 좋아서 여쭤봤습니다."

의중 따위 없다는 듯 웃은 대진이 고개를 까딱였다.

"다음에 또 뵙죠."

"시간 내주셔서 감사합니다."

정언은 그의 시선을 비껴 피하며 말했다. 그러나 발이 쉽게 떨어지지 않았다. 뭔가 이상하다는 걸 직감했는지, 윤이 서둘러 정언의 어깨를 감싸듯 끌며 그 자리를 떴다.

윤에게 떠밀리다시피 해서 건물을 나온 정언은 입구의 돌계단을 내려오고 나서야 막혔던 숨을 토했다. 윤이 걱정스러운 얼굴로 물었다.

"선배, 괜찮으세요? 얼굴 안 좋아 보이시는데……."

"아무것도 아냐."

서둘러 손을 저은 정언은 잠깐 숨을 고르며 윤의 차 보닛에 기대섰다. 마음속에 있던 말이 저절로 튀어나왔다.

"선거 캠프 좋아하네, 개새끼."

돌계단 위에 환하게 불을 밝힌 건물 쪽을 한 번 올려다 본 재희가 두 손 두 발 다 들었다는 얼굴로 고개를 절레절레 저었다.

"하여튼 대단해. 어떻게 거기서 캠프 영입할 생각을 하지?"

정언은 엉망이 된 기분을 감추기 위해 부러 재희에게 심각한 표정으로 물었다.

"엄대진이 인정한 인재 강재희라고 광고라도 내야 되는 거 아니에요?"

정언의 말을 듣기 무섭게 재희가 펄쩍 뛰며 정색을 했다.

"그런 소리 하지도 마. 누가 들을까 봐 무서워 죽겠으니까. 지금까지 뼈 빠지게 일했더니 왜 엉뚱한 놈이 인정하고 난리야, 난리가. 사장님이 인정하시면 연봉이나 오르지. 이 소리 들으려고 정장 꺼내 입었나 싶어서 나 지금 회의감 장난 아냐."

재희는 신경질적으로 넥타이를 풀며 목까지 채워 놓은 셔츠 단추를 두어 개 끌렀다. 정언은 코끝으로 웃는 소리를 냈다.

"사람들 이거 들으면 배를 잡고 넘어갈 거 같은데."

"아, 제발 비밀로 해 줘. 진짜 부탁이야."

재희가 두 손을 모아 비는 시늉을 했다. 팀원들에게 얘기했다가는 두고두고 놀림감이 될 게 뻔한 탓이었다. 특히나 현진과 민혜가 당장 사무실에 '경축! 강재희 정계 입성'이라고 쓰인 현수막을 걸고 재희를 볼 때마다 정치 언제 시작할 거냐고 놀리는 광경은 안 보고도 이미 본 것처럼 눈에 선했다.

그러나 잠깐의 농담으로도 기분은 그리 나아지지 않았다. 정언은 입가를 매만지며 얼굴을 찌푸렸다.

"아니, 솔직히 난 진짜 우리가 올 거라고 생각하고 영입 얘기 던진 건가 싶어서 그게 더 기분 더러워요. 우릴 뭐라고 생각하는 거야, 이 새끼들은?"

재희가 열없이 웃고는 대답했다.

"반반 아니겠어? 밑져야 본전."

"하긴, 천승욱 때 생각해 보면……."

정언은 말끝을 흐렸다. <비하인드 24>는 절대 타협 없기로 유명한 프로그램이었다. 그걸 뻔히 알면서도 방송국에 직접 찾아와서까지 뇌물을 건네려 하던 천승욱의 태도를 떠올리자 한숨이 나왔다. 열 번 찍어 안 넘어가는 나무 없고, 안 넘어간다면 도끼를 바꿔 보겠다는 건가.

정언은 자신들이 만약 지금보다 조금만 덜 강경한 부류였다면 언제든 넘어갈 수도 있다는 걸 잘 알고 있었다.

위에서 제작비를 끊어 숨통을 말리는 사이 뒤로는 회당 삼천만 원의 제작비와 한도 없는 카드를 내밀고, 아무 힘없는 평피디라 방법 없이 당하게 만들어 놓고 억울하면 권력 한 번 쥐어 보라고 유혹하는 이들에 대항한다는 건 쉽지 않은 일이었다.

재희가 눈썹 부근을 긁적였다.

"돈으로 안 됐으니까 권력으로 낚아 보자 했을 수도 있지."

"그럼 다음은 미인계라도 쓸 건가?"

농담 반, 진담 반으로 내뱉자 윤이 곁에서 멈칫하며 되물었다.

"미인계요?"

정언은 눈을 동그랗게 뜬 윤을 흘끔 보고는 팔짱을 끼었다.

"5공 시절에 그걸로 기자들 길들였잖아. 그 시절에 돈하고 여자 맛본 젊은 놈들이 지금 윗대가리에 앉아 권력까지 쥐니까 지금 언론이 꼴 난 거지. 그런 놈들이 후배들한테 뭘 가르쳐. 자기가 하던 짓 똑같이 시키는 것밖에 더 해?"

재희가 그 말을 거들었다.

"지금 편성국장 하는 심석건도 정치부 기자 시절에 접대 무지하게 받은 걸로 유명했어. 접대 받으면 앉아서 밥만 먹었겠어? 백선경 국장님 현역 때 진짜 장난 아니었다고. 여자라 접대 안 받는다고 못 잡아먹어 안달인 놈들이 별별 소문 다 내고 다녀서. 그런 거 보면 시보국에 여자들 더 많아야 된다니까."

고개를 절레절레 저으며 한숨을 쉬는 재희에게 정언은 짐짓 의심스럽다는 표정을 했다.

"혹시 넘어가는 거 아니죠?"

재희가 무슨 그런 소리를 하느냐는 듯 대번에 얼굴을 구기며 손가락을 하나 흔들어 보였다.

"내 인생에 더 이상의 여자 사양이야. 지금도 너무 많아서 번호표 뽑는데."

"선배는 다 좋은데 1절만 할 줄 모르는 게 탈이야."

혀를 차는 정언을 본 재희가 자기 턱을 만지작거리며 진지하게 물었다.

"그것도 매력 아니냐?"

"젓가락도 안 들고 뭐 잘못 먹었어요?"

"야, 나 선배야."

정언이 가차 없이 되물은 말에 재희는 눈을 부릅뜨며 항의했다. 물론 정언은 들은 척도 하지 않았다. 턱 끝으로 차에나 타라는 제스처를 취하자, 하여튼 선배 알기를 아주, 하고 투덜거리던 재희가 혼잣말처럼 중얼거렸다.

"그런데 아무래도 마음에 걸리네."

"뭐가요?"

"우리 여기까지 부른 것치고 너무 사근사근하지 않아? 거절하면 무슨 짓 하려고 저러지?"

「제가 굉장히 아쉽겠죠.」

그렇게 대답하던 대진의 목소리가 순간 환각처럼 선명하게 되살아났다. 정언은 돌계단 위로 다시 시선을 주었다. 화려하게 쏟아지는 먼 불빛들이 깜빡이는 눈꺼풀 안에서 점멸했다. 빛, 어둠, 빛, 다시 어둠. 문득 조금 전 공기가 당겨지던 그 감각이 선연해, 정언은 애써 농담처럼 대꾸했다.

"죽기밖에 더 하겠어요."

재희가 막 뭐라고 말하려던 순간, 재희의 손에 들린 핸드폰이 진동하기 시작했다. 바로 액정을 확인한 재희가 전화를 받았다.

"네. 아냐, 아무 일 없었어요. 괜찮아. 요즘 세상이 어떤 세상인데, 밥 먹자고 불러 놓고 진짜 목이라도 땄을까 봐 그래요? 아, 알았어. 알았다고. 셋 다 잘 살아서 나왔으니까 걱정 말아요. 지금 사무실 다시 들어갈 거니까, 들어가서 얘기해요."

현진인 모양이었다. 재희가 전화를 받으며 운전석 문을 열더니 세워 둔 윤의 차를 가리켰다. 타라는 뜻이었다. 정언은 서둘러 조수석 문을 열었다.

운전석에 앉은 윤은 주차장을 먼저 빠져나가는 재희의 차 뒤를 따랐다. 윤의 옆모습은 평소와는 달리 표정이 없었다. 뭔가 불안한 듯한 느낌이었다.

잠시 침묵을 지키던 정언은 윤에게 물었다.

"김 피디, 괜찮아?"

윤이 시선을 앞에 둔 채 사이를 두었다가 대답했다.

"아까는 죄송했어요. 그럴 생각 없었는데 화가 나서……."

규형의 이야기를 꺼냈던 것 때문인 듯했다. 퍼뜩 내내 그 생각을 하고 있었던 건가 하는 생각이 스쳤다. 엄대진 앞에서는 무서운 것 하나 없는 사람처럼 대들더니, 정작 뒤에서는 이렇게 마음 약하게 구는 모습에 픽 웃는 소리가 샜다.

"됐어, 잘했어."

정언이 대수롭지 않다는 투로 말하자 입술 끝을 잘근거리던 윤이 도저히 이해가 안 가는지 긴 한숨을 뱉었다. 빨간 신호에 걸려 차를 세운 윤이 신호등에 시선을 둔 채 물었다.

"어떻게 그렇게 눈 하나 깜짝 안 하고 자기는 절대 모른다고 말할 수가 있죠?"

"그 정도로 뻔뻔하니까 저러고 사는 거 아니겠어?"

"아무리 뻔뻔해도 그렇지, 그 많은 사람 죽여 놓고 죄책감 같은 거 하나도 없는 거예요?"

"죄책감 느낄 사람이라면 언제든 그만뒀어. 그런 게 없으니까 여기까지 온 거지."

윤이 미간을 좁혔다. 속 시원한 답은 아닌 모양이었다. 하기야 정언이라고 그런 종류의 인간들을 이해할 수 있을 리 없었다. 무슨 생각인가에 잠시 빠져 있던 윤은 다시 바뀐 신호에 액셀을 밟으며 입을 열었다.

"마지막에 나오기 전에 선배 이름 왜 얘기한 거예요? 혹시 뭐 짐작 가는 거 있으세요?"

정언은 순간 멈칫했다. 대진이 자신의 이름에 대해 물었을 때, 자신 역시 불안감을 느낀 탓이었다. 물론 정말 그냥 우연한 호기심이라고 치부할 수도 있었다. 그러나 만약 의도가 있는 질문이었다면…… 그렇다 한들 무슨 의도인지 가늠도 되지 않았다.

"글쎄. 그냥 이름이 좀 특이하다고 생각해서 그랬나?"

"그래도요."

"뭐가 그래도야."

그렇지 않아도 예민한 윤이었다. 굳이 그 불안감에 대해 얘기하고 싶지는 않았다. 애써 아무것도 아니라는 양 그 말을 넘긴 정언은 서둘러 화제를 돌렸다.

"아, 최창묵 안 될 것 같으면 그냥 포기해. 그 정도로 매달릴 필요 없어."

윤이 고개를 가로저었다.

"조금만 더 해보고요. 사흘째 해 보니까 오기 생기던데요."

"오기 안 부려도 돼."

"주말까지만요."

윤이 그렇게 고집을 부릴 때는 말려도 안 듣는다는 걸 이미 경험상 충분히 알고 있었다. 윤에게 시선을 주었던 정언은 창가에 턱을 괴며 그럼 그러든지, 하고 대답했다.

차가 곧 한강 다리 위로 접어들었다. 윤이 운전석의 창을 조금 내렸다. 한 뼘쯤 열린 창 너머로 어둠이 내린 대교 위의 바람이 비집고 들어와 윤의 차 안을 한 바퀴 휘돌았다. 옅은 물 냄새가 어린 바람에 머리칼이 흩어졌다.

정언은 흘러내리는 머리칼을 쓸어 올리며 창 너머를 향해 고개를 돌렸다. 새까만 수면 위로 반사되는 야경의 불빛이 수없이 점멸했다. 빛, 어둠, 빛, 다시 어둠…… 돌계단 위의 휘황한 조명들이 되살아나 정언은 눈을 감았다.

그 방 안에서 당겨지던 공기의 감각이 지워지지 않았다. 감은 눈 안으로 파충류 같은 대진의 검은 눈동자가 떠올랐다.

그 검은 눈동자는 곧 오래된 기억 속 아버지의 눈으로 바뀌었다. 안경 너머로 어쩐지 슬픈 듯 자신을 내려다보던 그 눈. 이해할 수 없이 뒤엉키는 생각들을 정리하려 노력하며, 정언은 창으로 불어드는 바람에 잠시 의식을 맡겼다.

43

보안 따위는 그다지 신경 쓰지 않는 듯한 오래된 오피스텔의
비상구 계단은 며칠 사이 익숙해진 장소였다. 계단참 통로에 낸
세로 창으로 쏟아져 들어오던 저녁 햇살도 어느새 사라지고, 푸
르스름한 어둠이 비상구 안을 채웠다.

윤은 긴 팔을 한 번 휘적였다. 센서 등이 켜지며 어둡고 서늘
한 비상구가 밝아졌다. 곁에 둔 비닐봉지를 뒤적이자, 새벽같이
근처 편의점에서 사 온 빵 봉지가 손에 집혔다. 아침나절 마신
우유 한 팩 이후 처음 하는 식사였다.

빵 봉지를 뜯으며 생수병을 딴 윤은 물을 한 모금 마시고는
내내 침묵 중인 핸드폰을 만지작거렸다. 아침부터 최창묵에게
기다리고 있다, 5분이라도 좋으니 잠깐만 얘기하게 해 달라는
문자를 이미 너덧 번은 보낸 뒤였다.

물론 지금까지 답은 전혀 없었다. 한숨을 뱉은 윤은 의무감에
빵을 한 입 베어 물었다. 거의 하루 종일 굶었는데도 허기는 느
껴지지 않았다. 퍽퍽한 카스텔라가 물기 없이 씹히며, 입 안에서
엷은 계란 맛과 설탕의 단맛이 뒤섞였다.

윤은 빵을 먹으며 옆에 놓아 둔 백팩을 뒤져 보조 배터리를 핸드폰에 연결했다. 남의 집 앞 계단에 앉아 하릴없이 핸드폰으로 포털 사이트 메인에 걸린 뉴스를 보며 토요일 하루를 거의 다 보냈다는 게 실감이 나지 않았다.

― 아직 거기야?

그때 메시지 창이 반짝이며 핸드폰이 진동했다. 정언이었다. 먹던 빵을 황급히 내려놓은 윤은 메시지를 확인했다. 네, 하고 답을 보내자 곧 수신 확인이 됐는지 메시지 옆의 숫자가 지워졌다. 윤은 다음 메시지를 기다렸으나 답은 돌아오지 않았다.

뭘까 생각하며 남은 빵을 꾸역꾸역 입 안으로 밀어 넣은 윤은 부스러기를 털어 냈다. 계단 오르내리기 운동이라도 할까 막 생각하던 참이었다.

열려 있는 비상구 문 밖으로 멀리서 엘리베이터가 멈추는 소리가 났다. 발소리가 복도를 지나 가까워졌다. 이 라인에 사는 사람인가 무심코 생각하던 윤은 곧 열린 비상구 안으로 머리를 들이민 사람을 보고는 깜짝 놀라 자리에서 벌떡 일어났다.

"김 피디님!"

형원이었다. 생각지도 못한 얼굴에 당황한 윤은 황급히 바닥의 비닐봉지를 백팩 안으로 구겨 넣었다.

"여긴 어떻게……."

급하게 달려왔는지 형원의 얼굴은 조금 상기된 채였다. 형원이 주머니에서 손수건을 꺼내 이마에 송골송골 맺힌 땀을 닦고는 윤을 아래위로 훑어보더니 혀를 끌끌 찼다.

"아이고, 젊은 분이 주말에 이게 뭡니까."

남의 집 앞에서 스토커처럼 죽치고 있는 꼴을 들킨 게 어쩐지 민망해져 얼굴이 화끈거렸다. 형원이 윤에게 손짓을 했다.

"나가서 얘기하시죠."

"저, 여기서 기다리면서 얘기하면 안 될까요?"

그 말에 더 당황한 윤이 쩔쩔매며 묻자 형원이 다 안다는 표정으로 윤을 잡아끌었다.

"최 주필 나오기만 기다리는 거 아닙니까. 이 사람 안 나와요. 일단 나가서 얘기합시다. 멀쩡한 분이 청승맞게…… 누가 보면 여자한테 차인 줄 알겠어요."

성화를 부린 형원은 윤을 끌고 엘리베이터로 향했다. 오피스텔 앞의 작은 카페에 자리를 잡고 앉은 형원은 아이스 아메리카노 두 잔을 시키고는 연신 손부채질을 하더니 씩 웃었다.

"며칠째 여기로 출근 중이시라고 서 피디님이 그러시던데."

뜻밖의 말에 멈칫한 윤은 고개를 번쩍 들었다.

"선배하고 연락하셨어요?"

"네, 아까 먼저 전화하셨더라고요."

계속 그만해도 된다고 하더니 아무래도 걱정이 됐던 모양이었다. 남 일에 그다지 관심 없는 정언이 직접 형원에게 전화를 했다고 생각하자, 그렇지 않아도 빨개진 얼굴이 더 뜨거워졌다. 공연히 귓가만 만지작거리는 윤을 본 형원이 뒷머리를 긁적였다.

"아이, 이거 정말 죄송합니다. 최 주필 계속 설득하고는 있는데 아무래도 자기가 딱 확신이 없는 것 같아요. 원래 신중한 사람입니다. 정계 들어갈 때도 생각 많이 하고 들어갔었는데, 자기 판단 틀린 게 처음이라 그 뒤로 자기 자신도 불신하게 된 거죠."

윤은 조심스럽게 물었다.

"정말 설득 불가능할까요? 지금 아무것도 얘기 안 하시려는 이유 엄대진이 대통령 된다고 확신하셔서서 그런 거 아닙니까? <뉴스라이트>하고 저희, <데일리시사> 쪽에서 보도 터지면 엄대진 확실히 끌어내릴 수 있는 상황인데 왜…….."

윤의 말을 듣고 있던 형원이 커피를 한 모금 마시고는 윤을 빤히 바라보았다.

"피디님, 그런 확신 가지고 하셨어요?"

"네?"

움찔한 윤이 되묻자 형원이 얼굴에서 웃음기를 거뒀다.

"확신 가지면 위험합니다."

형원이 주변을 슬쩍 살폈다. 작은 카페 안에는 손님이 거의 없었다. 스툴에 걸터앉아 핸드폰을 만지작거리는 아르바이트생에게 잠깐 시선을 주었던 형원은 목소리를 낮췄다.

"엄대진 어떻게든 살아남는 인간이에요. 서온 게이트 취재할 때 그거 파던 기자들 전부 지금 김 피디님처럼 생각했습니다. <뉴스라이트> 사회부 전한동 부장님, 그분도 굉장히 준비 많이 하신 걸로 아는데 결국 어떻게 됐습니까?"

윤은 대답하지 못했다. 한동이 서온건설 게이트와 관련해 취재한 내용을 결국 거의 보도조차 못 했다는 건 이미 들어서 잘 알고 있는 이야기였다. 형원이 눈썹을 약간 좁혔다.

"이번 보도, 아마 언론에서 엄대진에 대해 다룰 수 있는 거의 마지막 기회라고 생각하셔야 돼요. 필살의 일격? 그런 거 아닙니다. 최후의 발악이다, 그렇게 봐야죠. 운이 좋으면 발목 잡아 넘어뜨리는 거고, 운이 나쁘면…… 굳이 얘기 안 해도, 뭐."

자세히 설명하지 않아도 형원이 하려는 말이 뭔지는 뻔했다.

잠깐 침묵하던 윤이 되물었다.

"그래서 더 이상 최창묵 주필님 컨택하려는 시도 하지 말라는 말씀이세요?"

형원이 그 말에 얼른 손을 내저었다.

"그런 건 아니에요. 저도 계속 연락은 하고 있습니다. 들어 보니까 방송 다음 주에 내보내신다던데, 그러면 방송 전까지는 일단 시간 있는 거잖아요. 그렇죠? 저희는 <비하인드 24> 방영 다음 날 조간으로 기사 내보낼 거니까. 저희도 최 주필 증언 있으면 좋죠. 그러니까 제가 최대한 협조하겠다는 겁니다."

형원이 적극적으로 나서 준다면 자기 혼자서 앞에서 기약 없이 무작정 기다리는 것보다는 훨씬 낫기는 할 터였다. 윤이 알겠습니다, 하고 대답하자 아예 뚜껑을 열고 얼음 한 조각을 입에 넣은 형원이 얼음을 씹다가 생각났다는 듯 윤을 마주 보았다.

"혹시 그날 그러고 난 뒤로 정보현 직접 만나 보셨습니까?"

"네."

"어떠셨어요?"

윤은 형원에게 정보현을 만난 날의 일에 대해 이야기했다. 심각한 표정으로 윤의 말을 주의 깊게 듣고 있던 형원이 흠, 하고 고개를 끄덕였다.

"음, 그래요. 확실히 서 피디님이 여자분이라 그런 걸 더 민감하게 캐치하셨을 수도 있겠네요. 제가 만났을 때는 솔직히 그런 쪽으로는 전혀 생각을 못 했습니다. 보좌관 와이프가 갑질하는 케이스는 꽤 있긴 한데, 정보현 같은 사람은 드물거든요. 아니지, 없다고 해야겠네요. 일단 저는 기자 일 하는 동안 그런 사람 본 적이 없었습니다."

형원이 가방에서 자기 수첩을 꺼내 메모하며 말을 이었다.

"가끔 뭐 의원 부인들이 정계 생각 갖는 경우가 있긴 있어요. 실제로 당선된 사례도 있고요. 그런데 보좌관 부인이 그런 그림 그린다, 그런 건 솔직히 전혀 생각 안 했거든요. 저희가 만났을 때는 굉장히, 자기는 봉사 외에는 아무것도 생각 안 한다, 남편도 엄대진 모시는 것밖에 모른다는 식으로 얘기를 했으니까요."

"아직 차기 대선까진 먼 시점이라 그랬던 거 아닐까요?"

"지금 생각하면 그래서였을 수도 있겠네요. 정치라는 게 진짜 알 수가 없잖아요. 확실히 된다, 유력 후보다 이러던 사람도 하루아침에 작살나고 아무도 생각 안 하던 사람이 갑자기 태풍 몰아치면서 당선되고 그러니까. 엄대진한테 무슨 일 생길까 봐 말아꼈나 싶기도 하고……."

형원이 펜 끝으로 이마를 긁적이며 잠깐 생각에 잠겼다. 윤은 조심스럽게 물었다.

"안영균이나, 더 가서 아예 정보현 본인이 정계 진출할 가능성이 얼마나 된다고 보세요?"

눈썹을 약간 찌푸린 형원이 대답했다.

"본인들 의지만 있다면 그건 문제 안 될 겁니다. 안영균이 진짜 정계 진출 노린다면 한 4, 5년 안에 충분히 가능하죠. 엄대진이 청와대 입성만 하면 그건 완전 고속도로 탄 겁니다. 아니면 아예 안영균이 십상시(十常侍)9) 포지션 잡고 엄대진 컨트롤하는 것도 생각할 수 있고."

형원이 수첩을 넘겨 빈 페이지를 펼쳤다.

---

9) 중국 후한 말 영제 때 조정을 장악하고 권세를 휘두른 환관 열 명을 지칭하는 말. <후한서>는 십상시를 12명, <삼국지연의>는 10명으로 기록하고 있다.

"경우의 수를 좀 계산해 볼까요? 보도 터지고 생각보다 파장이 커진다, 그러면 엄대진이 결국 이 모든 일 뒤집어씌울 사람은 안영균입니다. 서온건설 남제선 회장이나 채기원 같은 애들은 지금 보도하는 부분 다 커버 칠 수가 없어요. 결국 안영균이 알아서 한 짓으로 결론이 나야 된다는 거죠. 안영균도 어느 정도는 그거 각오하고 있을 겁니다."

형원이 수첩 위에 빠르게 안영균, 남제선, 채기원, 엄대진 같은 이름들을 적어 나가며 말했다. 형원은 안영균의 이름 위로 원을 그렸다. 윤은 원 안의 이름을 응시하며 물었다.

"엄대진이 검찰 활용해서 빼 줄 수 있으니까요?"

"그렇죠, 그런 것도 있죠. 그런데 일이 그렇게 잘 풀리면 다행인데, 지금까지 해 온 엄대진 패턴으로 보면 안영균 그냥 아예 버릴 가능성도 없진 않거든요."

윤은 눈을 들었다. 확실히 형원의 말 대로였다. 뻔뻔하게 모른다는 말로 일관하던 엄대진을 떠올리자 다시 속이 뜨거워지는 기분이었다. 눈 한 번 깜빡이지 않고 자신의 죄를 부정하기 위해서는 그런 일에 얼마나 익숙해져야 하는 것일까.

윤은 손끝으로 마른 입술 위를 문질렀다.

"만약에 전부 안영균이 한 걸로 뒤집어씌우고 유죄 판결 나 버리면 안영균은 거의 사회 복귀 자체가 불가능할 텐데요."

"그렇죠. 그리고 엄대진이 그걸 더 원할 수도 있단 말입니다. 자기 치부 다 아는 게 안영균이니까. 비밀은 원래 아는 사람이 적을수록 좋은 거잖아요. 엄대진 여태까지 그런 식으로 자기 죄 안 드러나게 숨겨 왔어요. 포섭되는 놈은 자기 밑에 두고 부리고, 안 되는 놈은 죽이고."

「저희 캠프 들어오시죠.」

그 목소리가 떠오른 건 다음 순간이었다. 정말 그 제안을 받아들일 거라고 생각해서 그런 말을 한 건지, 아니면 다른 의도가 있는지 쉽게 짐작할 수 없었다.

자신은 몰라도 재희나 정언에게 그런 제안은 절대 먹힐 리 없다는 걸 엄대진이 진짜 몰랐을까 문득 궁금해졌다. 형원이 쯧, 하고 혀 차는 소리를 냈다.

"포섭한 놈도 쓸모없어지면 버리고, 배신할 것 같으면 없앴죠. 엄대진 정계 입성한 뒤로 주변에서 사고든 자살이든 죽어 나간 사람 지금 계산도 안 돼요."

"그럼 안영균도 그런 부분 대비하지 않을까요?"

윤의 물음에 형원이 고개를 끄덕였다.

"그렇죠. 안영균도 자기 살길은 남겨 뒀을 겁니다. 만에 하나 안영균이 그런 생각 못 하고 엄대진 신뢰한다 쳐도 안영균이 버림받으면 정보현이 그거 이용할 수도 있겠다 싶네요. 안영균이 버림받고 폭로전 간다, 그러면 본인이 엄대진 비리에 깊숙이 관여된 건 사실이니 정계 입성 안 되죠. 대신 정보현이 엄대진하고 자기 남편 보내 버리고 자기가 직접 정계 들어가는 방향도 생각할 수 있는 거 아닙니까. 교회 규모나 평판도 그렇고, 본인 집안에서 백업한다면 뭐."

형원이 재미있다는 투로 말했다. 잠시 생각하던 윤은 고개를 약간 기울였다.

"정보현 말로 자기 아버지가 작은 하청업체 하나 했었다고 하던데 맞습니까?"

"본인이 그래요?"

소리를 내어 웃은 형원이 작은 하청업체, 하고 혼잣말을 중 얼거리더니 대답했다.

"아버지가 천안 사람인데, 당시에 충청도 지역 하청 싹 도맡아 서 하던 업체입니다. 작은 하청이라고 하면 진짜 작은 하청들 서러운 소린데. 대대로 지역 유지예요. 정보현이 마음만 먹으면 비례 자리가 아니라 지역구 공천 받는 것도 가능할 겁니다. 서 피디님 말대로 정보현이 정말 야심 있다면 드라마 원할 수도 있 죠. 폭군과 배신당한 신하의 부인, 미디어에서 얼마나 물고 뜯고 하면서 좋아하겠어요."

정보현이 철저히 남편과 거리를 두며 이미지 관리를 해 온 건 그런 상황을 대비해서일 수도 있겠다는 생각이 든 건 그때였다.

"엄대진이 보도 터지고 안영균 버린다면 저희한테 유리할 수 도 있겠네요."

"차라리 안영균한테 의리 안 지킨다면 그게 낫죠. 안영균도 사 람인데, 남들 줄줄이 나가떨어지는 엄대진 수발 십수 년을 넘게 들면서 바라는 게 왜 없겠습니까."

씩 웃은 형원이 목소리를 조금 더 낮췄다.

"한 번 터지면 내부 고발자 계속 나올 겁니다. 지금은 무서워 서 못 움직이는 사람들이 많아요. 최 주필도 마찬가지고요."

배가 침몰하기 전 가장 먼저 위험을 감지하는 건 쥐들이라고 했던가. 지금도 제보가 줄을 잇는 판이라는데, 아직도 엄대진이 두려워 움직이지 못하는 사람들이 그렇게 많다면 숨겨진 일들은 얼마나 되는 걸까 하는 생각이 퍼뜩 스쳤다. 머릿속이 서늘해졌 다. 수첩을 넘겨보던 형원이 손을 멈췄다.

"참, 엄대진이 채기원도 언제든지 제거할 수 있다고 한 영상 있다고 얘기하셨잖아요. 그 부분만이라도 편집해서 보내 주실 수 있습니까? 저희 기자들이 채기원 측근한테 그 얘기 전달했더니 채기원 쪽에서 좀 관심이 생긴 모양이에요."

"아, 네. 그럼요. 알겠습니다."

윤은 얼른 고개를 끄덕였다. 형원이 웃고는 남은 커피를 단숨에 마셨다. 얼음이 반인 컵은 순식간에 바닥을 보였다. 형원이 다 마신 컵을 내려놓았다.

"아무튼 최 주필하고는 내가 더 얘기해 볼 테니까 김 피디님은 그만 들어가세요. 서 피디님 말 들어 보니까 주말까지만 버텨 보겠다고 그랬다면서요? 최 주필 버틴다고 마음 돌릴 사람 아닙니다. 한 이삼 일만 더 주시면, 다음 주 중으로 어떻게든 설득해 볼 테니까 그때 오세요."

"그래도……."

윤이 말끝을 흐리자 형원이 별 고집을 다 보겠다는 투로 손을 휘적거렸다.

"아이고, 내가 최 주필이랑 일한 게 얼만데요. 내가 최 주필 잘 알겠습니까, 김 피디님이 잘 알겠습니까? 그래도 김 피디님 연락은 받아 준다면서요. 그러면 아마 될 겁니다."

무슨 생각을 했는지 갑자기 웃은 형원이 말을 덧붙였다.

"안 그래도 아까 서 피디님하고 통화하는데, 김 피디님이 말 안 들을 거라고 자기가 데리러 올 테니까 그 전까지 설득 좀 해 달라고 하시던데요."

"선배가요?"

윤이 되묻기 무섭게 탁자 위에 놓여 있던 핸드폰이 울리기 시작했다. 정언이었다. 형원이 턱 끝으로 핸드폰을 가리켰다.

"받아 보세요."

어디서 보고 있었나 싶을 정도로 귀신같은 타이밍이라, 윤은 서둘러 전화를 받았다.

"네, 선배."

『아직도 설득 안 됐어?』

정언답게 서론 따위 없이 바로 본론이 돌아왔다. 윤이 머뭇거리자 정언은 대답을 기다리지도 않았다는 듯 말을 이었다.

『그만하고 나와. 구성안 초안 잡아 놓은 거 체크해야 돼.』

"아, 네."

주말에 구성안 작업 들어간다고 했는데 이 시간에 나온 걸 보면 민혜도 하루 종일 달린 모양이었다. 구성안도 안 보고 버틴다고 할 수는 없었기에 순순히 대답하자, 핸드폰 너머에서 피곤한 듯한 목소리가 돌아왔다.

『거의 다 왔으니까 앞에 나와 있어.』

"진짜 오신 거예요?"

데리러 온다는 소리는 농담일 거라고 반쯤 생각하고 있었기에, 기겁을 한 윤은 저도 모르게 목소리를 높였다.

『다 왔다고 했잖아. 전화 끊는다.』

정언이 짧게 대답하기 무섭게 전화가 끊어졌다. 정언이 거의 다 왔다는 걸 보니 정말 코앞인 모양이었다. 황급히 자리에서 일어난 윤은 형원에게 고개를 꾸벅 숙이며 부탁했다.

"저 지금 가 봐야 될 것 같습니다. 감사합니다. 꼭 좀 부탁드릴게요. 만약에 안 되면 저 방송 직전까지 또 와 있으려고요."

형원이 짐짓 질색하는 표정으로 윤을 떠밀었다.

"큰일 날 소리 하시네. 연락할게요."

감사합니다, 하고 다시 한 번 인사를 건넨 윤은 서둘러 한 모금도 안 마신 커피를 들고 카페를 나섰다.

대로변에 서서 두리번거리고 있으려니 도로 저편에서 익숙한 검은색 SUV의 모습이 보였다. 윤이 손을 흔들자 정언이 그 앞에 차를 세웠다. 윤이 서둘러 조수석에 타기 무섭게 정언이 윤을 흘끗 보고는 툭 내뱉었다.

"얼굴 완전 반쪽이네. 뭐 제대로 먹긴 했어?"

"네, 뭐 그냥……."

"뭐가 그냥이야? 하루 종일 빵이나 한 조각 먹고 말았겠지."

어물거리던 윤은 마치 자신을 지켜본 것 같은 정언의 말에 움찔했다. 눈치를 보며 무의식중에 손에 들고 있던 커피를 마시자, 정언이 앞을 보며 말했다.

"빈속에 커피만 들이부으면 속 버려."

무심한 말투였으나, 윤은 그게 정언 나름의 다정함이라는 걸 잘 알고 있었다. 저도 모르게 입가로 웃음이 번졌다.

"저 걱정하시는 거예요?"

"나도 사람인데 그럼 걱정 안 할 줄 알았어?"

정언이 눈을 돌리지 않고 대꾸했다. 윤이 정언을 빤히 보자, 시선을 느꼈는지 정언이 미간을 좁혔다.

"뭘 그렇게 봐."

"좋아서요."

생각할 필요도 없이 나온 대답에 정언이 짧은 한숨을 쉬었다.

"아직 덜 굶었지?"

물론 굶을 만큼 굶었기에 윤은 입을 다물었다. 방송국 주차장에 도착한 정언은 엘리베이터에 타는 대신 비상구 계단으로 향했다. 윤이 어디 가세요, 하며 서둘러 뒤를 쫓아가자 정언이 지하 1층의 구내식당으로 올라가 식권 두 장을 뽑았다.

"일단 밥 먹고 올라가자."

"저 밥 안 먹었다고 걱정돼서 그러세요?"

"나도 안 먹었어."

바로 돌아온 철벽에도 그러거나 말거나 생글거리자, 정언이 고개를 절레절레 저었다.

마감 시간이 가까워진 구내식당은 한산했다. 샐러드와 미역국, 갈비찜 따위의 메뉴들을 식판에 담은 정언은 입구 근처의 자리에 앉았다. 윤은 자기 식판을 내려놓고 맞은편에 앉으며 물었다.

"송 작가님은요?"

수저를 든 정언이 대답했다.

"초안만 잡아 놓고 애 아프다고 급하게 갔어."

"애가요? 얼마나 아픈데요?"

놀란 윤이 묻자 정언이 찡그린 이마를 손끝으로 문질렀다.

"열이 많이 난다는데, 애 안 괜찮아지면 일단 병원 입원이라도 시켜 놓고 밤새서라도 수정해 주겠대."

잔말 말고 빨리 먹으라는 듯 정언이 고개를 까딱였다. 그러고 보니 정언의 얼굴에도 피곤한 기색이 역력했다. 어젯밤에 제대로 못 잔 모양이었다. 아마 밤샘을 하고 숙직실에 있었는지, 정언의 옷이 어제 입은 것과 같다는 걸 윤은 뒤늦게 깨달았다.

서둘러 오늘의 첫 식사를 마친 윤은 정언과 함께 자리에서 일어났다. 사무실로 향하는 엘리베이터를 기다리던 윤은 퍼뜩 생각난 물음을 던졌다.

"<뉴스라이트>는 어떻게 됐대요?"

정언이 작게 하품을 하고는 기지개를 켰다.

"음, 아까 선배랑 얘기하는 거 들어 보니까 부장님이 일단 월요일 오전 회의에 올려 볼 예정이신 것 같더라고. 회의에서 부실공사 관련 TF라고 내용 공개하시겠다는데, 위에서 이미 서온건설 관련 건 전부 틀어막으려고 하는 중이라 먹힐지 모르겠어."

"만약에 킬 당하면요?"

"데스킹 안 거치면 못 올린다고 할 테니까, 뉴스 시스템에 완전 다른 기사 올려놨다가 생방 들어가면 진짜 기사로 교체해서 가지고 들어가는 것도 생각하시는 것 같더라고."

그런 경우는 듣도 보도 못한 것이었다. 대본도 대본이거니와 당장 뉴스에 들어가는 영상이나 CG 처리를 생각하자 당사자도 아닌데 등줄기가 다 서늘해졌다.

눈을 크게 뜬 윤은 정언에게 되물었다.

"그게 가능해요?"

"불가능한 건 없지."

정언이 그게 뭐 대수냐는 투로 대답했다. 물론 불가능한 건 아니었다. 아무도 생각조차 안 하는 일일 뿐이었다.

"경위서 써야 될 것 같은데요."

"경위서로 끝나면 다행이고."

무서운 말을 아무렇지도 않게 내뱉은 정언이 열린 엘리베이터에 탔다. 올라간 사무실은 비어 있었다. 아마 다들 어제까지 죽어라 야근한 뒤 잠시 쉬러 돌아간 모양이었다.

정언은 잠겨 있던 회의실 문을 열며 불을 켰다. 탁자 위에 구성안 출력본이 아무렇게나 흩어진 것이 눈에 들어왔다. 자리에 앉은 정언은 출력본을 대충 모아 확인하고는 한 부를 윤 쪽으로 밀어 놓았다.

윤은 구성안 표지에 눈을 주었다가 고개를 들어 정언을 보았다. 충혈된 눈가를 누르는 정언은 평소보다 더 지친 듯했다.

"아무 일 없으신 거죠?"

문득 불안해진 윤이 묻자 정언이 시선을 맞춰 왔다.

"왜?"

"그냥요."

"요새 김 피디 신경과민이야."

걱정한다는 걸 알아차렸는지 농담처럼 넘긴 정언이 화제를 돌렸다.

"시사 프로 구성안 본 적 있어?"

"처음 들어왔을 때 공부하면서 읽었어요."

윤이 고개를 끄덕이자 정언이 구성안의 첫 페이지를 넘기며 말했다.

"오케이. 작가님이 급하게 쓰느라 디테일한 부분은 비워 놨으니까 흐름만 봐 달래. 읽어 보고 뭐 더 넣거나 빼야 할 것 같은 부분 얘기해. 잘 모르겠으면 물어보고."

곁에 앉은 윤은 구성안을 서둘러 읽기 시작했다. 정언의 구성안은 이미 한 번 확인한 것인지 형광펜으로 군데군데 칠해 둔 부분과 메모 몇 개가 눈에 띄었다. 그러나 정언은 묵묵히 구성안을 넘기며 연신 뭐라고 적어 나갔다.

윤 역시 머릿속으로 방송 화면을 그려 보며 구성안을 읽었다. <오늘의 요리> 때와는 전혀 다른 방식이라 낯설었으나, 그간 본 <비하인드 24>를 생각하자 어느 정도 감을 잡는 건 어렵지 않았다.

한참 메모를 하던 윤은 거의 마지막 장에 민혜가 '최창묵 INT, 미정'이라고 적어 놓고 밑줄을 그어 둔 데서 손을 멈췄다.

"최창묵 인터뷰 부분은 공백인데 아예 비워 두신 거예요? 이러면 방영 시간이……."

구성안에 눈을 두고 있던 정언이 고개를 들지 않고 대답했다.

"플러스마이너스 10분 정도는 유동적이야. 위에서는 광고 때문에 방영 시간 긴 거 더 좋아하기도 하고. 얘기 잘 돼서 쓸 만한 내용 있다면 넣을 자리 남겨 둔 거지."

"나머지 흐름 자체는 별 무리 없는 것 같은데요. 디테일만 잘 채워 넣으면 될 것 같아요."

"그 디테일 채우는 게 일이니까."

정언의 말끝이 나른했다. 드물게도 긴장이 풀린 듯한 모습이라, 윤은 잠깐 그 창백한 얼굴을 흘끔 보았다.

"어제 못 주무셨어요?"

"잠깐 잤어."

짧은 대답이 돌아왔다. 그건 거의 못 잤다는 소리였다.

"커피 좀 사다 드릴까요?"

"됐어."

윤이 조심스럽게 묻자 정언은 바로 손을 내저었다. 그러나 윤은 정언이 뭐라고 하기 전 얼른 자리에서 일어났다.

"제가 마시고 싶어서 그래요. 갔다 올게요."

서둘러 회의실을 나선 윤은 로비로 내려왔다. 카페에서 정언이 늘 마시는 트리플 샷 아이스 아메리카노와 휘핑크림을 올린 모카초코를 사서 돌아온 윤은 회의실 문을 열다 말고 멈칫했다. 정언이 테이블 위에 엎드려 있었다.

그새 잠이 든 건가 싶어 소리를 내지 않고 문을 닫은 윤은 커피 두 잔을 살짝 탁자 위에 내려놓았다. 한쪽 팔에 뺨을 댄 채 죽은 듯 눈을 감고 있는 정언의 얼굴은 어쩐지 낯설었다. 살짝 벌어진 입술 사이로 희미한 숨이 새었다.

윤은 잠든 정언을 가만히 응시했다. 조금 길어진 머리칼이 흘러내려 정언의 창백한 얼굴을 가렸다. 가장 무방비한 순간의 정언은 어쩐지 손을 대는 순간 깨질 수도 있을 것처럼 보였다. 혼자 있을 때는, 늘 이런 얼굴을 하고 있는 걸까.

테이블에 엎드리며 한쪽 뺨을 팔에 깊숙이 파묻은 윤은 정언을 물끄러미 마주 보았다. 가느다란 속눈썹이 형광등의 빛에 옅은 그림자를 드리웠다. 눈으로 그 그림자의 궤적을 가만히 덧그린 윤은 숨을 죽였다. 그 잠깐의 휴식을 방해하는 건 싫었다.

얼마나 지났을까, 문득 정언의 눈이 천천히 뜨였다. 눈을 두어 번 깜빡이던 정언이 자신과 시선을 맞춘 채 이쪽을 마주 보는 윤을 알아차린 듯 멈칫했다. 윤은 손을 뻗어 조심스럽게 정언의 머리칼을 뒤로 넘겨주었다.

뭐라고 말하려는 듯 입술을 달싹이던 정언이 눈꺼풀의 무게를 이기지 못했는지 다시 스르르 눈을 감았다. 힘이 없는 정언의 손끝이 머리칼을 만지는 윤의 손에 닿았다. 가는 손가락은 언제나처럼 차가웠다. 그 손을 가만히 감싼 윤은 오랫동안 움직이지 않았다.

달고 씁쓸한 초콜릿과 커피 향이 희미하게 텅 빈 회의실 안을 떠돌았다.

44

좁은 편집실은 두 사람만 앉아도 거의 수용 한계치였다. 에어컨이 내내 돌아가도 기기가 내뿜는 열기 탓에 빈말로라도 시원하다고는 할 수 없는 편집실 안의 공기가 답답했다.

그러나 뜬눈으로 밤을 샌 탓에 감각이 무뎌져서인지, 정언에게는 그 더위를 느끼는 것 자체가 사치였다. 애를 입원시켜 놓고도 병실에서 내내 노트북을 두드려 수정안을 보내 준 민혜 덕분에 정언은 윤과 어젯밤부터 편집실을 전세 내고 있었다.

원래대로라면 지혁이 먼저 OK 컷만 남기는 1차 작업을 해서 넘겨주는 게 보통이었지만, 지금은 그럴 시간이 없었다. 턱을 괸 채 듀얼 모니터를 번갈아 보며 마우스를 쉴 새 없이 움직이던 정언은 곁에서 구성안을 확인하는 윤에게 말했다.

"여기, 58초부터 1분 14초까지 끊어서. 슈퍼10) 들어갈 거 확실히 체크해 놓고."

---

10) 방송 자막. 배경이 되는 화면에 자막을 입히는 것을 '슈퍼임포즈(Superimpose)'라 하는데, 일반적으로 이를 줄여 '슈퍼'로 통용한다.

네, 하고 대답하며 산뜻한 하늘색 린넨 셔츠의 소매를 걷은 윤이 색색의 마커 테이프를 붙여 놓은 파일들을 뒤적였다. 흰 이마에는 엷게 땀이 배어 나온 채였다. 머리칼을 쓸어 올린 윤은 그새 얼음이 다 녹은 커피를 한 모금 마시며 입을 열었다.

"선배, 그렇게 하면 여기 내레이션이 VCR 나가는 것보다 길지 않아요? 더빙 딸 때 좀 정리해서 3, 4초 정도 줄여야 할 것 같은데요. 그리고 뒤에 스케치 들어가는 걸로 돼 있는데, 여기서 스케치 딴 게 별로 없어서……."

"거긴 체크해 놔. 스케치는 뒤쪽에서 잘라서 붙이지, 뭐. 프리뷰 확인해 봐. 끝에 스케치 있을 거야."

정언은 화면에서 눈을 떼지 않은 채 한마디를 덧붙였다.

"아, 그리고 내일 오후에 더빙실 스케줄 잡아 놨는지 우 피디한테 확인 좀 해 줘."

"알겠습니다."

핸드폰을 든 윤이 자리에서 막 일어나려던 참이었다. 밖에서 노크 소리가 들리더니 답을 기다리지도 않고 문이 열렸다. 재희였다. 놀란 윤이 그 자리에 선 채 눈을 깜빡였다. 답지 않게 잔뜩 상기된 얼굴을 한 재희가 숨을 고르며 물었다.

"진행 얼마나 됐어?"

정언은 미간을 찌푸리며 재희를 돌아보았다. 아무리 급해도 이제 겨우 편집 들어간 걸 뻔히 알면서 이렇게 편집실까지 쳐들어와 재촉하는 건 드문 일이었다.

"구성안 수정하고 어젯밤부터 간신히 편집 들어갔는데 뭐가 얼마나 돼요? 촬영 분량이 얼만데 벌써 쳐들어오는 거 너무 인간미 없지 않나? 바빠 죽겠는데 왜……."

안 그래도 피곤한 탓에 말끝이 날카로워졌다. 그러나 재희는 정언의 말을 끝까지 기다리지 않았다.

"사장님하고 국장님 지금 검찰에 고발당했어."

낮은 목소리 끝이 거칠었다. 윤과 정언은 거의 동시에 재희에게 되물었다.

"네?"

"지금 뭐라고 했어요?"

재희가 문가에 손을 짚으며 다시 잠깐 호흡을 골랐다. 윤이 어쩔 줄 몰라 하며 재희를 마주 보았다.

"유동욱 사장님하고 백선경 국장님이요? 이렇게 갑자기요?"

"이사진들이 고발 준비한다고는 했는데, 타이밍이 나빠."

"뉴스 들어온 겁니까?"

윤의 물음에 재희가 고개를 끄덕였다. 정언은 편집도 잠시 잊은 채 재희를 다그쳤다.

"어디서 한 거예요? 이사진들이 직접?"

재희가 그 말에 고개를 가로저었다.

"아니. 한국언론지형 바로잡기라는 시민단체인데 알아보니까 한선당 쪽 단체야. 여기서 사장님하고 국장님 횡령하고 배임으로 걸었더라고. 자기들이 자료 있다고 제출했다는데 보나마나 이사진 쪽에서 준 거겠지."

갑작스러운 두통이 밀려들었다. 밤샘과 과도한 집중 탓만은 아니었다. 지끈거리는 관자놀이 부근을 꾹 누른 정언은 눈썹을 좁혔다.

"지금 국장님 어디 계세요?"

"국장실에. 검찰 쪽에서 오늘 고발 들어올 거라고 미리 얘기는 들으셨대. 지금 사장님하고 변호인단 면담 중이야."

"설마 뭐 유죄 만들려고 작업 치지는 않겠지?"

정언의 불안한 얼굴에 재희가 단호하게 대답했다.

"사장님하고 국장님 어떤 분들인지 알잖아. 절대 유죄 안 나와. 걔들도 알 거라고. 그냥 사람 괴롭히려고 하는 거야. 안 그래도 저번 주 이사회에서 사장님 불러다 놓고 퇴진 요구했다는데, 사장님이 그렇게는 못 하겠다고 하셨대."

"명분이 없으니까 명분을 만들겠다?"

정언이 혼잣말처럼 중얼거리자 재희는 가벼운 한숨을 뱉었다.

"그렇지. 바언진 이사들이 전부 퇴진 결정한대도 지금은 명분이 없어서 못 내보내. 부당 해임으로 두 분이 역고소 들어가면 이사진이 백 퍼센트 패소한다고. 그러니까 일단 검찰 고발 걸어 놓고, 법정 공방 들어가면 프레임 짜겠지. 죄가 있든 없든 계속 때리면 여론 넘어간다고 생각하니까. 의혹이라면서 실컷 물고 뜯다가 나중에 아니면 말고, 이래 버리면 그만이잖아. 지금 민 의원님한테 하는 것도 계속 그런 식이고."

"아, 이 개새끼들 진짜……."

이가 갈릴 정도로 분한 마음에 대뜸 욕이 먼저 튀어나왔다. 그런 자들에게 대항할 수 있는 유일한 무기가 고작 방송 한 편이라는 걸 새삼스럽게 자각하자 머릿속이 서늘해졌다.

언제나 마음 한구석에 도사린 불안이 고개를 들었다. 이 모든 시간이 무의미해진다면…… 그러나 정언은 서둘러 그 불안감을 지워 버렸다. 어차피 다른 수가 없었다.

"아무튼 국장님이 면담 끝나고 전 부장님하고 오후에 잠깐 보자고 말씀하시더라고."

재희가 화제를 돌렸다. 정언은 의식하지 못한 사이 얇게 땀이 배어 나온 이마를 대충 문질러 닦으며 목소리를 낮췄다.

"<뉴스라이트> 오전 회의 진행한대요?"

재희가 고개를 가로저었다.

"11시에 회의하기로 했었는데 지금 국장님 검찰 고발 건 때문에 시보국 다 뒤집혔어. 점심 먹고 회의 들어간다고 부장님이 말씀하시더라. 일단 그렇게 알고 있어."

"알았어요."

재희가 정언의 어깨를 툭 치고는 수고해, 하며 다시 편집실 문을 닫았다. 정언은 닫힌 문에 난 작은 창 너머로 빠르게 사라지는 재희의 뒷모습을 보고 있다가 잠깐 얼굴을 감쌌다.

"미치겠네, 정말."

"그럼 어떻게 되는 거예요?"

지혁에게 전화를 걸려던 것조차 잊은 윤이 조심스럽게 물었다. 정언은 얼굴을 감싼 손을 떼지 않은 채 대답했다.

"중간에 국장님 면담할 때 이사진이 검찰 고발 계획한다는 거 이미 알고 계시긴 했어. 그때도 시간 없으니까 서둘러 달라고 하셨거든. 그 자리에서 혹시 모르니까 기획안 바로 결제하고 넘기신 것도 그것 때문에 그랬던 거고."

잠시 사이를 둔 윤이 설마, 하는 얼굴로 정언을 마주 보았다.

"혹시 우리가 엄대진 만나고 와서 그런 거 아니에요?"

엄대진의 이름에 가슴이 덜컥 내려앉았다. 그럴 수도 있다는 생각이 든 건 직후였다. 정언은 엄대진을 만나고 돌아온 이후로 내내 그 예상 밖의 영입 제의가 실은 최후의 통첩이 아니었을까 생각했다. 항복하지 않으면 전쟁을 시작할 수밖에 없을 거라는.

정언은 최대한 동요를 숨기며 대답했다.

"그럴 수도 있지. 아니라도 기막힌 타이밍인 건 부정 못 하고. 포섭 안 될 거라는 생각 했을 테니까 그쪽에서도 대비책은 마련하지 않았겠어? 일단 지금 시스템상 이미 이거 결재 올라갔고 우리가 제작까지 한 상황이라 위에서 방송 보지도 않고 못 내보낸다고 할 수는 없어. <뉴스라이트>는 보도본부장 컨펌 받는다고 해도 우리는 지금 사실상 국장님하고 사장님 직속이잖아."

말을 하는 동안 머릿속이 조금씩 가라앉았다. YBS의 시스템은 수십 년 동안 수많은 사람들이 투쟁과 논의를 거쳐 쌓아 온 것이었다.

<비하인드 24> 역시 긴 시간 동안 여러 시행착오를 거쳤고, 황금기의 중심을 지나 회사를 지휘하게 된 유동욱 사장이나 백선경 국장 같은 인재들이 더 자유로운 보도를 위해 지금의 체계를 만들어 둔 뒤였다.

그걸 그렇게 마음대로 움직일 수 없기에 어용 경영진이며 이사진들이 끊임없이 압박을 넣었고, 마침내는 이 모든 일의 시발점인 엄대진이 직접 나서야만 했다는 것을 떠올린 정언은 마음을 다잡았다.

독재자들이 지배하던 시절에도 모든 사람의 입을 막는 건 불가능했다. 처음부터 그렇게 압박을 넣었는데도 어떻게든 방송 직전까지 올 수 있었다는 건, 며칠만 더 버티며 싸운다면 그토록 긴 레이스의 끝을 볼 수 있다는 뜻이었다. 그렇다면 당연히 골인 지점을 목전에 두고 주저앉을 수는 없었다.

"그래서 무조건 사장님하고 국장님부터 잡겠다는 거예요?"

윤의 물음에 정언은 다시 편집 화면으로 눈을 돌렸다.

"두 분이 자리 지키는 거 한선당에 지금 엄청 거슬릴 거야. 손발 다 잘라 났다고 해도 머리가 살아 있는 거니까. 머리 자르고 아예 관짝 넣어 버리겠다 그거지."

"만약에 구속영장 청구되거나 하면……."

불안한지 말끝을 흐리는 윤에게 정언은 단호하게 대답했다.

"지금 상황으로는 구속 불가능해. 일단 다른 생각은 하지 말고 가자. 내일 오후에 더빙까지 끝내고 종편실 들어가야 돼."

잠깐 머뭇거리다 곧 고개를 끄덕인 윤이 그제야 하려던 일이 퍼뜩 떠올랐는지 잠깐만요, 하고 후다닥 편집실을 나갔다.

문 밖에서 지혁과 짧은 통화를 나누는 윤의 목소리가 들렸다. 정언이 문 너머로 둔탁하게 들리는 그 목소리를 한 귀로 듣고 한 귀로 흘리며 영상을 계속 앞뒤로 돌려 보는 사이, 통화를 마친 윤이 들어와 문을 닫았다.

그때 윤의 핸드폰에 포털 사이트 앱의 뉴스 속보 알림이 떴다. 프리뷰 파일을 뒤적이며 무심결에 핸드폰 화면을 확인해 본 윤이 멈칫하더니 정언에게 말했다.

"이규완 검찰 소환됐다는데요."

선전포고. 정언은 머릿속으로 빠르게 일정을 가늠했다. 지금 검찰에 소환됐다면 조사가 짧으면 몇 시간, 길면 스무 시간 가까이 갈 수도 있었다. 조사에 순순히 협조한다면 영장 청구를 하지 않는 게 일반적이었다.

그러나 엄대진이 이규완을 잡겠다고 작정했으니, 무슨 핑계를 붙여서든 영장 청구를 할 가능성도 충분했다. 이규완이 언론에 그 영상의 존재를 폭로하기 전 무조건 입을 막으려 들 것은 분명했다. 그렇다면 오늘 조사, 이르면 모레 영장 청구…… 스케줄이 빠르게 머릿속에서 지나갔다. 영장 심사에서 구속 판정이 난다면 이규완이 구속적부심[11] 신청을 할 게 틀림없었다.

결과가 어떻게 되든 이번 주는 버틸 수 있다는 계산이 섰다. 유동욱 사장과 선경의 경우도 마찬가지였다. 이건 엄대진의 판단 미스일 수도 있었다. 최대한 이쪽의 분위기를 살피려 하다 가장 적당한 타이밍을 놓친 걸지도 모른다는 생각이 스쳤다.

만약 검찰 고발이 한 주만 더 빨랐다면 유동욱 사장과 선경은 이미 기소된 상태일 수도 있었다. 언론 탄압에 대한 국민 여론은 좋지 않았다. 대선 레이스에 들어간다면 민권당에서 엄대진과 한선당의 공영방송 장악을 문제 삼을 건 당연한 일이었다.

엄대진의 입장에서는 <비하인드 24>처럼 화제성 높은 프로그램을 상대로 이름이 오르내리는 건 최대한 피하고 싶을 게 뻔했다.

"보좌관 불법 선거자금 문제로? 지금 뉴스 떴어?"

"네."

윤이 바로 기사 내용을 확인하며 고개를 끄덕였다. 정언은 한쪽 귀에 긴 이어폰을 다시 고쳐 꽂으며 물었다.

"아직 구속영장 청구 얘기 없지? 소환 후에 결정하긴 할 텐데, 그럼 빠르면 이번 주 안에 영장 청구할 수도 있겠네."

"구속될까요?"

"가능성 높아. 최대한 빨리 해치워야 되니까 안 되면 다른 혐의로 걸 거고."

---

11) 피의자의 구속이 과연 합당한지를 법원이 다시 판단하는 절차. 수사기관으로부터 구속을 당한 피의자는 누구나 관할법원에 구속 적부심사를 청구할 수 있다.

"일정 생각하면 이번 주는 넘길 것 같은데, 맞죠? 엄대진 마음 엄청 급한가 봐요."

윤 역시 그 기사를 보니 도리어 조금 안심이 된 모양이었다. 그렇지, 하고 대답한 정언은 다시 화면에 주의를 집중했다. 이런 상황은 도리어 투지에 불을 댕겼다.

정신없이 편집에 집중하던 정언은 무심코 곁에 놓아 둔 테이크아웃 컵으로 손을 뻗었다. 그러나 그새 컵 안에 남았던 얼음까지 모조리 녹은 뒤였다.

그것을 알아차린 윤이 커피 사 올게요, 하며 말리기도 전 밖으로 뛰어나갔다. 십 분쯤 지나 커피 두 잔을 들고 돌아온 윤은 정언의 앞에 커피와 포장된 샌드위치 하나를 내려놓았다.

"이거 드시면서 하세요."

손목에 찬 시계를 보자 어느새 점심시간도 지난 뒤였다. 어젯밤부터 커피 외에는 아무것도 입에 대지 않았다는 것이 그제야 생각났다. 식욕이 있는 건 아니었으나, 자신이 손을 안 대면 혼자 먹을 리 없는 윤까지 굶기는 꼴이었다.

"아, 응. 고마워."

마지못해 고개를 까딱인 정언은 빨대를 입에 물며 손으로는 샌드위치의 포장을 뜯었다. 그때 갑자기 뭔가 울렁거리는 감각이 확 올라왔다. 밤샘 탓에 컨디션이 나쁜 건가 싶어 미간을 찌푸린 정언의 눈에, 책상 위에 놓인 컵 안의 커피가 미묘하게 흔들리는 것이 눈에 들어왔다.

"어?"

윤 역시 놀란 듯 주위를 두리번거리다 정언에게 물었다.

"지금 바닥 흔들리지 않았어요?"

착각이 아닌 듯했다. 윤이 그런 감각을 느꼈다면 이건 밤샘 탓이 아니었다. 정언은 손을 멈추며 주의를 기울였다. 아주 미세한 진동 같은 것이 이어지는 듯하더니 곧 가라앉았다. 흔히 느껴 본 감각은 아니었다.

"뭐지?"

"선배, 지금 SNS에 실시간으로 글 올라와요. 지진이라는데요."

자기 핸드폰을 확인해 본 윤이 놀란 목소리로 정언에게 핸드폰을 내밀었다. 그때 두 사람의 핸드폰에서 동시에 긴급재난문자가 울렸다.

― [기상청] 12:43 동해 남부 해상 규모 6.1 지진 발생/여진 등 안전에 주의 바랍니다

지진이었다. 최근 몇 년 사이 경상도 지역에서 이전보다 큰 규모의 지진이 자주 일어나고는 있었으나, 지금 같은 규모는 정언의 기억에 처음이었다. 윤이 눈을 동그랗게 떴다.

"6.1이면 엄청 큰 거 아니에요?"

그렇다면 보도국의 모든 뉴스가 지진 속보 체제로 전환될 게 분명했다. 잠깐 생각하던 정언은 자리에서 벌떡 일어났다.

"김 피디, SNS 계속 체크하고 이 부분 편집 좀 이어서 해 줘. 나 잠깐만 올라갔다 올 테니까."

바로 윤에게 부탁한 정언은 서둘러 편집실을 나섰다. 서울에서도 진동이 느껴진 탓인지 그새 경비팀이 엘리베이터 앞을 막고 있었다. 어차피 엘리베이터를 기다릴 시간도 아까웠던 참이라, 미친 듯이 계단을 뛰어 올라간 정언은 사무실 문을 열었다.

"선배!"

문을 열자마자 재희를 찾자 핸드폰을 들고 있던 재희가 어, 하

며 자리에서 벌떡 일어났다.

"안 그래도 지금 전화하려고 했는데 귀신이네. 보도국 전체 지진 속보 체제로 전환한대. <뉴스라이트>도 지진 속보 톱으로 올릴 거야."

"그러면 어떻게 되는 거예요?"

"국장님한테 연락 왔어. 일단 같이 올라가자."

재희가 서둘러 정언을 데리고 국장실로 향했다. 숨을 고를 새도 없이 국장실 문을 두드리자, 안에서 들어와, 하는 선경의 목소리가 들렸다.

재희가 먼저 문을 열어 주며 정언을 안으로 들여보내고는 자기도 따라 들어와 문을 닫았다. 이미 와서 앉아 있던 한동이 뒤를 돌아보았다.

"왔냐?"

"네. 국장님, 괜찮으세요?"

고개를 끄덕인 정언은 선경에게 시선을 돌렸다. 선경은 검찰에 고발당한 사람이라고는 생각도 할 수 없을 정도로 담담했다. 미리 대비하고 있었던 까닭이겠으나, 그렇다 해도 지금 같은 상황에서 그런 평정심을 유지할 수 있다는 건 놀라울 정도였다.

선경이 고개를 까딱이며 정언에게 자리를 권했다.

"일단 앉아, 정언. 안 괜찮을 건 뭐 있겠어. 걱정하지 마."

정언은 재희와 나란히 앉아 잠깐 숨을 돌렸다. 그사이 선경이 팔짱을 끼며 한동을 보았다.

"한동, 너 오늘 회의에 TF 아이템 올리기로 했었다며? 회의 캔슬됐다고 보고 올라왔던데, 어떻게 할 거야? 갈 거야?"

한동은 최근 본 것 중 가장 투지에 넘치는 얼굴이었다. 선경의 물음에 한동은 더 생각할 필요도 없다는 듯 고개를 주억거렸다.

"당연하죠. 무조건 갑니다. 못 먹어도 고 아닙니까."

정언은 그 말에 다시 한 번 확인하듯 물었다.

"무조건 가신다고요?"

한동이 약간 흥분된 투로 대답했다.

"지금 안 하면 절대 못 해. 제보팀으로 지금 사진하고 영상 엄청나게 쏟아지는데, 동해 남부 지역 신도시 아파트 주민들 제보가 상당해. 거기 서온건설 시공 아파트가 많은데 죄다 내진설계 제대로 안 돼 있다고. 진솔이가 지금 제보 중에 서온건설 아파트 있는지 체크 중이고 도하가 바로 현장 날아갔어. 빠르면 오늘 뉴스부터 내보낼 수 있어."

"그러면 지진 아이템으로 엮어서 올리실 겁니까?"

"오후 회의에서 서온건설 얘기 제외하고 내진설계 미비 관련해서 취재 중이었다고 밀어붙일 거야. 큐시트하고 보도정보시스템에는 방송 직전까지 제목 노출 없이 지진 TF, 내진설계 관련 건이라고만 올리면 돼. 생방 들어가면 그때부터 편집해도 안 늦어. 이건 무조건 패스야. 안 돼도 내가 되게 한다."

한동의 말대로 지금 이런 일이 생기지 않았다면 이 아이템이 회의를 통과할 확률은 지극히 낮았다. 한동이 생방송 도중 바로 원고를 교체하는 위험 부담까지 감수할 생각을 했다는 건 이미 알고 있었다. 만일 그렇게 된다면 방송사고로 취급당해 후속 보도가 불가능한 상황이 올 가능성이 높았다.

그런 위험을 무릅쓰지 않고도 반드시 이 취재 내용을 내보낼 수 있는 기회는 지금뿐이었다. 죽으라는 법은 없구나, 하고 속으로 생각한 정언은 다시 한동의 계획을 확인했다.

"오늘 방송은 그렇다 치고, 그 뒤는⋯⋯."

"다른 일 안 터진다면 여진이나 추가 피해 포함해서 최소한 수요일 정도까지는 지진 뉴스 톱으로 올릴 가능성 높아. 먼저 내진설계 미비하고 부실공사에 초점 맞춰야지. 기사 마지막에 계속 후속 보도 나갈 거라고 예고하고. TK 한선당 텃밭 아니냐. 작년 지진 이후로 그 지역 여론 아주 민감해. 후속 보도 있다는데 자기들이 무슨 수로 막겠어. 절대 못 해."

한동의 말에는 일리가 있었다. 한선당에서 지금 이 일을 예의 주시하고 있을 건 확실했다. 특히 엄대진이라면 더 민감할 터였다. 한동이 말을 이었다.

"감리 조작에서 자재 문제로 넘어갈 거야. 신도시 지역하고 서온건설이 시공한 임대주택에 내진설계 안 되게 자재 속였고, 그걸로 입주민들한테 문제 발생했다는 게 다음, 마지막으로 서온건설하고 공공기관, 한선당 커넥션 터트린다. 그럼 니들이 받아서 방송할 수 있잖아. 너 나한테 처음 얘기한 플랜이 이거 아냐."

선경이 고개를 끄덕였다.

"해 봐. 해 봐야 아는 거야. 일단 해 보면 될 수도 있고 안 될 수도 있지만, 안 하면 그냥 안 되는 거 아냐."

"그럼요."

한동이 맞장구를 쳤다. 선경이 정언에게 물었다.

"정언, 지금 편집 들어갔니?"

"네. 최대한 서두르고 있습니다. 모레 종편실 넘어갈 겁니다."

그 대답에 선경이 잠깐 생각하더니 알겠다는 표시를 했다.

"모레, 오케이. 취재 분량 엄청나다고 들었는데 시간 빠듯하겠네. 만약에 애들이 영장 청구할 생각이라고 해도 나하고 사장님 검찰 소환하고 하면 아무리 빨라도 이틀은 걸려. 청구해도 영장 발부될 리 없지만 만약에 된다면 당연히 적부심 갈 거야. 그러면 이번 주는 무조건 버틸 수 있으니까 너희들은 다른 생각 하지 마. 알겠어?"

선경 역시 같은 생각을 한 모양이었다. 정언이 네, 하고 대답하자 선경이 정언을 재촉했다.

"정언, 넌 빨리 내려가 봐. 시간 없어."

"먼저 일어나겠습니다."

서둘러 국장실을 빠져나온 정언은 다시 편집실로 돌아왔다. 한쪽에는 핸드폰을 켜 놓고 정신없이 영상을 앞뒤로 돌리고 있던 윤이 뒤돌아보았다.

"어디 갔다 오셨어요?"

정언은 자리에 앉으며 대답했다.

"국장실. 오늘부터 <뉴스라이트>에서 TF팀 취재 내용 나갈 거야."

"어떻게요?"

정언은 놀란 얼굴로 되묻는 윤에게 말했다.

"내진설계 미비 건으로 시작하신대. 그 지역 혁신도시 쪽 서온 건설 시공 아파트에서 제보 들어오는 건이 많은 것 같아."

"안 그래도 지금 SNS에 실시간으로 피해 사진하고 영상 엄청 올라오긴 하던데요. 그래도 만에 하나 회의에서 킬 당하면……."

윤이 아무래도 안심이 되지 않는다는 듯 조심스럽게 말을 꺼냈지만, 정언은 윤의 말이 끝나기도 전 고개를 가로저었다.

"부장님이 무조건 하신다고 했어. 한다면 하는 분이니까 우리는 우리 할 일 하자고."

"알겠습니다."

즉각 대답한 윤이 자세를 고쳐 앉았다. 정언은 모니터에 눈을 둔 채 생각했다. 단 한 번의 마지막 반격. 자신들이 하는 일이 누군가에게는 이미 정해진 흐름을 역류하는 것처럼 보일 수도 있었다.

그러나, 어쩌면 이것이야말로 진짜 흐름이 아닐까. 작은 물방울이 모여 만드는 거대한 격류.

물은 반드시 위에서 아래로 흐르기 마련이었다. 순리란 그런 것이었다. 아무리 먼 길을 돌아가더라도, 종착점은 언제나 옳은 길일 거라는 믿음은 오랫동안 정언을 지탱해 준 유일한 신념이었다. 정언은 잠시 눈을 감았다.

기도는 간결했다.

마지막에 도달한 곳이 부디 모두가 있어야 할 그곳이기를.

사흘 밤샘은 차라리 고문당하는 게 낫지 않을까 하는 생각을 절로 들게 했다. 그 좁은 편집실에서 번갈아 가며 한두 시간씩 눈을 붙이고, 내내 죽어라 수백 개의 영상을 돌리고 또 돌려 보는 건 사실상 정신 고문이나 다름없는 일이기는 했다.

간신히 가편집과 더빙까지 마치고 백업을 하자마자 정언은 잠깐 자고 오겠다며 숙직실로 직행한 뒤였다. 그나마 정언보다 깨어 있는 시간이 조금 적었던 윤은 찬물로 세수를 하고는 사무실로 돌아왔다.

벌써 늦은 오후였다. 사무실에 앉아 있던 사람들의 시선이 윤에게 쏠렸다. 재희가 윤을 보더니 어, 하며 손을 흔들었다.

"김 피디, 가편 끝났어?"

"네."

"고생했네. 서 피디는?"

"잠깐 눈 붙인다고 내려갔습니다."

윤이 대답하자 재희가 고개를 끄덕이더니 아쉽다는 표정으로 눈썹 부근을 긁적였다.

"스케줄 너무 빡빡해서 미안하네. 종편실 언제 갈 거야?"

"내일 오후에요. 오늘 밤에 스튜디오 따고 편집한 뒤에 바로 종편 넘기려고요."

재희는 그 말에 잠시 책상 위의 탁상 달력을 집어 들어 자기 스케줄을 확인했다.

"오케이. 거긴 내가 같이 들어갈게. 안 피곤해?"

"괜찮습니다."

물론 그다지 괜찮지는 않았으나, 그렇다고 그런 티를 낼 수는 없었다. 맞은편에서 기지개를 쭉 켠 예준이 불현듯 감탄하는 얼굴로 윤을 보다 고개를 갸웃거렸다.

"아니, 김 피디는 며칠 밤을 새워도 왜 그렇게 산뜻하지?"

곁에 앉아 있던 현진이 고개도 들지 않고 대꾸했다.

"그걸 원판 불변의 법칙이라고 할걸?"

"저도 알거든요?"

예준이 발끈했으나 현진은 침착했다.

"모르는 거 같아서."

괜히 말했어, 하고 예준이 투덜거렸다. 본의 아니게 민망해진 윤은 서둘러 화제를 돌렸다.

"아, 어제 <뉴스라이트> 반응 어때요?"

편집 때문에 정신이 없어 뉴스를 볼 생각조차 하지 못하고 있었다. 핸드폰 뉴스 앱으로 들어오는 알림의 제목만 보고 엄청나게 화제가 되기는 했나 보다 하며 간신히 짐작한 게 다였다. 곧 방금 전의 굴욕을 잊은 예준이 의자에 등을 기대며 대답했다.

"난리야. 어제 방송 후부터 서온건설 실시간 검색어에서 떨어지질 않아. 포털에서 자체적으로 검색어 내렸는지 밤에 잠깐 없어졌었는데 사람들이 알아서 검색하니까 안 되는 것 같더라고."

"제보도 많이 들어왔다면서요."

고개를 주억거린 예준이 자기 핸드폰으로 뭔가를 검색하더니 윤에게 보여 주었다. 몸을 숙여 예준의 핸드폰을 보자, 아파트 주차장 기둥과 천장에 육안으로도 확실히 보일 만큼 균열이 크게 간 사진이 눈에 들어왔다.

"어제 이도하가 내보낸 게 여기야. 근데 이게 하필이면 또 올해 입주 시작한 서온 신축 아파트라는 거 아냐. 제대로 터졌지. 어제 이 기자 보도 보니까 인근 다른 시공사 아파트에 비해서 눈에 보이는 증상이 너무 심각해."

"입주민들은 대피했고요?"

"응. 그래도 인명 피해 없어서 천만다행이지. 정부에서 오락가락하는데 주민들이 자체적으로 대피소 빨리 마련해 달라고 요청해서 일단 근처 체육관 하나 빌려 들어갔어. 여진 올 때마다 균열이 더 커지고 있는데다, 115동 건물은 눈으로 보일 정도로 건물이 기울어졌다고. 주민 입장에서는 절대 거기 못 있지. 서온건설 아주 뒤집어졌더라고. 기자들이 서온건설로 죄다 몰려가서 전화가 아예 안 된대."

윤은 눈썹을 조금 찡그리며 말했다.

"그 지역에 서온건설이 시공한 건물 많은데 그것도 문제되겠네요."

"남정건설 시절부터 지었던 건물이 한두 개가 아니라서 지금 TK 여론이 장난 아냐. 한선당에서 비상대책위원회 구성하고 난리 났다는데, 엄대진 속으로 지금 쫄려 죽을 지경일걸. 민권당에서 민주영 의원이랑 한 열 명 내려가서 현장 보고 대책 논의하고 했다는데, 정작 지들 지역구 있는 한선당은 비대위 한답시고 오늘 아침에 갔대서 더 난리야. 이쪽 신도시 지역은 당연하고 남정건설 시절부터 지었던 건물 전수조사 싹 해야지, 뭐."

"다른 지역에서도 여론 안 좋대요?"

예준이 고개를 주억거렸다.

"어제 이 기자가 서온건설에서 내진시공 철근 사용 안 했다, 시방서에 쓰인 자재랑 다르다 이 부분 걸면서 임대주택에 저가 자재 쓴 거 언급했거든. 그것 때문에 여론 더 최악이더라고. 임대주택 사는 사람들 무시하는 거냐고. 지금 경기도하고 서울에서도 사람들이 지진 느낄 정도인데, 내 집이 그렇다고 생각하면 가만히 있을 사람 없지. 후속 보도에서 더 자세한 내용 공개하겠다고 했는데 기자들이 지금 서온건설 시공한 임대주택마다 들쑤시고 다니고 난리도 아닌가 봐. 민권당 사반위 쪽으로도 연락 엄청나게 들어오고."

아무리 입을 막으려 해도 천재지변 앞에서 피해를 입은 평범한 사람들까지 모조리 묻어 버릴 수는 없을 터였다.

지진이 거의 없던 이전이라면 별문제 아닌 듯 넘어갔을 수도 있었다. 그러나 한국에서 드문 강진이었고, 평소 지진 대비가 거의 안 돼 있는 사람들이 겪었을 공포가 가벼울 리 만무했다.

내가 지금 살고 있는 집이 지진으로 한순간 무너질 수 있다는 두려움은 그냥 넘길 만한 것이 아니었다. 애초에 하청에서 서온건설에 대한 제보가 시작된 것도 작년 지진 이후였다. 이 일의 파장이 작을 수는 없었다.

이야기를 듣고 있던 석현이 책상에 놓여 있던 아몬드를 오독오독 씹어 먹으며 끼어들었다.

"전수조사 갈 수밖에 없겠네. 그런데 그것도 어차피 받아먹은 놈들이 하는 거 아닌가?"

예준이 그 말을 받았다.

"그러니까 <뉴스라이트> 후속 보도가 중요한 거지. 오늘부터 본격적으로 감리 조작 관련해서 들어갈 거라는데. 그거 터지면 정부에서 자기들이 특위 구성한다고 나설 수 있겠어?"

"그렇긴 하지. 김양운 위에서 죽도록 깨졌겠구만."

흥미진진하다는 투로 아몬드를 오독거리는 석현에게 예준이 방금 소주 한 잔 마신 사람처럼 차지게 캬, 하는 감탄사를 뱉고는 낄낄거렸다.

"어제 실시간으로 방송하는데 김양운 표정 장난 아니더라고. 전 부장님이 시스템에도 그냥 내진설계 미비 취재 건이라고만 올렸었다며. 뭔지도 모르고 내보냈다가 뒤통수 제대로 맞은 거 아냐."

"박쥐 같은 새끼, 깨져도 싸다. 하여튼 머리가 나쁘면 스파이도 못 한다니까. 평소에 아닌 척하면서 전 부장님 좀 살살 구슬려 놨으면 뭐 터트리려는 건지 미리 알았을 거 아냐. 그 머리도 없으니까 남들 다 보는 앞에서 부장님한테 시대가 달라졌다 어쩌고 지랄을 했지."

"근데 이거 방송 계속 내보낼 수 있을까?"

예준이 갑자기 불안하다는 듯 몸을 바로 세워 앉았다. 윤은 그 말에 애써 웃었다.

"후속 보도 예고 나갔으면 막는 게 더 이상하지 않나요?"

"이상해 보여도 일단 입 막는 거랑 자연스럽게 내버려 두고 망하는 것 중에 뭐가 낫겠어? 서온건설 하면 아직도 사람들이 엄대진 이름 바로 연결해서 떠올리는데, 이러면 실시간으로 지지율에 타격 장난 아니라고. 특히 TK에서. 무슨 수를 써서라도 보도 막아야지."

심각하게 대답한 예준이 잠깐 생각에 잠긴 듯 턱 부근을 만지작거렸다. 그때 사무실 문이 열렸다. 성옥이었다. 커피라도 사러 갔었던 건지, 한 손에 아직 한 모금도 안 마신 듯한 커피가 들려 있었다. 그러나 성옥은 커피 따위는 안중에도 없다는 듯 사무실에 들어서자마자 발을 동동 구르며 문 밖을 가리켰다.

"지금 <뉴스라이트> 사무실 엄청 시끄러워요. 무슨 일 났나 봐요."

그 말에 재희가 퍼뜩 고개를 들며 물었다.

"무슨 일?"

"모르겠어요. 안에서 막 소리 지르고……."

그렇지 않아도 후속 보도 이야기를 하던 참에 <뉴스라이트> 사무실에 무슨 일이 났다니 가슴이 덜컥 내려앉았다. 예준도 마찬가지인 모양이었다. 자리에서 벌떡 일어난 예준이 사람들에게 손짓을 했다.

"빨리 가 보자."

대답도 듣기 전 예준이 먼저 사무실을 튀어나갔다. 윤도 즉시 그 뒤를 따랐다. <뉴스라이트> 사무실 앞은 이미 다른 팀 사람들로 바글거렸다. 문이 열린 사무실 안에서 잔뜩 쉰 듯한 고함 소리가 날카롭게 넘어왔다.

"전 부장, 계속 일 이딴 식으로 할 거야? 동료 뒤통수치고 이딴 보도 내보내서 화제성 몰이하니까 아주 뭐라도 된 것 같아?"

보도본부장 이명구였다. 사람들은 멀찍이 선 채 명구와 대치하고 있는 한동을 지켜보고 있었다. 명구의 말을 들어 보니 어제 <뉴스라이트> 보도를 문제 삼고 있는 게 틀림없었다.

명구의 곁에 선 양운 역시 굳은 표정으로 한동을 노려보고 있었다. 붉으락푸르락한 얼굴로 이마에 핏대를 세운 명구와는 달리, 한동은 팔짱을 낀 채 유들유들하게 대꾸했다.

"본부장님, 말은 똑바로 합시다. 뒤통수는 지금 누가 치고 있습니까? 허구한 날 뉴스 시청률 타령하던 게 누굽니까? 그래서 어제 시청률 몇 퍼센트 나왔냐고요. 원하는 대로 해 드려도 왜 지랄입니까, 지랄이?"

윤은 저도 모르게 입을 막았다. 전한동 부장의 전설에 대해서는 어깨너머로 주위들은 이야기가 한둘이 아니었다. 그렇다 해도 보도본부장 앞에서 대놓고 그런 소리를 하는 걸 보니 자기 일도 아닌데 심장이 빨라졌다.

명구가 귀를 의심하는 표정으로 눈을 치켜떴다.

"전 부장, 지금 뭐라고 했어?"

한동이 귀를 후비적거리며 대꾸했다.

"아, 거 심석건 국장도 그러더니 희한하게 윗자리만 올라가면 귓구멍에 기름때가 끼는지 사람 말을 한 번에 못 알아들어. 원하는 대로 해 줬더니 왜 지랄이냐고 했습니다. 됐습니까?"

"야, 전한동!"

명구가 고함을 지르자 한동이 짐짓 깜짝이야, 하고 놀란 척을 했다.

"저 귀 안 먹었습니다. 소리 안 질러도 다 들려요."

"어쨌든 오늘 보도 못 나가는 걸로 알아!"

새파래졌던 명구의 얼굴이 도로 새빨개졌다. 목에 핏대를 세우는 명구에게 한동이 정색을 하며 되물었다.

"누구 맘대로요? 오늘 후속 보도 내보내겠다고 시청자들하고 약속한 겁니다. 그걸 왜 본부장님이 깹니까?"

"위에서 절대 방송 못 내보낸다니까 그렇게 알라고! 전 부장하고 이도하, 원진솔 자르겠다는 거 간신히 말려 놨더니 고마운 줄은 모르고 어디서 큰소리야, 큰소리가?"

어제 뉴스 보도 후 징계하겠다고 위에서 난리를 부렸을 것은 보지 않아도 뻔한 일이었다. 자신이 만났던 이사진을 떠올린 윤은 저절로 나오려는 한숨을 눌렀다.

특종 터트려 화제성을 싹쓸이한 기자들에게 포상은 고사하고 해고를 운운하는 회사라니, 윗선이 어느 정도로 미쳐 돌아가는 건지 짐작조차 가지 않았다.

한동이 코웃음을 치더니 빈정거렸다.

"아이고, 아주 고마워서 눈물이 다 나려고 그러네. 누가 자르지 말아 달라고 무릎 꿇고 빌었습니까? 어제 예고까지 했는데 오늘 방송 안 내보내면 어떻게 될지 몰라서 그래요?"

명구가 답답하다는 듯 자기 가슴을 두어 번 탕탕 두드리며 목소리를 높였다.

"나라고 이런 소리 하고 싶어서 하는 줄 알아? 보도지침12) 내려왔다고, 보도지침! 서온건설 무조건 언급하지 마! 엄대진하고 서온건설 엮으려고 들면 그날로……."

그때 누군가가 사람들 사이를 헤치고 <뉴스라이트> 사무실을 가로질렀다. 곧 날카롭고 정확한 발성이 명구의 말을 칼같이 끊었다.

"누가 이렇게 시끄럽게 굴어!"

그 목소리에 일순간 사무실이 조용해졌다. 고래고래 소리를 지르던 명구가 말을 멈췄다가 뒤를 획 돌아보았다. 그 얼굴이 대번에 하얗게 질렸다. 선경이었다. 선경을 알아보자마자 명구가 급히 벌렸던 입을 다물며 두 손을 모았다.

"국장님, 여긴 어떻게……."

"이 본부장님, 지금 어디서 목소리를 높입니까?"

선경이 내뱉은 말에 명구가 눈치를 보며 마른 입술을 축였다. 말이 본부장이지 명구는 선경보다 몇 기수가 아래인 후배였다. 명구 역시 선경이 현역이던 시절 그 아래서 구를 만큼 굴렀기에

---

12) 정부가 언론에 특정 이슈를 보도하는 방향을 정하는 지침. 한국에서는 일반적으로 제5공화국 전두환 정부가 언론을 통제하기 위해 문화공보부에서 각 언론사에 내린 보도통제 가이드라인을 뜻한다. 1986년 9월, 민주언론운동시민연합에서 발행하는 월간지 <말>은 당시 한국일보 김주언 기자가 제공한 자료를 바탕으로 1985년 10월부터 1986년 8월까지 문화공보부에서 각 언론사에 전해진 보도지침 584건을 폭로하였다. 정부는 이를 폭로한 김태홍 사무국장, 신홍범 실행위원, 김주언 기자 등을 국가보안법 위반 및 국가모독죄로 구속하였으나, 재야단체의 비난 성명과 국제단체의 석방 요구가 이어져 이들은 1987년 6월 3일 집행유예로 풀려났다.

선경의 성격을 모를 리 없었다.

직위 때문에 선경이 존대를 쓰고는 있었으나, 그게 도리어 반말보다 더 추궁처럼 느껴졌다. 아니나 다를까, 명구는 선뜻 대답하지 못했다. 한 걸음 다가선 선경이 명구를 다그쳤다.

"방금 한 말 다시 해 보시죠. 보도지침? 무슨 보도지침이요?"

"이사회에서……."

선경이 눈앞에 있으니 기가 질려 말이 안 나오는지, 명구가 말끝을 흐렸다. 당연히 선경이 그 꼴을 내버려 둘 리 없었다.

"똑바로 말 안 합니까?"

눈빛으로 사람도 죽일 수 있을 것 같은 선경의 기세에, 명구가 어쩔 줄 몰라 하다 기어들어 가는 목소리로 입술을 달싹였다.

"이사회에서 어제 보도 내용 때문에, 서온건설 사명 언급하는 건 부적절하다고……."

웅얼거리는 명구를 뚫어지게 마주 보던 선경이 물었다.

"이 본부장님, 지금이 몇 년도죠?"

질문의 의도를 전혀 짐작조차 하지 못한 듯, 당황한 기색이 역력한 얼굴을 한 명구가 머뭇거리다 되물었다.

"네?"

선경이 버럭 소리를 질렀다.

"지금이 몇 년도냐고 묻지 않습니까!"

명구가 쩔쩔매며 저, 하고 운을 떼자마자 선경의 일갈이 날아들었다.

"야, 이명구!"

명구가 기절할 정도로 놀라 소스라치며 몸을 바짝 굳혔다. 국장이 본부장에게 이런 식으로 말한다는 건 있을 수 없는 일이었으나, 상대는 선경이었다. 후배로 구르던 시절이 수십 년이었기에, 명구는 거의 반사적으로 선경의 눈치를 살폈다. 선경의 서릿발 같은 목소리가 꽂혔다.

"너 지금 시대가 언젠데 쌍팔년도 보도지침을 운운해? 보도지침을 어디서 내려? 이사회가 뭔데? 엄대진이 벌써 대통령 됐어? 서온건설 망하면 대한민국이 무너져? 대통령도 내리면 안 되는 게 보도지침인 거 알아, 몰라? 이 새끼가 지금 어디서 창피한 줄도 모르고 그딴 소리를 지껄여!"

그렇지 않아도 창백하던 명구의 얼굴에서 핏기가 완전히 빠졌다. 곁에 서 있던 양운이 주춤거리며 조심스럽게 뒤로 한 걸음 물러났다. 선경이 당장 명구의 멱살이라도 잡을 듯한 얼굴로 내뱉었다.

"갑자기 주둥이 본드로 붙였어? 방금 전에 전 부장한테 하던 대로 똑같이 해, 왜 못 해?"

"국장님, 이러시면 안 됩니다."

이 많은 사람들 앞에서 그런 꼴을 당하는 게 창피하긴 했는지, 명구가 눈알을 굴리며 어물거렸다. 그러나 그건 불난 집에 기름 붓는 꼴이었다. 선경이 코웃음을 치더니 곧 얼굴에서 웃음기를 싹 거뒀다.

"내가 국장인 거 알고는 있었냐? 넌 아는 새끼가 여태까지 김양운이랑 그러고 작당질을 했어? 보도본부장 직함 붙고 이사회 백 업으니까 아주 선배고 뭐고 눈깔에 보이는 게 없지?"

뒤로 물러섰던 양운이 자기 이름이 언급된 통에 마른침을 삼켰다. 명구가 선경의 시선을 피해 바닥을 보았다. 그러자 선경이 명구의 어깨를 확 잡아챘다.

"이명구, 내 눈 보고 대답 안 해?"

명구가 고개를 숙인 채 겨우 시선을 들었다. 선경이 파랗게 불꽃이 튀는 눈으로 명구를 날카롭게 응시했다.

"내가 너 그렇게 가르쳤어?"

"……죄송합니다."

선경의 기에 눌린 명구가 다 죽어 가는 얼굴로 입술을 달싹였다. 선경이 명구의 어깨를 퍽 소리가 나도록 쳤다. 무방비 상태에서 명구가 휘청하며 뒤로 밀려났다.

선경이 다시 명구를 밀치자 옆에서 양운이 이러지 마십시오, 하며 선경을 말리려 했으나 선경은 그 손을 있는 힘껏 뿌리쳤다.

"죄송? 뭐가 죄송해? 너 나한테 죄송한 게 뭐야? 사과할 거면 시청자들한테 해! <뉴스라이트> 개판 만들어서 죄송하다, 내가 부역자라 죄송하다 무릎 꿇고 사과하라고, 이 새끼야!"

선경이 나타날 거라고는 전혀 생각하지 못한 탓인지, 명구는 한마디도 하지 못한 채 입을 다물었다. 그 많은 사람들이 삽시간에 조용해졌다. 바늘 떨어지는 소리까지 들릴 듯한 사무실 안에서 선경의 또렷한 목소리가 울렸다.

"김양운 내려가고 오늘 진행은 정수창이 해."

"아니, 국장님, 그게 무슨……."

양운이 날벼락을 맞은 얼굴로 눈을 크게 떴지만, 선경의 얼굴은 냉정했다.

"억울하면 이사회 달려가서 고발해. 사장님 지시야. 본부장이 내 위라도 사장님 아래 아닌가? 아직 이사회에서 나하고 사장님 권한 뺏을 법적 근거 없어. 내가 피고인 확정되고 국장 자리 잘리기 전까지 내 권한 살아 있으니까 토 달지 마. 전 부장은 후속 보도 예정된 대로 내보내고. 이게 너희들 그렇게 좋아하는 지침이니까 개소리하지 말고 입 다물어."

허리에 손을 짚은 선경은 사무실 안을 둘러보며 한 사람 한 사람과 눈을 맞췄다. 형형하다는 수식어가 가장 적확할 듯한 눈빛이었다. 스치기만 해도 베일 듯 칼날처럼 날카로운 시선이 사무실에 깔린 침묵 위를 지났다.

선경이 그 고요 속에서 입을 열었다.

"그리고 여기 있는 사람들 다 똑바로 들어. 자기 목숨 아끼는 거 본인 선택이야. 내가 그거 가지고 뭐라고 안 해. 위에 동조하든 침묵하든 반항하든 자기 자유야. 그런데 옳고 그른 것 정도는 제대로 판단해. 목숨 바쳐서 정의 지키라는 소리 아냐. 내가 하는 짓이 뭔지 알고 하란 말이야. 최소한 자기 자신한테 변명은 되게, 납득은 가게 행동하라고! 내가 먹고살아야 하니까 어쩔 수 없이 그랬다, 내가 책임질 가족들이 있어서 그랬다, 내가 두려워서 그랬다!"

여기저기서 차마 고개를 들지 못하고 시선을 떨구는 사람들이 눈에 들어왔다. 마치 거대한 철벽처럼 굳건하던 선경의 목소리가 그 순간 얼핏 흔들렸다.

"개 같은 짓 하면서 이게 정의다, 세상이 달라졌다 우기지 마. 동조하고 침묵하는 거 안 말려. 사람이 사람답게 사는 게 얼마나 무섭고 두려운 일인지 나도 잘 알아. 그런데 최소한 너희도 양심이 있으면 그 두려움 뚫고 가려는 애들 죽이려고 들지는 말아야 할 거 아냐! 걔들도 그거 바보 같은 짓인 거 잘 알고, 계란으로 바위 치는 짓인 거 알면서 하는 애들이야. 너희가 멍청하다고 손가락질하고 어떻게든 눈 뽑고 혀 잘라 병신 만들려고 안

해도 벌써 그럴 놈들 차고 넘치는 애들이라고. 알아들어?"

아무도 그 말에 대답하지 못했다. 잠시 숨을 고른 선경이 나지막하게 내뱉었다.

"다들 자리 돌아가. 이 본부장은 나 따라 나오고."

선경이 먼저 몸을 돌리며 사람들 사이를 헤치고 사무실을 나갔다. 바다가 갈라지듯 사람들이 서둘러 양쪽으로 비켜났다. 명구가 죄인처럼 선경의 뒤를 따랐다. 선경이 복도에서 완전히 사라지고 나서야 사무실 안에 술렁거림이 일었다.

재희가 한동에게 달려갔다.

"부장님, 괜찮으세요?"

빨개진 코끝을 슥슥 문지른 한동이 귀찮다는 듯 손을 휘적거렸다.

"뭐가 괜찮고 말고야, 인마. 야, 무슨 구경났다고 다 몰려왔어? 빨리 안 가?"

재희가 팀원들에게 입모양으로 먼저 가, 하고 말했다. 찬수가 후다닥 팀원들을 양 떼 몰듯 몰아 <뉴스라이트> 사무실을 나왔다. 사무실로 돌아오자마자 석현이 참고 있던 숨을 크게 내쉬며 부르르 떨었다.

"국장님 장난 아니다, 진짜. 현역이실 때는 더했다는데 상상도 안 돼."

선경의 현역 시절은 윤으로서는 짐작조차 하기 어려웠다. 하기야, 몇십 년 전의 시보국은 금녀의 구역이었다. 거기서 국장 자리까지 올라갔을 정도라면 선경이 얼마나 자신을 채찍질했을지는 보지 않아도 뻔한 일이었다.

"그러니까 지금 위에서 그렇게 프레셔 넣는데도 다들 이만큼이라도 버티는 거 아니에요. 사장님하고 국장님 없었으면 벌써 작살났지."

자리에 앉지 못하고 서성거리던 예준이 대꾸하며 입가를 만지 작거렸다.

"그런데 나 왜 이렇게 불안하지? 이사회에서 직접 지침 내렸 다는 거 보니까 가만히 안 있을 것 같은데."

석현이 그 말에 맞장구를 쳤다.

"그러니까. 아이고, 몰라. 뭐 어떻게든 안 되겠어? 엄대진 망하 려고 이렇게 돌아가는 거 아니겠냐?"

"어우, 이게 웬 난리야. 일단 저녁이나 먹죠."

그럽시다, 하며 기지개를 켠 석현이 자리에서 일어났다. 나가 려던 팀원들이 앉아 있는 윤을 보더니 의아한 얼굴로 물었다.

"김 피디는?"

윤은 얼른 고개를 저었다.

"생각 없어서요. 다녀오세요."

"그래, 그럼. 밤 그렇게 새고 무슨 입맛이 있어. 좀 쉬고 있으 라고."

딱하다는 표정으로 혀를 찬 석현이 팀원들과 사무실을 나갔 다. 긴 숨을 뱉으며 의자에 등을 묻은 윤은 잠시 눈을 감았다. 긴장이 풀린 탓인지 밖에 놓아 둔 아이스크림처럼 몸이 그대로 녹아드는 것 같았다.

잠깐만 그러고 있겠다는 게 무의식중에 잠든 모양이었다. 얼 마나 그러고 있었는지, 윤은 문득 곁에서 느껴지는 인기척에 퍼 뜩 눈을 떴다. 머리가 한쪽 어깨에 거의 닿을 정도로 떨어져 있 었다. 깜짝 놀라 자세를 고쳐 앉은 윤은 자신을 내려다보는 정언과 눈이 마주쳐 멈칫했다. 정언이 얼굴을 찌푸렸다.

"왜 여기서 이러고 있어."

"아, 오셨어요?"

잠들었던 탓인지 목소리가 잠겨 나왔다. 정언이 자기 의자를 당겨 앉으며 말했다.

"눈 좀 붙이고 와. 집에 갔다가 와도 되니까."

"아니에요, 괜찮아요."

윤이 얼른 고개를 젓자 정언이 모니터 전원을 켜며 물었다.

"별일 없었어?"

"아까 <뉴스라이트>에 국장님 내려오셔서 난리 났어요."

그 말에 정언이 의아한 표정으로 고개를 돌렸다. 윤은 아까 <뉴스라이트> 사무실에서 벌어졌던 일에 대해 설명했다. 심각한 얼굴로 윤의 이야기를 듣고 있던 정언이 흠, 하며 고개를 약간 기울였다.

"그러면 일단 오늘 보도까지는 확실히 나가겠네. 아까 인터넷 보니까 아직도 실시간 검색어에서 안 떨어지던데. 이사회가 지침 내렸다면 더 위에서 오더 줬을 텐데…… 국장님이 김양운 앵커 교체하고 후속 보도 내보내라고, 그거 사장님 지시라고 하셨다고?"

"네."

"그럼 두 분도 완전 각오하고 하신 거겠네."

"검찰 소환 빨라지지 않을까요?"

윤이 걱정스럽게 묻자 정언이 짧은 한숨을 뱉었다.

"그럴 수도 있지. 우 피디한테 스튜디오 녹화 스케줄 얘기해 놨지? 녹화는 얼마 안 걸리니까 바로 편집하고, 내일 종편실 넘기고 최종 작업하면 일단 우리가 할 수 있는 건 다 한 거야. 그 뒤는 하늘에 맡기는 거지, 뭐."

하늘에 맡긴다는 말은 정언과 그다지 어울리지 않았다. 그러나 이 일이 이미 자신들의 의지를 벗어났다는 건 윤 역시 잘 알고 있었다. 피곤한지 목을 젖히며 어깨를 몇 번 툭툭 치던 정언이 갑자기 생각났다는 듯 물었다.

"아직 임 기자님한테 연락 없었지?"

"아, 네. 그럼 어떻게 하죠?"

"내용 문제없으니까 됐어. 오늘 밤까지 연락 없으면 포기해."

어차피 더 이상 기다릴 시간도 없었다. 정언이 천장을 올려다보며 혼잣말처럼 중얼거렸다.

"끝나면 며칠은 진짜 아무것도 안 하고 실컷 잤으면 좋겠다."

드물게도 마음의 소리가 튀어나온 것처럼 들려, 윤은 저도 모르게 웃었다. 왜, 하고 물은 정언이 벽에 걸린 시계를 흘끗 보더니 다시 자기 손목에 찬 시계를 한 번 더 보았다.

"그러고 보니까 왜 저녁 안 먹으러 갔어? 선배들이 김 피디 안 데려가?"

저녁 시간이 넘었다는 걸 이제 깨달은 모양이었다. 윤이 서둘러 고개를 흔들었다.

"아뇨, 입맛이 없어서요."

"잠도 안 잤는데 굶으면서 어떻게 버티려고 그래?"

"선배도 안 드셨잖아요. 선배 저녁 드시면 같이 먹을게요."

윤이 생글생글 웃는 얼굴에 정언이 뭐라고 한 소리 하려는 듯 입술을 달싹이다 결국 몸을 일으켰다.

"하여튼 말 진짜 안 들어."

손가락을 까딱여 따라오라는 표시를 한 정언이 사무실을 나섰다. 정언이 향한 곳은 방송국 근처의 백반집이었다. 저녁 시간이 지난 까닭에 식당 안은 한산했다. 묻지도 않고 제육볶음 2인분을 주문한 정언은 충혈된 눈가를 누르다 한쪽 벽에 걸린 텔레비전 화면에 시선을 주었다.

때마침 <뉴스라이트>가 막 시작된 참이었다. 양운 대신 자리에 앉은 수창의 얼굴이 눈에 들어왔다. 정언이 고개를 돌려 아주머니에게 말했다.

"이모님, 죄송한데 소리 조금만 키워 주실 수 있나요?"

아주머니가 대답 대신 리모컨을 들어 텔레비전의 볼륨을 더 올렸다. 오늘의 톱뉴스도 역시 지진 관련 뉴스였다. 수창의 목소리가 선명하게 식당 안을 채웠다.

『오늘 <뉴스라이트>는 어제에 이어 지진 관련 뉴스를 계속 전달해 드릴 예정입니다. 어제 오후 12시 43분 발생한 진도 6.1 지진으로 가원신도시를 비롯한 동해 남부 지역에 상당한 피해가 발생했는데요, 우선 현장의 현재 피해 상황을 전달해 드린 후 어제 예고해 드린 대로 원진솔, 이도하 기자와 함께 건축물 내진설계 미비와 관련된 기획 보도를 이어 가겠습니다.』

"서온건설 저거 아주 개새끼들이야, 저거. 그때, 그 뭐야. 엄대진한테 뇌물 주고 막 그랬다고 그럴 때, 그때 그냥 싹 잡아 처넣었어야지."

"어제 뉴스 나가고 스타일하우스 매물 많이 나온다던데."

"아니, 근데 지진 나면 폭삭 무너질 걸 이제 누가 사."

"소송 걸고 회사에서 다 책임져야지, 뭐."

건너편 자리에서 두 중년 남자가 뉴스를 보며 자기들끼리 나누는 대화가 들렸다. 뉴스 화면에는 금이 간 건물이며 농촌 마을 창고에서 지진으로 무너져 재가 되어 버린 연탄 더미 따위가 계속해서 나오고 있었다. 식당 안에 띄엄띄엄 앉아 있는 사람들이 저마다 혀를 차며 텔레비전에 눈을 고정했다.

잠시 후 아주머니가 한 접시 가득 쌓아 올린 제육볶음과 밑반찬, 밥공기 따위를 가져와 솜씨 좋게 탁자 위에 늘어놓았다. 먼저 수저를 든 정언이 밥을 먹기 시작했으나, 누가 봐도 그다지 의욕 있어 보이지 않는 손놀림이었다.

『이번 지진은 상당히 피해가 컸는데요, 전문가들은 국내 건축물의 내진 설계율이 낮다는 점을 주요한 이유로 꼽았습니다. 저희가 어제 보도 내용에서 국내 시공사 중 특히 서온건설이 내진 설계와 관련된 문제가 많다는 점을 지적했는데요, 원진솔, 이도하 기자와 함께 얘기 이어 가겠습니다. 원 기자, 어제 경북 혁신도시 지역 서온건설 시공 아파트 피해에 대해 언급했죠?』

화면이 바뀌며 수창의 맞은편에 원진솔, 이도하 기자가 나란히 앉은 모습이 잡혔다. 진솔이 안경을 고쳐 쓰며 가운데의 대형 모니터에 뜨는 제보 화면을 가리켰다. 피해가 컸다는 서온건설 시공 신축 아파트였다. 육안으로도 확연히 기울어진 아파트에 사람들의 탄식 소리가 났다.

『네. 이번에 문제가 된 점은 동일한 지역, 동일한 시기에 시공된 아파트인데 유독 서온건설 시공 건물에서 피해가 훨씬 크게 발생했다는 부분입니다. 저희는 지진 발생 몇 달 전부터 제보를 통해 이런 일이 발생하게 된 원인을 추적해 왔는데요, 우선 현행 건축법에 문제가 있는 것은 사실입니다. 지금은 내진 철강재를 쓰지 않고도 내진설계 기준을 충족하는 건축이 가능합니다.』

또랑또랑한 진솔의 답변에 수창이 재차 질문을 던졌다.

『그게 어떻게 가능합니까?』

『일반 철강재를 기존보다 많이 투입하거나 콘크리트 사용량을 늘리는 것, 건축 시 완충 구조물을 사용하는 방법이 있습니다. 그러나 제철업계에서는 현재 내진 철근을 사용하면 지진 에너지 흡수율이 16퍼센트에서 30퍼센트 이상 증가한다는 연구 결과를 내놓으며, 현행 건축법 개정을 요구하고 있습니다. 이미 미국의 경우는 건축물에 내진 성능을 확보한 철강재 사용이 의무입니다.』

『한국에서는 왜 의무적으로 사용하지 않습니까?』

『일반 철강재에 비해 내진 철강재의 가격이 높기 때문입니다. 내진 철근으로 시공 시 105제곱미터형 아파트 한 채당 대략 원가 50만 원에서 60만 원 정도의 비용이 추가로 들어갑니다.[13]』

『건설사가 그 정도 비용을 절약하기 위해 내진 철강재 대신 일반 철강재를 선택한다는 겁니까?』

『네. 물론 이 문제에 대해서는 건설업계와 철강업계 사이의 알력 다툼이라고 보는 시각도 있습니다.[14] 그런데 여기를 한 번 보시죠.』

화면이 바뀌며 아파트 광고 팸플릿이 나타났다. 팸플릿의 일부가 확대되며 거기 적힌 글씨 아래 빨간 밑줄이 그어졌다.

『분양 당시 서온건설에서 제공한 광고 안내문입니다. '스타일

---

13) 「새해도 지진 공포 여전… 내진철근, 무용지물 된 이유는」, 『아시아경제』, 2018.1.1. 참조.
14) 「건설업계, 철강업계와 때 아닌 '내진용 철강재 스캔들'」, 『글로벌이코노믹』, 2018.1.22. 참조.

하우스 에코프리미엄은 서온건설이 심혈을 기울여 건축하는 프리미엄 라인입니다. 최고 등급의 수입 친환경 자재와 안전성을 고려한 내진 철강재를 사용하여, 누구에게나 안심을 드리는 보금자리입니다.'라고 되어 있습니다. 서온건설은 실제 시공 문서에도 영광제철이 생산한 국산 내진 철근을 사용하는 것으로 기록했습니다.』

『내진 철근을 사용했는데도 피해가 유독 컸다는 건 다른 내진 설계가 미비했다는 것 아닙니까?』

『내진설계 미비는 물론이고, 저희의 자체 취재 결과 서온건설이 감리 조작을 통해 실제 시공 자재를 중국산 저가 자재로 바꿔치기한 부분을 확인할 수 있었습니다. 실제로는 내진 철근 대신 중국산 일반 철근을 사용했다는 거죠.』

『시공에도 문제가 있고, 자재에도 문제가 있다는 겁니까?』

『그렇습니다. 여러 경로를 통해 서온건설이 감리 업체와 공모하여 감리확인서 내용을 조작했고, 해당 관청의 담당 공무원에게 뇌물과 향응을 제공했다는 제보가 들어왔는데요, 이 역시 상당수 사실로 드러났습니다. 서온건설은 이번에 피해를 입은 동해 남부 신도시 지역뿐 아니라 상당수 수도권 신도시 지역에서도 오랫동안 이와 같은 행태를 반복해 왔습니다.』

뉴스를 보던 사람들의 입에서 욕이 한두 마디씩 튀어나왔다. 윤은 손을 움직이는 것도 잊은 채 멍하니 뉴스 화면을 보았다. 화면에 차례로 등장하는 것은 규형의 메모리카드 안에 들어 있던 시공 관련 문서들, 그리고 자신이 재희와 촬영했던 야적장의 자재들이었다. 저 자료들이 실제로 텔레비전 화면으로, 그것도 생방송으로 전국에 방송되고 있다는 것이 믿기지 않았다.

화면이 바뀌며 오상근 교수의 인터뷰가 시작됐다. 현장에서 사용되는 자재가 중국산이며, KS 마크조차 없는 미인증 자재라는 내용이었다.

잠시 넋을 놓고 있던 윤은 밥그릇 위를 젓가락으로 톡톡 치는 소리에 깜짝 놀라 고개를 돌렸다. 정언이 픽 웃고는 턱짓으로 음식을 가리켰다.

"그만 정신 빼고 밥 먹어. 뭐가 그렇게 신기해? 뉴스 처음 봐?"

"아, 아뇨. 선배도 더 드세요."

거의 텔레비전 속에 들어갈 기세로 얼빠진 얼굴이었다는 걸 깨달은 윤은 빨개진 귀를 만지작거렸다. 정언이 그 말에 손을 내저었다.

"김 피디나 많이 먹어. 처음 온 날 생각하면 지금 얼굴 완전 반쪽이야."

멈칫한 윤은 정언에게 물었다.

"저 처음 왔던 날 기억하세요?"

"그게 몇 년 된 일도 아닌데 왜."

정언이 별소리 다 듣겠다는 투로 대꾸했다. 정언이 그런 걸 기억하고 있으리라고는 생각도 해 본 적이 없었다. 젓가락 드는 것조차 잠깐 잊어버린 윤은 몸을 앞으로 조금 내밀었다.

"처음에 저 맘에 안 들어 하셨던 이유가 뭐예요?"

그 말에 밥을 먹다 말고 콜록거린 정언이 서둘러 물을 따라 마셨다. 종이 냅킨을 뽑아 입가를 닦은 정언은 이마를 찌푸리며 되물었다.

"겁도 없이 들이댄 건 생각 안 하고?"

"적극적인 남자 싫어하세요?"

정언이 할 말을 잃은 얼굴로 윤을 마주 보았다. 뭐 이런 게 다 있나 싶은 표정이었다.

"원래 취향이 그래?"

"제 취향이 왜요?"

"전에 만나던 여자들도 다 이런 스타일이었냐고."

그럴 리 없다는 걸 알면서 묻는 건지, 진짜 몰라서 묻는 건지 모를 노릇이었다. 혹시 본인 같은 사람이 흔하다고 생각하는 걸까, 잠깐 진지하게 고뇌한 윤은 눈썹 부근을 긁적였다.

"신경 쓰이세요?"

"아니."

대답은 즉시 돌아왔다. 강한 부정은 강한 긍정이라고 했던가. 물론 그런 생각을 입 밖으로 냈다가는 무슨 일이 벌어질지 안 봐도 뻔했다. 윤은 굳이 그 말을 하는 대신 정언과 눈을 맞췄다.

"선배 취향은 어떤데요?"

"그게 왜 궁금해?"

"저 같은 남자 안 만나 보셨으면 한 번 만나 보시면 어떨까 해서요."

정언이 졌다는 얼굴로 고개를 절레절레 흔들었다.

"하여튼 말은 잘해."

"행동으로 할까요? 원하시면 지금……."

윤이 당장 자리에서 일어날 기세로 묻자 정언이 황급히 윤을 제지했다.

"아니, 아니, 됐거든."

정언에게는 다행히도, 타이밍 좋게 탁자 위에 놓아 둔 핸드폰이 진동하기 시작했다. 액정에 뜬 이름은 '우지혁 피디'였다. 정언이 그 이름을 확인하더니 바로 전화를 받았다.

"어, 우 피디. 왜."

핸드폰 너머에서 지혁이 뭐라고 말하는 소리가 들렸다. 다음 순간 정언의 표정이 확 변했다.

"뭐?"

갑자기 목소리를 높인 정언이 지혁을 다그쳤다.

"지금 뭐라고 그랬어? 다시 한 번 얘기해 봐. 스튜디오가 갑자기 왜? 응. 아니, 그게 말이 안 되잖아. 미리 우리가 걸어 둔 거 아냐. 그게 왜 갑자기 안 되는데? 무슨 팀에서? 지금 아예 세팅을 들어갔다고? 그러면 다른 스튜디오는?"

정언은 이마를 몇 번 문지르다 한숨을 섞어 내뱉었다.

"알았어. 지금 바로 갈게. 우선 계속 스튜디오 수배해 보고, 들어가서 얘기하자."

전화를 끊은 정언의 얼굴이 좋지 않았다. 놀란 윤이 정언에게 물었다.

"무슨 일인데요?"

"갑자기 스튜디오 사용 안 된다고 통보 내려왔다는데."

윤은 귀를 의심했다. 프로그램 촬영 일정은 대부분 정해져 있었고, 스튜디오 스케줄도 당연히 맞춰진 대로 돌아가는 게 일반적이었다. 촬영 직전에 사용이 안 된다는 통보를 받는다는 건 거의 있을 수 없는 일이었다. 윤은 도무지 이 상황이 이해가 가지 않아 눈을 깜빡였다.

"왜요?"

정언이 찌푸린 미간을 누르며 대답했다.

"모르겠어. 급한 녹화 있다면서 우리 세트 다 빼고 스튜디오를 아예 잠가 버렸대."

"그게 말이 돼요? 다른 스튜디오는요?"

"지금 빈 스튜디오가 하나도 없대. 미치겠네, 정말."

정언이 두 손으로 얼굴을 감쌌다. 정신이 번쩍 들었다. 스튜디오가 몇 개인데, 지금 비는 곳이 하나도 없다는 건 말도 안 되는 소리였다. 어쩌면 위에서 무슨 지침이 떨어진 게 아닌가 하는 생각이 퍼뜩 들었다. 정언 역시 같은 생각을 한 모양이었다.

서둘러 자리에서 일어난 정언은 카운터에서 계산을 하기 무섭게 방송국 건물로 뛰어 들어갔다. 사무실에 들어서자마자 심각한 표정으로 모여 이야기를 하고 있던 팀원들이 시선을 돌렸다. 정언이 숨을 고르며 지혁에게 물었다.

"스튜디오 사용 불가라니, 이게 무슨 소리야? 일산 센터는?"

지혁이 난처하다는 얼굴로 쩔쩔매며 정언의 눈치를 살폈다.

"지금 거기 스튜디오도 풀이라고……."

"그게 말이 돼?"

정언이 버럭 소리치자 재희가 지혁 대신 대답했다.

"아무래도 우리한테 스튜디오 내주지 말라고 오더 내려왔나 봐. 우리가 지금 전부 연락 돌렸는데 <비하인드 24>라고 운 떼자마자 절대 안 된대. 이번 주에 일정 다 찼다고."

재희의 대답을 들은 정언이 황당하다는 투로 되물었다.

"미친놈들, 기가 막힌다. 우리보고 그 소리를 믿으라고?"

"아까 국장님 이야기 분명히 이사회에 들어갔을 거야. 우리 종편 스케줄하고 스튜디오 녹화 스케줄 봤을 테니까, 우리라도 일단 막아 놓고 <뉴스라이트> 해결하려고 그러겠지."

"우리가 뭘 할 줄 알고?"

"서온건설 캐고 있다는 거 알잖아. 이사회에서 보도지침 내렸을 정도면 청와대하고 한선당 분위기 진짜 심각할 거야. 내일 대선 후보 지지율 발표하는 날이라 오늘 저녁까지 조사 결과 반영될 건데, 지금 지진 터지고 엄대진이 민 의원님한테 오차 범위 밖으로 지지율 밀렸다는 얘기 돌아. 6퍼센트 이상 차이 난대. TK 지역에서 지지율 10퍼센트 넘게 빠졌다는 말도 있고. 오늘 저녁 결과까지 반영되면 더 밀릴 수도 있어."

엄대진이 오차 범위 바깥으로 추월당한 건 윤이 아는 한 처음이었다. 재희의 말이 사실이라면 한선당과 엄대진 입장에서는 무슨 수를 써서라도 지금 분위기를 반전시킬 필요가 있었다. 오늘 <뉴스라이트> 보도 내용이 앞으로도 결코 엄대진의 지지율에 도움이 되지 않을 건 뻔한 탓이었다.

"그런데 국장님 말대로 일단 지금 이사회가 사장님하고 국장님 권한 뺏을 법적 근거가 없잖아. 국장님은 무조건 우리 방송 나가게 하려고 하실 테니까 어떻게든 물고 늘어져 보겠다는 거 같아."

"어떻게 하죠? 송 작가님 애 아직 병원 있어서 구성안 수정하기 힘드실 텐데."

윤이 걱정스럽게 물은 말에 재희가 어깨를 으쓱해 보였다.

"일단 내일까지 비는 데 있는지 알아볼게. 세팅까지 포함해서 겨우 두세 시간 정도 쓸 스튜디오 하나 안 나오겠어?"

대답한 재희가 윤과 정언을 번갈아 보더니 얼굴을 찌푸렸다.

"일단 서 피디랑 김 피디 둘 다 좀 쉬고 와. 얼굴이 말이 아냐. 서 피디 누가 봐도 병자 같은데 그 상태로 녹화 어떻게 하려고."

"그러게. 니들 지금 며칠째 밤샘하는 거 아냐. 일단 잠 좀 자고 와. 서 피디는 진짜 핏기 하나도 없는 게 꿈에 나올까 무섭다."

찬수까지 한마디 거들었다.

"알았어요."

뜻밖에도 순순히 대답한 정언이 자리로 돌아가 가방을 걸쳐 멨다. 정언은 어쩔 줄 몰라 하며 서 있는 윤에게 뭐해, 하며 고개를 까딱였다. 사무실을 나서 엘리베이터 앞에 나란히 서자 정언이 입을 열었다.

"아무래도 오늘 밤에 스튜디오 녹화 못 딸 것 같아. 혹시 중간에 일 생기면 전화할 테니까 들어가서 푹 쉬어. 수고했어."

"선배는요?"

"남 걱정 말고. 나 안 가면 또 안 간다고 할까 봐 나온 거야."

정언이 앞을 보며 툭 내뱉었다. 찬수의 말에 토를 달지 않은 게 자신 때문이라는 걸 윤은 그제야 깨달았다. 하기야, 정언의 성격에 들어가란다고 선뜻 그러마고 할 리 없었다.

엘리베이터에 탄 정언이 1층 버튼을 누르는 것을 본 윤은 얼른 버튼을 끄며 지하 주차장 버튼을 눌렀다. 정언이 눈을 가늘게 뜨며 윤을 쳐다보았다.

"데려다드릴게요."

윤의 말에 정언이 또 시작이다, 하는 표정으로 대꾸했다.

"뭐 얼마나 걸린다고 거길 데려다줘."

"가는 길이잖아요."

실랑이를 할 기운도 없는지 잠깐 침묵하던 정언이 대답 대신 마음대로 해, 하고 내뱉었다. 주차장으로 내려온 윤은 차에 시동을 걸었다. 조수석에 탄 정언이 자기 백팩을 안고는 앞으로 몸을 말아 숙이며 거기에 얼굴을 묻었다. 티는 내지 않아도 많이 지치기는 한 모양이었다.

차로 채 5분도 걸리지 않는 거리는 매번 아쉬웠다. 윤이 정언의 오피스텔 앞에 차를 세우자, 정언이 들어가라는 짧은 인사를 건네고는 차에서 내렸다. 윤은 조수석 창 너머로 정언의 뒷모습을 보았다. 커다란 백팩이 버거워 보일 정도로 마른 실루엣이 유독 눈에 밟혔다.

다음 순간 차에서 뛰쳐나간 윤은 막 입구로 들어서려는 정언을 뒤쫓아 돌려세웠다. 놀란 정언이 뭐라고 말하기도 전, 윤은 정언을 당겨 안았다. 무방비 상태였던 몸은 품으로 쉽게 끌려 들어왔다. 당황한 탓에 몇 초 정도 얼어붙은 듯 안겨 있던 정언은 곧 정신이 돌아왔는지 윤의 등을 찰싹 쳤다.

"여기 길거리야. 제정신이야?"

잠긴 목소리 끝이 떨리는 것을 알아채기는 어렵지 않았다. 어깨 부근에서 희미하게 반복되는 가느다란 숨소리에 심장이 빨라졌다. 잠깐 숨을 고른 윤은 나지막이 말했다.

"이렇게 안아 주면 사람이 충전된대요."

방전 직전의 마른 몸은 어쩐지 불안할 정도로 서늘했다. 한 겹의 셔츠 너머로 스며드는 그 체온에, 윤은 조금 더 정언을 꼭 안았다. 뭐라고 말하려는 것처럼 윤의 등을 몇 번 더 두드리던 정언이 결국 포기한 듯 작게 한숨을 쉬며 기력 없이 윤의 어깨에 이마를 대었다. 윤은 품 안의 몸이 자신의 체온으로 완전히 따뜻해질 때까지 오랫동안 그 자리에서 움직이지 않았다.

"그만 가, 피곤한데."

한참을 서 있던 정언이 거의 숨소리처럼 들릴 만큼 작게 말하며 윤을 밀어냈다. 안고 있던 팔을 풀어 준 윤은 몸을 숙여 정언을 가만히 응시했다. 길어진 단발 아래로 얼핏 드러난 목덜미가 새빨갛게 단 채였다.

"내일 봐요, 선배."

나지막하게 속삭인 말에 정언이 대답 대신 눈썹 위를 문질렀다. 출입 카드를 찾으려는지 주머니를 뒤지는 정언의 손길에 초조한 기색이 역력해, 윤은 터지려는 웃음을 간신히 참았다. 정언을 한 번 더 안아 주고 싶은 충동을 누르기 위해서는 아까보다 조금 더 많은 인내심이 필요했다.

겨우 카드를 찾아낸 정언이 현관에 키를 대고는 안으로 들어섰다. 닫히는 유리문 안에서 정언이 잠깐 윤을 돌아보았다. 가라는 손짓을 한 정언의 뒷모습이 곧 문안을 돌아 시야를 떠났다. 눈에 맺힌 잔상이 완전히 사라진 뒤에도 윤은 한동안 그 자리에 서 있었다.

희망과 불안감.

어느 쪽이라고 규정할 수 없는 감정들이 공기 사이에서 희미하게 일렁거렸다.

\<4권에서 계속\>